深入水利工程工地采访

在农村采访时与农民大叔合影

▼ 在广东省清远农村采访

▲ 深入江苏省乡镇企业调研采访

▲ 与中央媒体记者一同参加全国水利工作会议，进行采访报道

▲在安徽省凤台县采访测土配方施肥项目效果

▲在湖南省临湘市采访污水处理厂运行情况

▲ 在俄罗斯畜牧场采访

▲ 在中经网主持全国两会代表访谈

▲ 农民工赠匾表谢意

▲ 专访全国人大代表、杭州娃哈哈集团创始人兼董事长宗庆后

▲ 对话全国政协委员、新希望集团董事长刘永好

▲ 获得“全国优秀新闻工作者”称号

我在场

李 力◎著

经济日报出版社

图书在版编目（CIP）数据

我在场 / 李力著. -- 北京：经济日报出版社，2022. 12

ISBN 978 - 7 - 5196 - 0749 - 4

Ⅰ. ①我… Ⅱ. ①李… Ⅲ. ①新闻报道 - 作品集 - 中国 - 当代 Ⅳ. ①I253

中国版本图书馆 CIP 数据核字（2022）第 245949 号

我在场

作　　者	李　力
责任编辑	陈　芬
责任校对	李晟北
出版发行	经济日报出版社
地　　址	北京市西城区白纸坊东街 2 号 A 座综合楼 710 室（邮政编码：100054）
电　　话	010 - 63567684（总编室）
	010 - 83538863（财经编辑部）
	010 - 63567689（企业与企业家史编辑部）
	010 - 63567683（经济与管理学术编辑部）
	010 - 63538621　63567692（发行部）
网　　址	www. edpbook. com. cn
E - mail	edpbook@ 126. com
经　　销	全国新华书店
印　　刷	北京九州迅驰传媒文化有限公司
开　　本	787 mm × 1092 mm　1/16
印　　张	34. 5
字　　数	489 千字
版　　次	2022 年 12 月第一版
印　　次	2022 年 12 月第一次印刷
书　　号	ISBN 978 - 7 - 5196 - 0749 - 4
定　　价	188. 00 元

自序

“为什么我的眼里常含泪水，因为我对这土地爱得深沉……”，这首耳熟能详的当代诗人艾青的诗句，恰恰能够表达出我们三农记者的心声。

1983 年元旦创刊的经济日报是党中央、国务院指导经济工作的大报，是由邓小平同志题写报头的重要舆论阵地，是随着改革开放应运而生的经济类龙头媒体，也曾经是多少新闻学子梦寐以求的施展所学、学以致用的高端平台。

我于中国人民大学新闻系毕业 15 年后，自 2002 年由水利部调入经济日报社，先后在农村部和经济部从事三农报道工作。自此，北至黑土地，南至岭南山区；西至黄土高坡，东至浦江之畔，广袤的田野成了我工作的主战场，也留下了太多人生难忘的记忆。

记得第一次出差是到山东采访乡镇企业，自那时起才知道，异军突起的乡镇企业当时已撑起国民经济发展的半壁江山。

记得 2003 年在浙江东阳市横店镇参加报社组织的首届县域经济论坛，坐在 1：1 比例的仿天安门城楼上，观看由当地最有影响的农民企业家徐文荣邀请来的当时最走红的演艺明星们，前来为当地的农民表演节目，从这个角度亲身感受到了乡村的巨变。

我采访过长三角等富裕的乡村，比如浙江奉化市的滕头村、江苏兴化市的戴南镇，农民家家户户都住着小别墅，园区绿树成荫、鲜花盛开，社会主义新农村的画面真是美不胜收。

我也多次到边远落后地区去采访，用心体会当地农民生活的艰辛。比如，2004年，新世纪第一个涉农的中央一号文件出台后，我参加时任经济部主任郑庆东同志组织策划的“走东西南北，话农民增收”系列调研报道，奔赴被称为“寒极”的广东省清远市杜步镇旱坑村驻村采访，住在农民家里，与农民同吃同住同劳动。住在四面透风、屋顶破瓦透着星光的土房子里，听农民讲述因病致贫、返贫的家事，心也跟着揪得疼。但是，看到村里患癌的转业军人邱飞云仍然挑着扁担运送猪饲料，准备通过加入温氏养猪集团再次创业，把卖出去用于看病的房子再买回来时，我被他不屈不挠的精神感动了，我偷偷塞给他200元钱表示心意时，他却倔强地拒收，更令我油然而生敬佩之情!

在村子里还听到了最富哥哥和最穷弟弟的故事，其实就是最勤劳哥哥和最懒惰弟弟的故事。这些故事都真实地记录在了《在粤北的群山里》这篇通讯里。2006年重返这个村采访时，村里的人们像看到一位老朋友回来了一样跟我打招呼，再也不像初见时那般拘束，我的心里也热乎乎的。

最难忘的是在贵州一个山村里采访，当时的采访主题是“以电代柴”，鼓励农民以电为生活能源，用电饭锅、电磁炉做饭炒菜，禁止上山砍柴破坏山林，以确保生态环境好转。当看过几家已经拆掉柴灶，采用电磁炉、电饭锅炒菜做饭的干净明亮的厨房后，村长带我们来到一户被当作反面典型的仍然烧柴的农家，女主人是一位30来岁的年轻妇女，脸上挂着淳朴、热情的笑容迎接我们进屋，当看到被柴火熏得黑乎乎的小厨房时，有记者问了一个问题：“你家为啥不用电还烧柴呢?”听完这话，女主人脸上的笑容立刻僵住，声音颤抖地说：“想用啊，可家里人生病，用不起电啊!”话音落地，大颗的眼泪就从她的大眼睛里滚滚落下……我在旁边看到此情此景，至今心痛不已!

我的三个舅舅都是农民出身，当年的他们又何尝不是这么贫困过。包产到户前，他们吃不饱饭，饿得牛鞭子都举不起来，二舅有一段时间只能中午喝凉水吃咸菜充饥，有一碗玉米粥得留着晚上吃，否则饿得睡不着觉。如今，农村改革的政策不仅让他们吃饱了，还让他们吃好了。现在他们种粮不用交税，还都住上了宽敞明亮的大瓦房，家用电器一应俱全，还领上了养老金，看病由新农合给报销。他们的日子过好了，过春节还想着给城里的姐姐送去猪肉活鸡和咸鸭蛋。

在采访中，无数次听到天南地北的农民们，操着各种口音由衷地感谢改革开放好，感谢党的强农惠农富农政策好！

中国的改革开放就发端于农村，带来了农村翻天覆地的巨变。1978 年 11 月 24 日，安徽凤阳小岗村 18 户农民秘密按下了 18 个手印，签署了“包干到户”的契约，拉开了中国农村家庭联产承包责任制的序幕。距今 40 多年过去了，40 多年只是历史长河的一瞬间，而中国改革开放的 40 年，却是可以载入史册的巨变。这中间，最令人动心、最令人感慨、最令人难忘的，是亿万农民兄弟开心的笑颜。

曾经春种秋收一年辛苦忙到头，却连吃饱饭都是奢望的农民兄弟，如今望着田地里丰收的庄稼，摸着仓里堆满的粮食，怎能不欢笑！

曾经延续了 2600 多年的农业税，如今不仅取消了，国家还给种粮农民发补贴，农民兄弟拿着“真金白银”的补贴款，怎能不欢笑！

曾经为孩子上学、老人生病而发愁的农民兄弟，如今不仅腰包鼓起来了，孩子义务教育阶段还免交学杂费了，参加新型农村合作医疗看病还能给报销了，怎能不欢笑！

曾经住在黄土坯、茅草顶的土房子里的农民兄弟，如今住进了宽敞明亮的砖瓦房，怎能不欢笑！

曾经跑多少里山路去挑水吃，甚至不得不喝苦咸水、高氟水的农民兄弟，如今一扭水龙头，清清泉水流不尽，怎能不欢笑！

曾经靠点煤油灯照亮的山区农家，如今不仅电灯明亮，而且看上了电视，听到了广播，用上了电冰箱、洗衣机，怎能不欢笑！

曾经为没柴草发愁、爬山涉水砍柴忙的农民兄弟，如今用沼气、用电点火做饭取暖，轻松又干净，怎能不欢笑！

曾经插秧收割累弯腰的农民兄弟，如今用上插秧机、收割机，怎能不欢笑！

曾经出门路难走，如今农村的土路修建成了宽敞平坦的水泥路、柏油路，农民兄弟迈步走在大路上，怎能不欢笑！

曾经羡慕城里人，渴望变成城里人，如今，乡村变城镇，村边建工厂，生活环境好，配套设施全，农民兄弟梦想已实现，怎能不欢笑！

曾经不知电话、电脑为何物，如今，已经学会用手机、电脑了解农产品销售信息的农民兄弟，足不出户便知天下行情，电话一拨产品就能卖出个好价钱，怎能不欢笑！

还有很多的欢笑说不尽……

作为一名长期从事三农报道的记者，经常跑农村，经常接触农民，对农民的生活变化有切身的感受和体会。改革开放给农民带来了巨大的实惠，而且相信今后随着强农惠农富农的政策力度越来越大，农民分享到的改革开放成果也会越来越多。

其实在采访中，我们不仅是党的三农政策的宣传者，三农领域新闻事件的报道者，同时也成为被农民感动的受教育者。他们扎根泥土的伟大改革创新实践，他们世代生生不息的生命力，都深深地感动、感染着我们，让我们对这片土地爱得更加深沉。

感谢所有我采访过的农民朋友们、乡镇企业家们、三农问题专家们，以及各级从事三农工作的领导们。谨以此书表达我对你们深深的敬意！

本书收录的很多报道都是在经济日报的领导和同事们的帮助下完成的，也有一些报道是与同事们合作完成的，在此向大家表示衷心的感谢！

同时，还要感谢经济日报技术部的武子健同志，她非常热心地帮助查找多年来的见报稿件。特别感谢经济日报出版社的陈芬主任，正是由于她的热情帮助和辛勤付出，才使得我的作品集顺利出版。

李力

2022 年 5 月　于北京

目录

CONTENTS

第二章　政策解读：强农惠农谱新篇 /061

第三章　关爱农民：场圃把酒话桑麻 /119

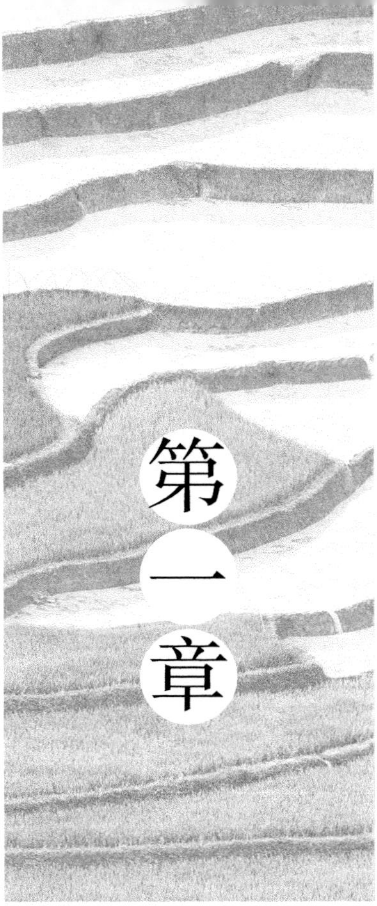

第一章

深度调研：

稻花香里说丰年

“以电代薪”破解“两难”

百姓生活开门七件事——柴米油盐酱醋茶，头一件事就是生活燃料问题。

长期以来，农村做饭、取暖的生活燃料一直以薪柴为主，成为影响我国广大地区生态环境建设的难点。特别是国家实施以退耕还林为重点的大规模生态建设以后，保护生态与农民烧柴之间的矛盾如何解决呢?

记者近日到湖南、四川等地采访，发现当地政府、群众已经找到了一条很好的解决途径——使用小水电代燃料，用烧电取代烧柴。

莫让森林在炊烟中哭泣

“我从七八岁就上山砍柴，一直砍到 50 多岁。砍柴很累，背一担柴回家要走七八里山路，山很陡，经常有人从山上摔下来丢了命。砍一担柴只能烧个三四天，烧完了还得上山，附近的山砍光了，要跑很远的路去砍柴。”湖南汝城县暖水镇巷头村 68 岁的老汉范取铭在自家门口，摩挲着自己两只手上的老茧对记者说起砍柴的不易。

村支书肖线才指着不远处一片绿油油的山说，这山以前都被砍得光秃秃的了，一下雨就暴发山洪和泥石流，退耕还林以后这山才绿起来。

俗话说，“砍树容易种树难”。据专家介绍，陡坡开荒、森林过度采伐和农民砍柴是造成森林植被破坏的三大原因。

国家实施以退耕还林为重点的大规模生态建设，有效遏制了陡坡开荒和森林过度采伐问题，但农村居民烧柴问题还没有彻底解决，成为森林滥砍乱伐的主要原因。国务院批准全国“十五”期间年森林采伐限额为 2.23 亿立方米，其中农民烧柴限额为 0.64 亿立方米，而 2001 年全国农村居民实际消耗薪柴 2.28 亿立方米，大大超过了农民烧柴限额。目前我国约有 2 亿多农村居民主要用柴草做饭、取暖，严重影响退耕还林和天然林保护建设成果的巩固。

农民有了电“燃料”

当记者问范老汉现在还上山砍柴吗，老汉笑呵呵地说：“早就不砍了，现在烧电了，我三个儿子和一个女儿都烧电了。”肖支书介绍，全村家家户户都用小水电站发的电做饭、取暖。

在一户农家，记者看到了一份《巷头村护林村规民约》，这份经村民代表大会表决的村规民约明确规定，禁止在已实施国家退耕还林工程的耕地上种植农作物；禁止盗伐、滥伐各类林木，对盗伐、滥伐者，按每棵 50—100 元进行处罚，并责令补种盗伐、滥伐株数 10 倍的树木。

县委书记王碧元说，农民有了电做燃料，保护生态环境就变成了自觉的行动。

他给记者算了一笔细账，按四口之家计算，一年煮饭、取暖等烧柴约 5—6 吨，折合木材 6—7 立方米，相当于破坏森林植被 4—5 亩。全县实施小水电代燃料生态保护工程以来，户均保护生态公益林面积达 21.7 亩，使森林覆盖率提高了 7.7 个百分点，巩固了退耕还林成果。汝城位于湘、粤、赣三省交界处，实施生态保护工程确保了珠江、湘江、赣江主干支流源头的植被免遭破坏，从根本上治理了水土流失，减少了大江大河的灾害损失。

农民在烧电中得到实惠

在巷头村，何招珠一边炒菜一边和记者唠起了家常：“我家用电灶已经四五年了，其实我家就是做煤炭运输生意的，烧煤很方便，但我喜欢烧电，做饭又干净又快，以前烧柴、烧煤烟熏火燎的，太脏了，想穿漂亮衣服都穿不了，连家里的门窗和电器都爱生锈。”

“我家在烧电以前，我男人也出去砍柴，砍一天柴二三百斤，最多烧4天，男人去砍柴就不能出去做事。烧了电以后，我男人就出去跑煤炭运输，还买了一座加油站。现在我家一年收入 3 万元。”

离开富足的何招珠家，记者又随意走进了旁边一户人家。女主人何香云的丈夫因病去世，她一个人带着孩子生活，记者看到她家也已经实现了“厨房现代化”。

记者问她每月烧多少电，电价能承受得起吗，她爽快地从里屋拿出一张今年的电费收款凭单给记者看，上面写着：5 月份电费 78.82 元。她解释说，扣掉的 4.5 度电是每月给每家补助的电量，每度电电价是两毛八，比买柴烧便宜。

她高兴地说，现在不用上山砍柴，我儿子就到广东去打工了，每月给我寄回来 500 元钱，我再种点粮食和菜，生活还不错。

同村的何瑞林等人搞起了蔬菜大棚种菜、种菇，一年收入几千元，烧电只占全年人均纯收入的 3%左右，他们感觉划得来。

在离开村子时，记者看到村头的墙上写着大标语：“实行以电代燃，一心一意赚钱”。

带动县域经济发展

湖南永兴县有“中国银都”的美誉，三大支柱产业煤炭、水电和冶金被形象地比喻为三龙——乌龙、水龙、银龙，“三龙戏珠”的巨型雕塑就矗立在县城最醒目的地点。永兴县年产白银 1500 吨，黄金 5 吨，过去是“家家开炉，户户冒烟”，小冶炼厂烧煤烧碳不仅严重污染环境，还砍光了山林。

县委书记赵立民介绍，为保护生态环境，近三年来，永兴县大力发展小水电，减少林木砍伐，不仅巩固了退耕还林成果，而且极大地促进了县财政增收，农民得到了实惠。2002 年，全县财政收入达到 2.27 亿元，其中小水电财政收入为 2450 万元。

老百姓渴望小水电

茂县县委书记张燕和汶川县县长张建不约而同地对记者说，目前保护森林和烧柴是农村生活中的主要矛盾，当地水力资源丰富而其他能源匮乏，没有煤和天然气，因气候寒冷沼气无法发展，小水电代燃料是农民生产生活的根本出路，广大农民对使用小水电代燃料真的是盼望已久，渴求强烈啊。

在汶川县龙溪乡联合村三座磨村民组，记者看到家家都用上了电炊，再也不用到山上去砍柴了。

身穿红色羌族服装的村民黄风顺告诉记者，以前烧柴要到高半山去砍，砍一天的柴只能烧3天，又累又危险。后来，附近的山林被砍光了，还要走上十几里甚至几十里路到远处去砍。除了砍柴，村民们还在山上挖草秸做燃料。

随着小水电的开发，这个组的村民开始使用电炊，再也不用为烧柴犯愁了：既不用三天两头到山上去砍柴了，也不用忍受烧柴时烟熏火烤了，家家户户变得整洁干净了。

随后，村里组织村民在村前村后栽上了树，继而封山育林。如今，村子周围的山都变绿了，农户房前屋后也都被绿树环抱着，龙溪河的水变清了。

由于代燃料的用电量不断增加，龙溪乡电站的电已不够用了。三座磨组的农户现在除做饭、烧水用电外，需燃料量大的煮猪食等还要靠烧柴解决。

一位羌族大娘对记者说：“你帮我们捎个信儿，请国家赶快把小水电代燃料搞起来，让我们早点用上更多更便宜的电。”

《经济日报》2003年7月22日

“三个集中”带来三大变化

——四川双流县走出统筹城乡发展新路子

双流县是成都的近郊县，这个新近跻身全国县域经济基本竞争力“百强县”第48位、名列西部第一的经济强县，在全国率先开展了以“三个集中”为突破口的统筹城乡经济发展的全新实践，即工业向园区集中，土地向业主集中，农民向城镇集中。

在党的十六大提出统筹城乡经济社会发展的背景下，面对成都市区扩展的历史性机遇，县委、县政府领导敏锐地认识到，加快工业化进程，就是要通过推进工业向园区集中来聚集经济要素，发挥基础设施的最大效益，实现工业发展与环境保护的协调发展。加快城市化进程，就是要通过推进农民向城镇集中来加速农民变市民，实现城乡协调发展。加快农业产业化进程，就是要通过推进土地向业主集中来促进农业集约化经营，发展现代农业，把农民从土地上解放出来，为农民的转移、转化创造条件。

“三个集中”解开了双流城乡“二元”分割发展的“老结”，城乡一体化进程明显加快，城乡经济协调发展，全县经济继续在高基点上保持高速增长。2003年，全县GDP实现148.3亿元，比上年同期增长15%，财政收入突破10.5亿元，比上年同期增长21.2%。

“三个集中”带来了双流经济社会生活中的三大变化。

开着汽车去种地

双流县有越来越多的种田人开着私家车到田间地头务农，这是土地向业主集中后出现的新鲜事，开车的种田人大多是土地业主。在实施土地向业主集中过程中，双流县采取集中承包、竞标承包、业主承包、股份合作等模式，加快土地社区内重组和社区外合理流转，使土地逐步向懂经营、善管理、技术强、有实力的业主手中集中，从而使土地效益得到最大限度发挥。尽管双流县这些年也大力进行了农业产业结构调整，农户得到了不少实惠，但真正增强了竞争力，农产品有了规模效益，还是在土地向业主集中后才实现的。永安镇红花村农民徐天德是个种植枇杷的好手，但一直苦于全家只有几亩承包地，无法大展手脚。在土地集中过程中，他一口气租了 16 亩地种枇杷，去年纯收入达到了 4 万多元。类似老徐这样的业主很多，用成片的地来搞花木、水果、办农家乐，收入大大增加。

目前全县已在 1300 多个社区重组土地 26 万亩，涉及农户 7 万户，经营土地 10 亩以上的业主近 700 家，吸纳本地农民 2.2 万人，带动务工农民人均增收 106 元。

农民进城变市民走进双流县的彭镇农民新村燃灯小区，一幢幢连体别墅式的楼房宽敞明亮，体育健身场上不时地传来孩子们的欢笑，呈现出一幅“田园中的都市”美景。

双流县在实施农民向城镇集中过程中，抓住成都市向南发展的机遇，高标准编制了双流县北部新区的规划，把城市作为资源的聚合体进行资本运营，一是抓好土地储备，二是对经营性用地一律挂牌招标拍卖，三是积极采取特许经营方式，加快城市基础设施建设步伐，完善城市功能，提升城市品位。同时，对土地集中后的失地农民实行建设小区集中安置方式，对可收可不收的规费一律免收，大幅度降低建设成本，让利于民，为农民进入城市分享现代文明提供了条件。失地农民纷纷来到城镇，住进了公寓式的小区，开始了一种全新的市民生活。政府又相应地配套出台了失地农民就业、保险、医疗等措施，使他们能在城里安居乐业。

为真正让农民“困有所助、老有所养、病有所医”，双流突破体制性障碍，由政府出大头，农民出小头，建立了失地农民基本养老保险制度。对于生活困难的失地农民，直接纳入城镇低保。还建立了覆盖全体农民的新型农村合作医疗制度，真正为农民筑起了保障线。

去年年底，双流县的失地农民头一回领到了每月130元的养老保险金，万家村60多岁的村民万淑芳激动地说“我们和城里人一样了”。

同时，县里启动了农民就业培训工程，从2003年开始的五年之内，每年投入150万，将全县40多万青壮劳动力轮训一遍，使他们掌握一门以上职业技能，为从事现代农业和城市二、三产业打下坚实基础。

目前，双流县已新建居民小区66个，总面积达135万平方米，安置农民5443户，已转移农村富余劳动力13.43万人，占全县总数的42.1%。双流县力争在三年内，使试点区失地农民就业率达到80%以上，真正使双流县的农民成为推进城市化的建设者和受益者。

招商引资成宝地

目前，双流县已经打造成为中外投资的宝地，但在招商引资的初期，也有过村村点火、户户冒烟的情景。由于摊子铺得太大，为项目配套的基础设施不能及时跟上，政府的服务成本很高。

实行工业向园区集中后，政府加大对基础设施的投入，使人、财、物得以集中，对项目的服务得到优化，既方便了投资者，又便于发挥基础设施的最大效益，双流县很快就形成了生物制药、电子信息、机械制造、新型建材、绿色食品等五大支柱产业和六大工业园区，成为中外投资者理想的投资宝地。和协电力、珠峰摩托等大批企业落户双流县后迅速发展壮大。三年来，700多个项目、50多亿元涌入，其中工业项目占70%以上，为全县的跨越式发展打下了坚实的基础。

县委书记、县人大常委会主任冷刚告诉记者，双流县下一步的目标已瞄准全国县域经济前40强。

《经济日报》2004年2月1日

在粤北的群山中

——广东省阳山县杜步镇旱坑村蹲点纪实

简介：旱坑村和石溪村隶属于广东省阳山县杜步镇，位于粤北山区，距广州市180多公里。杜步镇总面积为152.86平方公里，全镇辖11个村民委员会，分设126个村民小组，总户数5594户，总人口27234人，其中农业户5105户，人口为26231人，耕地总面积19737亩，其中水田面积7474亩，旱地面积12263亩。全镇农村经济总产值9977万元，其中农业总产值4645万元，劳务输出收入2081万元，农民所得总额共9031万元，农民人均纯收入为3443元，比全省农民人均收入少700多元。

曾当过阳山县令的唐代大诗人韩愈这样形容当时的阳山：“阳山，天下之穷处也”。阳山至今仍是广东16个省级贫困县之一。自1997年以来，杜步镇党委、政府与全镇人民一道，积极响应县委、县政府的号召，在全镇上下打响了一场脱贫攻坚战，确保全镇农民如期实现了温饱，基本实现了消除绝对贫困的目标。自1999年开始，全镇全面进入了脱贫奔小康的新阶段。

一大早，记者就走进杜步镇旱坑村委会丘屋村民小组。放眼望去，村里的房子大部分都是黄泥黑瓦的土坯房。南国早春的阳光下，一群老年人正聚在村口的空地上晒太阳。

“要是有钱投资就好了”

在村子里随意走进几户人家采访。

41 岁的农民邱成干还在吃早饭，他说吃完就要去田里看看，这两天该耕地了。邱成干种了 3 亩水稻，5 亩果园，其中只有一亩砂糖柑挂果了，其余 4 亩是去年租了山坡地扩种的。租一亩地一年需 150 元，但邱成干认为租地种柑橘是划算的。他扳着手指头给记者算了一笔细账：种水稻一亩地一造（一季）最多产 1000 斤，一斤才卖 5 毛多钱，一亩地毛收入有 500 元，扣掉种子、化肥、农药钱，一亩地最多能剩 200 多元钱。可种优质的砂糖柑一斤最低卖 8 毛钱。柑橘树挂果后亩产会逐年上升，最高亩产可以过万斤，在价格最高的时候，每斤可以卖 1.5 元到 1.8 元，除去 2000 多元的成本，每亩每年可以赚上万元。去年他家一亩地产果 2000 斤，卖了 1500 元。邱成干说他家的主要收入是他种的 5 亩桑田，靠种桑养蚕一年能收入 6000 到 7000 元。本来邱成干还有 7 亩鱼塘可以多收入一些，但去年请人养鱼把鱼给养死了，不仅没赚到钱，还亏了 1000 多元。

他说：“你别看我去年连种果加养蚕一共收入了 1 万多元，可是开支也蛮大的。一年的生产生活支出就要 8000 元，孩子上学要 1000 元，一年到头剩不下几个钱。所以，我今年打算不种田了，就搞鱼、果、蚕。把田地让给别人去种，只要替我交农业税就行了。”

记者问农业税一年要交多少，邱成干从里间屋拿出一张交税单来，是去年 12 月 29 日的，上面清清楚楚地写着交税 124.76 元，邱成干说去年搞税费改革后，农业税比前年少交了 100 多元呢。

环顾邱成干的家，显得破旧的土坯房里，除了一台电视机、一台 CD 机和一套木头沙发比较显眼外，几乎就没有什么东西了。邱成干说电器和家具都是大女儿和儿子打工挣钱买的。大女儿在中山电器厂做工，儿子在南海印刷厂做工，老婆也在中山的一家幼儿园当保姆，他们一个月能挣到五六百元钱，除了管自己吃饭也给不了家里多少钱，现在家里就剩下邱成干和老母亲及小女儿三人，一家人分几处过。

记者问他房子是哪年盖的，邱成干有些不好意思地说，还是 1982 年与父亲合资盖的呢，不是不想盖新房，实在是没有钱。前几年小女儿得了一种血液上的病，花了五六万元，到处借钱，现在还有1万多元的债没还上。

“没参加合作医疗吗？”记者问。

邱成干说，去年刚参加了合作医疗，每人每年出10元钱，听说省里和市里县里还给出钱。

正说着话，一个身穿红衣服的小女孩走进屋里，邱成干说这就是他的小女儿，正在读初中一年级。

记者招呼小姑娘坐在身边的椅子上，问她想不想妈妈，小姑娘忧郁地点了点头，问她今后是想留在村里还是出去，她很肯定地说，出去，但不想出去打工，想出去读书。

邱成干听了这话，沉默了一会儿说：“出去读书需要钱呢。如果有本钱，我想多搞点鱼塘，在鱼塘边养猪。现在温氏集团在村里搞了个养猪基地，已经有几户村民和公司签了合约，条件就是有能养100头猪的猪舍，这需要1万多元钱，我现在没有这个本钱建猪舍。”

“你可以去信用社贷款呀，”记者给他出主意。邱成干说1994年孩子生病时贷的3000元还没还上，不敢去贷了。

他好几次心情急切地问与记者同来的镇党委副书记熊锦标，有没有什么扶贫款可以支持他当本钱。记者看到熊锦标无奈地摇了摇头。

据熊锦标介绍，邱家在村里算是中等户，邱成干自己也说算是中等。

粤北山区中等生活水平的人家是这样的，那么，村里最富的人家是什么样呢？

“现在不用动员农民种果树了”

去找村里最富人家的路上，记者看到有三位农民正在路边的果园里砌砖搭看守小屋，正忙活着的小伙子邱成尊告诉记者，去年他家种了1.5亩冰糖柑，是新品种，卖到2元一斤，挣到钱了，所以今年再扩大种植1.5亩。

熊锦标介绍说，以前镇里要动员农民种果树，现在不用了，很多农民尝到种柑橘的甜头了，现在村里和镇里鼓励农民大规模种植柑橘，并引入砂糖柑、冰糖柑等品种，全镇今年的柑橘树种植面积能翻一番。另外，县里和镇上还共同引进了号称全国最大的农业龙头企业——广东温氏食品集团有限公司，温氏集团投资1.2亿元，在杜步镇建了一个年产20万头猪苗的种猪基地，通过公司＋基地＋农户的方式发展规模养殖。农户与温氏集团合作，只需一头猪苗交60元订金，温氏集团即向农户免费提供猪苗、养殖技术和饲料，最后，温氏集团按照略高于市场的价格回购生猪。通常一户农户养猪一年可以有3万元的收入。

村头的一栋三层小洋楼鹤立鸡群般吸引了记者的目光，熊锦标说这家差不多就是这村最富的了。出乎记者预料的是，这家46岁的男主人邱跃进是邱成干的亲哥哥。

“他穷是因为他懒”

邱跃进的外表看上去十分精明强干，他在北京当过5年的工程兵，能讲一口流利的普通话。

这栋楼房是1991年盖的，花了15万元。他说自己干过不少活，养猪、开榨油厂、跑运输、做生意，反正什么能挣钱就干什么，一年总能挣几万。他现在承包了镇里的有线电视工程，已经投进去40万了。这钱有自有资金，有向朋友借的，还有向信用社贷的款，到现在投资还没有收回来。

记者问他，你这么富，为什么不帮帮你弟弟，他现在想建猪舍就缺1万元钱。没想到，邱跃进毫不掩饰地说：“他穷是因为他懒，他种果园、养鱼还雇人干，我都是自己干。”

记者说：“全村还有一大半人住土坯房呢，你说他们是什么原因盖不上新房呢？”

邱跃进说村里很多人家不富裕是因为经济意识差，只懂得种田能够吃饱饭，不懂得种经济作物可以多赚钱，认为种果树头三年又要投入又不挂果没收获，其实种果树最多穷三年，可是，他们脑子就是转不过弯来。还有一些人是胆子小，怕种果卖不出去。另外还有一些人是懒，小事不肯做，大事干不了。

他很自信地说："我应该是这村里第一个在水田里种果树的，我从1998年就开始在水田里种果树了，去年全村才开始大规模种果树，今年种果树的面积肯定超过去年的一倍。"

当记者问他下一步打算怎么发展时，一直开朗自信的邱跃进却皱起了眉头，他说现在最愁的是生产投入的资金困难，政府如果能提供帮助最好了。现在从信用社贷款有难度，小额信用贷款每人只能贷到1000元，1998年以前，每人还能贷到2万元呢，现在多贷一点钱还需要用存款做抵押，还需要有担保人，实在是太麻烦了。借钱又借不到。邱跃进说他的很多想法因此而实现不了。

"买树苗的170元是赊来的"

听丘屋小学校长说，丘屋小学来自附近几个村的一共238名学生中，有45名是免费生。有100多户人家的丘屋村去年有10个孩子享受了免费教育。也就是说，全村去年有10户人家是年人均收入在1500元以下的贫困户。

镇委委员黄志辉告诉记者，广东省每年拿出3个亿为全省的贫困户提供免费教育。这笔钱给贫困家庭的孩子带来了幸运，否则，他们就不得不辍学了。

我们来到一位幸运儿邱海杰的家里，眉清目秀的小海杰今年13岁，上小学6年级了。他妈妈梁美妹说，小海杰一个学期220元的学费从2001年就开始免了，已经免了三年。家里这么穷是因为丈夫三年前得了胃癌，住院做手术花了4万多元，到现在还欠人家2万元没还上。家里也在想办法挣钱，除了原来种的2亩水稻田以外，今年还种了1.5亩砂糖柑，买树苗的170元是赊来的，等将来树结果卖了再还人家。两个大孩子初中毕业都去佛山打工去了。

梁家建于20世纪60年代，已经很破败的老土坯房子似乎为梁美妹说的话做了注脚，家徒四壁的屋里只有缩在墙角的一台小电视给人一点现代生活的气息。梁美妹说，电视是亲戚送的。

“借钱也要养猪”

小海杰的爸爸邱飞云担着两大袋子猪饲料走进屋里，梁美妹心疼地说：“大夫不让你干重活你还干。”

46岁的邱飞云在新疆当过5年的兵，回来后又到珠三角的顺德市打了5年工。他很自豪地说，是在一家大设计装修公司当仓库保管员，要不是得了病，他还会一直在顺德干下去，一个月能挣到800元，人家对他很好，还给他买了三年的医疗保险呢，他这次得病，保险公司给他报销了2000元。

邱飞云到底是个走南闯北的人，他说，靠种田挣不到钱，能温饱就不错了，两个孩子打工能解决自己的吃饭问题还能把他们老豆（父亲）的欠债还上就行了。邱飞云是个很坚强乐观的人，他说：“温氏集团在这里建养猪基地，我觉得是个机遇，我现在是养不起，一是身体有病，二是没有启动资金，但再过两三年，我就是找亲戚朋友借钱也要养猪。”

邱飞云说他以复员军人的名义给镇上写过信，想申请点资金，但镇上去年只给了他200元钱的补助。

熊锦标说，这200元钱是从镇政府成立的党员服务中心拿出来的，中心的钱是自己挣一些，党员捐一些。去年给镇里的一些特困户每家200元。他说镇财政是整个阳山县最困难的，镇里没有乡镇企业，原来有一家矿山倒闭了，县里和镇里共同引进的一家铸造厂刚刚投产，有两个水电站正在建着，这就如同农民种果树一样，头三年没有收益，正在大力招商引资的过程当中。现在镇里就靠地价、电价便宜吸引投资，电价每度才4毛钱，地价和投资方协商确定，温氏集团租地每亩水田才120元。对有些能给当地带来大效益的投资方，镇里还实行零地价。当然，给农民的征地补偿费一分也不能少。

“三来一补”成了“一来三补”

杜步镇镇委书记刘育珊是一个有大学学历的、全县倒数第二年轻的镇委书记。38岁的刘育珊说粤北山区与珠三角相比至少有15年的差距，从经济指数来看，粤北山区只相当于20世纪90年代初期的珠三角。

他分析当地贫困的主要原因是：第一次机遇没抓住，第二次机遇只抓住一半，第三次机遇正在抓。

对他这个说法记者非常感兴趣，刘育珊也就有了兴趣细说。他说："第一次机遇指的是改革开放之初实行的家庭联产承包责任制，珠三角与我们粤北山区包产到户是同时进行的，但我们实现脱贫致富的步伐很慢，远远地被甩到了后面。

"正所谓无工不富啊，当时港商纷纷到内地沿海地区搞'三来一补'，东莞、顺德有区位、交通优势，港商都到他们那里安营扎寨了。而港商到我们这儿来搞'三来一补'会变成'一来三补'。因为我们这里山高路远道路崎岖，从广州到阳山 180 公里的路要跑六七个小时，汽车经常爆胎，来一次要补三回胎，就成了'一来三补'，你说人家谁还愿意来？路通才能财通啊。现在阳山的道路建设已经大为改观了，有两条国道直通阳山，从广州驱车一个半小时就能到。"

"第二次机遇是邓小平南方谈话之后，经济发展摆脱了很多束缚，我们当时也努力抓住机遇，搞了小水电站、水泥厂，想把资源优势变为经济优势。为什么说我们只抓住了一半机遇呢？是因为当时我们的思想还不够解放，思路还不够开放，搞了很多开发，结果却是开而不发。比如我们山区小水电资源丰富，当时上国家电网卖电还有很多限制，但我们就是不敢降低电价把一些高耗电企业引进来，主要是怕犯错误，怕冒风险，不敢为天下先。"

"这第三次机遇就是党的十六大了。"说到这里，刘育珊的表情由些许遗憾和无奈变为自信和兴奋。他说："我们再不抓住这次机遇就真的永远赶不上了。借助现在珠三角劳动密集型产业转移的机会，我们降低招商门槛，以低电价、低地价招商引资。从 2002 年至今，镇里已经大大小小引进 10 个项目了。引进本省佛山市南海区商人投资 3 亿元，生产铝材、不锈钢的中东工业园，项目全面投产后，年产值可达 15 亿元，每年可以为阳山县增加 6000 万元的税收，杜步镇通过县的税收奖励政策，每年可增加镇级财政收入 100 多万元。"

说到这里，记者问："你认为咱们镇农民增收最大的困难是什么？"刘育珊直截了当地说："农民素质低，现在种田的农民都是初中以下文化程度，高中毕业的农民都出去经商、打工了。因为文化素质低，搞科技推广和结构调整的难度就很大，引进优良稻种都很难，更别说搞其他的了。比如，镇里与清远药厂搞中草药种植基地，一亩地的药材能收1500元，穿心莲、溪黄草这些药材很好种，可以赊药材苗给农民，还包收。就这样，还是有很多农民不肯种。东莞在这儿建了一个供应10万人的蔬菜基地，可是，咱们农民种的菜按合同规定的质量和数量就是达不到……"

看来，他这个当家人也难。

口述实录

请给总理捎个话
——老支书的自述

74岁的陈函当了阳山县杜步镇石溪村32年的村支书，在村里很有威信。记者走进他家那简朴的土坯房，目光立刻就被墙上挂着的一排他自己书写制作的条幅吸引住了。6幅条幅的内容既有他抄录的毛泽东、周恩来等领导同志对领导干部要正确运用人民赋予的权力的教导，也有他自己对劳动和人生的感悟。比如："人民赋予权力，我们不能把它错当成特权去乱用啊！"。"我觉得人生求乐的方法，最好莫过于尊重劳动，一切乐境都可由劳动得来，一切苦境都可由劳动解脱。"还有："春蚕到终丝方尽，人至期颐亦不休，一息尚存须努力，留作青年好范畴。"虽然字迹无法与书法家相比，但从那认真质朴的字里行间，记者看到了一位基层老共产党员的赤诚之心和对乡亲们的殷殷之情。

听说记者从北京来，他敞开心扉和记者从下午一直谈到黄昏——

我从1961年开始当村支书，说起农村这么多年曲曲折折的变化，我最清楚不过了，我觉得我有资格代表我们广大农民说点心里话。

现在的生活和包产到户之前比确实有了太大的变化。在包产到户前，亩产稻谷600斤，包产到户后，亩产达到1000—1200斤，人的积极性调动起来了。

包产到户前，由村干部统一指挥、组织生产，包产到户后，村干部就侧重于传达党的政策、引导生产、组织公共设施建设、发展经济和维护社会治安这些事了。20世纪80年代到90年代，增产增收很快，村里出外打工的人很少，以农业生产为主，种稻、种桑、养猪、养鱼。1982年村里只有8亩鱼塘，现在已经有48亩了。1987年以后，政府开始引导种植经济作物，种淮山、板栗什么的，现在村里种了100多亩板栗了。包产到户前，7天多才能吃上一餐米饭，家家都是以玉米糊、红薯这些杂粮为主食。更别说吃肉了，过年过节都难得吃上，很多人家要靠卖鸡换盐吃。包产到户一年后就每天有一餐米饭吃，两三年后就餐餐都有米饭吃了，想吃肉也能吃得到了。1995年以后，村里开始有人盖新房、买电器了。

虽然现在日子好过多了，但我还是想请你给总理捎个话，我们农民现在还有许多困难需要解决。第一要紧的是解决水的问题。毛主席都说了，水利是农业的命脉，有收无收关键在水，收多收少关键是肥。整个杜步镇都缺水，过去我们早出晚归修水利，虽然很辛苦，但农田都能灌到水。现在政府重视得不够，投到水利上的钱很少，也没人修水利了，对水利的设施管理得也不好，渠道都堵了。

还希望能提高粮食价格，现在粮价太低了，一亩田最多能产出1200斤稻谷，才能卖600元。可是生产资料太贵，生产成本太高了，光买化肥、种子、农药就要300元，还没有算人工，我们农民劳动力不值钱。

我们还最怕有病，看病价钱太贵。治一个感冒就要花百八十元，等于花掉了一担谷子（一担等于100斤）。为啥现在春节大家见面都祝身体健康，不说恭喜发财了呢，因为身体健康就是最大的财富，一生病就会倾家荡产，债台高筑。农民病了谁可怜呢，医院是有病没钱莫进来。

现在贫富悬殊太大了，就我们村富户和穷户比就差好多。村里有人住上了3层的小洋楼，但有很多人还住着20多年前的老土坯房。

我们农民这些事，不知道上级知道不知道。

采访札记

富裕的基础应当更牢固

提到广东，相信很多人和我的印象应该是差不多的，那里是中国改革开放的前沿，是得风气之先的福地，是富甲天下的地方。而一周的“蹲点”，让我看到了广东很真实的另外一面，那就是粤北的贫困，连广东人自己都将粤北称为“寒极”。

从繁华似锦的花城广州驱车北上，短短3个小时的路程，窗外的风景却在不断地变换。山越来越高，耕地越来越少，房子越来越矮，房屋外墙装修越来越简陋，从白色马赛克到白粉墙，到红砖裸露的墙，最后看到成片的黄色土坯墙，你就到粤北农村了。

不到粤北农村，不知道富甲天下的广东尚有如此贫困之地，还有农民连170元的果树苗都买不起要赊购。虽然这并非普遍现象，但它毕竟是发生在广东。而且我还了解到，目前广东农民仍然占全省总人口的60%到70%，大部分农村富余劳动力仍然滞留在农业产业，约有500万的农村富余劳动力仍然滞留在农村。

忘不了镇党委书记刘育珊。他曾很向往地对我说，等我们镇财政宽裕了，我有很多想法就可以实现了。现在不行，镇里现在可用的资金只有200万，刨除镇委、镇政府工作人员的工资和办公经费，想搞水利、公路、市政建设都没钱。你看看我们这儿水渠需要建了，一下雨就变成“水泥路”的路也该修了，路灯也该安了，贫困户救济的事也得抓紧办了。这回你来看到我们山区农民穷了吧，他们穷得可怜，穷得无奈。

这么多农民依然在土里刨食，他们的温饱问题当然已经不是问题了，但他们增收致富的问题怎样解决、何时能解决？同在广东这片土地上，“寒极”

的粤北、粤东、粤西欠发达地区和热火朝天的珠三角又怎样才能实现协调发展呢？要知道，只要有阳山这样的贫困地区存在，有一批贫病交加的农民在赊账，就证明这种发展是不协调的、不平衡的，说明富裕的基础还并不牢固。

令人欣慰的是，广东省委、省政府已经看到了这个问题，今年的省政府工作报告强调，要统筹城乡协调发展，以增加农民收入为核心发展农业农村经济。作为全国省级财力最雄厚的广东省，是否能像改革开放之初创造经济发展的“深圳速度”那样，在农民增收问题上为全国创造出广东经验、广东模式、广东速度呢？

我们殷切地期待着。

《经济日报》2004 年 3 月 2 日

集发 24 户农民 24 年梦想

在当年全国农村风起云涌的联产承包责任制的大潮中，河北省秦皇岛市北戴河村的 24 户农民，依靠 3 辆马车、5 间土房、76 亩地，自愿结成了以蔬菜生产经营为主的联合体，经过 20 多年的艰苦探索和奋斗，他们终于实现了共同致富的目标。

虽然北戴河集发农业综合开发股份有限公司同国内其他先进的农业企业相比，规模和利税等并非一流，但它的成长经历却可以给人们带来很多启示。

“我们这一家两层的楼房都是集发统一给盖的，只收了我们成本钱。村里的困难户张国胜只有 1.5 万元钱，集发给他补贴了 4 万来元钱，也让他住上了楼房。集发这些年没少帮助困难户、五保户，过年过节都给送粮食和肉，还供了不少贫困学生上大学呢。”

“集发搞起来了，村里的人都跟着沾了光，村里几乎家家都把地包给集发租种了，租金比自己种地收入高，而且再到公司里打工还能挣一份钱。”

秦皇岛市北戴河村的王雅芳大妈和朱振玉大婶，坐在明亮的楼房里，手里一边做着针线活，一边你一句我一句地和记者聊着家常。

他们说的集发就是北戴河集发公司，李集周是戴河镇党委副书记，也是集发公司董事长兼总经理。

其实，到过避暑胜地北戴河的游客，大多都知道北戴河有个“集发农业生态观光园”，它以其古朴淳厚的农家风情和高科技农业的独特魅力，吸引着海内外的八方来客，是国家旅游局评定的全国首家国家级ＡＡＡＡ生态农业景区。然而，却很少有人知道，这个观光园的创办者——北戴河集发农业综合开发股份有限公司，是24户农民依靠当年的3辆马车、5间土房、76亩地创业起家的。集发打破了传统的农业经营模式，以家庭承包经营为基础，以股份合作为纽带，建立了一种新型的经营体制。

从三辆马车到一亿产值

1982年11月，北戴河村以蔬菜种植为主业的九个生产队解体，有24户分到土地的农民在高兴之余，却发现在引进良种、机井灌溉、市场销售等方面，一家一户干不如大家合伙干更能降低生产成本，提高抵抗市场风险的能力，获得更大的效益。

这24户农民商量来商量去，决定将土地联合起来经营。他们推选头脑灵活、年富力强的李集周牵头，成立合伙式的生产“联合体”，发展蔬菜种植业，走上了规模经营的道路。

联合体经营有方，第一年工分值就由6毛上升到2元，到1989年，联合体固定资产从1.2万元增加到30万元，年收入由10万元增加到70万元。

1989年，联合体审时度势，又走出了关键性的一步——“出资入股”：由11户农民自愿出资入股，以特菜基地为主，搞养猪、建筑等多种经营的民间股份制。在此基础上于1993年成立了北戴河集发实业总公司，实行内部股票制。管理人员收入方式由工资制转为工资加股票，年终分红。给管理人员发放部分现金并配发股票，以利企业有更多的资金扩大生产。

随着企业的进一步发展，李集周等企业领导层意识到，股份合作制越来越不适应企业发展。在涉及企业实现大发展的关键时刻，李集周等企业领导顶住压力，毅然决定由集发实业总公司和19名自然人共同投资组建“北戴河集发农业综合开发股份有限公司”，建立起产权多元、权责明晰的现代企业制度。

目前，集发公司已成为拥有员工近5000人、年产值过亿元的农业龙头企业，实现了24户农民共同致富的梦想。

一种模式和四千农户

集发公司在自身不断发展壮大的同时，还以带动周边农业增产、农民增收为己任。作为省级重点龙头企业、省级产业化科技园区，围绕农业产业化做文章成为集发发展的新方向。集发先后投资550万元，建起了省内最大的放心蔬菜配送中心，成立了集发农业专业技术协会，采用公司＋基地＋农户连市场的运作方式，带动周边近4000户农民发展无公害蔬菜和果品种植，年可为农民增收700多万元。

这两年，根据省、市、区委关于文明生态村建设的指示精神，集发率先在北戴河开展了“村企共建文明生态村”活动，优先免费传授新品种、新技术，优先为村里补助修建农业基础设施和公共设施的资金。仅此活动就出资30多万元，为9个共建村义务修路1万延长米。带动周边农户开展以“吃农家饭、采农家果、享农家乐”为主的旅游系列活动，仅去年暑期就为果农销售水果30多万公斤，为农民增收10万元。

企业在不断发展的同时，把回报社会作为责任。公司党支部牵头，全体党员响应，把每年的7月1日定为“献爱心活动日”。几年间，用基金会基金资助失学儿童123名；使24名大学生完成学业；出资19万元为古城、东坨头等6个村1800多户农民安装有线电视；出资6万元为两个村订阅《秦皇岛晚报》；免费为农民举办知识讲座38次，无偿发放农业技术资料10万份，接待学习技术的农民35万人次；每年春节都慰问当地贫困户、下岗职工、残疾人。截至目前，已累计捐款捐物折合人民币450多万元。

踩在脚下的总是起点，走向成功的路没有终点，集发公司正在向新的目标迈进。

《经济日报》2005 年 2 月 19 日

中国农村的又一场重大变革

——关注农村税费改革综述（上）

温家宝总理在 2004 年作政府工作报告中说到“5 年内取消农业税”时，会场内响起了经久不息的热烈掌声，意味着延续了千百年的农业税将在我国全部取消。农村税费改革，被公认为是继新中国建立初期的土改、改革开放初期的家庭联产承包之后的又一场农村重大变革。距大会堂的热烈掌声仅一年多时间，农村税费改革就取得了很大进展。目前，已有 27 个省区市决定全部免征农业税，另外 4 个省区中的多数市县也免除了农业税。就全国而言，明年各级财政对农业税费改革的转移支付将增加到 900 亿元以上，这样，原定到 2008 年取消农业税的目标明年就能基本实现。本报从今天起推出“关注农村税费改革综述”系列报道一组三篇，敬请垂注。

正在广大农村如火如荼进行的农村税费改革，让亿万农民得到了“真金白银”的实惠。

一位直接参与了农村税费改革决策咨询的专家这样说，千百年来农民连想也不敢想的大好事，却在 21 世纪初变为了现实，今天的庄户人谁能不由衷地高兴！

正因为如此，旨在逐步降低乃至最终取消农业税的农村税费改革，被世人认为是继新中国建立初期土改、改革开放初期的家庭联产承包之后的农村第三次重大变革。

中央财经领导小组办公室副主任陈锡文说，如果说20世纪70年代末农村出现的“包产到户”“包干到户”是农民自发的对集体经济组织内部经营体制乃至财产关系发起的一场大变革，那么，国务院于2000年做出的关于进行农村税费改革试点的决定，就是中央政府主动发起的调整国家与农民经济关系的又一场大变革。

有专家认为，这场大变革的基本精神说到底，就是“减轻、规范、稳定”6个字；改革的内容概而言之，就是通过“三取消（专门面向农民的收费、屠宰税、农村义务工和劳动积累工）、两调整（农业税政策、农业特产税政策）、一改革（村提留征收使用办法）”，建立起以规范化的农业税及其附加和“一事一议”的筹资筹劳为基本框架的赋税制度。

中央进行农村税费改革的决策出台后，第一个“吃螃蟹”的试点省是安徽省，接着江苏省也进行了“自费改革”试点，均取得了令人鼓舞的成果。有人说，农村很长时间没有实施这种广大农民一致叫好、多数干部众口称道的改革了。

其实，这场重大变革的序幕早已拉开。从1990年中央开始抓减轻农民负担工作算起，农民减负和农村税费改革至今已进行了16个年头，并迈出了值得回顾的三大步：

第一步是从减轻农民负担抓起。作为农村税费改革的序幕，减负工作自1990年起持续了整整10年。这期间，党中央、国务院连续出台了一系列重要文件，但是，这一期间减负的实际情况并不理想。表面上看，农民负担暂时稳定了，但其背后加重农民负担的机制和动力并未消除。农民负担重的症结主要在两方面：一是税制问题：税费不分，费出多门，费重于税，还有乱罚款、乱摊派。二是行政体制和财政体制方面的问题：机构臃肿、人员膨胀，“食之者众，生之者寡”，一些应由财政负担的公共服务转由农民负担。因此，中央决策层认识到，对农民负担问题光抓治乱减负是不够的，还须进一步推进税制和机构的改革，寻求治本之策。1998年10月，国务院成立了由财政部、农业部和中农办三部门主要负责同志组成的农村税费改革工作小组，开始着手研究和制订新的改革方案，为减轻农民负担工作由治乱减负适时地转向税费改革做准备。

第二步是按“减轻、规范、稳定”的目标推进税费改革试点。2000 年 3 月，中共中央、国务院下发了《关于进行农村税费改革试点工作的通知》，按照自愿的原则，在安徽全省进行改革试点，正式启动了农村税费改革。安徽的改革引起了全社会的极大关注：乡镇“五统筹”纳入农业税，村“三提留”成为农业税附加，农民除了缴纳 7%的农业税和 1.4%的农业税附加之外，不再承担其他任何收费。改革试点当年就见到了成效，基本实现了“减轻负担”和“规范税制”两个目标。2003 年，随着各方面条件都已成熟，这一改革开始在全国所有省区市进行试点。

第三步是明确提出取消农业税的目标。为切实加强农业、进一步调动农民的积极性，中央加大了促进粮食增产、农民增收的政策力度。温家宝总理在 2004 年召开的全国人大十届二次会议上宣布了中央关于在 5 年内取消农业税的决定。由此，农村税费改革由“减轻、规范、稳定”的目标转向逐步降低直至最终取消农业税的新阶段。

随着改革的推进，目前全国已有 27 个省区市决定全部免征农业税，另有 4 个省区中的多数市县也实施了免除农业税的政策。就全国而言，明年各级财政对农业税费改革的转移支付将增加到 900 亿元以上，这样原定到 2008 年取消农业税的目标到明年就可基本实现。

这次重大变革意味着什么?

——意味着广大农民负担的切实减轻。2004 年与 1999 年相比，全国农民共减轻负担 815 亿元，人均减负约 91 元；2005 年中央统一决定加上地方自主决策的免征农业税，农民又将减轻负担约 220 亿元，人均减负 24.18 元。

——意味着从“治乱减负”到形成比较规范的农业税及其附加，再到逐步减免直至最终取消农业税，逐步终结了传统农业社会遗留的这项税赋制度。

——意味着为全面深化农村改革奠定了基础。农村税费改革进展到今天，不可避免地要求进行乡镇机构、农村义务教育和县乡财政体制等方面的综合配套改革，以带动农村上层建筑的变革与进步，将进一步引发农村上层建筑和农村经济社会各个领域的深刻变革。

——意味着干群关系出现了积极而深刻的变化。农村税费改革成为近几年农村干群关系进一步好转、农民积极性得到进一步调动、农村社会继续保持稳定的最重要的政策动因。

《经济日报》2005 年 7 月 14 日

中国经济现代化的重要一步

——关注农村税费改革综述（中）

农村税费改革试点的进展和成效有目共睹，中国农业即将由此进入“无税时代”。然而，还是有一些同志包括少数县市级领导，至今仍对取消农业税心存疑虑。

针对为什么要取消农业税的疑问，有专家在接受采访时说，从我国农村现实情况看，取消农业税有利于促进农民增收，有利于提高我国农业的国际竞争力，有利于转变乡镇政府和村民自治组织的职能，使乡村干部从对农民的收粮收款中解脱出来，更好地为农民服务。同时，农业税在国家财政收入中的比重已经很低，取消农业税，不会对财政收入产生很大影响。

还有人认为，农民是我国最大的社会群体，他们不纳税了，不符合市场经济条件下的公平原则，也不利于增强农民的国家观念。对此，专家认为，取消农业税并不等于农民不纳任何税，他们从事各项非农业经营活动都要依法纳税。因此，取消农业税，仅仅是免除了农民在土地生产经营中的直接税。目前，我国农民的总体收入水平还相当低，2004 年人均纯收入为 2936.4 元，其中来自农业生产经营的只有 1056 元，远未达到国家规定的个人所得税起征点。因此，对农民的农业生产经营取消税收，完全符合公平原则。

在传统的农业社会中，国家的赋税基本上只能依赖于农业，农民必然成为纳税的主要社会群体。社会在发展，随着经济的发展和产业结构的逐步变化，农业在国内生产总值中的比重必然会不断下降，农业税收在国家财政收入中的比重也将不断下降，这是工业化、现代化进程的必然结果。而现代社会中由传统社会留下的农业税，实际上是一个专门针对农业、农民设置的税种，之所以取消它，并不在于它税率的高低和占全部财政收入比重的大小，反而在于它有悖于现代社会关于税制公平的基本原则。从这个意义上看，农村税费改革不仅体现了国家经济结构和财源结构的变化，更体现了整个国家税收制度和人们思想观念向现代化的迈进。

正如专家所指出的，我们现在取消农业税，既是着眼于增加农民收入和增强农业的国际竞争力，也是着眼于建立完善的社会主义市场经济体制，着眼于逐步消除城乡二元经济结构的体制性障碍，着眼于统筹城乡经济社会的协调发展。总而言之，这是中国经济迈向现代化的重要一步。

从我国农民目前的总体收入水平及增长情况看，要具备按现代税制要求纳税的能力，显然还要经过相当长的一个时期。

为此，温家宝总理在去年全国农村税费改革试点工作会议上强调，实现“城乡统一税制”是改革的方向。因此，我们对农民还是要长期坚持实行“多予，少取，放活”的方针。

温家宝总理在今年的全国农村税费改革试点工作会议上说：我们已经到了要彻底取消农业税的时候，迈出这一步，我们经历了艰难的历程，也有着深远的考虑。

当前，我国正处在加速工业化、城镇化和现代化的关键时期，正处在完善社会主义市场经济体制和构建和谐社会的关键时期，把取消农业税这一关系亿万农民切身利益的重大举措，放在这样的历史背景下来审视，才能充分理解这场变革的重大现实意义和深远历史影响。

历史会记下这具有划时代意义的一笔：公元2006年，农业税这一在中国历史上绵延了数千年的古老税种将告终结。

《经济日报》2005年7月15日

推进农村综合改革势在必行

——关注农村税费改革综述（下）

农村税费改革能取得今天这样的成绩，确实来之不易。

来之不易的税费改革成果能否巩固，换句话说，这项改革能否真正跳出明清之际的大思想家黄宗羲发现的农业赋税减而复涨且越涨越高的“黄宗羲定律”的陷阱，已成为目前国内外广为关注的焦点。

有专家认为，我国历史上几次大的赋税制度改革，都没能跳出周而复始的“黄宗羲定律”，一个重要的原因，就在于税制改革后，缺少更深层次的经济和社会管理体制方面的改革，保障机制没有建立起来。

虽然农村税费改革已经进入到即将取消农业税的实质性阶段，但专家们强调，必须明确，这并不等于完成了税费改革，不搞好相关的农村综合改革，取消农业税这一来之不易的改革成果是难以巩固的。因为，目前农民负担重的问题还没有彻底解决，导致农民负担反弹的体制性、机制性因素依然存在，深化农村改革的任务相当繁重，这也就是说，农村上层建筑与经济基础不相适应的矛盾依然存在，必须及时推进配套的农村综合改革。

原因在于，农村税费改革所要解决的许多问题都不是税费改革本身所能解决的，应当在进行税费改革的同时，着力研究和解决农民税费重背后的体制、政策、机制问题。因此，有专家说，要完成这一阶段的改革任务，至少需要5年、10年，甚至更长的时间。对于这场将涉及到农村各个领域的改革，我们必须充分认识它的艰巨性、复杂性和长期性，做好打攻坚战、持久战的充分准备。

令人欣喜的是，党和政府早已清醒而深刻地认识到了这一点，因此，在税费改革开始的同时，中央决策层也已在开始考虑和探索相关的综合改革问题。温家宝总理在今年的全国农村税费改革试点工作会议上说，从明年开始，农村税费改革将进入新的阶段，重点是以乡镇机构、农村义务教育和县乡财政体制等为主要内容的综合改革。据专家介绍，这一综合改革主要包括四个方面的内容。首先，要积极稳妥地推进乡镇机构改革。这是巩固税费改革成果，跳出“黄宗羲定律”的关键。改革开放20多年来，我国已先后进行过三次全国范围的乡镇机构改革。从去年开始，作为农村税费改革的配套内容，又在部分地区部署了乡镇机构改革的试点工作。目前，全国已有17个省区市、157个县、1953个乡开展了试点工作。有了这个好的开端，下一步乡镇机构的改革目标是：转变政府职能，整合事业站所，精简机构人员，提高社会管理和公共服务水平，加快建立行为规范、运转协调、公正透明、廉洁高效的乡镇行政管理体制和运行机制。

其次，要加大农村义务教育管理体制改革的力度。我国城乡经济发展差距大，社会发展差距更大。这两年，中央对农村教育的投入不断增加，总的看，农村义务教育有了较快的发展，但总体落后的局面远没有改变。因此，必须解决当前农村义务教育管理体制中存在的突出问题，解决投入保障水平偏低，资源配置不合理，县级以上政府农村义务教育的责任不明确等问题。要按照在国务院领导下，由地方政府负责、分级管理、以县为主的要求，建立起各级政府责任明确，财政分级投入，经费稳定增长，管理以县为主的体制。

第三，要进一步改革县乡财政管理体制。农业税取消后，相当部分县乡失去了一个主体税种，一些乡只能主要依靠上级财政的转移支付来维持机构运转，在制约其职能有效发挥的同时，也影响到了一级政府工作的主动性和积极性。因此，必须进一步改革县乡财政管理体制，根据目前县乡财政的实际状况，进一步完善省以下财政体制，提高县乡财政的自我保障能力。要改革县乡财政的管理方式，具备条件的地方，可以推进“省直管县”和“乡财乡用县管”的改革试点。要按照公共财政的原则，进一步调整财政支出结构，增加公共产品和服务的支出比重。

第四，要协调推进农村其他方面的改革。除上述三项重点改革任务外，与税费改革直接相关的改革内容还有不少。比如，严格区分加重农民负担与农民自愿投工投劳改善自己生产生活条件的政策界限，进一步完善“一事一议”制度，引导农民开展自己直接受益的基础设施建设和公益事业发展等。这些问题都直接关系到农民的切身利益，关系到农业税取消后农村经济、社会的发展和管理。

温家宝总理在《政府工作报告》中曾郑重承诺：解决农业、农村和农民问题，是我们全部工作的重中之重。当前，我国农业发展正处在一个关键时期。要按照统筹城乡发展的要求，采取更直接、更有力的政策措施，加强农业，支持农业，保护农业，努力增加农民收入。

我们有理由相信，“黄宗羲定律”终将走进历史，不复再演，全面建设小康社会，进而实现中华民族的伟大复兴，也将再次在农村兴起新的高潮。

《经济日报》2005 年 7 月 16 日

永丰村：创业带来好日子

冬日的江苏水乡仍然以绿色为基调。

穿过葱绿的田野，循着潺潺的流水，被誉为“苏中第一村”的兴化市戴南镇永丰村在我的眼中定格：白墙红瓦的别墅小楼错落有致，宽广平坦的大路伸向远方，石拱小桥上正有时尚女子翩然走过……

生活在这美丽如画的南方水乡该是何等滋味？跟我到村里转转吧。

听村支书亮“家底”

在永丰村养老院里见到 91 岁的王兰英时，她正和另外两位五保户翟春桂、翟五保坐在院子里晒着太阳聊天。听到问日子过得咋样，这位老奶奶先开了腔：“现在可享了福了，住房是村里提供的，水电费都不用自己交，医疗费全给报销，每年村里还给1500元钱，吃饭穿衣够用了。”

看到这位老奶奶耳不聋、眼不花、反应快，我忍不住夸起老奶奶，翟春桂和翟五保抢着说，她当年可是十里八乡有名的大美人。老奶奶有几分羞涩地笑开了颜。

在几位无儿无女但无忧无虑的老人的说笑声中，我走进了村委会的小楼。

高大结实的村支书翟培成说，我们不光照顾五保户，村里55岁以上的女村民、60岁以上的男村民，每年都能得到补助款350元到500元，现在村里每年补助700多名老人。

翟培成自豪地给我亮出了“家底”：全村共有911户、2721人，去年全村的总产值是10.4亿元，人均收入是11726元。村集体纯收入是348万，村集体的流动资金是2100万元，固定资产是1200万元。估计今年村集体经济收入能达到400万元。翟培成笑呵呵地说：“我们村里人的日子可比你们城里人的好过，城里人能享受到的我们都能享受到，我们有的城里人未必都有。”

似乎是为了给自己作证实，翟培成扳着手指头说，村里奔驰车就有两辆，加上宝马、别克、本田一共有80多辆小轿车，还有5台中型拖拉机，4台收割机，全村860亩地全部机械化种田了。

他接着介绍说，村集体还为全体村民投了医疗保险，而且村民的医药费在医疗保险报销后，村里还给补助1000元至4000元；独生女从小学到初中学费都由村集体承担，困难家庭的孩子考上大学村里给予补助，最多补助4000元；入党50年以上的老党员每年给补助1000元。

翟培成还告诉我一件新鲜事，这两年村里时兴姑娘出嫁送小轿车当陪嫁。耳听为虚，眼见为实。到村民家里看看去。

让人羡慕的好日子

一幢幢漂亮的别墅小楼透着欧式风格，一如电视里和画片上的样子，让人赏心悦目。

在一幢别墅前碰上刚从地里拔菜回家的中年女子曹爱苹，她热情地把我让进屋。200多平方米的二层小楼窗明几净，客厅里宽大的棕色皮沙发、34英寸的康佳电视和奥克斯立式空调透着家境的殷实，卧室、厨房和厕所装修得比星级宾馆还高档舒适。

曹爱苹说，这房子连盖带装修花了30多万元，在村里顶多算中等户。村里60%以上的人家都住进了别墅，还有一些在市里买了房子呢。

在看了几家别墅之后，我确信曹爱苹真的不是在谦虚，有的人家房子装修得可谓富丽堂皇，家具精致，灯饰华美，电器齐全，时尚新潮，让我这城里人甚是开眼。

村里有没有困难户？村里人提到了翟林宏。村委会团支书翟福华私下里对我说，翟林宏家的情况有点特殊，他的儿子很早就去世了，他和老伴靠种田和卖烧饼谋生，日子就艰难些。

73岁的翟林宏仍住在青砖灰瓦的老房子里，但是他却帮助儿媳妇供着两个孙子在泰州城里最好的中学读书，今年大孙子翟月飞考上了南京师范大学。

翟林宏说到孙子上大学这事明显地高兴起来，我问他供孙子读书有困难吗，他流着眼泪感慨地说：不困难，孙子上大学前，村里给补助了4000元，乡亲们给赞助了7000元。他比画着说，孙子9月1日带了8000元去南京上学，孙子真高兴啊。

连困难人家都能供孩子在城里读中学、读大学，由此可见，村民的日子确实都过得殷实富足。难怪村里会流传这句话："百万元不算富，千万元刚起步，五千万才算富。"

一直陪我采访的镇政府司机杜爱平说，这村里的人特别重视孩子教育，条件好些的人家都会送孩子到城里读书，再好些的还送到国外去留学呢。

陪我进村的戴南镇党委副书记拜磊告诉我，这村和戴南镇其他村子一样，村民们有钱了，主要是用于扩大再生产、盖房子、买轿车，供孩子读书，民风良好。

拜磊还告诉我一件有意思的事。前两年镇里广播电视站在新闻节目之外增加了点歌节目，点一首歌要50元钱，没想到那么受农民喜爱，农民们凡遇喜事，比如过生日、结婚、乔迁、上学、商店开张、企业动工等等，都争着抢着去点歌，最火爆时点歌点到凌晨三点钟。

我想起前些日子在报上看到，戴南镇已被中央文明委评为创建全国文明村镇先进单位。

好日子从哪里来

“苏中第一村”还真是名不虚传。村民们是靠什么发家致富的呢?

村支书老翟说，老百姓吃的是“不锈钢饭”。村里的民营企业有88家，主要生产钢管、钢丝等不锈钢制品，全国很多大城市都有本村企业的经销点。村里的1400多名劳动力基本都在当地的企业里打工或者搞三产，外地在本村打工的就有1000多人。

老翟又自豪地说:“我们村里没有人怕下岗，我们是‘人人有事做、户户有项目、天天有收入、家家忙致富’。”

我问老翟当支书一年能收入多少，他说只收入5万元，又补了一句，“我是按村集体收入比例发工资”。

“村集体经济这么好，您的工资肯定是只高不低啊，”我开玩笑。老翟忙解释说，“我1993年刚上任时，村集体经济收入只有7万元。1997年以后，政策鼓励发展私营经济，我们村办厂改制承包给个人经营后越办越红火。当初只有一两台机床，现在发展到年销售额几千万元。村里300多亩地的工业园区被抢租一空，村集体经济收入主要来自园区企业的土地租金和大酒店、菜市场等三产的收入。”

我问老翟，当初是怎么走上生产不锈钢制品这条致富路的?

老翟嘿嘿地笑着说，就是从当年打镰刀和铁铲一步步发展起来的。

兴化市委常委、戴南镇党委书记卞正祥告诉我，整个戴南镇吃的都是“不锈钢饭”。

戴南是兴化这个农业大市中的工业镇，被称为“苏中第一镇”。这里聚集了1400余家工业企业，不锈钢制品年产量占全国总产量的七分之一；这里有全球闻名的汽车轮胎钢帘线生产企业兴达公司；这里有年成交额达48亿元的不锈钢交易城。

全镇共有10万人口，还有5万外来人口。从事不锈钢经营的约有5万多人，人均年收入大约1.2万元。其中有近1万人在全国各地收集贩运不锈钢废料、有3万多人生产加工不锈钢产品、近1万人在170多个大中城市搞销售，不少省会城市都有戴南不锈钢一条街。戴南已经形成了一条比不锈钢材料还要坚硬牢固的产业链，编织了覆盖全国的“不锈钢网”，几乎是“哪里有不锈钢，哪里就有戴南人”，是名副其实的“中国不锈钢镇”。

戴南镇今年预算内财政收入达3.6亿元，位列泰州市十强乡镇之首，跻身全国村镇建设先进镇、重点镇，并被列为全国小城镇发展改革试点镇。

生活在戴南的农民是幸福的。听镇长马元连介绍，全镇经济的跨越发展，为以工补农、反哺农业积聚了雄厚的财力。近2年镇里投资4000万元反“三农”，促进和谐农村建设。在加强农村基础设施建设上，从2003年起，镇财政投资3100万元实施“村村通”工程，成为泰州市第一个实现村村通硬质化公路的乡镇，没向农民摊派一分钱。在加强农村社会保障体系建设上，镇财政除省财政补助的每人10元外，另外每年为每个农民缴纳20元，每年出资128万元为全镇农民办理新型农村合作医疗保险。

全镇6.4万农民不需要负担一分钱就可享受新型农村合作医疗，低保户都能按期领到基本生活费。同时加大对农业的投入，除了国家每亩20元的粮食直接补贴外，镇财政每年出资52万元为全镇农户垫交农业水费，减轻农民负担。

看，戴南镇农村小学的孩子们多活泼可爱。上学是件高兴的事儿，宽敞明亮的教室让孩子们无忧无虑地读书，老人们从前可没有享受过这样的待遇。

采访札记

创业精神是一种财富

永丰村的高招是走了一条适合自身发展的新型工业化道路。“无工不富”这句老话在永丰村乃至戴南镇都得到了最好的印证和诠释。

在采访中，记者感受最强烈的，既不是他们选择这条道路的具体做法比别的村高明多少，也不是他们的生活水平比城里人富裕的程度有多高。让记者最受震撼的是，那股引领他们走上致富路的创业精神仍如岩浆般在迸发。

在村里采访的时候，记者经常在一座座漂亮的别墅小楼门前吃“闭门羹”，在有些农村采访时见到的青壮年聚众打牌、围观闲聊的现象在村里了无踪影。记者采访过程中的所见所闻都离不开“创业”二字，在一个个工地上、一片片厂房里，随处都可以见到永丰村农民勤劳的身影。

永丰村农民不仅想创业，而且敢创业、会创业。在永丰村乃至戴南镇，创业已成为一种风气，甚至成为一种时尚。正如村支书翟培成所说，永丰村是“人人有事做、户户有项目、天天有收入、家家忙致富”。

从永丰村折射到戴南镇，我们就不难明白，为什么在江苏中部的农业大市中能崛起一个崭新的工业镇？为什么无交通便利、无独特资源的偏远乡镇，能跃升为引人注目的经济强镇、闻名遐迩的不锈钢名镇？被经济学界誉为欠发达乡镇发展的“戴南现象”背后的原因是什么？

这一切，都可以从永丰村农民的创业精神中找到答案。

永丰村农民不仅富裕在物质上，更富裕在精神上。永不疲倦的创业精神，才是他们取之不尽、用之不竭的宝贵财富。

《经济日报》2005 年 12 月 28 日

还要迈过几道坎

——广东省阳山县杜步镇旱坑村重访纪实

简介：广东省阳山县杜步镇旱坑村、石溪村和杜步村隶属于广东省阳山县杜步镇，位于粤北山区，距广州市180多公里。杜步镇总面积为152.86平方公里，全镇辖8个村民委员会，分设121个村民小组，农村总户数4795户，农村总人口26231人。现有耕地总面积21740亩，其中水田面积8203亩，旱地面积13537亩。

2005年，全镇实现社会生产总值1.6614亿元，同比增长12.82%；其中农业总产值完成10073万元，同比增长5.39%；劳务输出收入2292.5万元，同比增长5.8%；镇级财政自有收入105万元，同比增长5%；农民人均纯收入达到3839元，与上年同期3618元对比，增长6.11%。

当过阳山县令的唐代大诗人韩愈形容阳山为“天下之穷处也”，阳山至今仍是广东省较为贫困的县之一。至2005年年底止，杜步全镇尚有贫困户279户，贫困人口1057人，分别占全镇总农户数的5.82%、总人口的4.03%。

冒着粤北山区的倒春寒，记者在两年之后再次走进广东阳山县杜步镇旱坑村。

放眼望去，在村里大部分都是黄泥黑瓦的土坯房中间，多出了一些新的砖瓦房，这使得两年前记者曾采访过的“村中首富”邱跃进家的三层小洋楼不再鹤立鸡群般显眼。但记者脚步踏上的仍然是被当地人戏称为“水泥路”的泥泞乡村土路。两年了，这路依然没有修好。

“我还要重新投资搞果园”

走进邱跃进的家，发现他家最大的变化是添丁进口了。四个月大的小孙子邱文轩正躺在摇篮里津津有味地听手机里播放的音乐。戴着一副眼镜的邱家儿媳妇毛伟静清秀时尚，一问原来她是从阳山县城嫁过来的。她告诉记者，这里的条件虽然不如城里好，但自己看中的是邱跃进的大儿子邱伟锋人好。

比起两年前，邱跃进瘦削了很多。原来他遇到了点麻烦事。前两年他投资 60 万元承包了镇里的有线电视工程，这钱有自有资金，有向朋友借的，还有向信用社贷的款。但现在国家有规定不许私人投资搞此类工程，他的投资回收就困难重重。老邱说：“国家有规定咱得遵守，但我的损失太大了，因为搞工程，顾不上照管自己承包的 40 多亩果园，现在果园破产了，承包 3 年没赚着钱还亏了 4 万元，投资 5 万元的果园现在 1 万元就转包给别人了。”

还记得两年前老邱很自豪地对记者说过，他应该是这村里第一个在水田里种果树的。当时，踌躇满志的老邱甚至批评不敢大胆尝试的人，说他们“富不起来是因为经济意识差”。

真没想到老邱在种果上会“栽”了，不过，精明强干的老邱去年纯收入还是达到了 4 万多元，在村里算中上水平。

听到记者问他下一步有何打算时，老邱还是很坚强地说，“我现在又承包了镇里的饮水工程，等有线电视工程的事情搞定了，我还要重新投资搞果园。”

也难怪老邱认准了要搞果园，在这里种果的效益远远超过种粮食。村里的农民七嘴八舌地说，去年柑橘价格很好，一斤能卖到 1.7 元，砂糖柑最高卖到 2 元，年前还供不应求呢，经常看到本省广州、佛山等地的车和湖南等外省的车空车返回。

镇党委书记刘育珊告诉记者，现在很多农民都尝到了种柑橘的甜头，这两年全镇发展特色农业效果不错，村里和镇里鼓励农民大规模种植柑橘，砂糖柑、冰糖柑的种植规模有了大幅度扩大，目前种植优质水果的面积已经达到 2148 亩，确实带动了农民增收。另外，去年上半年在旱坑村成功地开发了

"省级标准化淮山种植基地"，种植淮山面积达到250亩，经济效益也很好，这个项目计划在今后要继续推广和普及。

"干几年再考虑盖新房的事吧"

邱跃进的弟弟邱成干的生活比两年前有了一些起色，可能当年哥哥骂他太懒激发了他的干劲儿，他现在扩种了果园，由当年的5亩扩大到了10亩，7亩鱼塘扩大到了10亩，还种了一亩水稻的口粮田，养着蚕。最大的变化是他养了100多头猪。

记得两年前他说如果有本钱，想多搞点鱼塘，在鱼塘边养猪。当时广东温氏食品集团有限公司在村里建了一个年产20万头猪苗的种猪基地，通过公司＋基地＋农户的方式发展规模养殖。农户和公司签约的条件就是要有能养100头猪的猪舍，这大约需要1万多元钱。当时邱成干因为没有这个本钱很是发愁。

记者得知，邱成干最终贷款解决了本钱问题。他很高兴地说，养猪还是有赚头，每头猪能赚80元，去年赚了1.6万元。不过，还了本钱也没剩多少。

还好现在不交农业税了，省点是点。

记者了解到，他的两个大孩子还在"珠三角"打工，小女儿在读初中，原来在中山市的一家幼儿园当保姆的媳妇也回来帮他料理这些活计。

记者问他打算什么时候像他哥一样盖新房，他说，看到村里人盖新房也很眼热，但目前自己还没攒够盖房的钱，这两年都是在投资呢，干几年再考虑盖新房的事吧。

在崎岖的山间小路旁，记者又发现了另一片标准化的猪舍，在贴着"防范疫病，闲人免进"牌子的大门口，记者高喊几声后，从猪舍里走出了山坪村38岁的农民陈扬起。他说这片养200头的猪舍是自己和人家合伙投资5万元建起的，投资的钱是自己在外打工赚的。据陈扬起介绍，农户与温氏集团合作，只需一头猪苗交80元订金，温氏集团就免费提供猪苗、养殖技术和饲料，最后，温氏集团按照稍高于市场的价格回购生猪。温氏集团的技术员每星期来两次，平时有事打电话人家就来上门指导。去年他家猪苗成活率低，出栏两批只赚了近 3 万元钱，今年有些经验了，预计能出两批半。

听刘育珊说，镇里这两年调整农业生产结构和产业化生产规模成效很明显，特别是借助了温氏集团的力量，落户旱坑村的杜步温氏种猪场去年完成了第二场的扩建工作，并在过去两年成功经验的基础上，又新增发展养殖专业户 30 多户，生猪出栏量达到 33755 头，为扶持养殖户逐步走向规模化生产和提高养殖户的经济效益起到了积极的作用。

“我治病的钱快还清了”

走进邱飞云的家，屋里浓烟滚滚，一家老小正在围着炉子吃中午饭，饭桌上只有两大盘韭菜馅饼。身患胃癌的邱飞云看上去比两年前气色好多了，人也壮实了一些。

邱飞云家是因病致贫的，当年他住院做手术就花了 4 万多元，借的钱到现在也没还上，两年前买砂糖柑树苗的 170 元钱都要靠赊账。但两年前邱飞云曾很坚强乐观地对记者说，我要抓住温氏集团在这里建养猪基地的机遇，就是找亲戚朋友借钱也要养猪。

记者问到养猪的事，邱飞云黯然地说，猪没养起来，还是没有启动资金。

现在靠两个孩子打工还自己治病的欠债，快还清了。

在粤北山区，类似邱飞云这样因病致贫、因病返贫的家庭并不鲜见。

在随后的采访中，记者遇到了广东省机械设备成套局驻阳山县杜步镇杜步村工作组组长杨建平。说到群众治病难问题，已驻村一年多的杨建平深有感触。他说农民治病难主要有两个原因，一是费用高，农民有病不敢看，能挺就挺，以致小病拖成大病，大病拖垮一家。在杜步村 100 多户低保户中，相当部分是因病致贫或因病返贫的。其实在这些家庭中，相当部分人只要在患病初期就得到适当地治疗，远不至此，是与他们收入不相称的医疗费把他们堵在了医院的门外，错过了最佳的治疗时机。即使有条件就医的，高昂的医疗费用也令他们不堪重负。另一个原因是基层医疗机构特别是镇级医疗机构技术、设备较为落后，满足不了患者治病的要求，迫使部分病人到大中城市就医，在无形中提高了医疗成本。

“我还是要说水利上的事”

上次采访时，采访过杜步镇石溪村当了32年村支书的陈函。

问起这两年的变化，陈老伯说村里盖起了不少新房子，主要是靠外出打工和种果树赚的钱。

“我从电视上看到了，现在中央号召要建设新农村，就是为了大家生活好，虽然现在日子好过多了，但也还有许多困难需要解决。”像上次采访时一样，陈老伯反复地说，第一要紧的还是解决水的问题。毛主席都说了，水利是农业的命脉，有收无收关键在水，收多收少关键是肥。整个杜步镇都缺水，过去我们早出晚归修水利，虽然很辛苦，但农田都能灌到水。现在上面投到水利上的钱很少，也没人修水利了，对水利的设施管理得也不好，渠道都堵了。

副镇长熊锦标在一旁介绍说，杜步镇的水利灌溉系统是20世纪50年代末60年代初修建的，当时实现了全镇水利一体化，共修了一坡三渠，总长度22.5公里，基本满足了灌溉需要。因为当时灌溉渠道较为简陋，到了20世纪70年代末，灌溉功能逐步减退，再加上我们当地经济十分薄弱，每年投入水利维修的资金有限，多年来因塌方、渗漏、淤泥囤积造成渠道不通畅，灌溉系统基本处于瘫痪状态。

杨建平也在一旁插话说：“我驻的杜步村3250亩水田主要集中在七拱河南岸，‘河水滚滚东流去，禾田日夜盼水来’，这在当地形成了一个非常奇特的现象，水源充足但村民却饱受干旱之苦，春夏尚有山上流下来的溪水可用，一到秋冬，大部分水田就成为旱地。尽快修复全镇灌溉系统，使近在咫尺的河水早日造福乡民，已成为当地党委、政府和广大干部群众的强烈愿望。”

记者在采访期间得知，修复全镇灌溉系统的事情已经有了眉目。杨建平率领的工作组在对当地最为突出的这个问题做了深入细致的专题调研后，于去年8月初以工作组的名义向省委基层办、省水利厅呈送了要求专项拨款的报告。

现在省水利厅已委派技术人员到镇里搞完了前期勘测，这两天杨建平和刘育珊正在忙着争取县里水利和财政部门在具体工作上的支持呢。

看来，陈老伯的心愿很快就能实现了。

"我愿意回农村创业"

听刘育珊说，这两年粤北山区的青壮年大多都出去打工了。

杜步镇这两年将劳务输出作为增加农民收入的重要举措来抓，去年两次组织了全镇700多名农村富余劳动力参加县举办的现场招聘会，还举办了劳动力转移就业培训班。去年共转移输出富余劳动力553人。

在石溪村见到34岁的农民陈爱国时，记者就问他为何还留在村里。他说，我原来也在县农机厂打工，一年就能赚几千元，这钱在家里搞种养也能赚到，搞对路子还能超过打工收入。我们30多岁的农民还是愿意回农村创业。

很有点现代新农民意识的陈爱国说："现在年轻人不愿回来，在农业生产第一线的农民老的老、小的小，没有中青年人，先进的生产技术无法推广，干农活就没有大发展。农村现在需要我们，但我们回来干什么呢？现在搞的新农村建设就应该给我们提供一个环境和条件。我们大部分是初中毕业，有一定的文化，我们需要必要的资助和扶持，比如给我们提供技术培训、市场信息、科技信息等，否则因为信息不畅，我们把果种出来卖不出去怎么办？卖不上好价钱也吃亏啊！在这个基础上，再靠我们自己努力，日子才能越过越好，新农村的美好景象也才会从电视里跳出来，进入到我们的生活中。"

这番话，让记者对杜步镇农民未来的美好生活充满了信心和憧憬。

杜步镇有不少农民靠外出务工和种养业赚了钱，这两年村里盖起了很多新房子。

旱坑村农民邱飞云一家还住在简陋的老屋里，他想干几年再盖新房。

全镇各村都有贫困家庭的孩子在享受免费教育。

石溪村老支书陈函还是强烈呼吁要修水利。

采访札记

粤北山区，加油啊！

重访粤北山区，我是带着期待和兴奋的心情欣然前往的。两年的时间过去了，那里发生了怎样的变化呢？老百姓的生活有了很多改善吧？我曾采访过的人们都好吧？

也许是因为我的期望值太高，也许是因为这里的发展速度仍不尽如人意，伴随着采访的深入进行，我的心情却越来越沉重。

因为，两年前老百姓曾经反映过的问题依然存在，如水利灌溉设施老化失修问题，现在还有很多农田灌不上水，严重影响收成；道路交通困难问题，不仅乡村道路很多还没有硬底化，一下雨就变成了泥泞难行的“水泥路”，就连一些国道都因严重超载等问题而由“致富路”变成了坎坷不平、坑洼连片的“阴阳路”，老百姓说“一车果蔬到广州，一路颠簸一半坏”；还有，有文化的青壮年都纷纷出门打工，在家务农的农民素质普遍偏低问题；因病致贫、因病返贫问题……

更值得关注的是，在采访中发现一些基层干部和群众在思想上还产生了一些新的困惑：

彻底取消农业税后，农村公共事业怎么办？乡镇政府财政困难如何解决？

对推进新农村建设大家都很高兴，但同时，也还存在着不同程度的“等靠要”思想，希望上面给项目、给资金，以此来解决他们现在面临的很多困难。还有，在加强基层干部队伍建设中，如何在发挥“下派干部”作用的同时，更好地发挥本地干部的积极性和能动性，这也是值得思考的问题。

面对这些问题，怎么办？

事实上，正如原阳山县委书记谢士新所说的，只有解放思想、抓住机遇、因地制宜、自力更生，才能真正解决这些问题。

当然，农村经济的发展和农村面貌的改变不是靠短时间的努力就能做到的，需要下长远的决心和功夫。看到成绩可以增强信心和勇气，直面问题更可以让人清醒和奋进。粤北山区能否成功地抓住当前新农村建设的机遇，努力缩短而不是进一步拉大与本省发达地区的差距，这是现在当地的基层干部和群众最关心、最热门的话题。

粤北山区因自然和基础设施条件较差，在此前抢抓机遇的过程中已慢了一拍，在这次建设新农村的机遇期中，当地的基层干部和群众表示，一定要振奋精神、鼓足干劲，用好各项政策，抓住各方力量向农村倾斜的机会奋力追赶，不能有半点犹豫、半点观望。粤北山区的经济发展如逆水行舟不进则退，必须知难而上，知难而进才行。

在建设新农村的进程中，这里还有漫长的路要走。粤北山区，加油啊，千万要搭上这列新农村建设的快车！

《经济日报》2006 年 4 月 14 日

粮油加工做出大文章

——中国企业500强汇福粮油集团调研记

在河北省三河市，几年前还不知名的粮油加工企业——汇福粮油集团，经过8年的奋斗，如今已位居“中国企业500强”“中国制造企业500强”“中国食品工业十强企业”。这是三河市农产品加工企业跨越式发展的一个典型代表。

在车间里，集团董事长兼总经理石克荣指着现代化的生产线告诉记者：这是世界一流的设备，我们要抢抓机遇，严把食品质量安全关，树立民族品牌意识，打造中国民族企业的“粮油航母”。

把企业做大做强

在北京的超市里，汇福牌大豆油的销量很好。一级大豆油在北京已占有70%以上的市场份额，产品销售覆盖十几个省区市，饲料蛋白销往全国，年营销额达90多亿元。

汇福粮油集团（以下简称汇福）自创建之日至今，经历了三大跨越。第一次是1999年10月至2000年5月，只用了200天时间，就建成了年加工大豆80万吨大型粮油企业，国际油脂专家称赞汇福创造了油脂加工企业的奇迹，创造了“汇福速度”。因为在当时，国际上建成汇福如此规模的企业，至少需要一年半的时间。

但石克荣并没有停下脚步，凭着多年来经营农产品加工企业的经验和对市场的敏锐感觉，他深深意识到，以汇福年加工80万吨大豆的能力，很难在未来竞争日益激烈的市场中站稳脚跟。于是，汇福有了第二次跨越。2003年

10月，汇福投资10亿元，引进世界最先进的工艺设备，建成一条新的生产线，新生产线具有大豆全脱皮和膨化功能，全部采用自动化控制，使年加工大豆能力达到300万吨，年生产一级大豆油能力55万吨，豆粕240万吨，其中精炼植物油单线生产能力居世界第一位。

实力增强了，汇福开始在国际市场上摸爬滚打，历尽了艰辛，饱尝了国际粮商垄断的苦头，也悟出了一个道理：必须抢占国际大豆市场的主导地位，才能扭转大豆采购的被动局面。

于是，汇福有了第三次跨越，走出去搞跨国经营。2005年冬，汇福集团与阿根廷最具实力的索克马集团结成了合作伙伴，成立了“南美石马股份有限公司”，增强了中国企业在国际市场上的竞争力。

经过多年的发展积累，汇福集团已经具有了世界一流的工艺设备、一流的技术人才、一流的管理队伍、一流的信誉质量，创下了37个亿的总资产，初步形成了采购、仓储、生产、营销等环环相扣的产业链。

生产安全的农产品

在农产品质量安全越来越受关注的今天，汇福牌大豆油能够经受住严格的质量检测，并成为顾客青睐的产品，主要缘于汇福视产品质量安全为企业的生命线，严把产品质量关。

汇福粮油集团技术总监田宝东告诉记者，汇福采用了世界最先进的工艺设备，创造出具有汇福特色的精炼法。这种精炼法在精炼过程中，经过18道主要工序和16道辅助工序，进行蒸发、汽提、脱胶、脱酸、脱臭。在整个工艺中，采用纯净水，经过38层反渗透过滤，确保了大豆油的高品质，形成科技含量高的精炼法，使大豆油达到了油类尖端产品的水平。

在加工车间里，记者看到，为了保障食品安全，汇福购进和使用了世界顶级的检测、监测仪器设备：如测定谷物成分用的远红外谷物分析仪，测定油脂颜色用的紫外分光光度计，测煤发热量用的氧弹热量计，测溶剂残留用的6890型气相色谱仪，测量各种微生物成分用的安捷伦1100型液相色谱仪，测量油脂沉淀成分含磷量和进行分离实验用的高速离心机等，为生产各工序的品质控制提供了准确的数据，实现了管理科学化、监测数据化、检测自动化、档案规范化的目标。

带动农民增收

随着汇福的规模不断扩大，对农业增效和农民增收也发挥了巨大的带动作用，汇福已成为国家农业产业化重点龙头企业。

汇福粮油集团年加工大豆能力是 300 万吨，得需要 1000 多万亩大豆种植面积。近年来，石克荣帮助农民算了三笔账，调动了农民种植大豆的积极性。一是土壤改良账。种植大豆不仅不用施肥，而且大豆还是培育地力的重要作物。二是节水账。种植大豆比种植玉米每亩节水 50 立方米。三是高效账。汇福与中国农科院合作，培育推广“彩虹 2000”“彩虹 2 号”“中作 983”等大豆新品种，亩产可达 300 公斤，含油量达 21％以上，蛋白质含量达 36％，且为非转基因大豆，春秋两季都可播种。大豆农产品价格比其他农产品高。通过算清三笔账，调动了农民种植大豆的积极性。目前，汇福已在周边地区建有 4 个大豆种植基地，在东北建有 7 个大豆种植基地，共计 580 多万亩，带动约 18 万大豆种植农户。

同时，汇福有年生产 240 万吨的豆粕生产能力，豆粕作为猪、牛、鸡、鸭、鱼的精品饲料，带动了全国众多的养殖业。目前，汇福豆粕主要销往周边省市，有效带动了周边养殖业的发展。汇福还带动发展了相关产业。汇福公司每年使用 3000 多万条编织袋，200 多万个塑料包装桶，200 多万平方米的纸箱，600 多万吨的运输量，直接带动了周边包装业和运输业的发展。

展望未来，石克荣充满信心，汇福虽隶属河北省，但位于北京周边，搞服务产业、配送产业有着得天独厚的区位优势，汇福正在兴建两个为北京及周边服务的大项目：汇福国际休闲度假商务中心和汇福现代物流项目。其中汇福现代物流项目与汇福粮油加工企业相邻，总体项目建成后，可实现粮食中转能力 480 万吨，建材、钢材及有色金属到发能力 1200 万吨，年可实现交易额500亿元，上缴税金5亿元，新增就业3000人。

《经济日报》2008年12月2日

“三农”发展进入黄金期

“这是我今年最体面的‘年货’！”河南省正阳县真阳镇李通村32岁的种粮大户黄磊，一边擦拭着场院里披红戴花的拖拉机，一边笑得合不拢嘴地说。这台东方红拖拉机是国务院奖励他的龙年特殊“礼物”，全村人别提多羡慕他了。黄磊作为种粮售粮大户代表之一，参加了去年底国务院在北京人民大会堂隆重举行的全国粮食生产表彰奖励大会。他承包了2283亩耕地，依靠国家各项惠农政策，筹资60多万元购买各种农机设备，实现全程科学种田，去年获得了大丰收，粮食总产达到2180吨，收入435万元。

黄磊依靠科学种田、规模经营带来了好收成，这是2011年广大农民的一个缩影。

回首“十二五”开局之年的“三农”发展，几多自豪，几多艰辛。这是我国经济社会发展极不平凡的一年，也是农业农村经济发展历尽坎坷的一年，更是农业农村发展整体提速、全线飘红的一年，也是农民顺心、农村祥和的一年。

在2011年年底召开的中央农村工作会议指出：党的十六大以来，在经济快速增长、国力不断增强的背景下，我们坚持统筹城乡发展，坚持把增加农民收入作为农村工作的中心任务，初步形成了强农惠农富农的政策体系，基本建立起符合统筹城乡发展要求的制度框架。农业农村发展取得了举世瞩目的巨大成就，“三农”发展进入又一个“黄金期”。

一串金灿灿的数字，有力地佐证了“黄金期”的定论：

57121万吨！这是2011年的粮食总产量。这一年，粮食生产实现创纪录的“八连增”，成为我国经济社会发展中的突出亮点。

6977元！这是2011年中国农民人均纯收入。这一年，中国农民增收实现“八连快”，增量超过千元，创历史新高。

畜牧业生产和“菜篮子”产品稳定增长，棉油糖、果菜茶等实现新世纪以来首次全面增产；农田水利建设迎来历史性机遇……

成就振奋人心，过程彰显努力。粮食生产是在“七连增”的高基数基础上，在年初北方地区冬春连旱、年中南方部分地区旱涝急转境况下，在管理国内通胀预期任务加重、国际粮价不断波动背景下取得的，实属来之不易。

中央农村工作领导小组副组长、办公室主任陈锡文感慨地说：这是在党中央、国务院加大强农惠农富农政策力度的基础上，广大农民群众、基层干部和农业科技人员共同努力的结果。

有目共睹，政策得力是关键。2011年重农政策出台频率之密、针对性之强、含金量之高超出以往。在夏粮生产的关键时刻，国务院在50天内召开4次常务会议和2次专题会议，出台了一系列扶持农业和粮食生产的政策措施，首次开展了2011年全国粮食稳定增产行动。

令人欣喜的是，2011年中央财政用于“三农”的支出达到了9884.5亿元，而实际投入规模首次突破1万亿元。对农民的“四补贴”更是增加到了1406亿元，比2010年增加180亿元。国家还进一步提高粮食最低收购价，让农民真正种田托底。

从年初出台中央一号文件加强水利建设，到贯穿全年的全国粮食稳定增产行动，政策因素始终发挥着引导推动的重要作用。

科技给力是基础。黑龙江省大庆市长安村农民张伯青就尝到了科技种田的甜头，他满脸喜悦地说：“真没想到，膜下滴灌这么好使，今年玉米产量至少翻一倍。”张伯青的感受，道出了亿万种田农民的共同心声。

2011年，科技催生的“良种良法”发挥威力。中央财政安排8亿元，继续在全国800个县实施“基层农技推广体系改革与建设示范县项目”，为配合全国农技推广示范县项目的实施，分作物遴选出2011年主导品种150个，主推技术 80 项，并通过多种渠道加强推广力度，有力促进了产量提高。

通过多年不懈的努力，我国农业科技支撑和服务推广体系不断完善，综合生产能力显著提升，为粮食生产提供了有力的支撑。

抗灾有力是保障。农业部部长韩长赋多次强调，气象条件复杂，成了近年来粮食生产面临的常态。“抗灾夺丰收”成了粮食生产必须要牢牢把握的一条原则。

2011 年，夏粮主产区接连大旱，令人忧心。党和政府带领全国粮食产区干群合力抗旱，再加上关键时刻的降雨，夏粮在抗灾的基础上取得“八连增”的好成绩。秋粮生产也不是一帆风顺，面对局部地区严重的自然灾害，各地各部门立足抗灾夺丰收，坚持做到了科学防灾、主动避灾、有序抗灾、高效救灾，最大限度减轻了灾害损失。

2011 年农业农村的好形势，有力支撑了经济平稳较快发展，有效维护了改革发展稳定大局。

站在粮食生产“八连增”和农民收入增长“八连快”的高起点上，我们应当清醒地看到，随着工业化城镇化快速推进，农业资源环境约束不断加大、生产要素价格持续上升、全球气候变化影响加深、农产品市场波动剧烈，能否持续保持粮食生产的稳定发展、让粮食生产能力稳定在 5.4 亿吨以上？如何保持农民收入增幅在 7.5% 以上、实现城乡一体化发展？这是摆在我们面前的一道严峻的课题。

我们要在推进工业化、城镇化和农业现代化“三化同步”进程中，围绕“强科技保发展、强生产保供给、强民生保稳定”重大任务，谋划新发展，寻求新跨越。

2012 年的现代农业发展，值得期待，催人奋进！

《经济日报》2012 年 2 月 26 日

河南新乡茹岗建设新型农村社区

——“城中村”的幸福曲

在各地干部群众以实际行动喜迎党的十八大胜利召开之际，本报记者通过“走基层、转作风、改文风”大型主题采访活动，及时报道各地区各部门深入贯彻落实科学发展观、加快转变经济发展方式的新思路、新举措、新经验。《喜迎十八大 基层看亮点》专栏今天起与读者见面，希望这些来自基层、贴近百姓的鲜活报道能为您呈现一幅生机勃勃、充满创意的新画卷。

“牧野大地兰花香，俺来说说新茹岗……”走进河南新乡市牧野区牧野乡茹岗社区，记者看到，在秋日温暖的阳光下，社区老年合唱团正在宽敞的文化广场上演唱自编的歌曲，洋溢着幸福祥和的气氛。“俺们可是市里比赛的第一名哩！”合唱团的几位村民骄傲地争相告诉记者。

很难想象，这个广场几年前还是个废弃的垃圾场。记者在与社区干部和村民的交谈中深切感受到，这个数千年前发生过武王伐纣中赫赫有名的牧野大战的古战场所在地，近10年来老百姓的生活发生了多么巨大的变化，他们多么由衷地感谢带领他们走上致富大道的社区党组织。

茹岗社区是一个典型的城中村，20世纪90年代，这个村曾依托新飞集团办起多家企业，村集体经济基础较好。后因村上一些人闹不团结，集体企业滑坡，这个村一度成了令人头疼的“上访村”。怎么办?“建设新型农村社区，工作千头万绪，离不开一个坚强的领导班子。”新乡市、牧野区、牧野乡各级党组织充分认识到，抓好茹岗社区的党组织建设迫在眉睫、至关重要。

众望所归，企业家出身的张春兰当选第六届社区居委会主任，之后又高票当选社区党总支书记。她不仅不拿村里一分钱工资，还将自己企业的工作人员带到村里，全身心投入到为村民服务和村集体发展上。

他们动员茹岗社区2000多名村民以入股形式加入社区企业；带领群众投资3000万元建起了豫北最大的农副产品物流配送中心之一——茹岗物流配送中心，为新乡全市提供了80%的蔬菜，为社会提供了5000多个就业岗位。目前，茹岗社区投资19亿元的牧野区工业园项目已经开工，城中村改造也正在积极筹划中。

党的十七届六中全会以来，茹岗社区党总支带领大家建设和实施的茹岗农民艺术团、茹岗老年人关爱工程、茹岗党组织服务网络以及创办的《茹岗新风》社区报等，都引领了农村文化建设的潮流，受到社区群众的欢迎和社会各界的赞誉。张春兰也获得了全国“双学双比”女能手、全国巾帼建功标兵、河南省优秀共产党员等荣誉称号，还光荣地当选为党的十八大代表。

“和谐幸福新茹岗，牧野大地谱华章。科学发展插双翅，创新跨越当自强。群雁高飞头雁领，笑看明日更辉煌。”一位村民在《茹岗新风》社区报上刊登的《茹岗感怀》小诗，代表了广大村民的心声。

《经济日报》2012年9月14日

不信土地不生金

江苏省常熟市有一种风俗，参加婚宴的人们都会得到主人回赠的糕点，近几年这份回礼变成了小包装的“喜米”。吃过这种口味纯正、清香四溢的大米后，人们在日常生活中也纷纷去购买这种高品质的好米。于是，常熟首个正式注册的家庭农场——田娘农场的送米车更加繁忙地行驶在大街小巷。尽管“喜米”的价格远高出普通米，最高每斤45元，但仍然供不应求，每月的销售额超过100万元。

田娘家庭农场创始人高健浩对记者说："我的目标就是让老百姓吃好。"为了这个理想，田娘家庭农场进行了不同途径的探索。

在鱼米之乡的常熟成为最大的"农场主"，这是高健浩创业时始料未及的。家庭农场是新型的农业经营主体，一些专家到常熟调研后，认为田娘农场是相对成熟的家庭农场"升级版"。高健浩说，实际上，这一模式的雏形，应该追溯到20世纪90年代初的探索。

那时，迅猛发展的工业化潮流带走了农村的青壮劳动力，大片田地撂荒，但想承包田地，却是一件风险极大的事情。高健浩率领17户村民，到昆山正义镇承包了4800多亩地，成为苏南第一批跨市承包大片土地的农民。"当时采用了以家庭为单位分片精耕细作又统一协调服务的组织形式，应该是家庭农场的初级版。"高健浩回忆说。

在种地过程中，高健浩看到一些农民过度使用肥料造成土地污染，感到很痛心。于是，他创办了江苏田娘农业科技有限公司，专业处理畜禽粪便、秸秆等农业固体有机废弃物，生产有机肥料。但是在推广有机肥时，当地农民不认可，认为化肥又便宜又干净，增产效果更显著。无奈之下，高健浩决定把有机肥料白送给农民，但依然收效甚微，第一年公司亏损严重。

"别人的地不用有机肥，我租地自己用，给大家先作个示范。"高健浩又流转了500亩地，成立起田娘农业生产合作社。"当时目的还有一个，就是把田娘牌有机肥料消耗掉，用收成给工人发工资。"

然而仅靠500亩地，公司的有机肥料还是无法全部消化。于是从2006年起，高健浩成立了米业专业合作社，通过土地入股的方式吸引农户加入。

在推广有机肥料、流转土地进行示范过程中，田娘公司逐步摸索出以"公司+合作社+家庭农场"的新型合作经营模式，对加盟的家庭农场开展教育培训，提供产前、产中、产后统一管理和服务，提高了农户的种植水平和收益。

如今，田娘公司经营的土地总面积达到6800亩，其中2050亩由田娘家庭农场承包租赁经营，发展优质稻米标准化示范种植，剩下的4000多亩通过吸引周边区域的37户家庭农场合作经营。田娘家庭农场已通过国家级优质稻米标准化示范基地的验收，成为农业部“种粮专业大户”。

目前，全国各地家庭农场形式多样，各有特点。高健浩说，我和17个家庭第一次大规模承包土地是为了解决“撂荒”问题，江苏田娘农业科技有限公司和田娘农场则是在与环境污染、土质恶化的抗争中应运而生，以解决粮食质量安全为使命。

在采访中，记者看到，按照农业循环经济的理念，田娘公司已形成了自己的特色：通过统一良种供应、统一机械化育插秧、统一病虫草害防治、统一新技术运用、统一标准化生产、统一品牌销售的“六统一”管理模式下的专业化分工合作，构建起“发展养殖业——废弃物收集——资源化生产——返回种植业——优质农产品生产”的现代农业经济循环圈和可持续发展的生态农业产业链。

高健浩告诉记者，通过不断摸索和实践，田娘家庭农场取得了5个显著成效：提高了土地投入产出率，提高了农产品市场竞争力，培育了新型职业农民，提高了农业规模经营效益，改善了农村生态环境。

在支农惠农政策的推动下，田娘家庭农场基本实现了机械化生产，提高了水稻生产管理水平，实现了省工节本增效。周边常规种粮小户水稻亩产525公斤，小麦亩产285公斤，而田娘农场近3年种植的水稻、小麦亩均产量分别达到626公斤和337公斤，比流转前大幅度提高。

田娘系列农产品先后获得苏州市知名商标、名牌产品和江苏名牌农产品等称号，并成功进驻常熟市及周边市、县、区大型超市、商店。2012年，田娘家庭农场销售田娘系列大米610多万斤，销售收入2100多万元。

《经济日报》2013年7月18日

家庭农场发展的喜与忧（上）

家庭农场目前正在各地蓬勃发展，越来越多的农民表现出对开办家庭农场的极大热情。但家庭农场的规模该有多大？资金问题如何解决？家庭农场如何经营好？就这些问题，记者进行了深入调研采访。

群众首创　政策扶持

为高效盘活闲置土地，各地大胆创新土地流转模式，实现土地规模化经营，家庭农场成为改革突破口在一望无际的稻田里，一位老农细心察看着庄稼的长势，还捏起一撮土探探水分如何。操着浓重苏南口音的江苏常熟市田娘农场场长高建浩告诉记者，侍弄庄稼就要像照看婴孩一样仔细，所以他给自己经营的家庭农场起了“田娘”这个名字。

在我国现有的家庭农场中，田娘农场的知名度很高，作为常熟市第一家在工商局正式登记注册的家庭农场，现在经营着6800多亩土地，已通过国家级优质稻米标准化示范基地的验收，成为农业部“种粮专业大户”，所生产的“田娘”牌有机大米深受消费者青睐。

谈到田娘农场的发展，高建浩感慨地说，实际上这一模式的雏形，应该追溯到我们在20世纪90年代初的探索。那时，迅猛发展的工业化潮流带走了农村的青壮年劳动力，大片田地撂荒。我率领17户村民，鼓足勇气到昆山正义镇承包了4800多亩粮田，成为苏南第一批跨市承包大片土地的农民。当时采用了以家庭为单位分片精耕细作又统一协调服务的组织形式，算是家庭农场的初级版。

为了减少化肥对土壤结构的侵害，并使垃圾变废为宝，高建浩在2002年创办了江苏田娘农业科技有限公司，开始专业处理畜禽粪便、秸秆等农业固体有机废弃物，生产有机肥料。在推广有机肥料、流转土地进行示范过程中，田娘科技公司逐步摸索出以“公司＋合作社＋若干家庭农场”的新型合作发展模式，田娘农场直接经营2050亩农田，同时吸引周边区域的37户家庭农场进行产业化合作经营，这种模式被专家称为中国家庭农场的“升级版”。

田娘农场的诞生是全国很多家庭农场的缩影。30年前，中国农村的第一次改革由土地制度改革破题，家庭联产承包责任制实现了土地的由“合”到“分”；30年后，随着我国发展农业现代化进程加快，“一家一户”的传统农业生产模式面临效益递减困境，农村改革再次提上议事日程，土地由“分”到“合”已是大势所趋。

各地对实现土地规模化经营的探索从未停止过，且模式日渐增多，专业大户、家庭农场等纷纷应运而生。上海松江、湖北武汉、吉林延边、浙江宁波、安徽郎溪等地积极培育家庭农场，在促进现代农业发展方面发挥了积极作用。

河北省滦县县委书记卢宏秋告诉记者，县里把家庭农场作为推动现代农业发展的重要载体，促进农户由分散经营向适度规模经营转变，由非法人型向法人型转变，有效地提升了农业主体的经营能力，加速了农业产业化、特色化发展进程。去年全县家庭农场人均纯收入10万元，是全县农民人均纯收入的10倍。

正是基于对基层和群众首创精神的尊重和认可，中央有关部门对此开始了紧锣密鼓的调研。随着新型城镇化进程的加快，大量的农民进城务工，而与之相对应的农村出现了“劳力荒”，农业兼业化、农村空心化、农村劳力老龄化现象普遍存在，导致有些地方的土地出现闲置、荒芜。家庭农场通过为土地转出方支付一定流转费用、雇佣当地农民等形式，构建起新的产业链条，不但有效解决了无人种田、土地利用等问题，又能够充分发挥农民生产积极性，最终实现农业与农民收入“双增”目标。

适度规模　循序渐进

我国国情决定了家庭农场的经营规模必须适度，不能一味“贪大”。必须坚持依法自愿有偿原则，引导农村土地承包经营权有序流转。

如何定义家庭农场？国务院发展研究中心副主任韩俊在接受采访时说，家庭农场是指以家庭成员为主要劳动力，从事农业规模化、集约化、商品化生产经营，并以农业收入为家庭主要收入来源的新型农业经营主体。

概括来讲，家庭农场具有家庭经营、智谋规模、市场化经营、企业化管理等四个显著性。那么，家庭农村与种粮大户和农民专业合作社有何区别？家庭农村与以往种粮大户不同，从严格意义上讲，家庭农村需要经过工商注册、有法人代表，其运作更加企业化，可以说，家庭农村是种粮大户、养殖大户的“升级版”；家庭农场与专业合作社的区别在于前者可以成为合作社的成员，合作社是农业家庭经营者的联合体。

在调研中，很多经营者反映，目前影响家庭农场发展的问题是土地经营的规模和期限。家庭农场大部分土地是通过流转得来，而流转土地的稳定性就非常重要。如果一个家庭农场每年经营的土地规模变动太大，显然是对农场经营极端不利的。土地的流转如果是短期的，家庭农场就难有专心经营的积极性，也很难做长期的投资，这对于农业生产也是不利的。家庭农场在流转土地时，需要户户做工作，户户签合同，一旦遇到一户不愿意流转的，就会前功尽弃，成本很高。

杨家雄的杨氏家庭农场是武汉市最早的5个家庭农场之一，从2010年10月建立家庭农场到现在，已从10亩扩大到20亩，年收益也从几万元涨到20万元。他想扩大经营规模，但供流转的适宜蔬菜种植的土地很少，难以形成规模种植，让他很苦恼。据了解，目前武汉的土地流转形式以出租为主，租期普遍偏短，制约了家庭农场的发展壮大。

河北滦县的家庭农场也面临同样问题，县委书记卢宏秋说，为此县里积极创新土地流转机制，建立县、镇、村三级土地流转服务平台，鼓励种养殖大户通过承租、承包、转让、入股等形式进行土地流转，为建设家庭农场提供了必要的要素支撑。如在响堂镇大司营村建立了农民土地股份合作社，农民群众以土地承包权作价入股，流转土地，实现小块分散土地的集中经营。土地股份合作社以高于每亩承包土地实际收益20%至30%的价格，确定股价，作为保底收入，把土地流转给家庭农场，根据农场经营项目年终按收益比例分红。

农业部经管司负责人表示，由于刚刚起步，家庭农场的培育发展还有一个循序渐进的过程。农业部将按照中央要求，着手研究培育发展家庭农场的基本原则和实现途径，指导地方稳步培育家庭农场。鼓励有条件的地方率先建立家庭农场注册登记制度，明确家庭农场认定标准、登记办法，制定专门的扶持政策。

韩俊强调，我国的家庭农场和西方的家庭农场经营模式有所不同，在我国不可能出现经营几万亩土地的家庭农场，这是由我国人多地少的国情所决定的，我国的人地关系不适合发展过大规模的家庭农场，要兼顾劳动生产率与土地产出率，把握好土地经营规模的“适度”。在激烈的市场竞争中，家庭农场通过适度规模经营，才能灵活应用先进机械设备、信息技术和生产手段，才能够大幅提高农业生产效率，加快传统农业向现代农业转变。

《经济日报》2013年8月21日

家庭农场发展的喜与忧（下）

资金是制约家庭农场发展的主要因素之一。创新金融扶持机制是推进家庭农场快速发展的重要保障。

国务院办公厅日前发布了《关于金融支持经济结构调整和转型升级的指导意见》，提出要加大对“三农”领域的信贷支持力度，优化“三农”金融服务，统筹发挥政策性金融、商业性金融和合作性金融的协同作用，发挥直接融资优势，推动加快农业现代化步伐。其中特别提到“支持金融机构开发符合农业农村新型经营主体和农产品批发商特点的金融产品和服务，加大信贷支持力度，力争全年‘三农’贷款增速不低于当年各项贷款平均增速，贷款增量不低于上年同期水平”。还鼓励银行业金融机构扩大林权抵押贷款，探索开展大中型农机具、农村土地承包经营权和宅基地使用权抵押贷款试点。

目前全国很多地方已经开始试点质押贷款，一些银行转变观念，认为牲畜等生物资产也算抵押物，比如 5000 头牛可以算作多少资产，当然，这中间必须由第三方出具证明。

还有一个重要的资金来源是农业补贴。今年的中央一号文件明确提出：新增加的农业补贴要向专业大户、家庭农场和农民合作社倾斜。

江苏田娘农场场长高建浩反映，目前我国种养结合型的家庭农场模式较为普遍。这个群体既不是种粮大户，又不是养殖大户，按照现有的农业扶持政策很难获益。他希望有关部门将家庭农场与农民专业合作社、农业龙头企业有机统一起来，制定专门的财政、税收、用地、金融、保险等优惠政策。

河北滦县县委书记卢宏秋认为，创新机制是推进家庭农场快速发展的重要保障。首先要创新政策激励机制，充分发挥政策导向作用。滦县对家庭农场制定优惠扶持政策，如经营规模在 100 亩以上的家庭农场给予一次性奖励 3 万元；对经营面积 200 亩以上或投资额 1000 万元以上的家庭农场，经认证给予其融资资金 5% 的财政贴息。2012 年滦县累计向家庭农场发放各类补助 1200 万元，有力地支持了家庭农场发展。

同时，滦县还积极创新金融扶持机制，一方面，积极引导鼓励融资机构加大对家庭农场的支持力度，目前，各融资机构累计为家庭农场贷款 1.2 亿元；另一方面，拓宽融资渠道，建立农村资金互助合作社，在合作社成员之间进行融资担保，推进家庭农场发展。针对过去小额担保贷款在帮扶家庭农场创业过程中放贷资金少、考察周期长等现状，实施人社部门、邮储银行、县农村信用社“三联姻”，成立小额贷款担保公司，扶持家庭农场主创业。

各地都在积极想办法解决家庭农场的资金困境，据了解，武汉市政府采取了“先建后补”政策，截至去年年底，政府扶持资金达664万元，已扶持各类家庭农场167家，平均每个家庭农场获补贴近4万元。

特色经营赢在品牌做好“小生产”与“大市场”的对接是发展家庭农场最关键的环节，必须依靠特色和品牌打造卖点湖北、山西等地的很多家庭农场主反映，虽然他们的农产品收成好、质量高，但是因为运输路途长、包装成本高、超市门槛高等原因，很难在超市里占据一席之地，更难卖出个好价钱。

国务院发展研究中心副主任韩俊认为，家庭农场只是一个“壳”，经营家庭农场，关键是选择什么样的农业项目。如果还仅仅生产“大路货”，就没有竞争力。

经营家庭农场需要做好“小生产”与“大市场”的对接，必须搞好特色经营，要靠消费者信得过的品牌产品赢市场。

各地的家庭农场虽然初具规模，但很多经营规模较小，生产和销售能力有限，叫得响的自创品牌并不多。田娘农场是靠自主品牌获得好收益的农场之一。高建浩向记者透露了打开市场的秘诀：第一步就是坚持使用有机肥。田娘种出的有机大米无公害、口感好。在当地人办喜事的时候送上田娘的“喜米”，免费让老百姓品尝，大家觉得好吃就口口相传。第二步是打品牌，注册“田娘”商标，常熟百姓慢慢形成了用田娘大米作为礼品的习惯。尽管“喜米”的价格远高出普通米，仍然供不应求，每月的销售额超过100多万元。田娘系列农产品先后获得苏州市知名商标和江苏名牌农产品等称号。

专家认为田娘农场的营销策略很值得其他家庭农场借鉴。但需要强调的是，我国家庭农场还处于起步阶段，政府不能只鼓励大面积建设家庭农场，更要帮助其解决销路难题。除了给予技术指导，还需在市场方面给予引导。

地方政府也在积极努力，卢宏秋介绍说，家庭农场非常契合农村实际，是现代农业发展的一个主导模式。滦县把家庭农场作为城乡统筹发展的重要途径，全县规划了36平方公里的现代农业示范区，主要培育家庭农场。

在发展的过程中，滦县努力推进“三化”：一是科技化，因为没有科技，家庭农场的发展就没有支撑；二是品牌化，全县48家家庭农场，目前约有十几家进行了品牌注册；三是专业化，家庭农场的发展必须有专业的合作社去闯市场，否则规模化的经营如果遭遇没有市场的窘境，结果是不可想象的。

卢宏秋说，发展家庭农场对技术、人才、信息、市场、服务等要素需求较大，但目前的农业技术推广和社会化服务缺乏完善的机制，这令很多家庭农场得不到强有力的技术支持和人才支撑。必须创新技术服务机制。一方面，结合河北省委、省政府开展的“基层组织建设年”活动，组织开展与家庭农场“一对一”结对帮扶服务，通过送政策、送技术、送农资、送信息，助推家庭农场发展。另一方面，通过农广校、阳光工程等开展农业专业技能、农村劳动力转移培训，积极培养职业农民带头人、农村职业经纪人和农业社会化服务人才，为家庭农场发展储备力量。

采访札记

在走访中，很多家庭农场主向记者反映，目前发展家庭农场在融资贷款方面受到一定制约。由于从事农业经营效益低、收益慢，而又没有实体资产抵押，很难从银行得到贷款，走担保贷款的路子更难，少数能从信用社贷到款的，额度也很低、期限较短，资金周转常常出现紧张局面，这令他们十分苦恼。

《经济日报》2013年8月22日

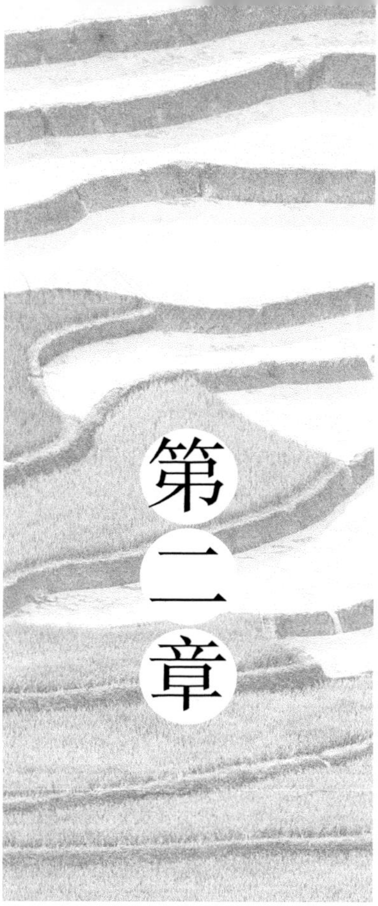

第二章

政策解读：强农惠农谱新篇

十六届三中全会《决定》解读

土地流转：一定要尊重农民意愿

“农户在承包期内可依法、自愿、有偿流转土地承包经营权，完善流转办法，逐步发展适度规模经营。”这是十六届三中全会《决定》对农村土地流转问题的一贯政策精神的进一步明确和重申。这既是对农民拥有土地承包经营权的充分肯定，也体现了农村生产力发展的客观要求，对保护农民权益、全面繁荣农村经济，具有重要的理论意义与现实意义。

土地流转是农业和农村生产力水平发展到一定阶段的必然要求。近年来，特别是在土地二轮承包后，土地流转的规模有所扩大，开始由沿海和城郊向内陆扩展。在实践中正确引导土地流转、确保中央的土地流转政策不走样，确保农民的土地承包权益在流转中不受侵害，这是记者采访有关专家和政府官员时，他们从不同的层面反复强调的问题。

前提：长期稳定土地承包关系

农业部农村经济体制与经营管理司副司长胡建锋强调，确保农村土地承包关系长期稳定，这是农村土地流转的基本前提。农村通过开展延长土地承包期工作，把中央关于耕地承包期“再延长30年不变”的政策落到实处，确立了新一轮土地承包关系。中央反复强调要长期稳定土地承包关系，并把稳定土地承包关系作为农村政策的基石。今年3月1日正式施行的《农村土地承包法》，赋予农民长期而有保障的土地使用权，使长期稳定承包关系得到法律保障。在稳定承包关系和农民自愿的前提下，允许土地承包经营权流转，这是党的农村土地承包政策的重要内容，也是农民依法自主行使承包经营权的一种具体形式和权利。正是承包关系的长期稳定，才为农民行使土地流转权提供了可靠的制度保障。因此，要正确理解和处理好土地流转与稳定承包关系的关系，引导土地流转健康发展。

主体：拥有土地承包经营权的农户

《中共中央关于做好农户承包地使用权流转工作的通知》和《农村土地承包法》规定，承包农户既是土地承包的主体，也是土地流转的主体。在承包期内，农户对承包的土地依法拥有自主的使用权、收益权和流转权，有权依法自主决定承包地是否流转和流转的形式，任何组织和个人不能强迫农户流转土地，也不能阻碍农户依法流转土地。土地流转的转包费、转让费和租金等，应由农户与受让方或承租方协商确定，流转的收益归农户所有，任何组织和个人不得截留、扣缴。

据此，胡建锋说，农民在土地流转中的主体地位必须得到尊重和保护，不容以任何名义在土地流转中侵占农民的承包经营权和流转收益。有的地方的乡村组织违背农民的意愿，强制推行土地流转或侵占农民合法的流转收益，要予以纠正。

原则：依法　自愿　有偿

中央三令五申，农户承包地使用权流转必须坚持依法、自愿、有偿的原则。国务院发展研究中心研究员刘守英解释，所谓依法，就是要按照有关法律法规和中央的政策进行。新近出台的《农村土地承包法》对土地流转的基本原则有着明确的规定。

所谓自愿，就是土地承包经营权的流转应建立在农户自愿的基础上。任何组织和个人不得强迫或阻碍农户流转土地。近来在一些地方出现了一些不好的苗头，如集体经济组织单方面解除土地承包合同；有的地方收回农户的承包地搞招标承包，或将农户的承包地收回抵顶欠款。这些做法都违背了自愿的原则，是对农户土地承包权和土地流转权的侵犯。

所谓有偿，就是土地流转的条件和补偿完全由农户与受让方自主平等协商，流转的收益归农户所有。土地收益权是农户土地承包经营权的核心，农户的土地收益包括承包土地直接经营的收益，也包括流转土地的收益。土地承包经营权在发生流转时，农户有权获得土地流转的土地转包费或租金，在承包土地被依法征占用时，也有权获得相应的补偿或土地级差收益。

条件：农村剩余劳动力大量向非农产业转移

土地流转是农村经济发展、农村劳动力转移的必然结果。只有第二、三产业发达，大多数农民实现非农就业并有稳定的工作岗位和收入来源的地方，才有可能出现较大范围的土地流转。因此，必须在农村剩余劳动力实现向非农产业转移的前提下才有可能发展土地的适度规模经营。此外，发展土地适度规模经营的地方还必须具备健全的社会化服务体系。另外，土地的规模经营要适度，要与劳动者和管理人员的素质，与资金的投入数量，与生产设施和科学技术应用的水平，以及与经营管理和经济体制形式等相适应。总之，要与农业生产力水平和发展要求相一致。

办法：实施规范管理健全流转机制

胡建锋认为，当前有关农村土地流转的法律政策都十分明确，关键是要通过规范管理和健全机制把法律政策落到实处。要制定具有可操作性的土地流转规则，实施好土地流转登记备案制和流转合同制，指导和规范流转行为，保护依法形成的土地流转关系和双方权益，及时调处流转纠纷。

同时，要积极探索建立健全土地流转机制，培育土地流转中介服务组织，为农民自愿流转提供有关信息、咨询、经济补偿、委托代理、合同签订、纠纷调解等服务。

《经济日报》2003 年 11 月 5 日

“兴机富民”有法可依

我国第一部促进农业机械化发展的法律《中华人民共和国农业机械化促进法》，经十届全国人大常委会第十次会议审议通过，已于11月1日起正式实施。

它出台的背景是什么？对农民的切身利益有何影响？在实施过程中又应注意哪些问题呢？

提供法制保障

农机化在新中国农业发展史上所起的重要作用是有目共睹的。特别是改革开放以后，农业机械作为农民勤劳致富的重要手段得到迅速的增长。但从总体上来说，我国农业机械化水平还不高。据统计，目前我国农村每户拥有农业机械原值为1300元，主要农作物耕、种、收的综合机械化水平为30%，仅相当于法国20世纪50年代的水平，仍处于农业机械化的初级阶段。

目前我国农业正处于由传统农业向现代农业转变的关键阶段，建设现代农业，提高农产品竞争力，增加农民收入等，都需要加快农业机械化发展。通过立法促进农业机械化发展，是农业发达国家的通行做法，也符合世界贸易组织的相关规则。据有关专家介绍，在该法出台之前，我国尚没有一部有关农业机械化方面的法律出台，农机化发展的指导思想、原则思路，以及体制机制等内容均未获得法律层面上的明确。多年来，为促进农业机械化发展，中央和地方制订了一些扶持优惠政策，常常是一事一议，缺乏稳定性，有些地方性法规、政策还不协调。这些问题，也迫切需要通过国家立法来解决。在近几年的全国人大会上，都有代表提出制定农机化促进法的议案。

全国人大常委会副委员长乌云其木格认为，该法的出台十分必要和适时，它既反映了广大农民的根本利益，也为保持党的农村政策稳定，加快传统农业向现代农业转变，奠定了坚实的制度基础。

明确“补农”措施

农业部部长杜青林说，这是一部“兴机富民”的法律。我国农民收入水平普遍不高，购买农机资金不足，需要国家给予适当的扶持。20多年前，国家开始允许农民自主购买农机具，一些经济发达地区早在十几年前就已经实施了农机补贴政策。

近年来，党中央高度重视“三农”问题，提出要“加大国家对农业的支持保护，增加各级财政对农业和农村的投入”。今年中央“一号文件”把提高农业机械化水平作为促进农民增收的一项重要措施。该法将这些政策措施以法律的形式固定下来，规定对农民和农业生产经营组织购买国家支持推广的先进适用的农业机械给予直接补贴或贴息补助；从事农业机械生产作业服务的收入，按照国家规定给予税收优惠，并对农业机械的农业生产作业用燃油安排财政补贴；县级以上地方政府主管农业机械化工作的部门应当为农民免费提供信息服务等。

该法还针对目前我国农业机械存在的工艺落后、质量差等制约农机化发展、损害农民利益的问题，规定国家要支持引进先进技术，同时禁止用报废机具拼装产品，农民使用了质量不合格的农业机械，由农业机械生产者、销售者负责修理、更换、退货，给使用者造成农业生产损失或者其他损失的，应依法赔偿；因农业机械存在缺陷造成人身伤害、财产损失的，农业机械生产者、销售者要依法赔偿等。

有专家认为，该法的做法是把工业税收反哺给农业，标志着我国从以工支农向以工补农的历史性跨越。

推动共同扶持

顾名思义，这是一部意在促进的法律，其规定的措施大部分也是支持性、引导性、调控性的，而少量以管理为主的条款则集中在质量、安全和约束政府行为方面。正如全国人大农业与农村委员会主任委员刘明祖指出的，这是一部促进农业机械化发展的法律，不是农业机械化管理法。

因此，农业部农业机械化管理司副司长刘恒新认为，在依法发展农机化的进程中，首先政府要从以管理为主向服务为主转变。其次，必须以农民和农业生产经营组织为发展主体，在国家政策扶持引导的同时充分发挥市场机制的作用。第三，要在全社会形成共识，推进农机化发展不是哪个部门的事，要形成多部门协调配合、各级政府积极落实、全社会共同扶持的格局。第四，要尽快制订相应的配套法规，以解决一些农机化发展中存在的突出问题，如对农机作业用燃油应享受与林业、渔业和农垦等行业所用燃油同样的价格优惠政策，而不应与交通运输用燃油同价。

《经济日报》2004年11月8日

2009年中央一号文件呈现诸多新亮点

2月1日，《中共中央国务院关于2009年促进农业稳定发展农民持续增收的若干意见》公布。作为2004年以来第6个指导农业和农村工作的中央一号文件，这份文件有什么巩固农业农村发展好形势的“新办法”？2日，中央财经领导小组办公室副主任、中央农村工作领导小组办公室主任陈锡文在国务院新闻办公室举行的新闻背景吹风会上对此进行了详细解读。

农民种粮支持力度再度加大

去年秋天开始，由于国际金融危机的冲击，国内经济增长受到了一些负面影响，也波及到农业和农村经济。农产品价格涨幅明显比以往下降，有些农副产品的价格甚至是绝对水平的下降。在国内外资源性产品价格普遍下行的态势中如何保持我国农产品价格的合理水平?

针对这一广泛关注的问题，陈锡文表示，农产品价格下行压力加大是今年农村经济增长面临的一个巨大困难，党中央、国务院对这个问题高度重视，已经反复研究，陆续提出了一些有针对性的政策和措施。概括起来有五方面:

一是加大对农业的基础设施和科技服务方面的投入，降低农民的经营成本；二是进一步加大对农业的各项直接补贴，种粮补贴、良种补贴、农机购置补贴和农资综合补贴这四项补贴今年预计将增加到1200亿元左右；三是提高政府对粮食最低收购价格的水平；四是增加政府的储备；五是合理调控进出口。

陈锡文对粮食收购价格作了进一步解释：不久前公布的今年稻谷的最低收购价格平均每一百斤提高了13元钱，提价幅度在13%到16%。目前初步考虑，今年各类粮食最低收购价格每斤提高0.11元左右，按去年全国10570亿斤粮食产量计算，如果每斤提高0.11元，农民在粮食上的收益就可以增加1100亿元，这也是增加农民收入的一个重要措施。

“总体来看，只要粮价能够保持在合理水平上，应该说其他大多数农产品也就都能够有一个合理的价格水平。”陈锡文表示。

加大力度解决农民工就业问题

据陈锡文介绍，不久前农业部的一次抽样调查结果显示，到春节前返乡农民工约占总数的38.5%，其中60.4%的农民工是正常的春节回家探亲，其余39.6%的人是属于失去了工作或者还没有找到工作就返乡了。根据这个数字测算，在目前13000万外出就业的农民工中，有15.3%，即2000万左右的农民工现在失去了工作或者没有找到工作。

对此，今年的中央一号文件提出，城乡基础设施建设和新增公益性就业岗位，要尽量多使用农民工；采取以工代赈等方式引导农民参与农业农村基础设施建设；大规模开展针对性、实用性强的农民工技能培训。

“近几年农民的工资性收入在其纯收入中约占40%，所以，农民工就业数量的减少带来了农民收入增长的困难。”陈锡文表示，去年12月20日国务院办公厅已专门发出了关于做好当前农民工工作的通知，主要政策包括：鼓励城市和沿海发达地区的企业尽可能不解雇或者少解雇农民工；采取一系列支持和补贴的办法，帮助农民工回乡以后自己创业；要求各地切实保障外出农民工的土地保障权益，等等。

农村民生建设重点投向5个领域

陈锡文说，在民生事业的建设方面，今年的中央一号文件强调了五个重点领域：

一是农村电网建设，大的电网建设覆盖农村人口已经达到了95%左右，还有5%左右要通过其他措施加快覆盖或是供电保障。其中，最重要的一条是要实现城乡之间用电的同网同价。

二是关于乡村道路建设，目前为止全国有87%左右的行政村都已经通公共客车，今后通达率要进一步提高。

三是加快农村饮水安全工程建设，过去几年每年解决3000多万农民的饮水安全问题，文件要求从今年开始每年解决6000万以上农民的安全饮水问题。

四是加快农村的沼气建设，过去每年沼气中央财政要投入20亿元，今年在这个水平上要进一步提高，以使每年能解决400万到600万农民家庭使用沼气。

五是实施农村危房改造进行试点工作，在国营农场和国营林场等一些过去长期被忽视的地方加快推进建设。

此外，按照去年十七届三中全会《关于推进农村改革发展若干重大问题的决定》的要求，大力发展农村的中等职业教育并且逐步实行免费。今年在中央一号文件中明确提出首先中等职业教育从涉农专业以及农村家庭困难的孩子做起，目前有关部门正在做预算和计划。

农地流转强调进一步规范

据陈锡文介绍，对于十七届三中全会提出的毫不动摇地坚持农村基本经营制度方面，今年中央一号文件首先强调要落实和保障农民的土地权益，重点做好两方面工作：对集体所有土地的所有权进一步界定清楚，并且保障其权益；对承包地地块的确权、登记和颁证工作。

同时，进一步规范农村土地承包经营权的流转。必须让农民自愿选择，任何人不能强迫农民去流转土地，或者阻止不让农民自愿地流转土地。中央一号文件强调做好两方面工作：一是严格落实十七届三中全会提出的土地流转不得改变土地的所有权，不得改变土地的用途，不得损害承包方的利益。二是有关部门要加强为农民土地流转服务的管理，让农民知道谁需要转让出土地来，谁有承包别人土地的愿望和要求，并且依照法律规范地签订合同，按照有关法律加强对土地流转的管理。

此外，中央一号文件涉及的农村土地方面第三项政策是，强调必须落实好三中全会决定提出来的实行最严格的耕地保护制度和最严格的节约用地制度。

有关部门正在按照三中全会要求制定具体的政策措施。

《经济日报》2009 年 2 月 3 日

如何将大规模增加的农机具购置补贴落到实处

——从十个方面解读中央一号文件有关农机具购置补贴政策

“大规模增加农机具购置补贴，将先进适用、技术成熟、安全可靠、节能环保、服务到位的农机具纳入补贴目录，补贴范围覆盖全国所有农牧业县（场），带动农机普及应用和农机工业发展。”

“加快推进农业机械化。启动农业机械化推进工程，重点加强示范基地、机耕道建设，提高农机推广服务和安全监理能力。普及主要粮油作物播种、收获等环节机械化，加快研发适合丘陵山区使用的轻便农业机械和适合大面积作业的大型农业机械。支持农机工业技术改造，提高农机产品适用性和耐用性，切实加强售后服务。实行重点环节农机作业补贴试点。对农机大户、种粮大户和农机服务组织购置大中型农机具，给予信贷支持。完善农用燃油供应保障机制，建立高能耗农业机械更新报废经济补偿制度。”

——摘自《中共中央国务院关于2009年促进农业稳定发展农民持续增收的若干意见》

2月1日正式公布的2009年中央一号文件再度锁定“三农”。这份名为《中共中央国务院关于2009年促进农业稳定发展农民持续增收的若干意见》的文件，是改革开放以来第11个以“三农”为主题的中央一号文件，也是连续6年发布关于“三农”工作的一号文件。作为送给亿万农民的一份新春大礼，一号文件提出，2009年国家将继续加大对种粮农民的直接补贴、良种补贴、农机具购置补贴、农资综合补贴等“四补贴”的力度，其中尤为引人注目的是大规模增加农机具购置补贴。为详细了解农机具购置补贴政策有关情况，记者走访了农业部、财政部等相关部门负责人及有关专家。

解读一

2009年中央购机补贴资金规模从40亿元增加到100亿元，为何这么大幅度地增加购机补贴?

农业部、财政部相关负责人在采访中表示，大幅增加补贴资金，既是贯彻落实党的十七届三中全会精神的具体要求，又是建设现代农业的内在需要，更是广大农民的热切期盼。

首先，是拉动内需的有效举措。从2004年—2008年的补贴实施情况来看，购机补贴极大地激发了农民购机热情。5年间中央财政共安排农机具购置补贴资金69.7亿元，带动农民投入373亿元，拉动农机工业销售产值443亿元，中央投资拉动比例达到 1：5.35，相当于国家投入 1 亿元可直接形成农机工业销售产值 6.35 亿元。2009 年国家投入购机补贴 100 亿元，可直接拉动农民投入近 540 亿元，增加农机工业销售产值近 640 亿元左右。

其次，是现代农业发展的内在要求。当前，我国正处于由传统农业向现代农业转变的关键时刻，农业机械化也到了发展的关键阶段。目前，我国农业机械化总体水平还很低，2007 年年底耕种收综合机械化水平仅为 42.5%，相当于日本 20 世纪 70 年代中期、韩国 20 世纪 80 年代初期水平。据有关专家综合比较评估，与现代农业发展要求相适应，2020 年全国耕种收综合机械化水平要达到 70%，届时农机总动力将达到 10 亿千瓦，年均增加约 1800 万千瓦，未来 12 年间，主要农机装备年均需求超过 900 亿元。

第三，是转变农业增长方式的重要手段。农业机械化在促进农业的规模经营、节本增效、产品质量安全等方面起着基础和支撑的作用。在黑龙江省，实施机械深耕深松作业农作物产量普遍能够提高 150 斤—200 斤。水稻机械栽插一般要比人工手插提高亩产 50 斤以上，且抗倒伏、抗病害能力显著增强，小麦机械化精少量播种与人工撒播相比，一般每亩增产约 100 斤。高效植保机械喷洒农药不仅均匀，而且可节省用药 30%至 40%。机械挤奶每毫升细菌含量仅为手工挤奶的 1%。

解读二

2009 年农机具购置补贴的补贴对象、补贴机具种类、补贴标准和数量具体情况怎样？

据有关负责人介绍，2009 年补贴对象为纳入实施范围并符合补贴条件的农牧渔民（含农场职工）、直接从事农机作业的农业生产经营组织，以及取得当地工商登记的奶农专业合作社、奶畜养殖场所办的生鲜乳收购站和乳品生产企业参股经营的生鲜乳收购站。

补贴机具种类由 2008 年的 9 大类 18 小类 50 个品目扩大到 12 大类 38 小类的 128 个品目，大类包括耕整地机械、种植施肥机械、田间管理机械、收获机械、收获后处理机械、农产品初加工机械、排灌机械、畜牧水产养殖机械、动力机械、农田基本建设机械、设施农业设备等机具。其中农田基本建设机械、设施农业设备、农产品初加工机械为新增加的补贴种类。各地可在此基础上，自行增加不超过10种品目的其他机具列入《非通用类机具补贴目录》，可使用中央资金进行补贴。用于这10种品目的中央补贴资金不能超过年度下达资金总额的15%。

补贴标准有两个方面：一是全国总体上继续执行30%的补贴比例。血防疫区继续执行“以机代牛”50%的补贴政策，将汶川地震重灾区县补贴比例提高到50%。二是单机补贴额最高不超过5万元，并根据实际需要，将100马力以上大型拖拉机、高性能青饲料收获机、大型免耕播种机、挤奶机械补贴限额提高到12万元。

一户农民年度内享受补贴的购机数量原则上不超过一套（4台，即1台主机和与其匹配的3台作业机具）；直接从事植保工作的植保作业服务队年度内享受补贴购置植保机械的数量原则上不超过10台套。一个生鲜乳收购站年度内享受补贴的购机数量不超过1套（3台，即1台挤奶机、1个储奶（冷藏）罐、1个运输奶罐）。一户农民（渔民）年度内补贴购置增氧机、投饵机、清淤机的数量分别不超过6台、6台和1台。

解读三

农民如何申请购机补贴？是不是凡申请购机的都能享受到补贴？在确定补贴对象时怎么做到公正公平？

按照现行操作办法，购机补贴实施区内的农民购买补贴机具时，须通过乡镇农机管理机构向县级农机主管部门提出申请，由县级农机主管部门依据优选条件和报名先后确定补贴受益对象。

由于挤奶机械、贮（运）奶罐补贴由畜牧部门、农机部门与财政部门共同操作，生鲜乳收购站购买补贴机具时，须通过乡镇畜牧管理机构向县级畜牧主管部门提出申请，县级畜牧主管部门会同县级农机主管部门根据优先补贴条件和报名先后确定补贴受益对象。

从近年的实施情况看，2009年补贴资金虽然规模增幅较大，比上年翻一番还多，但还实现不了全国普惠制，仍将有很大一部分农民的购机补贴需求得不到满足。

为保证公平、公正，补贴对象根据申请补贴的先后排序或农民接受的其他方式确定。同时也明确了优选条件：一是农机大户、种粮大户；二是农民专业合作组织（包括农机专业化组织）；三是配套购置机具的（购置主机和与其匹配的作业机具）；四是列入农业部科技入户工程的科技示范户；五是“平安农机”示范户；六是奶农专业合作社、奶畜养殖场所办生鲜乳收购站、乳品生产企业参股经营的生鲜乳收购站。

同时，对补贴对象实行公示制，受益者名单、补贴金额等还必须在实施区域内张榜公示，接受群众监督。

解读四

农业机械品种很多，农民怎么知道购买哪些机具能享受补贴？到哪里去购买？

农民可以通过各省（区、市）公布的年度农机补贴资金使用方案和补贴目录，了解购买哪些种类机具能够享受补贴。省（区、市）年度农机补贴资金使用方案和补贴目录，要向社会公布。

有关负责人特别提醒，并不是对购买所有农机产品都给予补贴。只有经过严格筛选，列入各省（区、市）年度补贴目录的产品才能享受补贴。了解各省（区、市）年度补贴目录有三个主要渠道：一是农业部将在中国农业机械化信息网上公布；二是各省在本省内通过印发纸质文件、报刊杂志、乡村张榜等形式，向农民公布补贴产品目录，保障农民知情权；三是向当地农机管理部门咨询。

购买补贴产品须到企业指定的补贴产品经销商购置。补贴机具经销商由农机生产企业自主提出，报经省级农机主管部门统一向社会公布。

解读五

补贴资金规模扩大后，如何确保农民买到质量合格的产品？

农机产品质量直接关系到农民的切身利益。为确保补贴农机具产品质量，农业部、财政部等有关部门将采取以下措施：

一是加强农机产品鉴定工作。按照《农业机械化促进法》的要求，享受补贴的产品必须是经过农业机械试验鉴定机构进行先进性、适用性、安全性和可靠性鉴定合格的产品。只有获得省级以上农机鉴定机构颁布的推广鉴定证书，才有资格参选补贴目录。

二是做好补贴机具选型，严把机具质量关。通过补贴机具选型，切实将先进适用、技术成熟、安全可靠、节能环保、服务到位的农机具纳入补贴目录。质量保证能力和产品投诉情况是补贴产品选型的重要评价指标之一。部省两级选型要严格程序，做到公正、公平，严禁搞地方保护，采取不合理政策保护本地区的落后生产力。要通过选型，引导企业不断改进产品质量，促进产品集中度提高，扶优扶强。按照规定，补贴目录实行部省两级选型制，严禁省级以下有关部门搞层层选型。

三是充分保障农民自主选择权。补贴目录公布后，农民可对列入目录的农机产品性能配置等进行综合比较，进一步优中选优，确保买到质量可靠、性价比最优的满意产品。各地不得向购机农民强行推荐产品。

四是加强补贴产品质量投诉受理和质量调查。要求各级农机部门设立质量投诉电话，及时受理农民质量举报投诉；定期开展补贴产品质量跟踪调查，加强质量督导。

解读六

购机补贴资金如何兑现？对购机有哪些信贷支持政策？

补贴资金的兑现实行省级集中支付制。为减少操作环节，提高资金运作效率，确保资金安全，中央补贴资金只下达到省级财政部门，不再向下拨付。省级财政部门根据农机管理部门补贴实施后的实际核准情况，直接将补贴资金支付给相关企业或供货方，原则上每季度结算一次。

农民实行差价购机。购机农民只需缴纳扣除补贴的差价款，就可提货。这样可以减轻农民一次性筹款难度，降低农民的购机成本。

同时，为支持农民购机，国务院明确，允许农民以拟购买的农机具作为抵押物向金融机构贷款。

解读七

对农民购机后的售后服务有什么措施？

背景链接各级农机部门要与生产企业共同做好农民购机后的服务工作。要将售后服务机构分布情况及其服务范围向社会公布。在补贴产品选型时，要求企业对售后服务等作出书面承诺。承诺内容包括：切实履行“三包”服务的有关要求；

在作业季节接到用户反映质量方面的问题后，在24小时内到达作业现场；企业维修服务中心有充足的零配件供应能力，并保证有一定数量的零配件储备量；免费进行技术培训；对产品销售区域做出承诺，确保供货和售后服务。

为了加强社会各界对补贴产品质量及售后服务的监督，农业部在中国农业机械化信息网上向社会公布了补贴机具质量举报投诉电话。各省（区、市）也都设立了售后服务监督热线，随时接受电话投诉和反映情况，确保农民购机后的售后服务能够及时到位。

解读八

购机补贴资金规模大，怎么加强监管，确保补贴政策落实到位？

有关负责人和专家在接受采访时均认为，首先需要各部门各司其职确保政策落实到位。财政部、农业部要认真做好补贴工作的组织实施工作。有关部门要加强农机工业行业指导，鼓励农机企业开发农业生产需要、农民欢迎的产品，督促企业做好售后服务。各地政府要加强领导，组织好政策实施工作，协调解决出现的问题。省级财政、农机部门要及时与企业结算补贴款，减轻企业资金周转压力。

同时，要严格程序，规范操作。坚持公开、公正、农民直接受益的原则，规范管理，阳光操作。严格执行相关规定特别是农机购置补贴管理五项制度，即补贴机具竞争择优筛选制、补贴资金省级集中支付制、受益对象公示制、执行过程监督制、实施效果考核制。

要实行全过程监管。着重加强政策宣传、补贴申请、登记审核、受益公示等关键环节监管，做到了公正、公平、公开，切实将国家补贴实惠不折不扣地落实到农民手中。要强化社会监督，将补贴政策实施的内容、程序、要求等全部公开，让广大农民了解政策，接受社会监督。同时，购机补贴工作实行计算机系统管理，享受补贴农民的姓名、住址、身份证号、联系电话、购机名称、补贴数额等基本情况，全部录入到全国统一开发的计算机档案信息系统，实现随机的远程抽查和监督。

要加强检查。一方面重点检查各地贯彻落实政策措施和实施进度，加强考核监督，确保政策落实到位；另一方面重点检查补贴机具选型和生产质量，确保农机企业生产的补贴机具先进、实用和安全，质量可靠，价格合理，解决农民后顾之忧。

要实行绩效考核。对因违规操作、玩忽职守、弄虚作假、徇私舞弊、乱收费等问题，引起农民和企业强烈不满的地区，将暂停安排中央补贴资金项目；对产品质量问题多、售后服务不到位、不认真履行承诺的生产企业，将取消补贴机具目录资格。同时，还需要各有关部门、社会媒体和广大农民加强对购机补贴实施过程的全面监督。

解读九
年度补贴目录什么时候发布，农民什么时候可以申请？

补贴目录的制定是落实农机补贴政策的关键环节。为了使农民春耕生产能够用上补贴机具，2008 年 12 月 5 日农业部已启动这项工作，12 月 31 日已经完成部级选型。同时，对各省的选型工作也进行了部署。春耕生产前，农民就可以申请补贴购机。

解读十

如何防止企业借国家扩大农机具购置补贴之机乱涨价？

中央在决定增加农机具购置补贴的同时，强调严禁借国家扩大农机具购置补贴之机乱涨价。为落实国务院要求，严控补贴机具价格上涨，让利农民，有关部门采取了以下措施：

一是通过补贴产品选型，控制乱涨价。全国通用类机具选型采取的是性价比最优的综合评审法，其中价格因素占评分权重的50%。如果产品报价过高，可能会因得分过低被淘汰。同时，为防止一些市场竞争不充分、垄断性强的产品乱涨价，在补贴机具选型中规定，选型执行人将视情况保留谈判定价的权利。

二是农业部农业机械化管理司在2008年12月18日发出了紧急通知，明确要求：入选2009年补贴目录的农机产品的最高承诺出厂价原则上不得高于2008年价格。同时要求参选2009年通用类农机补贴产品选型的所有生产企业，对2009年销售价格作出郑重承诺，认真填写《2009年通用类机具补贴产品价格承诺书》。

三是加强补贴产品的价格监督。在选型中规定，企业必须承诺补贴产品销售给农民时，不得高于同一地区该产品的市场价。如出现高于该产品同期市场价现象，将立即中止该产品的目录资格。

背景链接

据农业部、财政部有关负责人介绍，农机具购置补贴作为中央强农惠农政策的重要内容。2004年实施以来，极大地调动了广大农民的购机积极性，提高了农业机械化水平，拉动了农机工业发展，促进了经济增长，取得了“一举多得”的好效果。2008年12月10日国务院常务会决定，2009年大幅度增加农机具购置补贴，中央安排农机具购置补贴资金100亿元。为落实国务院常务会要求，农业部、财政部紧急部署，加快实施，2008年12月26日联合制定并印发了《2009年农业机械购置补贴实施方案》。2008年12月31日完成了全国通用类农机购置补贴产品选型工作。大部分省区市的年度补贴产品目录已于春节前公布。

《经济日报》2009年2月4日

继续将农机具购置补贴政策落到实处

——农业部、财政部有关负责人就农机购置补贴实施情况答记者问

今年10月12日国务院常务会决定，增加农机具购置补贴，扩大补贴机具种类；近日召开的中央经济工作会议和12月9日国务院常务会再次明确，继续实施农机具购置补贴政策，增加补贴资金规模。这将进一步激发农民购买和使用农业机械的积极性，调动农机企业生产积极性，对提高农业综合生产能力、扩大内需、促进我国经济平稳较快发展具有重要意义。

农机购置补贴是强农惠农政策的一项重要内容，也是扩大内需、促进我国经济平稳较快发展的重大举措。党中央、国务院高度重视，不断加大补贴投入，今年资金规模达到130亿元，比上年增加90亿元。目前，中央财政补贴资金已全部到位。为了解农机购置补贴政策的实施情况及下一步落实政策的主要措施，本报记者专题采访了农业部、财政部有关负责人。

问：请谈谈今年农机购置补贴的总体实施情况？

答：近年来，中央财政不断增加农机购置补贴资金规模，今年达到130亿元，比上年增加2.25倍。实施范围扩大到全国所有的农牧业县（场），补贴机具种类范围由上年的9大类18小类50个品目扩展到12大类38小类的128个品目，覆盖所有农牧渔业生产急需的关键环节的农业机械。

今年以来，农业部、财政部认真贯彻党中央、国务院的决策部署，精心组织实施，建立健全制度，严格规范操作，加强政策宣传，强化监督管理，确保农机购置补贴政策实施到位。今年共补贴购置各类农机具343万台套，受益农户达300万户。农民和企业普遍反映，农机购置补贴是党和政府的一项好政策，这项政策的实施真正使农民得实惠、企业得效益、政府得民心。

问：今年农机购置补贴大幅度增加，实施效果和作用如何？

答：今年农机购置补贴在扩内需、调结构、促发展、保民生等方面作用明显，具体成效体现在以下三个方面：

一是加快了农业机械化进程，提高了农业综合生产能力。2009年全国农机总动力预计达8.75亿千瓦，同比增长6.4%。高性能、大马力、复式作业的农机具增长迅速，农业装备结构进一步优化。全国耕种收综合机械化水平预计将超过48.8%，连续4年增幅在3个百分点以上，而农机购置补贴政策实施前每年增幅仅0.5个百分点。主要农作物生产机械化快速推进，玉米机收、水稻机收、机插秧等薄弱环节机械化取得突破，并呈现加速发展态势。农机作业领域由种植业向畜牧业、渔业、林果业、设施农业、农产品初加工业等扩展，由产中向产前、产后延伸。

二是推进了农业生产方式转变，促进了农业稳产农民增收。农机购置补贴重点向农业生产急需的薄弱环节倾斜，先进适用农机化技术得以大面积推广应用，有力地促进了农业生产规模化、标准化、集约化和产业化，提高了劳动生产率、土地产出率和资源利用率，改善了农民生产生活条件，降低了农业生产成本，促进了农业增产和农民增收。小麦机械化精量播种技术每亩可节种3—4公斤；机械化深施肥可提高化肥利用率10%—15%；联合收割机收获小麦可减少损失3%左右。大型机械深松整地可使玉米亩增产100公斤；水稻机插秧亩增产达50公斤左右。机插秧与人工插秧相比可提高生产效率20倍以上。今年“三夏”跨区机收为农民节省人工费40亿元，减少粮食损失50亿斤，农机手纯收入26亿元，共为农民增收近110亿元。

三是拉动了农村需求，促进了农机工业和服务业发展。今年中央财政投入 130 亿元，拉动地方和农民投入 360 亿元，直接带动农机工业产值增加 490 亿元，拉动国内生产总值（GDP）增加约 1130 亿元。在国际金融危机的影响下，今年我国农机工业依然保持了良好的发展态势，产销两旺，质量和效益不断提升。1—10 月，规模以上农机企业产值达到 1872 亿元，同比增长 23.3%，增幅在机械工业 13 个行业中列第一位。骨干企业就业人数比去年同期增加 20%以上。农机销售、作业、维修市场不断发展壮大，农机服务组织蓬勃发展，全国农机专业合作社总数预计达到 1.3 万个，农机从业人员超过 4000 万人，农机经营收入预计将达 3800 亿元。

问：为把农机购置补贴政策实施到位，今年都采取了哪些做法？

答：为确保农机购置补贴政策实施效果，农业部、财政部重点抓好以下六项工作：

一是精心组织，落实责任。农业部、财政部联合对全国农业机械发展现状和需求进行了深入调查分析，合理制定农机购置补贴规划，为农机购置补贴政策持续有效实施奠定了良好基础。各地认真落实责任制，明确任务，精心组织实施。许多省区市将农机补贴实施列入对地方政府的考核内容。大部分省区市农机化主管部门专门成立了行政一把手任组长的领导小组，做好统筹协调，为农机购置补贴提供了有力的组织保障。

二是建立制度，完善机制。严格执行财政部、农业部联合制定的《农业机械购置补贴资金管理暂行办法》，确立了以“五项制度”为核心的操作办法，即补贴机具竞争择优筛选制、补贴资金省级集中支付制、受益对象公示制、执行过程监督制、实施效果考核制。制定年度农机购置补贴实施方案，因地制宜指导各地开展补贴工作。各地也制定了补贴资金使用管理办法或实施细则，出台了农机购置补贴工作实施规范、监督管理办法、绩效考评办法、档案管理办法、补贴产品经销商管理办法等一系列规章制度。

三是规范程序，阳光操作。坚持突出重点、兼顾一般的原则，补贴资金向粮食等农产品大省倾斜、向主要农作物生产薄弱环节机械倾斜、向服务组织和农机大户倾斜。以机具选型和补贴对象确定为重点，加强规范操作，努力做到公开、公正、公平。部、省两级补贴机具选型和补贴目录制定工作，邀请纪检监察部门全程参与，自觉接受监督。严格执行公示制度，对农民实际购机情况公示到乡村，接受农民监督。在部分省区试点的基础上，开发了全国农机购置补贴管理系统，实现网上申报、审核，提高了效率，加快了结算，方便了监管，使操作更加科学、规范、高效。

四是强化措施，搞好服务。为更好地拉动内需，促进经济增长，我们提前预拨了补贴资金，确保补贴机具在重要农时农业生产中发挥有效作用。开通了全国农机购置补贴信息系统，公布了购机补贴热线电话，方便农民、企业查询补贴政策和反映补贴情况。陕西等省还探索建立了农机购置补贴产品超市；江苏组织“一站式”“零距离”服务，深入到农户家中与农民签订购机合同；山西组织开展“农机大回访”行动，对补贴机具质量、服务进行跟踪调查。江苏、陕西建立了补贴资金预拨付制度，减轻企业垫支压力。

五是严肃纪律，加强监管。严格执行国务院提出的“三个严禁”规定，即严禁采取不合理政策保护本地区落后生产能力，严禁强行向购机农民推荐产品，严禁借国家扩大农机具购置补贴之际乱涨价。要求农机化系统做到“八个不得”，即各级农机化主管部门和农机化推广机构不得指定经销商；不得违反规定程序确定补贴对象；不得将国家和省级推广目录外的产品纳入补贴目录；不得保护落后强行向农民推荐补贴产品；不得向农民和企业以任何形式收受任何额外费用；不得以任何理由拖延办理农民购机补贴手续和补贴资金结算手续；不得委托经销商代办代签补贴协议或机具核实手续；不得以购机补贴名义召开机具展示会、展销会、订货会。在春耕、三夏、三秋等关键农时，派出33个联合督导组对各地农机购置补贴操作的规范性、信息的公开性以及补贴机具的质量、价格、服务等情况进行督导检查。利用农机补贴档案管理信息系统，开展了电话重点抽查。发现问题，严厉查处，并将有关情况向全国通报，加强警示教育。

六是加强宣传，营造环境。采取多种形式及时将农机购置补贴实施情况向社会公布，加强政策和工作成效的宣传。各地充分利用广播、电视、报纸、网络等媒体，广泛宣传购机补贴政策、补贴产品目录、实施方案、申请程序等，采取张贴公告到村、发放指南到户、发送手机短信到人等方式，使补贴政策家喻户晓。

问：请谈谈下一步落实农机购置补贴政策的主要措施？

答：今后，我们将进一步总结经验，完善办法，落实责任，强化监管，以更严的要求、更高的标准，扎实做好各项工作，切实把这项强农惠农、扩大内需、利国利民的好政策不折不扣地落到实处，具体将采取以下五项措施：

第一，要稳定农机购置补贴政策，优化补贴机具品种结构，着力提升农机具应用水平。保持国家农机购置补贴政策的稳定性和连续性，充分调动广大农民购机的积极性。做好农机装备发展需求调查分析，结合各地农业生产实际需求和农机作业服务市场容量情况，科学制定农机具发展规划，合理确定今后一段时期农机购置补贴资金规模。适当扩大补贴品种范围，支持农机产品更新换代，合理引导农民购机需求。通过农机补贴政策的调控引导，改善农机装备结构，提高农机化发展质量，大力提高薄弱环节机具的发展，鼓励大马力、多功能、智能化、经济型机具发展，鼓励购置配套农具。各地要按照区域特点，将农业生产急需的机具纳入补贴范围。反对低水平重复购置，防止地方保护。在切实发挥农机购置环节补贴政策效力同时，积极探索在应用环节上支持农机化发展的政策措施，着力提高农机具的应用水平。

第二，完善农机具竞争选型机制，增强补贴机具的适用性，着力提高农机选型过程的透明度。确定补贴机具种类并提前向社会公告，引导有条件的生产企业参与产品竞选。完善选型评审标准，加强试验检测工作的监督管理。强化选型评定全过程的监督，请纪检、监察机关全程参加监审，防止暗箱操作。将先进适用、技术成熟、安全可靠、节能环保、服务到位的机具纳入补贴目录，供农民自主选择。进一步明确部、省两级补贴选型工作的管理要求，严禁省以下层层重复选型，减轻企业负担。

第三，优化补贴机具经销商选择制度，发挥市场对价格的调节作用，着力增强农机产品市场的有序竞争。优化基层经销商选择、公告制度，补贴产品的经销商由企业自主指定，经省级农机管理部门向社会公告。扩大基层经销商数量，促进市场适度竞争。农机部门要及时发布农机企业承诺的补贴产品最高销售价，作为农户购机的参考价格。加快建立新型的农机购置补贴机制，发挥市场竞争机制的调节作用，适应农民对农机产品配置的多样性需求。加强农机产品经销市场监管，加大对经营者哄抬价格、价格串通、价格欺诈等价格违法行为的监督检查力度，严厉打击农机企业借补贴之机突破承诺的最高销售价等乱涨价行为。禁止地方保护主义和市场垄断，加大对违规违法行为的查处力度。

第四，健全补贴政策实施管理制度，简化购机程序和结算环节，着力提高补贴政策实施效率。进一步健全农机补贴政策实施的各项管理制度，采取综合因素法确定各省份补贴资金规模。进一步下放补贴实施方案审批权限，实行实施方案备案制，缩短补贴政策落实时间。简化购机程序，减少审批环节，实现便民高效。进一步明确补贴资金结算时限，增加资金结算频次，加快企业资金回笼速度。进一步扩大购机补贴网络信息化管理范围，实现购机申请、审核、结算、档案管理等日常管理服务工作的信息化网络化，提高管理服务工作效率。

第五，增强农机企业研发能力，提升农机工业制造水平和产品质量。认真执行《农业机械安全监督管理条例》，制定并组织实施农业机械工业产业政策和有关规划。改善企业研发和生产条件，提高农机制造工艺及工装水平。支持开发、生产、推广、应用先进适用、安全可靠、节能环保的农业机械。建立健全农业机械安全技术标准和安全操作规程。鼓励自主研发，合作研发或引进新技术，提高生产企业对先进适用农机具产品的供应能力，满足农业生产的应时需求。

《经济日报》2009 年 12 月 18 日

在统筹城乡发展中夯实农业基础

——陈锡文解读2010年中央一号文件

1月31日，新华社受权发布了《中共中央国务院关于加大统筹城乡发展力度进一步夯实农业农村发展基础的若干意见》，这是2004年以来第7个指导农业和农村工作的中央一号文件。

中央农村工作领导小组副组长陈锡文2月1日在国务院新闻办公室举行的新闻发布会上对此进行了解读。

如何适应农业农村工作新要求？

应该在统筹城乡的背景下，坚持以工促农、以城带乡的方针，扎实推进农村改革发展陈锡文表示，当前我国农业农村中还面临着很多新问题和新挑战，突出表现在几个方面：

一是农业生产基数不断提高。粮食总产量已经达到了10616亿斤，由于农业基础薄弱，进一步取得农业稳定发展还要付出更大的努力。

二是农民就业压力越来越大，务农收益相对较低。要想保持农民收入的持续增长，也需要付出更大努力。

三是农村投入需求非常大，要保持农村基础设施和公共事业的发展，还要付出很大的努力。

同时，农业农村和整个外部环境联系越来越紧密，不仅与宏观经济关系更加紧密，与全球经济也有着更加密切的联系。此外，由于气候的变化，造成极端气候灾害增多。这些因素对我国做好“三农”工作提出了更高的要求。

在农村改革发展过程中，由于工业化、城镇化的推进，农业农村自身也出现了很多新的问题，要求用更宽广的视野，在统筹城乡的背景下，坚持以工促农、以城带乡的方针，扎实推进农村的改革和发展。

如何理解农业农村工作新思路？

夯实农业农村发展的基础，除了基础设施建设外，还包括稳定和完善党在农村的基本政策等。陈锡文表示，今年中央一号文件中，重点是要加大统筹城乡发展力度、夯实农业农村发展的基础。这里强调的“夯实农业农村发展的基础”，除了农田水利等基础设施建设外，还包括如何把“三农”作为重中之重的基本认识，稳定和完善党在农村的基本政策，加强农业科技基本支撑，改善农业农村的基础设施，健全农业社会化服务体系的基层体系，强化农村以党组织为核心的基层组织建设等内容。

“这里讲的基础，是指整个农业农村工作今后长远发展的基础，应该有一个更宽广的理解。”陈锡文表示，中央一号文件对2010年的农业农村工作提出了一个基本的思路：“稳粮保供给、增收惠民生、改革促统筹、强基增后劲”，这些内容在文件里都有对应的政策措施。

对当前和今后的农业农村工作，中央一号文件也提出了基本要求：一是要把统筹城乡发展作为全面建设小康社会的根本要求；二是要把改善农村民生作为调整国民收入分配格局的重要内容；三是要把扩大农村需求作为拉动内需的关键举措；四是要把发展现代农业作为转变经济发展方式的重大任务；五是把建设社会主义新农村和推进城镇化作为保持经济平稳较快发展的持久动力。

政策“含金量”体现在哪里？

在推动资源要素向农村配置、改善农村民生、推进农村综合改革和基层组织建设等方面推出新政策。陈锡文表示，今年的中央一号文件“含金量”高，亮点很多：

一是在推动资源要素向农村配置上有新政策。文件提出对“三农”的投入"总量持续增加、比例稳步提高"。以前总量每年或多或少都会增加，但比例有的年份可能还有降低。现在不仅要求总量增加，而且比例要提高。

二是在改善农村民生上有很多新举措。比如文件专门提出要实施新一轮农村电网改造。现在家电下乡政策支持力度进一步加大，农村用电量明显增加、用电结构发生巨大变化。

三是在推进农村综合改革和基层组织建设方面推出了新机制。比如农民用"一事一议"的办法，在村内搞公益设施建设，财政给予相当的补助，干就补，不干就不补，"一事一议"财政奖补制度这次要扩大试点规模，肯定要大大推动农村的公益事业建设。

《经济日报》2010 年 2 月 2 日，与杨学聪合作。

在统筹城乡发展中加大强农惠农力度

——陈锡文解读 2010 年中央一号文件

1 月 31 日，2010 年中央一号文件《中共中央国务院关于加大统筹城乡发展力度进一步夯实农业农村发展基础的若干意见》公布。近日，中央农村工作领导小组副组长、办公室主任陈锡文对文件中涉及的热点、亮点进行了有针对性的解读。

如何推进城镇化？

重点是加强中小城市和小城镇的基础设施和环境治理，增加中小城市和小城镇的综合承载能力。"城镇化和城市化的概念，在英语中没有什么区别，但在中国，中央特别强调要推进城镇化，是由于在中国长期的概念中，除了城市之外，还有一类叫做'镇'，相对来说'镇'比一般'市'小。"陈锡文表示，中央早在 2000 年就明确提出走中国特色的城镇化道路，就是要让大中小城市和小城镇协调发展。

自改革开放以来，我国的城镇化取得了巨大的成就，但也存在两个突出问题：一是推进城镇化偏重于大城市和特大城市的发展，忽视了中小城市和小城镇的发展；二是在城镇化进程中，比较注重城市规模的扩大和建设的美化，但没有为农民真正转为市民提供更多机会。

2010 年中央一号文件明确提出，当前和今后一个时期推进城镇化要把握住两点：一是要把中小城市和小城镇作为城镇化发展的重点；二是要把符合条件的农业人口转变为城市居民作为城镇化的重要任务。

下一步推进城镇化的重点是加强中小城市和小城镇的基础设施和环境治理，通过年度建设用地指标的分配、引导产业转移、加强中小城市和小城镇基础设施建设等，增加中小城市和小城镇的综合承载能力，更多地吸引农村非农产业及农业人口向中小城市和小城镇，特别是县城和中心镇转移。

如何解决新生代农民工问题？

推进城镇化，让符合条件的农民工进城，在就业、社保、子女入学等方面保障他们的权益去年年底的中央经济工作会议上，胡锦涛总书记的报告里已经提到新生代农民工问题，这次是在中央正式文件中首次明确提出。陈锡文表示，所谓“新生代农民工”，是指 80 后、90 后农民工，大约有 1 亿人，占 1.5 亿外出务工农民的 60%。

这些拉着拉杆箱的农民工跟当初扛着蛇皮袋进城的农民工不同。他们出生后就上学，毕业后进城打工，对农业、农村、土地等不太熟悉。他们渴望融入城市社会、享受现代城市文明，但城市在很多方面还没有做好接纳他们的准备。陈锡文说，今后可以考虑以下措施，解决新生代农民工问题：一是采取有效措施推进城镇化，让符合条件的农民工、特别是新生代农民工进城；二是在就业、培训、社会保障、子女入学等方面保障他们的权益；三是要加强职业培训。

针对社会普遍关注的农业人口转变成市民的问题，陈锡文表示，农业人口变成市民的具体条件还需要专门研究，但有几个方面需要考虑：一是农民工进城的就业年限；二是有较稳定的就业岗位；三是有较稳定的住所。符合以上条件的农民转为当地市民后，享有和当地市民同等的权利。

陈锡文表示，由于我国各地、各个城市具体条件差别很大，中央政府会督促各地加快让符合条件的农民转为城镇居民的过程，但一般不会对此做统一规定，由各个城市自己去研究制定一些具体的办法。

如何发展现代农业？

要以家庭承包经营为基础，通过城镇化逐步转移人口、逐步扩大农户经营规模，发展专业合作社　陈锡文指出，随着经济社会的发展、人民生活水平的不断提高，人们对农业的要求越来越高。尽管我国的农业在快速发展，但在某些产品的供求上也出现一定的缺口，一些产品的进口数量在不断增加。因此，要加快推进我国农业现代化建设，提高我国农业综合生产能力。

国家的财力和科学技术的发展水平比以前有了明显提高，使我国有了发展现代农业的可能性，支持农业更快地走上现代化道路的条件正逐步具备。

“现在我国已经处于走有中国特色农业现代化道路的关键时刻。”陈锡文表示，农业现代化道路的中国特色，主要体现在经营形式和经营规模上。中央历来强调，要稳定党在农村的基本政策，稳定农村的基本经营制度。要以家庭承包经营为基础，通过城镇化逐步转移人口、逐步扩大农户经营规模，引导农民发展自己的专业合作社，给农户提供多种多样的社会化服务，进而实现中国的农业现代化。

《经济日报》2010年2月5日，与杨学聪合作。

在统筹城乡发展中扩大农村市场消费

——访国家发改委宏观研究院副院长马晓河

扩大农村消费，必须更新发展观念，树立统筹城乡发展的思路

应继续调整国民收入分配格局，不断增加“三农”投入，加强农业农村基础设施建设投入力度

要健全农业支持保护体系、加大农业支持保护力度，深化体制改革、推进制度创新，打破城乡二元结构，推动农村劳动力转移

2010年中央一号文件明确指出，要大力开拓农村市场，针对经济发展和农民生产生活需要，适时地出台刺激农村消费需求的新办法新措施。近日，本报记者就扩大农村市场消费问题，采访了国家发改委宏观研究院副院长、研究员马晓河。

扩大农村消费有何重大意义

马晓河首先谈到，我国农村有7亿多人口，占全国总人口的54.3%，农村市场的消费对全国举足轻重。当前，我国产能过剩行业中有许多产品都是农村所需要的，只要政策得当、安排合理，农民消费自然会增加。

2009年，我国农村社会消费品零售总额增长速度明显快于城市。当年，全国市级社会消费品零售总额增长15.5%、县级及县级以下地区增长15.7%。马晓河认为，县级及县级以下地区消费增长快有三个重要原因：

一是近几年中央以及各省区市加大了对县级及县级以下地区的财政转移支付力度。如2009年中央财政用于农业、农村、农民的支出达到7161.4亿元，

比上年增长20.3%，其中对农民实行的直补、良种补贴、综合生产资料补贴和农机具购置补贴等四项补贴金额达1230.8亿元，比上年增长19.4%，这些措施既降低了农民的生产生活成本，也提高了他们的收入。

二是从2008年下半年以来，国家实施家电、汽车摩托车下乡政策，对农民购买家电、汽车摩托车实行财政补贴，由此带动了农村消费。

三是与地级以上城市居民相比，县级及县级以下地区居民特别是农民的边际消费倾向要比城市居民高。

为什么必须用统筹城乡发展的思路扩大农村消费

针对如何进一步扩大农村消费的问题，马晓河认为，扩大农村消费，必须更新发展观念，树立统筹城乡发展的思路。调整城乡经济结构，将增加农民收入、降低农民生存发展成本、扩大农村消费作为我国经济发展的战略重点。应继续调整国民收入分配格局，不断增加"三农"投入，加强农业农村基础设施建设投入力度，提高对农民的各项补贴标准。此外，还要健全农业支持保护体系、加大农业支持保护力度，深化体制改革、推进制度创新，打破城乡二元结构，推动农村劳动力转移。

马晓河表示，具体而言，增加农民收入、降低农民消费成本、扩大农村消费，要从政策和制度两个层面实现统筹安排：

一是实行政策统筹。继续完善和落实现有各项农业农村政策，进一步增加对农民的直补、良种补贴、综合生产资料补贴和农机具购置补贴等，同时可考虑扩大良种补贴范围，并将牧业、林业、抗旱节水机械设备纳入农机具补贴范围；加快农村社会养老保险制度的改革试点工作，迅速扩大覆盖面，争取在三到五年的时间内完成农村社会养老保险制度改革；继续提高新型农村合作医疗筹资水平，增加中央和地方政府的补助标准；扩大家电下乡和汽车下乡补贴品种的范围；按照新农村建设规划，支持农民建房，推行建材下乡政策。

二是实行制度统筹。全面深入推进农村产权制度改革，完善农村市场经济体制机制；统筹城乡基础设施和社会事业发展，按照城市公共社会事业发展思路和政策推进农村公共事业发展，继续大幅度增加农村基础设施建设投资，加强农村公共服务体系建设，逐步实行城乡公共服务均等化；加快农村金融制度改革，尽快扩大农村金融制度改革试点覆盖面，争取将农村金融制度改革试点扩大到全国每个县级城市；进一步改革土地利用制度；统筹城乡劳动力市场，进一步放宽农民工进城落户条件。

《经济日报》2010年2月24日，与杨学聪合作。

推行标准化生产　确保农产品安全

——农业部市场与经济信息司司长钱克明谈新一轮“菜篮子”工程建设

《国务院办公厅关于统筹推进新一轮“菜篮子”工程建设的意见》近日发布，引起了社会各界的广泛关注，为此，记者就有关问题采访了农业部市场与经济信息司司长钱克明。

近年来，城市化发展使得保障大中城市“菜篮子”产品供应的压力增大，群众生活水平的提高也使得“菜篮子”产品的质量安全更加受到关注。钱克明介绍，这些新情况、新要求的出现，就迫切需要在总结以往“菜篮子”工作经验的基础上，加紧组织实施新一轮“菜篮子”工程，推进“菜篮子”产业发展。

钱克明说，根据“菜篮子”工程建设的新情况研究制定的《意见》，在以下几个方面有新的突破：

一是突出了统筹推进“菜篮子”工程建设的思想。意见强调要深入贯彻落实科学发展观，按照统筹推进的办法组织实施新一轮“菜篮子”工程建设。这主要包括：统筹销区与产区利益，统筹市场调节与政府调控，统筹生产发展和环境保护，统筹能力建设和机制创新。

二是明确了大中城市郊区农业发展的功能定位。新一轮“菜篮子”工程建设，按照统筹工业化、城镇化和农业现代化建设的要求，明确了大中城市郊区农业发展的功能定位，要求与农区错位发展，在稳定粮食生产的基础上，高起点、高标准建设基础设施，大力发展产业化经营，实现农业现代化与工业化、城镇化相协调。

三是突出了“菜篮子”产品生产方式的转变。确保“菜篮子”产品质量安全，让广大消费者放心消费是新一轮“菜篮子”工程建设的重要任务，《意见》除要求继续推进检验检测体系、质量追溯体系等建设外，特别强调要转变生产发展方式，大力推行标准化生产，从源头夯实提高“菜篮子”产品质量安全的基础，明确以蔬菜、水果、茶叶、肉牛、肉羊、奶牛、生猪、肉鸡、蛋鸡、水产品等10种产品为重点，要求大规模开展标准化创建活动，带动园艺产品、畜禽水产品养殖标准化生产，加快制定“菜篮子”产品生产技术要求和操作规程，开展标准化生产宣传培训，推动放心农资进村入户，指导建立生产档案，并加大品牌培育和认证力度，积极发展无公害农产品、绿色食品、有机食品。

《意见》是指导今后一个时期“菜篮子”工程建设的纲领性文件，随着各地区、各部门的积极贯彻落实，我国“菜篮子”工程建设将再上一个新水平。

从近期看，通过5年左右的努力，将实现肉、蛋、奶、鱼、菜、果等重点产品生产布局合理、总量满足需求、品种更加丰富、季节供应均衡；直辖市、省会城市、计划单列市等大城市“菜篮子”产品的自给水平保持稳定并逐步提高；

农区“菜篮子”生产基地建设得到加强，流通条件进一步改善；产区和销区的利益联结机制基本建立，现代流通体系基本形成；“菜篮子”产品基本实现可追溯，质量安全水平显著提高；市长负责制进一步落实，供应保障、应急调控和质量监管能力明显增强。

《意见》的出台标志着新一轮“菜篮子”工程建设正式启动。钱克明介绍，为推动意见贯彻落实，农业部将会同相关部门采取一系列配套措施，共同研究制定《新一轮“菜篮子”工程建设总体规划（2011—2015》，研究制定《全国农产品质量安全检验检测体系建设规划（2011—2015）》，指导各大中城市研究制定《城市郊区“菜篮子”建设发展规划》等。

《经济日报》2010年3月31日

加大力度支持农业生产　努力夺取夏季粮油丰收

——农业部等有关部门负责人就国务院进一步扶持农业生产政策措施答记者问

针对今年以来异常气候影响等不利因素，19日召开的国务院常务会议提出了进一步扶持农业生产的政策措施。农业部、发展改革委、财政部有关负责人20日回答了记者提问，就相关政策进行了解读。

问：当前农业生产面临的最突出问题有农业灾害多发重发成为当前农业生产最突出问题哪些？

答：气候条件异常、农业灾害多发重发，天气状况不确定性越来越大，给农业生产造成极大困难。

西南地区旱情持续时间之长、范围之广、损失之重历史罕见。据农业部农情调度，西南5省（区、市）农作物受重旱面积7345万亩，其中很大部分绝收。初步预计云南、贵州、广西因灾损失粮食37.8亿斤，损失油菜籽40多万吨。

北方冬麦区持续低温，对夏粮生产构成现实威胁。去年11月份以来，我国小麦主产区出现频繁降雪和持续低温阴雨天气过程，造成冬小麦提前15天进入越冬期，冬前生长量严重不足。今年春季回暖晚，小麦返青期普遍推迟10天左右。

东北、西北气温回升缓慢，春播生产受阻。去冬以来，东北、西北地区降雪次数多、降雪量大，出现近40年来历史同期罕见的低温，气温比常年同期低 3℃。入春后，气温持续偏低，升温缓慢，4 月中旬黑龙江、吉林大部又普降大到暴雪。由于积雪融化慢，土地解冻晚，低洼地块出现内涝，春耕整地和春播时间普遍推迟 7—10 天，导致适播期缩短、农时紧张，确保播种质量和面积稳定的难度加大。

新疆、内蒙古等地遭受历史罕见寒潮冰雪灾害，牲畜饲草料接济面临困难。

生猪价格持续下跌，稳定发展面临挑战。虽然近期在政府收储政策作用下生猪价格呈企稳回升态势，4 月 14 日比 7 日上涨 1.2%，近 4 个月来首次回升，但生猪生产依然明显亏损。

七项针对性措施调动农民生产积极性

问：针对当前农业生产遇到的特殊困难和面临的突出问题，国务院出台的进一步支持农业生产的政策具体有哪些？

答：为了进一步调动农民的种粮积极性，保证全年农产品特别是粮食的有效供给，在加快落实中央已确定的强农惠农政策基础上，国务院出台了进一步扶持农业生产的七项政策措施。

一是实施冬小麦弱苗施肥、西南旱区覆膜种植和东北水稻大棚育秧补助。

中央财政按每亩 10 元的标准，对全国 11 个冬小麦主产区 5300 万亩弱苗麦田给予补助，对云南、广西、贵州、四川、重庆五省（区、市）2500 万亩玉米推广地膜覆盖技术给予补助。对黑龙江、吉林等省新建水稻育秧大棚给予补助。

二是增加高产创建补助。中央财政在已安排 6 亿元高产创建专项资金的基础上，再增加 5 亿元。新增资金向水稻尤其是东北优质粳稻产区倾斜。

三是继续实施油菜籽临时收储政策，收储价格由每斤 1.85 元提高到 1.95 元。

四是增加农机具购置补贴资金。中央财政在今年已安排 145 亿元农机具购置补贴资金基础上，再增加 10 亿元，重点支持西南和北方地区机耕机播，加快春播进度。

五是实施新疆、内蒙古冰雪灾区牲畜饲草料补助。中央财政增加补助资金 1.5 亿元，用于组织调运饲草和饲料，解决新疆、内蒙古灾区 3000 万头（只）受灾牲畜安全度春短期补饲和接羔育幼需要。

六是落实冻猪肉收储计划，加快猪肉收储进度。适时启动对国家确定的生猪调出大县养殖户（场）能繁母猪的临时饲养补贴。

七是充实和完善中央水利建设基金，加快建立各级政府投资稳定增长和保障机制，加强农田水利基本建设。加快大中型灌区和泵站更新改造、控制性骨干水源工程和各种节水灌溉工程建设。加大农村金融扶持力度。

全年粮食生产实现 1 万亿斤以上的预期目标不变

问：农业部等有关部门将如何落实好中央的政策，做好春季农业生产各方面的工作？

答：我们将按照国务院常务会议要求，进一步加强与有关部门协调配合，落实好中央政策，做好春季农业生产各方面工作，全力攻坚克难，全年粮食生产实现 1 万亿斤以上的预期目标不变。

目前距离夏粮的大规模收获还有 40 天左右，我们将抓住产量形成的这 40 天，加紧管理，全力抗灾，力保丰收。重点是加强分类指导，加强技术服务，加强病虫害防控，加强防灾减灾。

同时，全力推进西南地区科学抗旱保春播，力争小春损失大春补。

东北等地正值备耕春播的关键时节，要抢前抓早争农时，提高质量保全苗，努力种足种满种好春播作物，确保粮食面积稳定，尤其是确保水稻特别是粳稻面积稳定，并力争有所增加。

在稳定发展生猪生产方面，将全面落实各项扶持政策，加快生产方式转变，防止生猪生产大起大落。

《经济日报》2010 年 4 月 21 日

坚决防止农民负担反弹

——农业部有关负责人谈《关于做好2010年减轻农民负担工作的意见》

日前，农业部、国务院纠风办、财政部、国家发展改革委、国务院法制办、教育部、新闻出版总署联合发出《关于做好2010年减轻农民负担工作的意见》。记者就此采访了农业部有关负责人。

这位负责人说，《关于做好2010年减轻农民负担工作的意见》要求各地区各有关部门要积极推进重点治理，狠抓减负惠农政策落实，完善相关法律法规，逐步探索构建新形势下农民负担监管的长效机制和村级公益事业建设的有效机制，坚决防止农民负担反弹。

这位负责人介绍，意见主要包括七方面的内容。

首先是要深入开展重点领域农村乱收费问题的治理。在全国范围内开展重点领域农村乱收费四大问题的治理，治理农村义务教育阶段学校乱收费、修建通村通乡公路向农民或村集体摊派集资、农民建房乱收费和农村公费订阅报刊摊派。

其次，意见要求要继续实施重点地区农民负担问题的综合治理。综合治理工作着重解决五类区域性、综合性的农民负担问题，即农民负担项目多且负担水平高、涉农负担信访多且长期得不到解决、农民承担特殊负担项目且涉及面广量大、减负惠农政策不落实且久拖不决、忽视减轻农民负担工作且有可能引发或已发生涉农负担案（事）件等问题。

另外，这位负责人强调，意见要求要切实做好一事一议筹资筹劳的指导和监管工作。适应一事一议财政奖补试点、项目补助范围不断扩大的新要求，积极引导农民出资出劳建设村级公益事业。完善一事一议筹资筹劳管理办法，加强对一事一议筹资筹劳工作的指导，积极探索选择一批县（市、区）开展一事一议筹资筹劳示范区建设；认真总结一事一议财政奖补试点经验，推动扩大试点范围。组织在全国范围内开展专项检查。

意见还要求进一步推进农村相关改革。完善村级组织运转经费保障机制，将村干部报酬、村办公经费和其他必要支出作为保障重点。深入研究解决区域性、行业性负担问题，积极稳妥化解乡村债务。研究国有农（林）场分离办社会职能改革的政策措施，完善管理体制，减轻职工负担。切实减轻农民用水负担，进一步增加政府投入，尽快配套完善现有灌区工程设施，加强价格管理。加大农村电网改造力度，继续推进农村电力体制改革。

意见提出要加大督促检查和违规违纪案件查办力度。加强对农民补贴补助资金落实情况的督促检查，坚决纠正截留、抵扣和挪用补贴补助资金的违规违纪行为，推动抓好惠农政策的落实，使农民应得的补贴补助资金及时到位。要继续加大对各种乱收费、乱罚款和摊派行为的查处力度。对截留、抵扣和挪用补贴补助资金以及各种乱收费、乱罚款和摊派的行为，要严格责任追究；对涉嫌犯罪的，及时移送司法机关处理；对性质恶劣、情节严重的典型案件进行全国通报、公开曝光。

意见还提出要加强农民负担监管制度建设。坚持和完善涉农收费文件审核制度，进一步清理涉农收费和集资摊派项目，向社会公布清理后保留的收费项目、标准等，乡镇政府和涉农收费单位应及时公示或更新。坚持和完善农民负担监督卡制度，将减负惠农政策的相关内容纳入农民负担监督卡，实行减负惠农政策全覆盖、“一卡明”到农户。加快《农民承担费用和劳务管理条例》修订工作。

最后，意见强调要完善减轻农民负担工作机制。坚持地方党政主要领导亲自抓、负总责的工作制度，落实减轻农民负担纳入政府工作目标考核的有关规定，进一步确保减负工作领导责任不缺位；充分发挥地方各级减负工作领导小组的组织协调作用，稳定和加强各级减负工作机构和队伍，进一步确保减负工作整体合力不减弱；深入开展全国农民负担检查，进一步确保减负高压态势不改变，加强调查研究，进一步把农民负担监管工作引向深入。

《经济日报》2010 年 4 月 26 日

综合施策　加快发展现代农业

为了加深对《中华人民共和国国民经济和社会发展第十二个五年规划纲要》提出的“十二五”时期我国经济社会发展的主要目标、战略重点、重大举措等内容的理解，本报从今天起推出“奋进‘十二五’同心绘蓝图”专栏，集中力量对规划纲要中的重点章节、重点数据、重点内容进行详细解读阐释，并派记者深入一线，对各地各行业在“十二五”开局之年紧紧抓住历史机遇，勇敢面对各种挑战，开拓进取，团结奋斗，扎实工作，努力实现“十二五”时期良好开局的生动事例进行报道。敬请关注。

“十二五”规划纲要对加快社会主义新农村建设做了浓墨重彩的描绘，明确提出坚持走中国特色农业现代化道路，把保障国家粮食安全作为首要目标，加快转变农业发展方式，提高农业综合生产能力、抗风险能力和市场竞争能力。

围绕如何加快发展现代农业，农业部部长韩长赋接受了记者采访。他表示，“十二五”规划纲要从加快发展现代农业、拓宽农民增收渠道、改善农村生产生活条件、完善农村发展体制机制等 4 个方面，对农业农村改革发展进行了重点部署，提出了许多新思想和新要求。特别是开宗明义，明确提出“在工业化、城镇化深入发展中同步推进农业现代化，完善以工促农、以城带乡长效机制，加大强农惠农力度，提高农业现代化水平和农民生活水平，建设农民幸福生活的美好家园”。这是一个战略思想和战略布局，具有重大指导意义。

明确“十二五”现代农业发展目标

韩长赋说，“十二五”时期是加快发展现代农业的重要机遇期，我们要按照“十二五”规划纲要的决策部署，立足农业发展实际，进一步理清“十二五”建设现代农业的总体思路，进一步优化农业生产力布局，超前谋划和推进一批重大工程，深入研究和实施几项重大政策，推动现代农业加快发展。

明确目标任务是发展现代农业的重要前提。韩长赋介绍，“十二五”时期的主要目标是：农业现代化取得阶段性进展。农业综合生产能力稳步提升，粮食播种面积稳定在16亿亩以上，粮食生产能力在1万亿斤水平上稳步提升；棉花、油料、糖料等主要农产品生产能力稳步提高，“菜篮子”产品生产供应充足、质量安全。农民收入持续较快增长，农村富余劳动力加快转移。农业产业体系更加完善，产业结构更加合理，区域布局进一步优化，农业各产业协调发展，农业多功能性进一步拓展。农业科技和物质装备水平明显提高，农业科技创新步伐加快，支撑能力明显增强；农业信息化迈出新步伐，农机装备水平大幅提升，设施农业规模大幅增加；农业生产经营组织方式不断创新，农业从业人员素质明显提升，新型经营主体发展壮大，农民专业合作社加快发展，农业产业化经营水平进一步提高。农业生态环境逐步改善，草原退化和农村面源污染得到初步遏制，水资源、肥料、农药利用率明显提高。

优化现代农业生产力布局

加快建设现代农业，提升农业综合生产能力，提高土地产出率、资源利用率、劳动生产率，必须进一步优化农业生产力布局。韩长赋说，本世纪以来，我国先后实施了两轮优势农产品区域布局规划，农产品区域化布局、专业化生产、产业化经营水平不断提高，品种结构、品质结构不断优化，市场竞争能力不断增强。优势区、主产区在农业农村经济发展中的重要地位和作用更加突出。但与实现农业现代化的要求相比，农业生产力布局还不够清晰，主导产业还不够突出，支持政策还有待强化。因此，韩长赋强调，要把进一步优化生产力布局，作为“十二五”时期建设现代农业的重大举措，重点加强6个区域建设。

粮食生产核心区建设。这是现代农业建设的重点建设区。主要包括新增1000亿斤粮食生产能力规划确定的800个粮食生产大县（农场）。“十二五”时期，要突出基础设施建设，优化品种结构，大力发展粮食精深加工及仓储物流业，提高粮食综合生产能力和综合效益。

特色农产品优势区建设。这是保障重要农产品供应的主体区域。主要包括棉花、油菜、甘蔗、天然橡胶、苹果、柑橘、马铃薯、生猪、奶牛、肉牛、肉羊、出口水产品等12种大宗农产品44个优势区，以及6个蔬菜重点产区。“十二五”时期，要推动规模化种养、标准化生产、产业化经营、品牌化销售，强化质量安全监管，提高资源利用率和加工转化率。

大城市郊区农业区建设。这是稳定城市副食品供应的基础。主要包括直辖市、省会城市和计划单列市郊区。“十二五”时期，要加强“菜园子”和肉蛋奶、水产品生产基地建设，增强“菜篮子”产品供给能力；发展现代都市农业，拓展农业多种功能。

东部沿海农业区建设。这是农业现代化的率先实现区。主要包括“珠三角”“长三角”、环渤海、海峡西岸经济区等东部沿海发达地区。“十二五”时期，要稳定发展粮食生产，加快发展高效农业、精品农业、设施农业和外向型农业，提高农业效益。

农垦经济区建设。这是农业现代化的综合示范区。主要包括新疆生产建设兵团和黑龙江农垦、广东农垦等19个大型集团化垦区和其他大型国有农场。“十二五”时期，要建设成为国家商品粮和棉花、天然橡胶供给重点保障区，带动周边地区发展，并在农业“走出去”方面发挥重要作用。

草原生态经济区建设。这是现代农业的生态保障区。主要包括北方和青藏高原草原地区，核心是264个牧区半牧区县（市、旗）。“十二五”时期，要加强生态环境保护和建设，建立生态补偿机制，促进草畜平衡，发展生态畜牧业。

优化生产力布局是一项长期任务。韩长赋说，各级农业部门要加强分类指导，研究制订规划，推动出台扶持政策，加大支持力度，使这些区域实现发展方式率先转变、现代农业率先推进、改革创新率先突破，引领全国现代农业发展。

谋划实施现代农业发展重大工程

韩长赋强调，“十二五”时期，要努力谋划、实施一批重大工程，支撑和保障现代农业加快发展，主要包括：旱涝保收高标准农田建设工程。改造中低产田，更新提质现有高产田，开展土地平整、土壤改良、畦垄规格化整治，加强田间灌排设施、机耕道路及桥涵、积肥设施、农田林网等建设。

新一轮“菜篮子”建设工程。改造一批标准化园艺产品生产基地、规模化畜禽养殖场（小区）和水产健康养殖示范场，建设和改造一批国家级重点大型批发市场和区域性批发市场。

现代种业工程。建设国家级制种基地、区域性良繁基地以及畜禽水产品种资源场、良种场，建设农作物品种试验和检测设施设备，建设国家重点保护农业野生植物、水生生物自然保护区和水产种质资源保护区。

渔政渔港工程。改扩建或新建一批沿海中心渔港、一级渔港、二级渔港、避风锚地和内陆重点渔港，建造一批大型渔政船及其配套设施。

农村沼气工程。建设户用沼气、小型沼气工程、大中型沼气工程和沼气服务体系，使 50% 以上适宜农户用上沼气。

动植物保护工程。健全动物疫病防控体系，重点加强基层动物防疫体系建设；建设四级农作物病虫疫情防控体系，改善监测、防控和监管设施条件。

韩长赋指出，推进“十二五”农业现代化，还有很多方面、很多领域的工作需要加强，包括农产品质量安全、乡镇农技推广机构、农业机械化、农业信息化、草原保护与建设、新型农村人才培养等方面，都要加大建设力度，不断改善农业生产条件。

韩长赋说，农业部要求各地各级农业部门要认真研究，精心谋划，加快推进，争取早启动、早建设、早见效，为现代农业建设提供支撑保障。

韩长赋表示，我们要在“十一五”打下的坚实基础上，加快农业现代化和社会主义新农村建设，不断开创“十二五”农业农村经济发展新局面。

《经济日报》2011 年 3 月 25 日，与乔金亮合作。

描绘新农村建设美好蓝图

日前发布的《国民经济和社会发展第十二个五年规划纲要》用四章篇幅谋划出今后 5 年我国农业农村经济社会发展的美好前景。24 日，中央农村工作领导小组副组长、办公室主任陈锡文在国务院新闻办公室举行的新闻吹风会上对此作了详细解读。

5 年增加 800 亿斤粮，在四个方面着力

规划纲要提出，“十二五”时期我国粮食综合生产能力要达到 5.4 亿吨以上。与上一个 5 年规划提出的 10000 亿斤粮食的目标相比，增加了 800 亿斤粮食。对此，陈锡文表示，中国人口多、食品消费量大，恩格尔系数较高，农产品供给状况和价格对于物价的影响很大。确保农产品的稳定供给，保持市场价格的基本稳定，是经济稳定发展的基础。

800 亿斤粮食从何而来？陈锡文介绍了四个方面的着力点：一是加强以农田水利为主的基础设施建设。到去年年底全国 49% 的农田实现了有效灌溉，如果解决好水源问题，加强水利设施建设，加大节水力度，还可以进一步扩大有效灌溉面积。二是加快农业科技进步，提高粮食综合生产能力。三是调动农民种粮积极性，如逐步提高粮食收购价格，坚持实行对种粮农民的直接补贴、良种补贴、农机具补贴、农资综合补贴等。四是在流通、储备、价格监管等方面采取综合措施。

“保障13亿（2011年我国人口总数）人口的吃饭问题是一件大事，我们完全有能力做好这件事。”陈锡文说，“800亿斤粮食是必须确保的产量。预计可以达到这一目标。”

统筹城乡经济社会的发展要处理好两大关系

规划纲要提出，到“十二五”规划期末，全国城镇化率要提高到51.5%，比2010年提高4个百分点。陈锡文认为，统筹城乡经济社会的发展要处理好两大关系，一是在推进城镇化的过程中不能放松新农村建设，二是大中小城市和小城镇要协调发展。

“应当纠正一个认识上的偏差，并不是不种地的人都要进城。”陈锡文说，“目前有大量进城的农民工没有分享当地的公共服务。如果按政府提供完整的公共服务水平来衡量的话，仍有10到12个百分点统计在城镇居民中的人口并没有享受到真正的公共服务。”

陈锡文说，根据有关部门的预测，到2030年中国人口可能达15亿人左右，城镇化率可能达70%左右，但仍有30%的人口生活在农村，也就是4.5亿人。如果不把农村建设好，小康社会、现代化都无法实现。

他还表示，仅靠发展大城市解决不了中国的现代化，只有走出大中小城市和小城镇协调发展的路，才能让10多亿人口生活得更好。

依法保障农民土地权利

在农村改革方面，规划纲要提出，现有农村土地承包关系保持稳定并长久不变，完善土地承包经营权权能，依法保障农民对承包土地的占有、使用、收益等权利。同时，在依法自愿有偿和加强服务基础上完善土地承包经营权流转市场。

陈锡文说，土地制度是一个国家的基本制度。2008年召开的中共十七届三中全会专题研究了农村改革发展问题，对农村土地制度改革做了明确部署，既强调继续稳定现有的农村土地承包关系并长久不变，也提出对农村土地流转加强管理和服务。

陈锡文表示，党的十七届三中全会决定提出农村集体经营性建设用地可以进入有形的、统一的市场进行公开规范地流转，但一些地方的干部忽视了“经营性”这个界定，把农民自用的宅基地和乡村的公益性土地通过复垦之后进行流转。今后国家将出台相关的法律法规、政策对这一问题进行规范。

《经济日报》2011 年 3 月 25 日

依靠科技进步促进现代农业发展

今年的中央一号文件突出强调农业科技创新，把推进农业科技创新作为“三农”工作的重点，作为农产品生产保供和现代农业发展的支撑，在我国农业科技发展史上具有里程碑意义。这是党中央、国务院科学把握现代农业发展规律，立足当前、着眼长远作出的重大决策，是新形势下加快推进“三化同步”、促进现代农业发展的重大部署。

新世纪以来第九个中央一号文件继续聚焦农业农村，今年中央一号文件为什么突出强调农业科技创新？如何深刻认识和科学把握中央一号文件关于农业科技的一系列新论述、新思路、新举措？农业部总经济师、新闻发言人陈萌山就这些问题进行了解读。

记者：今年中央一号文件突出强调农业科技创新，您认为这是出于什么考虑？

陈萌山：农业的根本出路在科技。新中国成立 60 多年来特别是改革开放 30 多年来，我国农业农村发展取得举世瞩目的成就，农业科技发挥了关键支撑作用。但是，从当前和未来发展看，耕地、淡水等资源的刚性约束进一步加剧，生态环境保护的压力越来越大，依靠大量消耗资源的传统生产方式推进农业发展已难以为继；农业劳动力的素质呈结构性下降，用工成本迅速上涨，依靠低成本劳动力支撑现代农业发展的空间逐渐减小。在粮食产量“八连增”、农民增收“八连快”的基础上，转变农业发展方式、保障粮食等主要农产品有效供给、推进农业农村经济持续稳定发展，必须更加依靠科技实现创新驱动、内生增长。我国已到了必须更加依靠科技进步促进现代农业发展的历史新阶段，科技进步已成为最重大、最关键、最根本的出路和措施。

今年的中央一号文件突出强调农业科技创新，把推进农业科技创新作为“三农”工作的重点，作为农产品生产保供和现代农业发展的支撑，在我国农业科技发展史上具有里程碑意义。这是党中央、国务院科学把握现代农业发展规律，立足当前、着眼长远做出的重大决策，是新形势下加快推进“三化同步”、促进现代农业发展的重大部署。

记者：当前我国农业科技发展现状如何，不足在哪里？

陈萌山：虽然我国农业科技取得了辉煌的成就，但我们也清醒地认识到，与建设现代农业的新要求相比，与国际先进水平相比，差距仍然较大，突出表现在“三个不足”：一是创新成果供给不足。农业科技总体水平还不高，跟踪式、模仿式，甚至低水平重复式研究还较多，类似杂交水稻、黄淮海综合治理等重大成果多年少见，我国 50% 以上的生猪、蛋肉鸡、奶牛良种，90% 以上的高端蔬菜花卉品种依赖进口。二是农技推广服务不足。基层农技推广体系还存在许多突出问题，如管理体制不顺、运行机制不活、经费投入不足、条件建设薄弱、人员素质不高，等等，推广能力落后于生产和农民需要。专业化和社会化服务组织发展还相对滞后，不能满足现代农业发展要求。三是农业人才总量不足。农业科研缺乏领军人才，基层农技人员年龄老化问题突出。大量的农村青壮年劳动力进城务工，农村“谁来种地”“谁来养猪”已成为绕不过的严峻问题。

记者：中央一号文件关于农业科技有哪些新论述、新思路、新举措？

陈萌山：以中央一号文件的形式统一全党意志大力推进农业科技改革发展，在我国的农业发展历程中是首次，在科技发展进程中也是首次，有许多创新之处。

关于农业科技创新问题，中央一号文件进一步明确了农业科技的定位、定性和定向。在农业科技的定位上，文件明确指出，实现农业持续稳定发展、长期确保农产品有效供给，根本出路在科技。要坚持科教兴农战略，把农业科技摆上更加突出的位置。这就进一步指明了，我国已到了必须更加依靠科技进步促进现代农业发展的历史新阶段。在农业科技的定性上，文件明确强调，农业科技具有显著的公共性、基础性、社会性，要大幅度增加农业科技投入，保证财政农业科技投入增幅高于财政经常性收入增幅，逐步提高农业研发投入占农业增加值的比重，建立投入稳定增长的长效机制。这就进一步明确了在农业科技上，政府要发挥主导作用、财政承担主要责任的基本政策取向。在农业科技的定向上，文件明确强调，面向产业需求，着力突破农业重大关键技术和共性技术，切实解决科技与经济脱节问题。这更加明确了农业生产要依靠科技、农业科技要服务生产的要求，明确了农业科技创新的方向。按照这一要求，我们要坚持产业需求导向，切实解决科技与生产“两张皮”的问题，大力推进农业科技与农业农村经济的融合。中央一号文件关于农业科技的“三定”非常令人振奋，非常鼓舞人心，必将激励农业科技人员安心工作、潜心研究、热心服务，对农业科教工作将产生巨大的推动力，营造更好的发展环境。

关于农业技术推广问题，中央一号文件明确提出，强化基层公益性农技推广服务，要普遍健全乡镇或区域性农业技术推广、动植物疫病防控、农产品质量监管等公共服务机构，明确公益性定位，根据产业发展实际设立公共服务岗位；要进一步完善乡镇农业公共服务机构管理体制，切实改善基层农技推广工作条件，按种养规模和服务绩效安排推广工作经费。按照这些要求，我们必须充分发挥基层农技推广机构和人员在保障和支撑生产、引领发展等方面的作用，着力增强基层农技推广服务能力。要完善激励、评价考核机制，引导科研教育机构积极开展农技服务，鼓励科研教学人员深入基层从事农技推广服务。要大力培育和支持新型农业社会化服务组织，扶持各方力量广泛参与农业产前、产中、产后服务。

关于教育科技培训问题，中央一号文件提出要振兴发展农业高等、中等职业教育，加快培养农业科技人才，大力培训农村实用人才，并明确提出要实施一系列的人才培养计划。这就进一步明确了人才资源是第一资源的地位，人才是第一生产力的地位，农业科技的发展，归根结底取决于各个层次的农业人才智力支撑，取决于具有科技素质、职业技能的新型农民和农村实用人才。

记者：中央一号文件支持农业科技方面，有什么特别值得关注的政策亮点？

陈萌山：今年中央一号文件关于农业科技创新的新论述很多，新政策很多，新亮点也很多，包括农业科技创新的方向、重点、机制、条件问题，也包括种业科技创新问题、强化公益性农技推广服务问题、扶持多元化农业社会化服务、农业农村人才队伍建设问题，等等。其中，最受广大农业科研和农技推广人员欢迎的政策亮点有两个：一个是关于农业科技公共性、基础性、社会性的“三性”论述，这一论述给广大农业科技人员吃下了定心丸；另一个就是关于基层农技推广体系改革与建设“一个衔接、两个覆盖”的政策，即乡镇农技人员工资待遇要与当地事业单位的平均收入相衔接，2012 年基层农技推广体系改革与建设示范县项目基本覆盖所有农业县，农业技术推广机构条件建设项目覆盖全部乡镇。“一个衔接、两个覆盖”政策，是中央财政支持基层农技推广工作的重大政策突破，是基层广大农技推广人员的长期期盼，是激励和发挥他们作用的关键所在。

《经济日报》2012 年 2 月 2 日

抢占现代农业科技制高点

今年的中央一号文件突出强调农业科技创新，把推进农业科技创新作为今年“三农”工作的重点，作为农产品生产保障供给和现代农业发展的支撑，出台了一系列含金量高的政策措施。为什么今年的中央一号文件把农业科技放在农村工作的突出位置？对此，国务院发展研究中心副主任韩俊做了深入解析。

韩俊说，这是党中央、国务院科学把握现代农业发展规律，立足当前、着眼长远作出的重大决策，是新形势下加快推进“三化同步”、促进现代农业发展的重大部署，在我国农业科技发展史上具有里程碑的意义。

韩俊进一步分析说，当前，我国农业科技改革发展面临的主要问题是：农业科技自主创新能力不强，原始创新和关键技术成果储备明显不足；农业科技与生产脱节严重，农科教、产学研合作不紧密；基层农技推广服务体系薄弱；农业科研投资长期欠账，政府投入严重不足；企业在农业科技创新中发挥的作用有限。

多年来的实践充分表明，农业科技是确保国家粮食安全的基础支撑，是突破资源环境约束的必然选择，是加快现代农业建设的决定力量。韩俊说，农业科技周期长，影响因素复杂，不确定性大，具有显著的公共性、基础性、社会性。因此，促进农业科技进步，必须坚持以政府为主导、公益性为主的定位，把强化政府支持作为农业科技进步的重要保障，把产学研、农科教密切结合作为农业科技进步的根本途径，提高科技对现代农业的支撑和引领能力，推动传统农业向现代农业转变。

那么，在实施科教兴农战略方面，应实现哪些方面的突破？韩俊认为，首先要健全农业科技创新体系。国家重点支持基础性、前沿性和产业共性的农业科学研究，建设一批世界一流的农业科研机构，着力提高农业科技自主创新能力。引导企业参与农业科技创新，鼓励企业开展先进实用技术集成配套，创建具有国际竞争力的企业技术研发中心。着力突破农业重大关键技术和共性技术，力争在农业前沿技术研究领域取得一批重大自主创新成果，抢占现代农业科技制高点，使我国农业科技全面跃居世界先进水平。

其次要健全农业科技转化和推广服务体系。突出转化一大批重大农业科技新成果，培养一支稳定的农业科技成果转化人才队伍，构建较为完善的国家农业科技成果转化体系。明确基层农技推广的公益性，不断增加财政投入，加强公益性农业技术推广服务体系建设，健全公益性服务机构和队伍，重点建设乡镇或区域性农技推广等公共服务机构。调动农业院校、农民专业合作社、供销合作社、龙头企业、种养业能手等各方面力量参与农业技术推广服务，健全多元化、社会化农业科技推广服务体系。

第三要健全惠及民生的农村科技服务体系。注重将科技成果应用于农村民生领域，积极发展农村民生科技，在农村教育、医疗卫生、清洁能源、信息化等方面加大对现代科技设施和管理技术的引进力度，依靠科技手段缩小城乡之间民生领域的差距。

第四要健全农业科技投入机制。大幅度增加财政预算内农业科研投入。鼓励社会资本投资农业科研，建立以政府为主导、企业为主体、社会力量广泛参与的多元化农业科研投入体系，形成稳定、可持续的投入增长机制。加大新品种选育和关键、核心高产技术推广的扶持力度。实施农业生产机械化基础研究和关键装备科研专项攻关。逐步提高农业科研院所的人均事业费水平。切实保证公益性农业技术推广服务机构的人员经费和工作费用。

韩俊强调，中央一号文件对当前和今后一个时期农业科技创新工作已经作出了明确部署，关键是要抓好落实。我们要紧紧围绕保障粮食等主要农产品有效供给、促进农民持续增收、加快转变农业发展方式、实现农业可持续发展等重大战略目标，坚持走中国特色农业科技发展道路，促进实现中国特色农业现代化。

《经济日报》2012年2月2日

2012年中央一号文件为何定调农业科技

国务院新闻办公室2月2日举行新闻发布会，中央农村工作领导小组副组长、办公室主任陈锡文和中央农村工作领导小组办公室副主任唐仁健详细解读了1日公布的《中共中央国务院关于加快推进农业科技创新持续增强农产品供给保障能力的若干意见》——为何确定农业科技文件主题。

“巩固农业农村好形势要靠科技，发展农业农村好形势更要靠科技”

陈锡文介绍说，中央决定一号文件以“加快推进农业科技创新，持续增强农产品供给保障能力”为主题，全面部署今年和今后一个时期的“三农”工作，主要基于三个方面的考虑。

从形势变化看，我们面临的国内外经济形势更为复杂严峻，保持经济平稳较快发展、保持物价总水平基本稳定、保持社会和谐稳定，实现稳中求进，必须避免农业出现闪失，避免主要农产品供给出现问题。做好今年的“三农”工作，稳定发展农业生产，确保农产品有效供给，对营造良好氛围、推动全局工作、赢得战略主动至关重要。

从发展需要看，要稳住今年农业生产，长期稳定地保障我国粮食和其他重要农产品的有效供给，靠继续增加农业水土资源已没有多少余地，必须靠提高单产。同时，促进农民收入持续较快增长，靠政策增收、提价增收、打工增收等都是非常必要的，今后务必还要继续强化，但根本还是要靠发展生产力，通过科技进步，不断提高土地产出率、资源利用率、劳动生产率，实现增产增收、提质增收、节本增收。因此，巩固农业农村好形势要靠科技，发展农业农村好形势更要靠科技。

从工作指导上看，实践证明，中央发出关于农业农村工作的一号文件，有利于突出工作重点、明确政策指向、集中解决问题，已经成为中央指导“三农”工作的政策导向和主要信号，成为强农惠农富农政策体系的集中体现和鲜明标志，成为统一思想、凝聚力量的有力武器和重要抓手。

陈锡文强调说，今年一号文件主题确定为“加快推进农业科技创新、持续增强农产品供给保障能力”，既抓住了发展要害、回应了基层关切、兼顾了当前长远，又在保持政策连续性基础上丰富和发展了“三农”政策体系。

农业科技支撑着力点在哪里

“重点强化农业科技支撑，基础设施支撑和市场流通支撑陈锡文说，一号文件明确了农业科技“三是三性”的定性定位，即农业科技是确保国家粮食安全的基础支撑，是突破资源环境约束的必然选择，是加快现代农业建设的决定力量，具有显著的公共性、基础性、社会性。同时，明确了“二保二强”的总体思路，即强科技保发展、强生产保供给、强民生保稳定。

陈锡文介绍说，一号文件在内容上有五方面考虑:

一是在文件框架上，重点强化“三大支撑”。着眼长远持续提高农产品供给保障能力，在第一部分强调加大投入和工作力度、切实抓好农业生产之后，二三四部分集中讲农业科技支撑，第五部分讲基础设施支撑，第六部分讲市场流通支撑。

二是在“三农”政策体系上，明确提出“三大指向”。过去提“支农”，后来提“支农惠农”，十七届三中全会科学地表述为“强农惠农”，这次一号文件又提升到“强农惠农富农”。这是重中之重战略思想的丰富发展，是以工补农、以城带乡方针的细化实化，是强化农业基础、惠及农村发展、富裕农民生活的精辟概括。

三是在“三农”投入上，再次要求“三个持续加大”，即持续加大财政用于“三农”的支出，持续加大国家固定资产投资对农业农村投入，持续加大农业科技投入，确保增量和比例均有提高。

四是在强化农技推广服务上，集中推出“三条政策”，即实现在岗农技推广人员工资收入与基层事业单位平均水平相衔接，2012 年基层农业技术推广体系改革与建设示范县项目基本覆盖农业县（市、区、场），农业技术推广机构条件建设项目覆盖全部乡镇。

五是在新型农民培养上，要进一步提高涉农学科（专业）生均拨款标准，对到农村基层工作并符合条件的高等院校毕业生实行国家补偿学费和代偿助学贷款，加快中等职业教育免费进程并落实职业技能培训补贴政策，让农村每个后备劳动力都掌握一门技能。

农业科技体制改革如何破题

“要促进农业科研和生产紧密结合，保证财政农业科技投入增幅明显高于财政经常性收入增幅当前中国的农业科技体制改革已经进入了深水区，在改革当中主要面临的问题是什么？今后将采取哪些措施进行解决？这是大家关注的问题，对此，陈锡文认为最主要的是体制和投入两方面的问题。他说，从体制角度来看，要促进农业科研和生产紧密结合。如果研究成果只是为了去评职称，为了出版著作，实际上对生产的促进就非常有限。当然体制不光是在科研方面，推广方面也有很多体制问题。因为农业是国民经济的基础，对于经济社会的持续发展稳定具有非常大的支撑作用。在中国，研发资金投入占 GDP 的比重本身就比较低，而农业的比重更低，所以，这次文件着眼建立长效机制，提出要保证财政农业科技投入增幅要明显高于财政经常性收入增幅，提高农业研发投入占农业增加值的比重。但是增加了投入，钱怎么用到刀刃上，还需要推行一系列的改革和创新，形成一套有效的激励和约束机制。解决了体制和投入问题之后，农业技术的成果是要体现在田地里面的，是要靠一家一户的农民去运用的，因此还要努力提高农民的科学技术素质，让他们能够成为掌握现代科学技术真正的主人。只有这样，才能使农业科研成果在生产实践中发挥作用。

如何打通农技推广“最后一公里”

“农技推广体系改革与建设示范县今年将覆盖到所有的农业县（市、区、场）

唐仁健说，中央一号文件尤其突出了农业技术推广。农技推广体系“网破、线断、人散”的问题前些年确实非常突出。2008年党的十七届三中全会对健全基层的农技推广、疫病防控和农产品质量安全体系提出要求之后，这种状况已经有了很大的改变。经过改革发展，基层农技推广体系的服务能力有了很大提高。

据唐仁健介绍，今年中央一号文件突出强调农业基层推广体系的能力，让基层在岗的农技推广人员工资收入水平与基层事业单位的平均水平相衔接。农技推广体系改革与建设示范县今年将覆盖到所有的农业县（市、区、场），解决基层农技推广机构没有工作经费的问题；农业技术推广机构条件建设项目将覆盖全部的乡镇，主要是改善办公条件，如房屋、仪器设备、交通工具等。

同时，文件还强调要转换机制，增强活力。“要全面实行人员聘用制度，严格上岗的条件，落实岗位责任等，不是说你在这个岗位上可以端铁饭碗。”唐仁健表示，“推广的效果和条件怎么样，也不像以前主管部门说了算，需要主管部门、乡镇政府、农民三方来考评。”

“三农”政策如何适应城镇化新形势

“重点应解决‘谁来种地’、农民怎么进城、乡村如何治理三个大的问题。”唐仁健表示，去年中国城镇人口数量首次超过农村，城镇人口占总人口比重达到51.27%，这是中国社会重大的历史性转折，对“三农”工作具有极其丰富的政策含义。重点应该解决“谁来种地”、农民怎么进城、乡村如何治理三个大的问题。

应对由于大量青壮年劳动力外出，农村“三留守”的问题，首先要在坚持家庭承包经营的基础上，培育和创新农业的经营主体；还要培育职业农民、专业农民，让新一代有技术、会经营的农民在农村或者回到农村从事农业生产的现代化经营；三是要加强农业的社会化服务体系，加快发展专业的、综合的，合作性的、公司性的，政府的、民间的服务组织，为农业生产提供产前、产中、产后服务。

“关于今后农民如何进城的问题，总的来讲，要让农民进城以后能够真正享有与当地城镇居民同等的待遇。”唐仁健说，应合理引导人口的流向，既要推进城镇化，也要加强新农村；对符合条件的农民工，要解决落户问题；还要引导农民工和农民就地转移就业。

唐仁健还表示，乡村怎么治理的问题，总的来讲是要建立立足国情和适应发展需要，建立党组织领导、能让农民充分参与、充满活力的乡村自治机制，发展各种新的社会组织和中介组织，等等。

《经济日报》2012 年 2 月 3 日

把饭碗牢牢端在自己手里

——中央经济工作会议解读

中央经济工作会议指出，决不能因为连年丰收而对农业有丝毫忽视和放松。我国有 13 亿人口（2012 年我国人口总量），只有把饭碗牢牢端在自己手中才能保持社会大局稳定。专家认为，未来 5 年到 10 年，是我国现代农业建设的关键时期，要继续完善强农惠农富农政策，加强对主产区的粮食生产的支持力度；加快完善扶持粮食生产的政策体系，建立粮食稳定发展的长效机制；确保土地安全，守住 18 亿亩耕地的红线，稳住 16 亿亩播种面积的底线；大规模建设高标准农田，解决旱涝保收的问题——

“手中有粮、心里不慌，丰衣足食、喜气洋洋”。今年粮食生产实现“九连增”的成就令人喜悦，特别是近5年来，我国粮食综合生产能力已历史性地站稳了1万亿斤大台阶，人均粮食占有量超过850斤，已经高于800斤的粮食安全标准线，并成功地保持了高达95%的粮食自给率。在国际社会普遍担忧发生新一轮粮食危机的情况下，中国人已将饭碗端在了自己手里。

就在很多人感觉可以松一口气的时候，中央经济工作会议及时地敲响了警钟：把解决好“三农”问题作为全党工作重中之重，必须长期坚持、毫不动摇，决不能因为连年丰收而对农业有丝毫忽视和放松。我国有13亿人口，只有把饭碗牢牢端在自己手中才能保持社会大局稳定。

农业部部长韩长赋强调，实践证明，我们确实有能力依靠自己的力量解决13亿人口的吃饭问题，但是，我们也要清醒地认识到，我们端的这个饭碗目前还不是铁饭碗，还面临着诸多风险。

从国内情况看，在城镇化、工业化不断发展和人口增加的背景下，粮食需求增长、耕地减少、淡水资源紧张的趋势不会改变。一是尽管粮食生产能力有所提升，但靠天吃饭的局面仍未根本改变，我们农业基础设施条件还比较差，抗御自然灾害能力较弱。二是耕地资源约束日益强化，继续扩大面积的空间有限，随着工业化和城镇化进程加快，守住18亿亩耕地红线的任务艰巨。三是自然灾害呈加重态势，粮食生产风险越来越大，我国每年因气象灾害损失粮食1000亿斤左右，每年因生物灾害损失粮食500亿斤左右。四是投入品和劳动力价格呈上涨趋势，直接影响种粮的比较效益，也推动了粮食成本上升。

从国际形势看，尽管经济全球化程度不断加深，近几年来我国进口粮食的增速也较快，但我们能依赖国际市场解决中国人的饭碗问题吗？答案是否定的，中国人的饭碗靠别人、靠国际市场是靠不住的。一旦中国粮食出现缺口，想从国际市场购进的话，势必要付出极大的代价，因为国际市场的粮食总体贸易量很小。比如国际市场大米的贸易量仅500多亿斤，连我们自己需求量的1/5都不到，而且现在全世界粮食问题并没有根本解决，供求关系还是偏紧的。同时，中国还存在贸易上的“大国效应”，中国买什么，什么就贵；卖什么，什么就贱。所以，我们必须采取措施，确保粮食自给。

怎么保证中国人的饭碗能牢牢地端在自己手里呢？首先是要依靠政策保证稳粮增产，要继续完善强农惠农富农政策，保护和调动地方政府重农抓粮和广大农民务农种粮的积极性，特别是13个粮食主产区的积极性，加强对主产区的粮食生产的支持力度；加快完善扶持粮食生产的政策体系，建立粮食稳定发展的长效机制。此外，要确保土地安全，必须要守住18亿亩耕地的红线，同时也要稳住16亿亩播种面积的底线，要努力使粮食综合生产能力在目前水平上不断提升；要大规模建设高标准农田，解决旱涝保收的问题。现在旱涝保收的高标准农田只占全部农田面积的36%，如果能提高到50%以上，中低产田将有很大的增长潜力。

今后一段时间，应特别注重培育适应现代农业发展的生产经营主体，发展种粮大户、农民专业合作社和农业产业化龙头企业，发展土地适度规模经营，鼓励外出务工农民带技术、带资金回乡创业，发展粮食生产；要加强农业科技创新，大力提升农机装备水平，不断转变农业发展方式，使农业农村发展在高起点上实现新突破。科技进步对农业增长的贡献率已达到53.5%，超过了土地、劳动力、资金投入和制度的贡献份额。但与发达国家比较，我国农业科技创新仍然存在较大潜力与广阔空间。

“民以食为天”，解决13亿人口的吃饭问题始终是治国安邦的头等大事。国务院发展研究中心副主任韩俊表示，未来5年到10年，是我国现代农业建设的关键时期，我国农业也到了高投入、高成本、高价格的阶段。发展粮食生产将会面临新的困难、新的问题，但我们有经验、有信心解决这些困难和问题。

《经济日报》2012年12月19日

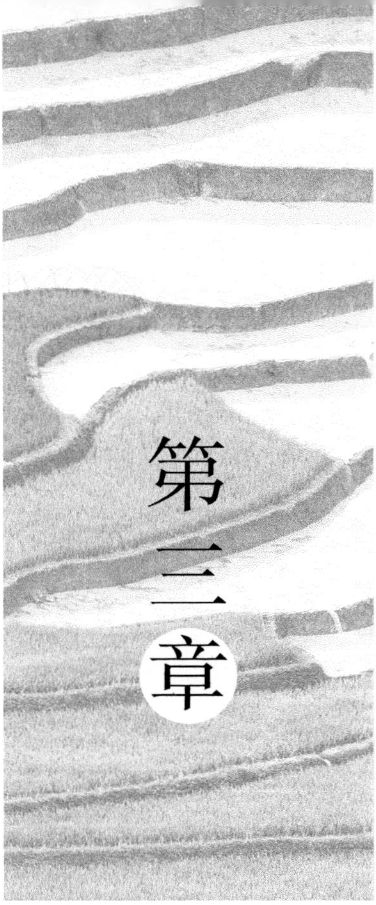

第三章

关爱农民：

场圃把酒话桑麻

农民有了买得起、用得了的中文电脑

——广东云安建国内首个中文信息化城镇

我国首个中文信息化城镇（COL—eTown）在广东云安县正式启动。不懂英文的云安农民只要拥有一个私人化信息主页，就能到世界上任何一个公司或地区的网站了解所需内容，为致富服务。这一中文电脑产业的诞生将使城镇和乡村的广大群众享受到信息化社会的成果。

据了解，云安县信息化城镇（COL—eTown）项目建设，总投资 3000 多万元，该项目采用无线接入方式，单个发射器信号覆盖范围为半径 15 公里，可为上万用户提供看电视、打电话、上网等服务。据悉，COL—eTown 项目的中文网络计算机，其性能、配置等均与现在的英文计算机相同，完全适应现代农村中上水平收入的农户，每台计算机价钱在 2000 元左右。中国国际科技促进会常务副会长张培容教授称，中文 COL—eTown 提供了新的理念，以廉价、全中文操作的网络计算机为基础，提供与国际接轨的信息平台服务于城镇乡村。香港文传集团主席张伟东称，COL—eTown 是一个实体，通过互联商品的交易、物流及管理的平台，建立起国际联合秩序化知识经济发展区域。他表示，通过中文计算机组网，将组建起全国性的 COL—eTown 的“万里网城”。

云安县委书记李尧坤说，COL—eTown 项目在云安县的落户，拉近了当地山区经济相对落后的农民与世界的距离。他说，拥有了价廉质优的全中文网络计算机，群众只要输入中文或数字就可顺利上网，从而有效地解决了农民应用英文上网的困难。群众可以利用计算机在本地政府的国际信息化平台上学习、工作、娱乐及生活，可与国际信息直接沟通和开展最先进的科技三农活动。此外，云安县在COL—eTown架构下，不仅进行全面的地方信息普及，还将在云安县城建立起廉价飞龙计算机的生产、装配和加工工业，如网络计算机、税控机、教育机等，有效地将当地农村劳动力引向高增值的计算机信息行业。同时，建立培训机制，从当地高中生开始，培养当地知识人才，包括软件加工行业的人才。农民加入了COL—eTown网城，就拥有了信息网络和信息平台，可以在网上销售各种特色农产品，形成实实在在的电子农务。未来两三年，这一信息化城镇建设项目将成为该县新的经济增长点。

据悉，云安中文信息化城镇（e—Town）是由中国国际科技促进会、香港文化传信集团有限公司、美国IBM公司与当地政府共同主办的。

《经济日报》2004年7月26日

农民日子：一年比一年好

在国务院新闻办公室日前召开的当前农业情况和农村政策新闻发布会上，中央财经领导小组办公室副主任陈锡文表示，尽管去年我国粮食增产、农民增收，但增长的基础都不牢固，只有切实加强农业综合生产能力建设，才能保证国家粮食安全，并从根本上提高农民收入。

致富的治本之策

加强农业综合生产能力建设，并不单纯是为了增加粮食生产，也是为了提高农业的效益和竞争力，为了提高农民收入。我国农村有数量庞大的农民，都靠政府的补贴来致富是做不到的。所以，一方面强调政府对农民采取增收减负政策的同时，还要找到农民致富的治本之策，那就是加强农业生产能力建设，只有这个能力加强了，农业的效益才能真正提高，农民才能通过自己的劳动获得更多的收益。

陈锡文表示，在2005年的一号文件中，对加强农业综合生产能力的建设，提出了多方面的要求。一是严格保护耕地和改善生态环境；二是加强农田水利建设；三是促进农业科技进步；四是搞好农村的交通、通信、市场和农产品检验检测等基础设施建设；五是深化农业、农村经济结构的调整，大力发展农产品加工业；六是加强对农民的培训，提高农民的素质。

更多实惠向三农

粮食增产、农民增收后，中央的各项惠农政策会不会变？陈锡文详细解答了这个令中外瞩目、让亿万农民担心的问题：刚刚发布的中央“一号文件”已充分表明，去年以来实施的行之有效的农村政策不仅没变，还进一步加大了使农民增收减负的力度。

陈锡文说，继去年的中央一号文件后，今年中央又发出了针对农村工作的一号文件，足以见得党中央对农村工作的重视。

特别关注“三农”问题，也是由我国国情所决定的。进入新世纪后，我国经济发展的明显特征就是工业化、城镇化的步伐加快，各种生产要素都开始高速度、大规模地向城镇集中，这是世界各国在现代化过程中的必然经历，我国也不会例外。但我国有着数量巨大的农民，在加快工业化和城镇化的过程中，决不能让农业受到削弱，必须解决好农业、农村、农民问题，才能为中国现代化奠定坚实的基础。

陈锡文认为，2002年以来，党的十六大报告、中央农村工作会议以及中央有关指导农村工作的文件提出的“三个坚持”，构成了进入新世纪以来党和政府对待农业的态度以及农村政策基础。“三个坚持”即：要坚持城乡统筹发展的方针，要坚持把“三农”问题放在全部工作重中之重的位置，要坚持对农业、农村、农民实行“多予、少取、放活”的方针。去年和今年的两个“一号文件”都很好地体现了党和政府对农村工作的基本思路和制定政策的要求。

农业投资七百亿

政府今年计划在农村的基础设施建设方面投入多少资金，这是各界十分关注的问题。

陈锡文说，政府对于农业的投资，在整个国家的财政性的投资中大概占三分之一左右。在市场经济的发展过程中，中国政府比较强调财政要逐步建立成公共财政，各种各样的投资正在实行多渠道、多主体的方式。全部的投资比重中，政府所占的投资并不是主要的部分。

但是，在政府用财政资金进行的投资中，农业所占的比重是不低的，具体的数额大概在 700 亿元以上。

改革力度将加大

陈锡文说，今年的中央一号文件，非常强调金融部门的改革，以及通过改革来加强对农业、农村的金融支持。

目前在农村，民间融资比较活跃，这实际上就表示正规金融对农业和农村支持的不足，政府对此十分关注。虽然民间金融借贷不能够完全消除，但是正规金融对农业、农村、农民支持的加大，就会缩小民间金融的市场，剩下的部分，金融部门应该加强对民间金融借贷的监管，比如说控制利率水平，不让它变成盘剥农民的高利贷，同时要监督他们借入和贷出的状况，避免金融风险。

《经济日报》2005 年 2 月 5 日

2004年全国农民负担抽查结果表明

减负成效明显 “三乱”仍有不少

国务院减轻农民负担联席会议对吉林、山东、湖南、重庆、云南5个省（市）的农民负担抽查工作近日结束。抽查结果表明，减负工作收到明显成效，但政策不落实和农村“三乱”仍然存在，农民负担监管工作需要加强。

减负成效明显

据有关负责人介绍，这次抽查以暗访为主，收到较好效果。抽查情况表明：5省（市）各级党委、政府积极贯彻中央农村税费改革和减轻农民负担的政策，采取了一系列行之有效的措施，减轻农民负担工作取得了明显成效。

一是深入开展了农村税费改革试点工作。吉林省全部免征农业税和取消农业特产税，减轻农民负担达到16.64亿元。二是全面落实了粮食直补和良种补贴政策。检查组所到之处农民普遍反映，减免农业税，种粮给补贴，这是破天荒的大喜事，衷心感谢和拥护党的亲民政策。三是认真清理审核了涉及农民负担的行政事业性收费项目。湖南省本级共取消涉农行政事业性收费项目2项，对农民免收行政事业性收费项目12项，降低收费标准4项，每年可减轻农民负担数十亿元。四是进一步推行了减轻农民负担的相关制度。5省（市）的乡镇和村实行涉农税收、价格和收费“公示制”的比例较高，重庆市的公示率达到了95%。5省（市）结合当地情况，分别制定了乡镇、村级组织和农村中小学公费订阅报刊费用限额标准。五是强化农民负担监督检查和案件查处工作。2004年山东省共查处各类涉及农民负担案（事）件647起，对166名责任人给予了党纪政纪处分，起到了很好的警示教育作用。

仍存不少问题

从5省（市）抽查情况看，农民负担仍存在不少值得重视的问题。一是一些地方农村税费改革政策不落实。税费征收方式不规范、农业税附加被挪用和违规清收税费尾欠问题没有得到很好解决。二是有些地方对执行减轻农民负担的“四项制度”走过场。在涉农税收、价格和收费“公示制”方面：有的地方公示的收费依据不准、收费标准偏高、收费范围扩大，有的地方甚至没有进行公示。在农村义务教育“一费制”收费方面：存在擅自改变“一费制”的内容、“一费制”外还收取其他项目的问题。在涉及农民负担案（事）件责任追究制方面：有的地方发生了涉及农民负担案件，不及时上报案情，甚至回避案件的性质。三是涉农乱收费现象仍然存在。主要是农村中小学乱收费问题较为突出；建房乱收费有禁不止，农民建新房不仅要交押金，领取建房证交费很多；计划生育乱收费数额较大。四是农业生产性费用方面的问题较多。突出表现在水电费用负担过重。有的村一户农民要交纳311.75元，大大超过了全家交纳的农业税及附加的水平。五是村内“一事一议”筹资筹劳不规范。突破筹资标准、扩大议事范围的问题有禁不止。

通过对5省（市）的检查看出：随着农村税费改革的逐步深化，减征直至取消农业税的进程加快，农民负担税赋重的问题会逐步得到有效解决。但“三乱”问题仍应引起高度重视，个别地方有滋长的苗头，农民负担反弹的隐患仍然存在。需要在深化农村税费改革中，加快农民负担监督管理法规制度建设，加大对违规违纪行为的督办查处力度，推动各项减负政策的落实，切实防止负担反弹。

《经济日报》2005年2月5日

从数字看“十五”特别报道

农民收入增长6.8%：一个令人欣喜的成绩

“十五”期间，我国农业终于走出多年的徘徊局面。粮食增产、农民增收成为国民经济运行中最抢眼的亮点。我国农民人均收入实际增长幅度扭转了“十五”头3年连续下滑的趋势，从4%左右的低位一举跃升至2004年的6.8%。今年上半年农民人均现金收入达到12.5%的增长速度。农村出现了多年少有的好形势，展示出一派喜人景象。

“双增”成为亮点

“十五”期间，中央出台了一系列的惠农政策，采取了一系列的改革举措，赢得了亿万农民的衷心拥护。农民的种粮积极性空前高涨，许多外出打工的农民也重返乡里，昔日的抛荒地成了农民争抢的“香饽饽”。

在中央惠农政策的推动下，2004年成为一个重要的转折点，中国农业终于走出了多年的徘徊局面。

粮食生产出现重要转机，2004年全国粮食总产量突破了年初确定的目标，达4695亿公斤，是新中国成立以来增产最多的一年，单产也创下历史新高。

农民收入实现较快增长。统计显示，2004年，农村居民年人均纯收入为2936元。专家分析认为，在“十五”期间，我国农民收入增速呈现出“V”形走势，这条反转上升的曲线，也是亿万农民由忧转喜的心情写照。

“十五”第一年的2001年，我国农民人均收入实际增幅仅为4.2%。而2004年，农民收入增长达到6.8%，创1997年以来的最高水平。

“真金白银”的实惠

特别让亿万农民高兴的是，农村税费改革给农民带来了“真金白银”的实惠。通过免征农业税和降低农业税税率，去年全国农民共减轻农业税负担约302亿元，农民人均税费下降30元，降幅达44.3%。税费负担占当年农民纯收入的比重已由2003年的2.6%下降到2004年的1.3%。根据国家统计局对全国6.8万个农户的抽样调查，今年上半年，我国农民农业税人均不足1元，同比下降87.2%。

截至目前，除3个省份农业税率降到2%之外，其余已全部免征农业税，预计可再减轻农民负担220亿元。大约有7亿多中国农民告别上缴农业税的历史。

明年，也就是“十一五”规划第一年，我国将全部取消农业税。农民将彻底告别几千年的“皇粮国税”，农业步入“无税时代”。

思路根本转变

如今，地头的庄稼丰收了！肩头的负担减轻了！手头的收入增加了！父老乡亲们笑逐颜开。这是继土地改革和家庭联产承包制之后，他们又一次笑得如此开心。

2004年年初，《中共中央国务院关于促进农民增加收入若干政策的意见》正式公布，成为这一年中国农业发生深刻变化的一个鼓舞人心的开端。

这是新中国成立以来第一次以中共中央国务院的名义专发的促进农民增收的文件，被各界誉为“含金量最高、实招最多”的“一号文件”，提出9个方面共22条促进农民增收的政策，决定取消除烟叶以外的农业特产税，减免农业税，并开始推行种粮农民直接补贴、良种补贴和大型农机具购置补贴等三项补贴政策。政府又推出了坚决保护耕地、加大农业投入、严格控制农资价格和实行粮食最低收购价等四项保障措施。

今年的一号文件《中共中央国务院关于进一步加强农村工作　提高农业综合生产能力若干政策的意见》，更是深谋远虑地从9个方面列出27项重要政策措施，以提高农业综合生产能力为着力点，对今年的农业生产、农民增收和加强农村工作，进行了全面规划和指导。

回顾“十五”以来“三农”工作的发展轨迹，我们可以清晰地看到，以去年和今年的两个中央“一号文件”为核心的一系列惠农指导思想及方针、政策、措施的出台，构成了新时期我国农业政策体系的基本框架。这个政策体系的基本取向正是坚持了城乡经济社会统筹发展的方略，而它的基本目标是促进农民增收，充分反映出我们党在农村工作基本思路上的根本性转变。

城乡统筹迈出实质性步伐

从某种意义上说，“十五”期间，我国解决“三农”问题进入了“跳出农业抓农业”的新时期，真正把“三农”问题放在整个国民经济运行的大背景下加以解决，在实现城乡统筹发展上迈出了坚实步伐。

党的十六大提出了“统筹城乡经济社会发展”的战略思想，十六届三中全会又进一步作出具体部署。这是党在新时期做出的重大战略决策，是一个突破性的政策调整。可以说，城乡统筹的核心是解决“三农”问题，而现阶段城乡统筹最重要的任务是解决农民收入增长问题。

“十五”期间，中央所制定的一系列增加农民收入的政策，跳出了就农业论农业、就农村论农村的圈子，充分体现了科学发展观的树立和落实。

现阶段我国农业和农村发展的内涵已经发生重大变化，中央所制定的一系列增加农民收入的政策，不是孤立地谈粮食安全，而把保护和提高粮食综合生产能力与推进农业结构战略性调整，提高农业综合效益和竞争力，实施可持续发展战略等长期目标结合起来，注意保持了农业政策的连续性。不仅重视把农业和农村内部增收的文章做足，又重视继续推进农村劳动力外出就业，在农业和农村外部寻求增收途径。不仅重视农村经济的发展，也开始强调提高农村的科技、教育、文化和医疗卫生水平，促进农村经济社会和农民的全面发展。

此外，提高给农民的征地补偿，给农民建立社保；大力开展职业技能培训，切实保障进城农民合法权益，改善农业富余劳动力外出就业的环境；尽快解决建设领域拖欠农民工工资问题；改革粮食流通体制；推进新型农村合作医疗制度试点；继续加强农业和农村中小型基础设施建设；完善农村义务教育“以县为主”的管理体制；切实执行新增教育、卫生、文化等事业经费主要用于农村等政策措施，都是为实现城乡统筹发展作出的重大政策调整。

《经济日报》2005 年 10 月 19 日

为农民工创业发展创造更多的有利条件

农民工是我国改革开放和工业化、城镇化进程中涌现的一支新型劳动大军，为我国现代化建设做出了重大贡献。

最近一段时间，受国际金融危机影响，国内部分企业生产经营遇到困难，部分农民选择返乡创业。农民工返乡创业发展为新农村建设增添了新的动力。

当前，我国农民工创业虽然刚刚起步，规模还不大，但是农民工创业联系着城乡，联系着发达地区和不发达地区，以其独特的方式促进着农村工业的发展，蕴含着农村经济社会变革的重要内生变量，希望相关部门加强科学引导，为农民工创业发展创造更多的有利条件。

重庆中驰置业有限公司经营者冯海军——希望为家乡做贡献

人物素描

冯海军，在江苏无锡市打工 16 年之后返回家乡创业，创办了重庆中驰置业有限公司，吸纳大量农民工就业。他表示，返乡创业只要能坚持下去就会迎来美好前景。

我在外打工 16 年，卖过菜，在工厂当过临时工，学习过电焊等技术，承包过油漆工程，逐步积累了一些资金。我的梦想是，能回到家乡重庆，为自己谋求新发展，为家乡作贡献。

2004 年年底，我注册了重庆倍斯特置业有限公司（后更名为重庆中驰置业有限公司），开始运作“烂尾楼”项目。这个项目被列为重庆市委、市政府督办的重大工程，难度非常大。

为把这个工作做好，我做了大量的调查研究，根据有关资料形成了一套完整的解决方案。在政府的支持下，现在拆迁户安置工作基本完成，得到了拆迁户和政府部门的一致好评，后续开发项目也进行得非常顺利。为了让百姓生活便利，我们在住宅小区引进了永辉超市、工商银行、药品市场等商业配套设施，使百姓得到了实惠。

与此同时，我控股的另外一家地产公司（重庆仁有置业有限公司）接手了一个类似项目，在运作中我创新思路，该项目也进展得非常顺利。目前，两家公司共安排了 1000 多名农民工就业。

两家地产公司的稳步发展，使我开始思考多元化经营之路。重庆是全国城乡统筹发展的试验区，蕴含了无数发展机遇，我感觉自身事业发展的新方向就应该是和重庆的城乡统筹密切相关。作为一个农民的儿子，我希望下一步能够从事农业产业化发展。

现在，我已经开了两家咖啡屋，我希望能在较短的时间内建成一个农业产业园，利用国内外的先进农业技术，生产绿色食品专供咖啡连锁店使用。

无论面对什么样的难题，我都会迎难而上。我深知，有好的政策，返乡创业只要能坚持下去就会迎来美好前景。

上海健绿花菜专业合作社理事长高慧——今年我做成三件事

人物素描

高慧，上海健绿花菜专业合作社理事长，是上海市农口创业农民培训崇明班的一名学员。去年，她组织合作社抱团发展组织合作联社，使农民种菜有了指导，产品销路得到拓宽。

我今年25岁，去年参加上海市农口创业农民崇明培训班以后，把学到的知识与自己的工作紧密结合起来，边思考、边探索，做了三件事。

第一件事是探索抱团发展，组建合作联社。培训使我深切地意识到，我们虽然已经成立了合作社，但市场开拓能力和标准化生产程度都有待提高。为了使合作社更具市场竞争力，带动更多的农民种菜致富，去年8月，我首次提出了相邻相近的合作社抱团发展的理念，得到了理事会成员的一致响应。随后，我们会同锦石蔬菜合作社、胜华蔬菜合作社、汤商大葱合作社等5个合作社联合组建成立了上海健绿花菜合作联社。合作联社成立以后，我们把花菜种源的开发引进，花菜基地的生产建设，花菜产品的加工、运输、销售以及产前、产中、产后的全程服务联系起来，并根据各自的优势进行专业分工，实现了抱团发展。半年的实践证明，建立合作联社是一种行之有效的好办法，它使农民种菜有了指导、产品销售渠道得以拓宽，农民群众普遍叫好。

第二件事是初探市场研究，优化种植结构。近年来我们合作社生产的花菜主要销往北方城市，上海市的销售比重一直不高。在培训学习期间，市农委安排我们多次前往大型农贸批发市场和大型超市实地调研。通过调研，我了解到本市居民普遍喜欢购买绿叶蔬菜，所以花菜、芦笋、菜椒等蔬菜销量远远低于绿叶蔬菜。

因此，我在合作社制定下半年种植计划时，提出了“调优生产结构，引入绿叶蔬菜种植”的建议，合作社安排了3个经营管理组，种植了580亩牛心菜、160亩崇明大白菜和82亩小青菜，其中，牛心菜的亩产量达到了5000多斤。今年春节前后上海市场牛心菜每斤批发价一直在1元上下，牛心菜亩产值达到了5000多元，比种崇明花菜每亩增收3000余元，合作社共计增收170多万元，社员们非常开心。

第三件事是招纳农业人才，开展社员培训。目前我们崇明农村劳动力缺乏，所以，我们合作社在积极聘用大学生的同时，还在合作社内部和基地周边乡镇的中青年农民中开展专项技术轮训。

下一步我打算实施村社联动，带领农民致富。我们尝试在中兴镇富裕村、胜利村实施村社联动，利用合作社万亩蔬菜生产基地提供的岗位帮助农民就业。去年，我们吸纳了800名农村富余劳动力到基地就业。今年，我们准备在中兴镇的北兴村、永隆村也实施村社联动，预计可吸纳900名农村劳动力就业。

如何创业　选好创业门类

发展种植养殖业。随着人们生活水平提高，绿色食品的需求量大大增加。返乡创业的农民，可积极投身现代农业、特色农业，培育开发有机、无公害农产品。

苍南县沿浦镇下在村村民在专业合作社的技术指导下，现已开发紫菜1300余亩，并培育紫菜苗种，破解紫菜烘烤技术难题，2007年全村紫菜生产385吨。

发展加工制造业。可以从家庭工业起步，从来料加工做起。据调查，浙江省大约有18.2%的农民从家庭工业开始创业，不少乡镇来料加工业非常发达，随处可见家庭小作坊。武义县大田乡代石村现有农户340户，村民997人，目前已办起家庭工厂40多家，从业人员200余人，成为义乌小商品市场首饰配件重要加工基地。

发展现代服务业。农民工返乡创业可考虑兴办“农家乐”。浙江省2710个农家乐休闲旅游村共有经营农户14565户，直接从业人员81334人，去年共接待游客5621.3万人次，营业收入达到30.4亿元。素有浙西“小九寨沟”之称的衢州市柯城区张西村，村民们依托旅游资源，已有14家农户办起了“农家乐”，一次性可接待400人就餐、80人住宿，成为城里人休闲的好去处。

发展农产品加工业。这是农民（渔民）创业的重要渠道，也是农民（渔民）创业的优势所在。发展农产品加工业好处很多，既能提高农产品附加值，促进资源优势转化为经济优势，又能开辟新的就业岗位，促进农村富余劳动力在当地消化。

走好创业第一步

要会找创业信息。一要关注政府的产业导向，二要关注报刊、杂志、广播电视和网络上的相关信息。浙江三门县农民在网络上建立了一个新农民博客村，有400多位当地农民注册了博客，实现了与外界信息的有效对接。

要会找创业场地。可从三方面寻找：一是租用标准厂房，入驻小企业创业基地；二是创业者利用家中闲置房产；三是租赁或购置市场摊位。对农民创业者来讲，独立建厂房投入大、周期长，可通过创建小企业创业基地和发展乡镇工业功能区来寻求创业空间。小企业创业基地可以解决家庭作坊“三合一”的问题，消除安全隐患，也可以帮助农民降低创业成本，缩短投资周期。

要会找创业资金。主要有三条途径：一是靠家庭储蓄和亲戚借款，这是目前农民返乡创业的主要渠道；二是民间借贷，有10%左右返乡创业农民通过这个途径获得资金；三是通过信用担保获得创业贷款。针对这种状况，浙江省率先实行了对银行开展小企业贷款进行风险补偿的制度；还成立了“浙江省中小企业成长贷款融资平台”。这些都是缓解创业者融资难的有效途径。

要会找创业人才。政府有关部门可开办相应的培训班。浙江省现已开设的创业人才培养平台有创业辅导、技能培训、进修深造等。

要会找创业技术。创业技术的获得主要有三条途径：一是向高校和研究机构购买技术；二是引进消化吸收再创新；三是自己研发创新。

《经济日报》2009年6月2日

西部新农村建设日新月异

——西部大开发十周年侧记

陕西延安市宝塔区甘谷驿镇小张沟村的党支部书记张瑞祥今年特别开心，

他牵头领办的小张沟村养殖协会成立7年来，发展得红红火火。小张沟村已从多年村级债务缠身的穷村子，发展成为远近闻名的养殖专业村，村容村貌焕然一新，张瑞祥还被评为省级“党员致富带头人”。

小张沟村只是西部新农村建设的一个缩影。西部大开发10年来，我国广大西部地区的农业综合生产能力显著增强，主要农牧产品产量大幅增长，农牧民收入大幅增长，生活质量显著提高。

好政策带来农村大发展

“这几年村里的变化太大了，种粮不缴税了，道路修宽了，新房盖多了，看病还能报销了。”说起这10年的变化，张瑞祥如数家珍。

西部大开发10年，是国家政策扶持力度最大、各级财政对西部支持最多的10年，也是农村发展最快、农民得实惠最多的10年。

——国家累计安排西部地区中央水利投资1270亿元，共解决西部地区农村9437万人饮水困难和饮水安全问题。

——中央财政投入西部地区的扶贫资金累计达到598.1亿元，占中央分配到省区市财政扶贫资金的62.9%，农村贫困人口大幅度减少。

——农业部在西部地区安排资金694亿元，通过实施优质粮食产业工程、种养业良种、农村沼气等重大农业基础设施建设项目和财政补贴补助项目，极大地改善了西部地区农业生产条件和生产环境。

——2006年至2008年，新型农民科技培训工程实施，覆盖了西部地区558个县22750个示范村，培训专业农民90多万人。

前所未有的政策扶持和资金投入，使曾经贫瘠的西部地区迸发出巨大的活力。

好产业带动农民快致富

谈起家门口的竹子，贵州省赤水市大同镇天桥村村民黄恩贵喜上眉梢。2001年以来，黄恩贵一家借助国家退耕还林政策种植了100多亩竹子，通过编竹席、卖竹笋等，年收入超过5万元。

从2001年起，赤水市抓住天然林保护、退耕还林等国家生态建设工程的机遇，以每年10万亩的进度实施人工造竹林工程。到2009年，赤水竹产业产值已由2000年的3亿元跃升至23亿元，拉动农民人均纯收入增至3600元。

随着农业结构调整的扎实推进，一批优势特色农业迅速发展。西部大开发10年来，西部各个省份不断加快特色农业发展步伐，培育出一大批在国内外闻名、具有举足轻重地位的特色农产品。如水果产量从2000年的1400万吨增长到2008年的3500万吨，占全国产量比例从25%提高到35%。2008年，广西、重庆、四川、贵州、云南茶叶产量42万吨，是10年前的2.3倍，占到全国的三分之一。

农业和农村经济的发展，使农民收入大幅增加，生活质量不断提高。2008年，西部地区农村居民人均纯收入达到3481元，比2000年增长了113.3%。

好环境带给农民好生活

西部大开发这10年，是西部地区农村基础设施建设不断加强的10年。截至2008年年底，西部地区农村公路总里程达120.8万公里，77.53%的乡镇和35.04%的建制村通了沥青（水泥）路；农村沼气建设快速发展，西部地区农村户用沼气数量达到1410万户，比2000年增加976万户，增长224.9%。

西部大开发这10年，也是西部地区农村民生改善速度最快的10年。新型农村合作医疗制度实现了全覆盖，农村最低生活保障制度开始全面建立，农村义务教育阶段的学生享受了免杂费和免费教科书政策，一大批规划中的农村民生工程正在一步一个脚印地向前推进，有力地促进了西部农村地区的基本公共服务均等化进程。

西部大开发这10年，还是西部地区农村文化事业大发展的10年。基本实现了县县有文化馆、图书馆，乡镇有综合文化站。西新工程、广播电视村村通工程、中央广播电视无线覆盖工程全面推进，农村电影放映、公共文化信息资源共享、送书下乡等重大项目丰富了广大人民群众的精神文化生活。

如今，西部广大地区的新农村建设正在快马加鞭地进行中，一个崭新的西部新农村已呈现在人们面前。

《经济日报》2010 年 3 月 23 日

增加村级收入　力助村民致富

农村税费改革取消农业税后，村级组织运转、公益事业发展经费从哪里来？农业部经管司副司长贺军伟在接受记者采访时说："我们在调研中发现，河北省石家庄市以建立村级集体财富积累机制为抓手，规范农村集体资金资产资源管理，增强集体经济实力，效果很好，值得借鉴。"

实现村集体资产保值增值

贺军伟介绍，村级集体财富积累机制以增加集体收入为核心，以清理、整顿、规范村级集体资产管理为内容，以市场运作为手段，把集体统一管理、农户承包经营、村民民主决策有机结合起来，是一种盘活村级存量资产，实现集体资产保值增值，不断增强集体实力的集体经济运营机制。

据记者了解，在建立村级集体财富积累机制的过程中，石家庄市采取了先试点、后推广、再深化的步骤和方法，主要经历了两个阶段。

第一个阶段，建立村级集体财富积累机制。从 2005 年 7 月开始，石家庄市在正定县西平乐乡东安丰村开始试点建立村级集体财富积累机制，经过了试点、扩大试点范围、全面推广等步骤。

在建设过程中，重点抓好四个环节，即：摸清底数，建立资产台账；民主决策，制定集体资产有偿使用方案；民主监督，公开有偿使用项目和标准；民主理财，规范公共积累资金管理。

从试点到第一阶段完成，全市共清理规范农村各业承包合同79940份，收取村级集体资产有偿使用费5.89亿元，清收拖欠承包费3341万元，抵顶和化解村级债务1894万元。

第二个阶段，深化村级集体财富积累机制。从2007年8月开始，石家庄市进一步组织开展以恢复集体经济组织、组建公司制经营实体、实施项目建设、完善监管体系为主要内容的深化村级集体财富积累机制工作。

在这一阶段重点抓好四个环节：一是恢复建立村级集体经济组织。推行村级集体经济组织、村党组织和村民自治组织“三位一体”的农村基层管理模式；二是组建集体资产经营实体。引导村级集体经济组织利用集体资产，采取独资、控股、参股等形式，组建具有独立法人资格的公司制经营实体；三是政府扶持实施村级项目建设。依托公司实体平台，开展财富积累项目建设；四是实现监督管理网络化、信息化。

促进新农村建设稳步推进

石家庄市近年来建立村级集体财富积累机制的实践，取得了“五大成效”：

一是集体经济收入增加，缓解了村级经费不足的困难。据统计，构建村级财富积累机制后，石家庄市集体经营性总收入明显增加，村均收入达到19.69万元，比建立村级集体财富积累机制前增加2倍。贺军伟说：“我们调研的三个村，集体收入均有了较大比例的上升。通过建立村级集体财富积累机制，规范集体资产管理、实行有偿使用，增加了集体经济收入，缓解了农村公共事业经费不足的问题，一定程度上解决了新农村建设的资金短缺问题。”

二是集体服务功能增强。据介绍，在调研的三个村中，正定县西平乐乡东安丰村5年累计支出111.6万元，用于农机服务、水电管理、卫生清理、治安保卫等公共事业。正定县正定镇塔元庄村集体支出61万多元，在全村修建了四条村道，盖起了村内娱乐文化广场、村民中心、卫生所、图书室、老年活动中心等，聘请专人负责村内卫生。鹿泉市获鹿镇北新城村，统一组织开展耕地作业，并对作业费按照50%比例予以补贴，修建了村内道路800米，每年在农村生产生活等公共服务上投入30多万元。

三是发扬基层民主，提高了农民民主管理意识。建立村级集体财富积累机制，每个步骤都实行了农民群众广泛参与、民主决策和公开透明，发扬了基层民主，充分尊重了农民群众的意愿，有效提高了农民参与民主管理的意识。

四是用制度管权管事管人，推进党风廉政建设。石家庄建立村级集体财富积累机制，出台了5项管理制度、制定了12项验收标准，从源头上堵塞了漏洞，规范了管理，防止和减少了各种利用职权侵占集体资产、损害群众利益行为的发生。

五是增强集体和市场意识，创新经营体制机制。贺军伟说，通过重建村集体经济组织，组建公司制经营实体，加大财政项目扶持力度，明确了农村集体经济组织的市场主体地位，理顺了集体与其成员之间的权益关系，是创新集体经营体制机制的有益探索。

《经济日报》2010年5月14日

为农民办实事　帮农民解难题

2010年年初，农业部承诺为农民办理26件实事。一年过去了，实事落实得如何?

最近，农业部有关负责人对此给出了回答：一年来，农业部想农民之所想、急农民之所急，把为农民办实事、让农民得实惠作为深入贯彻落实科学发展观的重大举措和深入开展创先争优活动的重要内容，精心谋划、扎实推进，目前26件实事已全面完成，取得了显著成效，为促进粮食连续7年增产、农民收入连续7年较快增长发挥了重要作用。

解决生产难题　提升生产水平

农业部在为农民办实事的过程中，首先立足于解决农民在生产生活中遇到的难题，采取一系列针对性措施，促进农业生产水平提高。

在测土配方施肥项目上，农业部投入资金 9.5 亿元，免费为 1.66 亿农户提供了测土配方施肥技术服务，全年测土配方施肥推广应用面积 11 亿亩以上。在推进水稻生产机械化生产中，继续为农民购买水稻收获机和插秧机进行补贴，水稻机械化栽植率、机收率分别比上年提高 4 个和 6 个百分点。在增殖放流活动中，中央财政投入资金 2.21 亿元，增殖放流苗种数量 289.4 亿尾，水域生态环境得到改善，150 万专业捕捞渔民人均获益 2000 元以上。投入资金 1439.67 万元开展渔业互助保险保费补贴试点工作，承保渔船 1.93 万艘，承保渔民 2.11 万人，切实发挥了渔业互助保险的保障作用。

农业部还组织举办了 4 次农产品加工大型科企技术对接活动，投入数亿元资金，建立现代化蔬菜种苗生产基地数十个，推广应用蔬菜集约化育苗技术 220 多万亩，推动了集约化商品苗供苗率的大幅上升。

关注困难群体　改善生活条件

农业部不仅注重抓农业生产，还积极争取资金，帮助农民改善生活条件，尤其对农村特殊地区、困难群体，大力给予关注和政策倾斜。例如，除了进一步加大沼气建设力度，全年共建设沼气用户 410 万户外，农业部还落实中央投资 14 亿元，带动地方配套和农场职工群众自筹 103.2 亿元，对黑龙江、云南、海南、西藏和内蒙古海拉尔、大兴安岭六垦区的 16.32 万户危房实施危房改造，截至去年年底，已完工 8.05 万户，16 万户危房职工群众喜迁新居。

再如，农业部继续扶持贫困地区绿色食品与有机食品发展，建设“绿色食品原料标准化生产基地”18 个，面积 375 万亩，带动农户 59.2 万户，直接增加农民收入 5000 余万元。

开展教育培训　培养新型农民

为切实提高农民就业增收能力和生产技能，农业部进一步加强对农民的教育培训。

继续开展阳光工程培训，安排中央财政资金11亿元，对300万农村劳动力组织开展了转岗转业培训，有效缓解了农民就业压力，促进了返乡农民工再就业，拓宽了农民就业增收渠道。培训各类合作社人才14万名，进一步优化了合作社人才的年龄结构。对117万新购置农机具的农民进行培训，增强了农机手的安全意识，大大降低了农机事故。

开展农业技术示范培训，安排资金8亿元，在1000多个全国农技推广示范县，累计建设1万多个科技示范基地，培育109万科技示范户，培训11万名科技人员，构建了“专家组＋技术指导员＋科技示范户＋辐射带动农户”的农技推广新机制；开展畜禽标准化规模生产示范培训，投入资金5亿元，创建了1555个示范场，对1万多个养殖场（户）开展了标准化生产培训；投入资金10亿元，建设5000个万亩粮棉油糖高产创建示范片，总面积6356万亩，带动地方建立万亩示范片2500多个，推动大面积平衡增产。

力推产销对接　畅通销售渠道

面对国内外经济形势复杂多变、农产品价格异常波动、自然灾害多发频发重发等严峻挑战，农业部采取多种措施，大力推进农产品产销衔接，帮助农民拓宽销售渠道。

农业部分别在新疆乌鲁木齐、甘肃兰州、陕西洛川和江西赣州组织举办了特色瓜果、高原夏菜、苹果和脐橙四场产销对接活动，160多位经销商采购农产品230多万吨，总金额近100亿元。

为推动农民专业合作社产品直供大型超市，农业部直接帮扶2000多家农民专业合作社实现“农超对接”，带动1.1万家农民专业合作社与超市直接建立了产销关系，签约销售产品金额达160多亿元。

2011年，农业部决定将继续为农民办实事。目前正在根据农业农村经济发展形势和农民生产生活需要，抓紧研究和精心选择办实事的项目，不久将向社会公布。

《经济日报》2011年2月17日

抗旱机械帮了农民大忙

“自从开始办理抗旱机械补贴，水泵卖得更快了，货源都快跟不上了……”河南省民权县一家农用灌溉机械商店的店主老彭既高兴又着急。这是目前抗旱机械设备需求大增的一个真实写照。

针对去年10月以来河北、山西、江苏等8个省份出现的严重旱情，中央财政预安排农机购置补贴资金12亿元，主要用于冬小麦主产区农民购置抗旱急需的水泵、喷灌机械设备以及其他抗旱节水机具补贴。同时，在原定受旱严重的600个县级抗旱服务队设备购置补助的基础上，再增加补助200个县，每县补助200万元，用于购置抗旱应急拉水车辆、移动抗旱浇地设备等。

农业部向旱灾严重的冬小麦主产区农机化主管部门发出通知，要求抓紧开展抗旱农业机械购置补贴的各项工作，充分发挥农机在农业生产和抗旱救灾中的主力军作用。农业部提出，要根据抗旱保苗农业生产需要，重点补贴抗旱急需的水泵、喷灌机械设备以及其他抗旱节水机具。在安排补贴资金时要向受旱灾严重的地区、粮食主产区和节水灌溉条件好的地区倾斜，充分调动旱区农民购置抗旱机具的积极性。要严格按《农业机械购置补贴专项资金使用管理暂行办法》操作，严格执行农机购置补贴管理制度。要加强对农机购置补贴工作的监管，确保补贴实惠不折不扣落实到农民手中。

旱区各地迅速行动，纷纷制定并启动抗旱农业机械购置补贴实施方案，加大对抗旱设备的补贴力度，引导农民购机抗旱保苗。

——安徽省率先启动2011年抗旱机具补贴工作。旱区农机部门迅速行动，指导经销商组织目录内产品供应，简化程序开展抗旱机具补贴工作，组织技术人员开展抗旱机具维修保养和调试。

——河南省提前启动了2011年补贴抗旱机具购置工作。及时下发了《关于提前启动农业机械购置补贴工作的通知》，提前安排2亿元资金对农民购买抗旱机具进行补贴。

——江苏省决定将农用水泵列入2011年农机购置补贴品种，支持农民购买，增加全省农机抗旱装备。

——山东省提前启动农机补贴工作，优先补贴抗旱机具，及时将离心泵等抗旱机械纳入农机补贴目录，保证抗旱机具的需要。

——陕西省农机局及时印发《关于提前落实抗旱农机具补贴工作的紧急通知》，提前安排移动式灌溉机具等抗旱机具的补贴，满足抗旱救灾和春耕生产需要。

同时，农机企业积极行动，合理安排生产，保证抗旱农业机械及时供货；加大对抗旱农业机械使用的培训，组织农机技术人员进村入户指导农民搞好抗旱农业机械的使用、调试、检修。

在抗旱急需和利好政策的推动下，旱区农民购买抗旱机械的热情空前高涨。据不完全统计，截至目前，旱区8个省份仅今春补贴购置抗旱机具数量已达6万台（套），其中，山东、河南两省补贴抗旱机具均超过2万台（套）。新增抗旱机具已开始投入抗旱保春管工作。

自2004年开始实施农机购置补贴政策以来，中央财政累计投入农机购置补贴资金354.7亿元，带动地方和农民投入约1187亿元，补贴购置农机具1108万台（套）。目前，共有600万台（套）抗旱机械活跃在田间地头。农民们说，抗旱机械真是帮了大忙！

目前抗旱形势依然严峻，各地依然不能松懈。一方面各地农机部门要积极开展好农机抗旱技术服务下乡、抓好浇麦督导和春耕备耕工作；另一方面再次提醒广大农民朋友，要通过积极申请购机补贴购买抗旱机具，抓住当前气温逐渐回升有利时机，抓紧抗旱浇麦促春管。

《经济日报》2011年2月22日

采取综合措施做好农民工工作

农民工是改革开放进程中成长起来的一支新型劳动大军，是现代产业工人的主体。农民工为我国的现代化建设作出了重要贡献，为人们过上幸福生活付出了辛勤劳动。

我们注意到，新世纪以来特别是“十一五”时期，农民工总量稳定增长，1980年后出生的新生代农民工已经成为农民工主体，初中以上文化程度、接受过职业培训的农民工比重稳步上升，农民工技能水平不断提高。农民工的就业结构、就业方式继续发生变化，呈现出一些新的特点和动向。制造业和建筑业仍然是农民工的主要就业领域，第三产业就业比重不断提高。随着国家产业结构和区域经济布局的调整，中部崛起、西部大开发政策的深入实施以及沿海地区劳动密集型产业向中西部转移，农民工的区域流向有所变化，中西部地区就地、就近转移逐步加快。农民工回乡创业步伐开始加快，新型双向流动正在形成，也出现了中西部与东部争抢农民工的现象。

我国近年来相继出台了一系列文件，形成了解决农民工问题的政策体系，农民工权益保护工作力度大大加强，但面对新形势新情况，做好农民工工作依然任重道远。“十二五”时期，必须采取综合措施做好农民工工作，这样才能从根本上解决“民工荒”问题。

从我国城乡人口年龄构成和劳动力供给变化趋势看，农村劳动力是今后新增劳动力的主要来源，城乡就业的难点主要在农村。要继续把扩大农民就业放在突出位置，引导农民工有序外出就业，鼓励农民就近转移就业，扶持农民工回乡创业，以创业促就业，多渠道转移农村劳动力。“十二五”时期，有4500万农业劳动力需要转入非农产业和城镇就业，要力争每年平均转移

900万人以上。

要不断提高农民工素质，健全农民工职业教育和技能培训体系及制度，加大对农村职业教育和农民工技能培训的投入力度，逐步将农村义务教育扩大到中等职业学校，形成培训面向市场、机构平等竞争、农民自主选择和政府购买服务的农民工职业培训机制，大幅度提高技术熟练型农民工的比重。

要继续加强农民工劳动权益保护，切实贯彻落实劳动合同法，加强劳动执法监督，力争到“十二五”时期末城镇用工单位基本都要依法与农民工签订劳动合同，所有城镇都要根据当地实际情况落实农民工工资支付保证金制度，建立最低工资标准和动态调整机制，确保农民工工资及时发放和合理增长。

要确保农民工子女平等接受义务教育，坚持农民工子女义务教育由流入地政府负责和以公办学校为主接受农民工子女入学的原则，确保各地90%以上的农民工子女能够进入公办学校或政府委托的承担义务教育任务的民办学校就读，接受义务教育。

要基本实现社会保障体系覆盖全体农民工，将从事正规就业、建立劳动关系以及事实劳动关系的农民工纳入现行制度，参加城镇养老、医疗、失业、工伤等社会保险；对签订短期合同，频繁流动以及从事各种灵活就业的农民工，除工伤、失业保险按现行规定执行外，引入过渡性的办法。随着我国社会保障制度的改革完善，在基础养老金实行全国统筹之后，再考虑将农民工逐步纳入统一的城镇社会保障体系。健全能在城乡间转移、可在城镇间接续的适合农民工特点的社会保障制度。

要建立覆盖农民工的城镇住房保障体系，鼓励有条件的城市将有稳定职业并在城市居住一定年限的农民工逐步纳入城镇住房保障体系，多渠道改善农民工居住条件。

要放宽农民工进城落户的条件，中小城市和小城镇要根据当地实际情况，制定有利于农民工落户的具体政策措施，促进本地转移的农村人口和外来务工人员自愿进城定居。在就业、培训、住房、社会保障、子女入学和进城落户等方面，把新生代农民工作为重点，采取有效措施，促进社会融入。

《经济日报》2011 年 4 月 12 日

江山农民搭上“惠农快车”

农村金融是我国金融体系的重要组成部分，随着农村金融领域改革措施不断推出，农村金融环境不断改善，有力支持了现代农业的发展和社会主义新农村建设。随着涉农业务逐步拓展，银行不断创新贷款模式，大力支持涉农类小企业发展，成为支持服务“三农”的重要力量。浙江江山农村合作银行和黑龙江龙江银行的实践，为助推农民创业致富、推进城乡统筹和新农村建设作了有益的尝试，探索出了一条实现农村金融供求对接的有效途径。

余永祥是浙江省江山市峡口镇大峦口村的村民，当发展急需资金时，他来到了江山农村合作银行峡口支行的“惠农快车”贷款窗口前，向工作人员递交了身份证、个人结算存折、《农户贷款证》等资料，不到 10 分钟的时间，便顺利地办妥了 3 万元的贷款手续。他感慨地说：“以前办理一笔贷款要 3 个工作日以上，现在能当场办理，随到随取，真是方便极了！”

“惠农快车”是江山农村合作银行对原来小额农户信用贷款进行流程改造提升后，开出的第一列普惠、便农的贷款“动车”专列，具有办贷快捷、普及面广、利率优惠、主要依据农户资信状况予以贷款额度综合授信等诸多特点。

“‘惠农快车’不仅仅是服务形式上的创新，更主要的是，引导农民转变了观念，促使农民讲求诚信并从诚信中得到实惠。”江山市清湖镇党委书记王振德如此评价“惠农快车”。

立足农村、应需而变、创新无限。“惠农快车”顺利对接浙江省农信联社，实现了“惠农快车”纸质化与电子化并轨运行、功能兼容的突破，成功发行了集循环小额贷款、存款、资金汇兑、电子缴费、农民直补发放等功能于一体的“丰收小额贷款卡”，办理区间也从原来的指定网点窗口扩大为合作银行所有营业网点均可办理，贷款产品的服务特色和功能大大提升。

通过持续优化升级，江山农村合作银行把“惠农快车”打造成了以“惠农”为牵引、以客户需求和科技支撑为动力源、并不断挂上同轨“车厢”的“动车组”系列。截至目前，“惠农快车”“动车组”已陆续挂上了“丰收小额贷款卡”贷款、林权抵押贷款、农村住房抵押贷款、种粮大户贷款、“农家女”创业贷款、“低收入农户奔小康”贷款、大学生“村官”贷款、“农村青年创业”贷款等多节“惠农”车厢，普惠农户82658户，占江山市农户总数的56.62%，有效满足了农村经济发展和新农村建设中多元化、多层次、多维度的金融服务需求。

《经济日报》2011年9月26日

农民专业合作社集体亮相农交会的启示

在第九届中国国际农产品交易会上，首次有300多家农民专业合作社集体亮相。他们在带来丰富参展农产品的同时，也向公众集中展示了各地合作社在组织形式、生产经营、销售流通领域的先进理念与做法，让人耳目一新。

最近一段时间，国内多宗农产品价格纷纷走低，部分产品甚至暴跌，出现了严重滞销的局面。剧烈波动的市场让很多农民“看不懂”。他们大多是根据上一年农产品的市场行情，来安排这一年的种植，结果导致这类农产品集中大量上市，不仅带来销售困难，价格也一路走低。另一方面，小规模、低标准的小农生产的农产品质量没保障，难以满足日益提高的消费需求，也阻碍了农产品的统一推广销售，很多客商面对一家一户生产的良莠不齐、规格不一的农产品，只能望而兴叹。农产品滞销从根本上来讲，还是千家万户分散的小生产，与千变万化的大市场之间对接不准所致。

农民专业合作社把分散的农户组织起来，在生产环节，能更多地依靠市场行情组织“订单生产”，避免盲目跟风种植。同时，合作社通过统一提供农资、统一品种、统一管理、统一销售等手段，促进了规模化经营、标准化生产，既降低了生产成本，又为农产品质量安全提供了重要保障。

在流通环节，农民专业合作社提高了农民的市场谈判地位，延伸了产业链条。合作社组织“农超对接”“农校对接”等平台降低物流费用，能有效促进农民增收。很多合作社还探索在城市社区、公益性农贸市场建立直销店或代销店等，实现了农产品从“土地”到“餐桌”的无缝对接。

同时，农民专业合作社还可以推动农业产业化从“龙头企业 + 农户”向“龙头企业 + 专业合作社 + 农户”转变，不仅可以解决农产品卖难、农产品加工增值等问题，而且可以进一步发挥农民的主体作用，促进农民就业增收和共同富裕。可以说，农民专业合作社是提高农民进入市场的组织化程度的重要载体。

据农业部的数据显示，截至今年 6 月底，在工商行政管理部门登记的农民专业合作社已达 44.6 万户，实有成员 3570 万户，占全国农户总数的 14.3%，相当于每 7 户农民中就有 1 户加入各类合作社。

然而，我国农民专业合作社依然处于发展的初级阶段，整体水平不高，规模普遍较小，带动能力不强，在走向“引领农民参与国内外市场竞争的现代农业经营组织”之路上依然面临多重困难；农民专业合作社羽翼未丰，对接“大市场”仍有诸多考验。

在调研中记者了解到，制约农民专业合作社发展有“三难”。一是缺人才。农民专业合作社中懂技术、善经营、会管理的人才不多。二是缺资金。很多专业合作社想投资搞温室大棚等农业基础设施建设，但受制于贷款难而无法实现。三是缺建设用地。很多专业合作社需要建设冷藏库等配套设施，但由于没有征地指标而无法开工。

目前，农民专业合作社正处在加快发展的关键时期，为促进其快速稳定发展，需要根据实际情况和存在的问题，有针对性地采取措施，特别应给予政策上的扶持和引导。如，政府有关部门要进一步加强培训，解决合作社人才匮乏难题；要进一步提供财税、金融政策支持，解决合作社资金匮乏难题。目前，农业部联合相关部门出台了合作社销售成员的产品视同农户自产自销、合作社向成员提供农资免征增值税、对合作社给予“先评级后授信再用信”解决贷款难等政策支持。

同时，合作社的发展也要进一步调动广大成员的积极性创造性，以及不断规范、完善管理和分配制度，才能健康地发展，破解农产品价格过山车的困局。

《经济日报》2011 年 11 月 13 日

农民负担更轻了

河北省灵寿县青廉村农民王三妮，为纪念国家废止农业税，于 2006 年出资 8 万元铸造了青铜鼎，鼎重 252 公斤，上书铭文 560 字。“我是农民的儿子，祖上几代耕织辈辈纳税。今朝告别了田赋，我要代表农民铸鼎刻铭，告知后人，万代歌颂，永世不忘。”铭文的最后这样写道。

现在，这尊鼎已经被中国农业博物馆永久收藏。从庄稼院走进博物馆的“告别田赋鼎”，展示了中国农民告别田赋的历史时刻。

回首新中国成立后的历史，不难看到，我国农业生产的增长和积累，为支撑国民经济和社会发展作出了显著贡献，初期农业税占国家财政收入 39% 左右。到 2004 年这一比例虽然仅为 0.92%，但是农业税总额仍达上千亿元，加上各种摊派和收费，农民负担不轻。

党中央、国务院高度重视农民减负工作。2004 年 1 月 1 日，中共中央发布一号文件，提出逐步降低农业税税率，当年农业税税率总体上降低 1 个百分点，同时取消除烟叶外的农业特产税，当年减免农业税、农业特产税294亿元。

2005年12月29日，十届全国人大常委会第十九次会议决定，自次年1月1日起废止自1958年6月起实行的《中华人民共和国农业税条例》，亿万农民欢欣鼓舞。

中央连续出台9个一号文件，通过免除农业税、财政直接补贴农民等一系列多予、少取、放活的政策措施，实现强农惠农富农。这些年，取消农业税，全国农民每年减轻负担1335亿元，开启了农民休养生息的新时代。

《经济日报》2012年2月2日

就业不离家

清晨，46岁的任翠霞送孩子上学后，走进承德鸿泰鑫科技公司金杖子分公司生产车间，开始了一天的工作。她所在的公司主要为北京现代集团带料加工汽车电子线束，300余名农村妇女熟练地操作着机器，年人均收入1.5万元。像任翠霞一样，越来越多的河北省平泉县农民选择家门口就业。目前，平泉县农村劳动力25.23万人，11.5万人就地转移就业。

为了让农民能顺利在家门口就业，平泉县成立促进农村劳动力转移就业工作领导小组，建立县、乡、村三级劳动力资源信息库，依托劳动力转移就业大厅和培训基地，大力实施“就业援助帮扶”工程。

平泉县利用农闲时节，广泛开展以就业基础知识为主的引导培训、以实用技能为主的工种培训和以安全生产为主的岗前培训，通过举办培训班、现场技术指导、发放科技资料和明白纸等形式，不断提高农村富余劳动力就业竞争力。

“通过职业技能培训，许多农民都掌握了栽秧、施肥、浇水等关键技术，现在熟练工都是‘香饽饽’，各个园区争着要。”平泉县道虎沟乡双峰村村民刘宝江说，他经营了一个花卉园区，与几位懂得花卉管理技术的农民签订了长期聘用合同，每年都有40余万元的收入，几位农民也可获得万余元的收入。

平泉县还积极为返乡创业者提供平台，在用地、资金、信息等方面给予倾斜和照顾，为263名创业主体发放小额贷款2120万元。1600名外出务工者回乡二次创业，带动1.8万城乡富余劳动力实现了“离土不离乡”的就地转移就业，真正实现了一人创业、致富一方。

在外地办企业的李树斌看到家乡的变化，投资1.2亿元，回村建起占地70亩的承德鑫盛源农业集团有限公司，购置了杏鲍菇生产线，从原料搅拌、装瓶、杀菌、接种、养菌、出菇全部自动化完成，每天可生产杏鲍菇鲜品12吨。企业投产后，180余名劳动力实现家门口就业。

让农村劳动力心甘情愿在家门口就业的关键是扩大当地就业容量，开发出更多更好的就业岗位。依托食用菌、设施园艺、畜牧养殖、林果等四大特色主导产业发展，平泉县大力实施“绿色就业”工程，越来越多的农民不再外出务工，成为当地农副产品流通的经纪人、自主创业者和农村致富带头人。

《经济日报》2012年5月17日

区位优势造就都市型农业

“过去，我家过着面朝黄土、靠天吃饭的日子。为了改变生活，我也曾想外出打工，但是人走了，家里的土地就得荒着。现在好了，村里建起了绿野仙庄现代农业园，我家的3亩多土地入了股，我也成了园区里的一名技术指导员，蔬菜瓜果直接送到北京的大超市里，根本不用担心销路，我一个月收入超过了1800元。”永清县杨家营村民杨丙儒在谈到自家的变化时充满了喜悦。

如何变区位优势为发展优势，推动传统农业向现代农业转变，地处京津之间的廊坊，按照“城郊都市型”农业的发展定位，以“工业化”理念经营农业，大力推进高端食品生产、高标准生产基地和高档次观光农业三大特色农业产业发展，以“菜篮子 + 休闲观光”为特色的城郊都市型现代农业发展格局初步形成。

据了解，全市目前瓜菜商品量的 45% 至 50% 供应京津市场，23 家蔬菜专业合作社和蔬菜企业与北京超市对接供货，直接带动基地 3 万余亩。全市专业化、规模化、标准化生产基地达到 20 个，年产值达到 37 亿元。

为进一步寻求服务京津、提高农民收入的有效途径，廊坊市组织农产品加工企业和生产基地负责人对京津各大农产品市场超市进行走访调研，力促农超对接。固安顺斋瓜菜种植专业合作社与北京京客隆商业集团建立了长期配送关系，直接供应超市，蔬菜基地面积达到 1.3 万亩，年产蔬菜 5 万吨，年销售额超过了 5000 万元。永清县民盛果蔬专业合作社、固安县鲜美来蔬菜种植合作社分别同北京物美集团签订长期供货协议；廊坊绿龙无公害蔬菜配送有限公司的“绿龙”牌蔬菜进入了沃尔玛超市。目前，全市 95% 的农业产业化重点龙头企业产品均进入超市销售。

与此同时，观光农业、休闲农业等新型农业业态，拓展了农超对接的载体。广阳国际农展观光博览园区融加工、生产、科技展示、旅游休闲等功能于一体，已成为人们休闲娱乐的好去处，年接待中外游客近 3 万人。现实版“开心农场”也在廊坊各地悄然现身，开创出体验式休闲农业的新业态。截至目前，廊坊已建成 37 个规模农业产业化示范园区，涉及高新技术的运用、高科技产品展示、高端食品生产、休闲商务、现代物流产业、农家采摘、生态种养等多个领域，其中 10 个重点产业化示范园年销售收入达到 100 亿元。

廊坊目前 65% 的市级以上农产品加工企业拥有了自己的研发中心，氨基酸的生产、磷脂生产等 13 项生产技术达到国际领先水平。建成年销售收入 500 万元以上的农产品加工企业 180 家，其中亿元以上的 18 家，10 亿元以上的 3 家。

《经济日报》2013 年 4 月 2 日

2万机播手将走进课堂

受全国农业技术推广服务中心和国家缓控释肥工程技术研究中心委托，山东金正大公司将在山东、河南、安徽、辽宁等基地陆续展开“万名机播手走进金正大活动”，并计划在全国范围内培训2万名种肥同播机播手。

近日，“种肥同播万里行——万名机播手走进金正大”系列培训活动启动仪式及首场培训会在山东临沭金正大公司举行，来自山东临沂、日照地区的千名种肥同播机播手参加了培训。金正大公司副总裁罗文胜说，培训课程采用现场观摩、集中授课、讨论交流的方法，集中对机播手进行正规培训和严格考核，并将这种培训机制常规化，全面提高机播手的综合素质，让更多的机播手成为优秀的农业技术的传播者和带头人，从而助推我国的农业机械化进程。“种肥同播技术推动了缓控释肥产品销量，不仅为机播手带来了收益，还让农民享受到播种施肥的便利，形成企业、经销商、机播手、农民共同受益的格局。”罗文胜说。

山东农科院专家杨力教授说，种肥同播技术适应并推动了我国集约化、规模化农业生产的发展，是良种、良肥和良法有效结合的有效模式，对于农业生产中抢播、抢种和保墒有明显的作用。机播手是带动农业科技发展的先锋官，金正大公司以企业之力推动机播手的正规化、高素质化，走在了行业的前列。

据了解，金正大种肥同播技术已辐射山东、河南、河北、安徽等省，深受广大农民欢迎，已累计推广面积500万亩，直接为农民创造经济效益近10亿元。2013年，金正大将加大种肥同播技术推广力度，计划投入种肥同播机1.5万台，调动社会种肥同播机近2万台。

《经济日报》2013年4月12日

城乡统筹改革为亿万农民圆梦

过上城里人一样的生活，曾经是多少农民的梦想。

曾几何时，我国城乡之间的差异如同一道鸿沟横亘。有人这样比喻，城市好比汽车奔驰在高速路上，农村好比拖拉机颠簸在沙石路上，尽管都在努力前进，但差距却越拉越大。

如今，梦想开始照进现实，一项项统筹城乡的改革举措在神州大地逐步推进，城乡之间正悄然进行着从割裂到融合的演变：城乡二元结构的制度城墙正在被拆毁，城乡产业的藩篱正在被破除，城乡之间贫富的鸿沟正在被跨越……

农民不仅种地不用交税了，看病也能报销了。自 2012 年起，各级财政对新型农村合作医疗的补助标准从每人每年 200 元提高到每人每年 240 元，农民能够做到小病不出村，大病有保障。

农民老了也能拿“退休金”了。中央财政给年满 60 周岁的农村老人提供每月 55 元新农保基础养老金，到 2020 年之前基本实现对农村适龄居民的全覆盖。

小康不小康，关键看老乡。全面建设小康社会，最艰巨、最繁重的任务在农村，但长期城乡分割的二元经济体制，严重制约了农村发展和农民收入增加。城乡之间的巨大反差，已经成为经济社会发展的瓶颈。正是为了破解这个难题，党中央审时度势，做出了统筹城乡发展的重大战略决策。党的十六大首次提出“统筹城乡经济社会发展”方略，由此开启了我国破除城乡二元体制的历史进程。党的十八大进一步强调：“解决好农业农村农民问题是全党工作重中之重，城乡发展一体化是解决‘三农’问题的根本途径。要加大统筹城乡发展力度，增强农村发展活力，逐步缩小城乡差距，促进城乡共同繁荣。”

深化统筹城乡改革的决策缘于科学发展的抉择，也是国力壮大的彰显：新世纪以来，我国进入了工业化中期发展阶段，已经具备工业与农业、城市与农村协调发展的条件。同时这更是执政理念的升华：解决“三农”问题已经跳出“以农言农”的传统思路，已经改变“工业优先、城市偏向”的二元路径，城乡一体化的改革思路已经成为共识。

在这一改革思路的统领下，中央把落实统筹城乡发展的方略落实在投入上，城市与农村经济间的“汲取型”关系被打破，国家对农民实现了由“取”向“予”的重大转变，开启了以工补农、以城带乡的新时代。

统筹城乡改革是一项复杂的系统性工程，单兵突进难以有效突破，必须通过综合配套改革，协同推进，集中攻坚。按照中央的试点改革精神，成都和重庆在被确定为国家统筹城乡综合配套改革试验区以来，围绕农村产权、户籍登记、社会保障、基层民主、民生建设等领域，针对城乡之间体制机制性障碍进行了一系列改革创新，他们和全国其他地方一起，努力探索一条中国式的统筹城乡新路。

孜孜追求、不懈努力，统筹城乡发展的理论创新、实践创新体现出独特的力量，统筹城乡发展的新机制正在形成。实行以农村税费改革为核心的国民收入分配关系改革，扭转了长期以来农民负担过重的局面；推进城乡就业、社保、财税、金融、户籍等方面改革，探索建立城乡统一的劳动力市场和公平竞争的就业制度，加快形成保障农民工合法权益的政策体系和惠及农民工的城乡公共服务体制；推进土地管理和使用制度改革，在坚持农村基本经营制度、稳定和完善土地承包关系的基础上，在有条件的地方按照依法、自愿、有偿的原则，积极稳妥地推进土地承包经营权流转。

统筹城乡发展的新成就逐渐显现。粮食综合生产能力跃上新台阶，粮食产量2012年实现“九连增”，今年有望实现“十连增”。农民收入大幅度增加，2010年以来城乡居民相对收入差距逐步缩小，农村居民人均纯收入年均增长9.9%。农村基础设施建设得到加强。农村社会事业加快发展。

然而，尽管我国在统筹城乡经济社会发展方面取得重大进展，但仍存在一些亟待解决的矛盾和问题。国务院发展研究中心副主任韩俊认为，城乡统筹发展，既要鼓励积极探索，大胆实践，又要把握好方向，防止走形变样。一些地方以统筹城乡为名，统农村的土地资源多，筹农村的公共服务少；统城市的建设项目多，筹农村的民生工程少，这些做法背离了城乡一体发展的宗旨。

当前，统筹城乡发展的一个政策难点是如何把握好农民土地权益保护问题。韩俊认为，城乡统筹难点、焦点在土地问题上。土地制度事关农村基本经营制度巩固，事关农村稳定大局，一是要切实稳定农村土地承包关系，全面颁发农户长久拥有的具有明确法律效力的土地承包权证书，确保农民不丧失土地承包经营权；二是在农民变市民过程中，不能把农民的土地权益“变没了”，要让农民“既进得了城，又回得了乡”，“家中有地，进退有据”；三是在“城镇建设用地增加与农村建设用地减少挂钩”实施过程中，要切实保护农民的土地承包权和宅基地权益。需要注意的是，在推进新型城镇化建设进程中，应降低农民在城市落户的门槛，逐步消除农民工在城镇定居的不合理限制，让符合条件的农民工在城市落户。要扩大公共财政覆盖农村的范围和深度，加快推进城乡基本公共服务均等化进程。

目前，我国已经确立统筹城乡发展的基本方略，基本构建起统筹城乡发展的政策体系，初步搭建起统筹城乡发展的制度框架。进一步深化统筹城乡改革，让更多的农民享受到城乡统筹的福祉，人们对即将召开的党的十八届三中全会充满期待。

《经济日报》2013年11月4日

新时代　新农民

前两天，56 岁的内蒙古敖汉旗新惠镇喇嘛蒿村农民刘永学告诉我，他刚买了一辆小轿车，还琢磨着在县城边的小镇上购买一处住宅，在有生之年享受到住楼房的幸福。听他说这些事让我非常感慨，更让我感慨的是，他是在新装修的农村老宅里，通过电脑视频告诉我的，看着他在屏幕上乐呵呵的一张笑脸，那幸福感似乎穿透了屏幕，强烈地感染了我。

现在的农民，再也不是面朝黄土背朝天，为了养家糊口受尽苦累的传统形象了。如今，他们种地不用交税了，看病能报销了，老了能拿“退休金”了，上学不用交提留钱了，进城打工有望落户定居了。他们开始活得有尊严了。

他们的身份也开始改变了，他们不再仅仅具有农民这个身份，还纷纷具有了“法人”的身份，他们从原来只耕种着一亩三分承包地的个体农民，通过土地流转，逐步变成了种养大户、家庭农场主、专业合作社成员。他们利用电脑学科技、利用互联网搞经营，日子过得越来越红火。

他们成为了新时期的新农民。这一切的改变缘于党的强农惠农富农好政策，缘于农村改革带来的大变化，缘于城乡统筹提供的新机遇。

35 年前，十一届三中全会开启了改革航船，中国从此义无反顾地踏上了改革征程。改革首先在农村突破，极大地激发了人们的创造活力，城乡都迎来了翻天覆地的巨大变化。改革航船行驶 30 年后，十七届三中全会再次聚焦农村改革事业。这次农村改革发展意义非凡，构成整个国家改革发展的关键环节和战略基础，为整个国家新一轮改革发展注入强大动力。

对中国农民来说，从十七届三中全会至今的这五年，是农村改革不断深化创新的五年，是农民得到实惠最多的五年，是农民心情舒畅幸福指数提高的五年。

进一步弱化了城乡二元结构的分割和壁垒，让农民自由择业和迁徙的障碍越来越小，让身份歧视的户籍制度开始走向式微；让农民的公民权利有了更好的保障。

进一步贯彻落实“三农工作是全党工作重中之重”的战略思想，继已经连续出台锁定“三农”的5个中央“一号文件”后，又连续出台了5个中央“一号文件”，全方位强化了“三农”的核心地位；构筑统筹城乡发展战略，开启了城乡一体化发展的新时代；实行多予少取放活方针，出台了一系列强农惠农富农举措；调整国民收入分配格局，把国家基础设施建设和社会事业的发展重点转向了农村；启动了“工业反哺农业，城市支持农村”的战略进程，全面支持农业和农村发展；改革农村义务教育经费保障机制，建立健全农村社会保障制度，给予农民新农合、新农保等社会保障，把农村民生建设推向一个新的高度。

大力推进全面小康社会建设，把重点和着力点都放在农村；推动现代农业建设，在工业化、信息化、城镇化深入发展中同步推进农业现代化；实行农业生产补贴，强化了对农业的支持保护，农民收入增幅首次超过城镇居民收入增幅；强化农村和谐社会建设，社会主义新农村建设如火如荼；推进中国特色的城镇化建设，首次实现了城镇人口超过农村人口。

这五年，农村改革取得了巨大成就。改革让粮食产量重新站到一万亿斤以上，实现了难得的“九连增”，今年有望“十连增”；改革让农村搭上城市发展的快车，让新农村建设迸发出生机勃勃的发展活力；改革让农民收入持续较快增加，创造了“九连快”；改革让农民的公民权利实现水平有了很大的提高，让农民生活得更有尊严。改革激活了“三农”，发展了“三农”，创造了“三农”的新辉煌。

目前农村改革已进入攻坚期和深水期，需要解决的问题很多，都是难啃的硬骨头。这个时候就需要一鼓作气，畏缩不前不仅不能前进，而且可能前功尽弃。农村改革要敢于啃硬骨头，敢于涉险滩。

刘永学说，他很期盼十八届三中全会给农民带来更大的福祉。是啊，亿万农民都在翘首期盼。

《经济日报》2013年11月10日

让“务农受穷”远离农民

眼下正是春回大地、万物复苏的季节，农民开始忙活春耕备耕了。“有收无收在于水”“要想富、先修路”，这些农谚、标语道出了农田水利、农村公路等基础设施在农民心中的分量。农村基础设施建设情况怎样，给农民务农增收带来了哪些影响？记者进行了调研采访。

倾听农田对水利的呼唤

农田水利设施直接服务于农业生产，影响到农民增产增收效益。我国现有农田灌排设施尚存在标准低、配套差、年久失修、效益衰减等问题，需要取得整体性突破河南息县横店乡刘官庄村农民柳学友对记者说：“去年粮食丰收了，收入增加了，我们种地农民都挺乐呵，不知今年咋样？就怕老天闹大旱。”

连年的春旱让老柳有点害怕了。今年春旱什么状况呢？近日随着北方冬麦区大部出现雨雪天气过程，旱情有所缓解，但西北部分地区旱情仍在持续。陕西省农业厅副厅长王振兴说，去年秋播以来，全省小麦主产区降水偏少三至七成。据当地气象部门预测，3月底前仍无有效降水，冬春连旱概率增大。对此，农业部部长韩长赋表示，今年一些地方冬春连旱趋势明显，各地要始终绷紧抗旱保苗这根弦，要扩大水浇面积。

在农村调研采访的过程中，农民呼吁最多的就是加强农田水利建设。农田水利设施直接服务于农业生产，设施的好坏直接影响到农业综合生产能力的高低，直接影响到农民增产增收效益。

水利部农村水利司司长王爱国介绍，近年来，党中央、国务院坚持把农田水利建设作为保障农业稳定发展和国家粮食安全的重要基础，不断健全政策支持体系。特别是2011年中央1号文件突出加强农田水利薄弱环节建设，并出台了包括从土地出让收益中计提10%用于农田水利建设在内的一系列新政策、新措施，推动我国农田水利进入新的发展阶段。目前我国农田有效灌溉面积达到9.25亿亩，成为世界第一灌溉大国，耕地灌溉率是世界平均水平的3倍，水利对粮食生产的贡献率保持在40%以上。中国人能把饭碗牢牢地掌握在自己的手中，农田水利建设快速发展功不可没。

但是，近年来，洪涝干旱等极端恶劣气候频繁出现，小型农田水利设施不完善，严重影响了农民增产增收，凸显了我国农村基础设施建设的薄弱环节。

国家对此高度重视，据国家发改委宏观经济研究院副院长马晓河介绍，国务院于去年10月批复的《全国高标准农田建设总体规划》提出，到2020年要建成旱涝保收的高标准农田8亿亩，亩均粮食综合生产能力提高100公斤以上，其中，“十二五”期间建成4亿亩。

今年是实现《规划》目标的第一年，河北省滦县县委书记卢宏秋表示，当地正在加强统筹规划，加大投入力度，着力改善农田基础设施，坚持不懈推进高标准农田建设，为保障农产品有效供给、提高农业综合生产能力、农民增产增收奠定了坚实的基础。

大地在期盼着春雨，农民在期盼着丰收。

让农民踏上增收之路

交通是农村发展的命脉，但部分农村地区交通设施落后，乡间道路缺乏保养与管理，限制了农业机械作用的发挥交通是农村发展的命脉，曾几何时，我国农村公路建设远远落后于城市建设，西部尤为突出。重庆橘农形容农村土路是“天晴一把刀，尘土飞扬；落雨一包糟，泥泞难行”。曾有很多农民手捧运不出去的柑橘一筹莫展。因为路烂，商户上门收购价非常低，远远不够化肥、农药的成本钱，农民干一年等于白辛苦，严重制约了他们与全国人民同步迈小康的进程。

近年来，农村公路建设取得了飞速发展，但仍然存在着相对滞后的问题。一些农村地区乡间道路缺乏保养与管理，使农业机械作用的发挥受到限制，导致农业耕作成本的增加。同时，农产品因为过高的运输成本而无法走出原产地，无法提高附加值和促进农民增收。

农村公路是许多贫困地区最基础的交通方式，也是最重要的生产生活服务设施。交通运输部部长杨传堂强调，要把农村公路作为交通建设的重中之重，大力改善农村生产生活条件，为农民增收致富打下坚实基础。农村公路建设投资将进一步向西部地区、“老少边穷”地区倾斜。

在调研时，安徽省肥东县元疃镇马皇村的马大妈激动地说：“要是不修路，连儿媳妇都娶不上，现在我们几十年的修路梦终于圆了，儿媳妇娶进家门了，西瓜也可以拉到城里卖上好价钱了。”

记者了解到，为了让农民得到更多的实惠，“十二五”规划要求到2015年，我国农村公路总里程将达390万公里；农村公路管理养护体制改革落实到位，基本实现“有路必养”。大力发展农村客货运输，实现所有乡镇和90%的建制村通班车，支持发展农村配送物流。

尽管还有偏僻贫困地区的农民为路所困，但已经有越来越多的农民得到了道路通畅的实惠，相信今后会有更多的农民大步走上增收致富的康庄大道。

感受政策的力量

针对农村基础设施建设的薄弱环节，必须建立和完善长效稳定的投入增加机制，严格按照“多予少取放活”的方针政策，制定一系列支持和保障措施，促进农民增收国家发改委宏观经济研究院副院长马晓河在接受记者采访时说，国家在大力加强农村水、电、路等生产性基础设施建设的同时，还大力加强了农村住房、饮水、通讯网络等生活性基础设施建设，大力加强了农村教育、医疗、文化、卫生等服务性基础设施建设，三方面的基础设施建设都取得了举世瞩目的成就。

农村电力建设的成就不亚于农田水利和农村公路建设，目前全国绝大部分乡镇和村庄已经通上电，而且城乡“同电不同价”的现象基本杜绝，农民缺电和电压不稳的问题得到较彻底解决。

在调研采访中，农民们说，他们尝到了强农惠农富农政策的甜头。为了让农民过上好日子，国家把基础设施建设的投入重点由城市逐步转向农村，着力加强农田水利、农村公路、农村电力等方面的生产性基础设施建设。同时，逐步取消一些农业基础设施建设项目的地方配套资金，减轻地方政府和农民的负担。

如何进一步调动农民务农的积极性，如何满足现代农业发展的需求，如何适应国家粮食安全的战略需要？马晓河强调，针对农村基础设施建设的薄弱环节，必须建立和完善长效稳定的农村基础设施建设投入增加机制，今后国家对农村基础设施建设投入，总量规模要增加，结构要调整，应严格按照“多予少取放活”的方针政策，制定一系列支持和保障措施，改善农民生产生活环境，降低农民生存发展成本，促进农民增收。

牛马年好种田，农民兄弟期盼着，今年又是一个增收年！

《经济日报》2014 年 2 月 26 日

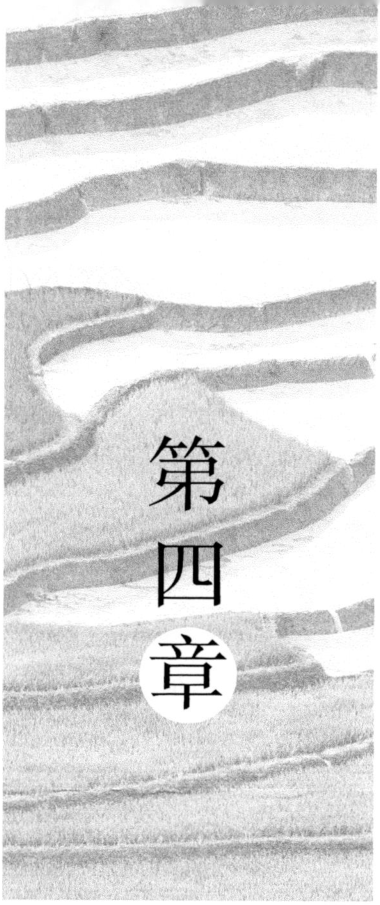

第四章

专家访谈：

且论治道本耕桑

为了让黄河能长治久安

——访水利部黄河水利委员会主任李国英

黄河历来被认为是世界上最复杂、最难治理的河流。虽然黄河55年伏秋大汛没决口，近几年大旱之年没断流，但如何保证下一个50年、100年黄河岁岁安澜，月月长流，乃至黄河的长治久安？黄河水利委员会提出了一个新的治河理念——建设好“三条黄河”。

一条黄河变“三条黄河”

水利部黄河水利委员会主任李国英解释，“一变三”是把实际存在的黄河，延伸和演变为“原型黄河”“数字黄河”和“模型黄河”。

李国英说，“三条黄河”思路的一个很大特点就是，采取最合适、最经济、最科学的方式实现黄河长治久安。“三条黄河”并不是单独的个体，三者相互关联、互为作用。

在实际应用中，通过对“原型黄河”的研究，提出黄河治理开发与管理的各种需求；利用“数字黄河”对黄河治理开发方案进行计算机模拟，提出若干可能方案或预案；利用“模型黄河”对“数字黄河”提出的可能方案或预案进行试验，提出可行方案或预案；最后“模型黄河”提出的可行方案或预案在“原型黄河”布置或实施，经过“原型黄河”实践，逐步地调整。

特别是“模型黄河”可以通过对“原型黄河”所反映的自然现象进行反演、模拟和试验，从而揭示“原型黄河”的内在规律，一方面直接为“原型黄河”提供治理开发方案，另一方面为“数字黄河”工程建设提供根据。同时，“模型黄河”还成为“数字黄河”通过模拟分析提出“原型黄河”治理开发方案的试验环节。

换句话说，“三条黄河”中，“数字黄河”和“模型黄河”其实都是一种手段，一种工具，不是黄河　治理开发的最终目的，其目的是在于借助他们更好地研究、认识“原型黄河”。通过“三条黄河”的联动，确保黄河治理开发方案技术先进、经济合理、安全有效。

殊途同归保黄河

其实殊途同归，建设“三条黄河”是为了共保一条大河。“三条黄河”如同三条射线，他们共同指向一个目标：谋求黄河的长治久安。

“三条黄河”是一个复杂的系统工程，需要在经费投入、科技支撑、人才支持、观念认识等方面做大量的工作。

李国英透露，目前，“数字黄河”第一期工程黄河水量调度系统已初步建成，下游部分引水闸门实现了黄委、省、市县和现场的四级授权控制。在黄委总调中心，可以对1000公里之外的引黄涵闸进行远程控制。第一座数字化水文站和两座水质自动监测站均已建成并投入使用。“模型黄河”工程建设规划已经完成，一期工程近日即可启动。

其实，从去年开始，“三条黄河”的联动就已经有了实质性的进展。黄河首次调水调沙试验，是迄今为止世界水利史上最大规模的原型试验。这次试验在原型黄河上进行的同时，也分别在“数字黄河”与“模型黄河”上进行了数学模拟和物理模拟，让现实中的黄河与计算机中的“黄河”和实验室里的“黄河”第一次紧密地结合起来，实现了联动。

为了精细调度宝贵的黄河水，2002年，黄委还启动了黄河小浪底水库以下河段枯水调度模型，作为一期开发的冬季模型已开发完成并投入运用。模型可正向、反向演算各种流量信息，并能够在紧急情况下提出用水控制方案，进一步提高了黄河水量调度的现代化水平。

“三条黄河”让更多的人看到了黄河长治久安的希望。

《经济日报》2003年2月12日

一号文件将给农民带来什么？

——中央财经领导小组副主任陈锡文与本报记者对话

记者：今年的中央“1号文件”出台以后，在全社会引起了极大的反响。有报道说，这份文件是九亿农民收到的一份新年大礼包。作为一号文件起草小组负责人，请您介绍一下这个大礼包到底是怎么拿出来的，或者说这份文件产生的深层次背景和过程是怎样的？

陈锡文：多年来，中共中央都是每年召开一次中央农村工作会议，每年发一个指导农村工作的政策性文件。但2003年却在年初和年底先后召开了两次中央农村工作会议。在年初召开的农村工作会议上，刚就任中共中央总书记的胡锦涛同志在会议上发表了重要讲话。他指出：“全面建设小康社会最艰巨、最繁重的任务在农村”，他要求“更加关注农村，关心农民，支持农业”，“把解决好‘三农’问题作为全党工作的重要之重，放在更加突出的位置”。体现了党的新一届领导集体对农业农村问题的高度重视和逐步解决好农业农村问题的坚定决心。

2003年年底之所以再次召开中央农村工作会议，主要是考虑2004年的春节比较早，因此提前开会，就是为了使会议精神能在春节前就贯彻下去，有利于春耕生产的进行，可以说，这也是一种务实的态度。会后，中央于2003年12月31日批准了经会议讨论修改的文件稿，并于2004年1月1日印发了这个文件。

为了确定文件的主题，胡锦涛总书记、温家宝总理在2003年中多次到农村基层调查研究，直接倾听农民群众和基层干部的呼声。

党中央、国务院主管农业工作的回良玉副总理除了深入农村调研外，在文件形成过程中，还多次亲自召集农业农村问题专家、长期从事农村工作的老同志、各省区市主管农村工作的领导和中央、国务院各有关部门的负责同志分别座谈，当面听取大家的意见和建议。

记者：一号文件同以往中央每年发布的指导农村工作的政策性文件相比有何特点，为何关注度如此之高？

陈锡文：今年的中央农村工作会议和发出的文件有两个显著的特点：一是尽管会议研究了农民增收、粮食安全、农村改革等一系列问题，但文件却突出了促进农民增收这一个主题。以中共中央、国务院的名义，专门制定一个关于促进农民增加收入的文件，这在新中国成立以来还是第一次。由此可见，当前党中央、国务院对于促进农民增收问题的重视程度。二是这个文件的序号是中共中央2004年1号文件。在农村改革初期，从1982年到1986年的5年间，中共中央、国务院曾经连续5年每年发出一个1号文件，对实现农村改革的率先突破、调动广大农民的积极性、解放农村的生产力起到了极其巨大的促进作用。虽然时隔多年，但很多从事农村工作的干部乃至很多农民，至今对于“中央1号文件”仍然记忆犹新、感情颇深。不难想象，时隔18年，当人们再次看到中共中央、国务院以“1号文件”的形式发出的指导农村工作的政策性文件，必然是倍感亲切、倍受鼓舞。

记者：当前“三农”工作中存在着许多问题亟待解决，为何1号文件以促进农民增收为主题？

陈锡文：1号文件确定以促进农民增收为主题，并不是说农业农村中的其他问题不重要，而是认为在当前，促进农民增收是有效解决农业农村中其他问题的关键。

把农村经济工作的基本目标确定为促进农民增收，当然是为了解决近几年农民增收困难的现实矛盾，但更重要的，是反映了我们在农村工作基本思路上的一种转变。

记者：为何说是一种转变，又是怎样的一种转变呢？

陈锡文：这种转变至少体现在以下三个方面：一是体现了坚持“以人为

本”。农业的基本功能是向社会提供食品，但为了促使农业发挥好这一功能，首先就必须保障好农业生产者的经济利益。只有农民的收入不断增加，生活不断改善，农业生产才能够持续的发展。中央农村工作会议强调要促进粮食生产，但文件没有采取任何强制农民生产粮食的做法，而是围绕着增加粮食主产区种粮农民的收入，制定了一系列的政策和措施。尊重农民的经济利益，尊重农民的经营自主权，不仅体现了“以人为本”的思想，也是在社会主义市场经济条件下做好农业和农村经济工作的必然要求。

二是体现了科学的发展观。我国经济增长很快，但城乡之间、区域之间、经济和社会之间等，都还存在着一些不够协调的问题。农民是我国最大的社会群体，农民的收入上不去，不仅影响农业、农村的发展，而且影响国内市场的扩大，最终制约整个经济的增长速度。因此，高度重视农民的收入增长问题，实际体现了全面、协调、可持续的发展观。

三是体现了正确的政绩观。农民占我国人口的大多数，农民不富裕，整个国家就不可能富强。因此，真正的政绩不在于 GDP 的增长速度有多高，不在于搞了多少漂亮的工程，而在于这一切是否能够带动农民持续增加收入、不断提高物质和文化生活水平，这才是中国实现现代化过程中的关键之所在。

记者：当前我国农民增收困难主要存在哪些问题？

陈锡文：当前农村经济中的突出问题是农民增收困难，自 1997 年以来，农民的收入增长一直比较困难。主要表现在三方面：

一是农民收入持续低速增长。从 1997 年到 2003 年，全国农民人均纯收入的增幅已连续 7 年没有一年超过 5%，最高的年份增长 4.8%，最低的只增长 2.1%，年均增长 4%，仅相当于同期城镇居民收入年均增长幅度的一半。

二是与城镇居民的收入差距在继续扩大。1997 年农民的人均纯收入为 2090 元，城镇居民的人均可支配收入为 5160 元，两者的收入差距为 1∶2.47；2003 年农民的人均收入为 2622 元，城镇居民为 8500 元，差距已扩大为 1∶3.24。

三是以粮食生产为主的纯农户收入增长更为困难。过去几年中，由于不少农产品供过于求，价格下跌，导致农民来自农业的收入额减少，使以农为主的纯农户的收入增长尤其困难。1997年，农民人均来自农业的纯收入为1268元，但自1998年到2003年，农民来自农业的纯收入已连续6年低于这一水平。

记者：大家都认为1号文件政策含量比较高，含金量比较高，实招最多，那么1号文件到底能给农民带来多少实惠，对解决农民增收困难有哪些具体的思路和举措？

陈锡文：文件提出了增加农民收入的基本思路和总体要求，文件的九个部分概括起来可分为四个大的方面：

第一个方面，分别强调粮食主产区农民增收和贫困地区农民增收这两个重点和难点。

当前农民增收难，主要难在主产区，稳定和恢复粮食生产，主要也靠主产区，因此，抓住主产区就抓住了农民增收和粮食安全的关键。文件特别突出了支持主产区农民增收的问题，并提出了力度较大的政策措施。支持主产区，主要强调搞好粮食生产能力建设和粮食转化加工增值。为此，明确提出从今年起，开始实施国家优质粮食产业工程，对购置和更新大型农机具进行补贴等措施。有关资金来源，除要求整合现有投资外，还提出要开辟新的渠道，主要是确定一定比例的国有土地出让金的收益，用于支持农业土地开发，提高粮食综合生产能力。

解决好农村贫困人口的生产生活问题，是做好农民增收工作和全面建设小康社会的重要内容。文件主要强调了要完善扶贫开发机制，继续增加扶贫资金投入，分类采取更有针对性的扶贫措施和加强对扶贫资金的管理。

第二个方面，分别从农业内部、农村内部和农村外部这三个层次，提出促进农民扩大就业和增加收入的有关政策。

文件强调，要在保护和提高粮食综合生产能力的前提下，继续推进结构调整，向农业广度和深度进军。主要是抓好三件事：一是推进优势农产品产业带建设。提出要扩大良种补贴、逐步把法定检验和商业检验分开等措施，加快建设产业带，带动农产品的优质化和区域化。二是发展农业产业化经营。提出通过安排专项资金、给予财政贴息和补助等形式，支持龙头企业做大做强。三是加强农业科技。提出要允许各类农业企业申请国家研发、引进和推广资金等措施。

解决农民增收问题，还必须努力在农村内部拓宽农民增收空间。这就必须发展农村二三产业，壮大县域经济。因此文件强调了要促进乡镇企业的改革和调整、发展农村个体私营经济和小城镇建设等问题。

近几年，外出打工已成为农民增收的一大亮点，目前，跨地区流动的农民工约 1 亿人，引导好、组织好服务好这些人，不仅关系到农民的切身利益，而且关系到我国产业竞争力的提高和社会的稳定。文件强调了保障农民工合法权益和加强职业技能培训两个问题，提出了要加大力度落实有关政策、加快大中城市户籍改革、各级财政都要专项安排对农民的职业技能培训资金等措施。

第三个方面，从为农民增收创造必要外部条件的角度，提出了开拓农产品市场、增加对农业和农村投入，以及深化农村改革的政策措施。

继续开拓农产品市场，是使农民从农业中增收的关键。文件提出要在全国范围建立鲜活农产品“绿色通道”、外贸发展基金要向促进农产品出口倾斜、引导出口农产品加工企业进入农产品出口加工贸易区等措施。

2004 年国债发行规模将会减少，但对农业和农村的投入，不仅不能减，还要尽可能地增加。文件提出要依法安排预算内支农支出、整合农业投资、固定资产投资用于农业和农村的比例要稳定并逐步提高、继续扩大“六小工程”投资规模和建设范围等措施。

对于农村改革，文件根据十六届三中全会精神，主要强调了四个问题：一是改革土地征用制度，按照“保障农民权益、控制征地规模”的原则，提出了改革的基本思路和主要内容。二是深化粮食流通体制改革，强调了要抓紧清理不利于粮食自由流通的有关政策法规，对种粮农民进行直接补贴。三是推进农村税费改革，农业税税率总体上降低一个百分点，同时取消农业特产税，并加大机构改革、人员精简等配套改革的力度。四是农村金融体制改革，提出了明确县域内各金融机构为“三农”服务的义务、避免农村资金过度外流、信用社改革要总结试点经验逐步在全国推广，以及采取多种抵押担保形式，改善对农民的金融服务等措施。第四个方面，强调了各级党委、政府和有关部门要切实加强领导、落实政策。文件要求，各级干部必须自觉树立科学的发展观和正确的政绩观，认清国情，增强对农民的感情，按照中央提出的把解决好“三农”问题作为全党工作重中之重的要求，切实抓好各项政策的落实工作，努力实现增加农民收入，确保粮食安全，深化农村改革的目标。

《经济日报》2004年2月22日

权威人士解读中央“一号文件”

细数“三农”实惠政策

今年的中央一号文件又是关于农业、农村和农民的。这是改革开放二十多年来的第七个关于“三农”的“一号文件”。和往年相比，今年有什么新内容？1月31日，国务院新闻办公室召开新闻发布会，中央财经领导小组办公室副主任陈锡文详细解读了这个让亿万农民惊喜的“一号文件”。

5大政策看点

陈锡文说，一号文件共九个部分、27条，实际上可以分为五个层次。除了强调提高农业综合生产能力之外，还有四方面内容：

一是突出了行之有效的政策要稳定、完善和加强。2004年的政策尤其是“两减免、三补贴”深受农民欢迎。文件开宗明义就讲这些政策不仅不变，还进一步加大了使农民增收减负的力度。

二是提出要逐步完善国家对农业投入稳步增加的机制，并要建立既适应中国国情、又符合世界贸易组织规则的对农业和农民的保护措施。

三是要加快农村教育、卫生等社会事业的发展。从2005年中央一号文件中可以看到，制定了关于各级财政新增的教育、卫生、文化等事业经费，用于农村的比例不得低于70%的规定。同时，中央财政还制定了从2005年起，将对中西部地区财政困难的县、乡较大幅度直接增加转移支付的政策。

四是强调各级党委和政府都要深刻认识做好农业、农村工作对于经济社会全局的重要性，加强农村党组织的建设，建立健全村民自治制度，维护和保障农民的经济利益和民主权利，促进农村经济社会的全面发展。

抓住增收之本

陈锡文反复强调，解决我国农民增收难的问题将是一个长期、艰苦的过程，绝不能说去年农民增收比较多，农民收入问题就已经解决了。

从今年的“一号文件”中能看到，去年给农民的实惠全部都保留着，并且都得到了新的加强。这说明，尽管文件强调的主题是加强农业综合生产能力建设，但是丝毫没有忽视农民的增收问题。

但我国农村有数量如此庞大的农民，都要靠政府去补贴让他们致富，这是做不到的。所以，一方面强调政府对农民采取增收减负政策的同时，还要找到农民致富的治本之策，就是加强农业生产能力建设，只有这个能力加强了，农业的效益才能真正提高，农民才能通过自己的劳动获得更多的收益。

缩小城乡差距

去年农民收入增加是比较多的一年，但城乡居民收入之间仍存在着较大差距，2003年的测算是大概3.23倍，也就是3.23个农民的收入相当于一个城镇居民的收入。

陈锡文说，为增加农民收入，缩小城乡居民收入差距，中央的政策方向主要包括这几点，一是中央政府采取各种措施来减轻农民负担、增加农民收入；二是要对农产品市场进行合理的调控，保证供求总体平衡，价格基本稳定；三是不断地减少农民的数量，使得继续务农的农民逐步地扩大经营规模；四是在财政方面将更多地向农业、农村倾斜，让农民更多地享受到政府提供的公共服务。

鼓励农民投工投劳建设农村基础设施

农村取消“两工”之后，如何加强农村基础设施建设？这是近两三年来各地农村都非常关注的一个大问题。

中央的政策历来是鼓励农民投工、投劳的。这次的文件中特别强调了这一点，第一，只要是农民能够直接受益的中小型工程；第二，通过严格民主讨论的决策程序；第三，要让农民参与监督这些工程费用的开支，在这样的情况下就可以继续由农民对小型农田水利建设投工、投劳。

文件中也明确规定，中央财政和地方财政要建立对农民投工、投劳的小型水利工程给予购买材料的部分经费补贴，后者随着国力的增强会不断地加大。

采取四条措施减少贫困人口

陈锡文说，经过去年一年的努力，我国贫困人口又减少了约300万人，目前尚有2600万贫困人口。为加快减少贫困人口，今年的中央一号文件明确地提出了一系列政策措施，其中最重要的是四条措施：

第一，文件明确要求中央财政继续增加对扶贫资金的投入；第二，经过探索，提出把各方面投入贫困地区的开发性资金结合起来综合使用，推出“整村推进”措施；第三，鼓励农产品加工和销售的龙头企业带动贫困农民就业；第四，政府要增加投入，对于贫困地区，尤其是未解决温饱的贫困人口，对他们进行专业的职业技能培训，让他们能够更多地转移到其他地区去就业，增加他们的收入。

《经济日报》2005年2月1日

真心实意为农民谋利益

——访农业部党组书记、部长杜青林

农业部党组书记、部长杜青林近日接受本报记者采访时表示，农业部保持共产党员先进性教育活动，紧紧围绕实践“三个代表”重要思想这条主线，牢牢把握“务求取得实效”和“成为群众满意工程”这个关键，坚持“两不误、两促进”，真心实意为农民谋利益，实现了先进性教育与农业农村经济工作“双丰收”。

杜青林说，在先进性教育活动中，农业部广大党员干部围绕“三农”问题，切实加强作风建设，不断提高为基层、为农民群众服务的意识和能力。进一步加强思想政治建设、执政能力建设、党的基层组织建设、制度建设和党风廉政建设，努力把农业部建成学习型、务实型、效率型、和谐型、服务型、清廉型机关。

杜青林说，把对党员的先进性要求具体化并付诸行动，是农业部先进性教育活动的基本要求。农业部的各项工作，与农业和农村经济发展密切相关，与农民群众的切身利益紧密相连。先进性教育一开始，农业部就着力于增强广大党员实践“三个代表”重要思想的自觉性和坚定性，在为“三农”服务特别是为农民群众谋利益的过程中充分体现先进性。从农业部、各司局单位和党员个人三个层面明确了党员保持先进性的具体要求，扎实开展了以“服务基层、服务农民”为主要内容的六大主题实践行动，使实劲，用实招，求实效，努力把先进性教育打造成为群众满意工程。

杜青林介绍，在政策落实督导行动中，农业部机关和直属单位的党员干部转变作风，深入基层，围绕提高农业综合生产能力的目标，重点抓了中央1

号文件精神的贯彻落实。全国农业系统数万名党员干部进村入户，与基层干部一起围绕增产增收落实中央各项支农惠农政策。拓宽农民增收渠道，搞好农民工的职业技术培训，提高农民工就业本领，实施测土配方施肥，促进农业节本增效，为农民增收创造条件。

杜青林说，在党的先进性教育活动中，农业部实施了粮食生产督导行动，今年3月派出15个督导组深入农业生产一线，对春耕备耕工作进行指导督查；4月份，派出10个督导组推进农资打假专项治理，维护农民的合法权益；最近又派出17个生产督导组，促进粮食夏收、夏种、夏管，为粮食增产、农民增收创造条件。经过上下共同努力，今年以冬小麦为主的夏粮播种面积扩大，扭转了连续7年下滑的局面，夏粮丰收已成定局。全年粮食播种面积预计比上年增加2000多万亩，奠定了粮食生产持续稳定增长的基础。

杜青林说，农业科技入户春季行动，受到了农民群众的热烈欢迎，大大提高了农业生产科技含量。按照“工作措施到村，上下联动抓户”的思路，确定了100个农业科技入户试点县，落实了10万个农业科技示范户，推介发布了在全国重点推广的50个主导品种、20项主推技术。

为农民提供测土配方施肥服务，是农业部今年为农民办的15件实事之一，直接为农民群众带来了实惠。这既降低了农业生产成本，促进农民增收，又合理施用了化肥，控制了农业面源污染。据调查，由于合理施肥，今年每亩节本增效20元。

杜青林说，农资打假专项治理行动为农民挽回经济损失2.7亿多元。重大动物疫病防控行动和农业安全生产督导行动，也都使先进性教育的成果及时转化成真心实意为农民谋利益的具体举措。

《经济日报》2005年6月16日

为万里海疆构筑绿色屏障

——访全国绿化委员会副主任、国家林业局局长周生贤

发生在印度洋的海啸灾难，举世震惊。人们发现沿海森林植被的好坏，对降低海啸的破坏力起到了至关重要的作用。日前，记者就我国海防林体系建设采访了全国绿化委员会副主任、国家林业局局长周生贤。

记者：请问我国沿海防护林目前状况如何，对预防海啸等灾难有什么重要意义？

周生贤：我国大陆海岸线很长，沿海地区是海啸和风暴潮危害严重的地区。国家林业局先后派出6个调研组，深入到沿海10个省区市进行调研，还专门召开了座谈会。这表明，我们在切实吸取印度洋海啸灾难的教训，全力推动海防林体系快速发展，为万里海疆构筑功能完善的绿色屏障。

我国沿海防护林建设取得了显著成效，特别是1991年启动实施的沿海防护林体系建设工程，累计造林381.8万公顷，森林覆盖率由24.9%提高到35.5%，基本形成了沿海防护林的框架；累计建立湿地自然保护区90个，保护区面积达543万公顷；农田防护林建设面积达2.2万公顷，有效增加了沿海地区农业综合生产能力；城乡绿化水平不断提高，有效改善了沿海地区的人居环境。但是，沿海地区防护林建设还存在定位不高、总量不足、质量不好、人为破坏严重、投入严重不够、法律保障和科技支撑落后等突出问题，特别是一些地方为了眼前利益，毁林采沙挖矿，围滩养鱼养虾，造成湿地、林地大量流失的现象依然十分突出。沿海防护林体系建设，面临着极为严峻的形势和极为艰巨的任务。

海防林不仅具有防风固沙、保持水土、涵养水源的功能，而且具有抵御

海啸和风暴潮危害、护卫滨海土地、美化人居环境的作用。因此，加强海防林建设对于维护沿海地区国土生态安全、人民生命财产安全、工农业生产安全具有重要意义。

记者：我国今后将采取哪些措施来加强海防林体系建设？

周生贤：我国海防林体系建设工程是从1991年开始实施的。当前和今后在海防林体系建设中，要从以下五个方面求突破、见实效。一是调整目标定位。在建设目标上，从一般性生态防护功能向以应对海啸和风暴潮等突发性生态灾难为重点的综合防护功能扩展；在建设内容上，从结构相对单一防护林体系向以基干林带为主导，滨海湿地、滩涂红树林、城镇乡村防护林网、荒山绿化等有机配合的多层次结构防护林体系扩展；在建设档次上，从营造防护林向绿化美化城乡、改善人居环境扩展。二是突出基干林带、红树林的保护和发展、滨海湿地的保护与恢复、城乡绿化美化等建设重点，促进体系建设的快速健康发展。三是完善政策和市场机制，增强体系建设的内在发展动力。四是强化科教支撑，提高体系建设的整体水平。五是加强法制建设，依法打击违法活动，巩固现有成果。

记者：我国生态建设的力度很大，成效也非常突出，下一步我国林业生态建设的目标是什么？

周生贤：当前，我国生态建设正处于“治理与破坏相持阶段”。林业工作全面实施了以生态建设为主的林业发展战略，提出了“东扩、西治、南用、北休”的分类指导方针，形成以生态建设为主线、重点工程和社会造林为载体、发展与保护相协调的林业建设新态势。“东扩”，就是在沿海地区和东部、中部平原，大力加强海防林建设，防御海啸和风暴潮等自然灾害对沿海地区的危害。“西治”，就是在三北、西南和青藏高原等地区，切实加大对风沙源区、大江大河源区和高寒地区的生态治理。“南用”，就是在南方集体林区，在积极保护生态的前提下，大力发展林纸林板一体化、木材加工、林产化工等林业产业。“北休”，就是在东北林区，加强天然林保育，改革国有重点林区森林资源管理体制，推进天保工程向纵深发展。力争到2010年，使我国森林覆盖率达到19%以上，大江大河流域的水土流失和主要风沙区的沙漠化有所缓解，全国生态状况整体恶化的趋势得到初步遏制，林业产业结构趋于合理；到2020年，使中国的森林覆盖率达到23%以上，重点地区的生态问题基本解决，全国的生态状况明显改善，林业产业实力显著增强；到2050年，使中国的森林覆盖率达到并稳定在26%以上，基本实现山川秀美，生态状况步入良性循环，林产品供需矛盾得到缓解，建成比较完备的森林生态体系和比较发达的林业产业体系。

《经济日报》2005年7月4日

治淮史上的壮举

——访水利部淮河水利委员会主任钱敏

临淮岗工程是1991年国务院确定的治淮19项骨干工程之一，同时它也是治淮史上的经典工程。在工程即将全面建成之际，水利部淮河水利委员会主任钱敏接受了本报记者的专访。

记者：作为淮河干流上迄今为止最大的水利枢纽工程，临淮岗洪水控制工程的建设在治淮上有什么重要的突破？

钱敏：新中国成立以来，在党中央“蓄泄兼筹”治淮方针指导下，进行了几次治淮重大规划，都将临淮岗工程作为控制淮河中游洪水的关键工程。从防洪措施上来说，临淮岗洪水控制工程是淮河干流上迄今为止最大的水利枢纽工程，也是整个淮河防洪体系的重要组成部分，它是将淮干中游正阳关以下河道防洪标准从不足50年一遇提高到百年一遇的关键性工程，它的建设是确保淮河百年安澜的重要手段。临淮岗工程的上马，使淮河的防洪体系得以完善，同时也正式确定了淮河流域的防洪规划和治理的布局，为下一步治淮奠定了坚实的基础。

记者：据我们了解，临淮岗洪水控制工程原定于2006年完工，但据悉淮委会要求提前一年完工，请问能否实现？

钱敏：临淮岗洪水控制工程是2001年12月2日重新开工建设。2003年11月23日提前一年成功实施淮河截流。在项目法人和广大建设者的不懈努力下，整个工程建设进展非常顺利，有望按照我们的计划在今年年底前全面完工。

记者：为什么说临淮岗洪水控制工程，从淮河防洪意义上讲，就是黄河的“小浪底工程”和长江的“三峡工程”？

钱敏：淮河流域山丘面积小，平原面积大，平原面积占流域总面积的三分之二，在流域地形特征上缺乏修建像长江三峡、黄河小浪底那样的大型控制性工程的先天条件。但当代治淮人根据淮河的特殊情况，认真比选，决定在淮河中游建设流域性控制工程来提高淮河中游的防洪标准。

淮北大堤保护区是我国重要的能源基地，面积13152平方公里，耕地77.5万公顷。2000年人口708万人，国内生产总值250亿元，粮食产量454万吨，工农业总产值575亿元。蚌埠、淮南两座沿淮城市是防洪保护区内两座中心城市，2000年人口218万。这个工程像“小浪底工程”在黄河和“三峡工程”在长江上一样，都具有标志性意义。

记者：临淮岗洪水控制工程建设虽然几经周折，为什么后期进展还这么顺利？

钱敏：治淮和国家命运是紧密结合在一起的。在旧中国，“大雨大灾，小雨小灾，无雨旱灾”是淮河流域的真实写照。新中国成立后，治淮事业揭开了新的一页。可以毫不夸张地说，临淮岗洪水控制工程的建设，使得淮河两岸人民的夙愿得以实现，是几代治淮人不懈努力的结果，标志着淮河治理取得了重大进展。同时，临淮岗工程的建设也折射出20世纪90年代以后国家实力的不断增强，体现了“盛世治淮”。

记者：临淮岗洪水控制工程进展这么快，还有其他方面的原因吗？

钱敏：团结治淮是治淮的光荣传统。临淮岗工程既是几代治淮人不懈努力的结果，也是流域人民团结治淮的又一伟大实践。

工程跨河南、安徽两省，涉及固始、霍邱、颍上、阜南四县。处于临淮岗工程上游的河南省固始县虽然有部分地区在工程淹没区内，但仍以大局为重，牺牲局部利益，发扬团结治水精神，支持工程的建设。工程建设过程中的移民安置大都属于补偿性质，移民工作涉及面广、情况复杂，但地方政府从大局出发，做了大量深入细致的工作，确保了移民拆迁安置工作的顺利实施。

可以说，临淮岗洪水控制工程的建设不仅涉及技术方面的难题，还涉及到局部与整体、当前与长远、上下游、左右岸等各个层面错综复杂的利益关系。

如果流域机构协调不力，流域各省团结不够，工程建设将寸步难行。因此，被称为“世纪工程”的临淮岗洪水控制工程的实施，再一次有力地证明了团结治水是治淮取得成功的重要法宝。

《经济日报》2005 年 9 月 27 日

建设节约型农业重点抓什么

——访农业部副部长张宝文

当前，我国正处在工业化和城镇化快速发展的阶段，国民经济的快速发展将进一步增大资源消耗的强度。我们面临人口不断增加、资源约束突出、环境压力加大的严峻挑战。发展节约型农业是建设节约型社会的重要组成部分，也是解决“三农”问题的重大战略举措。

近日，就建设节约型农业的有关问题，记者采访了农业部副部长张宝文。

记者：请您讲讲建设节约型农业具有哪些重大战略意义？

张宝文：在建设资源节约型国民经济体系中，大力发展节约型农业，认真处理好经济建设、人口增长、资源利用、环境保护的关系，在节约资源、保护环境的前提下，实现农业更快更好地发展，在保障农产品供给安全的前提下，改善和保护农村生态环境，不仅是贯彻落实科学发展观的一个重要方面，也是我国经济社会全面协调可持续发展的客观要求。

当前，农业自然资源相对短缺已成为我国农业发展的主要制约因素。推进农业增长方式的根本转变，是农业健康持续发展的内在要求，必须着力发展节约型农业，保护和利用好农业资源，逐步缓解资源的供需矛盾。

促进农民持续增收是我国农业农村经济发展的一项长期任务。在农业生产、建设、流通、消费等各个环节厉行节约，建设节约型农业，解决目前我国农业生产普遍存在的投入品利用率低、浪费严重、成本居高不下等问题，用尽可能少的资源消耗创造尽可能大的农业效益，实现节本增效，必将有力地促进农民收入的持续增长。

改革开放以来，我国农村生态环境建设取得了显著成效，但农村生态环境局部改善、整体恶化的趋势没有根本改变。农业是连接人与自然的主要纽带，是促进人与自然和谐相处的重要环节。加强节约型农业建设，大力发展农业清洁生产，合理施肥施药，加强秸秆、沼气等物质资源综合利用，开发风、光、水等农村可再生能源，对于改善农村生态环境，促进农村循环经济发展，推进社会主义新农村建设具有十分重要的现实意义。

记者：建设节约型农业的具体目标和总体要求是什么？

张宝文：建设节约型农业，要以邓小平理论和“三个代表”重要思想为指导，认真贯彻落实科学发展观，坚持资源开发与节约并重，把节约放在首位的方针，紧紧围绕农业增长方式转变，以提高资源利用效率为核心，以节地、节水、节肥、节药、节种、节能和资源的综合循环利用为重点，强化节约意识，综合运用经济、法律、行政、科技和教育等手段，结合农业区域资源特性，深化农业结构调整，保护农业资源，加快农业标准化建设，创新和推广农业技术，建立健全推进节约型农业建设的体制和机制，促进节约型社会建设。

建设节约型农业的总体要求是：以科学发展观统领农业农村经济发展全局，统筹安排好资源节约和高效利用的各项工作，编制完善相关规划，加强宏观指导，提高生物、工程、农艺、农机、材料技术的集成应用水平，大力推广应用节约型的耕作、播种、施肥、施药、灌溉与旱作农业、集约生态养殖、沼气综合利用、户用高效炉灶、秸秆综合利用、农机与渔船节能等“十大节约型技术”，促进我国农业尽快走上科技含量高、经济效益好、资源消耗低、环境污染少、人力资源优势得到充分发挥的发展道路，实现农业可持续发展和构建农村和谐社会的目标。

记者：近期建设节约型农业的重点是什么？

张宝文：概括起来讲有七大重点。

一是稳步提高耕地集约利用水平。要加强耕地质量管理。组织开展耕地地力的全面调查，建设耕地质量监测网络，实现耕地质量的动态管理。要切实加强耕地质量建设。大力推广绿肥种植、秸秆覆盖、过腹还田等耕地培肥和保护性耕作技术，加快中低产田改造步伐，完善田间水利、机耕道路等基础设施。继续推进传统耕作制度改革。提高复种指数，充分挖掘土、水、光、热等资源的利用潜力，鼓励发展低耗能设施农业，提高耕地的综合产出效率。

二是积极发展节水农业。要结合不同旱作地区的现实条件和技术应用基础，有针对性地推广深耕深松、集雨蓄水节灌、“坐水种”等旱作节水农业技术，筛选和推广一批耐旱性强、产量高、质量好的农作物品种，因地制宜地确定种植结构，加快坡耕地治理，提升自然降水利用率和旱地综合生产能力。同时，要认真抓好田间灌溉节水，加强农渠、毛渠等灌溉基础设施建设，逐步建立节水型栽培模式和灌溉制度。

三是不断提高农业投入品的利用效率。要全面开展测土配方施肥行动。这项行动已经取得了很好的效果，相关部门支持、基层部门高兴、广大农民欢迎。下一步，要在合理选用肥料品种、优化施肥结构上下功夫，把握施肥时期，改进施肥方法，促进化肥施用由通用型复混肥向专用型配方肥方向转变。要积极推广应用高效低毒、低残留、强选择性的农药和新型施药器械，改进施药方法，加强技术培训，减少农药使用量，力争在2—3年内使我国有机磷类高毒农药用量减少1/3左右，农药利用率提高5个百分点以上。普及应用种子精选分级、包衣、药剂拌种等加工处理技术，提高种子质量和良种供应能力。全面推广应用主要农作物精量半精量播种技术，力争在两年内新增推广面积2000万亩，实现节种20%。

四是切实抓好农业装备节能工作。随着中央农机补贴政策的实施，农民购机热情空前高涨，农业机械化水平将有一个大的发展，因此，这方面的节能工作也十分重要。要千方百计降低以农业机械为重点的农业装备能耗。加强农业装备相关标准的制修订工作，加快高耗能老式落后农业机械和渔船设备的更新换代；积极开发和推广磁化节油、燃油添加剂等节油产品和复式联合作业机具等节能农业机械，减少作业环节和作业次数，降低单位农产品生产能源消耗水平。

五是大力发展集约生态养殖业。充分重视和考虑资源环境承载能力和发展潜力，是我们建设节约型农业的一个基本前提。大力发展集约生态养殖业，就要在适宜地区积极推广绿色高效生态畜禽养殖技术，稳步推进绿色高效生态养殖小区建设，降低饲料和能源消耗；在草原禁牧、休牧和轮牧区，大力推广舍饲、半舍饲圈养技术模式；合理开发利用渔业资源，推广高效、优质、集约化的生态水产养殖技术，提高资源的有效利用率和经济效益。

六是巩固提高农村可再生资源综合循环利用水平。在我国发展农村可再生能源，潜力明显，前景可观，对于缓解国家能源压力，改善农村生产生活环境条件具有非常重要的意义。从近期看，要大力普及农村沼气，加强农村户用沼气和大中型沼气工程建设。南方地区重点发展“猪—沼—果”能源生态模式，北方地区重点实施“四位一体”和“五配套”能源生态工程，争取在两年内全国新增农村户用沼气500万户左右。要加快太阳能、风能、生物质能和农村水电等可再生能源的开发与利用。综合开发农作物秸秆产业，加快养殖业废弃物综合治理，推广农村生活污水净化技术，推动生活垃圾资源化处理，提高农村生产生活废弃物的资源化循环利用水平，推进社会主义新农村建设。

七是加强乡镇企业节约生产工作。当前，摆在乡镇企业面前的任务，就是要深化结构调整，加大企业自主创新和技术改造力度，重点抓好轻工、化工、冶金、有色金属、建材、煤炭、电力以及农产品加工等行业的节能降耗与清洁生产。在工业相对集中区域，组织开展节能降耗、清洁生产示范区创建活动。

记者： 农业部门在建设节约型农业方面有哪些主要举措?

张宝文： 一要明确责任，切实加强领导。各级农业部门要认真贯彻国务院《通知》精神，进一步提高对建设节约型农业的认识，结合本部门、本地区农业和农村经济实际，提出切实可行的工作方案，扎实推进节约型农业建设。

二要制定完善规划，加强宏观指导。把加快建设节约型农业纳入各级农业和农村经济发展“十一五”规划和行业规划，提出明确的目标、任务和政策措施。抓紧制定旱作节水农业、农作物秸秆和养殖业废弃物综合利用、水稻机插育秧等一批农业节本增效和资源综合利用专项规划。结合农业“七大体系”建设，加快《保护性耕作示范工程建设规划》、《沃土工程建设规划》等相关工程规划的修改完善，逐步形成节约型农业发展规划体系。抓紧组织实施《农村沼气工程建设规划》。

三要依靠科技进步，构建支撑体系。以“十大节约型技术”为重点，支持一批技术开发项目，加强联合攻关、创新集成、引进消化和推广应用。积极推进农业机械化，提高农业装备和应用水平，科学合理使用投入品，促进农业节本增效。积极争取有关部门的支持，加大“十大节约型农业技术”示范推广力度。加强节约型农业技术培训，强化节约意识，提高操作技能，积极构建节约型农业科技支撑体系。

四要落实完善政策，加强扶持引导。实行最严格的耕地保护制度，加强监督管理，严格执行非农占用耕地的补偿制度。研究制定建设节约型农业的相关政策，积极争取加大财政补贴力度，扩大补贴范围，对农民购买节水灌溉设备、高效施药机械等给予一定补助，鼓励淘汰高耗能农机和渔船，严厉打击假冒伪劣农资产品。研究建立生态补偿机制，鼓励农民施用有机肥和采用环境友好型生产技术。充分发挥政府部门的调节作用，在农业建设项目审批、投资等环节，优先考虑资源节约型项目，把节约资源的政策措施落到实处，提高农业节约资源的能力。

五要健全制度，加强监督检查。建立和完善各项规章制度，加快推进农业标准化建设，构建发展节约型农业的长效机制。加强节约技术检验检测设备建设，不断改善监控手段，提高监督管理和技术服务水平。定期开展各项规章制度执行情况的监督检查，找出薄弱环节，认真整改，努力提高节约型农业建设管理水平。

六要开展广泛宣传，增强节约意识。利用各种媒体，采取多种形式，广泛宣传建设节约型农业的重要意义、主要措施、节约技术以及相关政策，宣传先进典型和管理经验，对严重浪费资源行为予以曝光。通过宣传教育，努力增强农业系统广大干部群众和农民的节约意识，提高建设节约型农业的自觉性和主动性，营造共建节约型农业的良好氛围。

《经济日报》2005 年 11 月 14 日

社会主义新农村该怎么建

——访经济学家韩俊

建设社会主义新农村是《中共中央关于制定国民经济和社会发展第十一个五年规划的建议》中最引人注目的亮点之一。《建议》用“生产发展、生活宽裕、乡风文明、村容整洁、管理民主”20 个字，为我们描绘出了一幅新农村的美好蓝图。那么，如何将这幅蓝图变为现实呢？记者采访了长期研究“三农”问题的经济学家韩俊。

韩俊认为，从《建议》对新农村描述的20个字里可以看出，新农村建设是一个系统工程。要完成这个系统工程，实现建设新农村的宏伟目标，“十一五”期间要突出抓好“六新”，即培植新优势、培育新农民、发育新组织、形成新机制、资源新配置、塑造新风貌。

培植产业发展新优势是建设新农村的经济基础

韩俊分析说，建设新农村的物质前提是农村经济的发展。只有发展富民优势新产业，新农村的建设才有产业支撑。

发展富民优势新产业，必须以农民增收为核心，加快现代农业建设步伐和农村经济结构调整进程。要充分利用国内外两个市场、两种资源，把确保国家粮食安全与推进农业结构战略性调整结合起来，优化农业区域布局，优化农产品品种，发挥各地农业的比较优势，推动农业的集约化、规模化和专业化生产，提高农业综合效益和竞争力。

新时期培植新优势产业的范畴经过探索会不断扩大，尤其是在初级农产品的加工转化、农产品的现代流通方式、农产品产加销一体化经营、优势农产品出口、乡镇企业、农村二三产业和劳务输出等方面，都是培育新优势产业的着力点和增长点。

培育新农民是建设新农村的根本措施

在建设新农村的过程中，要把培育新农民当作一项根本措施来抓，通过提高农民的科技文化素质和致富能力，为增产增收和改变乡容村貌提供有力的人才保障。

韩俊说，毋庸讳言，目前农村经济发展慢、农民增收难与农民素质不高有直接关系。“十一五”期间，一定要把开发农村人力资源作为解决“三农”问题的一个根本，首要的是加快实行免费义务教育，要让所有新进入劳动力市场的劳动力平均受教育年限达到12年。

要按照城乡劳动者平等就业的标准，培养新型产业农民和务工农民，大力实施以农村实用技术、务工职业技能培训为主要内容的“阳光工程”，有针对性地举办相关技术培训。

他认为，要将农民工培训经费纳入公共财政预算，增加政府对农民工教育培训的投入。

发育新经济组织是建设新农村的有效途径

韩俊说，要鼓励发展各种类型的农民合作经济组织，通过组建新经济组织来提升农民的组织化程度。

应当尽快制定农民合作经济组织法，在法律上明确其财产关系和责任形式，明确其与政府的关系，明确政府对农民合作经济组织的扶持政策。根据《民法通则》规定，农民专业合作经济组织既有社会团体法人公益性的属性，也有企业法人经营和营利的属性，应赋予农民合作组织独立的合作社法人的法律地位。为了使合作社能在经济上逐渐自立，各级政府必须在税收优惠、财政补助和金融支持方面给予必要的扶持。

韩俊特别强调，为了解决农民贷款难的问题，要从农村实际和农民需要出发，以培育竞争性的农村金融市场，形成合理的农村金融机构体系为目标，加快培育新的农村金融组织。农村信用社要在完善法人治理结构，转换经营机制，特别是在提高对农户的贷款覆盖面，满足农民的资金需求方面有实质性进展。切实加大中国农业银行对农业和农村经济的支持力度。农业发展银行应真正发挥政策性银行的作用。鼓励、支持农村小额信贷机构发展，充分发挥小额金融的作用。适当降低农村金融市场的准入门槛，发育、培养民间金融机构，放宽民间资金进入金融业的限制。

以城带乡新机制是建设新农村的有力引擎

建设社会主义新农村，必须进一步调整城乡关系，逐步改变城乡二元结构，形成城市对农村发展的带动机制。这也是保证城镇化健康发展的一个根本性问题。

他认为，城市带动农村发展，关键是为农民进城就业创造更多的机会，为农民进得来、留得住创造更好的制度环境。若城镇化率按年均增加 1 个百分点计算，2020 年城镇化率将达到 57%，城镇总人口 8.28 亿，比 2002 年增加 3.26 亿。这意味着从现在到 2020 年，将有 2.89 亿农村人口向城镇人口转化。

要对现行的一些政策措施进行清理，清除农民进城的障碍，降低农民进城的门槛，疏通农民进城的渠道。要调整城市建设的思路，放宽农民进城就业和定居的条件。城市的财政支出和各种公共服务不能仅考虑城市户籍人口的需要，应该有效服务于全社会。应把在城市有固定工作和住所的进城农民视同常住人口对待，应把外来人口对住房、就学、医疗等设施的需求纳入城市建设规划。要进一步放宽农民进入大中城市就业和定居的条件。在大中城市的农民只要有合法固定住所、稳定职业或生活来源，应给予办理城镇常住户口，逐步实行以居住合法、固定职业为户口准入条件。

资源新配置是建设新农村的关键举措

韩俊说，建设社会主义新农村，必须改变农业和农村经济在资源配置和国民收入分配中所处的不利地位，加大公共财政支农力度，让公共服务更多地深入农村、惠及农民。

在取消农业税以后，不要急于对农民开征新的税种，“以税惠农”应该成为今后国家财政对农民支持的一项重要政策；切实增加对农田水利、乡村道路等小型农村基础设施建设的支持力度，要将农村小型基础设施建设纳入各级政府基本建设投资的范畴；加快实行免费九年制义务教育制度，在对贫困家庭学生实行“两免一补”的基础上，加大中央政府和省级政府对农村义务教育的投入；改善农村医疗条件，提高农民医疗保障水平，要在全国农村基本建立公共卫生服务体系和新型农村合作医疗制度，使农民人人享有初级卫生保健；完善对农村困难群体的救助体系，逐步提高农村社会保障覆盖面，逐步缩小城乡社会保障水平的差距，最终建立城乡一体化的社会保障体系；建立对“三农”投入稳定增长机制，保证财政支持“三农”支出的增长幅度不低于财政总支出的增长幅度，并开辟新的财政支农资金渠道。

塑造新风貌是建设新农村的基本要求

未来新农村的面貌是什么样的呢？韩俊形象地回答说，新农村是阳光的、健康的、文明的农村，是“三个文明”协调发展的农村。

人与环境有一种互动的关系。

长期以来，一些农民的生活居住环境一直不尽如人意。现在我们已经进入到“工业反哺农业，城市支持农村”的时代，应该大力改善农民的生活居住环境了。

要建设新农村，必须在农村广泛开展塑造新风貌活动，使农民的思想道德、科学文化水平、民主法制观念在潜移默化中得到提升。要大力开展“除陋习，树新风”活动，促使新风尚蔚然成风，不断增强村民自我管理、自我服务、自我教育、自我发展的能力。

全面启动乡镇基层政权组织改革，完善农村基层民主自治制度是实现乡村管理民主的关键。要以转变乡镇政府职能为重点，加快乡镇综合管理体制改革，强化乡镇政府的社会管理与公共服务职能，紧紧围绕服务群众这个中心，切实发挥农村基层党组织服务群众、凝聚人心和农村基层自治组织协调利益、化解矛盾、排忧解难的作用。坚持村务公开等公开办事制度，保证基层群众依法行使选举权、知情权、参与权、监督权等民主权利。

《经济日报》2005 年 12 月 7 日

建设新农村：今年一号文件有哪些新亮点

——访国家发改委宏观经济研究院副院长马晓河

《中共中央国务院关于推进社会主义新农村建设的若干意见》（即今年一

号文件）于2月21日正式颁布，文件共8个部分、32条。

根据党的十六届五中全会精神，今年中央一号文件的主题是扎实推进社会主义新农村建设，文件对“十一五”时期和2006年新农村建设提出了总的要求，指出了需要把握的原则，并对新农村建设的各项任务做了具体安排。

为更加深入地学习宣传和贯彻落实今年中央一号文件精神，本报对有关专家进行了专题访谈，从即日起推出“建设新农村·政策解读”专栏，以飨读者。

人们期盼已久的今年中央一号文件终于出台了，这也是改革开放以来中央关于“三农”问题的第八个“一号文件”。那么，今年的一号文件有哪些新亮点呢？记者采访了国家发改委宏观经济研究院副院长马晓河博士。

中央支农惠农政策越来越全面系统

参与了中央一号文件起草工作的马晓河首先从去年我国农业、农村经济发展的好形势谈起。他说，2005 年我国农业、农村经济又是 个好年景：是粮食产量超过 9600 亿斤。从 2004 年开始，我国粮食生产出现了恢复性增长，当年增产 770 多亿斤，粮食总产量由上年的 8600 亿斤增产到 9380 亿斤，2005 年粮食又增产 200 多亿斤。加上进口，2005 年全国的粮食供给总量会超过 10000 亿斤。不考虑库存，目前中国粮食供给总量超过需求总量，粮食安全程度大大提高。二是农民收入呈现较大幅度增长。2005 年农民人均纯收入增长幅度达 6.2％左右。这是在上年增幅 6.8％的基础上获得的。农民收入连续两年增收超过 310 元。三是农村市场明显回暖。受农民收入不断增加的影响，农村社会消费品零售总额出现了很快回升。

2005 年，全国县及以下农村社会消费品零售总额增长幅度达到 11.5％，扣除价格因素同比提高 3.8 个百分点，社会消费品零售额比上年增加了 3705 亿元，超过上年全年的增加量。与此同时，城市社会消费品零售总额增幅为 13.6％，扣除价格因素同比只提高 0.7 个百分点。当前，城市居民尽管收入增幅高于农民，但城市居民的收入增加以后，并没有将钱更多地用于消费，而是明显增加了储蓄。因此，从近两年发展情况看，农业、农村经济在国民经济发展中格外耀眼。

谈到这里，马晓河感慨地说，农业、农村形势好与中央的“三农”政策是分不开的。2003年以来，从中央在处理工农城乡关系、解决“三农”问题的脉络分析，可以清晰地看出中央解决“三农”问题的思路和部署。2003年，两次召开中央农村工作会议，确立了统筹城乡发展的战略思路，将“三农”从“基础地位”提升到全党工作的“重中之重”；2004年，胡锦涛同志提出“两个趋向”，并指出我国已经进入“以工促农、以城带乡”的重要阶段；2005年，在党的十六届五中全会上提出了建设社会主义新农村。为了充分体现和更好地落实中央的战略意图，中央连续发布了3个一号文件。2004年一号文件以促进农民增收为主题，抓住“三农”问题的核心，推出了一系列惠农政策；2005年一号文件以提高农业综合生产能力为主题，抓住“三农”问题的关键，推出了一系列支农政策；2006年一号文件以推进社会主义新农村建设为主题，抓住“三农”问题的根本，推出了支持农业农村全面发展的综合政策。比较近年来3个一号文件，第一个主题是农民，第二个主题是农业，第三个主题是农村，侧重点各有不同。从政策支持角度看，中央的支农、惠农政策是越来越多，强度越来越大，也越来越全面。

今年一号文件凸显五大亮点

针对记者问到的今年一号文件有哪些新亮点，马晓河说，就今年一号文件而言，根据党的十六届五中全会精神，将文件主题确定为推进社会主义新农村建设，这是在继承前两个农村政策文件的基础上，对新时期解决“三农”问题作出的战略部署。今年一号文件对“十一五”时期和2006年新农村建设提出了总的要求，指出了需要把握的原则，并对新农村建设的各项任务做了具体安排。新农村建设是贯彻科学发展观、落实统筹城乡发展的战略举措，是加快我国现代化建设的重要步骤，是全面建设小康社会与构建和谐社会的重点所在，也是扩大内需实现经济可持续发展的动力源。从文件的具体内容看，文件共 8 个部分、32 条，文件紧紧围绕社会主义新农村建设的各项任务，提出了 2006 年甚至“十一五”期间的支农惠农政策。仔细研读一号文件就会看到，文件中亮点多、实招多，概括起来有五大亮点：

第一，强调要加快建立以工促农、以城带乡的长效机制，实现“三个高于”的支农政策。文件指出，要顺应经济社会发展阶段的变化和建设社会主义新农村的要求，坚持“多予少取放活”的方针，重点在“多予”上下功夫。按照存量适度调整、增量重点倾斜的原则，不断增加“三农”的投入，扩大公共财政覆盖农村的范围。2006 年，国家财政支农资金增量要高于上年，国债和预算内资金用于农村建设的比重要高于上年，其中直接用于改善农村生产生活条件的资金要高于上年。

第二，强调要进一步深化以税费改革为主要内容的农村综合改革，在全国取消农业税。文件明确指出，2006 年在全国取消农业税，这意味着长达 2600 年的农民交“皇粮国税”的历史到今年划上句号，从此实现了农民种粮不纳税的梦想，这是中国“三农”政策的标志性事件。由此，全国农民每年可减轻税费负担 1200 多亿元。文件强调，在取消农业税后，还要稳妥推进乡镇机构改革，稳定和完善以家庭承包经营为基础、统分结合的双层经营体制，加快推进农村金融改革，加快征地制度改革等，为社会主义新农村建设提供体制保障。特别要强调的是，今年一号文件指出要鼓励在县域内设立多种所有制的社区金融机构，允许私有资本、外资等参股；大力培育由自然人、企业法人或社团法人发起的小额贷款组织，引导农户发展资金互助组织，规范民间信贷；稳步推进农业政策性保险试点工作等，这些都是在农村金融体制改革方面的新突破。

第三，强调要建立新农村的产业支撑，进一步强化对“三农”的补贴政策。文件指出，要继续稳定、完善和强化对农民实行的“三减免、三补贴”和退耕还林等政策，2006 年粮食主产区要将对种粮直接补贴的资金规模提高到粮食风险基金的 50%以上，并增加良种补贴和农机具购置补贴；继续实行对粮食主产县的奖励政策，加大中央财政对粮食主产县的奖励资金。

第四，强调要加强农村基础设施建设，着力解决农民生产生活中最迫切的实际问题。文件指出，要把国家对基础设施建设投入的重点转向农村，加强农田水利设施、乡村基础设施等方面的建设，重点解决农民的通水、通气（燃料）、通电、通路、通讯和广播电视“村村通”的问题。2006年，国家要大幅度增加农村沼气和安全饮水等方面的投资规模，鼓励各级政府用以奖代补、项目补助等办法，引导农民自愿出资出劳，开展农村小型基础设施建设。

第五，强调要加快发展农村社会事业，从机制上解决农民上学难、看病贵的问题。目前城乡之间的差距，除了反映在城乡居民收入和消费方面之外，在义务教育、基本医疗等方面反映更加突出。对此，文件提出，2006年对西部地区农村义务教育阶段学生全部免除学杂费，对其中的贫困学生免费提供课本和补助寄宿生活费。2007年，在全国普遍实现这一政策。与此同时，以较快的速度推进新型农村合作医疗制度试点工作，从2006年起，中央和地方政府将大幅度提高对参加合作医疗制度试点农民的补助标准，2008年在全国农村基本普及新型农村合作医疗制度，帮助农民解决看病难、看病贵的问题。按照中央一号文件精神，到2008年，我国农村基本能让农民实现“种粮不纳税，上学不交费，看病不太贵”的目标。

《经济日报》2006年2月23日

建设新农村：培养新型农民是建设新农村的首要环节

——访中央党校研究员曾业松

今年的中央一号文件明确提出，要“加快发展农村社会事业，培养推进社会主义新农村建设的新型农民”。为什么要如此重视培养新型农民、建设新农村要培养什么样的新型农民、怎样培养新型农民？针对这些问题，记者采访了“三农”问题专家、中央党校研究员曾业松。

把培养新型农民放在首位

曾业松说，建设社会主义新农村落点在“村”、重点在“村民”；为的是村民，靠的也是村民。从根本上说，建设社会主义新农村是要解决农业、农村问题，特别是要解决好农民增收、农民权益问题。这是新农村建设中带有根本性、全局性、政治性的历史任务，是新农村建设的基本出发点和归宿。从社会主义新农村建设需要来看，无论产业发展，还是精神文明建设；无论社会事业发展，还是基础设施建设；无论从当前着眼，还是从长远考虑，都需要智力支持和人才保障，都需要千方百计提高农民素质，把农民培养成为有文化、懂技术、会经营的新型农民。

曾业松分析说，建设社会主义新农村是涉及亿万农民切身利益的伟大事业。农民是建设社会主义新农村真正的主力军。我国农村现有 2.4 亿农户、8 亿农民，农村的主体是农民。建设好新农村，关键是要调动农民的积极性、主动性和创造性，引导他们用自己的双手创造美好的家园。从一定程度上说，农民的文化素质、技术能力和思想道德水平，直接决定新农村建设的兴衰，决定新农村建设的成败。因此，农民的知识化、现代化是新农村建设的前提和条件，建设新农村首要环节就是提高农民素质，培养新型农民。

从当前我国农民的教育情况看，全国 4.9 亿农村劳动力中，高中及以上文化程度的只占 13%，初中的占 49%，小学及小学以下的占 38%，其中不识字或识字很少的还占 7 个百分点。这表明培养新型农民是新农村建设最为迫切的要求，也是新农村建设最本质、最核心的内容。

要培养什么样的新型农民

针对这个问题，曾业松说，改革开放以来，我们引导农民走向市场、走向富裕。进入信息化和知识经济时代，要求我们进一步引导农民走近知识、走向文明，提高农民的思想和科学文化素质，提高农民获取、吸收、交流各种知识和信息的能力，提高农民转岗的专业技能和农业生产的实用技术，为农村可持续发展、为农民增收提供直接动力。

从新农村建设的需要出发，推进农业现代化，推进农村工业化、城镇化，实现农村经济结构的优化升级，实现农村经济增长方式从粗放型向集约型的转变，促进农民增收，改变农村落后面貌，必须大力开展对农民的农业实用技术培训和职业技能培训，把农民培养成为有文化、懂技术、懂市场、会经营的新型农民，使农民真正成为社会主义新农村建设的主人。

从城乡统筹发展的需要出发，要逐步推进城乡一体化，使农民适应现代城市、城镇的文明要求和生活节奏，最终融入市民行列，成为城镇和城市的居住主体，必须把农民培养成既具备道德修养和民主、法制意识，又会经营、会运用先进科学技术的人才。总之，要让留在农村的农民掌握先进适用农业技术，养成现代文明的生产生活方式；让走出农村的农民具备较强的务工技能，适应城市和工业现代文明，最终把农村人力资源转化为人力资本。

怎样培养新型农民

曾业松认为，这是一个至关重要的问题，造就一代新型农民，要从战略和全局的高度，把农村教育摆到整个教育发展的优先地位，把农村教育作为整个农村社会事业发展的优先领域。具体来说应着重抓好以下两项工作。

一是要加快发展农村教育事业。教育对提高人的素质有着基础性、根本性、全面性的重要意义。农村教育是农民学科学、学技术，实现职业转化的必要的文化基础。我们要认真贯彻《义务教育法》，在免除农村义务教育学杂费和书本费方面走得更快一些，保证农村适龄青少年上得起学、念得起书，保证家庭经济困难的学生不失学不辍学，绝不能再产生新的文盲、半文盲。为普及和巩固农村义务教育，从 2005 年开始，全国 592 个国家扶贫开发工作重点县农村义务教育阶段 1400 万贫困家庭学生都享受到国家财政提供的“两免一补”资助政策。这是贯彻落实科学发展观和构建社会主义和谐社会的具体体现，对于巩固农村税费改革成果、加快贫困地区脱贫致富步伐，也具有十分重要的意义。按照中央部署，今年对西部地区农村义务教育阶段学生将全部免除学杂费，对其中的贫困家庭学生免费提供课本和补助寄宿生生活费。2007年将在全国农村普遍实行这一政策。

二是要加强农村劳动力技能培训。要把农村劳动力培训工作作为一件大事、一项“民心工程”来抓，加强组织领导，创新培训机制，提高培训效果。首先，要围绕现代农业建设，加强对从事农业生产农民的培训，以现代适用技术和实用技术培训为主，结合发展现代农业和建设新农村的要求，加大现代信息技术、生物技术、清洁生产技术、环保技术等的培训力度，提高农民的科技素质，促进科学种田、科学养殖，切实把农业发展转入依靠科技进步和劳动者素质提高的轨道上来。要紧密结合农时季节需求，开展灵活多样、不同形式的专业技术培训，使农民一看就懂，一学就会，学了能用，用能致富。其次，要面向城乡劳动力市场需求，围绕农民转岗就业，扩大农村劳动力转移培训“阳光工程”实施规模，加快建立政府扶助、面向市场、多元办学的培训机制，发展多种形式的农村职业教育和成人教育，增强农民转移就业的能力。农民就业能力强起来，就业途径就会多起来，收入水平就会高起来，农民的素质总体上发生根本改观，建设新农村的步伐就会大大加快。

《经济日报》2006年2月28日

为建设新农村提供强大的农业科技支撑

——与农业部部长杜青林对话

农业部最近在北京召开了全国农业科技创新工作会议，提出了加快农业科技创新步伐、为建设社会主义新农村提供强大科技支撑的战略任务。记者就当前农业科技创新的战略重点和“十一五”农业科技创新工作部署等有关问题采访了农业部部长杜青林。

为什么要花大力气推进农业科技创新？

记者：在一般人的印象中，农业是最古老的传统产业，似乎与科技创新离得比较远，我们为什么要花这么大力气来推进农业科技创新？

杜青林：农业的确是古老的传统产业，同时更是国民经济的基础产业，农业稳则天下安。纵观人类社会发展史，社会分工和产业分化都以农业发展为前提，而农业发展的历史实质上是农业科技进步与创新的历史。每一次农业科技的重大突破，都带来了农业发展新的飞跃。放眼当今世界，农业与科技创新的关系更为紧密。以生物技术和信息技术为主导的世界新科技革命日新月异，起点之高、进展之快、影响之大，远远超出人们的预料；美日欧等发达国家虽然国情不同，但都选择了依靠科技进步的现代农业发展道路，农业科技进步贡献率达到80%以上；科技越来越成为农业国际竞争的核心因素和焦点领域。

当前，我国农业发展正处于由传统农业向现代农业的过渡阶段，既承担着为新农村建设提供产业支撑的历史重任，又面临着资源和市场的双重约束。面对新形势新任务，我们唯有加快推进农业科技进步与创新，才能缓解农业发展的资源约束，推进农业增长方式转变，拓展农业发展领域，提升农业竞争能力，实现农业又快又好的可持续发展，为社会主义新农村建设奠定坚实的基础。

记者：加快农业科技创新步伐，既重要又紧迫。那我国农业科技发展整体水平如何？能否满足发展的需要？

杜青林：新中国成立以来，特别是改革开放以来，我国农业科技事业取得了举世瞩目的成就，为农业发展作出了巨大贡献。

50多年来，我国培育并推广的农作物新品种、新组合有6000多个，粮、棉等主要作物品种在全国范围内更换了5次至6次，每次更换都增产10%以上。超级稻、杂交玉米、矮败小麦、转基因抗虫棉等一大批突破性科技成果的成功开发和推广应用，使主要农作物良种覆盖率达到95%以上，有效地提高了粮棉油等大宗农作物的生产能力。畜禽品种改良和规模化养殖、重大动物疫病防控、名特优新水产品养殖技术的进步，使畜牧水产养殖业科技进步贡献率达到50%以上。农业机械化技术的突破性进展和应用，工厂化农业和设施农业的兴起，大幅度提高了农业劳动生产率和土地产出率。到“十五”末，我国农业科技进步贡献率已经达到48%左右，农业机械化程度达到38%，一些重大技术领域已在国际上具备了竞争优势。可以说，我们的农业科技发展已经站在一个新的起点上。

但从整体来看，由于发展起点低、长期投入不足和一些体制机制性障碍，我国农业科技总体水平与发达国家相比仍有较大差距，主要表现为自主创新实力比较薄弱、核心技术缺乏，农业科学研究多属于“跟踪式”“模仿式”或“转化式”研究，真正原始性创新的东西还不多，一些出口创汇农产品品种和重大技术装备仍主要依赖进口。另外，由于农业科技推广体系不健全和农民整体素质不够高，制约了农业科技成果的转化应用，很多成果不能变成现实生产力，农业科技与经济发展结合还不紧密。

我国农业科技创新的重点是什么?

记者：听了您的介绍，我理解，我国农业科技发展既成就喜人，又任重道远，那么下一步我国农业科技创新的重点是什么？

杜青林：农业科技创新是一项系统工程，需要统筹规划、科学推进。根据目前的情况和发展需要，我们研究确定了未来15年我国农业科技创新的指导方针，就是自主创新，加速转化，提升产业，率先跨越。总的目标是力争经过15年的努力，继续保持超级水稻、转基因抗虫棉、基因工程疫苗等研究领域的国际领先优势，在农业特色种和专用种培育、农业技术装备关键部件和设备研发上取得突破，在农产品安全生产、农业动植物重大灾害防控、农产品加工和生态环境整治等方面取得一批核心技术，大幅度提高农业科技成果转化为现实生产力的速度和水平，使农业科技进步贡献率达到63%，农业科技整体实力率先进入世界前列。依靠农业科技的跨越，带动农业和农村经济的跨越，推动我国农业和农村经济增长转入科学发展的轨道。

记者：您给我们描绘了农业科技创新的蓝图。实现这样的蓝图对我国农业科技创新体系建设提出了什么样的要求？

杜青林：农业科技具有公益性、区域性和稳定性的特征，决定了农业科技创新必须要有一个功能完善、运转高效、支撑有力的新型创新和转化应用体系。构建新型农业科技创新与转化应用体系，不是要把现有的体系推倒重来，而是要在已有基础上进行改进和完善，重点是要解决能力和效率问题，关键是要建立和完善“稳定支持、适度竞争”的投入机制、顶层设计与生产需求紧密结合的立项机制、“资源共享共用、权益合理分享”的协作机制和同行认可与实际检验相结合的科技评价机制。

下一步，农业部将在深入总结各地区各单位成功经验的基础上，想方设法创造各种有利条件，动员和组织全国各级各类农业科研院所和农业院校，在动植物新品种选育，优质高效安全生产技术、农产品精深加工新技术、农业生态环境保护与资源综合利用技术、农业工程技术与智能化装备开发，以及基础和高新技术研究领域开展联合攻关，同时深入探索完善成果转化的有效方式和方法，促进农科教、产学研紧密结合，以任务带团队，以团队促网络，以网络建体系，“干中兴，兴中建”，形成符合新时期农业发展要求的新型农业科技创新与转化应用体系，成为建设创新型农业的知识源、技术库和加速器。

农业科技创新应从哪里入手？

记者：您刚才说过农业科技创新是艰巨的系统工程，推进这项工程首先应从哪里着手？农业部近期将展开哪些行动？

杜青林：农业部始终把农业科技工作放在突出位置，坚持全方位支持、推进农业科技创新。近期，农业部将着力从促进联合协作、完善管理机制、加强科技服务以及强化科技执法等方面，部署开展一系列工作，力求以机制创新促进体系建设、带动科技实力提升。

一是建立农业科技协作网络。按照“目标统一、渠道不变、有效整合、管理有序”的原则，整合农业部现有的各项建设投资和财政专项资金，重点向提升农业科技自主创新能力方面倾斜。以农产品为单位，联合各级各类农业科研教学推广机构、龙头企业、合作经济组织的科技力量，建立跨单位、跨区域的科技协作网络，促进产学研的紧密衔接。

二是创新农业科技管理机制。继续推行和完善首席专家负责制，加强专家信用管理，维护专家的权威。探索项目的公开公示制度，避免“暗箱操作”，构建透明、高效的监督管理模式，提高农业科技项目的公信力。

三是搞好秋季增收科技服务。动员组织科研、教学和推广机构的科技人员，抓住秋粮生产和畜牧养殖的关键环节，深入田间地头、圈舍小区，开展实用技术指导与服务，推广节约和抗灾减灾技术，促进增产增收。

四是加强农民培训和人才队伍建设。最近，农业部和中国科协牵头，会同另外12个部委共同启动实施了“农民科学素质行动”。结合这一行动，今年农业部将围绕一村一品，在1万个村实施新型农民科技培训工程；依托阳光工程，对350万有转移就业意愿的农民开展短期技能培训。依托“百万中专生计划”，力争在10年内培养100万名具有中专学历的农村实用人才。

记者：社会各界对农业科技创新非常关心，农业部门将采取哪些措施来吸引社会力量参与农业科技创新？

杜青林：加快农业科技创新，不仅是发展现代农业、提高农业国际竞争力的根本途径，也是建设创新型国家的基础环节，需要全社会的关心、支持和参与。农业部门将努力营造一个良好氛围，构建一种激励机制，调动广大农业科技人员的积极性，吸引社会各方面力量支持、参与农业科技创新。农业部将以“中华农业英才奖”和“神农中华农业科技奖”为抓手，发挥这些奖项的激励导向作用，在农业科技人员中大力倡导情系三农、扎根基层的奉献精神，团结协作、淡泊名利的团队精神，勇于创新、敢为人先的探索精神。同时，积极创新方式和方法，鼓励和引导工商资本、民间资本和外商资本投入农业科技创新和转化应用，逐步形成多元化、多渠道、高效率的农业科技投入格局，逐步开创全社会关心农业科技创新、支持农业科技创新的新局面。

《经济日报》2006 年 7 月 31 日

坚持实行综合防控措施　有力有序有效防控禽流感

——访农业部副部长尹成杰

当前，正值禽流感等重大动物疫病冬春季高发季节，全球禽流感疫情呈扩散蔓延态势，我国周边一些国家和地区禽流感疫情频繁发生，人感染禽流感病例不断增加，禽流感再度成为国际社会关注的焦点和热点问题。为此，农业部副部长尹成杰 12 日接受了记者采访。

记者：去年我国禽流感疫情及防控成效如何？

尹成杰：2006年，我国仅发生10起家禽禽流感疫情，去年9月20日以来，已连续 4 个月没有发生家禽疫情，防控成效比预想的要好，疫情形势比预想的要平稳，禽流感防控工作取得了阶段性重要成果。

去年疫情发生次数明显减少。2004 年我国共发生 50 起禽流感疫情，2005 年发生 31 起家禽疫情，2006 年与前两年相比，疫点数分别下降 80%、68%。每一起家禽禽流感疫情都得到迅速有效控制，没有造成扩散蔓延。

同时，人间禽流感防控能力不断提高。根据卫生部门提供的情况，人感染禽流感应急预案和应急机制进一步完善，疫情得到及时有效处置，病人治愈率明显提高。

记者：农业部和各级兽医部门做了哪些工作？

尹成杰：农业部组织制定了禽流感免疫方案，抓好全国春秋两季集中免疫和免疫大检查。2006 年，全国共使用禽流感疫苗 106 亿羽份，免疫密度在 95%以上，抗体合格率超过规定标准。

各级兽医部门进一步健全疫情监测体系，完善村级防疫员和疫情报告观察员制度，加强重点地区疫情监测。2006 年，全国共监测禽流感样品 681.1 万份。边境省份加大免疫力度，建立免疫屏障，加强边境地区疫情监测。对入境动物、动物产品及有关人员实施严格的检疫和监管。

国家禽流感参考实验室等有关单位成功构建出变异毒株疫苗，建立了胶体金快速诊断技术，保证了不同地区、不同禽类免疫和诊断需要。

各级兽医部门根据国务院有关应急条例和应急预案要求，建立应急预备队，储备必要的应急物资，完善应急机制，提高应急处置能力。

我国还积极开展国际合作与交流，及时向国际社会通报有关情况，提出建立国际禽流感防控合作机制主张和建议，推进国际社会禽流感疫情信息和病毒资源共享。对有关周边国家开展技术和物资援助。

记者：据媒体报道，近期有国际专家称，研究表明“类福建病毒”已成为华南禽流感病毒的主要病毒株，并且在老挝、泰国和我国香港地区都发现了这样的病毒。您对这一报道有何评价？

尹成杰：对有关所谓的“类福建病毒”不实言论问题，世界卫生组织（WHO）、联合国粮农组织（FAO）、世界动物卫生组织（OIE）联合专家组的研究结论已经否认了这种说法。2006 年 12 月 4 日到 8 日，WHO、FAO、OIE 组成联合专家组来华考察禽流感防控并举行新闻发布会，认为所谓“类福建病毒”和有关研究结论没有科学依据。

专家组认为，所谓变异的“类福建病毒”并不是新的变异病毒，没有证据表明该病毒能导致全球人间流感大流行。流感病毒变异是其自然属性，禽流感病毒变异与对禽类进行疫苗免疫无关。免疫是综合防控禽流感的有效措施之一，现行疫苗是有效的，抗原性匹配良好，大范围的疫苗免疫能有效控制禽流感。

专家组还表示，中国在禽流感疫苗研制、诊断等方面科研工作和取得的成果，居世界领先水平，对加强全球禽流感防控将是重大支持。WHO 对中国政府积极参与全球禽流感防控工作给予充分肯定，认为中方在禽流感防控国际合作中公开、透明，主动向WHO提供人、禽禽流感病毒株和分享有关信息，这对全球防范禽流感暴发、研制人用禽流感疫苗，以及应对人间流感大流行将起到重要作用。

记者：今年我国禽流感防控形势如何？农业部将采取哪些措施进一步做好禽流感防控工作？

尹成杰：从全球疫情形势分析，一是周边国家疫情继续扩散和蔓延；二是禽流感病毒毒力不断增强；三是禽流感病毒多种亚型同时流行；四是候鸟和野鸟带毒现象依然严重；五是人感染禽流感死亡病例持续增多。

从国内情况分析，一是目前正处于春季，是禽流感疫情的高发期；二是今年气候异常，大量候鸟在我国北方和中南部地区停留时间较长；三是有的地方防控工作存在薄弱环节，防控措施不到位，队伍不健全；四是春节临近，家禽补栏量增大，调运、交易频繁，增加了疫情跨区域传播风险；五是我国边境线长，存在通过口岸、非口岸通道以及边贸互市等多种途径传入境外疫情的风险。

当前和今后一个时期，农业部将重点要做好以下几方面工作：

继续落实免疫与扑杀相结合的综合防控措施，加大免疫力度，强化疫苗质量监管，确保免疫密度和效果。

加强边境地区防控，加强入境动物及动物产品检疫和从事边贸互市等活动人员的监管，全力防堵境外疫情传入。

进一步完善应急预案，建立健全应急机制，一旦发生疫情，坚决把疫情控制在疫点上，严防疫情扩散蔓延。

严格执法监督，整顿和规范活禽经营市场秩序，加大产地检疫、屠宰检疫和公路动物防疫监督检查执法力度，防止流通环节传播疫情。

建立动物标识及疫病可追溯体系，指导养殖户建立养殖档案，规范养殖行为，提高重大动物疫情溯源能力。

积极推进兽医管理体制改革，重点解决好目前一些地方在改革中存在的队伍不健全等问题，抓好乡镇畜牧兽医站和村级动物防疫员队伍建设。

做好无规定动物疫病区建设和评估，按照国际标准逐步推进国际认证，有效防控重大动物疫病，促进对外贸易，推进畜牧业产业升级。

加快科技进步，及时跟踪研究病毒变异规律，研制开发新型疫苗和诊断试剂，加大先进科技成果的推广力度，提高基层防控技术水平。

《经济日报》2007年2月13日

加强禽类产品质量监管是一项长期任务

——访农业部总经济师、市场与经济信息司司长张玉香

禽类产品的质量问题事关消费者的健康安全，努力提高禽类产品的质量安全水平是我国乃至全球家禽饲养面临的重大课题。近些年来，随着农产品质量安全监管不断加强，我国禽类产品的质量安全水平不断提高，但还存在一些值得重视和解决的问题。记者近日就加强禽类产品质量监管等问题采访了农业部总经济师、市场与经济信息司司长张玉香。

“近些年来，我国禽类产品的安全水平不断提高。”张玉香说，“但我们既要看到取得的成绩，又要看到存在的某些问题和隐患。”她说，我国家禽养殖业近几年发展较快，质量安全监管工作不断加强，生产管理制度和禽类产品流通管理措施逐步完善，饲养技术进步加快，一些规模场饲养环境和条件不断改善，有力地保证了禽类及其产品的质量安全。由于政府制定了一系列扶持家禽养殖业发展的政策，家禽养殖者积极性逐步提高，家禽饲养管理水平和质量意识不断增强。我们必须充分地看到家禽养殖业在质量安全管理上的进步和成效。

对于禽类产品的质量安全监管问题，张玉香表示，既要切实加大禽类产品的质量监管力度，又要看到禽类产品的质量监管是个长期复杂的工作。我们既要有解决潜在问题的紧迫感，又要从实际出发，做出长期艰苦的努力。

当前我国正处在传统家禽养殖向现代养殖转变的关键阶段，传统饲养方法和现代饲养技术并存。由于我国生产力水平还不高，区域差异较大，家禽饲养业发展不平衡，既有居世界领先水平的现代大型养殖屠宰加工企业，又有占全国总饲养量40%的分散养殖。一些分散养殖户防疫条件较差，管理水平不高。我国广大农民有着发展传统养殖业的经验和办法，但还缺少现代养殖和管理技术。这是一个需要长期努力才能改变的现实。由于这些原因，给我们加强禽类产品的监管带来很大的压力。我们必须正视我国家禽养殖业生产所处的阶段和困难，客观全面地分析禽类产品质量安全问题，毫不松懈、持之以恒地抓好禽类产品质量安全监管。

张玉香告诉记者，既要看到禽类产品在质量安全方面存在的某些问题，又要充分肯定我国禽类产品的质量安全总体是好的、是可以放心食用的。从我国乃至全球饲养业看，禽类产品存在这样那样的问题是一个客观现象。但是，问题是个别的、局部的，不是全面的、整体的。不看到个别禽类产品的问题，就容易放松质量安全监管，给禽类产品消费留下隐患；不肯定禽类产品的整体质量是好的，就容易挫伤饲养者积极性，误导社会消费者。因此，绝不能把个别养殖户出现的个别问题，看成是整个家禽养殖业发展和禽类产品的质量安全问题。

对于广大禽类养殖户面临的市场竞争激烈等问题，张玉香表示，既要采取有力措施，依法加强禽类产品质量安全监管，又要对广大养殖户给予热情的帮助和引导。要按照国家的有关法律法规，切实加强监管，不允许病死家禽流入市场，不允许违规使用违禁投入品。严厉打击违法经营户的不法行为。同时，要看到家禽养殖业是一个面临市场和疫病双重风险的产业，国际禽类产品市场竞争激烈。因此，扶持和引导我国家禽养殖业发展，树立我国禽类产品的品牌形象，对农民增收和开拓市场都非常重要。一是要切实加强生产环节的管理。认真执行用药记录和生产记录制度，引导农民科学使用投入品，加强和改善饲养环境和条件。二是加强禽类产品质量监管。执行严格的监管制度，加强质量抽检和检疫，健全质量约束和监督机制。三是加强流通环节的管理。打击不法商贩，规范禽类产品交易市场，加强执法监督。四是加大政策扶持力度。认真落实扶持家禽养殖业发展的政策措施，调动农民发展家禽养殖业的积极性。五是加快家禽饲养科技进步。应用先进的饲养技术，提高禽类产品的数量和质量。六是加大疫病防控力度。继续采取综合措施，防控禽流感等禽类疫病的发生。通过采取扶持、引导和监管措施，调动和保护养殖者的积极性，扶持和帮助家禽养殖业持续健康发展。

《经济日报》2007年8月2日

切实抓好农业生产　确保农产品稳定供应

——农业部有关负责人就主要农产品生产供应形势答记者问

今年以来，党中央、国务院继续高度重视“三农”工作，坚持巩固、完善、加强支农惠农政策，特别是针对部分农产品供应面临的一些新情况，及时地采取措施，加大政策支持力度，扶持生猪、油料生产和奶业发展。现在这些政策措施落实情况如何，主要农产品生产形势怎样，能否满足市场供应？就这些问题，记者日前采访了农业部种植业管理司司长陈萌山、畜牧业司司长王智才。

记者：近一段时间以来，我国居民消费价格总水平上涨，您对当前部分农产品价格上涨怎么看？农业部门准备如何有效应对？

陈萌山：目前，一些农产品价格上涨是国内外多种因素综合作用的结果，既有国际农产品供求和价格变化对国内市场的影响，也有国内生产资料等相关产品价格上涨的相互作用，市场需求和消费结构的变化也在一定程度上造成了价格的波动。

从粮食等多数农产品看，价格上涨的主要原因不是供给不足。总体上看，我国粮食连续四年增产，主要农产品产量稳定增长，品种丰富，供应充足，质量不断提升，完全可以保障市场的有效供给。

我们农业部门要认真落实扶持粮食、油料等发展的政策措施，合理配置耕地资源，充分依靠科技支撑，努力提高单产水平，继续保持粮食和农业生产发展的好势头，确保大宗农产品的供给安全。

记者：据了解，今年我国粮食生产实现连续第四年增产，具体形势如何？今年秋冬种粮食生产有什么特点？

陈萌山：据农业部农情调度，今年我国粮食产量有望超过 1 万亿斤，连续第四年获得丰收。2004 年到 2006 年，粮食总计增产 1337 亿斤，彻底扭转了我国粮食生产连续下滑的局面。今年粮食继续增产，特别是作为口粮的水稻和小麦，不仅产量增加，而且品质进一步优化。目前，我国粮食储备充足，再加上农民的存粮，粮食安全是完全有保证的。

解决 13 亿人口吃饭问题始终是一项事关全局的重要任务。当前，农业部门正在扎实推进秋冬种生产，保持粮食生产发展的良好势头。据农业部最近农情调度，今年秋冬种粮食面积有望继续保持稳定，冬小麦面积预计不低于 3.24 亿亩，与去年基本持平。今年秋冬种适播面积大，播种质量高，基本实现一播全苗。下一步，我部将进一步强化生产技术指导，积极应对干旱、低温冻害等不利气候的影响，切实加强病虫害防控，指导农民抓好田间管理，确保小麦安全越冬，为夺取明年夏粮好收成创造条件。

记者：今年国家加大了油料生产的扶持力度，这些措施落实得怎样？如何进一步恢复生产、保障供应？

陈萌山：为落实《国务院办公厅关于促进油料生产发展的意见》精神，农业部近期开展以下工作：组织农业部门深入主产区，向基层干部和农民宣讲政策精神；与财政部、发改委等部门下发油菜良种补贴方案，按照每亩补贴 10 元的标准，已将补贴资金全部预拨到各地，并及时启动油菜基地建设项目；增加并落实油菜科研专项经费，强化油菜种子繁育基地建设，在油菜重点产区开展了油菜全程机械化生产试点，结合科技入户深入推广高效轻简栽培技术；在秋冬种生产关键时节，下发《油菜秋冬季管理指导意见》，于 10

月中旬派出督导组分赴长江流域油菜主产省，督促落实油料生产扶持政策，组织专家开展油菜生产技术指导与服务。

据农业部农情调度，预计今年冬油菜播种面积可望达到 1.01 亿亩，比去年增加 1000 万亩以上，为增加明年油料的有效供给打下了一个好的基础。

下一阶段，农业部将提早谋划明年包括春大豆在内的油料生产，研究制定分地区、分作物的油料发展意见，认真抓好大豆、油菜良种补贴等扶持政策的落实，努力恢复油料生产，切实保障市场供应。

记者：目前我国蔬菜水果生产情况如何？如何保障市场供应？

陈萌山：我国是蔬菜和水果生产大国。蔬菜、水果产量均居世界第一位，市场供应充足，出口势头强劲。今年前三季度，蔬菜出口 590.1 万吨，出口额 44.8 亿美元；水果出口 331.3 万吨，出口额 24.8 亿美元。

近年，农业部门积极推进蔬菜生产的发展。预计今年秋冬种蔬菜面积可达 1.3 亿亩，比去年增加 260 多万亩。北方设施栽培面积也有所扩大。总体上看，当前我国蔬菜生产持续发展，质量安全水平稳定提高，市场供应是有保障的。

水果生产要稳定面积，条件成熟的地区推广挂树贮藏技术、适当晚收，提高机械冷藏和气调储藏果品的比例，调节供应，延长上市期。同时，要畅通蔬菜、水果等鲜活农产品的“绿色通道”。

记者：今年国务院出台了扶持生猪生产的政策措施，这些政策落实情况如何，效果怎样？

王智才：针对今年生猪生产面临的新情况，出台了《国务院关于促进生猪生产发展稳定市场供应的意见》。各地区各部门合力推动政策落实。目前，能繁母猪补贴政策已全部到场到户；能繁母猪保险工作积极推进；养殖业规模化、标准化发展支持力度加大；生猪良种补贴中央补助资金已拨付到各项目省（市），大部分省（市）补贴资金已经拨付到了项目县；生猪原良种场建设加快；生猪调出大县奖励政策落实到位。

在政策推动和市场价格拉动下，生猪生产形势逐月好转。8 月份生猪生产形势开始出现积极变化，9月份进入全面恢复阶段，10月份进一步恢复。据调查，10月份生猪存栏同比增长13.4%，月环比上升1.9%；生猪出栏同比增加3.1%，环比增加16.6%，扭转了持续多月的下跌趋势。预计元旦前后一段时期生猪供应仍呈偏紧趋势，但春节期间上市量将增加，供应偏紧的状况会逐步缓解。

近期，我们将继续跟踪督导有关扶持政策的落实情况；开展生猪生产调研和技术服务，帮助养猪户节本增效；强化生猪等数据信息统计监测工作，提高生猪等畜禽产品数据信息的及时性和准确性，夯实宏观调控的工作基础；着力协调解决发展规模养殖面临的实际困难，促进生猪生产加快发展。

记者：目前奶业生产形势如何？如何促进奶业持续健康发展？

王智才：过去一段时间，奶业生产面临比较大的困难。随着《国务院关于促进奶业持续健康发展的意见》的出台，各级农业部门在各地区各部门的大力支持下，认真抓好政策落实，加上国际国内乳品市场行情的变化，近几个月来，国内原料奶收购价格出现回升，养殖效益开始好转，奶农养殖积极性有所恢复，奶业发展趋势向好。三季度末，我国奶牛存栏1517.5万头，同比增长12.2%；奶类产量2715.9万吨，同比增长14.2%。

下一步，农业部门将确保国务院扶持奶业生产的各项政策措施进一步落到实处；进一步加强奶牛良种繁育体系建设，加快奶牛饲养方式转变，加大奶牛疫病防控力度，提高奶农组织化程度；加强奶业生产形势分析，跟踪国际奶业生产供需及价格走势，指导生产者合理安排生产，避免生产大起大落，促进奶业生产持续健康发展。

《经济日报》2007年11月16日

农垦，如何再创辉煌

2007 年，农垦系统粮食总产量比上年增长 4.9%；平均亩产增量是全国平均亩产增量的 4.8 倍，增量占全国粮食增量的 20%以上，为保障国家粮食安全作出了重大贡献。今年，农垦系统将如何进一步抓好以粮食为主的农产品生产等一系列工作？就此，记者对话农业部农垦局局长杨绍品。

如何持续增产

2007 年，我国农垦系统实现生产总值 1892 亿元，同比增长 12%，连续五年保持两位数增长；垦区职工人均纯收入达到 5250 元，比 2006 年增长 8.6%；2007 年，农垦系统粮食总产、单产和增量三超历史纪录，粮食生产连续四年增产，增量占全国粮食增量的 20%以上，为保障国家粮食安全作出了重大贡献。

记者：近年来，垦区现代农业建设取得显著成效，让人看到了再创农垦辉煌的希望。您如何看待这一成绩？

杨绍品：农垦经济取得的成绩离不开中央各项强农惠农政策，离不开全系统对政策的落实。

2007 年，各级农垦系统积极争取并落实各项支农惠农政策，不断加大资金投入力度。一是资金规模不断扩大。据初步统计，全年落实粮食直补等各项补贴 20 多亿元，有力地促进了垦区粮食、棉花、奶牛、生猪产业和农机化的发展。二是政策覆盖面有所扩大。除直属垦区外，中央财政还对部分地方垦区直接下达了测土配方施肥补贴和农机具购置补贴，各级地方政府也对垦区落实政策给予了大力支持。三是基本建设投入有所增加。2007 年，农垦落实中央基本建设投资 3.91 亿元，综合开发投资 2.72 亿元，分别比上年增长了

49%和5.43%。四是农垦税费改革共落实中央财政税改补助资金40多亿元，种植业亩均减负40多元。

记者：2008年农垦系统将采取哪些措施，进一步抓好以粮食为主的农产品生产工作？

杨绍品：农垦农业的优势在于资源利用率高、劳动生产率高、土地产出率高，更重要的是在关键时刻能够发挥大作用，作出大贡献。

2008年我们首先要努力建设粮食等大型农产品生产基地。要坚定不移地把发展粮食生产放在农垦农业生产的首位。要加强粮食生产基地建设，着力在稳定面积、提高单产、提高商品率和增加种粮效益上下功夫。要从垦区实际出发，根据优势农产品区域布局规划，明确垦区农产品生产基地建设的重点。

从全国农垦来看，要在巩固粮食生产基地的基础上，进一步提升棉花、天然橡胶和糖料等农产品生产基地建设水平，加快建设奶牛、生猪、肉牛、羊和水产品等养殖基地，做大做强种养业种源基地。各垦区都将根据自身的优势，从区域经济发展的实际情况出发，努力建设不同品种、一定规模的生产基地，提高重要农产品生产能力，在保障国家和区域主要农产品供给方面发挥重要作用。

记者：农业产业结构调整的方向在哪里？

杨绍品：2008年，我们农垦要继续调整农业产业结构。要以提高农业效益和增加职工收入为目标，继续优化农作物区域布局和生产结构，加快形成主要农产品区域化和专业化生产格局。要抓住当前国家大力支持奶牛、生猪发展的有利时机，加快畜牧业发展步伐，提高畜牧业在农业中的比重，努力构建农垦现代畜牧产业体系。要加强畜禽良种繁育体系建设，提高垦区畜牧业良种化水平，重点做好种牛、种猪、种羊等新品种的引进和繁育，提高畜牧业的生产能力和产品质量。要推进规模化养殖，提高畜牧业废弃物利用水平。要切实做好重大动物疫病防控工作，提高应急处置能力。要积极拓展农业功能，发展休闲观光农业、资源节约型和环境友好型农业，实现农业与生态环境的和谐发展。

记者：提高农产品质量安全水平方面有哪些具体举措？

杨绍品：今年要切实提高农产品质量安全水平。各垦区要全面贯彻实施《农产品质量安全法》，强化各级管理者、企业和生产者的质量安全意识，明确目标，落实责任，全力推进农垦农产品质量检验检测体系建设，加大对示范基地农场的监管力度，打造农垦优势安全农产品品牌，切实推动农垦农产品质量安全水平再上新台阶。农垦系统率先开展了农产品质量追溯体系建设，加快了农业标准化进程，农产品质量安全水平普遍较高，已得到社会认可和国家有关部门的重视。2008 年中央财政将设立专项资金予以支持，我们要努力把这个项目做好，取得在社会上有影响的成果，在农垦系统率先建立起一个开放、动态、全程管理的农产品质量追溯系统，为探索建立我国农产品质量安全监管长效机制、进一步提高农产品质量安全水平发挥示范带动作用。

如何科技创新

黑龙江垦区建立了保护性耕作、模式化栽培等一整套耕作制度和栽培模式，特别是水稻“三化”栽培和叶龄诊断技术，在北纬 45 至 48 度之间，把水稻平均亩产提高到 550 公斤，2007 年小面积高产攻关田创下了亩产 984 公斤的纪录。自 1996 年以来，在耕地面积基本不变的情况下，垦区粮食总产翻了一番多，主要得益于科技创新措施的综合运用。目前，黑龙江垦区农业科技贡献率已达 67%，高于全国近 20 个百分点；科技成果转化率达到 82%，接近发达国家水平。

记者：2007 年，现代农业示范区建设稳步推进。农业部如何继续提升示范区的示范带动功能和示范带动能力？

杨绍品：2006 年和 2007 年，我们在全国农垦选择建立了 100 个“全国农垦现代农业示范区”，各垦区一定要高度重视这项工作。要通过建设示范区，提高农垦新成果展示功能、技术示范推广功能、科研开发辐射功能、科技信息交流功能和人才培训功能，提高示范带动作用，使之成为探索中国特色农业现代化道路的典范。各垦区也要根据实际情况，开展不同形式的示范创建活动，探索多种形式的示范带动方式和途径，努力形成多层次和多功能的示范区建设新格局，扩大示范带动的范围和影响。

记者：我们注意到，2007年仅在科技入户项目中，全国农垦就培育了9000多个科技示范户，示范区优良品种和先进实用技术入户率达到90%以上，辐射带动近20万农户。今后农垦科技推广应用力度是否将进一步加大？

杨绍品：是的。2008年，农垦系统将继续大力推进科技创新，重视并做好技术推广工作。要建立并完善以企业为主体、市场为导向、产学研相结合的技术创新体系，加大农业科技创新力度，提高农业科技创新能力，进一步建立和完善科技推广体系，加强推广队伍建设，不断提升科技成果转化能力。要更加注重农业科技成果的引进、消化和利用，围绕农业部确定的重点主推品种和主推技术，开展优质高产攻关活动，做好优质、高产、高效新技术的示范和推广工作，特别要加大地膜覆盖、节水滴灌、保护性耕作、农航作业、大马力农机复式作业、工厂化养殖、奶牛冷冻精液与胚胎移植、农业智能化信息控制等先进适用技术的普及率、入户率和到位率，使科技创新和技术推广成为促进垦区农业生产发展的强大动力。

2008年，农业部将在全国范围内开展粮食生产优质高产攻关活动，各垦区都要积极参与。

如何深化改革

近年来，广东垦区通过组建广垦糖业集团，大力推进产业化、集团化、股份化改造，全面整合垦区内部的糖业生产，培育出国家级的丰收糖业和省级的华海糖业两家农业产业化重点龙头企业，并以此为载体，通过独资、控股、合作等方式并购5家糖厂，形成垦区9家糖厂年产糖能力50万吨、占全省总产糖量40%的糖产业，辐射带动农场和周边农村100万亩甘蔗基地。

记者：农垦艰苦创业的历程证明，只有改革才有出路，才有不竭的发展动力。您是否认同这一观点？

杨绍品：我赞同。关键是要深化两项改革，即进一步探索多种形式的垦区管理体制，同时以完善农业经营体制为重点，推进农场内部各项改革。

近年来的实践证明，改革垦区管理体制，必须在各级党委、政府强有力的领导和支持下，因地制宜地加以推进。只要是有利于加强对农场的管理，有利于促进农场经济社会发展，有利于做强做大农垦企业，有利于提高职工群众生活水平的管理体制都可以大胆地试、大胆地闯。

记者：您刚才提到，要将垦区管理体制改革引向深入。对于实行集团化的垦区，应在哪些方面重点深化改革？

杨绍品：一是按照建设现代企业制度的要求，加快集团公司制改造，规范和完善法人治理结构。二是加大资源整合力度，积极引进战略投资者，实现投资主体多元化，真正把企业做强做大。三是以主导产业为主线，调整优化垦区内部组织结构和资产结构，形成以龙头企业为核心、连接农场生产基地和职工家庭农场、生产加工销售环节为一体的专业化产业集团公司。四是妥善处理好集团公司与基地分公司、存续农场之间的利益关系。

近年来，各垦区不断推进管理体制改革和经营机制创新，在一些方面进行尝试、取得了新的突破。但我要强调的一点是，无论怎样改革，无论采取何种管理体制，农垦管理机构和农场的牌子都必须保留。这是由农垦和农场的性质所决定的。

记者：农业经营体制改革是农垦系统最早进行并取得显著成效的一项重要改革。但随着市场经济体制改革的深化，尤其是农垦税费改革后，出现了许多新情况。当前和今后一段时期，农场内部改革需要做好哪些方面的工作？

杨绍品：深化农场内部改革，首要是进一步改革和完善农业经营体制。第一，要继续坚持并完善大农场套小农场的双层经营体制。农场要确保农工享有优先平等的承包权、经营权，并履行好为农工提供服务的义务。第二，要把规范承包合同管理作为完善农业经营体制的重点，依法建立农场与职工的承包关系，确保农工的土地承包经营权长期稳定，保障农场和农工双方的合法权益。

第三，要加强农业社会化服务体系建设，提高对家庭农场的服务水平。国有农场要加强对家庭农场的生产指导，做好技术培训、推广、病虫害防治、市场信息发布和购销等服务，提高服务水平，寓指导于服务，通过服务提高统一经营水平。农场根据生产经营情况需要对农副产品实行统一加工销售的，应在充分尊重农工经营自主权的基础上，严格遵循市场规律，严禁随意压级压价，并及时兑付资金，不得拖欠。第四，要鼓励、支持和推进适度规模经营，提高资源产出率和劳动生产率。无论什么样的经营方式都要保证全体职工有稳定的生活保障，收入逐年增长。

记者：深化农场内部改革，还需要落实哪些政策？

杨绍品：除了要改革完善经营体制，还要落实好国有农场税费改革等政策。2006 年以来，国有农场税费改革工作取得了显著的成绩，但也存在一些问题，特别是部分地方政策还没有完全落实到位，农工负担监督管理的长效机制还没有完全建立起来。对此，我们务必要有清醒的认识，必须继续抓好国有农场税费改革政策落实工作。要真正把税费改革的好处落实给农场和农工，严禁截留挤占和挪用。要尽快建立和完善农工负担监管的长效机制，从制度上加以规范，防止农工负担反弹。

此外，垦区还要建立更加合理的收入分配机制，加快农场和生产队的布局调整，减少管理机构和人员，加快推进场办公益事业和公共服务机构改革，以及进一步完善民主管理制度。

《经济日报》2008 年 1 月 22 日，与朱靓合作。

推进城乡防洪一体化　促进农业增效农民增收

——江苏省兴化市委书记贾春林访谈录

兴化市位于江苏省中部里下河腹地，是全国重要的粮食主产区和优质棉生产基地。全市总面积2393平方公里，其中耕地180万亩，水面87万亩。全市人口156万，其中农业人口近九成。近年来，针对洪涝灾害连发的严峻形势，兴化市加大投入，大力开展覆盖城乡的防洪工程体系建设，为保障粮食生产和改善民生筑起坚实屏障。目前，兴化粮食总产、蔬菜总量均稳定在100万吨以上。2007年，淡水产品总产达18万吨，连续18年位居江苏之首；全市财政收入达到24.6亿元，比2006年增长55.14%；农民人均收入6193元，增幅达13.5%。

记者：兴化市建设城乡一体防洪工程所要实现的目标是什么？这对于兴化这样一个年产粮食100万吨以上的农业大县，具有怎样的意义？

贾春林：我们去年所提出的建设城乡一体防洪工程的目标，是指从2007年到2008年建成35公里的城市防洪工程，使受益人口达到35万人，彻底解决兴化历年来城区“不设防”的状况。同时把城市的河流治理成“安全、美丽、流动、文化”的河。对于农村的防洪问题，要彻底解决来水“挡得住，排得出，用得上”的问题，发挥防洪工程“安民、保粮”的重要作用。同时，工程要与通村公路、田间公路相结合，发挥其综合效益。

从历史上看，水养育了兴化人民，但也曾给这里带来过危害。兴化市素有“锅底洼”之称，平均海拔1.8米，水面面积占总面积近24%。由于地势低洼，河网密布，加之城乡河道淤积严重，水利设施建设管理滞后，导致洪涝灾害频发。一到汛期，往往会出现“客水倒灌”“船在街上行，车在水中开”的状况。2003 年、2006 年、2007 年兴化都发生了水灾，最高水位达到 3.24 米。2006 年水位是 3.01 米，是 3 年中水位最低的一年，然而，损失还是达到了 15.45 亿元。因此，兴化的为政之要在于治水，要实现“保粮、安民”的目标，要保障粮食生产，要发展高效农业，要促进农民增收，必须根治水患问题。

从经济结构看，农业在兴化全局经济中和农民增收的份额中占据了很大比重。目前，全市已经成了“两横四纵”共 6 条高效农业产业带，带上的生产基地大都建在防洪圩堤里。为确保粮食生产和高效农业的发展不受洪水的影响，首要任务是加强农村防洪基础设施建设。防洪工程是农业基础设施建设的重中之重。

因此，加快农村防洪工程的建设，是兴化发展现代农业、实现农业经济又好又快发展的客观要求和必由之路，是农村实现每亩“普及两千元、扩大五千元、示范一万元”目标的希望所在，是对我市农业加工园区、农业科技园、生态农业示范园、农业综合开发园、戴南现代农业示范园“一区四园”提供必要的保障。

记者：您刚才提到，农村防洪基础设施建设要解决洪水来水“挡得住，排得出，用得上”的问题。兴化在这方面主要采取了哪些有效措施？

贾春林：近年来，我们在农村防洪工程建设中的主要做法是加大圩堤、圩口闸站、排涝工程、河道疏浚等建设力度。去年，兴化市财政投入农村水利闸站建设补助资金达 1550 万元。

同时，为保障防洪工程正常发挥效益，我们重点建立健全了 5 项制度：工程建设保证金制度，招标、投标管理制度，工程质量检查监督制度，工程建设资金管理制度，以及工程竣工验收制度。

——工程建设保证金制度。各乡镇按照 4 米圩口闸每座 3 万元、排涝站每个流量 2.5 万元、村庄河道每个行政村 1 万元的标准，足额解缴市财政支农专户，工程建设保证金缴纳到位后方可立项；

——招标、投标管理制度。对水泵、电机电器等机电设备进行招标，并规定各乡镇要根据工程设计标准，遵循“公开、公平、公正”的原则，依法组织招标，择优选定施工单位；

——工程质量检查监督制度。在闸站工程建设期间，实行监理公司专业监督、乡镇日常监督和当地群众监督相结合的方式；

——工程建设资金管理制度。对符合条件，通过立项的项目，严格执行市有关补助标准；

——工程竣工验收制度。由乡镇按设计标准先行组织相关人员自检，自检合格后向市水务局提出竣工验收书面申请，市政府组织验收小组逐闸逐站逐河进行实地检查验收。

在农村环境综合整治方面，我们对全市的水环境进行了彻底的“大扫除”，既净化了环境，又疏通了河道，增强了防洪泄洪的能力。同时切实抓好巷道整修、河道整治、垃圾清理、绿化亮化、改水改厕、拆除违章搭建等工作，扎实推进村庄环境整治，使全市乡村的村庄环境得到了明显改观。

记者：城乡一体化防洪是一项大工程，如何解决资金的筹集问题？

贾春林：近几年来，我市在城乡防洪方面共投入 5.61 亿元，资金来源主要是市财政投入、银行贷款、上级补贴等。市委专门做出决策，从 2007 年开始的 3 年内，任何单位部门、乡镇不得新建办公大楼等非生产性项目。

尽管如此，作为典型的农业大县，我市的财力有限，资金缺口还很大。要实现我们 2006 年提出的“三年农村闸站等配套设施基本完善”的目标，仍需投入资金 6 亿元；在城市防洪工程建设方面，还需要投入 8 亿元。为此，我们必须多渠道筹集资金，加快建设覆盖城乡的防洪工程体系，保障兴化现代农业的发展，促农增收。

记者：目前，兴化农村防洪工程等农田水利基础设施建设进展如何？发挥了哪些功效？

贾春林：近年来，我们对全市未达标的公路圩堤进行加高加厚，新建圩口闸 562 座、大修改建 552 座，新建排涝站 521 座 /655 台，新增排涝流量 1310 立方米 / 秒，拆建改建排涝站 199 座 /207 台。在水利建设方面，今年已完成各项水利建设土方 986 万方，其中，县级河道已完成土方 155 万方，占计划任务的 95.6%；乡级河道已完成土方 311 万方，占计划任务的 95.8%。全市 164 个行政村的村庄河道疏浚开工并完成土方 520 万方，占计划任务的 98.6%。各乡镇共上缴市财政排涝站建设保证金 955 万元，计划建设的排涝站新增流量 382 立方米 / 秒，超目标任务的 218%。

今年我们新建的 300 座农村闸站，将在汛期发挥重要作用。经济条件相对薄弱的垛田镇计划新建 7 座防洪闸，一座排涝站，目前主体工程正在紧锣密鼓地施工，全年闸、站建设总投资达 120 多万元。工业重镇戴南镇和张郭镇也加大了农村闸、站建设力度。张郭镇今年开工建设圩口闸 2 座，排涝站 10 座；戴南镇 4 座圩口闸、7 座排涝站也已基本完成土建工程，5 月 30 日之前，全面完成水泵安装，确保汛期到来之前发挥功能效益。

农村防洪工程的建设，对推进我市高效农业的规模发展，推进全民创业，开展农村环境综合整治，加快农村水利、公路等基础设施建设和加快农村社会事业的发展，发挥了不可替代的作用。2007 年，尽管水位比上年高出 0.12 米，但是由于防洪排涝能力的增强，全市经济损失比上年下降了 35%。

同时，兴化市的防洪工程建设已经给百万农民带来了巨大的经济效益。安丰镇农民朱同年当初带领 20 多个乡亲办起的股份制养殖联合体，如今已发展到拥有 1.5 亿元资产的“弘膏”大闸蟹有限公司。陈堡镇走出了规模化、标准化、品牌化、生态化发展的新路，高效农业面积达 2 万多亩。垛田镇、城东镇、西郊镇等乡镇发展香葱产业，使 20 万农民致富。

目前，兴化市东部和南部地区的日供水 5 万吨和 10 万吨的大型水厂已经启动建设。今后还要加快关闭、撤并农村小水厂，逐步实行由大水厂进行区域供水。此外，我们还在城乡开展了水环境整治活动，全市出动 20 万农民清理河道 1.2 万条、清洁河道长度 4700 公里，打捞清理水花生及水面漂浮物约 60 万立方米，并将各乡镇的情况在新闻媒体公示，接受群众监督。

记者：有了农村防洪工程做保障，兴化市发展现代农业、促进新农村建设的总体战略是什么？

贾春林：兴化市发展现代农业的总体思路，首先是坚持富民优先，努力拓宽农民增收渠道；扎实推进高效规模农业发展，今年高效农业面积增加10万亩，达到50万亩；大力推进全民创业，农民人均收入中有60%以上来自财产性收入和工资性收入；全面落实各项惠农政策，不折不扣地落实好粮食直补、良种、农机补贴等一系列政策。

二是加强教育培训，着力培养造就新型农民。大力提升农民劳动技能，今年新转移劳动力5万人，达到50万人，转移率达70%以上。大力倡导农村文明新风，努力丰富农民精神文化生活。加快推进有线电视“进村入户”工程、农家书屋建设、村文化室建设等工程。

三是突出改善民生，加快农村社会事业发展。大力开展农村环境综合整治，不断提升百万农民生活质量。建立健全农村社会保障体系，建立解决民生问题的长效机制，覆盖所有应该帮扶的对象。

四是发展基层民主，扎实推进村民自治。继续深入开展村务公开、民主议事日活动。

与此同时，拓宽新农村建设的思路，用工业的理念谋划农业，用建设城市的理念建设农村，用现代的理念教育农民。特别是要把高效农业与观光旅游结合起来，运用典型推动新农村建设。以增加农民收入为主线，突出高效规模农业、村庄环境整治两个重点，坚持把发展高效农业作为新农村建设的关键。

记者：通过加强农村防洪工程建设，目前兴化的高效农业建设进展如何？今后将如何着力推进？

贾春林：我们兴化不仅是粮食生产大市（县），也是国家级生态示范市、全国园艺产品出口示范区、江苏省生态农业示范市。目前，全市高效农业已经形成了“两横四纵”高效农业产业带，即高兴东公路沿线农产品加工产业带、大金星公路沿线高效渔业产业带和盐靖线公路特色畜禽产业带、兴泰公路沿线高效园艺产业带、兴盐公路沿线高效农业产业带、兴沙公路沿线农业休闲观光产业带。

今后，我们将以农业大市向农业强市跨越为目标，把推进农业规模化作为新农村建设的第一工程，按照产业化发展、特色化推进、工业化带动的思路，实行政策扶持与示范引导并举，规范化引导与机制创新并重，产业化带动与基地化建设共进，着力加快农业增效、农民增收步伐。在体制创新上，积极发展农民专业合作、农村土地股份合作和农村社区股份合作，推动土地、资产股份合作，进一步提高农民组织化程度，激发高效农业发展的活力。

同时，强化农业招商引资、项目建设、龙头企业培植和农产品创牌工作；大力发展农副产品精深加工，主要围绕脱水蔬菜、面粉制品、水产品加工、啤酒麦芽、稻谷、茧丝绸等优势农业，走集群发展之路；鼓励和扶持龙头企业做大做强；按照大宗农产品抓“无公害”、特色农产品抓“绿色”、优势农产品抓“有机”的思路，创响农业特色品牌，力争使更多的农产品进超市，不断提高我市优质农产品的知名度。

《经济日报》2008年7月8日，与朱靓，袁开建合作。

一个农业大县的工业化进程

——安徽濉溪县委书记胡海波访谈录

作为一个传统农业大县，如何实施工业强县战略，构建以工促农、以城带乡的长效机制，实现经济社会协调发展？安徽省濉溪县的实践给我们提供了有益的启示。

濉溪县位于安徽省北部，县辖11个乡镇和一个省级经济开发区，面积1987平方公里，人口106万。濉溪县地处苏、鲁、豫、皖四省交界处，是淮海经济区和徐州经济圈重要组成部分。近年来，在国家促进“中部崛起”战略实施带动下，濉溪县确立了工业强县的发展战略，集中精力优先发展工业，初步走出了一条以工业化带动经济社会快速、协调发展的路子。

今年上半年全县预计实现地区生产总值39.6亿元，按可比价计算，同比增长19.5%。其中第一产业13亿元，增长11.5%；第二产业14.6亿元，增长40%；第三产业12亿元，增长12.5%。完成财政收入4.75亿元，增长76.6%。工业对全县财政贡献率达60.5%，拉动GDP增长11个百分点，以工业经济为主导的经济发展新格局已经形成。

记者：记者在采访中发现，作为传统农业大县的濉溪县，实施工业强县战略也只有3年的时间，3年来全县的经济总量和实力快速增强，请介绍一下实施工业强县战略的背景。

胡海波：和全国广大中西部地区的农业县一样，濉溪县一直没能走出“农业大县即财政穷县”。其根本原因在于我们一直没能清楚地认识经济发展的规律，没能把握经济发展的阶段性特征。因此，发展经济的指导思想和工作的着力点就不清晰，往往是什么都抓什么都没抓出成效，结果是问题越来越多，与周边地区的差距和发展的压力也自然越来越大。我们逐渐认识到，县域经济要想发展，必须发展工业，工业化进程不可以逾越，这是经济发展规律。同时，县域经济的发展具有明显的阶段性特征。从传统农业县来看，农业的发展主要是解决两个问题：一是保证提供足够数量和品质的农产品，也就是要解决好吃的问题；二是要让从事农业生产的农民能够致富。要解决好这两个问题，单独依靠农业自身的发展或者就农业抓农业都是做不到的。农业县实现温饱容易，达到小康很难。这就是农业大县经济发展的阶段性特征。认清规律和把握特征要求我们必须集中精力发展工业，强力推进工业化进程，用工业化来支持拉动现代农业的发展，使农民不断走向富裕。基于以上认识，濉溪县确立了工业强县战略。目前，全县工业经济呈现出增长速度加快，运行质量提高，发展后劲增强的良好态势。

今年以来，县委、县政府深入贯彻落实科学发展观，紧扣工业强县、奋力崛起这条主线，谋全局、抓要事，团结带领全县人民抢抓发展机遇，破解发展难题，强化工作落实，经济发展、社会稳定、改善民生等各项工作取得了优异成绩，实现了时间过半、任务过半的目标。1—5月份规模工业增加值总量在全省县级较去年提升 8 个位次，居第 17 位，增速居全省县级第 3 位。

记者：你们在实施工业强县战略中遇到了哪些问题，是如何解决的？

胡海波：在农业县制定和推进工业强县战略，最大的阻力是人的观念和认识问题。长期以来，农业县的干部群众对抓农业有经验有感情，对抓工业认识上不到位，工作上缺乏经验。解决这一问题的唯一办法就是带领干部走出去，到经济发达县市观摩学习，感受发展的差距和压力，增强发展的动力。然后通过招商，使干部群众在具体项目的实施当中，不断提高认识，增长才干。现在，全县的干部群众已经从工业的发展中看到了实实在在的效果，观念和认识都发生了巨大变化，对工业强县战略热情高涨，一大批年轻干部在战略的实施当中得到了锻炼，工作能力和水平迅速提高，为今后的发展提供了坚实的人才支撑。

就工业发展来看，还面临许多困难和问题，主要表现在这么几个方面：

一是工业结构不够合理，企业规模小，竞争力差。全县规模以上工业规模偏小，整体竞争力弱，知名企业、骨干支柱企业少。

二是增长方式比较粗放，产业层次低。全县工业初加工企业多，精加工高附加值企业少，经济增长主要靠农产品加工、纺织、造纸等行业的拉动，在全省乃至全国有影响的品牌产品寥寥无几。

三是工业集聚尚未形成，融资难现象依然突出。开发区和工业集中区基础设施仍不够完善，吸纳力和承载力仍不强，工业企业少且分散。融资渠道不畅，制约了企业生产规模的扩大。

这些问题都是发展中的问题，是推进工业强县战略中必然要遇到的问题。

要解决这些问题，必须全面贯彻落实科学发展观，坚定实施工业强县战略，走新型工业化道路。

记者：在加快工业化进程中，你们是如何优化县域经济结构的？

胡海波：加快工业化进程，走新型工业化道路是实现县域经济跨越式发展的必然选择，也是优化县域经济结构，提高经济运行质量和效益的关键。在今后一个时期，濉溪县如何乘势而上，走出一条科技含量高、经济效益好、资源消耗低、环境污染少、人力资源优势得到充分发挥的新型工业化路子，是我们必须认真研究和解决的重要课题。

大力实施工业强县战略，加快工业化进程，必须根据我县实际，切实把推进工业化放在经济发展的中心位置，坚持走新型工业化道路，力争实现三个新突破：实现产业和产品结构的新突破；实现产品质量和档次的新突破；实现园区工业发展模式的新突破。着力构建以高新技术为先导，骨干企业为支撑，中小企业全面发展的新格局。

第一，要准确定位产业发展方向，着力培育特色产业。在产业发展方向上，要立足于我县的资源优势和产业基础，坚持以发展劳动密集型工业和资源加工型项目为主。农产品加工、化工、纺织、新型建材四大产业是我县的优势产业，有着一定的发展基础，通过扶持和培育，进一步提高其支柱地位。

第二，要建好工业园区，为招商引资和项目建设打造发展平台。工业园区是推进工业化的重要平台，加强工业园区建设，有利于变布局分散为相对集中，形成各种生产要素的集聚，促进资源共享，降低投资成本，更好地吸引外资。

第三，要狠抓项目建设，蓄足工业发展后劲。加快推进新型工业化进程，要把工业化落实到产业上、落实到项目上、落实到企业的发展上。抓项目建设，一是要着眼于培植优势，坚持劳动密集型与资金技术密集型产业一起上。二是要着眼于增强活力，坚持上项目、增后劲与盘存量、挖潜力一起上，要通过招商引资，想方设法盘活现有存量资产。

第四，要实施名牌战略，培育精品名牌。我们把培育知名品牌、名牌企业作为工业强县的一项战略措施来抓。通过科学制定实施名牌战略的详细规划，对有一定知名度的企业和产品，集中力量，进行重点扶持和培育，力争通过 3 至 5 年的努力，培育一批享誉安徽乃至全国的名牌产品。同时，培养企业创新意识，加大品牌引进力度，把招商引资的重点放在名牌企业和名牌产品的引进上，培育自己的品牌。

第五，发展民营经济，增强发展活力。要为民营企业的发展营造平等的社会环境、宽松的政策环境、良好的经营环境，使生产要素向优势企业、优质产品聚集，不断加速企业低成本扩张。培植一批民营工业“小巨人”，发展一批亿元民营企业，壮大县域工业经济规模，引导有条件的民营企业加快制度创新和管理创新，引导民营企业由总量扩张向质量效益、由传统领域向新型产业、由作坊式加工向产业化经营、由低水平向高科技领域提升。

第六，培育企业家队伍，促进企业发展。加快培育和造就一支适应现代工业发展要求的高素质的企业家队伍，切实改善企业家创业环境，为企业家脱颖而出创造肥沃的土壤。

记者：实施工业强县战略，农业发展是得到了加强，还是受到了削弱？

胡海波：党的十七大提出，要加强农业基础地位，走中国特色农业现代化道路，建立以工促农、以城带乡长效机制，形成城乡经济社会发展一体化新格局。作为农业大县，实施工业强县战略，其目的不是单纯抓工业，而是通过工业化来带动一、二、三产业的协调发展。工业化将为加强农业基础地位提供物质支撑，为农民增收提供有效载体，最终实现全县经济社会的持续快速发展。

我们以增加农民收入为核心，以建设现代农业为基本方向，加快把农业大县的资源优势转变为经济发展优势。

在农村工作中，我们认真落实国家强农惠农政策，仅今年上半年发放粮食直补等各类补贴 8100 万元，农民人均补贴 89 元。今年夏粮喜获丰收，产量再创新高，全县小麦平均单产 433 公斤，总产 64.2 万吨，为全年粮食增产、农业增效、农民增收打下了基础。农业产业化水平有所提升，省、市、县三级农业产业化龙头企业达 60 家，新增农产品注册商标 10 个。畜牧养殖业较快增长，今年上半年完成畜牧业产值 5.9 亿元。输出农民工 20 万人，实现劳务收入 6 亿元。农民收入稳步提高，上半年农民人均现金收入 2087 元，增长 32.4%，较去年同期增加 511 元，创 10 年来最好水平。同时，我们以 10 个新农村建设示范村为重点，加快农村基础设施建设，村容村貌得到综合整治。

下半年，我们着力在引进雨润等大型农业产业化龙头企业上取得突破。

要按照依法、自愿、有偿的原则，积极探索、支持农民以土地入股等方式，直接参与企业生产经营，发展合作制经济，推进土地规模经营。要抓住畜禽产品价格上扬机遇，加快推动养殖业上规模、上档次，使之成为农民增收的重要渠道。要充分发挥地矿依存、城乡交错的优势，坚持以城带乡、矿镇共建，加快农村生产生活设施建设，特别是要高标准做好塌陷村庄迁址新建工作。要进一步巩固和扩大新农村建设示范点成效，扎实做好示范扩面工作，努力使我县新农村建设走在皖北地区前列。

记者： 随着经济的持续快速发展，全县在统筹城乡建设、发展社会事业、解决民生问题方面的能力是否进一步增强？

胡海波： 确实，在壮大县域经济的同时，和谐社会建设步伐加快了。

我们积极加强民生工程建设，全面实施 18 项民生工程建设。以今年上半年为例，共投入各项民生工程资金 7639 万元。农村最低生活保障金从 683 元提高到 860 元，新增保障对象 15319 人，发放保障金 510 万元。

城镇居民基本医疗保障参保人员达 7.2 万人。全县参加新型农村合作医疗人数达 84.9 万人，财政补助标准由 40 元提高到 80 元。全部免除义务教育阶段学生学杂费，为农村义务教育阶段学生免费提供教科书。

社会和谐、人民幸福是推进经济社会又好又快发展的根本要求，也是我们一切工作的出发点和落脚点。今后，我们要围绕病有所医、老有所养、住有所居、学有所教、劳有所得的目标，进一步加大 18 项民生工程的实施力度，强化资金管理，并注重与社会保障制度的衔接，在建立长效机制上下功夫。

《经济日报》2008 年 11 月 4 日

转变发展方式　推动科学发展

——河北省三河市市长张金波访谈录

毗邻都市的县（市）如何以科学发展观为指导，促进经济发展、社会和谐、环境优美？河北省三河市的实践给我们提供了有益的启示。

三河市距北京仅30公里，素有“京东明珠”美誉。这是一个在改革开放中崛起的现代化新兴城市，县域经济连续6年跻身“全国百强”、8年位列“河北十强”。2007年，全市地区生产总值完成200亿元，20%的增速创造了新的纪录；财政收入突破20亿元，47%的增速树立了新的标杆；两大经济指标的增速历史上首次超过了东莞、昆山等发达地区。城镇居民人均可支配收入达到15062元，农民人均纯收入达到6596元，分别增长24%和14.8%。

现在，三河市已成为河北省最具活力的县市之一，许多国内外客商都把目光投向了三河，三河也成为北京市民购房安居的热点城市。

三河市的发展和变化是怎样发生的？它的发展，为毗邻大城市的县市诠释了怎样的发展路径和内涵？

记者：据了解，三河市的变化特别是近几年的快速繁荣发展，主要得益于发展方式上的转变。你们经济发展中最大的特色是什么？

张金波：近年来，三河市把毗邻京津的区位优势转化为经济发展的强劲引擎，以科学发展观为指导，坚持率先发展、更好发展、更快发展，实施“工业立市、项目兴市、和谐稳市、富民强市”战略，各项事业欣欣向荣，各条战线亮点频出。目前，全市已初步形成了电子信息、新医药、新材料、绿色食品、现代制造业、现代服务业为主体的六大支柱产业。其中，电子信息、新材料、生物医药成为三河高新技术产业的三驾马车。这里已成为全球最大的PS版生产基地，全球最大的手写板生产基地，国内规模最大、条件最优的中药水针剂生产基地。此外，汇福粮油现代物流、成功（中国）大广场、汇福国际健康中心、中法燕达医院等现代物流、会展旅游、医疗保健、文化创意产业项目与二产项目良性互动、互为支撑。下一步，我们将以优化产业结构为主线，全力打造六大产业集群。重点围绕中兴通讯北方产业基地、晶龙光伏（燕郊）产业基地、珈伟太阳能等项目，打造信息产业集群；围绕神威药业、福尔生物制药、量子高科等项目，打造新医药产业集群；围绕富士PS版、中国印刷集团PS版等项目，打造新材料产业集群；围绕世原精工、因派克汽车部件等项目，打造汽车配件产业集群；围绕汇福粮油、福成五丰、华润雪花啤酒等项目，打造绿色食品产业集群；围绕成功（中国）大广场、中法燕达医院、高尔夫球场、星级宾馆等休闲娱乐设施，打造高端服务产业集群，力争年内“六大产业集群”实现销售收入160亿元，“十一五”末，实现销售收入830亿元。

记者：三河市为促进经济腾飞和各项事业发展，创造了怎样的环境，出台了哪些扶持政策？

张金波：我们在实践中充分认识到，环境已成为三河快速发展的生产力。

为了“筑巢引凤”，我们高度重视基础设施等硬环境建设，专门聘请了国内权威的规划师、建筑师和工程师，组建“三河市城乡规划专家咨询委员会”，所有规划必须经专家咨询委员会审议后，再提交三河市规划委员会审议。聘请河北省规划设计院和中国城市规划设计院进行了城市整体规划修编和设计，制定了控制性详规，城区规划面积从老城区的12平方公里发展到现在的30平方公里。大力推进城市商业中心、商务行政中心、城市节点、地标性建筑，各类配套设施和公益设施更加完善。今年，三河总投资70亿元，其中财政投入15亿元，安排了130项设施建设工程。西市区投资1亿元的燕郊迎宾路北延工程已经竣工，与顺义境内京平高速对接后，到达北京机场的时间只用15分钟，到北京五环的时间只有8分钟，除有效推动已有产业发展外，将带动空港、物流经济快速发展。

与此同时，我们更加重视营造良好的经济发展软环境，在政策、服务、政务、市场、金融、法制、生态、社会等8大环境建设上，不断提高整体水平，构筑起了经济发展的硬支撑，使“率先发展、更好发展、更快发展”的主题更加鲜明突出。我们制定出台了一系列扶持政策，认真落实国家对科技企业的税收减免返还政策，建立了高科技发展基金，累计为汉王制造、神威药业、富士胶片等12家企业投入6000万元；我们从2006年起重点推出了涉企收费集中管理体制改革，对全市140家重点企业的行政事业性收费按最低标准集中收缴，收费项目由14大项减少到7大项，收费额由1600多万元降至600万元。对于减免的费用，列入年度财政预算，通过财政补贴的形式拨付给执法执罚部门。实施这一改革，既减轻了企业负担，又促进了执收部门工作规范化、制度化，减少了对企业经营的不必要干扰，受到了企业的好评。

记者：以人为本，和谐发展，关注民生，是科学发展观的重要内容，三河市是如何重视社会事业和谐发展，破解民生问题的？

张金波：三河市始终坚持以人为本的科学发展理念，千方百计解决人民群众最关心、最直接、最现实的利益问题，在全市范围内大力推进“医、学、路、水、保、养”和“业、房、暖、净、娱、安”工程，让人民群众充分享受到经济率先发展的成果，群众的幸福感明显增强，社会满意度不断提高。

医——百姓看病不再难。全市现有各类卫生机构698个，其中医院、卫生院39所，实现了小病不出村、中病不出镇、大病有统筹。推进新型农村合作医疗，补偿力度不断加大，2008年新农合参合率达到了95.86%。

学——让每个孩子都上得起学。对农村义务教育的投入连年增长，仅“十五”期间，就累计投资2.35亿元。同时加大控辍保学和贫困生救助力度，成立了“三河市少年幸福之家”。

路——条条油路通向百姓家门。财政累计投资6500余万元，修建农村公路356.4公里；实施“村村通客车”工程，实现了城乡公交一体化。截至目前，全市公路通达总里程1175.44公里。

水——饮水工程滋润百姓心田。累计投资8185万元，先后实施了“村村通自来水工程”“农村自来水改造工程”和“农村中小学校饮水改造工程”，解决了所有村街、31万名农村群众的饮水安全问题。

保——让弱势群体尽享党的温暖。建立健全“五大救济救助体系”，全面推行“五险合一”，将灵活就业人员、失地农民、从事高风险行业的农民工纳入覆盖范围，并实施了农村特困户“安居工程”。

养——五保户集中供养体现党的关怀。全市已建成7所敬老院，“五保户”集中供养率达到了81.2%，在全省领先。

业——让人人有技能有岗位。扎实推进全员普查、全员分类、全员培训、全员转化的“四全工程”，使“零就业家庭”全部“归零”。

房——让居者有其屋。人均住宅面积从1995年的15.22平方米增至现在的40.5平方米，增长1.67倍。

暖——让群众热在身上暖在心里。供暖面积从最初的10多万平方米已发展到150万平方米，管网覆盖了市区的各个角落。

净——让城乡环境更亮丽整洁。启动实施了三河污水综合治理和红娘港治理工程；改善环卫生产设施条件，提高清扫保洁作业标准，连续5年被评为河北省“卫生城市”。

娱——让群众精神生活更充实。建设了新世纪文化广场、人民公园、燕郊公园、燕郊影剧院等大型娱乐休闲场所；102国道沿线7镇有线电视主干网络基本竣工；市文化中心建设工程全面启动；全民健身活动蓬勃开展。

安——营造安居乐业生产生活环境。以打造“平安三河”为目标，全力构建“三位一体”调解体系和“大防控”工作格局；深入实施食品药品放心工程，加强安全生产执法检查和隐患排查治理，应急救援体系不断健全。

记者：发展县域经济，关键在农业，难点在农村。你们是如何加强农业的基础地位，发展农产品加工业，延长农业产业链条，促进农民增收的？

张金波：中央今年召开的党的十七届三中全会再次把焦点集中到了“三农”问题，会议通过了有关决定，描绘了新的历史起点统筹城乡一体化发展的壮丽蓝图。近年来，三河市始终把发展现代农业作为壮大农村经济、推动农村可持续发展、提升新农村建设整体水平的重要突破口。编制了《2008—2010年三河市农业产业化发展规划》、《全市加快新农村建设落实意见》等一系列文件，并将“花木、蔬菜、畜牧”确定为全市农业的三大特色主导产业，经过多年发展，已基本形成了“东北部的果、西部的菜、南部的粮、中部的花卉和苗圃”的种植格局以及“北牛、南猪”的养殖业布局。目前，全市蔬菜面积达20多万亩，林木花卉面积达26万多亩，畜牧业产值占农业总产值的55.8%。

三河市按照“跳出农业抓农业”的发展思路，运用现代工业理念，依托农业产业化龙头企业，大力发展农产品加工业，延长农业产业链条，提高农产品附加值，有力地促进了农业增效、农民增收。目前，全市拥有国家级龙头企业汇福集团、福成集团、明慧集团等3家，省级龙头企业2家，市级龙头企业4家，县级龙头企业8家。涉及的加工领域主要有粮油加工、畜禽肉食加工、奶制品加工和木材加工等。农业产业化经营率达71.3%，带动农户达20多万户。

资金短缺始终是制约农产品加工企业发展的关键因素。我们采取多种方法为企业提供资金支持，加强金融信用体系建设，深入开展大型农产品加工企业诚信单位创建工作。目前，全市3家国家级农产品加工企业均获得了银行授信金额。其中，仅汇福公司就获得农行、工商行7.75亿元的大额授信。我们还启动了中小企业信用担保基金。目前，基金规模已达5000万元，担保能力达2.5亿元，已为10家企业进行了担保。同时，我们充分抓住国家支持农业发展、增加农业投入的历史机遇，积极为农产品加工企业编报项目，向上争取资金支持，共运作农产品加工项目10余个，到位资金2亿多元。

龙头企业是带动农产品加工业快速发展的“火车头”。三河市以发展壮大龙头企业为主要抓手，全力打造农产品加工业航母。我们对龙头企业新上项目优先安排建设用地、优先给予资金支持，力促企业尽快上市。在扶持福成集团成功上市后，对具备上市条件的汇福公司进行大力支持。对企业改制过程中房产土地等资产转让有关费用给予政策支持，降低公司上市成本，加快企业上市步伐。高质量产品是企业生存的基石，更是企业开拓市场的“金钥匙”。多年来，我们积极组织农产品加工企业开展ISO9001质量体系认证、无公害产地产品认证和HACCP（危害分析与关键点控制体系）认证。目前，3家国家级龙头企业已通过ISO9001质量体系认证和HACCP认证，6家企业通过无公害产地产品认证，为拓宽市场、增加收入创造了有利条件。

记者：为确保可持续发展，三河提出了“两线三点五大板块”战略新布局，这个新布局包含哪些具体内容，如何保证实现这个新布局？

张金波：要实现三河经济新的跨越，必须坚持以人为本，深入贯彻落实科学发展观，更深更细地推进战略新布局。根据三河的发展基础和发展优势，顺应京津冀一体化进程，市委四届四次全会确定了“两线三点五大板块”战略新布局。

“两线”就是继续发挥好102国道的作用，同时，积极推动密涿支线高速公路建设，与102国道遥相呼应，打造横贯东西的经济隆起带；“三点”就是西部燕郊开发区南延北扩提高发展水平，发挥龙头带动作用，中部打造工业新区、县城和农业园区经济组团式发展，东部矿区推进开发治理；“五大板块”就是继续振兴燕郊和高楼高新技术产业板块、齐心庄和李旗庄机械制造业板块、阳和杨庄印刷装订业板块、黄土庄和段甲岭新型建材业板块、皇庄和新集冶金与矿山机械制造业板块。

通过“两线”拉动、“三点”支撑，带动“五大板块”，实现点、线、面优化组合，使全市经济相互依托、相互促进，最大限度地释放发展能量。

《经济日报》2008年12月2日

促进西部地区农业农村经济又好又快发展

——访农业部副部长危朝安

在西部大开发10周年之际，为深入宣传实施西部大开发战略的重大意义，全面宣传党中央、国务院实施西部大开发战略的一系列决策部署，充分展示西部大开发战略实施10年来取得的巨大成就和成功经验，本报推出“西部大开发10周年·省部长访谈”专栏，请中央有关部门和西部地区省区市负责同志回顾10年来的主要成就和经验，展望西部地区发展的美好前景。

西部大开发战略实施10年来，农业部认真贯彻落实党中央、国务院的各项决策部署，立足职能，真抓实干，采取一系列措施，有力促进了西部地区农业农村经济又好又快发展。近日，记者就西部地区当前和今后农业农村经济发展情况专访了农业部副部长危朝安。

记者：西部大开发是党中央、国务院的重大战略决策，农业部强化政策支持、加快项目建设、认真贯彻落实，请介绍一下农业部在实施西部大开发战略中开展的重点工作？

危朝安：围绕深入实施中央提出的西部大开发战略，农业部出台了一系列有关的政策性文件，如《农业部关于加快发展西部地区农业和农村经济的意见》、《农业部关于贯彻十五届五中全会精神加快西部地区农业发展的十大措施》、《农业部关于加快西部地区特色农业发展的意见》等，围绕实施天然草地保护工程、加强粮食基地建设、建设特色农产品生产基地等十个方面进行了安排部署，明确了工作目标和主要工作措施。近年来先后与重庆、宁夏、青海、云南等有关省（区、市）政府签订协议文件，大力开展省部共建，加快推进西部现代农业建设。

切实落实中央西部大开发有关政策，不断加大项目建设力度。据初步统计，2000年至2009年上半年农业部通过优质粮食产业工程、种养业良种、动植物保护、农村沼气等项目，累计安排西部地区农业投资381亿元，同时开展了测土配方施肥补贴、水稻良种推广补贴、棉花良种补贴、农机具购置补贴等各项财政补贴补助项目，2002年至2009年农业部累计安排西部地区财政资金304.7亿元。

针对西部地区农业人才不足状况，农业部加大对西部地区农业人才的培养力度。2004年以来“阳光工程”共培训西部农村劳动力521万人。2006年至2008年，新型农民科技培训工程实施覆盖了西部地区558个县22750个示范村，培训专业农民90多万人。2006年以来“百万中专生计划”面向西部地区共招生10.4万人。同时，针对西部地区农牧业生产特点，组织西部地区近41万人次参加了农业职业技能鉴定，38万多人次取得了国家职业资格证书。

农业综合生产能力增强
农牧民收入大幅增长

记者：在西部大开发战略实施过程中，中央坚持把农业发展放在突出位置，农业部立足职能，积极推进西部地区发展，请介绍一下近10年来西部地区农业农村经济发展取得的主要成就。

危朝安：这10年来的主要成就可以用7句话来概括：农业综合生产能力显著增强，主要农牧产品产量大幅增长；农业结构调整扎实推进，优势特色农业迅速发展；农业基础设施不断加强，生产生活条件明显改善；科研条件不断改善，科技应用水平稳步提高；农业资源保护能力逐步提高，生态环境不断改善；农业产业化加快发展，生产组织化程度不断提高；农牧民收入大幅增长，生活质量显著提高。

2008年，中国西部地区农林牧渔业总产值达到14860.4亿元，比2000年增加9107.3亿元，增长158.3%。粮食播种面积和产量进一步提高。2008年，西部地区粮食播种面积达到3255.2万公顷，比2000年增长5.7%；产量由2000年的1.29亿吨增加到2008年的1.4亿吨，增长了8.5%。

随着农业结构调整的扎实推进，一批优势特色农业迅速发展。如新疆的啤酒花、枸杞、红花、番茄等特色农产品产量分别占全国的70%、50%、60%和90%以上。广西产糖量达937万吨，占全国总产量1484万吨的63.1%；蚕茧产量连续三年稳居全国第一，2007年蚕茧产量已占全国的26%，约占当年世界蚕茧总产量的18%，成为全世界最大的原料茧生产基地；同时，宁夏的枸杞、四川和贵州的茶叶、陕西的苹果、云南的烟草等，都在全国占有重要的地位。

农牧民的生产生活条件明显改善。如沼气建设，西部地区农村户用沼气数量达到1410万户，比2000年增加976万户，增长224.9%。同时，启动实施的农村清洁工程等项目，在改善农村生活环境方面都发挥了积极作用。

农牧民收入也大幅提升。2008年，西部地区农村居民平均每人纯收入达到3481元，比2000年增长113.3%。如内蒙古农牧民人均纯收入达到4650元，比1999年实际增长1.32倍。

坚持保护与开发并重
加快农业发展方式转变

记者：西部大开发战略实施以来，农业农村经济发展所取得的重大成就，值得充分肯定。毫无疑问，西部经过10年的大开发也积累了不少宝贵经验，请具体介绍一下。

危朝安：主要的经验有以下四条：

坚持生态保护与资源开发并重，大力促进农业可持续发展。西部地区干旱频繁，水土流失严重，森林覆盖率低，是我国生态环境最为脆弱的地区，也是淡水资源的主要补给地和生物多样性最集中的地区之一。实践证明，实施西部大开发战略，促进西部地区农业可持续发展，必须坚持生态保护与资源开发并重，确立在发展中保护、在保护中发展的现代农业发展理念，实现人与自然和谐相处，生态、经济、社会协调发展。

坚持因地制宜、分类指导，着力推进农业特色产业发展。西部地区气候类型复杂，农业生产条件独特多样，受现代工业污染较少，自然风光独特，人文资源丰富，具有发展特色农业的绝佳条件。实践证明，特色农业、特色农产品加工业、生态观光农业等农业特色产业，是西部地区农业农村经济发展的最大优势和潜在增长点；只要坚持规划引领、因地制宜、分类指导，就能充分发挥比较优势，有效带动农业以及相关的二、三产业加快发展。

坚持强化农业基础设施建设，不断改善农业生产条件。受自然条件差，交通不便利，信息不通畅等因素制约，西部地区农业发展面临着更大的自然风险和市场风险，对加强农业基础设施装备保障能力的要求更加迫切。实践证明，加大农业基础设施投入力度，改善农业生产条件，是西部地区农业加快发展的重要前提。同时，鉴于西部地区基础设施更加薄弱，建设难度更大、成本更高。因此，必须实行倾斜政策，给予大力支持。

坚持推进科技创新与应用，切实加快农业发展方式转变。与东部和中部地区相比，西部地区农业科技研发能力弱，农民受教育程度低，农业技术推广体系薄弱，严重制约了农业农村经济发展。实践证明，在农产品产量增加、质量提高更多地依赖于农业科技研发和技术应用的情况下，加快西部地区现代农业进程，必须高度重视农业科技创新应用，切实把农业发展转移到依靠科技进步、提高劳动者素质的轨道上来。

积极培育特色优势产业
打造现代农业生产基地

记者：今后，农业部进一步推进西部现代农业发展的基本思路与战略重点是什么？

危朝安：“十二五”乃至2020年，推进西部现代农业发展，要紧紧抓住中央对今后10年西部大开发工作进行全面部署的重大机遇，着力强化农业政策、科技、人才、物质装备和基础设施等支撑条件建设，努力健全农村市场和农业服务体系，不断壮大农产品加工业，积极打造“高产、优质、高效、生态、安全”的现代粮食、棉花、油料、畜牧、水产品生产基地，加快培育和发展有资源、有市场、有效益的特色优势产业，不断提高土地产出率、劳动生产率和资源利用率，努力走出一条科技含量高、经济效益好、资源消耗低、环境污染少的中国特色农业现代化道路。

按照以上发展思路，进一步推进西部现代农业发展的战略重点是：

加快结构调整，构建西部特色的现代农业产业体系。依据西部地区独特的资源禀赋，推进产业结构调整，建立符合西部实际的现代农业产业体系。要稳步推进粮食产业发展，大力发展特色农业，着力发展生态畜牧业，积极发展农产品加工业。

转变发展方式，切实加强资源环境的开发与保护。以生态环境的保护为前提，切实转变农业发展方式，走资源节约、环境友好型的现代农业道路。继续加强草原建设和草地保护，积极发展旱作节水农业和生态农业，大力发展农业循环经济。

改善生产条件，着力提高农业综合生产能力。重点加强土地产出能力和设施装备能力建设。下大力气推进中低产田改造，狠抓耕地质量建设。切实加强以农田水利为主的基础设施建设，大力发展以设施园艺和设施养殖为重点的设施农业，增强基础设施保障能力。

强化科技支撑，加快农业科技创新与成果转化应用。进一步增加对西部地区农业科技的投入，完善西部地区农业科技创新体系，加强西部农业重大技术攻关和科研成果转化，加大农业科技推广力度，提高农民科技应用能力。

加强服务保障，加快建立完善社会化服务体系，为西部特色现代农业产业体系的构建提供专业化、优质化、系列化服务。提高动植物疫病虫害防控能力，大力发展农民专业合作组织，积极发展农业经营性服务，加强市场体系建设。

围绕增强西部地区农业综合生产能力，继续实施标准农田、特色农业发展、草原建设保护、农村废弃物资源利用、基层农业公益服务能力等重大项目建设，启动实施节水灌溉与集雨旱作农业工程、农业生物工程、农业生态工程、山地高效立体农业工程等。

《经济日报》2009 年 11 月 27 日

“双渠道”化解土地承包经营纠纷

《中华人民共和国农村土地承包经营纠纷调解仲裁法》于 2010 年 1 月 1 日起施行，这是继《农村土地承包法》之后又一部有关农村土地承包的专门法律。如何切实把土地承包经营纠纷解决在基层、化解在萌芽状态？农业部门将如何积极贯彻实施这部法律？记者就大家关注的问题采访了农业部副部长陈晓华。

化解纠纷将有更多途径

记者：为切实把矛盾和纠纷解决在基层、化解在萌芽状态，《农村土地承包经营纠纷调解仲裁法》明确了运用调解、仲裁“双渠道”化解纠纷的原则，您认为其最核心的内容是什么？

陈晓华：农村一旦发生土地承包经营纠纷，当事人可以自行和解，也可以请求村民委员会、乡（镇）人民政府等调解。村民委员会或乡（镇）人民政府应当充分听取当事人对事实和理由的陈述，讲解有关法律、政策，耐心疏导，引导当事人达成和解协议。

如果当事人和解、调解不成或者不愿和解、调解，也可以向农村土地承包仲裁委员会申请仲裁。进入仲裁程序后，凡是能够调解的，仲裁庭也要尽量调解。对于当事人不服仲裁裁决的，法律允许其向人民法院起诉。这将给予当事人更多解决纠纷的途径。

这部法律规定，仲裁应当开庭进行。当事人要求在乡（镇）或村开庭的，应当在该乡（镇）或者村开庭。

此外，这部法律明确规定，仲裁不得向当事人收取费用，相关工作经费纳入财政预算予以保障。

工作经费纳入财政预算

记者：为全面贯彻施行这部法律，农业部门是否需要制定相关的配套制度？

陈晓华：依照法律规定，农业部会同国家林业局制定了《农村土地承包经营纠纷仲裁规则》和《农村土地承包仲裁委员会示范章程》。各省级农业部门也要抓紧制定相关配套制度。承担农村土地承包仲裁委员会日常工作的农村土地承包管理部门，要依照相关法律和规章制度，建立健全工作规则和管理制度。

记者：如何建立健全农村土地承包经营纠纷调解仲裁体系？

陈晓华：要按照《农村土地承包经营纠纷调解仲裁法》的规定，建立健全乡村调解、县市仲裁的农村土地承包经营纠纷调解仲裁体系。已经设立农村土地承包仲裁委员会的地方，要依法进行规范和完善；尚未设立农村土地承包仲裁委员会的地方，根据解决农村土地承包经营纠纷的实际需要，在当地人民政府的指导下依法设立。

设立农村土地承包仲裁委员会的地方，要为农村土地承包管理部门承担仲裁委员会的日常工作提供必要的条件，加强仲裁庭建设，将仲裁工作经费纳入财政预算予以保障。

抓紧进行仲裁员培训

记者：农业部门如何切实履行这部法律赋予的各项职责？重点要做好哪些工作？

陈晓华：各级农业部门要加强对农村土地承包经营纠纷调解仲裁工作的指导。县级以上人民政府农村土地承包管理部门，要支持有关调解组织和农村土地承包仲裁委员会依法开展工作。设立农村土地承包仲裁委员会的县区市农村土地承包管理部门，要依法做好农村土地承包仲裁委员会的日常工作。同时，要认真总结开展农村土地承包纠纷仲裁工作的经验，及时研究解决贯彻实施这部法律中出现的新情况、新问题。

各级农业部门要把这部法律的学习列入干部培训计划，作为干部培训的重要内容，认真组织开展法律培训工作。各省级农业部门要依法制定仲裁员培训规划，指导农村土地承包仲裁委员会建立培训制度，定期对聘任的仲裁员进行农村土地承包法律以及国家政策的培训。当前，各地要集中力量，抓紧培训、轮训农村土地承包管理工作人员、仲裁机构组成人员和适合聘为仲裁员的人员。

《经济日报》2010 年 1 月 3 日

严格市场准入　狠抓市场监管

——农业部部长韩长赋谈农资打假

眼下，春耕备耕进入关键时期，正是种子、农药、化肥等农资购销旺季。

为了确保农民用上安全放心的农资，农业部等 9 个部门日前启动了全国农资打假专项治理行动。3 日，农业部部长韩长赋就相关问题进行了解读。

农资打假成效显著

2009 年，农业部、最高人民法院、最高人民检察院、工业和信息化部、国务院纠风办、公安部、工商总局、质检总局、供销总社等部门密切合作，组织开展了农资打假和监管工作。

据统计，2009 年全国农业、工商、质监系统共出动执法人员 203 万人次，检查农资企业 94.5 万家次，整顿农资市场 29.19 万个次，立案查处假劣农资案件 9.56 万件，捣毁制假售假窝点 318 个，取缔无照经营户 8362 户，为农民挽回直接经济损失 10.3 亿元。

与此同时，农资打假工作还存在着 5 个方面的困难和问题。

一是制假售假更加隐蔽。近几年一些违法犯罪分子利用高科技手段制假售假，违法犯罪行为更加隐蔽。

二是农资生产经营单位小散乱问题突出。一个县城的农资生产经营单位能达到上百家，农资生产经营者素质整体较低，管理不规范，无证照经营、超范围经营等现象仍然存在。

三是农资打假源头治理有待加强。有的地区生产环节证后监管力度和对“黑窝点”的打击力度不够。

四是法律法规不完善。现有的一些农资监管法律法规可操作性不够强，缺乏强制手段。一些农民法律意识淡薄，农民依法维权意识和能力不强。

五是基层执法能力较弱。执法队伍不健全，缺乏必要的保障和条件，基层执法力量与庞大的农资生产经营企业不相适应。

切实维护农民群众利益

今年是完成“十一五”规划任务、谋划“十二五”发展的关键一年，是巩固发展农业农村好形势的关键一年，促进农业稳定发展和农民持续增收，关系全局，意义重大，农资打假直接关系农业农村经济稳定发展。

种子、农药、肥料等农资是粮食生产的基本物质要素，假劣农资不仅会造成减产甚至绝收，而且将严重损害农民发展粮食生产的积极性。

农资质量的好坏还直接关系到农民群众的切身利益。目前农资价格水平仍然很高，制假售假更加有利可图，发生制假售假行为的可能性增加。只有加强农资市场监管，保持高压态势，严厉打击制售假劣农资等坑农害农行为，才能切实维护好农民群众的根本利益。

同时，春季是动物疫病的高发季节，要采取加强免疫、监测、检疫监管、消毒及无害化处理等综合防控措施，其中，兽药和疫苗是落实上述各项措施的基本物质保障。只有切实加大对假劣兽药、疫苗的打击力度，强化督促检查和市场监管，确保质量和生产供应，才能有效防止重大动物疫病发生。

加大农资打假力度

今年农资打假重点工作有4项。

一是严格农资产品市场准入。各级农业部门要严格把好生产经营资格关和市场准入关。严格依法审查农资生产经营主体资质，严格农资品种的审定、登记等许可。全面清查辖区内农资定点生产企业、农资市场和物流企业等农资生产经营主体。

二是狠抓农资市场监管。突出在春管春耕、“三夏”“三秋”等重要农时，集中力量在问题较多的地区、农资市场和农资集散地开展专项行动，加大对种子、农药、肥料、兽药、饲料、农机、水产苗种等重点农资的监管力度。

三是加大违法案件查处力度。严厉查处各种假劣农资违法案件，加强线索排查、梳理工作，对于制售假劣农资的违法案件一查到底。

四是大力推进放心农资下乡进村。各地要继续抓好放心农资下乡进村工作，支持和鼓励有实力、信誉好的农资企业、农资专业合作组织等直接到乡村设立经营网点，提高放心优质农资产品的覆盖面。

《经济日报》2010年3月4日

全力落实好政策　夺取夏粮好收成

——访农业部副部长危朝安

抢前抓早争农时，种足种满种好春播和夏播作物合理安排种植结构，重点是扩大玉米、水稻等高产作物的种植面积。目前距小麦大面积收获还有30多天时间，正是产量形成的关键时期，而夏粮收成的好坏对保持国民经济平稳较快发展，以及管理好通胀预期至关重要。但农业生产面临的形势十分复杂、任务十分繁重。就当前春耕生产形势及如何确保夏季粮油再获丰收，记者日前采访了农业部副部长危朝安。

危朝安分析说，当前农业生产面临的形势十分复杂。党中央、国务院高度重视粮食和农业生产，及时多次召开会议部署春季农业生产和抗灾救灾工作。

近期，国务院在已有政策的基础上，又出台了扶持农业生产的11条政策，充分体现了中央对促进粮食和农业稳定发展的坚定决心，为抗击干旱低温、夺取今年粮食和农业丰收指明了方向、创造了条件。

危朝安强调，农时不等人，要全力以赴落实好政策，支持农民搞好生产。各级农业部门要主动协调，积极配合，强化督查，密切跟踪，尽快把这些政策落实到位，最大限度调动基层和农民生产积极性。要把补助资金尽快兑现到户，鼓励农民加大生产投入。要把工作做细做实，每一个细节都要周全，每一项工作都要妥当，确保政策落实不走样、给农民的实惠不缩水。要扩大宣传，充分利用报刊、广播、电视、网络等媒体，认真解读政策，大力宣传政策，扩大政策效应，使政策家喻户晓、深入人心，再掀春耕生产热潮。同时，积极争取地方政府出台更多的支持政策，促进粮食和农业生产稳定发展。

危朝安说，各地要坚定夏粮丰收的目标不动摇，采取更加有力措施，努力做到夏粮一天不到手，管理一天不放松，一环紧扣一环地加强指导，一项措施接一项措施地狠抓落实，全力打好夏粮生产这场硬仗。一要突出抓好“两病、两虫”防控。重点做好病虫害的防控，加强监测预警，及时发布病虫信息，落实防控责任，适时地开展应急防治，大力开展病虫统防统治，有效减轻病虫危害。二是安全过好“三关”。密切与气象部门联系，高度关注重大天气变化，及时发布预警信息，提前做好灾害防范技术物资准备，过好“倒春寒”、干热风、倒伏三个关口。三是准备好“双抢”农机具。针对今年小麦生育期推迟、收获期集中，夏收夏播农时季节紧的实际，精心组织农机跨区机收机播，突击抢收抢打、确保颗粒归仓，抢前争农时、扩大机播面积，确保夏播种足种满。

危朝安说，受低温天气影响，今年多数地区作物生育期推迟、茬口较紧，必须及早谋划，采取有针对性的措施，抢前抓早争农时，种足种满种好春播和夏播作物。要科学确定品种。根据积温、气候等条件，科学确定主推品种，尤其是针对播期可能推迟的实际，指导农民选用适期或偏早熟品种，要防止越区种植，确保安全成熟。要合理安排种植结构。重点是扩大玉米、水稻等高产作物面积。要扩大晚秋作物。鼓励农民扩大秋玉米、秋马铃薯、小宗粮豆等晚秋作物，种足种满，不留秋闲田。

《经济日报》2010 年 5 月 4 日

让农业机械在夏收中显神威

因今年气候异常，小麦成熟期推迟，农时偏紧，抢收抢种任务十分繁重。就如何发挥农业机械在“三夏”中的主力军作用，搞好今年“三夏”农机跨区作业，确保颗粒归仓，记者采访了农业部农业机械化管理司副司长刘恒新。

刘恒新说，为抓紧农时抢收抢种，全力以赴搞好今年“三夏”农机跨区作业，农业部近日印发了《关于切实做好 2010 年“三夏”农机跨区作业工作的通知》，要求各级农机化主管部门要进一步增强责任感、紧迫感和使命感，及早安排谋划，细化措施，切实做好“三夏”抢收抢种各项工作，为确保今年粮食稳定增产，保持经济平稳较快发展作出积极贡献。

刘恒新介绍说，《通知》从七个方面对 2010 年农机跨区机收工作进行了部署。首先要明确目标，切实加强领导。2010 年“三夏”农机跨区作业的主要目标是：小麦机收水平达到 86%以上，力争作业效率进一步提升，不误农时；力争作业市场秩序进一步优化，保持区域内供需平衡、机具顺畅转移和机手收益平稳。各级农机化主管部门要高质量、高效率地组织好“三夏”跨区作业大会战。

各级农机化主管部门要加强与相关部门配合协调，执行农机作业服务和农机维修免征所得税、农机跨区作业免费通行等政策，降低农机化生产成本；建立成品油保供和调度机制，保证农忙季节农机用油，开展送油下乡、送油到田以及农机优先优惠加油等便民措施；加快购机补贴政策实施进度，严格规范操作，加强补贴机具质量监管，确保补贴机具在“三夏”作业中发挥作用。

刘恒新说，《通知》特别强调，要强化管理，规范作业市场。按照牌证有效、一机一证、免费发放的原则，做好《跨区作业证》的发放和管理工作。加强对中介组织和经纪人的管理，严禁只收费不服务、多收费少服务的行为。要积极组织和引导农机专业合作社、农机协会和农机大户等组队参加跨区作业，努力提高跨区作业的组织化程度。要大力组织推广订单作业、承包服务、“套餐服务”，提高作业效益。要大力推广应用《农机社会化服务作业合同（范本）》，推动供需有效衔接，规范市场交易行为，保护合同双方的合法权益。

同时，要充分发挥“跨区作业服务直通车”的作用，促进供需有效衔接。要与有关部门和企业合作，加强信息的收集、分析和发布工作，继续开展手机短信息服务和公布24小时值班电话，免费为机手提供及时有效的天气、供求、价格、交通等信息，促进农业机械有序流动。要建立农机跨区作业接待服务站，做好机手接待、机具调度、作业安排、农机维修等工作，确保农机作业的顺利进行。

《经济日报》2010年6月1日

依法促进农民专业合作社发展

——访农业部农村经济体制与经营管理司司长孙中华

《中华人民共和国农民专业合作社法》已实施三周年，为指导和促进农民专业合作社发展提供了法制保障，标志着农民专业合作社的发展进入了依法规范的新阶段——

近三年是农民专业合作社发展前所未有的历史机遇期，也是发展速度最快、形势最好的时期。

农民专业合作社在发展现代农业、促进农民增收、建设社会主义新农村等方面作用明显。

在对农民专业合作社的建设和发展给予指导、扶持和服务方面，农业部门做出了积极的努力。

《中华人民共和国农民专业合作社法》至今年7月1日已实施三周年，作为我国第一部专门规范农民专业合作社的法律，该法为指导和促进农民专业合作社发展提供了法制保障，标志着合作社的发展进入了依法规范的新阶段。在该法实施三周年之际，本报记者就有关问题专访了农业部农村经济体制与经营管理司司长孙中华。

孙中华说，该法律实施三年来，为农民专业合作社发展提供了法制保障和良好发展机遇。总的来看，《农民专业合作社法》实施的三年，是我国农民专业合作社发展前所未有的历史机遇期，也是发展速度最快、形势最好的时期。

首先，农民专业合作社发展的宏观环境日趋良好。党中央、国务院高度重视农民专业合作社建设与发展工作，近些年来中央多个一号文件明确提出了支持农民专业合作组织发展的一系列政策措施。党的十七届三中全会《决定》对发展农民专业合作社作出了新的部署。《农民专业合作社法》也专门设了“扶持政策”一章，从项目建设、财政扶持、金融支持、税收优惠等方面做出了规定。

各地加快合作社法制建设进程，陕西、湖北、北京、江苏、湖南、黑龙江、辽宁、山东、安徽等9省市出台了推动合作社发展的地方配套法规。其次，扶持农民专业合作社发展的政策体系正逐步形成。国家对合作社税收优惠、金融支持、农产品流通、承担涉农项目等方面的支持政策陆续出台。各级政府按照《农民专业合作社法》的要求，不断加大对合作社发展的财政投入。2003年到2009年，中央财政累计安排专项资金达到13.75亿元，各地省级财政安排专项资金达到18.2亿元。第三，农民专业合作社呈加快发展态势。

截至2010年3月底，全国依法在工商部门登记的农民专业合作社达到27.25万个，是2009年同期的近2倍，实有入社农户达到2300多万户。

就如何看待农民专业合作社在促进农业农村发展中发挥的作用，孙中华分析说，农民专业合作社是广大农户联合与合作的重要载体，在发展现代农业、促进农民增收、建设社会主义新农村等方面作用日益显现。一是通过农民专业合作社，为成员统一采购生产资料，统一加工、销售产品，有效解决了单个农户生产经营中办不了、办不好的许多事情，降低了生产成本，提升了农产品附加值，增加了农户收入。二是通过农民专业合作社，引导农户实施专业化、标准化生产，开展规模化、品牌化经营，组织农民发展优势产业，开发特色产品，积极参与农业产业化经营，推进了现代农业建设。三是通过农民专业合作社，积极组织农民自我管理，关心社区事业，有效推动了基层民主建设，提高了农民的民主意识，密切了干群关系，促进了农村社会和谐。

《农民专业合作社法》特别提出各级农业行政主管部门要对农民专业合作社的建设和发展给予指导、扶持和服务。孙中华介绍说，在这些方面，农业部门依法履职，做出了积极的努力。他说，各级农业部门坚持为社服务的宗旨，采取了一系列措施指导、扶持和服务农民专业合作社发展。结合“农民专业合作社法律宣传日”，广泛开展形式多样、内容丰富的法律宣传活动，努力使法律精神深入人心。积极推动制定了合作社工商登记、税收、金融等优惠政策，农业部联合7个部门下发了支持有条件的合作社承担国家有关涉农项目的意见，努力使法律规定的扶持政策落到实处。农业部联合11个部门启动了农民专业合作社示范社建设行动，制定了示范社创建标准，着力加强合作社规范化建设，引导和促进农民专业合作社依法加快发展。切实做好服务，推动和组织开展“农超对接”“农校对接”等试点工作，引导和帮助合作社开拓市场。组织开展合作社人才培训，为合作社发展提供有力的人才保障。

孙中华强调，在当前的新形势下，为依法促进农民专业合作社发展，农业部门将做出更加积极的努力。当前，我国农民专业合作社总体上还处于发展的初级阶段，面临着许多新的挑战。从发展程度看，地区之间、产业之间还很不平衡；从合作社内部看，带动农户的能力还比较弱，经营规模还不够大，人才短缺的问题比较突出，规范化管理的水平有待提高。应对这些挑战，最重要的还是要切实贯彻落实好法律的各项规定和党的十七届三中全会《决定》及中央近年来多个一号文件精神，始终围绕使农民专业合作社成为引领农民参与国内外市场竞争的现代农业经营组织这个大的目标方向，牢牢把握“服务农民、进退自由、权利平等、管理民主”的核心要求，紧紧抓住扶持农民专业合作社加快发展这个关键环节，进一步采取有效措施，加大扶持力度，推动农民专业合作社建设与发展规范化、上水平。

近期，我们将重点抓好以下几项工作：要继续做好普法宣传工作。结合“农民专业合作社法律宣传日”，围绕“依法规范合作社、促进生产标准化”的主题，采取多种形式，深入开展普法教育，加大典型经验和先进事迹的宣传力度，进一步营造促进农民专业合作社发展的良好氛围。要进一步加大扶持力度。加大项目扶持力度，努力改进支农方式，支持有条件的农民专业合作社承担涉农项目。加大财政补助力度，对中西部地区、民族地区、边远地区和贫困地区的农民专业合作社，以及生产国家与社会急需的重要农产品的农民专业合作社，要给予优先扶持。加大农产品流通领域扶持力度，积极推进“农超对接”“农校对接”，支持引导农民专业合作社产品直供城市连锁超市和高等学校食堂。进一步推动出台金融支持政策。要深入开展农民专业合作社示范社建设行动。以开展这一行动为抓手，力争用 3 到 5 年时间，培育一批经营规模大、服务能力强、质量安全优、民主管理好的专业合作社，充分发挥典型引路、示范带动作用。要加强农民专业合作社人才培养。

确认一批培训基地，组织实施好“阳光工程”和“现代农业人才支撑计划”，扩大人才培训规模，鼓励支持社会力量面向合作社开展公益性培训，为合作社规范化、上水平发展提供坚实的人才支撑和智力支持。

《经济日报》2010 年 7 月 2 日

传统农业向现代农业加速转变

——农业部部长韩长赋谈农业农村经济发展

“十一五”以来，党中央、国务院坚持把“三农”工作放在重中之重的位置，统筹城乡发展，不断完善强农惠农政策框架体系，加大“三农”投入力度，在农业部和各级各部门及亿万农民的共同努力下，我国农业呈现了持续稳定发展的好势头，传统农业向现代农业加速转变，为我国成功应对各种困难和风险、保持国民经济平稳较快发展奠定了物质基础。

回顾过去的五年，农业农村经济是如何应对空前挑战的？粮食增产、农民增收的深层次原因有哪些？未来五年，如何确保农业农村经济继续保持良好发展势头？本报记者就此采访了农业部部长韩长赋。

记者：您长期从事“三农”工作，对“三农”问题有深入的研究。您怎么评价“十一五”期间农业农村经济发展？

韩长赋：“十一五”这五年，简单讲可以用两个词来概括，就是极不寻常、历史少有。这五年，形象点说，就是“米袋子”更满了，“菜篮子”更丰富了，农民的“钱袋子”更鼓了。

粮食：连续五年增产，总产连续四年稳定在 1 万亿斤以上，这在历史上是从未有过的，标志着我国粮食综合生产能力稳定在 1 万亿斤水平。

“菜篮子”产品：生产快速增长，供应充足，品种丰富。这五年，肉蛋奶、水产品，还有蔬菜、茶叶、水果等，总体上产量都是稳步增加的。

农民收入：前四年年均实际增长 8.3%，今年有望继续较快增长，预计超过前四年平均。五年间平均增速超过“七五”以来各个时期。

农业物质技术装备条件：今年全国农机总动力达到9.2亿千瓦，农作物耕种收综合机械化率达到52%，分别比2005年提高34%和16个百分点；农业科技进步贡献率超过52%，比“十一五”末期提高近5个百分点，基本上每年提高1个百分点。两个52%，这又是一个标志，标志着我国农业生产方式开始进入机械作业为主的历史新阶段。

纵观五年发展，可以说，“十一五”时期是国家支农力度最大、农业发展形势最好、农村面貌变化最快、农民得到实惠最多的时期之一。

记者：最近，我们听到最多的一个话题就是粮食实现了连续七年增产，这确实很了不起。您认为这些年粮食连续增产的主要因素有哪些？我们是如何实现粮食综合生产能力稳定在1万亿斤以上的？

韩长赋：粮食“七连增”，是半个世纪以来的首次；连续4年保持在1万亿斤以上，历史上从未有过。这个成绩确实来之不易，是政策支持、科技支撑等多种因素共同作用的结果，是从上到下齐心协力、强化措施、狠抓落实的结果。

政策支持是首要的。这五年，中央出台了一系列扶持粮食生产的政策措施简单讲有三个方面：一是“减法”“加法”“乘法”一起做，调动了广大农民务农种粮的积极性。从2006年起，全面取消农业税，为农民减轻负担1300多亿元。建立补贴制度，实行“四补贴”，资金由2004年的145亿元增加到今年的1345亿元。从2004年开始实行重点粮食品种最低收购价，并不断提高最低收购价水平，小麦每斤提高了0.17—0.18元，稻谷每斤提高了0.23—0.3元。自2008年以来，又出台了重点农产品临时收储政策，多次启动玉米、大豆等粮食作物临时收储。二是不断加强对主产区的支持，充分发挥主产区作用。农业生产特别是粮食生产，主产区定乾坤。国家不仅支持粮食和农业生产的“普惠”政策优先考虑主产区，而且制定了支持主产区的“特惠”政策，安排专项投资用于产粮大县相关重大项目建设，对产粮大县实施奖励，奖励资金由2005年的55亿元增加到今年的180亿元。三是在农业抗灾减灾和粮食生产的紧要关头，中央还及时出台针对性强、含金量高的政策措施，保证了抗灾夺丰收。这些政策充分调动了地方政府重农抓粮和农民务农种粮的积极性。

近年来，我们启动了基层农技推广服务体系改革与建设，探索了高产创建这一大面积集成推广实用技术的新途径，构建了主要粮食作物现代农业产业技术体系。今年，农业科技推广服务应变及时、指导到位，良种良法等关键技术推广发挥了至关重要的作用，高产创建有力辐射带动了大面积均衡增产，成为抗灾夺丰收的最大亮点。全国4380个粮食万亩高产创建示范片平均亩产656公斤，比全国平均水平高出320多公斤。

针对近年来灾害多发频发重发的新形势，创新防灾减灾工作思路，提高科技救灾水平。特别是今年，农业抗灾救灾工作力度之大多年少有，做到了防在灾害前面、救在第一时间、抗在关键时点，最大限度减轻了灾害损失。

另外，通过组织实施新增1000亿斤粮食生产能力规划等重大工程，切实加强农业基础设施建设等，都对粮食综合生产能力的提升发挥了重要作用。

记者：您刚才讲到“十一五”是农民收入增长最快的历史时期之一。请问这主要是由哪些原因促成的？农业部门采取了哪些措施拓宽农民增收渠道？

韩长赋：“十一五”农民收入实现了持续较快增长，农民年人均纯收入前四年年均实际增长8.3%，今年有望继续较快增长，预计超过前四年的平均。大家知道，农民收入四大块：农民家庭经营性收入、工资性收入、转移性收入、财务性收入，目前分别占49%、40%、7.7%、3.2%。这五年，从收入来源上看是基本面不断巩固，增长面不断提高，扶持面不断加强。基本面上，农村经济全面发展，粮食等农产品生产连年丰收，支撑了农民家庭经营性收入增长。增长面上，农村劳动力外出就业数量扩大，增加了农民的工资性收入，“十一五”期间，农村外出就业劳动力总量年均增长500万人以上。随着农村改革深入推进，农民财产性收入也在不断增长。扶持面上，国家惠农政策力度之大前所未有，农民转移性收入不断增加。其中“四补贴”总额由2006年的309.5亿元增加到2010年的1345亿元。

农业部门始终把促进农民持续增收作为中心目标，一手抓保障供给，一手抓增加收入，不断强化工作措施。今年，我们提出了“千方百计保持农民收入增长6%以上”的目标任务，围绕这个目标，既巩固农业内部增收基础，又拓宽农业外部增收渠道；既向市场要收入，又从政策上想办法。具体讲就是：推动出台和认真落实重大政策措施，推进农业结构调整，发展优势特色农业，延长农业产业链条，挖掘农业内部增收潜力，促进农民增产增收；加强农业防灾减灾和动物疫病防控，促进农民减灾增收；强化农业物质技术支撑，促进农民科技增收；加强农村劳动力培训和就业创业指导服务，促进农村劳动力转移就业增收。

记者：不仅要吃饱，而且要吃好，现在消费者的要求不断提高，对农产品质量安全越来越关心。请问农业部门采取了哪些措施保障农产品质量安全？

韩长赋：随着工业化、城镇化步伐加快，人们高度关注农产品质量安全。

党和政府对此高度重视。经过努力，我国农产品质量安全水平不断提升，2010年蔬菜、畜产品、水产品等主要农产品监测合格率都保持在96%以上。

无公害农产品、绿色食品、有机农产品，在城乡居民消费结构中所占的比例越来越高，目前已占上市农产品30%多。客观地讲，我国农产品质量总体上是安全可靠的。

农业部门对农产品质量安全工作一直抓得很紧。坚持标本兼治、综合治理，坚持“两手抓”：一手抓执法监管，加强农产品质量安全监管体系和能力建设，开展了一系列专项整治行动，坚决打击违法违规行为，努力确保不发生重大农产品质量安全事件；一手抓农业标准化生产，大规模开展“菜篮子”产品标准化创建活动，创建了一大批园艺作物标准园、畜禽规模化养殖小区、水产品健康养殖场和国家级农业标准化示范县，从生产源头保障农产品质量安全。

记者：回想今年，大家一个突出感觉是灾多灾重，其实，在“十一五”期间也都如此，请问部长，在农业防灾抗灾方面，农业部门积累了哪些经验？

韩长赋：近年来，农业气象灾害呈多发、频发、重发态势。从经验上讲，可以归纳成一句话，就是主动避灾、有效防灾、积极救灾，做到防在灾害前面、救在第一时间、抗在关键时点。

主动避灾，就是根据不同地区灾害发生特点，调整种植结构，推广相应的生产技术和防灾减灾措施。

有效防灾，就是加强监测预报，制定完善预案，提前做好物资、资金和技术准备。通过加强农业基础建设，改善生产条件，提高农业防灾抗灾能力。

积极救灾。近年来，国家陆续设立了农业生产救灾资金、救灾备荒种子储备补贴等专项资金，资金规模逐步加大，有力支持了农业防灾减灾和生产恢复。今年以来，中央财政下拨农业生产救灾资金16.87亿元，是历史上较多的一年。农业部动员组织1万多名专家和50多万名农技人员，进村入户开展科技服务。另外，农业防灾减灾机制也在不断完善，应急机构、防灾减灾预案逐步健全。

记者：您对农民工问题一直比较关注，记得您今年曾发表一篇文章专门讲“90后农民工”，请您谈谈解决农民工问题的思路？

韩长赋：解决农民工问题的基本思路，重点把握三个原则。一是要坚持农民向工业、服务业转移就业，向城市有序流动迁徙的方向，打开城门，合理引导，逐步转移，有序进城；二是要坚持统筹城乡发展，采取综合措施，坚持两条腿走路，一方面大力发展现代农业，发展县域经济和农村二三产业，让一部分农民就地转移，另一方面要改善农民工就业环境和待遇，让一部分农民进城务工，安居乐业；三是要立足当前，着眼长远，抓紧解决农民外出务工的现实问题，同时推动体制改革创新，从制度上解决农民工问题。

记者：对于我国这样一个拥有13亿人口（2010年我国人口总量）的大国，确保农产品有效供给永远都是头等大事，作为农业部长，您对确保“十二五”期间农产品有效供给有信心吗？

韩长赋：我们已经实现了主要农产品供给由长期短缺到总量平衡、丰年有余的历史性转变；“十二五”保障农产品有效供给，我们有能力，也有信心。

“十二五”我们将坚持把保障国家粮食安全作为首要任务，以提升综合生产能力为核心，大规模建设旱涝保收高标准农田，实施粮食重大战略工程；大力推进农业科技进步，大规模开展粮棉油高产创建和“菜篮子”产品标准化创建；完善政策，保持农产品合理价格水平，充分调动地方和农民的积极性，充分发挥主产区作用。重点是：“米袋子”要做强主产区，优化品种结构；“油瓶子”要“多油并举”，稳定自给率；“菜篮子”还要丰富品种，提高品质。

记者：展望“十二五”，您认为我国农业农村经济发展面临的机遇和挑战是什么？农业部门如何应对这些挑战？

韩长赋：“十二五”时期是深化改革开放、加快转变经济发展方式的攻坚时期，是加快建设现代农业的重要机遇期。为此，“十二五”农业农村经济发展要把握“一个重大任务”，突出“一条主线”，围绕“两个目标”，提高“三个能力”，推进“四化”建设，强化“五方面支撑”，加快发展现代农业，促进农业农村经济平稳健康发展。

把握“一个重大任务”，就是加快发展现代农业，在工业化、城镇化深入发展中同步推进农业现代化。

突出“一条主线”，就是要加快转变农业发展方式，调整优化结构，这是发展现代农业的必由之路。

围绕“两个目标”，就是把保障国家粮食安全作为首要目标，把促进农民持续较快增收作为中心目标。这是农业农村经济以及全局工作的根本任务。

提高“三个能力”，就是要提高农业综合生产能力、抗风险能力、市场竞争能力。这是发展现代农业的主攻方向。

推进“四化”，就是要促进农业生产经营专业化、标准化、规模化、集约化。这是发展现代农业的基本要求。

强化“五方面支撑”，就是要强化政策、科技、装备、人才、体制支撑。

这是发展现代农业的基础保障。

《经济日报》2010年12月8日

当好科技创新领头雁

今年中央一号文件以“加快推进农业科技创新、持续增强农产品供给保障能力”为题，突出强调了农业科技创新在保障农产品供给方面应该承担的重要作用。那么，作为农业科研的“国家队”，中国农业科学院在农业科技创新中如何作为，如何进一步为现代农业发展提供科技支撑，如何抓住这次机遇乘势而上？对此，农业部副部长、中国农业科学院院长李家洋接受了记者采访。

李家洋说，党中央、国务院对于农业科技的重大决策，为推进农业科技创新明确了思路、指明了方向，为中国农科院实现新时期跨越发展创造了新的条件，具有重要的指导意义。我们必须切实增强加快农业科技创新的使命感和紧迫感。认真把握农业科技发展新要求，明确中国农业科学院中长期发展目标。为切实发挥中国农业科学院在农业科技创新中的引领作用，我们提出了实现新跨越的目标，确定未来10年中国农科院的发展总目标是：建设世界一流农业科研院所。为了实现这一目标，中国农科院将全面提升学术水平和影响力，成为国家农业科技创新新思想、新理论、新技术和重大科技命题的策源地；全面提升对高层次科研人才的吸引力和凝聚力，成为国家农业高层次科研人才的培养基地和创新创业基地；全面提升宏观决策咨询能力，成为国家“三农”问题和农业科技发展战略研究的学术重镇。

李家洋强调，中国农科院要把握新时期农业科技发展方向，围绕国家农业农村发展的目标和需求，大力推进应用基础和应用研究，在关键技术和共性技术方面取得一批重大自主创新成果；要加强农业科技宏观战略和重大政策研究，为国家有关部门提供决策支持；要着力提升农业科技自主创新能力，强化产业支撑能力，推动现代院所建设；要全面加强国内外科研协作等。

李家洋介绍，今年中国农科院要完成好以下几项前沿重点工作。一是加强农业和农业科技宏观战略研究，围绕国家农业和农业科技发展的重大战略问题和热点问题开展前瞻性、综合性学术研究；二是以新品种培育、良种良法配套、农机农艺结合技术和防灾减灾技术为重点，加强科研攻关、集成配套和推广应用；三是进一步明确“十二五”及2020年发展定位、发展思路、重点研究领域、具体实施措施；四是紧紧围绕现代农业发展需求和国家目标导向，加强重大科技计划立项实施和重大成果培育；五是加强全国农业科研协作；六是继续深化人事制度改革，进一步完善有利于科技创新的考核评价制度和薪酬体系，加强各类人才队伍和创新团队的建设；七是积极改善农业科技创新条件，加强重大科技设施、平台和试验基地建设与管理，推进农业微生物、重大动物疫病、耕地质量与土壤改良等重大科技设施立项建议工作；八是积极推进国际合作事业深入发展，加快推动“中国农业科技全球战略布局方案”的实施等。

最后，李家洋充满信心地说，经过10年左右的建设，中国农科院在我国农业科技发展中将起到引领作用并逐步达到主导作用，在解决我国农业产业发展全局性、战略性、关键性技术问题上起到核心作用，在国际学术界起到骨干作用并达到引领作用，支撑我国农业农村经济社会持续发展，带动我国农业科技整体实力率先进入世界前列，促进新的农业科技革命蓬勃发展。

《经济日报》2012年2月10日

改革促“三农”发展 巩固黄金期尚需攻坚

说起这10年来中国的发展变化，农业、农村亮点频现，好戏连台。

党的十六大以来，“三农”发展迎来了难得的好形势，进入又一个“黄金期”。农业生产、农民生活，以及农村基础设施、农村社会事业等都发生了巨变。粮食产量“八连增”、农民增收“八连快”是最有说服力的标志。

“我觉得，近年来的农村改革力度非常大，如果没有这么大的改革推进力度，农村经济社会发展形势绝不可能这么好。”谈到农村改革，中央农村工作领导小组副组长兼办公室主任陈锡文感慨地说，农村改革居功至伟，它在30多年前揭开了波澜壮阔的中国改革事业发展的序幕，又在最近10年推动了乡村巨变。

这10年改革力度空前，陈锡文说，从农村税费改革到农村综合改革，从集体林权制度改革到对村级公益事业建设一事一议实行财政奖补……“三农”领域这些年的改革，既有事关农业农村长远发展的大事，也有关系农民切身利益的好事，为农村今后发展拓宽了空间，很多具有划时代和里程碑意义。

堪称农村改革扛鼎举措的是取消延续了2600多年的农业税，深受农民欢迎。自2006年1月1日起，《中华人民共和国农业税条例》正式废止。农业税的取消，为全国农民每年减轻负担1335亿元，人均减负增收140元，开启了农民休养生息的新时代。

为保证农民负担不反弹，国家又及时启动了农村综合改革，取得了显著成效：

乡镇机构改革全面推广，农村行政管理体制逐步完善。这一轮乡镇机构改革历时7年。据统计，截至2011年年底，全国共有3.3631万个乡镇已经完成或正在进行机构改革，占乡镇总数的98%。

农村义务教育改革深入推进，义务教育均衡发展逐步实现。从2006年起实施农村义务教育经费保障机制改革以来，农村义务教育全面纳入公共财政保障范围，大大减轻了农民教育负担，从制度层面上彻底结束了农村教育农民办的历史，实现了真正意义上的免费义务教育。

县乡财政管理体制改革稳步推进，基层政权组织履职能力逐步增强。省以下财政体制进一步完善，“省直管县”和“乡财县管”改革试点稳步推进。

截至 2011 年年底，共有 27 个省份对 1080 个县实行了财政直接管理，2.93 万个乡镇实行了乡财县管。

集体林权制度改革全面推进，把集体林地承包经营权和林木所有权落实到农户。

村级公益事业建设一事一议财政奖补全面铺开，初步构建了农村公益事业发展新机制。

陈锡文认为，这一阶段的改革，是在破除一系列约束发展的体制机制障碍的基础上，以“立”为主基调，初步形成了强农惠农富农的政策体系。这个政策体系核心的内容直接关系到农业的基础、农村的民生：

实行农业生产补贴，2011 年中央财政用于种粮农民直接补贴、良种补贴、农机具购置补贴和农资综合补贴的支出达到 1406 亿元，补贴政策已逐步拓展到畜牧业、林业、草原、节水灌溉和农业保险等领域。

深化粮食流通体制改革，全面放开粮食购销市场，使所有农产品流通纳入市场化运行的轨道。

搭建农村社会保障制度框架，新型农村合作医疗覆盖 97% 的农民，农村最低生活保障制度覆盖 5300 多万人，新型农村社会养老保险试点全面推进，1 亿多农民领取了养老金。农民工就业领域不断拓宽，工资水平、社会保障标准逐步提升，随迁子女入学问题加快解决，劳动保护和居住条件不断改善。

有目共睹，近 10 年的农村改革成效好，农业农村形势好，为我国成功应对国际金融危机的冲击，保持国民经济平稳较快发展发挥了重要作用。陈锡文说，“近 10 年的改革发展经验蕴含着非常深刻的道理，说到底是体现了党中央坚持执政为民、科学发展的理念。”

谈到今后如何继续深化农村改革，陈锡文说：“30 多年的农村改革，取得了不少成就，积累了很多经验，但是，我们面临的问题仍然不少。如何百尺竿头更进一步特别重要。”

当前和今后一个时期，我国仍将处于工业化城镇化快速发展阶段。遵循经济社会发展规律，立足我国基本国情农情，同步推进工业化城镇化和农业现代化，建设社会主义新农村，是关系改革开放和现代化建设全局的重大任务。党的十七届三中全会确立了到2020年我国农村改革发展的基本目标任务，将建设社会主义新农村、走中国特色农业现代化道路、加快形成城乡经济社会发展一体化新格局三者有机联系在一起，构成了今后推进农村改革发展的总体思路。

陈锡文提出，实现农村发展战略目标，推进中国特色农业现代化，必须按照统筹城乡发展要求，抓紧在农村体制改革关键环节上取得突破，强化农村发展制度保障。陈锡文认为，未来的制度建设应集中在：稳定和完善农村基本经营制度，健全严格规范的农村土地管理制度，完善农业支持保护制度，建立现代农村金融制度，建立促进城乡经济社会发展一体化制度，以及健全农村民主管理制度。

陈锡文强调，当前农村改革正在深化，也存在一些不同的看法。但是，在两个问题上我们必须保持清醒认识。一个是农村的土地制度，一个是农业的经营体制。

陈锡文认为，农村土地制度的改革是必须的，但应当在坚持土地用途管制和农地农用的前提下推进。改革必须有利于保护我们国家并不富裕的耕地资源，必须有利于农村社会组织结构的基本稳定，必须有利于维护农民的土地权益和民主权利。

对于农业的经营体制，陈锡文说，以家庭承包经营为基础、统分结合的双层经营体制，是党在农村政策的基石。这些年我们的一条基本经验就是一定要让农民种自己的地，打自己的粮。将来农业经营形式会多样化，但家庭经营任何时候都是最基本的形式，只是未来的农业家庭经营要向采用先进科技和生产手段的方向转变，加大对技术、资本等生产要素的投入。

《经济日报》2012 年 5 月 14 日

实现中国梦 基础在“三农”

2013年9月12日，中央宣传部、中央直属机关工委、中央国家机关工委、教育部、解放军总政治部、中共北京市委在京联合举办中国特色社会主义和中国梦宣传教育系列报告会第六场报告。农业部部长韩长赋作《实现中国梦基础在“三农”》的专题报告，并接受了记者采访。

记者：如何理解农业现代化在实现中国梦历史进程中的地位和作用？

韩长赋：农业是国民经济的基础，直接关系国计民生。推进社会主义现代化，农业现代化是关键和支撑，是实现中国梦的基础和前提。我国现代农业发展已取得长足进步。但是，我国农业现代化进程还远远滞后于工业化、信息化和城镇化，“四化”之中农业现代化是短板、是弱项。如果把“四化”比作一匹骏马的四条腿，现在三条腿长，一条腿短，而且这条腿还是后腿。因此，加快推进现代化建设，全面建成小康社会，实现中华民族伟大复兴的中国梦，最迫切的还是要加快农业现代化建设，实现“四化”协调发展，四轮驱动。让十几亿中国人吃饱吃好、吃得安全放心，让亿万农民同步进入小康、过上富裕体面有尊严的生活，把农村建设成为农民幸福生活的美好家园，这三个方面是推进农业现代化需要着力解决的三个突出问题，也可以说是我们推进“三农”发展的三个梦想。

记者：近年来，我国农业现代化建设取得了哪些成就？

韩长赋：新中国成立以来，经过长期不懈的努力，我国农业生产取得了巨大成就。60多年来，在人口由5亿增长到13亿的情况下，我国人均粮食占有量由200公斤增加到400多公斤，2012年达到435公斤。棉油糖、肉蛋奶、果菜鱼等农产品稳定发展，油料、蔬菜、水果、肉类、禽蛋和水产品等产量多年稳居世界第一。

自 2006 年起，我国不再接受联合国世界粮食计划署的粮食援助，而且我国还逐步成为重要的粮食援助捐赠国。我国用不到世界 9% 的耕地养活了世界近 20% 的人口，为世界粮食安全作出了重大贡献，我们用行动回答了谁来养活中国人的问题。这些成就，是在我国人口大幅增加、耕地大量减少、各种自然灾害频繁发生、国际市场竞争压力日益加大的情况下取得的，表明我国农业综合生产能力确实有了质的飞越。

记者：当前，推进我国农业现代化还面临哪些困难？

韩长赋：我国农业现代化发展还面临许多困难，主要有"四大矛盾"。

一是农产品需求刚性增长与资源供给硬性约束之间的矛盾。近年来，人口总量每年增加 700 多万、城市人口每年增加 1000 多万，由于人口数量增加和结构变化，全国每年大体增加粮食需求 200 亿斤、肉类 80 万吨。此外，农产品用途的拓展也拉动了需求增长。在国际上，石油价格高企刺激生物质能源产业发展，直接扩大了玉米、油料、糖料等作物的消费需求。另一方面，资源环境对农业发展的约束持续加剧。我国是一个人多地少水缺的国家，人均一亩三分地，人均耕地、淡水分别仅为世界平均水平的 40% 和 25%，随着工业化城镇化推进，每年还要减少耕地 600 万至 700 万亩，农业用水紧缺的问题也越来越突出。

二是农产品供求总量平衡与结构性紧缺的矛盾。在 20 世纪 90 年代中后期，我国主要农产品供给实现了由长期短缺转变为总量平衡、丰年有余的历史性跨越。近年来，随着社会经济快速发展，农产品供求关系开始向总量基本平衡、结构性紧缺转变，部分品种需要进口弥补缺口。从 2004 年起，我国农产品贸易由顺差变为逆差。2012 年逆差达到 492 亿美元，其中谷物净进口约 1400 万吨，大豆进口 5839 万吨，食用植物油进口 960 万吨。进口增长的一个主要原因，就是消费持续、刚性增长。随着人们生活水平提高，肉蛋奶消费迅速增加，这就导致玉米等饲料用粮的需求大幅增长。食用油消费快速增长带来大豆进口激增。我国 8 亿人口时，人均消费食用油只有 2 公斤，现在

13.5亿人口，人均消费增长到19公斤。

三是农业生产成本上升与比较效益下降的矛盾。这是影响农民生产积极性的主要原因。近年来，我国农业日益显现“高成本”特征，农业生产资料价格、农业土地租金不断上涨，过去忽略不计的人工成本因青壮年劳动力大量外出务工而快速提高。同时，农产品跨区域流通量增大、运距拉长，物流成本普遍增加。生产成本大幅增加而农产品价格却不能同步上涨，导致农业比较效益不断下降。据抽样调查，2012年夏收小麦、早稻和夏收油菜籽每亩纯收益分别只有152元、321元和55元。农民说，“辛辛苦苦种一亩田，不如外出打两天工”。

四是农村劳动力转移就业与农业劳动力素质结构性下降的矛盾。农村劳动力走了两亿多人，还留下两亿多，虽然总量仍有富余，但农业劳动力素质明显下降，农业兼业化、农民老龄化、农村空心化状况日益严重。据调查，许多地方留乡务农的大都是妇女和五六十岁的老人，有人形象地称之为“3860部队”。同时，新生代农民工不愿务农、不会种地。今后“谁来种地”问题将日益突出。

记者：在需求刚性增长、资源约束趋紧的情况下，如何解决13亿人的吃饭问题？

韩长赋：习近平总书记强调，中国人的饭碗要牢牢端在自己手中，我们自己的饭碗主要要装自己生产的粮食。把13亿人的饭碗牢牢端在自己手中，关键是要提高我国农业综合生产能力，重点要在耕地、政策、科技、人才、制度等方面下功夫。

耕地是发展粮食和农业生产的基础。要坚持实行最严格的耕地保护制度和最严格的节约用地制度，守住18亿亩耕地的红线，同时大规模建设旱涝保收高标准农田，努力提高耕地质量。

政策是保护和调动农民生产积极性的关键。这几年中央政策好，农民种田有积极性。今后还要进一步加大强农惠农富农政策力度，重点是增加农业补贴，提高收购价格，使务农种粮有效益、不吃亏、得实惠。

科技是现代农业发展的主要依靠。我国农业科技与国外特别是发达国家的差距仍然较大。必须加快推进农业科技创新，做大做强现代种业，研发推广新型农业机械，提高农业科技和物质装备水平。

农业农村人才是强农兴农的根本。要加强农业科技人才队伍建设，重点是提升基层农技人员素质，加强新型职业农民培训，着力培育一大批种田能手、农机作业能手、科技带头人等新型职业农民。

制度是农业稳定发展的保障。要坚持家庭承包经营，保持土地承包关系稳定并长久不变。在此基础上，积极稳妥推进土地流转，培育新型农业经营主体，发展多种形式的适度规模经营。

记者：随着人民温饱问题解决后，人民群众对农产品质量安全问题日益关注，对我国农产品质量安全问题如何看？怎么办？

韩长赋：近年来，各级政府高度重视农产品质量安全工作，制定发布农业国家标准和行业标准 7600 多项，地方标准和技术规范 18000 多项，建立起了一套与国际接轨的农产品质量安全技术标准。我国农产品质量安全水平稳步提升，总体上看我国农产品质量是有保障的，蔬菜、畜产品、水产品等监测合格率总体稳定在 96% 以上。

但也要看到，我国农产品质量安全方面仍然存在一些突出问题，比如，农兽药残留超标，非法添加有毒有害物质，产地重金属污染，等等。产生这些问题的原因是多方面的。一方面是由于基层农产品质量安全监管能力薄弱，存在监管不到位的问题，我们的工作还有差距。另一方面，也与农业农村发展所处的阶段相关，与农业生产经营方式相关。我国农业生产经营主体小而分散、数量庞大，经营方式还相对落后，目前全国有 2 亿多农户，生猪养殖户有 6000 多万户。不改变农业生产组织化程度低、生产经营方式落后的状况，农产品质量安全问题就很难从根本上解决。从一定意义上讲，解决农产品质量问题，比解决数量问题更复杂、更艰巨。

我们既要打攻坚战、又要打持久战，坚持两手抓、做到两手硬，就是一手抓执法监管，深入开展专项整治，对违法违规行为重拳出击、露头就打；

一手抓农业标准化生产，推进标准化、规模化种植养殖，强化全程质量控制，从生产源头保障农产品质量安全。

记者：近年来，我国农民增收情况怎么样？如何才能让亿万农民同步进入小康、过上富裕体面有尊严的生活？

韩长赋：新中国成立以来，特别是改革开放以来，我国农民收入稳步提高，生活条件显著改善，告别了温饱不足，总体进入小康。有三个明显标志：

第一个标志，农民收入持续快速增长。1949 年到 2012 年，全国农民人均纯收入由 44 元提高到 7917 元。新世纪以来，农民收入实现了连续九年较快增长，特别是最近三年农民收入实际增速均快于城镇居民，城乡居民收入比由 3.33：1 下降到 3.1：1。

第二个标志，农民生活水平明显提高。1952 年，农民人均生活消费支出只有 62 元，2012 年达到 5908 元，名义增长 90 多倍。消费结构发生巨大变化，医疗保健、交通通信、文教娱乐等消费支出不断增长，恩格尔系数由 1978 年的 68% 下降到 2012 年的 39.3%。

第三个标志，农村贫困人口大幅减少。农村贫困人门由改革开放初的 2.5 亿人减少到 2010 年的 2600 多万人（按农民人均年纯收入低于 1196 元的扶贫标准），现在扶贫标准提高到 2300 元，还有近 1 亿贫困人口。

但与实现收入倍增目标相比，与农民群众对美好生活的期待相比，农民增收致富奔小康还是一项极为艰巨的任务。突出表现为城乡收入差距大。2012 年城镇居民人均可支配收入与农民人均纯收入两者之间相差 16648 元，比 2000 年高 12621 元。如果考虑到社会福利等隐性收入方面的区别，城乡收入差距就更大。区域之间、农民内部之间的收入差距也很明显，平均数掩盖了大多数。2012 年，上海农民收入达到 17804 元，而甘肃仅为 4507 元，上海是甘肃的 4 倍。

今后一个时期，我们将积极拓宽农民增收渠道，建立促进农民增收的长效机制。

一是提高农业生产效益，促进家庭经营收入稳定增长。加快改造传统农业，拓展农业功能，培育新的收入增长点。同时，完善农产品价格形成机制，保持农产品价格合理水平，促进增产增收。

二是引导农村劳动力转移就业，促进工资性收入持续增加。积极引导农村劳动力外出就业和农民工返乡创业，加大培训力度，提高技能水平，推动农民工工资水平稳步提高。

三是加大对农业的补贴力度，促进转移性收入大幅增长。随着工业化进程的加快、国家财力的增强，大幅度增加对农民生产和收入补贴，推进城乡公共服务均等化，让公共财政的阳光普照农村，惠及农民。

四是加快推进农村改革，创造条件增加农民的财产性收入。推进农村产权制度改革，增加农民的股息红利收入，改革征地制度，提高农民在土地增值收益中的分配比例。研究农民的承包地、林地、房屋及宅基地等财产权收益实现问题。

记者：如何推进社会主义新农村建设，把农村建设成为农民幸福生活的美好家园？

韩长赋：推进社会主义新农村建设，要把握好“生产发展、生活宽裕、乡风文明、村容整洁、管理民主”的20字方针，这既是中央对新农村建设的总体要求，也是新农村建设的总体目标，当前最重要的是解决好三个方面问题：一是解决好农民工问题，稳定有序推进农民工市民化。二是解决好农村公共事业发展问题，逐步促进城乡公共服务均等化。三是解决好城乡要素不平等交换问题，加快形成以工促农、以城带乡、工农互惠、城乡一体的新型工农城乡关系。

需要特别指出的是，推进城镇化不能取代新农村建设。中国人口多，主要是农民多；农民要进城，但不可能都进城，更不可能都进大城市；城镇化要加快推进，但新农村建设也不能忽视。城乡一体化不是城乡同样化，搞所谓“去农村化”。城镇和农村应当和谐一体，各具特色，相互辉映，不能有巨大反差，也不能没有区别，否则就会城镇不像城镇、农村不像农村。新农村是升级版的农村，不是缩小版的城市。只有推进新农村建设，传承乡村文明，保留田园风光，发展现代农业，实现人与自然和谐发展，才能让农村成为农民幸福生活的美好家园。

《经济日报》2013 年 9 月 13 日

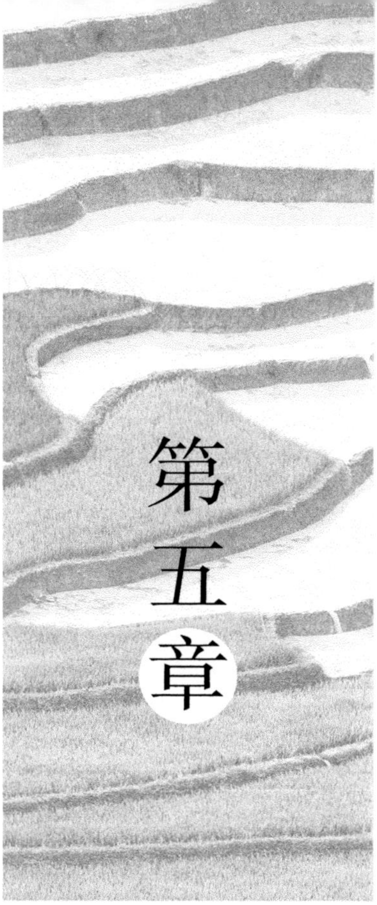

第五章

漫步田野：

拂堤杨柳醉春烟

百年彰武走向富裕明天

——辽宁彰武县采访札记

在工业基础薄弱、农民收入偏低的辽西地区，如何进一步拓宽农业增收、农民致富的渠道？彰武县在近年的实践中走出了一条适合县情的区域经济发展道路。

2002 年 9 月中旬，记者对彰武县进行了采访。县委书记李建潮介绍说，彰武地多，水多，环境没污染，依据这三大优势，彰武县提出了以林带草、以草兴牧、以牧促绿，建设林业强县、畜牧业强县、绿色食品强县的经济发展思路。目前“三业”发展势头良好，强县富民目标有望实现。

林业：农民致富的基础

驱车行驶在彰武县浓密的林荫路上，丝毫感受不到秋阳的灼热。放眼望去，连绵的农田林网成格，河边路旁绿树成行。地处辽宁省西北部，背靠内蒙古科尔沁沙地南缘的百年老县彰武，一片绿色，充满生机。

实现农民增收要有突破口，从实际情况出发，彰武把突破口定位在林业上，拉开了林业二次创业的序幕，走生态经济型林业发展之路。

彰武人认识到，没有林业的发展，就没有彰武农业的发展，也就没有彰武的今天。

他们给记者算了一笔账：彰武县的人均耕地不少，但很多地都在种粮食，如高粱玉米，一亩地也就收入 150—200 元，如果发展经济林，效果就大不一样了，以目前正在大力推广的大扁杏为例，种植三年后每亩地至少收入 800 元，而且头三年里还能搞间作，收入也很可观。

章古台镇退休干部王凤琴说，过去种玉米，一亩地一年收入100多元，自从搞育苗后，一亩地一年收入1000多元，是过去的10多倍。

彰武县四合成乡下河村的杨海青，1984年就承包了1000亩沙地种植白榆、刺槐和桑树，目前，他家屋后的那片林子已价值百万元了。

我们不难看出，把生态建设与结构调整结合起来，将会给彰武县带来更为可喜的变化。

今年，彰武县抓住国家退耕还林政策实施的机遇，出台了13条优惠政策，大力倡导退耕还林，积极发展民营林，让农民“栽自己的树，管自己的山”，实现了造林数量、质量、投入和运行机制的历史性突破，全县造林总投资4153.6万元，完成人工造林21.3万亩。目前，全县林地面积发展到159.8万亩，森林覆盖率为23.3%，比全国平均水平高10多个百分点，比世界平均水平高出2个多百分点。

畜牧业、绿色食品：农民致富的双翼

林业的发展为畜牧业的发展提供了广阔的空间。今年，彰武草原建设又有新突破，人工种草，在原来9万亩保存面积的基础上，新增5.6万亩，其中水浇草1.2万亩，最大的一块达5000亩。草业带动了畜牧业发展。目前全县建成四大畜牧基地。

一是建成秸秆养牛基地，以8个乡镇为重点，建万头牛乡2个，千头牛村8个，建规模化、科学化养牛饲养小区47个，发展秸秆养牛大户4785户。与沈阳辉山乳业有限责任公司联合，建立了4个奶牛小区，每个小区饲养规模达到1000头，一批澳大利亚奶牛将进入小区。

二是建成白鹅生产基地，今年全县白鹅饲养量达到200万只，其中百只以上大户达2600户。农民卖一只白鹅能获纯利12元左右，仅白鹅一项全县即可增收2400万元。目前他们正在实施“百万白鹅过长江”行动，要将白鹅远销到长江以南。

三是建成蛋鸡生产基地，全县发展养鸡专业村7个，养鸡大户2300户，

东六镇双山子村成立了养鸡协会和鲜蛋批发市场。

四是建成瘦肉型猪基地，在 6 个乡镇建商品猪小区 31 个。

随着肉类、白鹅、鲜蛋等畜禽产品打入全国市场，畜牧业成为彰武农村经济的一大支柱产业。

畜牧业快速发展带来的畜多肥多，减少了化肥施用量，又为绿色食品业发展创造了良好条件。为此，彰武提出要建好绿色食品基地，叫响绿色食品品牌。他们对全县 80 万亩耕地进行了环境检测，着手建立农产品安全质量标准和监控体系，明确绿色食品主导产品，引进绿色食品龙头企业。今年，要在巩固发展“精制米”“金明水地瓜”“哈尔套蔬菜”“保鲜玉米”等绿色食品品牌的基础上，新增大扁杏、花生两个绿色食品认证。彰武已被北京绿色食品蔬菜市场定为准入地。

下一步，彰武畜牧业的发展将走集约化、规模化之路。到 2010 年，全县牧业用地达到 70 万亩，畜牧业产值达 7 亿元，占农业总产值的 60%。发展畜牧业要以小区建设为载体，以舍饲半舍饲为主要方式，实现由一家一户自然饲养向大户、小区转变。

彰武的地瓜、大米、保鲜玉米、鲤鱼、蔬菜远近闻名，今年无公害农作物面积要达到 20 万亩。到 2010 年，全县绿色食品基地面积达到 150 万亩，成为全省乃至全国绿色食品的重要生产地和提供地，以绿扬名，以绿富民，以绿强县。

劳务输出：农民致富的快车道

千方百计解决农民就业和增加农民收入，是新阶段农村经济工作的中心任务，也是彰武县委和县政府的工作着力点。随着彰武农村改革的不断深入，劳动生产力的不断提高，农村的劳动力已分解成三个组成部分，即务农、经商、外出务工。只有减少农民，才能富裕农民，彰武县近几年高度重视劳务开发，加大力量组织农民出外打工。彰武县外出打工人员已从 1995 年的 1.2 万人发展到现在的 4 万多人。外出务工人员的平均年收入为 2850 元，劳务输出增加县农业社会总收入1.6亿元，增加乡镇人均收入370元。劳务收入解决了将近4万农户在生产、生活、子女上学、老人赡养方面的困难。

在采访中，记者了解到，五丰镇大五村村民洪泽江等7人，每年利用农闲时间打工8个月，每人收入3200元，劳务收入是他们土地收入的4倍。

该村23岁的张大龙告诉记者，他在北京百脑汇电脑市场当保安，月收入800元，一年补贴家里最低5000元，而家里父母和弟弟三个人种地，一年才收入4000元。

与张大龙在一起当保安的还有五丰镇宣女村的滕占扬，他的年收入为10600元，6年收入了6万元，不仅自己娶了媳妇，还帮家里开了几十亩稻田。该村的梁玉琴在沈阳当保姆，年净收入4000元，相当于自家10亩地收入的4倍，一个人养活一家4口人。

目前，彰武县已经在沈阳、北京、大连建立了20多个外出务工联络站。劳务输出为农村的经济结构调整和农民提高收入开辟了广阔的空间。

《经济日报》2002年9月24日

入世后浙江农民在忙什么

——浙江农村采访见闻

入世快一年了，受到冲击最大的各地农业都在抢抓机遇，减少冲击。那么，经济发展速度一直居中国领跑地位、素有“鱼米之乡、丝绸之府”称誉的浙江的农业怎么样了呢？近日，记者走访了浙江的桐乡市、嘉善县、绍兴县等地。

一忙调结构　抓比较优势

驱车行驶在秋日的浙北平原水乡上，风景美不胜收。只见千河百荡，良田成顷，既能看到禾苗青葱，也能欣赏到五彩缤纷的鲜花，还能看到活蹦乱跳的鱼虾。不远处的田野上，一栋栋造型别致的二、三层欧式小楼沐浴在秋阳之中。农民们在田野上耕作着，在大棚里采摘着应季的蔬菜和鲜花，或在农产品加工企业的车间里忙碌着。

说起这瓜果鲜花飘香、鱼虾六畜兴旺的由来，当地的领导和群众不约而同地都提到了一件事，就是已经搞了几年，目前正在加快进行的农业结构调整。

结构调整优化了农业结构，改变了过去那种“家家小而全、乡乡粮棉油”的区域结构雷同的状况，农业效益显著提高，农民务农收入明显增加。但这与入世之后应对国际、国内两大市场挑战的要求，仍然有较大差距。

浙江人清醒地认识到，农业要在参与国际分工和农产品国际贸易中分享到巨大利益，必须充分发挥农业的比较优势。因此，结构调整就显得尤其重要和迫切。依据国际贸易的比较优势理论，对照有关规则和浙江主要农产品的生产力水平，他们从当地人多地少，农业自然资源多样、气候多样的县情、市情出发，把节地型、劳动密集型与技术密集型相结合的特色农业作为农业支柱产业和出口农业的主导产品。优先把在国际贸易中已经有一定地位的蔬菜、水果、食用菌、茶叶、蚕茧、花卉园艺、水产和畜禽培育成出口导向型产业。

桐乡市副市长冯建德介绍说，按照“调粮、扩经、增养、提效”的思路，通过宣传发动、政策促动、典型带动等途径，引导农民调整农业结构成效显著，全市蔬菜、瓜果、花卉苗木等经济作物种植面积已超过粮食复种面积；粮经作物面积比例由1998年的68：32调至目前的48：52；种养产值比例由1998年的52：48调至目前的42：58。历史上一直以种植粮食为主，是全国重要的商品粮基地的嘉善县，粮经比例已调整到50：50。目前，结构调整正在向纵深进行。

二忙提质量　抓优质品牌

从某种意义上说，世界经济已经进入了品牌经济时代。一个产品创造出一个好品牌就是赢得了一张市场通行证。浙江人已经充分意识到，国际农产品竞争越来越注重质量和品牌，只有尽快实现农业从数量型向质量型转变，从增产战略向增效战略的转变，并且在质量标准上尽快与国际标准接轨，尤其注重农产品精深加工名牌产品的培育，才有可能抓住机遇，占领国际市场。

说起创建名优品牌，几位县、市领导如数家珍地说起了当地的名优特新农产品。嘉善县副县长马佩莲介绍说，全县已注册登记农产品商标28个，有23个农产品先后被省市评为优质农产品。名牌“六塔鳖”实施标准化生产，采用鱼鳖同塘生态混养法，所产的六塔鳖裙边宽厚，肌肉结实丰满，含水率低，营养丰富，经技术部门检测，所含氨基酸、粗蛋白质含量比温室鳖分别高出18.4%、7.4%。该产品在2001年中国国际农业博览会上被评为名牌产品。其他如“干窑”大米、银嘉善“甜瓜”“锦雪”黄桃，以及绍兴的“会稽”龙井、“科盛”和“中大”动物饲料、“瘦八戒”猪、“山娃子”笋干菜等一批名牌产品都享有一定的知名度和市场占有率。

马副县长介绍说，为了提高农产品的综合竞争力，嘉善县紧紧围绕农产品质量安全问题，做了一系列工作。一是建立了一批无公害农产品生产示范基地，二是加强了农业标准化体系建设，三是完善了农产品检测网络，四是强化了农药管理。

目前，他们正在创建能够在国际市场上叫得响的品牌。

三忙扶龙头　抓产业化

从浙江农业现状和这几年的实践经验来看，农业只有围绕着有比较优势的农业主导产业的发展，由一批实力强大的农业龙头企业与广大农民组合成龙型农业产业链和产业组织，勇闯国内外大市场，才能形成“群龙腾飞、与狼共舞”的从容应对局面。

对此，绍兴县的章生建副县长深有体会地说，扶大扶强农业龙头企业，是新时期农业增效、农民增收的必然选择，也是绍兴农业融入国际化，提高竞争力的必由之路。多管齐下扶龙头已成为全县共识。今年上半年，县委、县政府专门出台了《关于加快发展农业产业化经营的若干政策意见》，鼓励农业企业上规模、上水平，对成绩优秀的企业给予重奖，对“十佳”农业龙头企业采取在税收上超基数全奖，在技改上贴息鼓励，在用地上“三优二免”，即在规费上减免，在电费上补助，在信贷上扶持等一系列配套措施，努力做大做强农业龙头企业。目前，该县正在着手制定扶大扶强龙头企业，加快农产品加工业发展的政策，在资金扶持上，将突出重点，择优扶持；新办农业企业用地，将以最低限收费标准收费，达到一定标准，可实现先征后返政策；在贷款担保上，大力推广信用连保信贷，县政府将专门辟出3000万元资金，作为农业贷款担保基金；在抵押贷款上，贷款比例将尽量往高靠；在出口退税上，对农业龙头企业开通绿色通道，实行随征随返等。同时，积极培育农业专业协会，发挥行业协会和专业合作社的作用，经过两年左右时间的努力，全县60%以上的农产品将通过农业专业合作社进行加工与销售。

《经济日报》2002年10月15日

生态要保护　牧民要小康　让美丽草原成为我的家

“天苍苍，地黄黄，风吹沙起不见羊”，内蒙古的牧民们曾戏谑般地描述沙化、退化了的草原图景。

一直以来，草原给人以富有生机、广袤富饶的感觉。随着牧区人口的增长和市场对农牧产品需求的剧增，草原负载的畜群数量也大幅度增加，过度开发草原资源不仅导致了草原的退化、沙化等后果，影响了牧区人民的生产生活，而且直接影响京津和“三北”地区的生态安全。

记者近日走访了内蒙古自治区鄂尔多斯和锡林郭勒盟部分旗县的牧区节

水灌溉试点工程和中科院植物研究所的实验基地。采访中记者发现，天然草场具有很强的自我修复能力，而灌溉饲草料地很好地解决了禁牧、休牧和轮牧期间牲畜的饲草料供应问题。

“1998 年以后再也没买过草料”

“我家承包了 3800 亩天然草场。1996 年以前，我养了 200 多只羊，自家草场的草都不够吃，只好到外地去购买草料，总共花了 2 万多元。后来，只好忍痛卖掉大半羊群，最后只剩下母畜。我真正开始搞饲草料地是在 1998 年，从那以后，我再也没买过草料。”内蒙古鄂托克前旗毛盖图苏木伊克乌素嘎查（村）书记许凤山讲述了他家搞灌溉饲草料地的前前后后。有了灌溉饲草料地以后，许凤山引进优良畜种小尾寒羊。他还告诉记者，搞灌溉饲草料地，打了一眼井，搭建了一个暖棚和羊圈，5 年来总共投入不下 10 万元，其中有 70%左右的资金是自筹的，30%是国家投入的。他家共有水浇地 100 多亩，紫花苜蓿 70 亩，玉米 20 亩，还有 10 来亩草饲料。预计今年再扩大 100 亩，达 200 亩，预想的收入就是比现在翻一番，达到 10 万元。自从搞了饲草料地后，整个嘎查的牧民就不用到外地去购买草料了，只需内部相互补给，自家用不完的草料可以就地转卖给别人。

建设一小片　恢复一大片

杭锦旗的宝旗长告诉记者，鄂尔多斯市三年前确立了“绿色大市、畜牧业强市”的战略，这在当时被称为“畜牧业的一场革命”，宝旗长认为这是“牧民的春天”来了。杭锦旗在多年的探索、研究解决牧区生态和农民脱贫致富的矛盾中提出了“五个一”工程，其核心是每户牧民在自己承包的草场上打一眼机电井，建一座小水塔，开发一小片经济园，盖一座舍饲暖棚和青贮窖，旨在通过打井开发水浇地实施引农入牧，以农促牧，减轻草原压力，进而达到草原生态和经济的可持续发展。“五个一”工程的总体思路是：以修复和保护草原生态为立足点，以“建设一小片，恢复一大片”为目的，以发展牧区水利，扭转传统散养的生产方式为手段，以禁、休牧为根本，最终达到生态、致富双赢目标。据了解，目前建成的“五个一”实施户的年人均纯收入可稳定在4000—7000元。

杭锦旗降雨稀少，多年平均降雨量仅为207毫米，地表水不发达，但是地下水则相对比较丰富，“五个一”工程模式正是根据该旗的实际情况而做出的创造性举措。天然草原具有较强的自我修复能力，通过实施“五个一”工程，3—5年草原生态即可恢复。

杭锦旗浩绕柴达木苏木的牧民杨·巴特尔见到记者时显得有些腼腆。当记者问及种了这么一大片饲草料地一家5口人能不能忙得过来时，巴特尔的话匣子一下子就打开了：他家共承包草场2800亩，养山羊200只。过去由于草场严重超载，牧场退化、沙化加重。2000年，他家被列入牧区“五个一”工程示范户，在水务局的帮助下，在自己的草场上打机井一眼，建一个60平方米的标准化暖棚，一个32立方米青贮窖，一座12吨水塔，一片饲草料经济园——种植防护林40亩，优质牧草紫花苜蓿15亩，饲料玉米30亩，草玉米5亩。年产草6.3万公斤，饲料1.8万公斤，青贮1.75万公斤。2002年4—7月实施禁牧期间，他家的饲草料地完全满足200只山羊舍饲的饲草料需求。杨·巴特尔将草场划分为五快，实行划区轮牧。现在每年产绒130公斤，育肥羊出栏50只，总收入4.36万元，年人均纯收入达到7000多元。当记者提议他买一辆北京吉普车时，杨·巴特尔只是一个劲儿乐呵呵地点头。

高效节水基地水丰草茂

一望无际的青贮玉米地上空横亘着一条长长的“指针”，针脚就在青玉米地的正中央。“指针”围绕着针脚缓慢地转动着，从“指针”里喷出来的水洒在绿油油的叶子上，在阳光下折射出五彩的斑斓。这是记者在正蓝旗上都镇牧区节水灌溉示范基地看到的一幕美丽的草原风景。

地处浑善达克腹地的正蓝旗是与北京直线距离最短的牧业旗。该旗的桑根达来镇图古日格嘎查配合围封转移战略的实施，整体搬迁到207国道沿线，草场全部围封禁牧，该嘎查的高产饲草料基地节水灌溉工程建设面积1000亩，总投资124.5万元，引进美国维蒙特公司生产的大型指针式灌溉机组作为灌溉设备，节水能力为30％—40％，有效地提高了水资源的利用率。据工程的管理人员介绍，整个工程实行公司化运作，基地一年可产饲草料约400万公斤，在政府的指导价格下，根据订单向大小牧户提供他们所需的饲草料。

目前，全旗累计建成饲草料基地面积达6.8万亩，水浇地0.7万亩。基地建设始终坚持高效节水的技术标准，不仅在旗内起到了示范作用，同时也为全国牧区节水灌溉起到了典型引路的作用。

让草场“放假”休养生息

浑善达克，这个被当地人形象地称作“小腾格里沙漠”和“黄色小马驹”的沙地，位于锡林郭勒大草原南端，面积5.3万平方公里，是中国的四大沙地之一。

当我们驱车前往浑善达克沙地时，路上看到远处的山丘点缀着丝丝绿意。当地人告诉我们，要是在两三年以前，我们看到的只有明晃晃的沙子和阳光照耀下反射出来的余光了。在中国科学院植物研究所围封了两年的1万亩天然草场，我们看到这里的草长得很茂盛。当时在实验基地工作的几位植物研究所的博士生介绍，三年前这里的植被覆盖率只有10％—20％，而经过围封禁牧，不给它任何的灌溉，现在的覆盖率已达30％—40％，而且许多适生的草种也相继出现。她们认为，草原的自我修复能力相当强，依靠这种自我修复能力即使是退化、沙化严重的沙地也有可能恢复。两位女博士指着远方的沙丘告诉记者，两年前，那些都是明沙丘，而且都以一定的速度在运动，经过两年多的围封禁牧，现在已成为半固定沙丘，而且小山上也长出一些灌木丛。

实践证明，退化、沙化的天然草场经过一定时间的围封育草是完全有可能恢复草原生态原貌的，即使是像浑善达克这种植被曾经遭到严重破坏的沙地，要恢复也是完全有可能的。关键是减少人为的破坏，给草场以“放假”，让它们得到应有的休息。

《经济日报》2003年8月12日，与钟炳祥合作。

养奶牛　种蔬菜　搞旅游　“三大样”让张北变了样

——张北县农民生活变化纪实

河北省张北县经历过1998年那场大地震后，又连续闹了四年特大旱灾。天灾不断的这个国家级贫困县，农民的日子如今到底过得怎么样呢?

金秋时节，记者到张北的田间地头进行了深入采访。

养奶牛

过上了按月领工资的生活

一进二台镇董家梁村，一排排玻璃房顶的红砖牛棚十分抢眼，黑白花的奶牛在牛棚里悠闲地吃着青饲料，个个都养得膘肥体壮。在村子里走一圈，记者看到全村40多户家家都养了4头以上的奶牛。

在村里董长家，董长65岁的老父亲说，过去我种麦子、养猪，一年到头也就刚够糊口。董长说，现在我不种麦子也不养猪，就养了5头大奶牛，每斤牛奶8毛多，村后伊利、三鹿、蒙牛、圣元几家奶站还抢着收。现在我每月28日到收奶站领“工资”，再拿着钱去镇上买粮买肉买青菜，过得跟城里人一样。

好像怕记者不相信，38岁的董长把他家的“交奶登记本”拿给记者看，满脸的喜庆。本子上记着每天他家向收奶站交多少奶、每月他家领了多少钱。记者清楚地看到，上个月28日他家从奶站领了3200元钱。

董长邻居庞海明在自家新盖的6间红瓦白墙大瓦房前告诉记者，盖新房花了5万元，都是养牛赚的钱。围在旁边的几位村民笑着说，村里的年轻人现在都是少生孩子多养牛，村里给了二胎生育指标也不生。

村民们抢着告诉记者，镇里、县里都支持他们养牛，各家的牛棚都是镇里给了 5000 元的扶贫款，统一规划和兴建的。几家固定收奶站也是县上和乡里联系国内大型乳品加工企业建起来的。

一辆驮着红十字药箱的摩托车驶进了村里。村民们都喊骑摩托车的人孟大夫，纷纷向他询问给奶牛配种的事。孟小军是二台镇董家梁村一带有名的医生，给牛看病、配种忙得他不亦乐乎。问他的生意咋这么红火，孟小军笑呵呵地说：“张北县现在到处都在发展养牛专业村，品种好的奶牛特抢手，产奶量大的美国荷斯坦系列奶牛每头都得几万元，农民买不起，就得靠给牛进行人工授精。我从河北省种牛站进的冷冻精液，绝对都是纯的荷斯坦系列品种。三年前我一年配种 200 头，现在一年 700 多头。”

张北的气候和草场资源特别适合养奶牛，国家 2003—2007 年优势农产品区域发展规划中，张北名列牛奶优势小区。养牛的高效益让农民干脆把地都种上了青玉米做饲料，扩大养殖规模。为了应对干旱，董家梁村村民还自发地搞股份制打井，确保饲料供应。养牛使全村人均纯收入达到 2000 多元，家家都有电话、拖拉机，年轻人还都用上了手机，骑上了摩托。

种蔬菜
一亩地收入是种粮的 10 倍

正是农忙季节，田间地头到处都能看到农民们忙着收菜的身影，公路上穿梭着北京、天津、江苏、内蒙古的运菜卡车。

在绿油油的芹菜地边，战海乡脑包怀村的几位村民一边起菜一边和记者聊起了“蔬菜经”。王春治很自豪地告诉记者，他是这村第一个改种菜的。原来他家 6 亩地种小麦和莜麦，一亩地刨掉种子、化肥和农药钱，也就能收入 200 多元。震后第一年他开始种蔬菜，现在每亩地纯收入 2000 元，种菜是种粮收入的 10 倍。“要不是种菜当年就赚了 9000 块钱，我大女儿考上大学也去不了，3000 元学费从哪儿出啊？！”王春治感慨地说。

张北县的海拔1400—1600米，年均气温2.6摄氏度，是典型的高原丘陵高寒区。大地震以前，张北的农业以种植莜麦和小麦为主，由于十年九旱，亩产都很低，农民辛苦一年的收成往往仅够糊口，家庭基本上没有收入。年景不好时只能靠吃救济粮度日。

不甘心贫穷的王春治也办过砖厂，结果赔进去了辛苦积攒的5万多元，还欠下了一屁股债。

1998年地震以后，张北得到了国家资金和政策的倾斜，张家口市和张北县也多方筹措资金，为农民在田间打井引水、接电，把原来靠天吃饭的雨浇地变成了水浇地。在改善农业生产条件的同时，积极调整农业结构，利用张北气候凉爽、病虫害少的气候优势，以及地处京津冀晋蒙咽喉的区位优势，大力发展错季绿色蔬菜。

以“中都”牌商标统一组织生产、检测，提前40天上市的张北绿色蔬菜不仅弥补了市场空当，还以其无公害、无污染的高品质，被“冀、京、津蔬菜农药残留监控协作网”确定为“无农药残毒放心菜生产基地”，今年又被北京市定为“蔬菜特供县”，获得京津市场准入证，同时吸引了来自全国20多个省市的菜车，还出口日本、韩国、美国等国外市场，并成为日本、韩国、新加坡和新西兰等多家国外公司的无公害蔬菜定点种植基地。

“这几年靠种菜，家家的日子都过得不错，现在村里102户光拖拉机就有80多台。”王春治站在地头上告诉我们。

记者在馒头营乡王簸箕沟村听到的顺口溜也生动地概括出了这五年的变化:“过去吃救济粮、住土坯房、穿破衣裳，现在吃商品粮、住砖瓦房、穿新衣裳，光棍个个娶新娘。”

曾是张北有名的穷村的王簸箕沟，震后依托县里的龙头企业——河北天露糖业有限公司发展甜菜种植，成了远近闻名的富裕村。

曾经为上学的2元钱借遍全村也借不到的33岁的田亮，现在骑着摩托、拿着手机，是村里第一个“吃螃蟹”的人。

那还是1999年，县糖厂为了解决原料供应，来村里推动甜菜生产，可没人敢种。“一个是怕卖不出去，再一个是根本种不起。一亩甜菜需要130元钱的投入，谁也拿不出来。”在城里打工的田亮看到了致富的希望，决然辞职回村，贷款390元种上了3亩甜菜。秋后，被老父亲骂、被乡亲们等着看热闹的田亮，一亩甜菜收了3.5吨，每吨卖了290元，一亩地净赚800元。原来种地也能挣钱！

村里种甜菜一下子普及开了，进城打工的青壮年纷纷回村种起了甜菜。

在村头，农民们亮出了糖厂开的收购票。每年春天，糖厂都与农民签合同，定下收购价，一亩甜菜开一张票，敞开收购。

甜菜让王簸箕沟的农民尝到了甜头。

搞旅游

保护了生态还赚了钱

到坝上旅游是北京人这几年的时尚。张北俗称“坝上”，是锡林郭勒草原的南沿，这里青草茂盛、鲜花遍野，蓝天白云下，洁白的蒙古包点点错落，悠扬的马头琴声阵阵传来，一派美丽的草原风光。

草原南缘的桦皮岭山脉海拔比泰山还高100米，七八月间云锁山顶，漫山遍野的鲜花五彩缤纷，难耐酷暑的人们漫步其间仿佛置身春天的花海。

而张北县距北京不过240多公里，有京张高速和207国道经过，只需3个多小时车程就可以抵达，这里几乎堪称是京津的后花园，是夏秋避暑和旅游观光的好地方。

在中都原始草原度假村，记者看到来自北京和山东的一群游客正在兴致勃勃地纵马驰骋。一位牵马的大爷告诉记者，每年牵马为游客服务都比种莜麦挣的钱多。以前可不懂，那会儿人们都把草场开垦成农田了，剩下不多的草场还让漫山遍野的牛羊给啃秃了。这几年乡里号召退耕种草、牛羊圈养，这不，风沙也少了，林草也密了，来的游客也多了，我们的日子也好过了。

五年来，张北一方面大搞退耕还林草、京津风沙源治理和“三北”防护林等生态工程建设，一方面利用国债资金和社会投资，修建了连接各景点的公路，完善了接待设施。张北人发现，过去害他们受穷的自然环境，如今变成了金饭碗。凉爽宜人的气候，风光独特的草原景色，加上元中都遗址开发增添的文化内涵，张北县发展草原生态旅游业前景十分诱人。

大地震和大旱灾，没有把张北人民吓倒，反而更激起了他们致富奔小康的迫切愿望。年轻的女县长郑丽荣向我们这样描绘张北发展的蓝图：要以畜牧、蔬菜和旅游三大产业为重点，努力把张北建设成优质绿色奶源基地和菜篮子、花园子，让农民的日子一天更比一天好。

《经济日报》2003 年 10 月 12 日

内蒙古赤峰绿色屏障造就特色经济

一位做牛羊肉生意的外地客商利用国庆休假的时间到内蒙古赤峰市考察投资环境。几天过去了，他有些惊讶地发现：“这里不像过去那样秋风一起就黄沙肆虐了。”

赤峰曾经就是“吃风”。曾有许多到赤峰考察投资环境的外地客商给赤峰下了类似的评语。确实，往年秋风一起，地处科尔沁和浑善达克沙地边缘的赤峰市便经常笼罩在沙尘暴里。昔日生态环境脆弱的赤峰风大沙多林少，水土流失严重，自然灾害频繁，人们生产停滞、生活无着、贫困落后。但面对日益恶化的生态环境，赤峰人民从 20 世纪 50 年代就开始坚持不懈地大搞生态建设，再造秀美山川。

如今，赤峰市的生态环境早已今非昔比，赤峰市敖汉旗获得了联合国环境规划署“全球 500 佳环境奖”，赤峰市被人们誉为“塞外明珠”。

20 世纪 90 年代以来，以防沙治沙、小流域治理为中心的大规模生态建设在全市普遍展开。

几十年来，赤峰市围绕生态环境建设，坚持“一任接着一任干，一张蓝图绘到底”的接力赛精神，干部带领群众苦干实干。

联合国防治荒漠化公约秘书处官员卡尔·波马顿先生在赤峰考察治沙项目区时曾深情地说：“赤峰的成功经验对受荒漠化威胁的世界各国都有良好的示范和指导意义。调动千百万人的积极性，组织防止荒漠的行动，营建如此规模宏大的生物治沙工程，这在其他国家是难以做到的。”

全市围绕山区和沙区的治理开发营造的带、网、片，草、灌、乔相结合的生态防护体系已初具规模，有57.7%的沙化土地和60%的水土流失面积得到了有效治理和控制。

在绿色屏障的保护下，赤峰市农牧业生产能力大幅度提高，粮食生产出现飞越性发展。到去年，全市粮食总产量达到27亿公斤，畜牧业生产经营方式逐步转变，区域性、季节性封山禁牧成效显著，全市牛羊舍饲215万头，牲畜存栏800多万头，农牧民人均纯收入1847元。农牧业产业化经营迈出较大步伐。以自然资源为依托，草原兴发、塞飞亚、健元鹿业、东荣公司等龙头企业快速发展壮大，依托森林资源开发的木材加工、种子采集、生态旅游、特种养殖等产业初步形成，正成为赤峰市新的经济增长点。

2002年，全市实现国内生产总值205.4亿元，实际增长14.7%，比自治区高出2.6%个百分点。人们的生活条件有了极大的改善，精神文明建设和社会可持续发展有了根本保障。

《经济日报》2003年12月21日，与刘重文合作。

“针织名镇”三级跳

——广东省佛山市张槎针织业发展小记

20多年前，一个面积只有20多平方公里、常住人口仅几万人且资源贫乏的张槎镇，选择了针织业埋头苦干。20多年后，张槎镇的针织产品不仅遍销全国各地，且远销欧美等20多个国家和地区，成为“中国针织名镇”。

张槎的针织业走过了一个从无到有、从单家独户经营到相对集中并颇具规模的发展转变历程。1980年，有关部门提出城市工业扩散农村的思路，张槎镇领导抓住契机，办起了镇直属企业张槎针织厂，家庭式的针织工场也纷纷开工。镇各级领导也充分利用城市的辐射功能，对新兴针织业积极引导扶持，揭开了张槎镇针织行业史新的一页。

1991年至1995年间，张槎针织业以每年递增30%以上的速度发展。此后，张槎针织业经历了三次集中化发展。

第一阶段为连片集中发展阶段。1995年，张槎针织开始步入连片规模发展阶段，一方面通过大力建设针织工业区，积极招商引资；另一方面抓住国营针纺企业转制转营的机遇，连片发展针织业，使张槎针纺业数量、产量迅猛发展。到1998年年初，张槎镇已逐步形成针织生产基地。

第二阶段为有计划引导发展阶段。张槎针织业在经历了1998年高速发展时期后进入了低谷。产品档次低、企业规模小、附加值小等问题逐步显现。张槎积极引入科学的管理理念和管理手段。从1999年开始，张槎便开始每年扩大针织城的数量和规模，促进针织业进一步规模化、产业化发展，2002年张槎成为目前全国规模最大的针织生产基地和集散地，有针织企业1600多家，针织大圆机7000多台。2002年，该镇被中国针织工业协会、中国纺织工业协会授予“中国针织名镇”的称号。

第三阶段为结构调整，升级换代阶段。张槎针织有了现在的成就，似乎该是庆贺的时候，但是张槎街道办党工委书记张远航说：“我现在愁着呢，张槎针织必须尽快完成第二次起跑。”因此，张槎在去年党代会中明确提出了“全镇十年经济结构调整、针织市场五年结构调整”的远景规划。

《经济日报》2004年3月28日

河北固安：红火的市场　崭新的农村

眼下，南方农村已经开始春耕了，北方农村现在是个啥样？记者近日冒着春寒走进河北固安县宫村镇马公庄村。

呵，还真够热闹的。只见村头挂着“马公庄农产品批发市场”牌子的大市场里，车水马龙，熙熙攘攘。拉着手推车的农妇、开着三轮农用汽车的小伙子们，正忙着和来自广东、内蒙古、山西等地的客商谈买卖，装满大白菜、芹菜、冬瓜等瓜果蔬菜的货车不断开出市场，一派购销两旺的景象。

记者问一位正在卖白菜的小伙子，“收成咋样？”这位25岁的农民叫于志朋，他大方地告诉记者：“去年卖菜收入3万多元，多亏了这个市场，真是方便，从俺家住的村子到这里只有七八里地，开‘三蹦子’（农用三轮汽车在当地的称谓）10多分钟就到，以前得跑挺老远。”几位正卖菜的大嫂、大娘也七嘴八舌地插话说，这蔬菜市场等于建在了俺们家门口。

听镇里的同志介绍，这个市场旺季基本实现了全天经营，日车流量达到3000多辆，日成交额达到100多万元，客户遍及北京、山西、内蒙古、山东和东北等10多个省区市，是目前全县年总交易额超过6亿元的三大农产品专业批发市场之一。这三大市场不仅带动了全县瓜菜产业的发展，也促进了全县交通运输业、餐饮业、商住服务业、加工业等二、三产业的发展，极大地促进了农民增收。

记者在市场冷库建设工地上找到了创办这个市场的领头人、马公庄村党支部书记曹连生。当了13年党支书的老曹告诉记者，以前全村的2600亩耕地主要种麦子、棒子（玉米），全村300多户的劳动力一年忙活到头也挣不到什么钱。前几年县里号召调整种植结构，村民陆续开始扩大蔬菜瓜果种植面积，但因为市场偏远，销售成本偏高，农民调整种植结构的积极性不大。

当初建这个市场的时候，全村蔬菜种植面积只有60亩左右，现在靠市场导向，不用任何号召，村民们都自觉地改变了沿袭多年的种植习惯，家家栽果种菜，还都是从山东等地引进的苹果、葡萄、黄瓜、大葱等“名、特、优”稀罕品种，瓜果蔬菜种植面积已经达到2000多亩，占全村耕地总量的70%，去年村民人均收入80%以上来自经济作物。

镇里的同志也说，这个市场拉动了周边10多个村3000多亩瓜菜产业基地的发展，同时带动了二、三产业的发展，仅马公庄村全村从事专业运销的车辆就达到800多辆，吸纳市场务工、餐饮服务、农资经营等劳动力上千人，有效解决了富余劳动力就业的困难，去年全村农民仅从事市场服务的收入就达到50多万元。

红火的市场给村民们带来了红火的生活。老曹开上桑塔纳2000，拉记者到村子里转转，只见村里的路面全部硬化了，家家的房子都是八成新，二层的别墅小楼不时从眼前闪过。

老曹说，建设社会主义新农村首先得发展生产，村里经济实力增强了，才有余力干以前想干却干不成的事。记者了解到，几年来，村里先后投资300万元，让家家喝上了自来水，建成了村办小学，街道、环村公路全部实现硬化，办公楼也拔地而起，村里再未出现过一起上访、告状和刑事案件，干群、党群关系日趋融洽，村街和谐稳定。

正所谓眼见为实。记者随意走进一户人家串门，宽敞明亮的大客厅里，54英寸的大背投电视机和立式空调显出家境的殷实。这套近300平方米的“六室两厅”的男主人，是35岁的农民刘站强，买了一辆福田厢式货车跑蔬菜运输，他告诉记者，“俺家在村里只能算中等户，年收入也就几万元。”

记者接着进了王桂芝大嫂家，她乐呵呵地说，“家里种了5亩菜地，因为离市场近，我骑三轮车就能卖菜，清早起来摘下的菜顶花带刺带露水，特新鲜特好卖。以前5亩地种麦子、棒子，一年最多能挣2000多元钱，现在最少能挣2万多。去年种了3分地的香菜就挣了1500多元。家庭妇女到市场帮忙剥白菜、干杂活，一天也能挣几十元。”大嫂颇为自豪，“俺村日子过得好，外村姑娘都愿意嫁咱村小伙！”

不仅外村姑娘愿嫁这村小伙，连外村小伙都愿意做上门女婿。在村边连成片的蔬菜大棚里，正在侍弄抱球生菜的28岁的李江华就是其中的一个。绿油油的生菜望不到边，李江华告诉记者，再过20天就能出菜了，一棵生菜能卖3元多，这一棚生菜就能卖15000多元。

记者了解到，在政府鼓励和市场引导下，固安县农业产业化带动了农村经济强劲发展，他们通过创建专业市场引导型、龙头带动型、服务组织促进型、特色产业推动型等模式逐步加快农业结构调整，加速推进农业产业化进程，延伸产业链，增加农产品的附加值，提高农业生产的效益，促进了农民增收致富。目前，全县农业产业化经营销售收入达到13.5亿元，农业产业化经营率达到46%，农民人均收入达到4051元。

建设新农村，各地有各地的高招。副县长杨遥通说，正是因为看到了农业产业化给农民带来了巨大实惠，县委、县政府决定以此为抓手推进新农村建设。县委全会审议了《关于进一步推进农业产业化经营　加快社会主义新农村建设的意见》，提出要按照科学发展观的要求和城乡统筹发展的思路，以深化农业和农村经济结构战略性调整为主线，以增加农民收入为出发点，做强龙头企业，培育农产品市场，完善利益机制，突出区域特色，壮大产业基地，进一步推进全县农业产业化经营跃上一个新台阶，力争到2010年，全县各类农业产业化生产经营总量达到18亿元以上，产业化经营率达到62%，农业产业化经营组织带动的农户占到全县农户总数的80%以上，农民人均纯收入中来自农业产业化经营的比例达到50%以上，从而提高农业整体竞争力，加快社会主义新农村建设步伐。

在地处冀北的固安县走村串户，记者看不到往日北方农闲时村民聚众打牌聊天的场面，见到的都是基层干部和村民们在忙着发展生产的喜人景象。由此深深地感到，在料峭的寒风中，冀北大地正涌动着建设新农村的阵阵春潮。

《经济日报》2006年2月21日

动力活力看偃师

近年来，河南省偃师市县域经济有了较大发展。

2005年全市实现GDP188亿元，增长14.4%；财政收入达5.9亿多元，增长73.4%；城乡居民收入分别达到8669元和4337元，分别同比增长11%和12.3%。继2004年首次跻身“全国县域经济基本竞争力百强县（市）”之列后，2005年偃师市在第五届全国县域经济基本竞争力评价中，又前移19位，位居第73位，在全国中部地区县域经济基本竞争力百强县（市）评价中位居第3位。

在各地积极发展壮大县域经济，努力建设社会主义新农村的进程中，偃师的实践和探索值得关注。

麦苗儿青青、牡丹花盛开，中原大地春意盎然。

近日，记者来到河南省洛阳市偃师市采访，踏上这片蒸蒸日上、欣欣向荣的热土，既看到了传统产业升级换代、造富于民，又看到了新兴产业落地生根、潜力巨大。

优化结构　科学发展

早就听说翟镇镇是全国有名的针织名镇，走进镇里一看还真是名不虚传，马路两旁的农户，几乎家家门口都晾晒着五颜六色的毛线。在翟东村农民白俊刚家里，记者看到几台编织机正向外“吐”着或粉红或浅蓝的毛线围巾。

白俊刚说，他家去年的产值有100多万元。翟东村有一半多农户搞针织，全镇纺线、印染、针织已经形成了一条完整的产业链。

从20世纪80年代起，针织业同鞋业、三轮摩托车制造业、钢制办公家具制造业等传统产业一起，构成了偃师市县域经济的基础，成为这四大产业在河南乃至全国的重要基地之一。这让偃师人津津乐道了十几年，但到了20世纪90年代末，四大产业的光景大不如前：除了规模扩大外，弱点日渐显露，如生产工艺落后、装备水平低、技术创新能力不足，等等。

偃师市委、市政府审时度势，加快了传统产业的提升步伐。市里制定了主要产业的发展规划，在钢制家具、制鞋、耐火材料等行业成立了行业协会，规范企业的竞争行为。从2003年起，偃师市财政每年拿出1000万元专项资金用于优势产业新建以及改扩建项目的贷款贴息，支持产业发展。提升，焕发了传统产业的活力。

目前偃师钢制家具行业已经拥有国际一流数控生产线18条，两家三轮摩托车厂家通过了国家发改委的准入考核，偃师摩托车行业得到了实质性整合。

在实践中，偃师的决策者们进一步意识到，县域经济要跟上国内外经济发展的脚步，必须走一条提升传统产业与发展新兴产业并重的道路。在改造传统产业的同时，努力发展新兴产业。

这几年，偃师的高新技术产业发展较快。投资3亿元的万吨高精度超薄铝箔、投资2.8亿元的洛阳龙海电子玻璃、投资2.4亿元的多晶硅、投资1亿元的ITO导电膜玻璃等一批项目相继落户偃师，并陆续开工建设。偃师市委书记原文涛讲起这些时喜不自禁：多晶硅项目建成后将改变我国多晶硅90%以上依赖进口的局面，届时偃师将成为中国硅材料基地；龙海玻璃公司成功拉出1毫米以下的超薄玻璃，其性能和质量达到甚至超过国外同类产品！

高科技项目的迅速崛起，不仅给偃师带来经济上的实惠，也带来了社会的认可。近两年，偃师先后被评为“国家级星火技术密集区”“全国科技进步示范县（市）”。

目前，偃师市60%以上的GDP增加值来自于工业产业，而支撑偃师工业经济的既有传统产业也有高新技术产业。

偃师优化结构的思想不仅仅在工业领域发挥着作用，在农业生产中，优质小麦和良种小麦占据了种植面积的一半以上；在第三产业，几乎所有在洛阳开店的国内知名消费品牌在偃师都有生意红火的连销店。

城乡统筹　社会和谐

在偃师市庞村的洛阳“花都”金柜集团的生产车间里，技术工人吴新和正在指导青年工人精益求精地生产钢制资料柜。

吴新和是来自庞村镇窑沟村的农民，已经在这家企业工作了10多年。吴师傅说，他的工资从最初每月600多元到现在已经涨到1400多元。

作为一个县级市，偃师市83万总人口中，有近70万人在农村。实现城乡统筹在偃师是一个并不轻松的话题。

发展县域经济，实现城乡统筹，首选招数是“减少”农民。偃师的具体做法是推进农村工业化，让更多的农民有机会变成工人。

以三轮摩托车产业为例，目前，偃师共有三轮摩托车生产及配套的民营企业87家，摩托车产业从业人员近1万名。同样，偃师共有钢制家具生产及配套企业230余家，产品占全国市场总额的30%以上，从业人员多达3万余人。目前，仅全市民营企业就地吸纳的农村富余劳动力就有10余万人。

在偃师，农业人口的非农化是一种直观的表现。在偃师可以看到两处显眼的“风景”：很多青年男女骑着各式自行车、摩托车穿梭在工厂和乡村之间，这其中很多是在工厂里做工的农村青年；很多企业的大客车穿梭在偃师各乡镇与洛阳市之间，车上的乘客大多是城里来偃师就业的职工。

截至2005年7月份，偃师共转移农村富余劳动力148653人，占全市农村富余劳动力的80%以上。也就是说，在偃师市现有的41万农村劳动力人口中，已经有三分之一以上脱离了农业生产。

偃师的第二个招数是农业产业化。在稳定粮食生产的同时，大力推进农业的产业化经营，积极发展特色农业，不断提高农民的务农收益，是偃师市让农民致富的有效“招数”。

作为全国小麦高产、稳产、低成本栽培技术发源地，小麦一直是偃师农业的优势和品牌。因此，在推进农业产业化进程中，偃师首先从小麦产业抓起。

依靠科学技术，推动小麦生产从育种到良种繁育、从良种繁育到商品粮种植、从种植到加工增值转化，品种从高产向优质、从优质向专用转化，促进了农民增收。仅每年繁育小麦良种和生产优质专用小麦，就分别使农民增收500万元和900万元。

富了的农民渴望过上城里人的生活，小城镇建设成为城乡统筹的重要环节。近年来，偃师市累计投入小城镇建设资金2.6亿元，在各重点乡镇建设了商业街、专业市场、住宅小区，整修道路，实施绿化、美化、亮化工程，使小城镇的人居环境和投资环境明显改善。同时，在户籍、土地、就业、子女入学等方面制定优惠政策，千方百计降低门槛，为农民进入小城镇创业提供便利。

目前，全市小城镇人口已达15万人以上。

近年来，偃师不断增加财政对农业、农村的投入，除通过市县金融部门和上级支农部门等多种渠道争取到用于农业生产的信贷支农项目资金外，还拿出200万元设立了农业专项基金，对农业生产规模较大、示范带动作用明显的种粮大户予以奖励，对农业产业化的龙头企业，进行技改或扩建方面的贴息，全力支持和鼓励农业及涉农产业的发展。

3年来，偃师市财政每年还拿出200万元资金，对全市141所农村中小学危房进行了改造；并筹资对3所乡镇卫生院进行建设、对3条县乡公路进行了改造。在全市征收的308万元土地出让金中，有233万元用于农村基础设施建设，占全部款项的75.6%。

建设新农村　三措并举

在偃师采访期间，记者看到各级领导和群众都在为新农村建设忙碌着。

偃师市市长李明智说：按照“生产发展、生活宽裕、乡风文明、村容整洁、管理民主”的要求，坚持以加工增值促粮食生产、以龙头带动促结构调整、以加大投入促生产生活条件改善、以发展劳务经济促农民增收的思路，大力发展农村经济，积极建设社会主义新农村。

他还提出，建设社会主义新农村，经济是基础，发展最重要，增收最关键。因此，推进农业产业化进程成为偃师今年建设新农村的首要举措。偃师将进一步稳定粮食种植面积，确保全年粮食总产保持在3.2亿公斤以上，优质小麦种植面积稳定在45万亩以上。同时加快特色农产品发展，积极发展现代畜牧业，精心培育农业龙头企业，鼓励粮食、奶业、蔬菜等领域的加工企业快速发展，拉长农业生产链条，实现农产品转化增值，促进农民收入不断增加。

同时，偃师市将加快农村基础设施建设步伐。通过开展农田水利基本建设，确保新增有效灌溉面积4500亩、旱涝保收田4000亩，发展节水灌溉面积6000亩，治理水土流失10平方公里。加大交通投入，完成投资546万元的4个市级自筹道路建设项目、投资4270万元的3个省补助项目、投资1440万元的60个国家和省补助“村村通”工程；加快农村广播电视事业发展，积极实施农村有线电视进村入户工程，确保新发展农村有线电视用户4000户。

切实改善农村卫生环境也摆上了重要的日程。今年偃师将全面推进农村沼气建设，完成24个行政村的1500座沼气池建设任务。加强规模化畜禽养殖场所环境污染治理，逐步搬迁农村居民区内的规模化畜禽养殖场。规范农村垃圾堆放和污水排放，有效解决垃圾围村等乡村卫生环境问题。

扎实的步子，宽广的道路，一个城乡协调发展、和谐安乐的新偃师正在向我们走来。

《经济日报》2006年4月12日

土地吃上“营养餐”

“用了配方肥的麦地今年收成就是好，一亩地增产几十斤呢。”手握着沉甸甸的麦穗，站在麦地里的安徽蒙城县许町镇土桥村的农民张化金笑得合不拢嘴。

随着全国麦收进入高潮，各地陆续传来使用配方肥节本增收的好消息。农业部从去年开始在全国200个县开展的测土配方施肥工作，在今年的麦收时节取得了明显成效。记者近日走访了山东、安徽几个实施该项目的县，发现测土配方施肥受到了农民的欢迎，被农民称为“实实在在的好事”。

难怪张化金如此开心，他家今年有8亩小麦施了配方肥，与2005年习惯施普通化肥相比，亩增64.8公斤，增产15.3%，按小麦每公斤售价1.4元计算，每亩地增值90.7元，同时每亩地节约肥料成本10.9元。

5月20日，在安徽省凤台县桂集乡大王村万亩小麦优质高产示范区，记者碰到了两位同村同组的农民田学前和田学习。田学前去年在农技人员的帮助指导下开始使用测土配方施肥技术，当年就尝到了甜头，水稻1亩打了1400斤。老把式田学习却看走了眼，由于他去年没使用测土配方施肥，水稻1亩打了不到1200斤，“今年的小麦我也使用配方肥了，你瞧瞧，这壮实劲儿，测土配方施肥就是灵！”有了比较，田学习特服气。

6月9日，山东省土壤肥料总站的工作人员小邢也兴奋地告诉记者，山东几个测土配方施肥项目县的麦子都获得了好收成。章丘市农业局对实施测土配方施肥的示范户种植的小麦进行了测产验收，结果令人高兴，示范户平均亩产比普通户增产46.2公斤，增产10.6%，且每亩地节约肥料成本22.6元。

尝到了甜头的农民现在都愿意使用配方肥，记者在山东省寿光市留吕镇高淮村村头的小麦地里看到，村民苏新江夫妇正在小麦地垄间施底肥，准备套种玉米。与往年不同的是，他今年施的是测土配方施肥工程专供的玉米配方肥。

在田埂上，记者看到肥料包装袋上“测土配方施肥工程专供”字样十分醒目，防伪标识、举报咨询电话一应俱全。

听山东省土壤肥料总站站长蒋庆功介绍，当地土肥站配方肥是这样到农民手里的。先是农技部门对当地的土壤进行测试，然后有针对性地建议实施相应的施肥技术。根据这个“方子”，经过招标，化肥企业中标“照方抓药”生产配方肥，然后再由流通企业配送给农户。

在寿光，负责复合肥配送的山东东方誉源农资有限公司经理李乃家告诉记者，做配方肥的利润确实要薄一点儿，但它代表了发展方向，以后农民都会买。

《经济日报》2006 年 7 月 10 日

青岛大力发展品牌农业

——靠品牌闯天下

记者近日在青岛采访时了解到，正在蓬勃发展的现代农业给这座美丽的城市注入了新的内涵。

青岛不仅是工业城市，也是一个农业大市，现有人口 741 万中，乡村人口占 478 万，下辖的 7 区 5 市共有耕地 640 万亩。社会主义新农村建设，正在这片土地上扎实推进。

数字表明：今年上半年，农业总产值达到 134 亿元，同比增长 3%；全市农民人均现金收入达到 3350 元，同比增长 13.2%，已连续 3 年保持两位数增长。

青岛的农村经济何以取得这样的成绩？

“我们坚持用工业理念谋划现代农业发展，以高效、生态、品牌农业为目标，加快实施农业产业化、标准化、国际化战略，农业和农村经济保持了快速健康发展，为新农村建设提供了强大的产业支撑。”青岛市市长助理、市农委主任迟华东道出了青岛市现代农业发展的“真经”。

提起海尔家电、双星鞋子、青岛啤酒，人们耳熟能详。众多的知名农业品牌如今也群星璀璨：胶州大白菜、大泽山葡萄、马家沟芹菜、九联牌鸡肉、佳乐花生……

平度马家沟芹菜已有500多年的种植历史，通过创建“马家沟”芹菜品牌，使这个地方特色农产品销往北京、上海等市场，每公斤可卖到12元至16元。九联牌鸡肉产品被国家质检总局评为“中国名牌”、被农业部认定为“A级绿色食品”。

这批以地方名优特色产品为主导的农业品牌的崛起，是青岛突出地方特色、发展品牌农业结出的硕果。

青岛把发展品牌农业作为建设现代农业的一个主攻目标，不断出台扶持政策，以市场为导向，以产业育品牌，以品牌拓市场，大力实施农业品牌战略。

目前，品牌经济已占全市农业和农村经济的40%以上，全市注册农产品品牌128个，其中，国家级名牌13个、省级名牌17个、市级名牌36个，初步形成了农林牧渔多层次、多领域的农业品牌集群。

品牌农业大大提升了农产品附加值和竞争力，加快了青岛外向型农业的发展步伐。目前青岛有18种农产品获得国内大中城市的“市场准入证”，对外出口不断扩大，在发达国家提高“技术壁垒”的不利影响下，今年上半年，全市农产品出口达到10.1亿美元，同比增长18.9%。

采访中记者发现，青岛发展品牌农业主要有这么几招：一是积极发挥龙头企业和合作组织的带头作用，使他们成为争创农产品品牌的主体。目前全市95%以上的农产品品牌都来源于龙头企业或合作组织。莱西市素有“花生之乡”的美誉，现在该市80%的农产品和70%以上的耕地已纳入品牌农业产业经营体系，农民收入的80%来自于品牌农业。二是大力推行标准化生产，提升农产品质量。为做强“胶州大白菜”这一传统品牌，胶州市专门成立了胶州大白菜协会，注册了“胶州大白菜”证明省标，建立了20多处专门的种植基地，实施标准化生产和管理，基地用肥全部采用农家肥、豆饼，杀虫尽量采用物理方法而不用农药，保证药残不超标。基地出产的每棵大白菜都有编码，消费者可根据编码查询真伪。

现在，青岛名牌农产品呈供不应求态势，由原来的“卖难”变成了“买难”。这就是品牌的效应。

记者采访时，正巧赶上青岛市农业龙头企业与新农村建设工作座谈会在莱西的后庄扶村召开。主持会议的迟华东告诉记者，在建设新农村的进程中，推动农业产业化经营，构建农产品生产、加工、销售有机结合的现代农业产业体系至关重要，而农产品加工龙头企业在其中的作用十分显著。召开这次座谈会的主要目的，就是为了推广青岛九联集团股份有限公司创建的“九联模式”。

何谓“九联模式”？

九联集团董事长王振江告诉记者，他们借鉴发达国家的养殖经验和技术，探索肉食鸡现代化、工厂化的高标准饲养，创造出了“公司＋合作联社＋农厂”的生产经营模式，被称为“九联模式”。随后的采访中，记者看到了它产生的巨大效益——使一个村办小厂逐步成长为农业产业化国家重点龙头企业、全国农副产品深加工示范基地，年销售收入超过20亿元，年出口创汇3000多万美元。还迅速带动了青岛、烟台、潍坊等地的5个县市、50多个乡镇、4000多个农户参与养殖，平均为每个农户增加2万元收入。

为加快发展农业产业化经营体系，青岛市着重抓了龙头企业的引进、培育和壮大，加快了龙头企业群体化。全市现有农副产品加工企业2172家，其中省级龙头企业30家、国家龙头企业9家、年销售收入过亿元的35家。全市农产品加工能力已达570万吨，占农产品总量的42%以上，实现销售收入208亿元。

农产品加工龙头企业集群化发展，带动形成了7条农业产业化经营链，即奶牛、肉鸡、蔬菜、花生、果品、水产品及其产品加工。他们下一步的目标是，力争用5年左右时间，把青岛建设成全国重点和世界知名的农产品加工基地、农产品集散中心。

金秋时节，记者在莱西市的蒲湾泊村看到，大片的果园里，红艳艳的苹果挂满枝头，煞是喜人。正在果园里忙活的农民徐本军乐滋滋地告诉记者，“俺种了11亩苹果，这5亩果园今年就能产3万斤，按去年每斤卖1.1元算，稳赚3.3万元。”

在青岛，记者还看到了规模成片的粮田、菜园、茶场……这是实施“四百工程”带来的变化。为壮大优势农业，青岛调整优化农业结构和区域布局，推动农业产业升级。他们依托当地的资源优势和产业优势，在全市建设了100万亩高产优质高效粮食示范区、100万亩优质蔬菜生态示范区、100万亩优质专用花生示范区、100万亩优质果茶产业带。优势产业带的建设，提高了农业区域化、优质化、规模化和专业化生产水平。

“四百工程”的实施，取得了显著的增产增收效益。粮食示范区内小麦每亩增产100公斤，加上优质专用优势，其单价高于市场3分至5分钱，每亩增收30元至50元，百万亩共增收约7000万元。蔬菜、果树、茶叶等优势产业的增收幅度更大。

如今，现代农业已显雏形的青岛农村，映入人们眼帘的是宽阔洁净的大道，雄伟的厂房，气派的居民住宅，鸟语花香的环境，还有荡漾在农民脸上的喜悦。

《经济日报》2006年11月7日

九联集团：做大做强农业龙头企业

作为绿色肉食鸡饲养基地之一，青岛九联集团创立的九联牌鸡肉产品荣获了“中国名牌”称号——山东省莱西市后庄扶村是个率先走向富裕与文明的现代化新农村，2005年实现集体收入9.2亿元，先后被评为“山东省农村工作先进单位”“省级文明村镇”“青岛市小康建设示范村”。

青岛九联集团就是在这个村的村办小厂基础上发展起来的，现在已成为国家大型肉食鸡专业生产企业。目前集团拥有总资产9亿元，员工1万余人，年销售收入20亿元，年出口创汇3000多万美元。是“中国肉食加工五十强企业”“农业产业化国家重点龙头企业”“‘十五’第一批国家级科技创新型星火龙头企业”“全国出口创汇先进乡镇企业”“全国农副产品深加工示范基地”，2005年，九联速冻调理禽肉制品被国家质检总局评为“中国名牌”，被国家农业部认定为“A级绿色食品”。

九联的发展历程，记录着后庄扶村共产党员艰苦创业、开拓奋进的足迹，也记录着农业龙头企业在推进农业产业化道路上不断探索的过程。

“村企合一”和“九联模式”是后庄扶村特有的发展模式，为这里的新农村建设赋予了新的内涵。

“村企合一”的新探索

1988年，村里砖瓦厂因土地资源匮乏而被迫关闭，村委会经过反复论证，决定借助砖瓦厂的厂房，投资建起了莱西市第一个存栏6000只的村办蛋鸡场。那年，青岛九联集团的领头人，现任党委书记、董事长的王振江只有26岁。他和13名职工风里来，雨里去，做起了养鸡卖蛋的生意。功夫不负有心人，至 1994 年养鸡场不仅盈利达到 300 多万元，还亲手扶持起了本村和邻村 1200 多个蛋鸡养殖户，这个村首先成为莱西第一蛋鸡养殖专业村，存养 400 多只蛋鸡的养殖户，年收入都达万元以上。

1994 年 9 月 16 日，这是一个对后庄扶村人来说永远不会忘记的日子，王振江和 169 名蛋鸡场职工，在一张大红纸上按下了 170 个鲜红的手印。从这一刻起，蛋鸡场实现了历史性的变革。他们出资 290 万元买下了养鸡场资产，成立了“青岛金鸡养殖有限公司”，青岛市第一家村级股份制企业就这样在后庄扶村诞生了。王振江对他的父老乡亲们说：“我是党员，就一定要带头干。干就一定要干出个样来！我们企业永久地与农民兄弟心心相连。”“九联”就这样诞生了，也就有了“九联与您心心相连”这一家喻户晓的承诺。

2002 年经莱西市委批准，九联集团和后庄扶村联合成立了九联集团党委，实行村企合一，将企业与村庄的发展规划有机地结合起来，走上了一条互为依托、共同发展，最终实现产业化、工业化和城市化的新道路。

“九联模式”的形成

18 年间，九联从当初的“小不点儿”蛋鸡场，发展成为如今的大型企业集团，这期间，九联经历了三个重要的发展阶段。

一是“单打独斗”的起始阶段。即 1988 年建厂始，只养殖了 6000 只蛋鸡，资产只有 14 万元。到 1994 年，企业净资产达到 300 多万元，并初步积累了一些经营管理和市场开拓经验。

二是“公司＋农户”的快速发展阶段。从 1995 年开始，他们积极适应市场经济发展需求，对企业发展进行了重新定位，改组为股份有限公司，促进了企业从单一经营走向多元化经营，实现了由养殖蛋鸡到农产品深加工的重要转变，实现了由经营国内市场向开拓国际市场的转变，集团将养殖环节向农户转移，采取“公司＋农户”的生产经营模式，使企业经营规模迅速扩大。

三是“公司＋农场”的提高阶段，为有效解决“公司＋农户”模式的不足，他们借鉴发达国家的做法，由“公司＋农户”发展为“公司＋农场”模式，采取了公司与农户合建股份制养殖基地的新形式。

面对国际养殖业市场的新形势，为加快标准化、产业化生产的步伐，九联集团在国内率先探索肉食鸡现代化、工厂化的高标准饲养，创造出了“公司＋合作联社＋农场”的生产经营模式。2002 年 3 月，青岛市政府把这种模式命名为“九联模式”。

这一新模式，既提高了集团的规模化和产业化发展水平，又消除了农户单独经营的风险，迅速带动了青岛、烟台、潍坊等地的 5 个县市，50 多个乡镇，4000 多农户参与养殖。农户既是投资者，又是产业工人，平均每个农户可增加 2 万元的收入，这一科学的产业化运作模式在带动农户共同致富方面显示出巨大威力。

目前，后庄扶村 80％的劳动力在九联集团就业，每人每月平均收入千元以上。今年 60 多岁的王云利和儿子、媳妇、女儿、女婿都在企业上班，住的都是九联集团在村里盖的公寓楼，老伴在家照看孙子，日子过得比城里人还滋润。

在后庄扶村，这样的农户比比皆是。后庄扶村的田间变成了车间，农民变成了工人。去年农民人均纯收入的 80％来自在企业上班的工资。

九联集团在发展进程中，每年加工消耗 30 多万吨粮食，解决了一万多名农民的就业问题，带动了建筑业、包装业、交通运输业的发展，拉动了旅游业、餐饮业、商业零售业等第三产业的发展，每年间接产生的社会效益在 2 亿元以上。

九联集团肉鸡生产技术遥遥领先，打破了出口过程中的技术壁垒，有效地开拓了国际市场。九联集团肉鸡产品首批通过了欧盟产品认证，取得了走向国际市场的“通行证”。

2000 年，九联集团的决策层出国考察，果断投资从美国引进先进饲养设备，率先建设了具有国际领先水平的现代化、工厂化、标准化的肉鸡饲养场。自行研发的具有国际领先水平的“无公害肉仔鸡高效综合养殖技术”，获得了 2002 年度青岛市科技星火一等奖。目前公司建设有国内规模最大、自动化程度最高的工厂化、标准化肉鸡养殖场，年可出栏无公害肉仔鸡5000多万只。

经商务部批准，他们组建了九联食品进出口公司，与十几个国家和地区的客户建立了稳定的业务关系，国内销售网络目前已覆盖到全国150多个大中城市。

后庄扶村人一直有一个梦想，就是能像青岛的“海尔”一样做世界级的名牌，走向国际市场。

“新农村就该是这个样”

如今的后庄扶村，映入眼帘的是宽阔洁净的大道，林立高大的厂房，漂亮的居民住宅掩映如画……后庄扶村环境整洁，鸟语花香、满目葱茏，人与自然和谐相处。一位村民说得好：“新农村就该是这个样。”

劳者有工。本村20至60岁的村民愿意到九联集团工作的，公司都给予安排。

居者有屋。让全体村民告别平房，搬进楼房。现在全村298户村民已经住进了每户面积127平方米的公寓楼。村里还为群众投了家庭财产保险。

难者有帮。实施福利政策。中小学生九年义务教育全部免收学杂费，并建立了扶贫基金扶持贫困户和生病住院的村民。

老者有养。全村287名65岁以上的老人，每月都可以领取生活保障金和基本生活补助。

少者有教。投资600万元规划建设了省级规范化小学，投资260万元建设了九联幼儿园。

病者有医。今年他们将与莱西第二人民医院联手，通过对沽河卫生院的改造，使后庄扶村由原来的小病不出村变为大病不出村。届时，本村村民因病就医将全部享受免费治疗。

他们根据建设现代化城镇的要求，将村庄规划为工业区、教育区、居住区、休闲娱乐区、行政办公区和商贸区等几个专业化小区。以九联集团为主体，建设九联食品加工业基地。2005年他们投资1.8亿元，建成了青岛海广食品公司，成为加工能力大、技术水平高的肉食鸡加工企业。

《经济日报》2007 年 6 月 12 日

防洪堤上听“番茄故事”

碧绿的番茄，白嫩的包菜，火红的草莓，紫色的茄子，青青的豇豆……

5 月 22 日，记者在江苏省兴化市红富堡科技发展有限公司的“露天工厂”里，领略了水乡农村初夏的五彩图画。

“这里原先是一片低洼地，一到发水季节庄稼就首先‘泡汤’。”陈堡镇党委书记仲春瑞告诉记者。后来，陈堡镇修建了通村公路，新添了排涝机械。去年同样的大水，却是“圩外浪花接浪花，圩内一片好庄稼”。如今，陈堡镇已成为远近闻名的“蔬菜之乡”，目前各类蔬菜种植面积达 2 万多亩。

在番茄大棚里，记者见到了远近小有名气的“番茄能人”——55 岁的陈堡镇农科站副站长姚长松。“以前，育苗是一家一户地搞，从土地、大棚到工具都要‘小而全’，用老百姓自己的话说，是‘为半升米要打一把铲子——划不来’。于是我就想，要是农科站能牵头搞一个育苗工厂，既能得到农民的欢迎，我们也能在服务中取得自身效益。”姚长松说，他的想法得到了领导和同事们的赞成。于是，一个集种苗供应和产业化经营的红富堡科技发展有限公司应运而生。

缺少技术怎么办？老姚自费到江苏省蔬菜研究所进修，聘请那里的专家当技术顾问。几年时间里，公司引进了“朝研 219”“金棚一号”等 10 多个优质番茄新品种。

土地不够用怎么办？老姚就与曹王村的乡亲们协调，租用 20 亩土地作基地，每亩每年 400 元租金，富余劳力可以到基地打工，每天的工资不少于 15 元，过年时还有“红包”。

姚长松说，当公司育出的第一批番茄苗出棚时，最先“吃螃蟹”的农民将信将疑地将番茄苗捧了回去，按照他教的方法栽植，亩产番茄9000斤上下，比传统育苗高出10%左右。目前，公司基地面积已扩大到120亩，常年做工的有30多人。

“老姚的这个‘绿色工厂’，每年向农民提供番茄、辣椒、刀豆等优质种苗300多万株，为3000多农户供应种苗、免费提供技术和信息等服务。现在有很多临近县的农民也慕名来找老姚购苗。”仲春瑞在一旁介绍说。

“提起陈堡镇的番茄，就不能不提到已有种植番茄20多年历史的蒋庄村。起初蒋庄村的番茄是在露天里长，全靠老天给收成。排涝问题解决后，旱涝保收，农民种番茄的积极性空前高涨。去年镇里一次性为每个新建大棚补贴3000元，蒋庄村眼下绝大多数都是钢架大棚种植，种植面积2200亩。今年一季的纯收入达到8000多元。”仲春瑞告诉记者。

仲春瑞说，蒋庄村的番茄种植专业户雷雨生与铜山县的青椒大王马卫兵在去年结成“蔬菜亲家”，如今兴化的“红富堡”番茄已在铜山开花结果，铜山的青椒也在兴化安家落户。蒋庄村80%的农民都在番茄大棚中套种青椒，每亩增收800多元。

据介绍，近年来陈堡镇围绕规模化种植、标准化生产、品牌化商品、生态化效益的发展思路，形成了“东禽、西鱼、南畜、北菜”高效农业结构格局，总面积达21000多亩，全镇有3000农户生产蔬菜，其中有三分之一农户亩收入达到1万元，三分之一农户年收入达到3万元。

《经济日报》2008年7月8日，与金干平、袁开建合作。

科学管理苗情好

——河南春耕春播纪实

据4月中旬统计，河南省小麦一、二类苗比例占到麦播面积的89.3%。

2010年，河南省春播作物面积近3300万亩，与上年相比基本持平，粮食生产水平有望迈上新台阶。

淅淅沥沥的春雨，将一望无垠的豫北麦田浇灌得更加茂盛。

4月14日，冒着春雨，记者来到素有“中原麦囤”之称的河南省新乡市延津县。

延津是全国商品粮基地县、全国优质小麦生产示范基地县，也是中国食用小麦出口第一县。在今年气候异常偏冷的情况下，这里的小麦生产情况到底如何？

（一）

在石婆固乡朱庄村不远处的田埂上，一台柴油拖拉机上的水泵正在“隆隆”地从田边的水渠里抽水，碗口粗的水柱源源不断地送到绿油油的麦田里。

披着雨衣正在灌溉麦田的，是村民姚兆凯。“现在正是小麦拔节的时候，特别需要水，加上这两天气温突然降低了，只有浇足了水，才能预防小麦冻害。”姚兆凯说。

说着话，姚兆凯随手从田里揪起几株麦苗举给记者看，“我种的是小麦良种矮抗58。这个品种抗倒伏、抗病虫害，还优质高产。你看根系多发达，已经拔了三节了。”

记者接过麦苗一看，团着泥浆的根部露出多条白生生的根系，一尺多高的麦苗杆壮叶宽，生机勃勃。

姚兆凯告诉记者，他家种了20亩优质小麦，良种都是县里统一招标供应的，每斤种子8毛多钱，比市场上的普通麦种还便宜，因为国家实施良种补贴，每斤种子补贴了6毛多钱，已经补贴四五年了，“不光是买良种国家给补贴，买农机具国家也给补贴，我家买了小麦收割机、玉米粉碎机、玉米播种机，都得到补贴了。”

去年，姚兆凯家收获了2.2万斤小麦，因为都是优质小麦，价格比普通小麦高出不少，卖到了一元钱一斤。

虽然天气较往年有些偏冷，不过姚兆凯对今年的夏粮丰收信心满满，“县里有专门的技术员到村里来教我们抓田间管理呢，你看，我地里的麦苗长得多好！”

（二）

在司寨乡平陵村，记者见到了正在村里负责技术指导的延津县农业局农业技术推广站副站长刘彩云。因为这两天最低气温突然下降到零摄氏度以下，他和平陵村村委会副主任张文明，正忙着在麦田查看苗情。

刘彩云告诉记者，“因为去冬今春气候偏冷，积温不够影响了小麦分蘖，各村的苗情普遍偏弱。为了促弱转壮，我们及早抓田间管理，指导农民用肥水管理弥补积温不足。现在苗情已经普遍好转，大部分都是一类苗了。目前看对产量影响不大，但估计小麦成熟期得推迟一周。”

正在麦田里组织村民预防低温冻害的副县长赵宏亮告诉记者，“为了确保夏粮丰收，县里从涉农部门和其他相关部门抽调了146名熟悉农村工作的领导干部和科技人员派驻到乡村，帮助农民搞好小麦生产。”目前全县已经建立了100个科技入户示范村、1000个科技示范户，可辐射带动2万农户。

平陵村就是科技入户示范村，张文明家就是科技示范户。说起科学种田来，张文明头头是道，“小麦从种到收，有20多道工序，哪一道把不准，优质小麦就可能变成普通小麦。”张文明说，各家各户通过秸秆还田和深耕，提高了土壤肥力。中国农业科学院和省农业科学院还到村里推广了测土配方施肥，通过取土化验，针对本村的土壤类型制订配方，按照配方施肥，缺啥补啥，全村的小麦都吃上了“营养餐”。

小雨过后，在远处的麦田里，有几位身穿黄色连帽防护服的人员在喷洒农药，他们是县植保站的专业防控人员。身背药箱的一位防控人员告诉记者，他们现在喷洒的农药是预防红蜘蛛的，4 月是红蜘蛛危害最严重的季节，喷了农药效果很好。

（三）

在平陵村，记者看到一栋房子前面醒目地挂着“延津县腾飞小麦专业合作社”的牌子。村民告诉记者，有了合作社牵头，种地不用愁，从种到收实行“五统一”，统一供种，统一管理，统一病虫害防治，统一机收，统一收购。单说统一购买配方肥一项，每袋配方肥比市场价便宜近 20 元，全村 4000 亩地就节省近 8 万元，节支又增产。

张文明说，“合作社搞的是订单农业，种子一落地，来年的收成就有主了，还能卖个好价钱。”平陵村是高产创建示范基地和种子繁育基地。去年全村收获小麦 440 万斤，最高单产 500 多公斤。今年他们还打算在麦田里套种 600 亩棉花，500 亩花生，小麦收获后还要机播 3000 亩玉米。看得出来，平陵村村民们的种粮积极性十分高涨。

河南省农业厅总经济师魏仲生告诉记者，预计今年河南省春播作物面积近 3300 万亩，与上年相比基本持平，全省粮食生产水平今年有望迈上新台阶。

《经济日报》2010 年 4 月 26 日，与党涤寰合作。

实现订单作业 1.5 万家

农机合作社服务“三夏”生产

“三夏”时节，正是农机合作社大显身手的时候。目前，全国共有农机专业合作社 1.5 万多家。与单机、散机相比，农机合作社有三大优势：一是协同作战，作业效率高；二是出行有计划，组织化程度高；三是服务到位，能应对复杂的道路转移及作业环境，因此，深受农民欢迎。

“吃不愁，穿不愁，开着收割机去‘旅游’……”河南省驻马店确山县三源农机专业合作社张大生这样形容他的跨区机收作业队。

对于跨区机收，三源农机专业合作社有近 10 年的经验，对机手有一套全程统筹服务。为避免盲目外出作业，每年 5 月至 10 月，合作社根据作物成熟季节的先后，由南向北分批出动。早在 5 月下旬，合作社已经派出三支作业队深入到湖北、江西一带开展机收。对于机手最怕出现的没活儿干、机具出故障两个问题，老社员宋中伟介绍了合作社“全程统筹服务”的具体内容：合作社有专人负责联系好作业任务，事先就签订好合同，不用担心出门没活儿干，还能在加油上争取更多优惠。而且完全不用担心机具出故障，因为合作社与厂家建立了良好的合作关系，厂家通过每台机具上的 GPS 定位装置，7 个小时后就能赶到现场维修。

“现在跨区作业主要靠订单，我们农机户心里踏实。”山东省邹平县九户农机专业合作社的农机手成才高兴地说。据了解，邹平县现有农机合作社 11 家，全县计划组织 1100 台小麦联合收割机参加跨区作业。早在 5 月初，九户农机专业合作社与河南省杞县宗店镇、尉氏县十八里乡签订小麦机收作业订单 1.2 万亩。“订单作业”的方式有效避免队伍无序出征，保证了机手的效益。

九户农机专业合作社的60余台小麦联合收割机早早就启程南下，投入河南麦收。如今“订单作业”这种方式已经成为大多数合作社跨区作业的重要手段。

针对近年小麦收割机不断增加，市场竞争激烈的情况，山东省嘉祥县疃里镇农机作业服务合作社社长朱庆来，调整了今年跨区作业的方式，改变了过去上百台收割机集中一地作业，“化大为小、化整为零”，把合作社100多台小麦联合收割机划到4个大区，10个小组分片作业。这样一来，农机调动速度加快、便于转移，也能有效防止农机扎堆等情况出现，确保单机作业量能达到1300亩。

《经济日报》2010年6月10日

大力发展休闲农业和乡村旅游业

前不久，记者到浙江省奉化市滕头村采访，一进村子的大门，看到大牌子上赫然写着:“参观门票80元／人”。呵，进村要买门票，且价格不低，但游客仍然络绎不绝。

走进村子一看，河边杨柳垂枝，蓝天信鸽翱翔，别墅成栋连排，四处鲜花盛开，村民们生活在花园里。

在村里，游客们不仅能饱览江南的乡村美景，观看乡村杂耍艺人的表演，还能品尝新鲜熟透的奶油草莓……难怪滕头村享誉海内外，它以美丽的风景、现代化的农业以及和谐的民居环境，赢得了“世界十佳和谐乡村”“中国十大名村”等70多项荣誉称号。去年，滕头景区共接待游客153万人次，门票收入3610万元，旅游综合经济收入1.58亿元。实践证明，搞生态旅游，风景、特产都有吸引力。

随着工业化和城镇化进程的加快，我国休闲农业与乡村旅游快速发展。据不完全统计，全国休闲农业与乡村旅游年营业收入已超过1200亿元，带动

1500万农民受益。截至去年年底，全国农家乐已超150万家，规模以上休闲农业园区超过1.8万家，全国年接待人数超过4亿人次，目前已经产生了一批知名品牌，比如，成都的“五朵金花”、江西婺源和广西罗平的油菜花节，等等。

各地根据自然特色、区位优势、文化底蕴、生态环境和经济发展水平，不断创新发展模式，丰富发展内涵，挖掘乡土文化，注重文化创意，先后形成了农家乐、休闲农庄、休闲农业园区和民俗村等形式多样、功能多元、特色各异的模式和类型，农业的多功能性得到极大拓展，为建设现代农业、促进农民创业增收提供了新的途径。

目前，休闲农业与乡村旅游的发展方式已从农民自发发展向各级政府规划引导转变，经营规模已从零星分布、分散经营向集群分布、集约经营转变，功能定位已从单一功能向休闲教育体验等多产业一体化经营转变，空间布局已从景区周边和城市郊区向更多的适宜发展区域转变，经营主体已从农户经营为主向农民合作组织和社会资本共同投资经营发展转变。

显而易见，休闲农业与乡村旅游是贯穿农村一、二、三产业，融合生产、生活和生态功能，紧密连接农业、农产品加工业、服务业的新型产业形态和新型消费业态。它的快速发展为建设现代农业注入了新的活力，已成为现代旅游业的重要组成部分，成为我国国民经济的重要新型产业。

“十二五”时期是旅游消费向休闲消费转型的关键时期。我国休闲旅游资源70%在农村，休闲农业发展面临着难得的历史机遇，蕴含着巨大的潜力，有着良好的前景。

我国发展休闲农业，既要遵循休闲农业发展的普遍规律和内在要求，又要依据区位特点、资源禀赋、历史文化和现有基础，因地制宜，统筹规划，重点推进。特别是要重点在5类地区推进休闲农业和乡村旅游的发展：一是大中城市周边，要以满足市民多样化消费需求为目标，积极建设集休闲、观光、度假、教育为一体的休闲农业产业群。二是名胜景区周边，要顺应客源丰富、需求量大的特点，以功能衔接和特色互补为重点，突出服务功能，强化休闲体验，满足多元需求。三是依山傍水逐草自然生态区，要充分发挥得天独厚的自然条件和人文优势，紧密依托自然资源、生产资源、历史文化与独特民风，营造特色休闲农业功能区。四是少数民族地区，应依托丰富的特色民风、民俗资源，大力发展休闲农业，促进民族传统文化保护、传承与弘扬。五是传统特色农区，要在稳定农业生产、保障农产品供给的前提下，着力拓展农业的多功能性，大力发展观光农业、农事节庆、观光采摘、特色动植物观赏，以及农业园区等多种形式的休闲农业，努力提升传统特色农区的社会经济效益。

《经济日报》2011 年 3 月 22 日

“科技大篷车”广受农民欢迎

在河北省定兴县石桥村的一块绿油油的麦田边，几辆贴着红色“科技大篷车”字样的白色皮卡车停下来，几位农业专家下车走进了田间地头。

听说是城里的农业专家送科技下乡来了，麦田里正在忙着浇水施肥的村民立即围拢过来，争先恐后地提出自己的问题：

“请帮我看看地里的苗长得咋样？”

“怎么对付干热风对庄稼的影响？”

“用什么肥料抗旱效果好？”

这是近日农业部科教司指导的“科技大篷车”农业专家田间行动的场景。来自农业部、科研院所、农业企业的专家们走进田间地头，手把手、面对面地向农民传授技术，提供服务，实现与农民的“零距离”接触，帮助更多的农民成为科学种田的行家里手。

农业部小麦专家指导组成员、中国农业科学院研究员赵广才博士、永业科学院院长仝宝生、石家庄市农林科学研究院院长郭进考研究员在麦田里，耐心细致地回答着农民的问题，得到答复的农民露出了满意的笑容。有农民说：“一些不明白的问题现在弄懂了。”还有农民说：“这样的活动应该多搞几次。”看来，“科技大篷车”下乡确实很受农民的欢迎。

在长期的生产实践中，农民看到了通过农业科技实现增收致富的鲜活例子。因此，他们对新型农业科技知识充满了渴望。“科技大篷车”农业专家田间行动就是以“传播农业科学技术，普及农业科学知识”为宗旨，以“科技大篷车”为行动载体，在春耕、夏收及秋冬种的每个农业生产关键时期，通过农业科技专家将农业科普读物、先进的农业种植养殖技术、农业科技产品送到田间地头、农户身边，帮助农户解决在农业生产中遇到的实际问题，做到科技助农到田间。

科技是第一生产力。科技只有通过推广应用，让农民认识掌握并且在实际生产中采用产生效益，才能转化为现实生产力，没有这个环节，再高新的农业技术也不能产生实际效益。目前我国农业科技进步贡献率达到 52%，在粮食连年增产中起到了至关重要的作用，但与发达国家相比，我国农业科技进步贡献率和农业科技成果转化率还有很大差距，特别是在科技推广的过程中，许多农业科技成果在最后环节进入农户和田间地头还不够顺畅，农技推广到农田和农户仍然存在瓶颈制约。

在农业科技“成果”与农业科技“结果”之间，需要一个重要的“桥梁”——农业技术推广体系。多年来我国已形成了农业技术推广体系，在帮助农民增产增收中发挥了重要作用。但调查结果表明，目前这个体系存在农技推广投资不足、农技推广体制不完善、农技推广方式不灵活等问题。

为实现科研成果与农业生产之间的对接，有关部委积极行动，农业部实施农业科技入户工程，科技部实行科技特派员制度，实现“科学技术直接到户、良种良法直接到田、技术要领直接到人”。各级地方政府积极行动，派出大批农技人员进村驻户、蹲点包村。农业科研院所积极行动，派出科技人员深入田间地头与农民共建示范田。一些农业企业也积极采取行动，踊跃参加“科技大篷车”农业专家田间行动，把科技成果及科技服务送到田间地头。

农业部科技教育司副司长杨雄年说，我国粮食产量连续七年增产，科技发挥了重要作用，这与农业专家和广大农业科技人员辛勤劳动和努力工作分不开，农业专家和农业科技人员在农业生产的关键时期，深入田间地头开展技术指导，针对异常气候和自然灾害提出科学的应对措施，有力地支撑了粮食生产。为确保今年粮食产量在1万亿斤以上，在粮食产量“七连增”的高起点上继续增收，目前，农业部正按照国务院的要求组织制订方案，将动员多方面的农业力量，包括各级农业部门、各地农业大学、农业推广机构和农业科技企业的专家技术人员，深入田间地头开展科技服务和技术指导。这次“科技大篷车”农业专家田间行动是其中的重要组成部分，要让“科技大篷车”的影响面更宽、覆盖面更广，让农民得到更多的收益，为扎实、有效地开展农业科技下乡活动开一个好头。

《经济日报》2011年4月19日

拓宽农民增收空间

在我国，龙脑樟是新发现的一个植物品种，其树种富含的右旋龙脑成分，即天然冰片，具有极高的经济价值。作为龙脑樟种源地的湖南省新晃县，立足独有的资源优势，抓住生物制药产业发展机遇，积极推进右旋龙脑樟产业基地建设，加快天然冰片产品开发，有力促进了农村产业结构调整和生态环境改善，进一步拓宽了农民增收空间。

我国的林业经济目前仍然是以传统的用材林和低附加值的木材加工为主，林药产业相对滞后，龙脑樟产业的发展给各地正在尝试发展可持续利用的、具有高附加值的林果林药经济提供了启示。

珍稀植物新品种开发潜力巨大

20 年前，在湖南湘西的深山里，科技人员发现了一种树木，它的周围没有蚊虫，而存放这种树木的山民家中，同样没有蚊虫。通过对标本的分析，科技人员惊喜地发现，这是一个在我国首次发现的植物新品种——龙脑樟。

这种树木的所在地新晃县属中亚热带季风湿润气候，四季分明、温暖湿润、严寒期短、无霜期长、雨水充沛，境内海拔高度均在 500 米以上，土壤里含有大量的铁、锌、钾、磷、钙、镁等多种微量元素，森林资源十分丰富，并且当地经济以农业种植和农产品加工为主，对水土的污染和对植被的破坏很少。因此，龙脑樟树等许多珍稀树种得以保存。

驱赶蚊虫仅是龙脑樟的一个功能，它最珍贵之处在于它所含的右旋龙脑成分，也就是天然冰片。天然冰片既是名贵、稀有的药材，又是高级香料，还是重要的化工原料，用途十分广泛。

近百年来，人们一直在寻找能生产出高质量天然冰片的植物来源，原产于印尼苏门答腊群岛的天然龙脑香树树根一度成为天然冰片的主要来源，但由于长期以来过度采伐，自然资源破坏严重，目前该地龙脑香树已近枯竭。为了缓解天然冰片供不应求的现状，许多国家主要采用人工合成冰片来替代天然冰片，但药用效果远不如天然冰片。

在我国，天然冰片作为一种昂贵的药用原料已有近 2000 年的应用历史，但我国一直未找到该产品的原料来源，因此，长期以来始终依赖于高价进口。

在新晃县境内的原始次森林中发现的龙脑樟树是目前我国发现的唯一富含天然冰片的植物资源。这个发现为我国药品及食品行业的生产企业获得充足的、价格便宜的优质原料创造了条件。

龙脑樟野生树种生长在大山深处，数量极其有限，如何在使龙脑樟的经济价值得到充分利用的同时，又能让这个珍稀树种得到有效的保护？科技人员对龙脑樟开展了人工繁殖，研究出了龙脑樟良种选育、无性繁殖方法等一系列科技成果。通过努力，龙脑樟从当时的数十株已发展到了目前的上万亩原料林，为我国的天然冰片产业提供了丰富的原料保障。2009 年，龙脑樟正式被批准为“国家新品种保护树种”，成为湖南省第一个林业项目新品种。

国家林业局原科学技术司司长魏殿生在接受记者采访时说：发现一个植物新品种，非常不容易。新中国成立以来，一共才发现294个新品种，所以一定要把龙脑樟这个新品种保护好、开发好。

科技攻关实现可持续循环利用

近年来，新晃县立足自身优势，积极推进龙脑樟产业基地建设，加快天然冰片产品开发。该县在国内首次选育出比一般野生龙脑樟含量高30%且性状稳定的龙脑樟优良品种，独创了一套龙脑樟规模化快繁育苗技术体系，首创了我国第一套天然冰片高效提取生产工艺，并研制出我国第一套天然冰片工业化提取成套设备。“从龙脑樟植物中提取天然冰片产业化项目”2010年被列入国家星火计划项目。目前，该县所提取的天然冰片粗品纯度达到了86%，精品纯度达到99.99%以上。

通过与林业科学院、中医药研究院、军事医学科学院等多个研究机构建立合作研究关系，新晃县建立了一个专门从事龙脑樟繁育研究和天然冰片提取工艺研究的专业研发中心和实验室，建成全国第一个龙脑樟资源基因库，并承担了国家科技部“十一五”科技支撑计划项目——“龙脑樟规模化繁育和天然冰片提取关键技术研究”项目。目前，龙脑樟大规模繁育的苗木成活率普遍达到了85%以上，天然冰片的提取率从0.24%提高到0.9%至1%。

通过几年来的发展，新晃县龙脑樟产业已基本形成“市场＋公司＋基地＋农户”一体化的产业格局，并逐步向区域化、规模化、标准化、市场化方向发展。

新晃县龙脑开发有限公司是专业从事右旋龙脑樟培育、天然冰片等有效成分提取的龙头企业。通过公司科研人员10多年的不断研发，先后完成了龙脑樟树的单株个体选优、苗木快速繁殖、矮林密植栽培技术，并经过实验室内反复试验，制定了一套全新的天然冰片提取工艺，右旋龙脑提取技术成套提取设备及龙脑液在日化领域的应用分别获得国家发明专利。

在新晃县龙脑开发有限公司车间，记者看到龙脑樟树绿油油的树叶，被放入蒸馏罐，经过高温蒸馏，巨大的冷凝罐中出现了一些白色的结晶，再经过一段时间的烘干之后，洁白的冰片就出炉了。“我们先后投入 6000 多万元建成龙脑樟加工厂、技术服务站、研发中心及营销中心，完成了天然冰片精加工车间安装。”龙脑开发有限公司董事长宁石林告诉记者，“目前，公司已具备年产 100 吨天然冰片、4000 吨天然冰片洗液等系列产品的生产能力。”

2010 年，龙脑公司新造右旋龙脑樟原料林 3200 亩，年产 35 吨天然冰片生产线全面投产，实现销售收入 1900 万元。同时，以天然冰片为原料所生产的日用及保健用品已在北京、上海等地建立起稳定的销售网络。

通过多年的探索开发，新晃龙脑樟产业开发的效益逐步显现，不仅使龙头企业逐步壮大，而且增加了农民收入，改善了生态环境，经济效益和社会效益都很显著。目前，新晃县建成龙脑樟原料林近万亩，常年培育龙脑樟苗木 200 多万株以上；利用荒山开发 2.5 万亩龙脑樟，每亩为农民增加收入 600 元至 1200 元。

“天然冰片的原料来源只是利用龙脑樟的枝叶而不是砍伐树木，并且采收周期长达数十年，因此，营造的龙脑樟原料林对当地水土保持和荒山绿化起到了积极作用。”湖南省林业科学院研究员刘小燕说，“同时，龙脑公司利用提取过程中产生的残液开发出多种日化产品和保健用品，利用提取后的龙脑樟枝叶开发出了专用复合肥和生活用香，利用龙脑樟林下空地进行家禽养殖和农作物种植，使龙脑樟树、原料林基地和产品剩余物得到全部应用，从而实现了龙脑樟的可持续循环利用。”

特色优势产业带动富民工程

据统计，我国天然冰片年需求在 5000 吨左右，并且每年正以 20% 的速度递增，全球总需求量约 9000 吨至 10000 吨，市场潜力巨大。新晃县把龙脑樟作为农业农村经济的一项主导产业来抓，计划在 5 年内建成全国最大的集龙脑樟原料林种植、天然冰片系列产品研发及生产、营销于一体的天然冰片产业基地。

“要实现这一目标，需要在原有的基础上，依靠资源优势，进一步调整农业产业结构，积极打造特色优势产业集群，加快推进龙脑樟产业化进程。”新晃县副县长韩景华表示。

新晃县按照“科学布局、因地制宜”的原则，将右旋龙脑樟产业纳入经济社会发展总体规划，并将规划落实到相关部门、相关乡镇、村、组和山头，坚持规划围绕产业定，工作人员围绕产业转，资金支持围绕产业走的办法，把制定产业结构调整、退耕还林、生态造林、低产林改造、荒山改造、外资造林等规划与重点发展龙脑樟原料林规划相结合。

同时，新晃县加快龙脑樟基地建设，按照集群发展的思路，结合林权制度改革和退耕还林项目的实施，选择一些基础条件好的乡镇，集中连片种植，实行连片开发，统一管理，集中指导，不断扩大基地规模。

为了提升产业效益，新晃县坚持加工和深加工并重，增强企业技术创新能力、天然冰片及附属产品的市场竞争力，进一步加大对龙脑樟公司的扶持力度，在土地使用、项目审批、人才引进等方面给予最大的支持，并引进国内先进加工设备和技术，提高企业技术创新能力，产品开发能力和开拓市场能力，引导企业采用先进的生产工艺和技术，提高科技含量，争创过硬品牌。

与此同时，新晃县强化技术推广，加大对农民的培训力度，通过创办不同类型标准化栽培技术示范点，并举办技术培训班或广播电视讲座以及发放技术资料等形式，有针对性地进行龙脑樟技术培训，让农民学会育苗、种植、修剪等一系列技术，成为合格的育苗工和种植工，确保龙脑樟种植技术普及推广落到实处。此外，该县把原料林基地作为“第一车间”，本着生产为先、让利于民的原则，对龙脑樟原料林种植大村、大户给予种苗、化肥、资金、技术等方面的扶持，确保农民获得比较理想的效益，充分调动农民种植原料林的积极性，进一步拓宽农民的增收空间。

“龙脑樟产业是一项综合的富民工程，也是一项造福于全人类的绿色工程，我们要抓住生物制药产业发展机遇，加强组织领导、强化人才保障、加大政府投入、形成发展合力，着力搭建龙脑樟产业发展平台，推动龙脑樟产业可持续发展。”韩景华说。

静静地伫立在山林中的龙脑樟树散发着淡淡的清香，它以凝结成芳香洁白的天然冰片的方式，走出了大山，走向了广阔的世界。

特写

“我们的未来不是梦”

苗冲村是新晃县种植龙脑樟面积最大的村子。沿着苗冲村村口往里走，记者在山坡上看见许多村民在种植龙脑樟的土地上忙碌着。

“您是外地的客人吧，来看我们的龙脑樟吗？”正蹲在地里观察龙脑樟苗长势的村民唐光春热情地和记者打招呼。

唐光春告诉记者，苗冲村由于地处山区，自然条件差，村民以前的主要经济来源是靠种植柑橘树和养猪，许多村民都外出务工挣钱，大片的荒山闲置。“2005 年新晃县龙脑开发有限公司在这里建了 800 亩龙脑樟基地林，村民看见在家门口也有经济效益就都回来了。”

新晃县龙脑开发有限公司与农户以每亩 26 元的租金签订荒山租用合同，仅此一项，让出租户每年可获几百元至上千元不等的收入。同时，龙脑公司在造林、育苗、林地管护以及天然冰片生产等用工均以当地村民为主，村民可以获得 1600 元至 1800 元的月工资。

“龙脑公司给我们无偿提供龙脑樟苗木，并补助 2 年的抚养费。龙脑公司还举办培训班把种植户集中起来培训，让村民能尽快掌握龙脑樟种植技术。我们种植龙脑樟第三年采收枝叶后再出售给公司。”唐光春给记者算了一笔账，现在龙脑樟枝叶订购价格是每公斤 1.2 元，每亩可收入 1800 元，除去成本费用 600 元，每亩纯收入 1200 元，而此前农户种植柑橘每亩纯收入 700 元。

“收入提高了，我们种植龙脑樟的积极性就高。我去年种植了 12 亩，纯收入 15000 多元。”唐光春兴奋地说，“我还准备再扩大种植面积，在家门口挣钱可比外出打工强多了！”

苗冲村龙脑樟种植面积已近3000亩，村民的收入大幅提高，生活条件得到极大改善。“村里许多农户都盖了小楼，买摩托车、电脑都已经不是稀奇事了。”唐光春说，“我相信，我们的未来不是梦，我们会过上更幸福的生活。”

漫山遍野的绿色美化了小山村，也承载着村民沉甸甸的希望。

《经济日报》2011年4月25日，与刘佳合作。

荒滩地变生态沟

“土不出沟、水不乱流，一亩坝地抵得上六亩坡地。以前在坡地种玉米，赶上好年成一亩才能收两百来斤，现在沟坝地上种玉米，亩产随便就能超过1400斤。”58岁的郝康生兴奋地形容山西省永和县白家崖小流域治理后农业翻天覆地的变化。据悉，通过治理，该流域农民人均纯收入增加2500多元。

永和县白家崖小流域治理给山西105个革命老区群众带来了希望。武乡县砖壁村村民李效说，“以前种地全靠撞大运，能收多少是多少。我们都盼着能快点治理，让昔日的荒滩烂沟变成高产田和生态沟，吸引更多的游客。”

砖壁村因百团大战而名声大振。抗日战争时期，八路军总部曾三次驻扎于此，砖壁村是名副其实的红色老区。然而，深山沟壑、水土流失，恶劣的生态环境严重制约着当地农业的发展。李效家有10亩耕地，其中7亩是荒凉的坡耕地，光靠种地难以养活全家5口人。

不仅是武乡县，在山西有105个属于革命老区的县区市，当地群众不得不面对山区丘陵区大面积水土流失带来的自然环境恶化、农业发展滞后的现实。在曾是1935年红军东征主战场的永和县，农民人均纯收入只有1909元；左权将军英勇牺牲的麻田镇北艾铺村，农民人均纯收入仅有2590元……如何脱贫致富成了老区民众心头一个难题。

永和县是小流域治理的先行试点县，通过坡改梯工程，原来坑洼的山表和沟壑都修整成了平缓整齐的梯田，河滩里铺着规划好的沟坝地，放眼望去，山山水水，呈现出一道亮丽的风景线。“这项工作对永和这样的贫困县意义重大，”县长梁秀娟说，“我们召开过专门的淤地坝安全运营会，中央和水利部的领导给了很多支持和指导，使我们有了信心，大胆探索，终于有了今天的成就。”

永和县根据当地地形地貌特点，开展了坝滩联治、坡改梯、核桃林建设、荒山造林等多项水保措施；建立了一套综合治理体系，沟坡上种植水保林，缓坡耕地建水平梯田，沟底打坝、淤地拦泥蓄洪，从而有效地阻止水土流失。“陡坡上是松柏缠腰、梯田垄间是核桃戴帽、山脚是淤地坝拦沙蓄水。”梁秀娟描绘了当前该县生态环境的崭新面貌。

农业生产条件改善了，产出自然大幅增长。山西省水利厅党组成员、水土保持局局长张江汀表示：“实践证明，开展以小流域为单元的水土流失综合治理，是快速有效的改善当地的生态环境和生产生活条件、夯实农业发展基础、促进农民增收、改变农村面貌的一项根本性技术性工作。”

通过深入调研、科学规划，山西省拟用10年时间投资20亿元，开展100条老区小流域治理，加快革命老区的发展。目前总体规划已编制完成，根据治理目标，到治理期末，100条小流域共治理水土流失面积1470平方公里，增加梯田、坝地、滩地等基本农田11573平方公里，建设林草1354平方公里，生态效益显著；每年增加粮食产量4.7万吨，果品产量9.4万吨，木材蓄积量超过21万立方米，一年直接经济效益近5亿元。

“这不仅仅是我们当前受益或者10年以后受益的问题，实实在在说，是造福子孙后代。”在山西小流域治理座谈会上，左权县代表邢晓寿表达了群众对这项民生工程的拥护。

据悉，今年山西省将在武乡、左权、永和等地首批启动10条小流域治理，并逐步推广，最终全面惠及老区人民。

《经济日报》2012年7月5日，与赵无双合作。

有机农业富百姓

种着有机菜，放起黑山猪，散养大公鸡……这是近日记者到山东青州采访时看到的景象。青州依托良好的环境优势，以发展有机农业引领产业结构调整，做到有机农业分区域特色发展，有效带动了土地增产、农民增收。2012 年，全市农民人均纯收入达到 1.18 万元。

在青州市省级生态示范村——乖场村，有一座新建的生态示范园。2010 年以前，这里还是一片零零散散的小块农田，农民靠天吃饭，分户种植粮食。而现在，通过土地流转这里已经变成拥有 320 亩土地，62 个拱棚、6 个高温大棚的标准化有机农业示范园。

示范园负责人姜立新介绍，这里的蔬菜“吃”的是富含有机质的麻糁和沼渣，“喝”的是 280 米的深井水，“住”的是防虫保温的“蚊帐”，还有专职的农技人员“伺候”。因为有机蔬菜在生产过程中不使用农药，示范园内还专门构筑起了由杀虫灯、缓冲带、防虫网、防虫黄板组成的四道防线，用物理方式防治害虫的侵袭。享受如此待遇的有机蔬菜价格不菲，刚刚收获上市的韭菜可以卖到 58 元一斤。据统计，整个青州获得绿色食品、有机产品认证的品牌已经达到 250 个，基地面积近 4 万亩，其中绿色食品品牌 87 个，有机食品品牌 163 个。有机农业成为促进青州农业产业化、引领农民致富增收的新潮流。

青州市东股村大山谷与仰天山国家森林公园毗邻，四面环山，植被茂密。随着有机农业的不断发展，这里优越的自然环境开始日渐显现，曾经一度无人问津的“穷沟沟”一下子成了遍地生金的“聚宝盆”。

2008 年，青州市农业龙头企业——一正有机农牧开发有限公司来到这片

“世外桃源”安营扎寨。通过土地流转方式，该公司在东股村所在大山谷承包了 2800 亩可耕土地和 15000 亩荒山，经过整理改良建起了有机农业生产基地，并对基地环境和 10 余种农牧产品进行了有机认证。结合山区地形特点，公司对整座荒山进行了总体规划：山脚种杂粮，山沟搞畜养，坡上种香椿，山顶种松树。总经理李永军说，基地以山林放牧的形式散养黑山猪、柴鸡，杂粮收获后产生的作物秸秆则全部进入有机养殖环节，形成了良好的生态循环。

东股村发展有机农业的成功经验，在青州南部山区迅速推广开来。目前，青州南部山区有机农业种养基地已发展到 5 万余亩，涉及自然村 80 多个，发展有机农业成了带动山区百姓增收致富的新路子。

绿色、无公害、有机农产品的规模化生产，还促使一批集种植、养殖、生产、加工、储存、销售于一体的农产品深加工企业应运而生。目前，青州市级农业龙头企业已达到 300 余家，这些企业拉长了绿色无公害农业生产链条，对提高农产品附加值，增加农民收入作出了较大的贡献。

《经济日报》2013 年 5 月 17 日

用加法做产业 用减法做企业

我国肥料行业整体产能过剩，面对科学发展的新要求，传统化肥行业如何实现自主创新、转型升级？为此，记者走进两次获得国家科技进步二等奖的山东金正大生态工程股份有限公司，一探究竟。

开发先进技术

走进位于山东省临沭市的金正大公司，迎面看到整洁、宽敞的厂房上方高挂着巨大横幅：“企业与市场同步管理与世界接轨。”

从 15 年前名不见经传的化肥小厂，到如今发展成为销售过百亿、成功登陆资本市场，建有10大销售基地，年生产能力达450万吨的领军企业，金正大有何成功“秘诀”？董事长万连步说：“我们坚持用减法做大企业，专注于肥料行业；坚持用加法做强产业，将产业做精、做专、做强。如果说有什么‘秘诀’的话，就是高度重视科技创新，走差异化发展道路。”

在展览室里，记者看到1998年金正大在临沭市成立时，以万连步为首的几位创业者手持铁锨奠基的黑白照片。在当时单质肥一统天下的时代，金正大引进先进的多元复混专利技术进行规模生产，在化肥市场占有了一席之地。2004年开始，金正大以开发和应用推广我国农业“用得起、用得着、用得好”的缓控释肥产业技术与产品为目标，以产学研用结合为创新手段，陆续开发出作物专用控释肥产品59种、44项新技术新工艺、10余种新材料，确立了在国际缓控释肥技术领域的领先地位。

在肥料行业大多数企业还在拼命扩大产能，通过价格竞争来挤占市场份额的时候，金正大将目光聚焦在国际领先技术的新产品上，开辟出新的市场空间。

搭建创新平台

创新是企业发展的根本动力，而搭建创新平台则至关重要。“国家缓控释肥工程技术研究中心”“复合肥料国家地方联合工程研究中心”“土壤肥料资源高效利用国家工程实验室”“农业部植物营养与新型肥料创制重点实验室”等这些高端研发平台成为技术创新的“孵化器”，激发了金正大的创新活力。

金正大坚持走产学研与自主创新相结合之路，发挥创新的“乘数效应”。先后与山东农业大学、中国农业大学、国家杂交水稻工程技术研究中心等国内40余家高校、科研院所以及美国6所高校建立了紧密的科研合作关系，通过整合外部科研资源，走出了一条“引进——消化吸收——创新提高”的产学研道路。

借助高端研发平台和产学研结合的技术创新体系，金正大取得了令人叹服的成果：承担了30多项国家级和省级科研项目；获得了授权专利158项；

共参与起草了8项行业、国家、国际标准；在复合肥、缓控释肥、水溶性肥料及磷化工领域储备了一批领先的技术和新产品。

推动服务升级

如果说肥料是“鱼”，那么服务则是“渔”，金正大认为对农民“既要授之以鱼，也要授之以渔”，因此，对服务战略进行了重大调整，提出了“技术先导、服务领先”的核心经营战略，实现由传统制造商向“制造＋服务”的转型。

金正大通过与很多大学和科研院所开展合作，在全国广泛开展缓控释肥的试验示范与应用研究等公益性服务工作，通过开展免费测土、配方施肥、试验示范、培训讲座、现场观摩等农化服务，促进了缓控释肥的推广应用。

自2008年起，农业部全国农技推广服务中心与金正大联合进行了5年缓控释肥示范推广，金正大利用各省土肥站遍及县乡的农技服务部门这一网络与技术优势，在全国成立500个农化服务队、上万台种肥同播机，为农民提供免费的缓控释肥“种肥同播”技术服务，促进了粮食增产、农民增收。

金正大还借网营销，自2006年起，金正大公司与中国邮政集团公司共同发起“绿色邮政金大地，服务三农进万家”活动，公司利用中国邮政这一金字招牌和遍及乡村的网络优势，配合其建立健全县、镇、村三级邮政“三农”服务站，实施送货上门服务，使农民足不出户，便可享受邮政快捷、方便的服务。

在采访结束时，万连步表示：“金正大将站在新的起点，朝着‘世界级高端肥料供应商和受人尊重的农化服务商’的目标奋进，为加强农业科技创新、保障粮食安全，推动行业技术进步和产业发展作出新的贡献。”

《经济日报》2013年8月27日

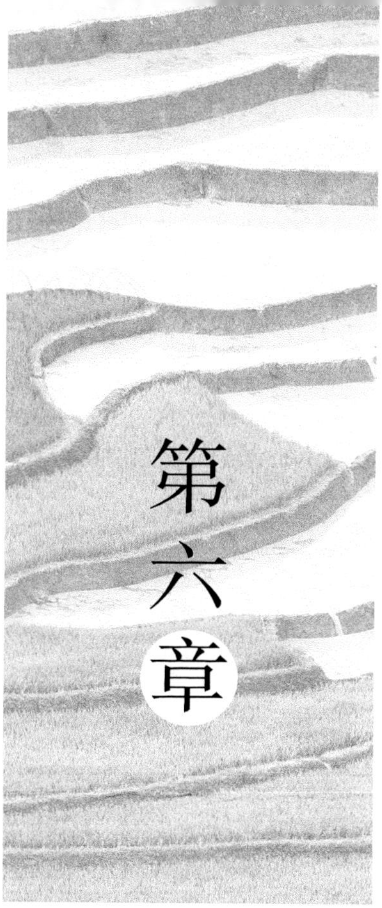

第六章

行业观察：

千畦细浪舞晴空

小麦的一高一低说明了什么

总产下降已成定局，但是，优质品种却在继续增长。那么，今年小麦减产已成定局。

这消息令全社会十分关注乃至担忧。但同时传递出的其中优质专用小麦增产和出口增加的消息，却又令人为之一振。有关专家认为，这一高一低给业内带来了很大的启示，将直接影响小麦生产和市场的走势，以及国家宏观政策的后期走向。

降中有升　忧中有喜

据农业部初步统计，今年已是全国小麦连续第 4 个下降年份，今年还是全国优质专用小麦第 7 个连续增长年份。且经有关部门初步分析，今年全国夏收冬小麦的品质普遍比去年提高。

在小麦减产的同时，国内小麦需求量呈现增长态势，特别是随着近几年国内面粉加工能力的不断增长及饲料小麦出口量的快速增长，小麦市场供需状况发生明显变化，小麦产量减少直接拉动了国内小麦价格的上涨。

今年我国小麦特别是优质小麦的价格行情比较看好，收购价格呈高开高走态势。目前我国小麦已进入收购的高峰期，从各地反映的情况看，今年优质小麦比去年、比普通小麦价格高。如江苏省优质弱筋小麦开价达到 1160 元 / 吨，比去年提高近 30%，比普通小麦提高 20%左右。

业界人士指出，今年上半年各种小麦价位均高于上年同期，是我国小麦在连续几年减产之后，整体供求形势已发生一定变化的必然结果。

优质小麦　顺势而上

据农业部有关专家介绍，全国小麦生产近年来连续下降，原因是多方面的：一是我国耕地面积在逐年减少；二是种小麦的收益低，限制了农民种小麦的积极性；三是连年的干旱等自然灾害导致小麦产量下降；四是我国调整种植结构，小麦播种面积减少等。今年还有两个特别的原因：一是小麦生长和收获期间，我国遭受了非典疫情袭击，影响了小麦的后期田间管理和及时的大规模联合收割；二是我国安徽、江苏等地区遭受洪涝灾害的重大损失。

但农业部农村经济研究中心韩一军认为，今年夏收小麦生产和市场情况仍呈现出可喜的局面。一是优质专用小麦品种生产继续扩大；二是小麦生产继续向优势产区集中。河北、山东、河南三省优质专用小麦面积 6200 万亩，占全国总量的 58%；三是订单面积继续扩大。据不完全统计，通过订单收购的小麦面积达 4300 多万亩，比上年增长了 19%。

特别是上半年我国小麦产品进出口总体呈现“出增进减”的态势。据国家海关总署数据显示，截至今年 6 月末，我国小麦出口成交数量近 200 万吨，装船出运数量达 89 万吨，比去年全年小麦出口超出 19 万吨。而进口小麦数量只有 15.5 万吨，同比减少 59.9%。

从全球看，世界小麦产量连续 5 年减产，而小麦需求量却稳步增长，小麦供求矛盾突出；我国抓住这一市场机遇，去年下半年以来创下了四个“首次”的记录：一是我国首次成为小麦净出口国。二是首次实现制粉用小麦出口。三是首次进入路透社全球硬质小麦报价单。这不仅首次实现了我国小麦与美、加、澳等传统出口国小麦并列，而且把郑州小麦期货价格与美国芝加哥、堪萨斯小麦期货价格并列，标志着我国小麦期货价格纳入了世界小麦价格体系。四是首次成功推出了优质强筋小麦的期货交易，且市场运作平稳，交易活跃。这表明我国小麦在国际市场上的竞争力已大大增强。

提高竞争力是根本出路

据有关方面预测，2003 与 2004 年度国内小麦市场产不足需。但我国小麦问题不仅仅是数量不足，更主要的是结构问题。20世纪90年代以来，我国一手抓提高小麦产量，一手抓调整小麦生产结构，发展优质专用小麦生产。现在，人们吃的，国库存的，企业用的，出口走的，都有我们耳熟能详的优质小麦品种，这与结构调整是分不开的。

针对我国小麦减产的现状，特别是小麦进口减少，出口大幅增加的情况，农业部副部长刘坚分析说，应该看到，这其中有主要出口国因灾歉收、粮价上涨的因素，具有一定的偶然性和不可持续性。我们决不能把抵御进口冲击的希望寄托在国外减产上，而必须努力提高国产小麦的竞争力。

目前，我国小麦与国际上主要小麦出口国相比，品质不高、质量不稳、成本偏高。而且小麦生产结构与社会消费结构还不适应，优质专用品种生产不出优质专用商品小麦。我们必须正视这些问题，采取有效措施尽快解决，从根本上提高小麦的国际竞争力。

《经济日报》2003年9月17日

学生饮用奶计划：拉动750亿元产业链

被营养学家称为“白色血液”的牛奶，是营养价值最接近完善的食品。自安徽阜阳劣质奶粉恶性案件曝光后，许多家长十分气愤，想不到劣质奶粉还不如过去农家喂养孩子的小米汤蛋白质含量高。阜阳劣质奶粉事件敲响了警钟，让我们不得不更加关注我国两亿多中小学生的饮奶安全。让城乡的中小学生都能喝上奶，喝上放心奶决非小事。因此，已实施三年的国家“学生饮用奶计划”，再一次引起人们的极大关注。人们有理由问，正在推广的学生奶安全吗？究竟怎样才能保证孩子们喝上放心奶？一杯牛奶能否带起一个产业？

中小型乳品企业的质量安全问题

中国奶业协会秘书长魏克佳说，据他们掌握的有关信息表明，安徽阜阳出现“劣质奶粉”事件并非局部的、偶然的现象，其在全国具有一定程度的普遍性。

他举例说，前几年国家有关部门对整个婴幼儿奶粉和特种配方奶粉进行检验，合格率均不能令人满意。2000年第一季度婴幼儿配方奶粉国家质量的监督抽查抽样合格率只占到64.9％，2001年酸牛奶抽查产品合格率只占67.4％，国家质检总局2002年第二季度对酸牛奶抽样检查的合格率也是很低的。

现在全国乳品生产企业有1500家，其中规模以上的企业499家，只占三分之一。乳品大型企业只有上海光明、内蒙古的伊利和蒙牛、北京的三元、石家庄的三鹿和黑龙江的完达山六家。有1000家左右，也就是有三分之二属于中小企业。大型企业和国家级名牌企业产品的质量基本上是安全的，问题主要发生在中小型企业身上。

据有关专家分析，一些中小企业出现问题主要原因有：一是企业管理比较混乱；二是生产设备工艺落后；三是企业的质量保证体系不健全；四是有一些小型企业偷工减料现象比较严重。

确保孩子喝上放心奶

随着人们生活的改善，今后奶的消费量会越来越大。目前我国人均年饮奶量为14公斤，农村人均年饮奶量才1公斤，与世界人均年饮奶量100公斤的水平差距很大。所以，今后我国奶业市场和人们的消费空间，特别是青少年饮用奶发展的空间巨大。

一些专家在近日召开的“阜阳奶粉中毒事件与乳品安全研讨会”上，提出要确保青少年饮奶安全，避免发生第二次“阜阳事件”，必须采取强有力的措施：

第一，有关部门必须加快建立健全乳品质量安全法律法规和标准体系，做到有法可依，有章可循，有标准可执行。第二，加快建立健全乳品质量的安全检测检验网络和体系，加强设备投入。第三，加强生产企业行业管理和企业的自身管理。第四，要建立有效的市场经营管理体制和企业的监督机制。要大力提倡企业的行业自律，发挥行业协会的管理服务职能。

一条750亿元的产业链

“学生奶计划”在我国已经实行近三年了。计划实行以来，没有发生过一次质量问题。国家“学生饮用奶计划”专家委员会主任蒋建平说，学生奶的供应是由经国家有关部门从具备条件的大中型乳品企业中统一认定的定点企业，直接向指定学校配送按国家标准生产的灭菌奶，同时实行严格的市场准入制度，因此为学生奶的质量和安全提供了重要保证。目前，学生奶由48家国家定点企业生产。经过试点，现已推向全国28个省会和重点城市的4500所中小学校，日供学生奶近200万份。

据专家测算，如果全国在校中小学生每天能喝上200毫升牛奶，那么全年需要消耗鲜奶1540万吨。按每头奶牛每年产奶6吨计算，则需要256万头奶牛。一般每头牛每年可让奶农增收3000元，则学生奶计划可带来76.8亿元效益。同时，通过学生奶的工业化加工，还可有力拉动奶产品加工、包装、运输等相关产业的发展，这将是一个总产值750亿元的产业链。

农业部副部长张宝文说，学生饮用奶计划已经产生了明显效果：一是改善了中小学生的营养健康状况，据中国医科大学的跟踪调查，饮奶学生与对照组相比，身体素质明显提高；二是对提倡居民饮奶和改变单一饮食习惯产生了积极作用；三是促进了我国奶业的快速发展，2003年我国奶类总产达到1650万吨，比1999年翻一番，年均增长20%，乳品产量也保持同步增长；四是促进了农业结构调整和农民增收，有利于“三农”问题的解决。

《经济日报》2004年5月17日

经典中国辉煌60周年

农村经济全面繁荣　农业综合生产能力显著提高

新中国成立60年来，农村改革极大地调动了亿万农民生产积极性，极大地解放和发展了农村社会生产力，初步形成了适合我国国情和社会生产力发展要求的农村经济体制，使我国农村发生了巨大变化。

60年来，农业综合生产能力显著提高，农村经济全面繁荣，农村公共服务日益改善，农民生活水平大幅度提高，农村精神文明建设成效明显。

新中国成立之初的土地改革，让亿万农民实现了耕者有其田的期盼。改革开放以来，为进一步适应生产力发展的要求，农村改革废除了1958年建立的人民公社体制，实行以家庭承包经营为基础、统分结合的双层经营体制，赋予农民生产经营自主权；全面放开粮食等农产品市场，建立了农产品和生产要素市场体系；逐步扩大公共财政覆盖农村的范围，着手构建了统筹城乡发展的制度框架。

新中国成立以来，粮食生产不断跃上新台阶，特别是改革开放30年来，我国粮食生产先后跨越7000亿斤、8000亿斤、9000亿斤、10000亿斤的四个台阶，依靠自己力量稳定解决了13亿人口的吃饭问题；农产品供应日益丰富，结束了主要农产品长期短缺的历史，为实现人民生活由温饱不足到总体小康的历史性跨越创造了重要条件。

农林牧渔全面发展，乡镇企业异军突起，农村市场兴旺繁荣，小城镇蓬勃发展，县域经济不断壮大，农村劳动力大规模转移就业。亿万农民工成为产业工人重要组成部分，有力地推进了中国农业现代化、特色工业化、城镇化进程。

农民增收渠道更加多元化，收入持续较快增长，人均纯收入由1978年的133.6元提高到2008年的4761元。特别是近4年来，农民人均纯收入连续5年增长6%以上。农村基础设施建设明显加强，农村公路、农村饮水安全、农村电网、农村沼气等建设取得突破，农民生活条件不断改善。农村居民恩格尔系数不断下降，农民物质文化生活实现由温饱向小康的历史性跨越。扶贫开发工作成效显著，农村贫困人口迅速减少，国家实行新的扶贫标准，对农村低收入人口全面实行扶贫政策。

农村义务教育经费保障机制初步建立，率先在农村实行真正意义上的免费义务教育。新型农村合作医疗制度全面建立，农村医疗保障服务水平明显提高。农村公共文化体系建设扎实推进，农村文化事业日益繁荣。全国普遍建立农村最低生活保障制度，4456万农村人口纳入低保范围，新型农村社会养老制度开始在全国试点。农村基层民主政治建设明显加强，农民的民主权利得到有效保障。

农村精神文明建设深入推进，农村文明水平明显提升。文明创建活动广泛开展，农村形成健康文明、积极向上的社会风貌。

《经济日报》2009年8月12日

农业机械化：农机广应用　方便耕种收

至2008年年底，全国耕种收综合机械化水平达到50.8%。新中国用60年完成了从手工作业到农业机械化初级阶段，再到中级阶段的两次跨越。

今年58岁的马全来是河南省商水县袁老乡马河村村民，因为他常年摆摊卖镰刀，又修得一把好镰刀，人们便都称呼他为“镰刀能手”。马全来告诉记者，直到20世纪80年代初期，镰刀是夏收的主要农具。那个时候到集市摆半天摊能卖出近百把镰刀。情况到 20 世纪 90 年代初期开始发生变化，“小手扶”收割机成了人们麦收时节的首选，老马的镰刀生意受到了冲击，摆半天摊只能卖出 20 多把。到 2005 年，河南省全部免征农业税，并且开始发放大型农机具购置补贴。老马买了一台大型联合收割机，承租小麦收割业务，不再卖镰刀。

农业部农业机械化管理司司长宗锦耀告诉记者，今年全国投入夏收作业的联合收割机达 44 万台；完成小麦机收面积 2.63 亿亩，机收水平达 84%。投入机具总量、机收作业面积、机收水平均创历史最高水平。截至 2008 年，我国农机制造企业总共约有 8000 多家，规模以上农机企业年产值达 2000 亿元，能生产拖拉机、联合收割机等 14 大类、95 小类、约 3000 多种农机产品，我国已经成为世界农机生产大国。

农业机械化的快速发展，与国家强农惠农政策密不可分：中央财政对农机具购置补贴资金的投入逐年翻番，从 2007 年安排 20 亿元，到 2008 年安排 40 亿元，到今年规模达 130 亿元。据农业部最新统计，截至 7 月 31 日，各省区市已发放中央补贴资金 94.66 亿元，占中央财政已下达 100 亿元补贴资金的 94.66%。补贴机具超过 225 万台（套），受益农户逾 198 万户。

宗锦耀介绍，随着我国工业化、城镇化和农业现代化进程加快，我国的农业机械化发展态势持续向好。截至 2008 年年底，全国拖拉机保有量 2021.91 万台，是 1949 年 117 台的 17.3 万倍。今年上半年全国农机总动力达到 8.5 亿千瓦，比上年增长 8%，农机装备结构进一步优化。小麦生产基本实现了机械化，水稻、玉米等粮食作物生产机械化加速推进，油菜、大豆、花生等经济作物的生产机械化稳步发展，农机作业开始从种植业向养殖业、林果业、加工业和设施农业等领域拓展。

据测算，至 2008 年年底，全国耕种收综合机械化水平达到 50.8%，农业劳动力占全社会从业人员比重已降至 38%左右。这标志着农业机械化发展已跨入中级阶段，农业发展方式由主要依靠人力资源向依靠现代农业装备转变。宗锦耀感慨地说，新中国用了 60 年时间便完成了从手工作业到农业机械化初级阶段，再到中级阶段的两次跨越。

《经济日报》2009 年 10 月 1 日

砥砺奋进的一年　极其不易的成就

农业各行业：亮点频出　成就喜人

身材魁梧、脸色黝黑的陈庆福脸上挂满了笑容，这位浙江温州市有名的种粮大户今年又获得了大丰收。趁着现在冬季农闲时节，他联合当地的 15 位农民组成了旅游团，要好好逛逛北京城。

今年不仅种粮农民笑得开心，在采访中记者看到，从事农业各行业生产的人们都充满了丰收的喜悦。农业部有关负责人告诉记者，今年农业各行业都取得了可圈可点的成就，成为经济社会发展的突出亮点，为应对国际金融危机提振了信心，为保持国民经济平稳较快发展提供了支撑，为农民增收做出了突出贡献。

种植业：经受考验创高产

陈庆福告诉记者，“我种了 700 多亩地，今年亩产又创当地新高，一亩地扣掉成本净赚 500 元，光种粮就收入 30 多万元。”

农业部种植业管理司司长叶贞琴告诉记者，预计今年粮食产量比上年有所增加，再创历史新高，实现 42 年来首次连续 6 年增产，新中国成立以来首次连续 3 年稳定在 1 万亿斤以上。今年粮食增产的主要原因是中央的各项强农惠农政策凸显成效，同时，种粮面积增加较多，预计增加 3400 多万亩，是近 4 年来增加最多的一年。

叶贞琴介绍，今年油料继续保持稳定发展，油菜籽产量创历史新高。棉花糖料等工业原料作物产量下滑，但收购价格回升，种植效益可望有所提高。

园艺作物生产保持发展的好势头，产量继续增加，市场销售明显好转。

今年种植业取得的成绩来之不易，经受了历史罕见的特大旱灾和多发重发病虫害的严峻考验，克服了国际金融危机、国内外农产品市场波动的不利影响，各地、各级农业部门和社会各界都付出了艰苦努力。

今年种植业生产形势好，不仅体现在粮食等主要农产品有效供给增加上，而且体现在对农民收入增加的突出贡献上。初步测算，今年种植业对农民人均增收的贡献在 100 元以上，占农民增收份额超过 30%。

农业机械化：发挥主力军作用

农机手王允泉透着山东大汉特有的豪气说，“今年我参加跨区机收的收入，再加上农机合作社的分红，能挣上 30 多万元。”这几年王允泉购置了 200 多万元的农机设备，仅购机补贴就得了近 70 万元。

农业部农业机械化管理司司长宗锦耀告诉记者，今年以来，全国农业机械化持续快速健康发展，成效显著。国务院颁布的《农业机械安全监督管理条例》，为农机安全生产实行全过程的监督管理提供了法规保障。

今年农机具购置补贴工作总体启动早、措施实、进度快、效果好。130 亿元补贴资金已在 11 月 30 日全部实施到位，共带动地方各级财政和农民投入 360 亿元，补贴机具 343 万台（套），受益农户数达到 300 万个。在补贴的强劲拉动下，预计今年全国农机总动力将达到 8.75 亿千瓦，比上年增长 6.4%。

农垦系统：经济发展超过预期

丰收时节，从北大荒传来一个好消息，今年黑龙江垦区粮食总产首次突破 300 亿斤大关。农业部农垦局局长李伟国说，整个农垦经济继续保持快速增长，这已经是农垦经济连续七年年均增长速度保持在 12%以上了。

农垦的粮食等主要农产品产量今年继续保持较大幅度的增长，全国农垦粮食产量增幅在 13%左右。农垦以占全国 4%左右的耕地，在粮食增量上却占到了 10%以上，其他农产品包括肉类、奶制品产量等也有较大幅度的增长。

国际金融危机对农垦行业及出口企业都带来了很大影响，但农垦系统通过加强管理、降低成本、拓展市场、扩大营销等措施，今年仍然保持了较高的效益，农垦的利税可以达到增长7%以上，全系统的盈利水平能够继续保持在60亿元以上。

乡镇企业：危中寻机求发展

全国的乡镇企业发展情况怎样呢？记者采访了农业部乡镇企业局副局长卢永军，他说："这次国际金融危机导致乡镇企业出口量下降、订单减少，今年是乡镇企业发展最困难的一年，但乡镇企业创造的业绩还是非常显著的。"

卢永军说，乡镇企业危中寻机求发展的关键因素是党中央、国务院出台了应对国际金融危机一揽子计划，特别是对乡镇企业也采取了一系列的针对性的扶持政策。同时，乡镇企业系统管理部门采取了几项关键措施：针对乡镇企业资金普遍短缺的现实，加大融资幅度。

面对市场萎缩的局面，各级乡镇企业部门积极搭建平台，帮助企业拓展市场。大部分省市区都制定了鼓励性的政策，通过激励机制扩大招商引资。卢永军说，正是因为各地采取了这些有力措施，乡镇企业在国际金融危机中能够率先实现恢复性增长。预计今年乡镇企业10%的增长目标是完全可以实现的。

畜牧兽医业：畜产品供给充足

农业部畜牧业司巡视员陈伟生在接受采访时说，今年畜牧业生产迈上新台阶，畜牧业产值持续增长，占农业总产值的比重可望超过36%。预计今年全年肉类总产量7500万吨，禽蛋产量2660万吨，奶类产量3650万吨。

饲料和畜产品质量安全水平得到有力保障。通过开展奶站清理整顿，规范经营主体，取缔和减少奶站6671个；检测生鲜乳样品13129批次，三聚氰胺检测全部合格。

现代畜牧业转型步伐加快，产业素质有了明显提升。标准化规模养殖加快推进，预计生猪、蛋鸡和奶牛规模养殖比例分别比去年提升5个、4个和10个百分点。

农业部兽医局局长李金祥介绍，今年我国重大动物疫情继续保持总体稳定，流行强度明显减弱，发病频次大幅降低，损失明显减少。李金祥介绍，今年我国新型兽医制度建设有了突破性进展，兽医人员管理初步形成政府监管与行业自律相结合的良好局面。兽医管理体制改革取得新进展，93.7%的地市、78%的县区和71.7%的乡镇完成改革。

渔业：科技服务见成效

今年农业部开展了以水产健康养殖为主题的全国渔业科技服务年活动，成效十分明显。

农业部渔业局副局长崔利锋介绍，今年全国共举办各类培训班近万期，培训水产技术推广人员和渔（农）民50万余人次。农业部相继组织举办了灾后恢复渔业生产科技服务、规范用药科普下乡和池塘标准化改造现场会等标志性活动。各地通过继续开展渔业科技入户工作，培育了7万余户科技示范户，辐射带动70余万户，提高了先进适用技术的应用水平。在各地渔业主管部门的精心组织下，科研、教学、推广、学会等产学研机构联合协作，一大批新技术新成果得到了应用和推广。

各地和各单位组织发动科研、教学、推广单位科技人员深入生产一线，手把手、面对面地开展科技服务，进一步巩固和完善“专家—技术指导员—科技示范户—辐射带动户”的渔业科技成果转化快速通道。

《经济日报》2009年12月27日

加快种业科技创新步伐

良种在农业发展中起着至关重要的作用，今年中央一号文件强调：切实把农业科技的重点放在良种培育上，加快农业生物育种创新和推广应用体系建设。继续实施转基因生物新品种培育科技重大专项，抓紧开发具有重要应用价值和自主知识产权的功能基因和生物新品种，在科学评估、依法管理基础上，推进转基因新品种产业化。就如何大力发展生物技术，提升现代种业竞争能力，记者日前采访了有关专家和负责人。

发展生物技术据专家介绍，主要农作物矮秆、杂交、株型塑造、转基因等重大育种理论和技术的突破，推动主要农产品供给实现了由温饱不足到总量平衡的历史性转变，实现了农业生产的历史性跨越，良种对粮食增产的贡献率已达到40%。

中国农业科学院生物技术研究所范云六院士说，“大力发展生物技术产业，培育新的经济增长点，是着眼未来国际竞争和产业分工所做出的战略决策。

启动实施转基因重大专项，对于抢占未来经济科技竞争制高点，意义重大，影响深远。”

福建省农业科学院原院长谢华安院士说，“发展生物技术，与传统优势技术紧密结合，拓宽育种途径，提高育种效率，对突破资源环境约束，壮大自主种业，巩固粮食等主要农产品生产能力和供给水平，保障国家粮食安全至关重要。”

记者在近日农业部召开的现代种业科技创新（试点）工程咨询研讨会上了解到，现代种业科技创新（试点）工程将按照产业需求导向，突出企业主体作用，依托转基因生物新品种培育重大专项等科技资源，创新组织管理方式，加强种子企业与优势科研教学单位的紧密结合，培育一批育繁推一体化、产学研紧密结合的现代种业集团，构建现代种业科技创新体系。

突破技术瓶颈

国内外育种领域多年的理论探索和技术实践表明，常规育种技术与现代生物育种技术结合，可以快速突破技术瓶颈，逐步逼近理论潜力，是我国育种技术突破的重要方向。现代生物技术与种子产业的全面结合，将推进形成新型的现代种业。

中国农业科学院方智远院士说，“转基因技术与常规技术结合，能显著提高育种效率，在提高农产品产量、突破资源约束、缓解生态恶化等方面正在发挥重要作用，显示出巨大优势。”

辽宁省农业科学院陶承光院长介绍说，“把转基因技术与常规育种技术结合起来，必将有效地引领育种领域的科技进步，支撑现代种业发展。”

严格安全管理

目前，公众对转基因产品的安全性十分关注，希望了解到更多的转基因技术知识和安全管理法规。

据中国农业大学教授、玉米育种专家戴景瑞院士介绍，世界各国对转基因产品的态度不一致，但都不约而同地选择了大力开展转基因技术研究。自1996年以来，转基因产业快速发展，13年间由170万公顷迅速增至2008年的1.25亿公顷，增长了近74倍。

中国农业科学院作物科学研究所所长万建民教授介绍说，“从技术角度看，转基因和常规育种都是品种改良的技术手段，是一种相对精确和定向的现代分子育种技术。”

中国农业科学院植物保护研究所、著名转基因生物安全专家吴孔明研究员介绍说，我国对转基因安全的管理是世界上最严格的国家之一，转基因作物在产业化前都要进行严格、长期的环境安全评价。

《经济日报》2010 年 2 月 12 日

化肥用量为啥还在逐年增加

今年粮食再获丰收，实现连续 8 年增产。盘点取得丰收的各种原因，科学施肥当然“功不可没”。特别是自 2005 年以来，国家开始实施测土配方施肥补贴项目，老百姓称之为给土地吃“营养餐”，测出土壤缺啥就补啥、缺多少就补多少。至今这个项目已经在全国推广面积累计超过 11 亿亩。

与此同时，全国化肥施用总量从 2005 年的 4766 万吨增加到 2010 年的 5562 万吨。有人问，为什么测土配方施肥实施多年，化肥用量没有减少反而增加了？

针对质疑，中国农业大学资源与环境学院教授张福锁说，化肥用量的增减主要取决于土壤养分状况和作物产量水平，测土配方施肥并不意味着施肥总量必然减少，关键是施用要合理。

具体分析近年来我国化肥施用总量增加的原因，张福锁认为主要有以下几大原因：农产品产出总量增加，农作物需肥量随之增加。2005 年至 2010 年，我国粮食连年增产，按照单位产量养分吸收量计算，如果养分全部由化肥提供，则需要增加化肥用量 1940 万吨。

农田有机肥投入不足，养分难以循环利用。重化肥、轻有机肥是化肥用量不断增长的一个重要原因。然而，随着城镇化发展，种植业和养殖业分离，有机肥脱离了农田，利用率较低。据统计，我国有机肥资源约 7700 万吨，而实际还田利用的不足 2000 万吨。这些有机养分来源于土壤而没有归还给土壤，只能靠化学肥料来补充。在我国粮食生产中，化肥养分投入占 90% 左右，有机肥养分投入只占 10%。

豆科固氮作物面积减少，高产作物大幅增加，耕地承载增产压力大。大豆、绿肥等能通过生物固氮向农田提供氮素，实现养分循环利用。目前，我国豆类作物提供的氮素比例已降至5%以下，而在欧美发达国家，豆类与其他作物的合理轮作为农田提供了20%以上的氮素。2004至2010年，全国豆类作物减少了2285万亩。按照每亩豆类作物固氮5公斤计算，减少的豆类面积相当于减少了11万吨氮素，这也需要化学氮肥来补充。同时，我国耕地承载增产压力较大，长城以南地区多为一年两熟甚至三熟农业区，复种指数高，一年四季耕地亩均施肥量呈现多次叠加现象。

在发达国家，实现每个地块的测土施肥用了10多年时间。我国由于人多地少，经营分散，测土配方施肥技术的推广难度较大。目前，我国平均每个县测土配方施肥人员不到10人，需要服务的对象却包括7万至10万个农户、十几万个地块。这种情况下，改变农民“大水大肥”的传统施肥习惯需要一个长期过程。

随着节能减排工作的开展，科学施肥得到了各级政府的高度重视，将农业节能减排摆上了重要议程。“十二五”时期，将实施测土配方施肥整乡、整县等整建制推进，探索建立企业参与的长效机制，加快推进配方肥产业化发展，改进落后施肥方式，向农民提供测配产供施一条龙的农业社会化服务，着力提高科学施肥技术覆盖率和到位率。相信到那时，会有更多的土地吃上可口的“营养餐”。

《经济日报》2011年11月15日

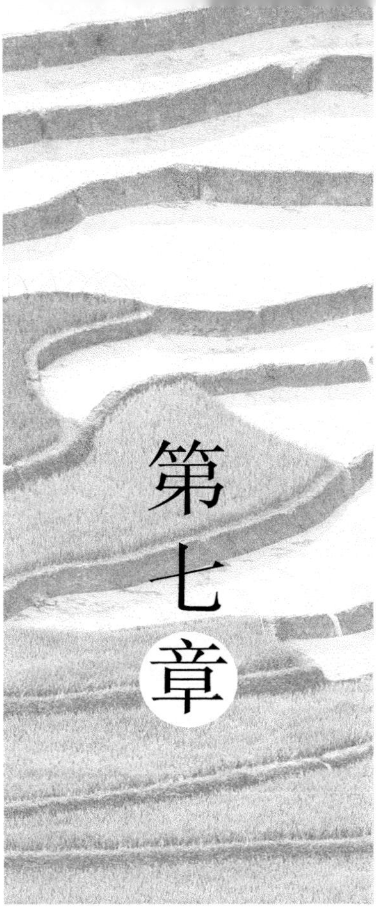

第七章

三农述评：

万世根本在三农

"和衷共济抗非典　万众一心求发展"系列述评

抓好春耕夏收　稳定农业生产

在当前抗击非典的斗争中，农业和农村经济的持续稳定发展，对稳定社会、控制疫情和战胜非典起到了至关重要的作用。从一方面来看，当前全国非典型肺炎防治形势依然严峻，虽然农村目前还没有出现大的疫情，但已在一定程度上对农业和农村经济发展造成了影响。从另一方面来看，只要控制及时有效，就会化解危机，进一步找到农业和农村经济发展的新的生机。

温家宝总理在全国农村非典型肺炎防治工作电视电话会议上强调，农村防治非典型肺炎是整个疫病防治的重要组成部分。农村防治工作，不仅关系农民健康和农村经济社会的发展，也直接关系全国疫病防治的成败，要充分认识做好农村非典型肺炎防治工作的重要性和紧迫性，进一步提高认识，统一思想，加强领导，落实措施，千方百计确保农村不发生大规模疫情，确保广大农民群众身体健康和生命安全的同时，确保农村经济健康发展和社会稳定。

如何把非典疫情对农村的影响缩小在最小范围，把损失减少到最低程度，顺利完成全年农业和农村经济工作各项任务，这是当前摆在我们面前的一项十分艰巨的任务。我们必须坚持一手抓非典型肺炎防治工作，一手抓发展农业和农村经济，巩固农业和农村经济大好形势。

一是要大力抓好当前农业生产，帮助农民解决春耕夏收中的实际问题，制定和完善防汛抗旱预案，落实各项防灾抗灾措施。目前正值春耕大忙时节，但我国东北、华北、西北和南方部分地区旱情严重，抓紧建设一批抗旱水源工程建设，同时要加强小麦的后期管理和收割工作，搞好夏粮收割的准备工作是当务之急。尤其是对外出务工缺乏劳力的农户，要组织助耕队帮助他们抢收抢种，既不误农时，又可以稳定外地务工人员安心务工，积极投入抗非典斗争。

夏粮收割一定要搞好预案，由于各地都在严格控制疫情扩散，人员流动减少，夏粮联合收割和跨区作业会受到一定的制约。但回到家乡的外出务工人员又为春耕夏收增添了一批生力军，要动员和组织好这支力量，让他们在当前农业生产的重要岗位上发挥重要作用。

同时，有关部门要转变农业生产指导和服务方式，充分运用现代通信手段，了解和掌握春耕生产及农副产品生产动态，切实加强和有效指导农业生产。

二是对国家已安排用于改善农村生产、生活和卫生条件的国债项目，如农村公共卫生设施、农村人畜饮水工程、电网改造工程和县乡道路等基础设施建设，要加快进度，确保质量，不断增添农业与农村经济发展的后劲。

三是根据市场需求变化，继续推进农业结构调整，加强政策、技术和信息服务。突如其来的灾情既是挑战，也是落实结构调整战略的机遇。在控制疫情的同时，以农业增效、农民增收和农产品市场竞争力增强为目标，在政策、技术、信息等方面，加强对农业结构调整的宏观指导，具有十分重要的现实意义。要加快实施优势农产品区域布局规划，突出发展绿色食品、无公害农产品生产，加强生产基地规范化建设和品牌建设，提高消费者的认可度。还要及时指导棉花、中药材等经济作物的生产发展，避免出现生产的盲目性和价格大起大落。

四是切实加强畜禽疫病防治，落实动物防疫的各项制度和措施，建立重大疫病快速反应机制。进一步完善动物疫情的监测、报告体系，保证动物疫情快速、准确上报，并增加重大动物疫情报送内容。进一步完善动物疫病应急反应机制，提高疫情快速控制和扑灭能力。进一步强化检疫工作各个环节，切实做到同步检疫，不漏检不减项。同时，要加强蝗虫、小麦条锈病等重大病虫害防治，落实防治预案，采取果断措施，力保蝗虫不起飞、条锈病不蔓延。

五是进一步加强农产品质量安全管理，严把农产品入市关口。要继续开展农产品质量安全定点监测，突出做好蔬菜农药残留和畜产品“瘦肉精”的监测工作，及时地掌握主要农产品的质量安全状况，一旦出现问题立即报告和处理。

要组织无公害农产品、绿色食品、有机食品等特优农产品宣传、营销和促销活动，在农产品批发市场开设优质安全、认证农产品专销区、专销柜，积极发展农产品的连锁专卖和加工配送，提高安全水平；要切实加强农产品批零市场的监督检查，强化产品的检验检测和环境的消毒管理，消除质量安全隐患。

六是要继续开拓多元化的农产品市场，努力扩大农产品出口。继续开展农业对外合作与交流，加强引导。采取有效措施，改变目前农产品出口市场过于集中的状况，加大实施贸易多元化战略，进一步降低国际市场风险。加大推动无公害农产品、绿色食品、有机食品出口的力度，千方百计扩大农产品出口。

由于非典疫情的影响，在一段时间里农民进城务工会受到一定限制，在一定程度上影响了农民增收，全社会都要关心和支持农民，改善农民生产生活环境，更加重视农民增收，为农民创造更多的致富门路和增收途径，引导农民工有序流动，确保农民工的合法权益。继续发展农村非农产业，大力发展乡镇企业，加快城镇化步伐，全面振兴农村经济。

《经济日报》2003 年 5 月 9 日

三大跨越演绎26年风雨历程

——“一号文件”力推中国农村改革、农民增收回顾

波澜壮阔的中国经济体制改革，是26年前从农村开始的。

1978年的一个寒夜，安徽省凤阳县小岗生产队18户农民聚在一间土屋里，冒着风险按下了分田承包到户的鲜红的指印。他们压根没有想到，这个寒夜竟成了中国农村改革的起点。

面对着全国农村2.5亿尚为饥饿所困的人们，党中央高度肯定了小岗村农民的首创精神，1982年1月1日，中共中央发出了“一号文件”，一场巨大的变革由此波及全国，“家庭联产承包责任制”呈燎原之势迅速燃遍广大农村，农民长期被压抑的生产积极性如火山般喷涌而出。此后中央连续4年发出的“一号文件”，都真实地反映了亿万农民的心声和要求，顺应和指导了农村改革，成为农村改革迅速推进的强大动力。农村经济迅猛发展，农民收入快速增加，农村改革的成就令国人振奋，令世界瞩目。

时隔18年之后，当中共中央总书记胡锦涛亲自签署的《中共中央、国务院关于促进农民增加收入若干政策的意见》正式发布时，久违了的中央一号文件再次回归农业。

中央一号文件把主题锁定农民增收问题，既重“民力”，又重“民利”，字里行间，让人深深感受到党和政府视“三农”为重中之重的拳拳之心，充分体现了既重视农业更重视农民的“以人为本”的发展观，充分体现了新一代领导集体新的“重农”思想。

回首中国农村26年来的改革历程，我们不难发现，农村改革和农民增收之路并非一帆风顺。

第一步跨越：从贫困到温饱

我们可以看到，农村改革初期大体经历了两个阶段。第一阶段是1978—1984年，以推进家庭联产承包责任制为主要内容；第二阶段是1985—1989年，以变革农产品流通体制及调整农村产业结构为主。在这两个阶段，农村经济超常规增长。

农业推行联产承包责任制，从经营管理体制上调整了国家、集体和农民三者的利益关系，通过“交够国家的、留足集体的、剩下的全是自己的”这种包干形式，把农民的收益同农产品的增长紧密地联系在一起，极大地调动了农民的生产积极性。

同时，为了让农民休养生息，中央连续多年调减征购粮食数量，并大幅度地提高主要农产品合同订购价格。从1978年到1982年，农民向国家上缴征收和统购粮食由3403万吨减少到2820万吨，相反，上缴国家的超购加价粮食由1216万吨迅猛增加到2694万吨，国家向农民收购的议价粮也从327万吨上升到1748万吨。这实质上是让农民通过少缴平价粮多卖高价粮的办法增加收入。

中央还相应减少部分贫困农民的农业税，以直接增加农民的收益。

据有关方面计算，仅1979年和1980年两年时间里，由于农产品价格的提高、税收的减免和生产的增长，共使农民增加了300亿元的收入。

中央还通过显著增加农业投资，并严格控制农业生产资料价格等方式，以降低农产品的生产成本，增强农业的自我发展能力和农民增收空间。仅1979年国家向农业投入基本建设资金就高达57.92亿元，比上年增长了8.6%，占当年国家基本建设投资总额的11.1%，达到了20世纪70年代的最高投资水平。同时，在国家政策的严格控制下，农业生产资料零售价格基本未动，1979—1980年的农业生产资料价格指数，分别比上年仅上升了0.4%和1%。

这几个方面的改革，给农业发展注入了极大的活力，它使农业生产出现了连续6年的高速增长。1978—1984年间，我国农业总产值增长55.4%，每年平均递增7.6%，这是新中国成立以来农业发展速度最快的时期，也是农民收入水平提高最迅速的时期。

据国家统计局统计，1978 年农民人均纯收入仅 133.6 元，到 1989 年突破 600 元，达到 601.5 元。与 1949 年相比，1989 年农民收入增长了 12.7 倍；与 1978年相比，增长了4.5倍，年均递增28.5%，远远快于前30年年均递增4.4%的速度。农民生活迅速实现由基本解决吃饭穿衣问题到温饱的重大跨越。

第二步跨越：从温饱到小康

自 1989 年召开党的十三届四中全会以来的这十四年，农村改革进入了以市场为导向的历史新时期，农民开始了由温饱向小康奋力迈进的新征程。

这一时期，我国农业发展总体上也经历了两个大的阶段。第一阶段是 20 世纪 80 年代末到 90 年代中期，以农产品短缺为主要特征，中心任务是确保农产品供给。第二个阶段是 20 世纪 90 年代后期以来，以农产品供求基本平衡、丰年有余为主要标志，中心任务是农业和农村经济结构战略性调整和增加农民收入。第二个阶段也被称之为农业和农村经济发展的新阶段。

十四年来，中国农业既面临着先通货膨胀后价格持续下降、严重水灾与严重干旱持续交替出现的严峻国内形势，又面临着亚洲金融危机和世界经济增速减缓的不利国际环境。特别是在十三届四中全会之前，我国经济发展面临着一些严重的问题，主要是农业生产发展缓慢，粮食生产连续四年徘徊，工农业比例关系严重失调。1984—1988 年间，人均粮食占有量从 400 公斤下降到 365 公斤，降到当时 400 公斤的粮食安全水平线以下。而同期工业生产增长过快，摊子越铺越大，工业基本建设规模是同期农业的 15 倍。当时的农业正处于基础脆弱、后劲不足的状态。

针对这种严峻的形势，1989 年 11 月，十三届五中全会提出，全党全国动员起来，集中力量办好农业，各项经济工作都要贯彻以农业为基础的方针。十四年来，中央一直坚持把农业放在国民经济发展的首位，对保护农民利益、解决农民增收的问题越来越重视。

改革多年的实践证明，保护农民利益的关键是稳定土地承包关系。土地是农业最基本的生产要素，也是农民最基本的生活保障，十四年来，中央坚持实践标准，排除了少数人认为家庭联产承包责任制姓“资”不姓“社”，个别人认为家庭经营的“潜力已尽”、不适应现代农业发展的需要等错误观点的干扰，采取措施确保了家庭承包经营和土地承包关系的长期稳定。1993年，中央针对第一轮土地承包将陆续到期的情况，及时出台了在原土地承包到期后再延长30年的政策。2002年8月，国家颁布了《农村土地承包法》，从根本上保证农村土地承包关系的长期稳定，给农民吃了“定心丸”。

进入20世纪90年代以后，农民负担重的问题日益突出。中央强调任何单位不得以任何名义增加农民负担，出台了一系列政策法规，并在各地开展了涉及农民负担文件和项目的清理，1993—1999年共清理2.53万个文件和项目，1999—2000年共查处案件1.46万起，处理违法违纪人员8000多人。2000年年初，中央决定进行农村税费改革试点，首先在安徽全省和其他省份的少数县市开展，目前已在全国推开。通过取消“三提五统”、调整农业税和精简乡镇机构等，理顺农村分配关系，减轻农民负担。正在进行的税费改革涉及农业人口6.2亿，占全国农业人口的3／4以上。2002年，中央财政用于税费改革试点资金245亿元。据测算，试点省可减轻农民负担近300亿元，人均可减负47元。

因传统农业比较效益偏低，中央加大农业产业结构调整力度，通过发展高产优质高效农业和农产品加工业、养殖业带动农民增收。同时，加强以水利为重点的农村基础设施建设和以农村道路、电网为重点的公益设施建设，改善农村生产生活条件，促进农民增收。国家财政安排的农业基建支出由1988年的40亿元增加到2001年的近600亿元，增加了近14倍。

深化粮棉流通体制改革，逐步放开棉花市场和粮食市场，让农民成为市场主体、提高农民进入市场的组织化程度，让农民从流通环节中直接获利。

异军突起的乡镇企业为农民增收作出了巨大贡献，乡镇企业发展到现在已转移了1.3亿农村劳动力，使2亿左右的农村人口增加了收入；农民进城务工成为近年来增收的一大亮点，2003 年农村劳动力外出就业人数约为 9900 万人，2000 年至 2002 年三年农民收入的增量中有 47.8%来自外出打工。

1989—2003 年，农民收入由 601.5 元提高到 2622 元，增长 4 倍多，农民生活实现了由温饱到小康的重大跨越。

第三步跨越：从总体小康到全面小康

2002 年召开的十六大向世人郑重宣布，经过全党和全国各族人民的共同努力，我国胜利实现了现代化建设“三步走”战略的第一步、第二步目标，人民生活总体上达到小康水平，这是中华民族发展史上一个新的里程碑。但十六大也指出，必须看到，我国正处于并将长期处于社会主义初级阶段，现在达到的小康还是低水平的、不全面的、发展很不平衡的小康，人民日益增长的物质文化需要同落后的社会生产之间的矛盾仍然是我国社会的主要矛盾。十六大为全国人民描绘了一幅美好生活的宏伟蓝图：要在本世纪头 20 年，集中力量，全面建设惠及十几亿人口的更高水平的小康社会。

不少专家认为，现阶段是农业发展最困难的时期。由于长期受城乡分割的二元经济结构体制的影响，存在“重城市轻农村”观念；随着工业化的发展，从体制、政策等方面限制劳动力的流动和城镇发展，导致失地农民、进城务工人员、农村贫困户的困难问题，成为小康路上的“拦路虎”。

在全面建设小康社会的历史新时期，“三农”问题再次面临一个新关口，与农村经济相伴随的是越来越突出的矛盾：农业发展缺乏动力，农村发展缺乏亮点，农民增收缺乏支撑。

自 20 世纪 80 年代中期农民收入增长放缓后，1997 年以来，农民收入已连续 7 年低速增长，不及城镇居民收入增量的 1/5。粮食主产区和多数农户收入持续徘徊甚至减收，谷贱严重挫伤了农民种粮的积极性，影响粮食的供给，农民增收进入最严峻的时期。城乡居民收入差距持续扩大，由 20 世纪 80 年代中期的 1.8：1 左右，扩大到 3.1：1。

权威人士指出，当前我国农产品市场由卖方市场转变为买方市场，超过三分之一的农村劳动力转移到非农产业，农民近一半的收入来自非农产业，城乡发展的互动性、互补性越来越强，与世界农业的关联程度日益明显，农业和农村发展的内涵都发生了重大变化。农民增收困难，既是农业和农村经济结构性矛盾的现实反映，也是国民经济发展长期积累的深层次矛盾的集中体现。

2004年新年伊始，中共中央、国务院就农民增收发出了“一号文件”，送给9亿农民一份温暖而厚重的新年大礼。这份直接资金支持政策占到相当大比例的“高含金量”文件，重点解决农民增收问题，给农民平等的权利，给农村优先的地位，给农业更多的反哺，充分体现了科学发展观指导下的新“重农”思想。

财政支农力度前所未有。降低农业税税率、取消除烟叶外的农业特产税，将新增财政支出向“三农”倾斜，传递出国家鼓励农民种粮食的重要信号，在统一城乡税制的政策目标方面迈出了重要一步。

突出重点，抓粮食主产区农民增收。多年来，粮食主产区的粮食产量占全国的70%左右，抓住了主产区，就稳住了全局。今后，中央将启动规模宏大的优质粮食产业工程；对推广良种给予补贴，对主产区农民购置大中型农机具给予补贴；建设高标准基本农田，提高粮食综合生产能力等。

转移的农民到哪里去？进城就业，成为产业工人的重要组成部分，发展农村二三产业，壮大县域经济。文件强调要进一步发展乡镇企业，不论所有制，不论规模大小，只要企业符合保护生态环境、合理利用资源和安全生产的基本要求，就应该促其发展。

加快改革土地征用制度、创新农村金融体制……这一项项含金量相当高的举措，将再次激发农村改革的活力。

如果说，20年前的“一号文件”，使凋敝的农村走向繁荣，那么，今天的“一号文件”，则是在全面分析了农业新阶段的内涵和特征后，推动现代农业加快发展、实现历史性跨越的又一次政策创新。它所蕴含的城乡结合、协调发展的科学发展观，是全面建设小康社会的一个根本要求。

中国农村改革必将迎来又一个充满希望的春天。

《经济日报》2004 年 2 月 15 日

进一步为增收提供体制保障

中央“一号文件”强调，增加农民收入，必须要采取更有针对性的综合措施，千方百计解决影响农民增收的各种因素，进一步为农民增收提供体制保障。这对从根本上解决农民增收的制约因素，确保农民收入持久增长，将起到至关重要的作用。

当前农民收入增长缓慢的原因是多方面的。其中一个重要因素是体制性因素。其突出表现在以下几个方面：

一是农村市场经济体制还有待完善。这反映在农村土地制度不够规范，农民进入市场的组织化程度低，粮食流通体制改革严重滞后。

二是国家对农业和农民的支持与保护体系不够健全。一方面，国家财政支农资金投入总量不足，支农资金投入结构不合理。另一方面，农村资金严重外流，农户和农村中的小企业获得贷款非常困难。

三是农民税负偏重，农业税收制度不完善。目前，农村税费制度改革的试点工作已在全国推开。从试点情况看，在税费改革后，农民负担总体有所减轻。但目前农村税费制度改革仍属于试验性质，改革仍是在旧的城乡利益格局还没有从根本上改变的背景下进行的。

四是农民非农就业不足，城镇化进程明显滞后，城乡分割的二元结构体制尚未从根本上发生改变。此外，农村义务教育、医疗卫生、社会保障等社会事业发展严重滞后。所以，要确保农民增收，必须进一步改革经济体制中不适应农村经济发展的部分。当前要重点做好以下几方面体制的改革与完善工作。

改革完善财政支农投资体制。要调整国民收入分配结构和财政支出结构，继续加大财政对农村和农业的支持力度，建立财政支农资金稳定增长的机制。积极推进农村金融体制的改革和创新，县域内的金融机构要为“三农”服务尽义务，保证来自农村的资金用于农村，采取多种抵押担保形式，改善对农民的金融服务。

健全完善农村经营体制。要切实维护农民的土地承包权、生产经营自主权、产品处分和收益权，要通过对农民赋权、维权和指导用权，使农户真正成为市场主体的同时，通过发展各种类型的农民专业合作组织、各类社会化服务组织和农业产业化经营，提高农民进入市场的组织化程度。

改革完善农产品流通体制。要按市场经济规律来改革完善农产品流通体制，尽快建设好全国竞争有序、统一开放的农产品市场。特别是要深化粮食流通体制改革，要抓紧清理不利于粮食自由流通的有关政策法规，对种粮农民进行直接补贴。

完善农民进城务工的就业保障体制。要改善农民进城就业环境，广辟农村外部的就业渠道。要进一步清理和取消针对农民进城就业的歧视性规定和不合理收费，简化农民外出就业手续。保证进城就业的农民工享受产业工人的同等待遇，要把农民工职业培训、子女教育、劳动保障等经费，纳入正常的财政预算。大中城市要进一步改革户籍制度，放宽农民进城落户的条件。

理顺农村的利益分配体制，继续推进农村税费改革。要逐步降低农业税税率，同时取消农业特产税，并加大机构改革、人员精简等配套改革的力度，让农民得到实惠并确保农民负担不反弹，创造条件逐步建立统一的城乡税制。要改革和完善农村义务教育制度，充分发挥各级政府的力量，建立规范化的农村义务教育转移支付制度。要加快土地征用制度改革，建立起既科学利用土地，又让农民得到合理补偿的制度。

建立完善的农村社会保障体制。在建立新型农村合作医疗制度的同时，加大政府对农村养老、医疗、低保为主的农村社会保障的投入力度，建立多层次的农村社会保障体系，逐步缩小城乡社会保障水平的差距，最终建立城乡一体化的社会保障体系。

《经济日报》2004年2月16日

仍需加紧培育粮食生产能力

上半年，与部分过热行业投资和生产增长速度明显回落形成鲜明对比，粮食产量和农民收入告别多年徘徊的局面，再现了多年未有的增长势头。粮食增产和农民增收，成为上半年我国经济运行中最亮丽的一笔。

权威人士指出，今年农民种粮的积极性明显提高，这说明党中央、国务院采取的政策措施深得民心，并得到了有效贯彻，这是今年夏粮丰收的一个至关重要的因素。中央财政支农力度前所未有，今年以来，中央财政支农资金1500亿元，达到了历史最高水平。

那么，今年全年的粮食形势和粮食供求状况如何呢？有专家说，从供需平衡来看，只要今年产量能达到9100亿斤，加上大豆进口和玉米减少出口，适度进口一部分用于储备的小麦，再考虑退耕还林规模大幅度压缩，今年粮食供求保持基本平衡不会有任何问题。今后2—3年，只要能够将年粮食产量恢复到9500亿斤的水平，再加上进口调节的作用，我国完全有能力保证全国粮食供求的基本平衡。

历史经验值得注意。20世纪90年代中期，我国粮食生产能力达到了1万亿斤的水平。在阶段性供过于求的局面下，我国粮食价格持续走低，粮食产量出现连年回落。2000年以来，随着粮食耕种面积连年减少，产量一路走低，到2002年全国粮食播种面积已由1998年的17亿亩降至15亿亩以下，粮食总产量连续4年下降。

为此，有专家认为，在我国农业和农村经济进入新的发展阶段后，保护粮食综合生产能力的任务仍相当重要和艰巨。随着我国加入世贸组织，粮食开始面对两种资源、两个市场，这虽有利于我们更好地利用国际市场和国外资源，但由于我国粮食价格总体高于国际市场，进口粮食冲击国内市场的压力会明显加大。随着人民生活全面进入小康阶段，全社会对粮食供给的数量和质量将提出新的要求。此外，农业生产越来越多地通过市场机制和价值规律调节，比较效益相对较低的粮食生产将面临更多挑战。这就需要我们用新思路，用新的理念来解决粮食在新阶段遇到的问题，实现“三个转变”，即由传统的单一粮食观向多元化食物观转变；由过去的“藏粮于民”“藏粮于库”向“藏粮于地”转变，做到三者并重；由一般化抓粮食生产向重点抓粮食主产区和优势产区转变，要突出粮食主产区和优势产区生产能力的培育，全面满足人们对食物的需求。

实现“三个转变”，首先是要调动农民的种粮积极性。要调动农民的种粮积极性，最重要的是要增加种粮农民的收入，特别是要增加粮食主产区粮农的收入。这就需要各地在继续贯彻落实中央有关惠农政策的基础上，进一步采取更直接、更明确、更有力的综合性措施，来增加农民收入。

其次是要继续实施最严格的保护耕地政策。在目前农业科技未取得根本性突破、粮食单产提高程度有限的情况下，保证粮食产能稳定、提高的基础就在土地。因此，要继续实行最严格的耕地保护制度，切实保护基本农田，也就是说保有16亿亩农田是不可逾越的红线。同时要加强对土地开发利用的管理，采取一系列的措施，遏制乱征滥用耕地的现象。

三是要大力推进农业科技进步。粮食产业是一个资源消耗型产业，在有限的水土资源条件下，实现粮食的持续增产，根本的出路是依靠科技进步，不断提高粮食单产，发展“优质、高产、高效、生态、安全”的现代农业。这就需要各地从实际出发，加快适用技术的推广，扩大良种补贴范围，推进农业增长方式的转变。

四是完善粮食的现代化流通体系建设。现代农业不能再搞“提篮小卖”，必须引入现代交易方式，如超市、配送、连锁店等，只有这样，才能促进粮食流通的规范化，防止假冒伪劣现象的发生。同时，也要加强粮食市场管理，并通过改革，实现粮食购销市场化和市场主体多元化。今年粮食生产形势好，要保护农民的种粮积极性，就要做到尽量多收。

五是大力发展以粮食为主要原料的农产品加工业，重点是发展精深加工。我国虽属粮食生产大国，但目前粮食的加工转化能力仍很低。不仅落后于发达国家，也落后于一些发展中国家。发达国家现有粮食加工比例平均为80%—90%，发展中国家粮食加工比例一般为50%以上，而我国只有30%—40%。粮食加工特别是精加工可以提高粮食的附加值，直接增加农民的收入；可以充分开发粮油资源，开发出许多高于粮食本身价值的产品。

《经济日报》2004年8月3日

从数字看走势

农民人均现金增收11.4%

今年农民的收入怎么样?

农民家家都有一本小账，国家有一本大账。国家统计局公布的数据表明，今年前三季度，农民人均现金收入达2110元，实际增长11.4%，增长幅度比上年同期提高7.6个百分点。

农民增收靠什么

农民增收靠什么？农业部部长杜青林说，概括起来讲是政策好、人努力、市场旺、天帮忙。国务院发展研究中心农村经济部部长韩俊具体分析认为，主要靠的是政策推动、市场带动、增产促动和务工拉动等多方面的合力作用。

一是靠优惠政策增收。农民增收主要得益于国家对“三农”的政策支持力度明显加大。今年伊始，以增加农民收入为主线的中央一号文件出台。根据一号文件，党中央、国务院相继出台了粮食补贴、良种补贴、农机补贴、降低农业税率、取消农业特产税、保护价收购等政策，其中，许多都属“首次”。

到10月1日前，全国已向种粮农民直接补贴112亿元，近6亿的种粮农民直接享受到国家政策带来的实惠。全国13个粮食主产省（区）通过粮食直补，已补贴农户13892万户。

据初步测算，仅粮食直补、良种补贴、农机补贴和减免农业税的“三补一减”政策，就可使粮食主产区农民人均直接增收70多元，全国农民人均增收50元左右，拉动收入增长2个百分点。

与此同时，农村税费改革使全国农民“减负”30%以上。今年有8个省已经免征或基本免征了农业税，有11个粮食主产省农业税降低了3个百分点，农业特产税已经取消。中央财政今年拿出205亿元支持农村税费改革，加上去年的转移支付，实际上，中央财政用于支持农村税费改革的资金已高达511亿元。全国共计减轻农民税收负担280亿元左右。

二是靠涨价增收。粮食价格上涨是今年前三季度农民收入增长的重要原因之一。自去年10月份以来，粮食和农副产品价格随市场供求关系有较大幅度提高，据测算，今年1—8月，粮食零售价格比去年同期上涨28%。粮价的合理上涨给农民带来了好处，每亩地增收了两三百元人民币。

三是靠增产增收。在中央政策的有力驱动和粮价上扬的拉动下，农民种粮的积极性被重新调动起来，粮食生产出现了新一轮升温。全年粮食播种面积扭转了连续下滑的局面，比去年增加了4000万亩左右，超过15亿亩。同时今年的灾害天气少，病虫害发生率低，农民加强了田间管理，确保了粮食产量的稳定提高。今年我国粮食生产出现重要转机：粮食产量一举扭转了连年减产的局面，有望突破年初4550亿公斤的预期目标，全年粮食丰收已成定局。国家统计局最近公布数据显示，由于粮食价格上涨和粮食产量的增加，今年前三季度，农民出售农产品的现金收入增长了24.9%。

四是靠外出务工增收。今年中央进一步明确提出，要公平对待农民工，并出台了一系列保护农民工合法权益、促进农民合理流动的政策措施。特别是国家还利用行政、法律和经济的手段加大了为农民工追讨工资的力度。这些政策措施都极大地保护了农民利益，促进了农民增收。上半年农民工的收入增长较快，在本地务工农民的收入增长了27.5%，在外地务工农民的收入增长了15.3%。

农民增收难在哪儿

今年农民增收形势明显好转，但专家提醒，粮食增产、农民增收的基础并不牢固，农业问题尚未从根本上得到解决。特别是在粮食增产的情况下，对保持粮食持续发展和供求平衡的难度不能低估；在农民收入增加较多的情况下，对保持农民收入持续增长的难度不能低估。农业增效难、农民增收难，仍然是我国经济社会发展面临的突出问题。

首先是政策增收的幅度将趋缓。专家分析，今后国家不可能出台如此多的优惠政策，随着农业税的逐步取消，“多予、少取”的空间将越来越小。

其次是市场压力大。经过前一轮涨价，加上今年粮食丰收，粮价正在下行。同时农业生产资料价格上涨和粮食生产比较效益低的状况没有得到根本改变，发展粮食生产的动力还不明显。

三是农民收入的结构依然相对单一，来自农产品的收入占总收入的比重偏大，农民增收的稳定性较低。

四是天气因素不确定。农田水利设施依然薄弱，抵御自然灾害的能力较弱。

此外，农村富余劳力不断增加，农民就业环境没有得到根本改变；农村科技教育、医疗卫生等公共服务体系建设不能完全适应农业发展的需要；农村金融和投入环境亟待改善。

因此，要确保今后增收势头不减，就要努力解决这些制约粮食增产、农民增收的问题，进一步拓宽农民增收渠道。目前关键是要巩固和完善已经出台的各项政策措施，把中央对农民增收的政策支持落到实处，同时加快解决农村税费改革、粮食流通体制改革、土地征用制度和农村金融体制改革中的深层次矛盾，真正建立起促进粮食增产、农民增收的长效机制，这对实现今后农民增收的政策目标至关重要。

《经济日报》2004 年 11 月 28 日

农民增收：可持续是关键

今年是个丰收喜庆年，粮食增产、农民增收。特别是农民收入长期停滞不前的局面得以改观。

农业部部长杜青林说，概括起来讲这是因为政策好、人努力、市场旺、天帮忙。国务院发展研究中心农村经济部部长韩俊具体分析认为，主要靠的是政策推动、市场带动、增产促动和务工拉动等多方面的合力作用。

一是靠优惠政策增收。农民增收主要得益于国家对“三农”的政策支持力度明显加大。今年伊始，以增加农民收入为主线的中央一号文件出台。根据一号文件，党中央、国务院相继出台了粮食补贴、良种补贴、农机补贴、降低农业税率、取消农业特产税、保护价收购等政策，其中许多都属“首次”。同时，农村税费改革使全国农民“减负”30％以上。全国共计减轻农民税收负担 280 亿元左右。

二是靠涨价增收。粮食价格上涨是今年前三季度农民收入增长的重要原因之一。

三是靠增产增收。在中央政策的有力驱动和粮价上扬的拉动下，农民种粮积极性被重新调动起来，粮食生产出现新一轮升温。全年粮食播种面积扭转了连续下滑的局面，比去年增加了 4000 万亩左右，超过 15 亿亩。同时今年的灾害天气少，病虫害发生率低，农民加强了田间管理，确保了粮食产量的稳定提高。

四是靠外出务工增收。今年中央进一步明确提出，要公平对待农民工，并出台了一系列保护农民工合法权益、促进农民合理流动的政策措施。特别是国家还利用行政、法律和经济的手段加大了为农民工追讨工资的力度。这些政策措施都极大地保护了农民利益，促进了农民增收。

今年农民增收形势明显好转，但专家提醒，农业问题尚未从根本上得到解决。特别是在农民收入增加较多的情况下，对保持农民收入持续增长的难度不能低估。农业增效难、农民增收难，仍然是我国经济社会发展面临的突出问题。

首先是政策增收的幅度将趋缓。专家分析，今后国家不可能出台如此多的优惠政策，“多予、少取”的空间将越来越小。

其次是市场压力大。经过前一轮涨价，加上今年粮食丰收，粮价正在下行。同时农业生产资料价格上涨和粮食生产比较效益低的状况没有得到根本改变，发展粮食生产的动力还不明显。

三是农民收入的结构依然相对单一，来自农产品的收入占总收入的比重偏大，农民增收的稳定性较低。

四是天气因素不确定。农田水利设施依然薄弱，抵御自然灾害的能力不强。

此外，农村富余劳力不断增加，农民就业环境没有得到根本改变；农村科技教育、医疗卫生等公共服务体系建设不能完全适应农业发展的需要；农村金融和投入环境亟待改善。

因此，目前关键是要巩固和完善已经出台的各项政策措施，同时加快解决农村税费改革、粮食流通体制改革、土地征用制度和农村金融体制改革中的深层次矛盾，真正建立起促进农民增收的长效机制，这对实现今后农民增收的政策目标至关重要。

《经济日报》2004年12月26日

农业发展保持好势头　农民增收还须再努力

过日子谁都离不开粮、油、肉、蛋、菜、奶。只要你到农贸市场或超市逛一逛就会发现，农副产品越来越丰富，越来越琳琅满目，价格也基本稳定，让人深感生活的富足和美好。

那么，生产并提供了这些丰富农产品的广大农民，今年以来日子过得怎样，农业生产的好形势能像现在这样一直保持下去吗?

夏粮早稻获得好收成

今年的春天来得早，今年中央各项支农政策出台也早。

《中共中央国务院关于进一步加强农村工作　提高农业综合生产能力若干政策的意见》随春风而至，以提高农业综合生产能力为着力点，对今年的农业生产、农民增收和加强农村工作，进行了全面规划和指导。

其实，中央农村工作会议和中央经济工作会议，就已向全国亿万农民做出庄严承诺：2005 年各项支农政策要继续稳定、完善和强化，已经实行的政策不能变，已经给农民的实惠不能减。

这些承诺，给亿万农民吃了定心丸，保证了他们的种田积极性持续高涨。

今年春天，粮食生产的热潮继续在大江南北的乡村掀起，连昔日的抛荒地也成了大家抢种的“香饽饽”。承诺的逐步兑现更激活了农业生产，也给亿万农民带来了真金白银的实惠：

——农业税免征减征力度加大。目前，全国已有 27 个省区市决定全部免征农业税，另外 4 个省区市的多数市县也免除了农业税。初步测算表明，全国农民今年将进一步减轻农业税负担 200 多亿元，大约有 7 亿多农民将告别上缴农业税的历史。中央提出 5 年免征农业税，今年上半年就迈出大步，事实上，也将有力促进这一战略目标的提前实现。目前与农村税费改革相关联的配套改革，如乡镇机构改革、农村义务教育管理体制、县乡财政管理体制等改革，也在全国农村稳步推进。

——对农民的补贴力度加大。继续对种粮农民实行直接补贴，有条件的地方提高了补贴水平，良种补贴和农机具购置补贴得到大幅度增加。

——对产粮大县的财政支持力度加大。中央财政安排专项资金，对产粮大县和财政困难县实行转移支付。财政部计划今年安排 55 亿元资金，对全国近 800 个产粮大县进行直接奖励。

——对农业基础设施建设和科技进步的支持力度加大。目前，已开始建立小型农田水利补助专项资金。

——扶贫开发和农村社会事业投入力度加大。今年对农村教育和新型农村合作医疗的投入有较大幅度增长，教育、文化、卫生新增事业费开始主要用于农村。

这一切都表明，上半年我国的支农政策不仅保持了连续性，同时得到了进一步的规范和强化。

有关专家将今年上半年农业和农村工作的特点概括为四个“更加注重”，即更加注重用政策调动农民积极性；更加注重用深化改革激发农村发展活力；更加注重农村社会事业全面发展；更加注重提高农业综合生产能力。

来自农业部的最新消息显示，上半年农业和农村经济运行保持良好势头，夏粮、早稻获得较好收成，预计夏粮总产将比上年增加，全年粮食播种面积有望比上年增加 2000 万亩以上，农民现金收入也在持续增长。同时，农业方面的工作运行良好，农业科技推广与创新步伐加快，重大动植物疫病防控成效明显，农业综合生产能力建设顺利推进，农产品出口大幅增长。可以说，去年以来农业发展出现的来之不易的好势头正在得到继续保持。

实现发展目标切不可松懈

虽然上半年农业和农村经济工作取得了重大进展，为完成全年发展目标创造了有利条件，但切不可松懈麻痹。必须清醒看到，制约农业和农村经济发展的深层矛盾尚未根本解决，在农业经济出现喜人形势的同时，也出现了一些新情况、新问题。这主要表现在几个方面：

一是保持粮食稳定增产任务艰巨。今年的粮食生产是在去年超常增产的基础上发展的，生产起点高、增产空间小。值得注意的是，有的地方抓粮食生产的松懈情绪有所抬头，工作力度有所减弱。

二是保持农民收入持续增长难度较大。去年农民收入增幅是近 7 年来的最高水平。今年农民增收面临农资价格上涨、粮食价格走低的双向制约。尽管年初国家出台了力度相当大的平抑农业生产资料价格上涨的政策措施，各地各部门也做了大量的工作，但今年以来，农资价格仍有不同程度上涨，致使农业生产成本增加，部分抵消了国家惠农政策的增收效应，实现全年农民收入增长 5%的目标还需付出更大努力。

三是自然灾害威胁不容忽视。今年的气候条件总体不如去年，夏季旱、涝灾害频繁，重大病虫害也呈偏重发生态势。由于春、夏播时间普遍推迟，作物受早霜、寒露风影响的概率也在加大。

四是政府新增财力的使用逐步向“三农”倾斜，但财政支农资金投入方式有待完善，资金使用效率尚需提高。加上还存在其他导致农民增收难度加大的因素，实现全年粮食增产、农业增效、农民增收的目标依然任务艰巨。

着眼机制建设继续深化改革

下半年农业和农村经济运行如何继续保持良好的发展势头，进而实现确定的全年增产增收目标？有关部门和专家针对当前农业和农村经济中存在的问题认为，需要注意并抓紧的工作有 6 项：

一是切实稳定粮食市场价格，防止秋粮上市后粮价下跌。要落实好对重点粮食品种的最低收购价政策，在粮食市场价格低于最低收购价格时，要保证指定的粮食经营企业按照最低收购价格敞开收购。

二是建立对农民使用化肥的直接补贴制度。直接用资金在使用环节来补贴农民。

三是继续支持乡镇企业、农村二、三产业和以县城为重点的小城镇发展，加快县域经济发展，拓展农村劳动力就业和农村人口转移的渠道。

四是改善金融服务，切实缓解农村资金供求矛盾。应加大农村信用社等正规金融机构对农村的资金投放，除了满足农民对小额贷款的需求以外，要采取措施，为农民扩大再生产提供更多的金融支持，并进一步做好农村信用社改革试点工作。要进一步完善邮政储蓄政策，使邮政储蓄在农村地区吸收的资金留在农村，从而实现农村资金的体内良性循环。

五是改进财政支农资金使用和管理体制，切实提高支农资金使用效率。应对现有农业项目、资金进行整合，相对集中。对于目前由不同渠道管理的农业投入，尤其是用于农业基础设施建设的资金投入，应加强统筹协调和统一安排，防止项目重复投资或投资过于分散，使有限的资金发挥出最大的效益。

六是进一步加大对农村教育和医疗卫生等社会事业的支持力度。进一步完善农村义务教育的管理体制和投入机制，建立规范化的农村义务教育转移支付制度。进一步改善农村医疗卫生服务，完善农村新型合作医疗制度，逐步解决农村居民因病致贫、因病返贫的问题。

今年是“十五”计划的最后一年，做好下半年的“三农”工作，完成全年农业农村经济工作目标，事关重大，也事关长远。这就需要我们针对目前农业和农村经济中存在的问题，着眼机制建设，加大改革力度，以确保中央支农政策效应充分发挥，确保夺取全年粮食丰收，确保农民收入持续增长。

《经济日报》2005 年 7 月 22 日

增产希望大　增收需攻坚

全年粮食增产、农民增收的预期目标是否能实现?

今年上半年，在中央支农惠农力度进一步加大的背景下，农业和农村经济发展取得了可喜的成绩，粮食增产、农民增收，可圈可点。

下半年农业生产形势如何，全年增粮增收的目标能否实现，将采取何种措施确保这一目标的实现?

全年增产大有希望

据农业部有关负责人介绍，目前全国大部分地区水稻、玉米、大豆等在田粮食作物长势良好。但要确保丰收到手，还面临不少困难。尤其是自然灾害的不确定性增加，病虫害呈偏重发生的态势。目前距秋粮大面积收获还有1个月左右的时间，是产量形成的关键时期。要确保秋粮有个好收成，确保实现全年粮食生产目标，必须采取有力措施。

首先要不折不扣地落实政策。充分发挥支农惠农政策的效应，进一步调动地方政府重农抓粮和农民种粮管粮的积极性。重点抓好良种补贴政策的落实以及水稻良种补贴与品种、技术、订单、制种基地“四挂钩”试点。同时，要进一步落实好农业税减免、粮食直接补贴、农机具购置补贴、对产粮大县和财政困难县的财政转移支付等政策，真正把中央的支持政策变成农民增粮增收的强大动力。

其次要毫不放松地抓好田间管理。要针对不同作物、不同地区的作物长势，积极组织、指导农民实施分类管理，适时追肥浇水，特别是针对水稻、玉米、大豆等主要粮食作物病虫害偏重发生的态势，加强预测预报，细化防治措施，及时开展应急防治，最大限度减轻病虫害损失。同时，要切实做好防灾减灾工作。

今年以来，全国绝大部分地区降水偏多，严重干旱的发生范围比上年同期小，但低温冻害、洪涝、风雹（台风）灾害发生频繁，损失惨重。从历史情况看，早霜、寒露风是影响秋粮产量的最大因素。今年早霜和寒露风的危害还存在很大的不确定性。今后一段时间必须牢固树立抗灾夺丰收的思想，完善防灾减灾预案，加强预测预报，狠抓各项防灾减灾措施的落实，切实减轻灾害对粮食生产的影响。

只要各地毫不放松地抓好粮食生产，继续加大政策落实力度，切实加强中后期田间管理，实现全年粮食生产目标大有希望。

农民增收需要攻坚

据分析，从全年农民增收形势看，存在一定不确定性。下半年农民收入是全年农民增收的主体部分，主要收入来源：一是秋粮的收成及出售情况；二是畜禽水产品的出售情况；三是农民的工资性收入增长情况。此外，还有家庭经营成本和市场价格因素的影响，据统计，5月份国产尿素价格比去年同期上涨21%，国产复合肥上涨23%，柴油上涨15%，使粮食生产成本每亩增加30—40元，提高了下半年的种植成本，降低了农业生产效益。

从粮食价格看，5月份小麦、玉米、稻谷三种粮食的平均价格比去年同期下降3%—4%，使农民出售粮食产品收入打了折扣。5月份畜禽水产品和蔬菜价格与去年同期相比增幅较大，对农民收入增长有一定的拉动作用。另外，今年的自然灾害比较频繁，成灾面积较大，对农民增收会有一定的负面影响。

综合起来分析，今年农民增收形势不容乐观。业内人士指出，如不采取有效措施抑制农用生产资料价格过快上涨势头，防止主要农产品市场价格出现大幅波动，逐步建立农民增收长效机制，要实现全年农民收入较快增长的目标会有一定难度，需引起有关方面的高度重视。

目前，解决农民持续增收难题的关键是要建立农民增收长效机制。在政策措施方面，我国要积极借鉴发达国家的做法，重视、支持和保护农业；采取有力措施，提高农民的科技文化素质，转变农业增长方式，推进科教兴农战略；加大农村富余劳动力的转移力度，提高农民人均资源占有率和规模生产效益；推进农村市场建设，发展农业产业化经营，建立健全农民合作经济组织，增强农民适应市场经济和应对市场挑战的能力。

《经济日报》2005 年 9 月 15 日

难忘农民灿烂的笑容

——记者感言

30 年只是历史长河的一瞬间，而中国改革开放 30 年，却是可以载入史册的翻天覆地的巨变。这中间，最令人动心、最令人感慨、最令人难忘的，是亿万农民兄弟开心的笑颜。

曾经春种秋收一年辛苦忙到头，却连吃饱饭都是奢望的农民兄弟，如今望着地里丰收的庄稼，摸着仓里堆满的粮食，怎能不欢笑！

曾经延续了 2600 多年的农业税，如今不仅取消了，国家还给种粮农民发补贴，农民兄弟拿着“真金白银”的补贴款，怎能不欢笑！

曾经为孩子上学、老人生病而发愁的农民兄弟，如今不仅腰包鼓起来了，孩子义务教育阶段还免交学杂费了，参加新型农村合作医疗看病还能给报销了，怎能不欢笑！

曾经住在黄土坯、茅草顶的土房子里的农民兄弟，如今住进宽敞明亮的砖瓦房，怎能不欢笑！

曾经跑多少里山路去挑水吃，甚至不得不喝苦咸水、高氟水的农民兄弟，如今一扭水龙头，清清泉水流不尽，怎能不欢笑！

曾经靠点煤油灯照明的山区农家，如今不仅电灯明亮，而且看上了电视，听到了广播，用上了电冰箱、洗衣机，怎能不欢笑！

曾经为没柴草发愁、爬山涉水砍柴忙的农民兄弟，如今用沼气点火做饭取暖，轻松又干净，怎能不欢笑！

曾经插秧收割累弯腰的农民兄弟，如今用上了插秧机、收割机，怎能不欢笑！

曾经出门路难走，如今修建成了宽敞平坦的水泥路、柏油路，农民兄弟迈步走在大路上，怎能不欢笑！

曾经羡慕城里人，渴望变成城里人，如今，乡村变城镇，村边建工厂，生活环境好，配套设施全，农民兄弟梦想已实现，怎能不欢笑！

曾经不知电话、电脑为何物，如今，已经学会用手机短信和电脑了解农产品销售信息的农民兄弟，足不出户便知天下行情，电话一拨产品就能卖出个好价钱，怎能不欢笑！

还有很多的欢笑说不尽……

作为一名长期从事农村报道工作的记者，经常跑农村，经常接触农民，对农民的生活变化有切身的感受和体会。改革开放给农民带来了巨大的实惠，而且，今后随着强农惠农的政策力度越来越大，农民分享到的改革开放成果也会越来越多。

《经济日报》2008年11月20日

来之不易的“七连增”系列述评之一

粮食产量“七连增”是怎样实现的

年终盘点传来喜报，2010年全国粮食总产量54641万吨（10928亿斤），比上年增产2.9%，这是我国粮食连续第7年增产，也是连续第4年粮食总产保持在1万亿斤以上。

“十一五”以来，我国农业呈现了持续稳定发展的好势头，传统农业向现代农业加速转变，为我国成功应对各种困难和风险、保持国民经济平稳较快发展奠定了物质基础，为维护社会和谐稳定大局发挥了重要作用。

今年以来，多发、频发的自然灾害，使稳定粮食生产面临严峻的考验，连续增产难度大大增加。但奇迹就这样发生，在这样一个极端天气频发、农产品市场复杂多变的严峻挑战下，我国粮食产量实现了“七连增”，而且是连续第四年总产保持在了1万亿斤以上，这是我国农业和经济发展史上的一个重要里程碑，标志着我国粮食综合生产能力已经稳定在1万亿斤的水平。

大灾之年，实现粮食“七连增”，粮食产量创新高，确实了不起，真是不容易。汇总各地的经验，深入采访探究，我们看到，粮食产量“七连增”是政策扶持的结晶，是科技支撑的体现，是各地区各部门艰苦努力的成果。

“强农稳粮”保增产

奇迹的创造关键是得益于党中央、国务院的坚强领导，国家强农、惠农和稳粮政策的强力推动，得益于党中央、国务院高度重视“三农”工作，为增强农业基础地位，发展粮食生产，出台了一系列重大指导意见。

在中央大政方针的指引下，一系列具有里程碑意义的新政策新举措相继出台。从2004年开始，中央连续下发七个以加强“三农”为宗旨的“一号文件”。这七个“一号文件”，连续推出了一系列更直接、更有力、更有针对性的强农惠农政策措施，形成了日益完整的促进农业稳定发展、农民持续增收的政策框架体系。七个“一号文件”推进了现代农业和社会主义新农村建设，促进了粮食稳定发展，是粮食“七连增”的重要政策保证。

“中央出台了一系列扶持粮食生产的政策措施，导向十分明确，力度不断加大，成效非常明显，‘减法’‘加法’‘乘法’一起做，调动了广大农民务农种粮的积极性。”农业部部长韩长赋在接受记者采访时如是说。

政策扶持的“减法”“加法”“乘法”，使粮食和农业生产政策实现了从“取”到“予”的历史性跨越，激发了农村生产活力，推动了生产力的大解放。

减法：全面取消粮食生产的各种税费，从2006年起，全面取消农业税，为农民减轻负担1300多亿元。

加法：建立种粮农民补贴制度和产粮大县财政奖励制度，不断增加资金投入。建立补贴制度，实行粮食直接补贴、良种补贴、农机具购置补贴和农资综合补贴等“四补贴”政策，并且不断扩大补贴规模、提高补贴水平。资金由2004年的145亿元增加到2006年的309.5亿元，今年达到历史最高点1345亿元。同时，大幅度提高对农田基础设施建设的投入，尤其是用于农田水利设施方面的投入。

乘法：实行重点粮食品种最低收购价制度和重点农产品临时收储政策，粮食收购价格水平逐年提高。从2004年开始，实行重点粮食品种最低收购价，并不断提高最低收购价水平。2008年以来，又出台了重点农产品临时收储政策，多次启动玉米、稻谷、大豆等粮食作物临时收储。

此外，国家针对突发事件、突出问题，在农业抗灾救灾和粮食生产的紧要关头，及时出台应急政策。例如，2008年3月，针对南方雨雪冰冻灾害的冲击和国际粮价暴涨的影响，国务院出台加强农业和粮食生产的10项措施。

2009年5月，在应对国际金融危机的关键时刻，国务院专门出台稳定农业发展、促进农民增收的8条措施。

特别是今年，多发、频发的自然灾害给粮食生产带来了严峻挑战，国家更是加大力度出台一系列支持农业生产政策措施。在农业生产的关键时期，国务院8次召开专题会议，研究部署农业抗灾救灾和粮食生产工作，先后出台了小麦弱苗施肥补助政策；在南方双季晚稻、东北粳稻生长的关键季节，出台了增肥促早熟防病虫补助政策。中央财政又对64个产粮大县实施重点奖励，在年初预算安排“三农”支出8183亿元的基础上，新增财政补助资金超过100亿元。

这些重要政策措施，有力支持了农业抗灾救灾，充分调动了农民务农种粮和各地重农抓粮的积极性，赢得了今年粮食丰收的主动权，成为促进粮食增产和农业发展的强大动力。

科技兴农强支撑

粮食生产实现“七连增”，离不开科技的支撑。我国农业科技创新步伐逐步加快，先进的科技用于粮食生产，使粮食品质和产量得到提升。

近年来，全国启动了基层农技推广服务体系改革与建设，探索了“高产创建”这一大面积集成推广实用技术的新途径，构建了主要粮食作物现代农业产业技术体系。今年，农业科技推广服务应变及时、指导到位，良种良法、防灾减灾等关键技术推广发挥了至关重要的作用。今年全国良种覆盖率达到96%以上，种子统供率达到66%。粮食作物专业化统防统治面积比上年增加了一倍。“高产创建”有力辐射带动了大面积均衡增产，成为抗灾夺丰收的最大亮点。全国4380个粮食万亩高产创建示范片平均亩产656公斤，比全国平均水平高出320多公斤。整个“十一五”期间，粮食平均亩产比“十五”高26.5公斤。

这几年，国家加大了对农业尤其是粮食生产的投入力度，加快农业生产方式转变，农业科技推广不断加强，水利等农业基础设施建设不断加快，农业物质技术装备条件大为改善，粮食和农业综合生产能力明显提高。今年全国农作物耕种收综合机械化率达到52%，农业科技进步贡献率超过52%，超过土地、劳动力和物质等要素投入的贡献份额。两个52%是一个标志，标志着我国农业生产方式开始进入机械作业为主的历史新阶段，科技已成为我国农业发展粮食增产的决定性力量。

针对近年来自然灾害多发、频发、重发的新情况，我国积极创新防灾减灾工作思路和模式，提高科技救灾水平。特别是今年，科学抗灾救灾力度之大超过以往，做到了“防在灾害前面、救在第一时间、抗在关键时点”，最大限度地减轻了灾害损失。今年粮食实现抗灾夺丰收，科学抗灾、科技增产是最大的贡献。目前，我国现代农业产业技术体系已经构建，基层农技推广体系改革正在快速推进，科技创新和新技术推广有效提升了粮食生产科技的支撑能力，成为创造“七连增”奇迹的重要“推进器”。

合力推动夺丰收粮食“七连增”，是各级党委政府在“三农”工作中深入贯彻落实科学发展观的成果，充分证明走中国特色农业现代化道路是粮食稳定发展的科学选择。

在今年的粮食生产中，面对自然灾害频发的严峻挑战，各地党委政府积极贯彻落实党中央、国务院的决策部署，一方面千方百计增加种植面积，另一方面加大投入，克服不利气候条件影响，抓住有利天气，抢农时播种，科学管理，为大灾之年夺丰收打下了坚实的基础。

在粮食生产的关键环节和抗灾救灾的紧要时刻，政府有力有效的引导发挥了至关重要的作用。近几年，政策扶持、政府引导、行政推动在粮食生产中的作用日益彰显。从中央到地方，全力促进粮食生产，加大工作推动力度，各部门齐心协力、协同共进的工作格局已开始形成。

在大灾面前，各级党委政府重农抓粮工作扎实有效，应对各类灾害措施及时有力。各级农业部门按照中央的部署和要求，狠抓政策落实，狠抓防灾减灾，强化科技支撑，积极应对各种挑战，在关键农时、关键环节及时部署，加强技术指导和服务，最大限度地减轻了灾害的影响和损失，牢牢把握了农业生产的主动权。灾害面前，广大农村干部群众奋起抗灾救灾，救在第一时间，抗在关键时点，最大限度减轻灾害造成的损失；50 万名农业科技与推广人员在生产一线开展巡回技术指导和科技服务，农业生产水平和抗灾减灾能力不断提高，确保了全国粮食连续 7 年增产。

粮食“七连增”是一个辉煌的成就，也是一个新台阶、新起点。站在“七连增”新的历史起点上，实现粮食稳定发展新的突破，推进农业农村经济又好又快发展，为经济社会发展提供更强有力的支撑，是“十二五”时期“三农”工作的重大课题。坚持走中国特色粮食稳定发展道路，我们必将创造出更大的奇迹。

《经济日报》2010 年 12 月 17 日，与刘惠兰合作。

来之不易的“七连增”系列述评之二

粮食产量“七连增”意味着什么

粮食产量“七连增”带给我们由衷的喜悦和自豪。

丰收了！在农民眼里，意味着一年辛勤劳作换来了收获，意味着自家的“米袋子”更满了、“钱袋子”更鼓了……

丰收了！在市民眼里，意味着能吃到更新鲜的五谷，意味着粮价稳、供应足……

粮食产量“七连增”，对一个国家、对一个民族，乃至对世界，又意味着什么呢?

意味着管理通胀预期有了坚实基础

近一段时期以来，部分农产品价格大幅波动，引起人们对通胀预期加剧的担忧。粮食价格是十分敏感的话题，它一方面关系到种粮农民的切身利益，另一方面关系到消费者的承受能力。近年来，为保证国内粮食市场供应，保持市场粮价基本稳定，既不大涨也不大落，国家从促进生产、流通、库存、进出口等方面采取了一系列的措施。

多年的历史经验告诉人们，粮价涨，百价涨；粮价稳，人心稳。可以说，粮价的稳定决定了未来物价的走势。今年的粮食产量“七连增”对于平抑物价的作用极其重大，为管理好通胀预期、保持价格总水平基本稳定提供了物质基础，为谋划“十二五”关乎国计民生政策措施的落实提供了有利条件。

尤为可喜的是，我国的粮食产量“七连增”对稳定世界粮食价格还起到了积极的作用。今年以来，因为部分主要产粮国的粮食减产，以及国际宏观流动性充沛，美元长期走弱等原因，世界粮食价格普涨，我国粮食产量“七连增”对世界粮食市场无疑是个好消息。

手中有粮，心中不慌。农业部部长韩长赋反复强调，农业是国民经济的基础产业和战略产业，而粮食又是保生活、稳物价、安民心的重要商品，事关国家经济安全和社会和谐稳定的大局。越是工业化、城镇化加速发展时期，越要“手中有粮”；越是在现代化建设的重要战略机遇期，越要加强农业这一国民经济和社会发展基础。

意味着国家粮食安全有了可靠保障

谁来养活中国人？30多年前国外有经济学家写书发问中国的粮食安全问题。30多年后的今天，我们用粮食产量“七连增”的成就响亮作答，中国的粮食安全有保障。

事实胜于雄辩，成就有目共睹。近年来的连续增产，使我国国内粮食产需平衡有余，粮食库存充裕，粮食市场供应稳定。今年的“七连增”为我国的粮食安全又加上了一道安全锁。

据专家介绍，随着人口增长、城市化、工业化发展，我国粮食消费需求总量平稳增加，目前，国内粮食消费量约5100亿公斤，产需总量基本平衡。除大豆有一定缺口需依靠进口弥补外，小麦、稻谷、玉米三大品种消费量在4250亿公斤到4350亿公斤，产需平衡有余。

专家表示，近几年粮食生产连年丰收，粮食储备库存也得到了进一步充实。按照粮食省长负责制的要求，各地都建立了地方粮食储备，品种结构比较合理，并增加了成品粮油储备，储备管理水平也进一步提高。目前，粮食库存消费比（指一个国家或地区年末粮食库存与年度粮食消费量的比值），高于国际公认的17%—18%粮食安全线水平。

近两年来，国际粮价剧烈波动。在粮价大幅上涨时期，一些发展中国家因为粮食供应紧张引发了社会动荡。与国际市场相比，我国的粮食价格总体平稳，波动幅度远远低于国际粮价。据分析，我国粮食市场和价格之所以能够保持基本稳定，一方面是因为这几年粮食综合生产能力稳步提高，粮食生产已连续7年增产丰收，粮食供给形势大为改善，另一方面与我国较为充裕的粮食库存有很大关系。

国以民为本，民以食为天。国务院发展研究中心副主任韩俊说，我国历来高度重视粮食安全问题，将其视为关系国计民生、国家安全、社会稳定的头等大事。党的十五届五中全会决议明确提出，要建立符合我国国情和社会主义市场经济要求的粮食安全体系；党的十六大提出，加强农业基础地位，保护和提高粮食综合生产能力；党的十六届三中全会提出，实行最严格的耕地保护制度，保证粮食安全；党的十六届五中全会进一步明确提出，稳定发展粮食生产，确保国家粮食安全。

2020年，中国人口预计将增至14.5亿，2033年达到15亿左右的峰值，按《国家粮食安全中长期规划纲要（2008—2020年）》中要求的2020年人均粮食消费量不低于395公斤计算，我国的粮食总产要达到5.93亿吨以上。由此可见，粮食产量“七连增”的意义十分重大，它既是对国际金融危机和粮食危机的有力应对，又为国内经济社会发展和国家粮食安全提供了重要保障。

从维护国家粮食安全的长远性来看，今年粮食产量实现“七连增”，但仍要未雨绸缪。必须始终牢牢掌握粮食安全的主动权，长期坚持立足国内实现粮食基本自给的方针，任何时候都不能动摇。

意味着经济平稳较快发展有了得力支撑

刚刚结束的中央经济工作会议盘点2010年的经济社会发展成就时指出，今年以来，面对复杂多变的国内外经济环境、来自国内外和自然界的严峻挑战，党中央、国务院团结带领全国各族人民，坚持以邓小平理论和“三个代表”重要思想为指导，深入贯彻落实科学发展观，牢牢把握经济工作主动权，加快转变经济发展方式，加强和改善宏观调控，发挥市场机制作用，有效巩固和扩大了应对国际金融危机冲击成果。经济较快增长，农业基础得到加强，经济结构调整步伐加快，改革开放不断深化，改善民生成效显著，全面完成了“十一五”规划确定的目标任务。

这个成就的取得确实来之不易，我国宏观经济克服种种困难，保持连续稳定增长，实属历史罕见。而今年我国粮食产量“七连增”，堪称历史罕见，二者重合决非偶然，在某种意义上，粮食产量实现“七连增”，为应对国际金融危机、保持经济平稳较快发展提供了有力支撑。

农业部总经济师陈萌山感慨地说，粮食产量“七连增”是在复杂的国际环境、关键的历史时期、重要的经济社会发展阶段、严峻的自然气候条件下取得的。2008年全球发生了较为严重的粮食危机，世界粮食价格大幅上涨，国际金融危机席卷欧美，冲击世界，一些国家发生了粮食危机、通货膨胀和社会动荡。面对危机，中国从容有效应对，经济持续较快发展。正所谓，手中有粮，心中不慌。这份从容背后的底气，正是源自我们有连年的粮食丰收和充足库存，正是源自我们有1万亿斤的粮食综合生产能力。

历史的足迹可以充分证明这一点，回顾新中国成立以来的每个重要时期，我们不难发现，粮食稳定发展对中国的贡献有多么巨大。充足的粮食供应为我国工业化和城镇化的发展提供了丰厚的积累，而且因为粮食生产率的提高还为工业和服务业输出了大量的劳动力。历史和现实表明，粮食的稳定发展不仅夯实了中国崛起的基础，而且推动了中国的现代化进程，创造了中国腾飞的奇迹。

历史的经验也在为我们敲响警钟，如果放松农业、忽视粮食，导致粮食发展大幅滑坡，就会使经济社会发展失去强有力的支撑。没有粮食的持续增收，我们不可能取得今天宏观经济平稳较快发展的成就；失去粮食的稳定发展，我们难以完成“十一五”规划确定的目标任务和为实现“十二五”良好开局奠定基础。

粮食产量实现“七连增”，既为我国“十一五”时期农业农村发展划上了一个闪光圆满的句号，又为“十二五”时期农业农村工作的开局奠定了坚实的基础。

意味着中国为世界粮食安全作出贡献

就在中国农民为粮食产量“七连增”的丰收忙碌喜悦时，国际粮荒的危机却在世界上很多国家肆虐。2008年，国际粮食危机的冲击还令很多人心有余悸，今年全球范围内自然灾害的肆虐程度以及由此引起的世界粮食主产区大规模减产甚至绝收的结果，再次超出了人们的预期。世界主要粮食出口国俄罗斯、加拿大等农作物大幅减产。“粮食危机”的阴影在全世界徘徊。

中国以世界6%的淡水资源、9%的耕地养活全球22%的人口，这一奇迹让世人惊叹。粮食产量实现“七连增”，是中国对世界粮食安全作出的巨大贡献。

2008年上半年，当世界粮食均价一度上涨超过45%，全球粮食储存跌至1.21亿吨的30年最低点时，中国牢牢守住18亿亩耕地红线和95%的粮食自给率，从容应对了国际粮价波动，保持了粮食供应和价格的基本稳定。

中国既是粮食生产大国，又是粮食消费大国。中国每年粮食消费量占世界粮食消费总量的五分之一，占世界粮食贸易量的两倍左右，世界粮食市场的供给能力有限，如果粮食进口过多，不仅国际市场难以承受，也会给低收入国家的粮食安全带来不利影响。一旦中国出现严重的粮食供求缺口，国际市场也满足不了中国的需求。

经合组织以及世界粮农组织在对2010年至2019年的预测报告中，对世界粮食问题得出一个较为乐观的预测，这与中国粮食产量连续增加、前景看好密不可分。

“中国的成就让其他国家在战胜饥饿方面充满了信心，鼓舞效果非常明显。”世界粮食计划署中国办公室主任韦安夏说。

不仅如此，成功养活自己的中国人已经开始向世界上那些挨饿的人们伸出了援助之手。

在2005年年末，经商中国政府同意，世界粮食计划署不再向中国提供新的无偿粮食援助。就在停止接受援助的当年，中国就成为仅次于美国和欧盟的世界第三大粮食援助捐赠国。

作为联合国粮农组织的创始成员国之一，中国广泛参与和支持配合粮农组织的各项活动。2008 年 9 月，中国宣布向粮农组织捐款 3000 万美元成立信托基金，帮助发展中国家提高农业生产能力。

从 1996 年至 2010 年 8 月底，中国已向非洲、亚洲、南太平洋及加勒比地区 23 个国家派遣了 800 多名农业援外人员，涉及种植、畜牧、水产、水利、园艺等多个领域，得到受援国政府和民众的热烈欢迎和高度赞赏。

最近，部分主要产粮国粮食减产加大了全球新一轮粮价上涨压力，我国粮食产量“七连增”有望成为国际粮食市场的“稳定器”。

我国粮食产量“七连增”为促进世界粮食市场稳定作出了应有的贡献，彰显了我国负责任的大国形象。“七连增”是一个辉煌的成就，更是一个新台阶、新起点。

《经济日报》2010 年 12 月 18 日，与刘惠兰合作。

来之不易的“七连增”系列述评之三

粮食产量“七连增”的启示

粮食产量“七连增”，我国粮食和农业生产发展进入黄金期，不仅仅带给我们喜悦和自豪，更带来思考和启示。

启示一：

必须把粮食问题作为治国安邦的头等大事

粮食问题不仅是吃饭问题、经济问题，而且是社会问题、政治问题。在喜庆丰收的同时，我们更要保持清醒的头脑，充分认识到我们现在面临的形势。我国未来的粮食供求平衡挑战仍然非常严峻，决不能掉以轻心。我国近年来已经成为农产品的净进口国，农产品和食品贸易逆差已经接近 200 亿美元。这说明：尽管有连续7年的粮食大丰收，但是保持国内农产品供求平衡的压力仍然巨大。

党中央、国务院高度重视农业和粮食发展，“三农”问题始终事关全局。解决好13亿人口的吃饭问题，始终是我们治国安邦的头等大事，始终是推动经济发展、保持社会稳定的前提。农业的稳固、粮食的安全始终是重中之重。

农业部部长韩长赋说，正是在中央大政方针的指引下，一系列影响深远的新思想、新理念与时俱进地提出，一系列具有里程碑意义的新政策、新举措相继出台。从2004年开始，中央按照重中之重的战略思想和“两个趋向”的重要论断，连续下发了7个以加强“三农”为宗旨的中央一号文件，制定了工业反哺农业、城市支持农村和多予少取放活的基本方针，指明了走中国特色农业现代化道路的基本方向，明确了建设社会主义新农村的战略任务，提出了加快形成城乡经济社会一体化发展新格局的根本要求。

这7个中央一号文件，是新时期党和国家重农政策的集中体现，主题虽各有侧重，但都把粮食生产放在突出位置予以部署和强调。韩长赋表示，7个中央一号文件有力促进了粮食稳定发展，大力推进了现代农业和社会主义新农村建设，是粮食产量“七连增”的理论基础。

刚刚结束的中央经济工作会议强调，推进发展现代农业，确保农产品有效供给。农业丰则基础强，农民富则国家盛，农村稳则社会安。

启示二：

政府和市场“两只手”都要用好

在市场经济条件下，商品生产主要依靠市场调节和调动。国务院发展研究中心副主任韩俊表示，粮食不是一般的商品，它是一种特殊的商品，是重要的战略物资。根据我国的国情和粮食问题的基本特征，必须强调政府的有形之手和市场的无形之手都要用好。

韩俊认为，我国粮食问题的基本特征是：脆弱平衡、强制平衡、紧张平衡。所谓脆弱平衡，是保障粮食安全的资源条件贫乏，表现为耕地数量日趋减少、水资源短缺加剧等；所谓强制平衡，是种粮成本快速增长，农民种粮比较收益不高，经济社会要素投入大，机会成本高，保障粮食安全，需要政府强力主导；所谓紧张平衡，是总供给保障所有人口粮食安全的能力不宽裕。考虑到这三个基本特征，确保我国粮食安全，就需要政府强有力的政策支持。经济越发展，工业化程度越高，越需要加强对粮食生产的保护和支持，这是历史已经证明了的客观规律。

这几年，中央出台了一系列扶持粮食的含金量高的重要政策，粮食生产政策实现了从“取”到“予”质的转变，实现了从补贴粮食流通环节为主转向补贴种粮农民为主的转变，实现了支持范围从少到多、支持力度从小到大、从零散支持到系统支持的跨越。

在新时期的实践中我们看到，政府的行政推动工作对促进粮食稳定发展起到了重要作用。近几年，特别是在抗灾减灾任务繁重、种粮比较效益低下的情况下，行政推动在粮食生产中的作用日益彰显，从中央到地方，都加大了工作推动力度，稳步推进粮食生产。特别是今年以来，面对多发、频发的自然灾害，国务院先后7次召开专题会议，研究部署农业抗灾救灾和粮食生产工作。农业部迅速采取得力措施，按照党中央、国务院的部署，及时调度农情、研判形势、部署工作、指导服务。各地各部门迅速行动，采取强有力的推动措施，全力促进粮食生产发展。行政推动的工作格局已开始形成，体现在强化协调、加大支持上，体现在广泛动员、汇集力量上，体现在指导服务、推动落实上，体现在宣传引导、营造氛围上，尤其是在播种面积落实、重大技术推广、防灾减灾措施落实等方面，发挥了至关重要的作用。

在市场经济的条件下发展粮食生产，政府和市场“两只手”缺一不可，在运用好政府之手的同时，必须坚持以市场为主体配置资源，必须运用好市场经济的三大规律，即价值规律、供求规律、竞争规律，认真研究解决我国粮食生产存在的问题，谋划可持续发展的思路，才能取得中国特色农业现代化建设的重大进展，才能探索出一条中国特色粮食稳定发展的道路。

回顾新中国成立以来的粮食工作，走过了自由购销、统购统销、合同订购等不同的发展阶段，从正反两方面的经验中可以引申出若干带规律性的理念，其中，正确处理生产与流通的关系、正确处理政府宏观调控与市场调节的关系应为基本规律。在新时期发展粮食生产中应当始终注意处理好这些关系。

实践表明，正是在粮食发展中既适应国情，又遵循市场经济规律，而且充分运用有力有效的政策保护和行政推动，才保持了我国粮食生产的持续稳定发展，为国民经济持续快速健康发展打下了坚实的基础。

启示三：

充分调动种粮抓粮两个积极性

粮食生产发展的主体是农民，提高农民的种粮积极性是促进生产发展的根本。党中央、国务院采取措施，积极引导农民“种粮”，鼓励地方政府“抓粮”，打出价格引导、国家支持、利益补偿的“组合拳”，力保国家粮食安全。

自 2004 年中央连续发出 7 个中央一号文件，按照“以工补农、以城带乡”战略和“多予、少取、放活”方针，梯次构建惠农促粮的长效机制，把保护和调动农民生产积极性，促进农民持续增收，作为农业和农村政策的基本出发点，形成了日益完整的促进农业稳定发展、农民持续增收的政策体系。

农业部部长韩长赋说，“近年来，我国全面取消农业税，为农民减轻负担 1300 多亿元。实行粮食直接补贴、良种补贴、农机具购置补贴和农资综合补贴等四项补贴政策，并且不断扩大补贴规模、提高补贴水平；实行重点粮食品种最低收购价，不断提高最低收购价水平。国家出台了重点农产品临时收储政策，多次启动玉米、稻谷、大豆等粮食作物临时收储。同时不断加强对主产区的支持，对产粮大县实施奖励，奖励资金由 2005 年的 55 亿元增加到今年的 180 亿元。”

“2004 年中央一号文件提出一手减免农业税收、一手直接补贴农民等措施，效果立竿见影，当年增产粮食 775 亿斤，成为中国历史上粮食增产最多的一年。”中央农村工作领导小组副组长、办公室主任陈锡文对这一年出台的中央一号文件记忆犹新。

强农惠农政策极大地调动了广大农民群众的种粮积极性。农民群众将这种变化形象地称为：过去种田“交公粮”，现在种粮拿补贴。这些补贴，虽然数额不大，但给农民种粮和地方抓粮都吃了定心丸。

各地的实践证明，在调动农民种粮积极性的同时，必须充分调动地方政府抓粮的积极性，这两个积极性是粮食稳定发展的根本要求。对务农种粮的农民，要坚持完善农业补贴政策。这项政策不但不能削弱，而且还要逐步加强，不断完善补贴办法，逐年提高补贴标准，给农民持续、强烈的信号。要坚持完善粮食品种最低收购价政策，综合考虑农业生产成本变化、农民生产收益以及物价指数和居民承受能力，实现粮食价格稳步、温和上涨，引导农民多种粮、种好粮，确保增产增收。对地方政府，尤其是粮食主产区的地方政府，要进一步加强政策扶持，“普惠”政策要继续倾斜，“特惠”政策要继续完善。国家支持“三农”发展各项政策措施要进一步向粮食产区倾斜，激励粮食生产大县的奖励政策要进一步强化，缓解产粮大县财政困难状况，促进粮食生产发展。

正是在中央强农惠农一系列政策措施的激励下，地方政府重农抓粮、农民务农种粮的两个积极性被充分调动起来，奠定了粮食产量“七连增”的重要基础。刚刚结束的中央经济工作会议强调，强农惠农的思想认识只能增强不能削弱，强农惠农的政策力度只能加大不能减小。

启示四：
抓住科技创新和粮食生产能力建设两个关键

粮食产量“七连增”中折射出了科技创新引领农业发展的强大作用，也让世人对科技创新促进粮食增产的作用更加信服，一批像袁隆平这样的农业专家享誉世界。

近年来，国家加强农业科技创新体系建设，加强关键技术集成创新，效果十分显著。2010年，我国农业科技贡献率超过52%，比“十五”末期提高了5个百分点。中国工程院院士、著名小麦专家于振文说，“这体现在，我们不仅培育和推广了一大批适合于农田的丰产优质品种，使良种覆盖率达到95%以上，还研究出高产优质高效栽培的关键技术，对新品种进行良种良法配套。这也体现在，灾害面前我们的防灾减灾应变技术及时对路，应变反应能力逐渐增强。”

农业科技进步成为粮食丰收的决定性力量有目共睹。从主要依靠手工劳作到机械化进程的加速发展，种粮大户、种粮能手从无到有，从少到多，科技力量在强力推动着粮食丰收。农业部总经济师陈萌山介绍，近年来，我国粮食增产数量的三分之二依靠单产水平提高，粮食单产已达到每亩331.5公斤。

今年，面对严重自然灾害，全国50万名农业科技推广人员深入田间地头，开展巡回技术指导和科技服务，及时地把农业科技送到农民手中。

病虫害防治技术、测土配方施肥、节水灌溉技术、防灾减灾保护性耕作技术和避灾技术、农业机械化技术等一大批新技术，对提高粮食单产和总产发挥了重要作用。

粮食产量“七连增”的实践显示了科技创新对转变粮食生产方式具有决定性的作用，越是加快转变粮食生产方式，越是要充分发挥科技支撑作用，推动增长方式从主要依靠物质投入向依靠科技进步、提高劳动者素质转变。必须切实增加农业科研投入，积极推进建立以政府为主导的多元化、多渠道农业科研投入机制，支持与粮食相关的基础性、前沿性科学技术研究和应用，加快培育一批具有自主知识产权的优良品种和配套栽培技术。

粮食产量“七连增”在彰显科技创新作用的同时，凸显了加强粮食生产能力的极端重要性。在我国耕地资源、水资源、环境资源约束日益趋紧的情况下，近年来，国家加大对农业基础设施的投入，先后启动实施了优质粮食产业工程、沃土工程、种子工程、植保工程、节水农业、中低产田改造、大型商品粮基地建设等一批重大工程项目，着力加强农业基础设施建设。据统计，2004 年至 2009 年，全国新增农田灌溉面积 6700 万亩，新增节水灌溉面积 7500 万亩。

农业机械化的突飞猛进发展，对实现粮食产量“七连增”发挥了重要的保障作用。农业机械化的快速发展，在很大程度上缓解了青壮年务农劳力短缺对粮食生产带来的不利影响，有效提高了土地产出率、资源利用率、劳动生产率，增强了农业综合生产能力、抗风险能力、市场竞争力。近 7 年来特别是“十一五”期间，在农机具购置补贴等强农惠农政策的支持下，农民购机用机积极性高涨，农机装备保有量大幅度增长，农机作业水平显著提高，速度之快前所未有。农机总动力近 7 年来增长了 52%，农作物耕种收综合机械化水平今年可达 52%，这标志着我国农业生产方式实现了由人畜力为主向机械作业为主的历史性跨越，农业机械成为农业生产和抗灾救灾的主力军。

刚刚结束的中央经济工作会议为新时期的农业发展描绘了新的蓝图，推进发展现代农业的号角已经吹响。站在粮食产量“七连增”新的历史起点上，我们坚信，在党中央、国务院的坚强领导下，在全社会的大力支持下，在广大农业干部和亿万农民群众的积极努力下，中国特色粮食稳定发展道路必将越走越宽广。

《经济日报》2010 年 12 月 19 日

建设“菜园子”　丰富“菜篮子”

春节将至，各大超市、农贸市场上的人流比以往更多，餐桌上的菜肴也比平日更丰盛。忙碌一年的亲朋好友们聚会时，关注的话题五花八门，其中总少不了要谈论“菜篮子”产品的价格高低、质量好坏，因为“菜篮子”里装着家家户户每天实实在在的生活。

家住北京市西城区右安门内大街的潘素珍大妈前段时间每天买菜回来后，

总会念叨青菜太贵了。潘大妈说，最近政府部门采取了很多措施，菜价往下降了一成，心里很高兴。

保障蔬菜供应，丰富“菜篮子”，必须建设好“菜园子”。要让“菜园子”源源不断多产菜，产好菜，量多质高，还要调动农民种菜的积极性。

统筹好“菜园子”和“菜篮子”的关系十分重要。“菜篮子”关系着市民的生活、关系着物价指数和幸福指数；“菜园子”关系着农民的生计，这两头都关系着民生，都不能忽视。没有“菜园子”的生机勃勃，就没有“菜篮子”的物美价廉。只有在“菜篮子”和“菜园子”之间找到一个利益均衡点和联结机制，才能使两者实现共赢。

大家看到，国家既高度重视“菜园子”建设，又高度重视“菜篮子”的保障。国务院提出实施新一轮“菜篮子”工程建设，要求强化“菜篮子”市长负责制，《国务院关于稳定消费价格总水平保障群众基本生活的通知》要求各地和有关部门及时采取 16 项措施，进一步做好价格调控监管工作，稳定市场价格，切实保障群众基本生活，其中一条措施就是要切实落实“米袋子”省长负责制和“菜篮子”市长负责制。

让“菜篮子”对接“菜园子”，农超对接这种方式已经开始发挥作用。农超对接是一种农产品销售渠道的组织形式创新，既让城市居民吃上合理价位的菜，又能保证农民受益；既能解决农民“卖菜难”，又能解决城市居民“买菜贵”。

按传统的销售模式，青菜通常要经过菜农、菜贩、批发市场、农贸市场等多道环节才能到消费者手上。这样中间环节增多，菜价自然不断抬高，菜农也很难得到实惠。而农超对接这种“超市＋基地”的供应链模式，引导大型连锁超市直接与鲜活农产品产地的农民专业合作社对接，与蔬菜产地签订协议，直接从田间地头把新鲜蔬菜运到超市，减少了中转环节，提高了蔬菜从“菜园子”到“菜篮子”的速度，保持了农产品的鲜活程度，解决了农民“卖菜难”和城市居民“买菜贵”并存等问题，不仅农民增收，城市居民得利，超市也受益，实现三方共赢。

农超对接是个好办法，武汉中百超市的实践证明了这一点。武汉中百超市几年前就开始改革传统营销模式，提出“源头采购”，由传统的“坐商”向“直采”转变，在郊区建立农产品示范基地，带动当地农民实施标准化生产，让“菜园子”直通“菜篮子”。农超对接不仅让武汉市民的“菜篮子”更加物美价廉，而且让30万户农民的“菜园子”更加物有所值。这两年各地的农超对接实践也逐步开展起来。

在中央财政的大力支持下，商务部与农业部等有关部门已联合启动了农超对接试点工作，并取得了一定的积极成效，目前已有28个省（区、市）开展农超对接，涉及10多类农产品。初步统计，农超对接推动农产品流通成本平均降低10%至15%，参加对接的农户年均增收4000多元，这个效益不可小瞧。

最近记者听到一个好消息，有关部门预计，到2012年，农超对接试点企业鲜活农产品产地直接采购比例将达到50%以上，“十二五”期间大中型城市生鲜农产品经超市销售比重有望翻一番，达到30%。这将在提高农民收入的同时，给消费者带来更大的实惠。

农超对接，一头连着“菜园子”，一头连着“菜篮子”，一头连着农村，一头连着城市。“菜园子”与“菜篮子”的对接，是农村与城市的对接，是在农产品供需领域的城乡统筹。农超对接这种方式给了大家更多启示。

《经济日报》2011年1月11日

推动现代农业加快发展

“十二五”时期是加快发展现代农业的重要机遇期，我们要按照“十二五”规划纲要的决策部署，立足农业发展实际，进一步理清“十二五”建设现代农业的总体思路，进一步优化农业生产力布局，超前谋划和推进一批重大工程，推动现代农业加快发展。

本期“中央电视台 经济日报联席评论”关注话题——《推动现代农业加快发展》。

“十二五”规划纲要明确提出，要加快发展现代农业。坚持走中国特色农业现代化道路，把保障国家粮食安全作为首要目标，加快转变农业发展方式，提高农业综合生产能力、抗风险能力和市场竞争能力。

“十二五”时期是加快发展现代农业的重要机遇期，我们要按照“十二五”规划纲要的决策部署，立足农业发展实际，进一步理清“十二五”建设现代农业的总体思路，进一步优化农业生产力布局，谋划和推进一批重大工程，推动现代农业加快发展。

明确目标任务是发展现代农业的重要前提。“十二五”时期的主要目标是：农业现代化取得阶段性进展。农业综合生产能力稳步提升，粮食播种面积稳定在16亿亩以上，粮食生产能力在1万亿斤水平上稳步提升。棉花、油料、糖料等主要农产品生产能力稳步提高，“菜篮子”产品生产供应充足、质量安全。农民收入持续较快增长，农村富余劳动力加快转移。农业产业体系更加完善，产业结构更加合理，区域布局进一步优化，农业各产业协调发展，农业多功能性进一步拓展。农业科技和物质装备水平明显提高，农业科技创新步伐加快，支撑能力明显增强。农业信息化迈出新步伐，农机装备水平大幅提升，设施农业规模大幅增加。农业生产经营组织方式不断创新，农业从业人员素质明显提升，新型经营主体发展壮大，农民专业合作社加快发展，农业产业化经营水平进一步提高。农业生态环境逐步改善，草原退化和农村面源污染得到初步遏制，水资源、肥料、农药利用率明显提高。

加快建设现代农业，提升农业综合生产能力，提高土地产出率、资源利用率、劳动生产率，必须进一步优化农业生产力布局。本世纪以来，我国先后实施了两轮优势农产品区域布局规划，专业化生产、产业化经营水平不断提高，品种结构、品质结构不断优化，市场竞争能力不断增强。优势区、主产区在农业农村经济发展中的重要地位和作用更加突出。但与实现农业现代化的要求相比，农业生产力布局还不够清晰，主导产业还不够突出，支持政策还有待强化。要把进一步优化生产力布局，作为“十二五”时期建设现代农业的重大举措。

“十二五”规划纲要提出，要加快构建以东北平原、黄淮海平原、长江流域、汾渭平原、河套灌区、华南和甘肃、新疆等的农产品主产区为主体，其他农业地区为重要组成的“七区二十三带”农业战略格局，鼓励和支持优势产区集中发展水稻、小麦、玉米、棉花、大豆、油菜、甘蔗、畜产和水产等农产品。这是根据资源条件配置农业生产要素的重要措施，是实施全国主体功能区战略的客观要求。

“十二五”时期，国家将围绕现代农业重点建设任务，以最急需、最关键、最薄弱的环节和领域为重点，与规划纲要相衔接，组织实施一批重大工程，支撑和保障现代农业加快发展。

要抓好旱涝保收高标准农田建设工程。以开展土地平整、建设田间水利设施、提高耕地质量为重点，大规模推进中低产田改造，力争5年新建旱涝保收高标准农田4亿亩，更新提质高产田1亿亩。

要抓好新一轮“菜篮子”建设工程。突出抓好大城市郊区和优势产区，重点建设标准化、规模化、专业化生产基地，扶持批发市场、冷链系统、质量安全检测站点建设，促进“菜篮子”产品有效供应和质量提升。

要抓好现代种业工程。重点扶持建设大型种子繁育基地，完善重要农产品种质资源和品种选育基础设施，培育一批育繁推一体化种子龙头企业，提高国内种业整体竞争力。

要抓好渔政渔港工程。重点建设一批国家级大型渔港、大型渔政执法船和渔政码头，完善渔船管理信息系统，改善渔政执法条件，提高渔业防灾减灾能力和维权护渔能力。

要抓好新型农民培养工程。大力发展农民培训和职业教育，重点培养种养大户、农机手、农民专业合作社、农产品经纪人、农业产业化龙头企业等经营主体，建设适应现代农业发展需要的实用人才队伍。

要抓好农业资源环境保护工程。积极推进草原保护与建设，大力实施退牧还草，建设农村沼气和农村清洁工程，开展测土配方施肥和水生生物资源养护，保护生态环境，促进农业可持续发展。

要抓好农业公共服务设施建设工程。继续推进乡镇或区域性农技推广、动植物疫病防控、农产品质量监管体系建设，加大农机化、农产品市场、农业信息化建设力度，加强服务设施建设，提高装备水平，改善手段，创新机制，增强活力，提高服务保障能力。

要抓好现代农业示范区建设工程。在全国创建200个以上国家现代农业示范区，壮大主导产业，突出重要农产品，推进发展方式转变和农业经营制度创新，引领区域现代农业发展。

春华秋实，我们期待着今年迎来新的连续丰收年，期待着“十二五”时期新农村建设的美好蓝图变为现实。

《经济日报》2011年5月4日

农产品质量追溯体系建设扎实推进

家住北京市西城区右安门内大街的潘素珍，最近很喜欢到附近超市购物。超市导购员告诉她，货架上那些新鲜的芹菜、黄瓜等可以通过包装上所贴的可追溯标志，查询到种植产地、加工企业、生产日期等信息。这些农产品如有质量问题，可以追溯到是哪个环节出了问题。潘素珍大妈认为，这些贴了标志的农产品质量可靠。

这个可以让潘素珍和更多消费者放心的可查询系统，就是农产品质量追溯系统。

农产品质量追溯系统是如何运转的？根据我国农业生产主体多样化、运销流通市场化、监管控制分段化的特点，农业部农垦局开发建设了以责任可追溯为重点的追溯系统，有效满足了企业、农户、农民专业合作组织等不同生产主体建设农产品质量追溯系统的需要。该系统主要是运用计算机、数字化物流管理等技术，对农产品从生产源头到消费市场实施精细化管理，全程记录下种植、养殖户在生产、加工等环节的质量安全信息，使农产品质量有了较强的可追溯性。

目前，农垦系统已初步建立起以“四个系统”“一个中心”为核心的开放实用的农产品质量追溯信息系统，即集定制、采集、汇总功能于一体的农产品生产信息采集系统和网上填报系统；以短信、语音、网络为载体的消费者查询系统；以投入品监控为主的生产全过程质量安全监管系统，形成了全国农垦农产品质量追溯数据中心。据了解，下一步农垦系统将进一步优化信息系统，简化操作、提升功能，充分发挥好信息技术在现代农产品质量追溯制度建设中的基础性支撑作用。

那么，我国农产品质量追溯的标准又是如何制定的？大家都知道，标准是推动农产品质量追溯科学发展、规范发展的基础。按照“生产有记录、信息可查询、流向可跟踪、质量可追溯”的基本要求，通过加强对国内外食品、农产品质量安全法规、溯源标准的研究，结合我国实际，农垦系统重点加强了三方面的标准制定工作：一是研究制定追溯编码标准，形成与国内外市场相衔接、相互认可的溯源体系；二是制定乳品、水产品、农产加工品等质量追溯操作规程，扩大标准覆盖面；三是研究制定质量追溯信息交换规范，为实现可追溯农产品互联通查奠定基础。

目前，农垦较为完整的追溯制度体系已经形成。以追溯项目管理办法、验收办法、信息管理办法、标志管理办法及实施细则为主的制度体系基本健全；以农产品质量追溯通则为基础，覆盖谷物、蔬菜、茶叶、面粉、水果、畜肉等产品的农产品质量安全追溯标准体系逐步完善。农垦可追溯农产品种类已扩展到大米、面粉、蔬菜、水果、茶叶、畜肉、禽肉等 7 大类；种植业产品追溯规模达 300 多万亩，较 2009 年增加了 3 倍；养殖业产品追溯规模达

1500多万头（只），较2009年增长了2倍。

其实，我国自2004年探索建立农产品质量安全追溯制度以来，以推进农产品标志行动为抓手，农产品质量安全全程可追溯管理取得重大进展。例如，在进京蔬菜产品质量追溯制度试点中初步实现了农产品的源头追溯和流向追踪，在产品标签信息码的开发、管理、使用、查询等方面取得了很大进展。在山东寿光等地开展了以条形码为主要手段的无公害蔬菜质量追溯系统的研究与建设。在南京市启动了农产品质量IC卡管理体系试点。在上海市开展了畜产品质量追溯制度建设试点工作，实现了部分鸡蛋产品的源头可追溯。

与此同时，以标志管理为重点，农业部全面推进了“农产品标志行动”，狠抓农产品产地安全、农产品生产记录、包装标志和市场准入的全程可追溯管理；以主要种植业产品、畜产品和水产品为重点，在全国农业标准化示范区（场）、无公害农产品示范县、无规定动物疫病区以及主要农产品规模种养殖场，把质量安全可追溯作为实施农业标准化的重要考核内容，全面推进质量安全追溯管理；在推进可追溯制度建立的同时，加强监督管理，规范农产品标志，强化标志监督检查。建设国家级（部级）质检中心、省地县级农产品检测机构，初步形成了部、省、县相互配套、互为补充的农产品质量安全检验检测体系，为加强农产品质量安全监管提供了技术支撑。

经过多年的努力，我国农产品质量安全水平有了很大提高，今年1至3月，农业部组织开展了本年度第一次农产品质量安全例行监测工作。监测结果显示，本次监测蔬菜、畜禽产品和水产品合格率分别为97.1%、99.8%和97.8%，同比分别提高1.7个、0.8个和2.4个百分点。我国农产品质量总体是安全的。

“十二五”时期我国农产品质量追溯体系建设将进一步深入推进，追溯系统功能将进一步优化，追溯范围也将进一步拓展，全面建立起既符合国际基本标准，又适合我国国情的农产品质量追溯系统，提高农产品质量安全监管水平。

民以食为天，一定要让消费者吃得放心！

《经济日报》2011年5月10日

农业的两个百分之五十二说明了什么

眼下，小麦陆续收获，全国夏种、夏管进入关键时期，正是各种农业机械大显身手的时候，各个夏收粮食主产区日投入联合收割机达到30多万台。农民“面朝黄土背朝天”的种地模式，已经发生了巨大变化。目前，我国农作物耕种收机械化水平已达到52%。这个52%表明，我国农业生产方式实现了从人畜力向机械作业为主的历史性跨越。

近年来，在农机购置补贴等强农惠农政策支持下，我国农业机械化保持了快速健康协调发展的态势，农民购机用机积极性持续高涨，农机装备保有量快速增长，农机作业水平显著提高，农业机械成为农业生产和抗灾救灾的主力军，在促进粮食连续第7年增产中发挥了重要作用。农业机械化发展呈现出新的特点，其中最大的亮点是农业机械化扶持政策力度进一步加大。去年出台的《国务院关于促进农业机械化和农机工业又好又快发展的意见》，全面系统地提出了我国农机化发展的指导思想、基本原则、发展目标、主要任务和扶持政策措施，是指导当前和今后一个时期农业机械化发展的纲领性文件。

中央财政农机购置补贴资金规模连年大幅增加，极大地调动了农民购机用机的积极性。2004年至2010年，中央财政共安排补贴资金354.7亿元，带动地方和农民投入约1187亿元，补贴购置各类农机具1108万台套，受益农户达到925万户。2011年，农机购置补贴资金总规模为175亿元，比上年增加20亿元，实施范围继续覆盖全国所有农牧业县（场），提高了农业装备水平，改善了农机装备结构；提升了农机作业水平，加快了农业科技进步；转变了农业生产方式，促进了农业稳定发展农民持续增收；拉动了农村需求，促进了农机工业和服务业发展。

特别值得关注的是，重点作物薄弱环节机械化进一步发展。以去年为例，水稻机插秧水平达到20%，比上年提高3个百分点，机收水平突破60%，提高5个百分点。全国玉米机收水平达到25%，比上年增加8个百分点，其中山东省玉米机收水平达到71.5%。农机化推广培训范围，也随之进一步扩大，全年精量播种等17项重点农机化技术推广面积达到5.5亿亩，较上年增加约10%；全年培训农机化各类人才577万人次。

巧合的是，我国农业科技进步贡献率目前也超过了52%。这个52%表明，我国农业综合生产能力显著提高，在粮食连年增产中，农业科技发挥了重要支撑作用。

这个52%确实来之不易。农业部有关负责人说，其中有4项举措最为关键：构建现代农业产业技术体系，促进了科技与产业的紧密结合；实施农业行业科研专项，推动了行业重大关键技术的联合攻关；实施示范县项目，有力推进了基层农技推广体系改革与建设工作；加强农业教育与人才培养，增强了我国现代农业及农村经济社会可持续发展的能力。

自2007年始，农业部、财政部联合启动以农产品为单元、产业为主线的现代农业产业技术体系建设，强化科技与产业的紧密结合，推动形成从产地到餐桌、从生产到消费、从研发到市场的产业技术链。到2010年，共建设50个农产品的产业技术研发中心，累计投入财政资金31.218亿元。与此同时，围绕不同产业发展的重大关键技术，组织全国优势研究力量，根据产业发展实际需求共同编制行业科研专项立项规划。2007年至2010年，农业行业科研专项共立项187项，中央财政投入专项资金超过35亿元。

2009年以来，中央财政累计投入15.7亿元，在800个县先后启动实施了基层农技推广体系改革与建设示范县项目。截至去年9月底，1826个县（市、区）基本完成改革任务，占应改革县（市、区）总数的近70%。

通过现代农业产业技术体系建设，稳定支持2200名围绕50个主要农产品的产业技术发展的科研团队；推进“阳光工程”，重点强化了就地就近就业的农民培训；强化农业教育行业指导，实施部部共建、省部共建农业大学工作，引导和支持农业院校立足“三农”开展科学创新、技术服务和人才培养……近5年来，上述举措使农业科研成果丰硕，为现代农业发展提供了强劲的动力和支撑。让我们看看这些不凡的成就：

加强优良农业品种培育应用，显著提高了粮食和主要农产品供给能力。5年来，培育并通过国家或省级审定的主要农作物新品种、新组合达2600多个；超级稻累计推广面积达4亿多亩，新增稻谷400多亿斤；选育并推广了一大批优良畜禽水产品种……

以节本增效为核心，开发推广一批先进实用技术，促进了新型种养殖技术体系的形成和发展。5年来，建立并大力应用玉米、冬小麦、南方蔬菜丰产高效无公害等技术体系，西部干旱地区节水技术及产品开发推广，南方红壤区旱地肥力调控技术及产品应用等也有了新突破……

不断增强农业资源环境技术研发应用，促进了农业可持续发展。5年来，研究并大力推广节水、节肥、节药、草原保护利用等资源节约型、环境友好型技术，取得了新型作物控释肥、农田污染综合防控等一批重要成果；积极推进农村户用沼气建设和农村清洁工程试点……

我们有理由相信，在“十二五”开局之年，我国农业科技进步贡献率、农作物耕种收机械化水平将再上新台阶。

《经济日报》2011年6月21日

如何走出“贵伤民、贱伤农”的怪圈

北京市民潘素珍大妈每天早晨都到市场买菜，这些日子她眼瞅着猪肉、鸡蛋等农产品价格往上涨很是担心。可她在农村的老弟也养猪外卖，她又希望猪肉涨了价能让老弟多卖几个钱。其实，潘大妈的困惑反映了农产品“贵伤民、贱伤农”的问题。

潘大妈的困惑也是政府关注并正在努力解决的问题。就目前的形势而言，有关部门不仅要研究和出台当前平抑物价的举措，更要从根本上解决农产品价格暴涨暴跌问题，保证农产品价格在稳定的前提下逐步上升，引导其远离“过山车”式的循环。最重要的是要建立一系列长效机制，而不应仅仅满足于在物价出现较大幅度涨跌时采取临时性措施。

有关专家强调，建立稳定农产品价格长效机制的关键是，要做到以平衡供需为核心，以控制成本为重点，以监督调控为补充，多种手段综合运用，才能真正收到实效。

首先，要建立农产品供需平衡引导机制，关键是要完善农产品信息披露制度，避免农民种养殖的盲目性。目前，我国农产品供应量之所以难以保持稳定，一个重要原因是分散经营的农户无法及时、充分地掌握市场供求信息，无法对未来价格趋势作出合理判断，只能根据上一轮行情来调整自己的市场行为。所以有关部门和协会组织应当建立完善农产品市场信息发布平台，将各地各种农产品的种养规模、产量、销售量等情况及时向社会发布，让农户能够及时、全面、准确地了解农产品市场信息和走势，引导其规避“追涨杀跌”，根据市场需要来安排生产，按照供需关系的变化适时作出调整。

同时，要强化生产组织化程度，进一步加大资金扶持力度，重点建设集约化经营示范区和扶持一批专业生产经营大户。要鼓励农民“抱团”建立专业合作社，将分散的小规模经营农户组织起来，发挥规模生产的优势，增强议价能力和市场风险承受能力。还要加强农业生产的设施保障，重点扶持大棚等设施农业建设，加强农村冷库建设，增加应急储备规模。

其次，要建立生产经营成本有效控制机制，关键是要确保农资充足与稳定。农业生产成本中农资占大头，要进一步规范农资经营行为，健全农资价格监控机制，优化产前、产中、产后的全方位服务。

同时，要降低农产品储藏、流通成本。加大对农产品冷库建设的扶持力度，对进库的农产品适当给予补贴。要进一步完善鲜活农产品“绿色通道”政策，增加品种、增强运力。要强力推进“农超对接”和“农批零对接”，率先支持一批超市和大型农业企业建立农产品直接采购示范基地。积极扶持一批公益性批发市场和社区平价商店建设，大力发展农产品网络营销。

最后，要建立完善监督调控机制，关键是要强化农产品价格监督和预警。要确保各项价格政策落实到位，严厉打击散布涨价信息、串通涨价等违法行为和各种制售假冒伪劣农资坑农害农行为。建立大宗农产品价格（物流）指数系统，完善农产品价格变动的日常监测预警制度，健全价格应急调控预案。加强对农副产品批发市场、超市和农贸市场的监管，力争从源头上避免因食品安全问题导致的农副产品价格剧烈波动，稳定农产品价格。

《经济日报》2011 年 8 月 23 日

绷紧粮食安全这根弦

家住内蒙古敖汉旗喇嘛蒿村的舅舅打来电话说，前些日子的雨水来得及时，让正在灌浆的玉米喝足了水，现在秋粮长势特别喜人，如果不受霜冻，今年的丰收算是到手了，可以实现“八连丰”啦。

俗话说，农历“七月十五定旱涝，八月十五定收成”。现在正是全国秋粮自南向北开始成熟和收割的季节，各地都在忙着秋粮生产的田间管理。我国粮食实现了 7 年连续丰收，今年能否实现“八连丰”是大家特别关注的话题。在各地采访时看到，今年庄稼普遍长势较好，尽管年初遭遇了干旱，但抗旱措施和后期的田间管理及时到位，加上产量形成的关键时期雨水较充沛，如果不再发生大的气象灾害和病虫害，现在预测秋粮丰收是有依据的。

这几年舅舅家的粮垛越堆越高，卖完余粮后自家的存粮还能够吃 3 年的。很多农民与舅舅一样，家里都存着隔年粮防歉收。对大多数农民来说，没米下锅的时代早已结束，粮食不成问题。看着超市里成袋成盒的粮食，大多数市民感觉有钱买不到粮食的可能性不存在。那么，在粮食连年丰收的背景下，国家粮食安全还有问题吗?

作为有着 13 亿人口的大国，怎么强调粮食安全都不为过。因为现在粮食既有食物的属性，又有能源的属性，还有金融的属性，同时还有其他属性。我国粮食已经连续 7 年丰收，虽然现在老百姓吃饱没有任何问题，但我国粮食供求平衡是脆弱的，是强制性的，是一种紧平衡。

为什么说这个平衡是脆弱的？因为我国粮食生产面临的最大制约就是耕地稀缺、水资源短缺。如果不严格保护基本农田和耕地，这种平衡随时会被打破；如果不搞节水农业，现代农业的可持续发展也难以为继。同时，这个平衡还是强制性的，因为种粮的比较效益偏低，发展粮食生产对地方财政贡献不大，对农民增收贡献有限，要调动地方抓粮的积极性和农民种粮的积极性，就需要强有力的引导。如果对种粮的农民没有引导政策，对粮食主产区没有奖励政策，我国粮食的供求平衡很容易被打破。因此，中央的强农惠农政策至关重要，只能加强不能削弱。

为什么说这个平衡还是一种紧平衡？举例来说，目前小麦的国内生产潜力、生产能力都很大不需要进口，稻谷这些年来也基本上可以自我平衡，但如果不采取最严厉的措施来保护，这个平衡很容易被打破。特别是如果我们对燃料乙醇没有限制，放开玉米加工的话，玉米的平衡很快就会打破。而大豆基本上越来越依赖进口了。

我国强调粮食自给，更多是强调口粮要自给。我国最重要的口粮是稻谷，如果我们的自给率降到了 80% 以下，全世界可以出口的大米全买过来都不够中国人吃。因此，中国确保粮食自给也是对世界负责。

当然，我们不是一味强调要自给自足。中国只有 18.26 亿亩耕地，随着工业化、城镇化的发展，收入水平的提高，消费结构的改善，食物的消费水平必然进一步提升。要保证中国人不仅能够吃饱还要吃好，我们必须积极利用好国内外两种资源和两个市场，这也是我国农业的一个基本政策导向。

解决好13亿人口的吃饭问题始终是个大问题，在秋收之际，更有必要强调粮食安全问题。

《经济日报》2011年8月30日

粮食为何能够实现“八连增”

众所周知，今年我国粮食生产面临严峻的考验，北方冬麦区冬春连旱、长江流域旱涝急转、西南地区严重干旱等灾害影响十分严重。因此今年粮食生产还能在高起点、高基数的情况下有望实现“八连增”，成绩来之不易。

粮食实现“八连增”，主要得益于党中央、国务院高度重视，把农业和粮食生产摆在十分重要的位置。在粮食生产和防灾减灾的关键时期，中央领导同志多次亲临一线检查指导，部署开展了全国粮食稳定增产行动，出台了一系列扶持农业和粮食生产的政策措施。各地区、各部门按照党中央、国务院的决策部署，加强组织领导，加大措施落实力度，千方百计夺取粮食丰收。

政策支持力度前所未有。农业“四补贴”规模达到1406亿元，比去年增加180亿元；安排粮油大县奖励225亿元，增加40亿元，主产区粮食风险基金地方配套249亿元全部由中央财政补助；大幅度提高小麦、稻谷最低收购价，在防灾减灾的关键时刻及时出台抗旱浇水补助等政策，极大地调动了地方政府、广大农民、科技人员抗灾减灾和发展粮食生产的积极性。

科技服务及时到位。全国粮食稳定增产行动各成员单位积极采取措施，加强指导服务，强化监督检查，形成了推进粮食生产的强大合力。各地区、各部门，特别是涉农部门在秋冬种、春管抗旱、春播、夏种等关键环节，分品种、分区域、分农时制订实施主要粮食作物生产技术方案，在全国开展稳粮增粮科技服务活动，组织全国1万名专家和35万名农技推广人员，深入生产一线，加强分类指导，推动落实高产技术措施，大棚育秧、深松整地、播后镇压、浇越冬水、“一喷三防”等抗灾增产关键技术得到大面积应用，病虫害统防统治等防控措施得到大力推广，有力促进了粮食单产水平的提高。

农田水利基础设施发挥重要作用。各地区、各部门积极贯彻落实今年中央一号文件精神，加强以农田水利为重点的农业基础设施建设，加大投入力度，切实加大中央和省级财政对农村水利的投入，引导市、县财政增加投入，尤其落实好中央一号文件提出的从土地出让收益中提取10%用于农田水利建设等相关政策，加快建设步伐，继续大力推进节水灌溉、大中型灌区节水改造、小型农田水利等农村水利重点工程项目建设。通过项目带动、资金补助、民主议事等形式，引导和鼓励农民开展面上农田水利基本建设，参与直接受益的小型农村水利工程建设和管理，努力提高农业综合生产能力，尽快改变农业基础设施长期薄弱的局面。

抗灾救灾工作扎实有效。各地区、各部门全年立足抗灾夺丰收，强化灾情预测预判预警，适时启动应急响应，充分发挥农机防灾减灾主力军作用，坚持做到了科学防灾、主动避灾、有序抗灾、高效救灾。今年以来，仅农业部就先后派出90多个工作组和专家组，驻村蹲点帮助农民落实科学减灾措施，有效地将粮食因灾损失减少到最低程度。

高产创建带动明显，建设4300个粮食高产创建万亩示范片，在50个县、500个乡试点整建制推进高产创建，展示示范先进适用技术，以点带面，辐射带动大面积平衡增产。今年全国950个小麦万亩示范片单产比所在县高142.5公斤，270个早稻万亩示范片单产比所在县高122.1公斤。

气候条件总体有利。今年主要农区关键季节光、温、水匹配良好，有利于作物生长发育和产量形成。西南部分地区干旱对当地农业生产造成较大损失，但由于旱区粮食在全国粮食生产中所占比例小，对粮食生产的影响有限。

在粮食产量已经实现连续7年增产的基础上，今年粮食生产继续保持稳定发展的良好势头，具有十分重要的意义，为保障市场供给、管理好通胀预期、抑制物价过快上涨奠定了重要的物质基础，为保持经济平稳较快发展、维护社会和谐稳定大局提供了有力支撑，对稳定国际粮食市场也具有重要作用。

《经济日报》2011 年 9 月 23 日

大灾仍丰收　减灾即增产

今年我国粮食总产有望实现连续 8 年增产的消息，给人们带来振奋的同时，也令不少人质疑：在今年这样一个旱涝灾害不断的大灾之年，粮食怎能实现增产?

中国农科院研究员梅旭荣认为，农业灾害与气象灾害既相关又有区别，但气象灾害不等于农业灾害。例如，新闻中经常播报某地降水量同比偏少 5 成，发生严重气象干旱。气象干旱通常用降水与蒸发的收支比例关系（干旱指数），或某一时段降水量与多年平均降水量的差异（降水距平）来衡量，降水减少，水分收支不平衡，就会造成气象干旱。但发生气象干旱并不表明农业生产一定会受到严重影响。农业干旱通常用农业供水与作物需水之间的相对关系来衡量，通过土壤水分和植株表现来表达。

以今年为例，尽管年初冬麦区发生大范围长时间严重干旱、长江中下游地区严重干旱和局部旱涝急转，但都不是发生在作物生长和产量形成的关键季节。冬麦区持续干旱时，冬小麦正处于越冬期，需水量小，干旱影响有限，此时距离小麦成熟还有 100 天左右的时间，苗情转化升级回旋余地大，为实施科学减灾措施、促进苗情转化升级留下了空间。在 2 月下旬冬小麦返青起身和 5 月上旬抽穗扬花的关键期，黄淮、华北地区出现大范围、长时间降雨，有利于苗情转化升级。

回顾近几年粮食生产历程不难看出，我国粮食在大灾之年再获丰收，两个方面的因素功不可没，一是减灾增产，一是平衡增产。

近年来，农业防灾减灾成效明显。以今年夏粮生产为例，在夏粮生产克服长达100多天干旱困扰的过程中，包括政策激励、投入保障、科技推广等在内的一整套完善的保障机制，以其极为鲜明的导向性和号召力，促进了资金、资源、人力、物力的广泛整合和有效配置。这极大地鼓舞和带动了各地区、各部门抗旱促春管的力度。现代农业产业技术体系调动1万名专家和35万名农技推广人员参与科技大会战，深入生产一线，开展技术培训和指导服务，推广大棚育秧、深松整地、播后镇压、浇越冬水、“一喷三防”等抗灾增产关键技术，大力推进科学减灾，有效地将灾害损失降到了最低。

在减灾增产的同时，抓高产创建，促进平衡增产也是粮食生产实现“八连丰”的一个重要因素。今年中央财政安排10亿元高产创建资金，在全国建设4300个粮食高产创建万亩示范片，在50个县、500个乡试点整建制推进高产创建。高产创建万亩示范片近年来已成为集成推广高产优质品种和配套栽培技术，促进科技成果转化应用，以点带面，辐射带动大面积平衡增产的重要平台和抓手。农业部公布的数据很有说服力，今年全国950个小麦万亩示范片平均亩产535.5公斤，比所在县平均亩产高142.5公斤，270个早稻万亩示范片亩产比所在县高122.1公斤。实践证明，即便在大灾之年，高产创建万亩示范片因技术落实到位，受灾害的影响也相对较轻，可以实现灾区损失非灾区补，重灾田块的损失高产田块补，促进粮食稳定发展。

值得警醒的是，尽管我国粮食综合生产能力逐年在提高，但因灾损失粮食总体上仍呈偏重态势，自然灾害始终是影响粮食生产的重要因素。从长远看，随着我国粮食生产的基数越来越高，面积因素带来的增产空间在缩小，重大增产技术突破的难度在增大，灾害因素的影响将更加凸显。必须牢固树立抗灾夺丰收思想和“减灾就是增产”的理念，坚持一手抓高产稳产，一手抓抗灾减损，努力实现重灾区少减产、轻灾区不减产、非灾区多增产，这是促进粮食生产稳定发展的关键举措。

《经济日报》2011年10月19日

培育新型农业经营主体以农民为主

最近一段时期以来，培育新型农业经营主体成为大家关注的热门话题。

其实，培育新型农业经营主体就是要解决今后“谁来种地”的问题。因为当前我国农业生产经营已面临严峻的形势，农村劳动力大规模转移就业，农业劳动力数量不断减少、素质结构性下降等问题日益突出。培育新型农业经营主体已成为当务之急。

那么，到底谁是新型农业经营主体？新型农业经营主体是指在家庭承包经营制度下，经营规模大、集约化程度高、市场竞争力强的农业经营组织和有文化、懂技术、会经营的职业农民。我国现有农业经营主体，是在以家庭承包经营为基础、统分结合的双层经营体制基础上形成和发展起来的。按农业经营主体类型划分，主要有承包农户、专业大户、家庭农场、农民专业合作组织、农业产业化龙头企业和其他各类农业社会化服务组织等。

在近日召开的首届“清华三农论坛”上，国务院发展研究中心副主任、清华大学中国农村研究院副院长韩俊强调，加快培育新型农业经营主体、构建新型农业经营体系，需坚持以农民为主体、为农民服务为基本原则，不可脱离家庭承包经营制度，这关乎农村基本经营制度。

确实，家庭经营在农业中具有更好的适应性，是农业生产中最适宜的经营模式。家庭经营不仅适应以手工业劳动为主的传统农业，也能适应采用先进科学技术和生产手段的现代农业。纵观古今中外，任何国家农业现代化的最基本经营形式也是家庭经营，这是农业与工商业的区别。

没有农民的现代化就没有农业现代化。要把培养职业农民作为农业劳动者素质建设的核心任务。在培养新型职业农民的过程中，首先要制定认定标准，鼓励各地结合实际，从居住地域、农业劳动时间、生产经营规模、素质能力水平等方面进行认定探索，并作为培育和扶持的依据。其次，要拓宽培养途径，突出培养重点，优化培养方式，着重抓好种养大户、家庭农场主、科技示范户、农民专业合作社理事长的培养，发挥其示范带动作用；吸引和支持农民工返乡务农，鼓励和支持新生代农民工子承父业；以农民中等职业教育为平台，以政府公共财政支持的农民工“阳光工程”等创业培训为抓手，开展多形式、经常性的职业教育培训。同时，要完善培养政策，加大政策扶持力度，扩大“阳光工程”等创业培训规模；完善绿色证书制度，健全农业技能持证上岗制度，探索把绿色证书作为认定职业农民的重要依据，并与农业扶持政策挂钩。

粮食“九连增”的实践已经表明，新型农业经营主体是农业先进生产力的代表，是推进农业转型升级和粮食增产、农业增效、农民增收的主要力量。在今后现代农业大跨步发展的进程中，以农民为主体的新型农业经营主体必将发挥更大的作用。

《经济日报》2013年1月10日

建立重要农产品供给保障机制

近年来，农产品进口激增，部分农产品结构性紧缺日益突出，使得保障粮食安全和重要农产品有效供给成为社会关注的热点。今年的中央一号文件对此高度重视，明确提出今年农业农村工作的目标任务是“保供增收惠民生，改革创新添活力”，其中的首要任务就是保障农产品有效供给。

国务院发展研究中心副主任韩俊说，保障农产品供给关系到经济发展、居民生活和社会稳定全局，是国家安全的重要基石。农产品供给保障，首要是粮食的供给保障。2012年粮食总产6年超过1万亿斤，标志着粮食稳定发展的长效机制正在形成，但我国粮食安全和重要农产品有效供给仍然存在着不可低估的风险和隐患。建立粮食和重要农产品供给安全稳定高效的保障体系，是发展现代农业的重大任务。

具体来说，首先要建立健全农业投入稳定增长机制，确保农产品“产得出”。无论是发达国家，还是发展中国家，农业保护都是普遍做法。对于我们这样一个人口大国，农业作为基础产业，更需强化支持和增加投入。一是要加大财政支出结构调整力度，不仅要确保财政支农资金绝对量的稳定增长，更要保证财政支农占总支出的比例稳步提高；不仅要继续增加对农业的各种补贴，还要加大对农业基础设施的投入。要抓住国家加快推进水利改革发展的机遇，着力加强农田水利基本建设。二是要积极支持农业技术推广、良种和农机应用，开展农民培训、节水节肥、改良土壤等公益服务，降低生产成本，提高农民自我发展能力。此外，还要严格保护耕地，坚守 18 亿亩耕地红线不动摇，加快高标准基本农田建设。通过这些措施，切实加强农业基础设施建设，改善农业生产条件，提高农业综合生产能力，从根本上保障农产品供给。

其次，要建立健全农产品销售扶持促进机制，确保农产品“销得畅”。目前，我国农产品零售价格构成中，流通环节已占三分之二，这既损害了农民的利益，又抬高了农产品销售价格，伤害了城市居民的利益。因此，要创新农产品流通方式，大力发展农超对接、农校对接、农企对接、农社对接等各种直销形式，让生产者和消费者直接见面，减少流通环节，提高流通效率。

第三，要建立健全农产品价格形成机制，确保农民“得利益”。价格是市场引导生产的风向标。农产品价格的剧烈波动，必然带来农业生产的大起大落，进而影响国民经济的良性运行。要把建立健全农产品价格形成机制作为重要抓手，使农产品价格既能反映生产成本，又能反映供求关系。国家通过制定主要粮食品种的最低收购价和大宗农产品临时收储制度等，允许其价格在一定范围内合理波动，让农产品价格回归价值，以稳定生产者预期，保障主要农产品稳定增产。

第四，要建立健全农业生产支持保障机制，确保发展“可持续”。农业生产要实现健康发展，需要一整套完善的政策措施来保障。为此，要建立和完善财政投入、专业合作、加工销售等政策措施，以及农技推广、疫病防治、质量检测、信息服务、防灾减灾等社会化服务体系，努力提高农业的产业化、现代化水平。进一步深化农村土地产权制度、林权制度、土地征用制度、金融制度改革，破解农村土地流转不规范、征用补偿低及抵押难、贷款难等难题，最大限度激活农村各项生产要素。

韩俊强调，只有建立安全稳定高效的粮食和重要农产品供给保障体系，才能持续增强国家农产品供给保障能力，才能为推进经济健康发展与社会和谐提供保障。

《经济日报》2013 年 2 月 4 日

土地规模经营需要制度撑腰

自中央一号文件提出鼓励和支持承包土地向专业大户、家庭农场、农民合作社流转以来，我国农村土地规模经营发展状况如何？还存在哪些制约因素？

一年之计在于春，怎样才能从土地上获得更大的收获？这是农民们最关切的问题。经过多年实践，很多人已经看到，土地规模经营能够获得更大效益，能够有效解决种田比较效益偏低的问题。

近年来，我国土地规模经营取得了积极进展，截至 2012 年年底，经营面积在 100 亩以上的专业大户、家庭农场超过 270 万家。农民承包地的流转面积已经达到 2.7 亿亩，占到农民承包地的 21.5%。通过土地流转，实现了集中连片种植和集约化、规模化经营，节约了生产成本，促进了农业发展和农民增收。

目前，土地规模经营也存在一些制约因素。我国农村的基本经营体制决定了要想获得一定的土地规模，必须通过土地承包经营权的流转才能实现。或者说，推进土地使用权流转是发展农村土地规模经营的首要条件。这几年，各地通过政策引导、典型示范、广泛宣传、规范运作，大力推进在依法、自愿、有偿基础上的土地承包经营权流转，效果很好。但一些地区土地流转率相对偏低，土地规模经营水平与现代农业发展要求不相适应。分析具体的原因，主要有这样几方面：在土地承包经营权长期稳定不变的政策框架下，农民承包经营的土地带有社会保障属性，成为农民生活最稳定、最可靠的保障。当前，农民对土地承包经营权的依赖度很高，很多因素导致土地流转率不高，例如农民收入稳定增长机制尚未全面建立起来，土地流转收益只占农民人均纯收入的极小一部分；农民因为知识技能等条件限制，把二三产业打工仅仅作为赚钱的短期行为，不能完全融入二三产业、融入城市，难以实现农民到市民的蜕变；城乡公共产品提供、公共服务实现还存在双重标准等等。

发展土地适度规模经营，必须从我国基本国情和现代农业发展规律出发，以提高农业劳动生产率和土地产出率为目标，坚持农村基本经营制度和家庭经营主体地位，大力培育专业大户、家庭农场，大力发展农业社会化服务，积极稳妥地推进多种形式的适度规模经营发展。重点在于遵循四个原则：一是积极稳妥，充分尊重农民的意愿；二是既重视土地经营规模的扩大，又重视农户间的联合与合作，大力发展社会化服务；三是发展适度规模经营，主要是培育专业大户、家庭农场，不提倡工商企业长时间、大面积租赁农户承包地；四是兼顾劳动生产率与土地产出率。

需要强调的是，政府部门应当采取积极的政策措施来促进土地规模经营。首先要健全土地流转管理和服务体系，为农户流转土地提供明晰产权、规范合同等基础支撑，以及信息发布、政策咨询、价格评估等公共服务。其次，要完善农业社会化服务体系，鼓励农户通过联合与合作，依托专业合作社、龙头企业等专业服务组织，提高规模化经营水平。三是出台专门的财政、金融、税收等扶持政策，引导土地流向专业大户、家庭农场，发展多种形式的适度规模经营。四是探索建立严格的工商企业租赁农户承包地准入和监管制度，防止流转农田“非粮化”“非农化”，及时纠正违法侵害农民承包经营权的行为。

《经济日报》2013 年 3 月 25 日

农村“三堆”亟待清理

记者下乡采访，发现不少村都有乱放的柴堆、垃圾堆和粪堆，不仅散发出难闻的气味，而且还将街道挤得狭窄弯扭，影响人员、车辆通行。现在各地都在积极建设美丽乡村，清理农村“三堆”是亟待解决的问题之一。

在农村生活，“三堆”的产生是免不了的，庄稼收获后的秸秆积存就成了农民做饭取暖的柴堆；饲养鸡猪并沤肥就成了粪堆；日常生活的废弃物丢弃就成了垃圾堆。日复一日源源不断产生的“三堆”并不是无法解决，很多乡村已经摸索出了好办法。在一些地区，美丽乡村已见雏形，村容村貌整洁，绿树繁花绕村，“三堆”不见踪影。

如何为柴堆“瘦身”？在河北、山东等地的农村，在乡镇政府的帮助下，农民利用农资下乡补贴政策，购买了“秸秆挤块机”，将秸秆等柴草“瘦身”成方块，不仅便于在自家草棚里储存，而且还可用于加工新型牲畜饲料。还有很多农民把堆砌在村中的棉、柴秸秆，送到附近的生物发电厂，用秸秆发电，既净化了环境，又可得到一笔不菲的收入。

如何让粪堆“变身”？随着春耕的开展，河南、江苏一些地区的农牧部门积极引导农户开展“还粪归田”活动，将动物粪便运送到田地里，既营养了田地，还根除了村里苍蝇满天飞、臭气熏死人的粪堆清理难问题。很多乡村还积极推行农村沼气池建设，引导农户将动物粪便作为沼气发酵原料生产清洁能源。还有一些乡村依靠化肥生产企业，将农家肥变成无污染的有机肥料，不仅消化了“粪堆”，还为村民增加了收入。

如何将垃圾堆“隐身”？现在全国很多地方通过县、镇、村三级联手，实行垃圾一体化处理，消除了垃圾堆。一些地区探索实施了“村保洁、乡（镇）清运、县处理”的城乡环卫一体化工程，各村负责将垃圾集中收集，乡镇出资购置垃圾清运专用箱，县有关部门负责定期清理乡村的生活垃圾，把县城环境卫生管理的触角向所有乡村延伸。同时，还进一步延伸县污水处理厂管网，将靠近城区的生活污水并入县污水处理系统，加快推进农村生活污水集中处理。

希望更多的乡村摆脱“三堆”的困扰，尽快建成美丽乡村！

《经济日报》2013 年 3 月 29 日

着力推进人的城镇化

近日召开的国务院常务工作会议确定了 2013 年经济体制改革九大重点，主要包括行政体制、财税、金融、投融资、价格、民生、城镇化、现代农业、科技等领域和环节。会议决定今年要“围绕提高城镇化质量、推进人的城镇化，研究新型城镇化中长期发展规划。出台居住证管理办法，分类推进户籍制度改革，完善相关公共服务及社会保障制度。保护农民合法权益”。由此可见，推进城镇化的核心是人的城镇化。

近年来，我国的城镇化发展较快，但“市民化”速度相对较慢，被统计为城镇人口的群体中，仍有 2.6 亿农民工无法享受与城镇居民平等的待遇，出现了农民工“半城镇化”现象，即“就业在城市，户籍在农村；劳力在城市，家属在农村；收入在城市，积累在农村；生活在城市，根基在农村”。大量的农民工实现了地域转移和职业转换，但还没有实现身份和地位的转变。新型城镇化必须纠偏农村人口“被市民化”的现象，必须解决好“农民”变“市民”的问题。

目前推进农民工市民化尚存三大困难：一是数量大。现在有近2.6亿农民工，未来还有大量的新生代农民工要进城。中国社科院发布的蓝皮书指出，今后20年内，中国将有近5亿农民需要实现市民化。这是一个面广量大的长期性工作，不可能一蹴而就。二是成本高。市民化是一项高成本的改革，农民工要在就业、教育、医疗、住房、养老等方面享受市民同等待遇，需要大量公共投入。中国社科院发布的蓝皮书指出，今后20年内，人均市民化成本为10万元，要实现近5亿农民的市民化，至少需要40万亿至50万亿元的成本。三是就业机会少。农民工市民化的坚实基础是要有就业机会，而因为户籍、学历、技能等方面的限制，为农民工提供的稳定就业机会很少。

有序推进农业转移人口市民化，是一个系统工程，核心是要解决“钱从哪里来、人往哪里去”的问题，这就涉及户籍制度、土地制度、社会保障和公共服务制度等诸多方面改革。

要积极推动户籍制度改革。目前，各地政府按户籍人口来提供公共服务，农村和城市的公共服务水平差别巨大。有专家测算，我国农村和城市福利待遇人均相差33万元。户籍制度改革要分类指导，因城而异。各地当前普遍采用了逐步放开户籍，比如积分制等方式，渐进地使农业转移人口获得城市户口。

要稳妥推动土地制度改革。通过农村土地制度创新，实现农业规模经营，促进农民转移。通过“确权颁证”，建立、发展农村土地流转中心等中介服务机构，推动农村土地有序流转，促进农村土地规模化、集约化、现代化经营，使土地流转收益成为农民进城从业、安家的资本。同时鼓励各种社会力量参与农村城镇化建设，将农村土地流转与促进农村产业发展、解决农民就业等结合起来，改进和完善村庄规划，使留在当地的农民也能过上现代文明的生活。

要全面推动公共服务体制改革。增强地方政府提供基本公共服务的能力，努力使城市财力与事权相匹配。加快教育、医疗、住房等社会保障体系改革，改善农业转移人口子女的就学条件，降低入学门槛，尽快制定随迁子女异地高考政策等。构建适合农业转移人口特点的医疗、住房及社会保障制度，实现基本公共服务均等化。

在全社会的共同努力下，农村进城者实现安居乐业的“市民梦”不会遥远。

《经济日报》2013 年 5 月 9 日

我们能否经受住丰收的考验

夏粮丰收的喜悦还没有散尽，农民们又开始忙乎田间的秋粮了。全年粮食能否丰收，大头还得看秋粮。而秋粮能否到手，要看的内容可就多了：种植面积能否稳中有增、各项扶持政策能否落实到位，能否经受住气候无常和病虫害多发的考验，等等。其中能否经受住丰收的考验，却是对我们更严峻的考验。

因夏粮“十一连增”而陶醉而麻痹的苗头，已经在个别地方有所显露，我国的粮食安全真的可以高枕无忧了吗？为何在我国粮食连年丰收的背景下，中央还在反复强调要确保国家粮食安全战略，强调中国人的饭碗任何时候都要牢牢端在自己手上？

如此反复强调绝不为过，因为历史的教训已经反复证明，丰收之后容易思想放松，只要思想一放松，粮食产量肯定要滑坡。

远的不说，就说改革开放这 30 多年来吧，粮食产量也出现过不止一次的滑坡，即使进入新世纪之后也出现过滑坡。2004 年中央之所以出台主题锁定“三农”的一号文件，就是因为此前我国粮食产量已连续下滑，农民增收低速徘徊，稳定农业、稳定粮食生产是关系全局的大问题。当年的一号文件锁定农民增收，出台了3项前所未有的惠农政策：对种粮农民进行直接补贴，减轻农业税费负担，对重点农产品实行最低收购价制度。这极大调动了农民种粮积极性，当年增产粮食700多亿斤。

自2004年以来，中央连续下发了11个以“三农”为主题的一号文件，对确保农业农村发展，确保粮食安全，起到了极其重要的作用。今年下发的一号文件是新世纪以来连续第11个一号文件。11个中央一号文件带来了连续10个丰收年和今年夏粮“十一连增”。

我们的连续丰收有力回击了国际上一度出现的“谁来养活中国”的悲观论调。但我们必须看到，当前农业农村发展的内外部环境和条件在发生深刻变化，各种矛盾和深层次制约更加突出，已经到了不深化改革就难以持续发展的阶段。

这两年，我们在复杂的国内外形势下，创新宏观调控方式，实现了经济运行稳中向好，粮食丰收是功不可没的。因为我国居民消费价格统计构成中食品占1/3以上，在近年来居民消费价格上涨因素中，食品价格上涨更是占到60%至70%。今年，物价上涨压力可能比去年还要大一些，实现经济发展预期目标，特别是将居民消费价格涨幅控制在3.5%左右，关键在于保证粮食等主要农产品供给。而在夏粮“十一连增”后，农业生产的各支撑因素已经绷得很紧，淡水资源制约增加、生产成本上升、生态环境约束趋紧，增产难度加大，稍有松懈就有滑坡的危险。

况且，目前我国粮食供求处在紧平衡状态，今后随着人口总量增加、城镇人口比重上升、居民收入水平提高，粮食需求总量会继续增长，需求结构更将发生深刻变化，这种紧平衡状况还会加剧。如果粮食减产较多，供求就会出现失衡，给经济社会发展带来严重影响。

有人会说，完全可以依靠进口嘛。适当地进口一些粮食，对于调剂和补充国内供给、缓解资源环境压力是有利的，经济上也划算。但国际粮食市场容量毕竟有限，进口过多，风险和代价也很大。像我国这样的人口大国，一旦粮食出现大的问题，谁也救不了我们，即使再有钱、出高价也不一定能从国际市场上买得到、买得够我们需要的粮食。13亿中国人不可能指望靠买粮食来养活自己。端牢自己的饭碗，是中国人必须面对的现实。

粮食问题不能只从经济上看，必须从政治上看，从战略上看。这也就是新一届党中央为何要把保障国家粮食安全放在更加突出的位置，强调坚持主要依靠自己的力量解决好吃饭问题的重要意义所在。

我们强调保障粮食安全，不是要回到过去“以粮为纲、全面砍光”的老路。保障粮食安全，根本上还是要推进农业现代化，立足我国国情、农情，遵循现代化规律，依靠科技支撑和创新驱动，提高土地产出率、资源利用率、劳动生产率，努力走出一条生产技术先进、经营规模适度、市场竞争力强、生态环境可持续的中国特色新型农业现代化道路。

我国有13亿多张嘴要吃饭，悠悠万事，唯此为大。切记，粮安天下！

《经济日报》2014年7月25日

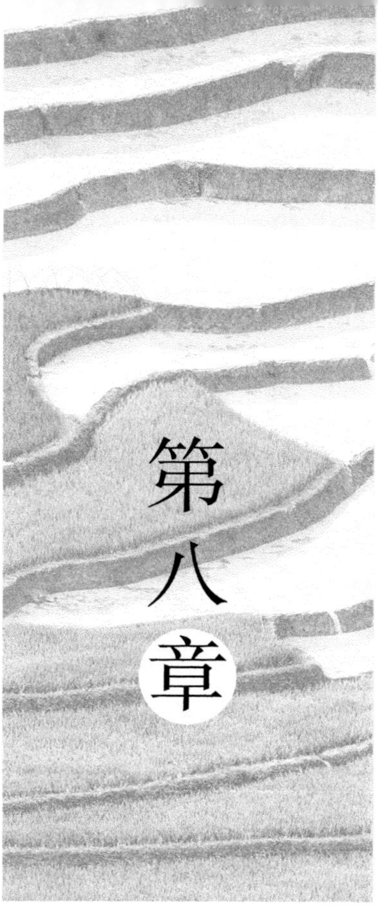

第八章

焦点关注：

重中之重看三农

这样的增值税该不该缴纳？

浙江省永嘉县有不少货物托运行业的业主向记者反映，他们作为服务行业在向当地地税部门缴纳了足额的营业税和所得税之后，当地的国税部门又向他们收缴产品增值税。他们问，这样的增值税该不该缴纳？

永嘉县托运业主所遇到的这一问题在全国比较少见，为此，记者走访了当地有关部门和税法专家。

永嘉县距温州市十余公里，小商品生产非常发达，2001年被评为全国经济百强县。繁荣的商品生产衍生了运输业的兴旺，永嘉县城有50余家专门从事公路货物托运业的民营公司，这些民营公司的业主过去大都是当地的农民，改革开放的春风使他们有了施展自己聪明才智的机会。他们说，公路货物托运是服务业，服务业应只向地税部门缴纳营业税和所得税。而自1998年永嘉县国税、地税分开后，他们不但要向地税部门缴税，而且还要定期定额地向国税部门缴税，月税款2000元至20000元不等。另外，同属温州市管辖的乐清市、瑞安市、苍南县、平阳县等县市的国税部门都没有向托运行业征收增值税，即便是永嘉县也仅仅征收瓯北镇镇区的托运业主的增值税。

那么，永嘉县国税部门为何要对托运业这个服务行业加征增值税？他们到底依据怎样的法律、法规？永嘉县国税局有关负责人就这一问题回答了记者。

他们首先表示，永嘉县国税局并没有向托运业主征收产品增值税，而是通过他们向生产小商品的业主征收增值税。国税局的负责人解释说，永嘉县小商品生产非常发达，几乎家家户户都在搞，对这些商户征收增值税是他们义不容辞的职责。但因为进行小商品生产的商户遍地都是，以他们国税部门有限的人力难以堵死偷税的漏洞，所以就从货物托运口上入手，让托运业主协助征收小商品业主的增值税。

而据托运业主们的反映，永嘉县国税局让他们缴纳增值税，至少是代生产小商品的业主缴纳增值税的。于是，记者问国税局的负责人：托运业主有没有义务代替小商品生产业主缴纳增值税？这位负责人回答道：没有！但他们有配合国税部门征收小商品增值税的义务。

记者走访了温州市国税局的陈佐军副局长，他认为：永嘉县国税局的做法，出发点是为了堵塞偷漏税的口子，不然会造成大量国税的流失。这样做从总体上讲并不违背税法的规定。但做法简单，使托运业主有意见，这确实既是历史问题又是现实问题。陈佐军告诉记者，1998 年因为有托运业主自愿代缴增值税才这样实行的。记者在采访中了解到，1998 年确有个别托运业主自愿这样做，但那是为了占领托运市场。记者问：“现在大多数托运业主不赞成这样做该如何解释？”陈佐军说：“这确实是一个新问题。不过，随着征管方法的不断完善，比如逐步实行以户管理等措施，这类问题是能够得以解决的。”

永嘉县人大常委会对这个问题也非常重视。县人大常委会金副主任得到这方面的反映后，立即与永嘉县国税局的主要领导进行沟通，这位领导在电话中表示：永嘉县国税局将尽快研究解决这一问题，并暂时停止向托运业主征收这方面的税收，看能否采取其他可代替的好办法。金副主任认为，温州处于改革的潮头地区，难免会遇上一些全国其他地方暂时还未出现的新事物、新问题。所以，必须用发展的眼光看待和处理这些问题，那种简单从事的做法，无形中会增加群众的负担。

记者就此事在北京走访了有关税法专家，答复说托运部门不该是产品增值税的纳税人，产品的增值税应该由生产和销售部门去缴纳，从有关政策法规上讲，永嘉的这种做法不合理。

《经济日报》2003 年 4 月 18 日

要依法行政也要履约守信

江苏省宿迁市停止经营性项目用地协议出让的政策调整面临着“两难”的境地。

政策引凤

宿迁是江苏省一个新建的地级市，城建配套项目多、资金缺口大，为此市委、市政府在优化投资环境的同时，还推出了包括用地在内的一系列优惠政策，希望以此吸引国内外的投资者。

温州市新益房地产开发有限公司就是在优惠政策的吸引下，前往宿迁筑巢的“凤凰”之一。2000 年 9 月，该公司派人到宿迁市考察，该市的规划、投资环境和优惠政策吸引了新益公司的投资兴趣。

2000 年 12 月 6 日，新益公司与市国土局签署《国有土地使用权出让合同》，取得 46.75 亩的土地使用权，并将该项目命名为新世纪花园。此后，新益公司支付了 566 万元的拆迁费、投入了 5300 多万元资金开发第一期工程，于 2002 年 5 月 31 日取得《商品房销售许可证》。目前，新世纪花园一期已经竣工验收，业主已陆续入住。

根据新益公司的申报材料，江苏省国土资源厅已于 2001 年 5 月批准征用新世纪花园项目二期 260 余亩用地。宿迁市发展计划委员会也于 2001 年 9 月下发了《关于新世纪花园二期工程一、二组团项目申请立项的批复》。2002 年 4 月，根据宿迁城市总体规划要求和新世纪花园工程建设需要，新益公司垫资 450 万元，修建位于新世纪花园一、二期地块之间的城市次干道及其市政基础建设工程，并预付了二期地块拆迁费用 238.196 万元。

“违约”有因

据了解，2001 年 1 月 1 日开始实施的《江苏省土地管理条例》第三十六条明确规定：商业、旅游娱乐和城市规划区范围内的经营性房产等经营性项目用地，必须采用招标、拍卖方式出让。与此同时，自 2002 年 7 月 1 日起施行的国土资源部令第 11 号《招标拍卖挂牌出让国有土地使用权规定》第四条规定：商业、旅游、娱乐和商品住宅等各类经营性用地，必须以招标、拍卖或者挂牌方式出让。

根据这些法规，宿迁市国土局在办理新益公司新世纪花园二期开发用地出让手续时，面临着两难的局面：如果继续采取协议方式向新益公司出让经营性房产项目用地，显然违反上述法规；如果不履行与新益公司签订的《土地出让意向书》，不但损害新益公司前期投资的合法权益，甚至影响政府公信和形象。于是，市国土局希望新益公司顾全大局，参加挂牌竞标取得二期用地，遭到新益公司拒绝。新益公司认为：宿迁市国土局的行为，不仅违反合同约定，侵害了新益公司的投资利益；而且失信于民，伤害了广大投资者的积极性。

纠纷成诉

为了贯彻依法治国的方针，优化宿迁市投资环境，坚持依法行政、保障公平竞争，市国土局经请示市委、市政府领导同意，于 2002 年 7 月 26 日在有关媒体刊登《国有土地使用权挂牌出让公告》，对包括新益公司规划开发的 2002B2 号地块在内的七宗土地公开挂牌出让。2002 年 8 月 26 日，新益公司规划的该幅 179.25 亩土地以 14.8 万元 / 亩被其他投资者取得。仅此一宗就增加国有土地出让金收入 1800 万元。针对新益公司的损失，市国土局领导表示愿意对新益公司的合理费用给予补偿。

2002 年 9 月 18 日，温州新益房地产开发有限公司以土地出让合同纠纷为由，对宿迁市国土资源局、宿迁市人民政府招商引资服务中心提起诉讼，要求被告向原告双倍返还土地出让金的定金 798.5 万元，并赔偿原告项目前期费用损失人民币 56.6 万元和二期土地出让金差价补偿费人民币 2325.2 万元；江苏省高级人民法院已经正式受理此案。

专家评述

就停止经营性项目土地使用权协议出让的政策变化，政府有关部门应不应该继续履行生效协议呢？各方面人士对此众说纷纭：宿迁市国土局局长卢万友说：土地出让政策变了，作为政府主管部门，必须严格执行。我们决不能因为个别投资者的利益而“违法操作，甚至犯罪”。

新益公司则认为：市场经济就是信用经济，在依法治国的今天，我们要用法律武器来讨个说法。

中国市场主体维权铸信联合行动专家团成员、中国人民大学徐孟州教授认为：依法行政和政府讲诚信，是依法治国和以德治国对政府行为的基本要求，是发展市场经济的民主政治保障。各级政府必须讲诚信，树立法治公信力。否则，既会损害政府的形象，又可能破坏地方的投资环境。

中国市场主体维权铸信联合行动组委会办公室主任晏良剑认为：建立市场诚信，首先要建立政府信用，政府信用是市场信用的决定性要素；恪守诚信是依法行政的前提。依法行政与恪守诚信，两者并不矛盾。依法行政，既要保持政策的连续性，又要考虑法律的溯及力，以牺牲政府公信为代价，搞一刀切的行政行为，不符合依法治国的法治原则。

《经济日报》2003 年 7 月 14 日

农村工作基本思路发生三大转变

在今日国务院新闻办公室召开的当前中国农村经济和农村政策新闻发布

会上，中央财经领导小组办公室副主任陈锡文透露，中央“一号文件”把农村经济工作的基本目标确定为促进农民增收，反映了我们在农村工作基本思路上的一种转变。

这个转变体现在三个方面：

一是体现了坚持“以人为本”。首先必须保障好农业生产者的经济利益。只有农民的收入不断增加，生活不断改善，农业生产才能够持续的发展。中央农村工作会议强调要促进粮食生产，但文件没有采取任何强制农民生产粮食的做法，而是围绕着增加粮食主产区种粮农民的收入，制定了一系列政策措施。尊重农民的经济利益，尊重农民的经营自主权，不仅体现了“以人为本”的思想，也是在社会主义市场经济条件下做好农业和农村经济工作的必然要求。

二是体现了科学的发展观。农民是我国最大的社会群体，农民的收入上不去，不仅影响农业、农村的发展，而且影响国内市场的扩大，最终制约整个经济的增长速度。因此，高度重视农民的收入增长问题，实际体现了全面、协调、可持续的发展观。

三是体现了正确的政绩观。真正的政绩不在于GDP的增长速度有多高，不在于搞了多少漂亮的工程，而在于这一切是否能够带动农民持续增加收入、不断提高物质和文化生活水平，这才是中国实现现代化过程中的关键之所在。

农村经济保持平稳发展

陈锡文介绍，去年农村经济平稳发展主要表现在三个方面：

——去年全国农民人均纯收入2622元，比上年增加146元，扣除价格因素后的实际增长幅度为4.3%。

——2003年我国农村劳动力离乡外出就业的人数继续增加，总数约为9900万人，比上年增加500万人。

——2003年我国农业的增加值为17247亿元，比上年增长2.5%。农业增加值约占国内生产总值（116694亿元）的14.8%。此外，去年全国乡镇企业继续发展，增加值约为 36600 亿元，比上年增长 13%。

财政支农资金将达 1500 亿

今年我国中央财政支持农业各方面的资金将达到 1500 亿元，比去年增加 300 亿元。

据陈锡文介绍，增长的资金将主要用于四个方面：第一，用在支持农村税费改革，增加中央财政的转移支付上。第二，主要增加在进行生态建设，特别是森林、水利等方面。第三，主要增加在农村的社会事业发展，特别是农村的教育、卫生和对于青年农民的培训方面。第四，主要增加在农村的中小型基础设施建设和农村的扶贫工作方面。

据了解，财政部已经基本完成新增加的 300 亿元的预算方案，将在 3 月提交全国人民代表大会审议之后执行。

三大问题困扰农民增收

据陈锡文透露，当前我国农民增收存在三个突出问题。

一是农民收入持续低速增长。从 1997 年到 2003 年，全国农民人均纯收入的增幅已连续 7 年没有超过 5%，最高的年份增长 4.8%，最低的只增长 2.1%，年均增长 4%，仅相当于同期城镇居民收入年均增长幅度的一半。

二是与城镇居民的收入差距在继续扩大。1997 年农民的人均纯收入为 2090 元，城镇居民的人均可支配收入为 5160 元，两者的收入差距为 1：2.47；2003 年农民的人均收入为 2622 元，城镇居民为 8500 元，差距已扩大为 1：3.24。

三是以粮食生产为主的纯农户收入增长更为困难。过去几年中，由于不少农产品供过于求，价格下跌，导致农民来自农业的收入额减少，使以农为主的纯农户的收入增长尤其困难。1997 年，农民人均来自农业的纯收入为 1268 元，但自 1998 年到 2003 年，农民来自农业的纯收入已连续 6 年低于这一水平。

今年进行农村信用社体制改革

陈锡文说，农村金融体制的改革是农村改革的一个非常重要的方面。

陈锡文表示，今年正在进行的主要是农村信用社的体制改革。在农村，信用社和农业银行发挥着同样重要的作用。对于农户直接从事种植业、养殖业的生产方面的金融支持主要是信用社的职能。而像农产品加工、发展农业产业化以及县和县以下的小城镇建设等，则是农业银行承担的责任。

现在已经开始的农村金融改革不仅仅在于农村信用社和农业银行两个方面，还涉及很多方面，包括农村政策性金融机构的进一步改革和完善，也包括国家对于所有县和县以下的金融机构，明确它们支持农业的义务，以及进一步探索适应农民的担保抵押制度和逐步建立农村政策性保险等。

据介绍，去年我国农业增加值占GDP的比重是14.8%，但是农业在整个金融机构中占用的贷款余额不到6%。从这个角度看，农业利用金融资金的收益是相当高的，所以金融机构只要通过改革，完善自己的服务，完全可以从对农民的服务中获得应该得到的利益。

要重视农民平等就业权

陈锡文指出，党中央、国务院已经多次强调，要重视农民的平等就业权利以及流动进城农民工子女的就学问题，而且制定了很多相关的政策措施。在今年中央一号文件中进一步强调了这个问题。

在我国二、三产业中，来自于农业部门转移的劳动力在其中就业的比重迅速提高。服务业中来自农业部门转移的劳动力已经占到总的从业人员的50%以上，在制造业中占到60%以上，在建筑业中占到80%。从这个角度来看，实际上不仅仅是对待农民权益的问题，也是对待产业工人的态度问题。

《经济日报》2004年2月10日，与王小海合作。

粮食收购全面放开
事关农民利益　影响诸多领域

国务院决定今年全面放开粮食收购市场，这不仅关系到亿万农民的切身利益，而且将对有连带关系的国民经济诸多领域产生深远影响。

从粮食统购统销，到粮食合同订购，到今天全面放开粮食收购市场，50多年间我国粮食购销体制经过了几次大的变革，总体都是在沿着市场化方向步步推进。

中国社会科学院研究员黄如金说，新中国成立以来，我国在粮食生产经营上一直利用计划经济、行政力量来配置粮食资源，调整粮食相关利益主体之间的利益分配。

我国原有的粮食流通体制存在着诸多问题，造成国有粮食企业连年巨额亏损，国家财政不堪重负。中央于1997年明确提出要按保护价敞开收购农民余粮，之后这项政策不断完善，在1998年正式出台了“三项政策，一项改革”的粮食流通体制新政策，即按保护价敞开收购农民余粮，实行顺价销售，收购资金封闭运作，同时加快粮食企业自身改革。2001年又实行了放开主销区粮食市场的改革方案，对1998年粮改方案做出重大调整。今年的中央“一号文件”和政府工作报告都提出要深化粮食流通体制改革，全面放开粮食购销市场。

国家粮食局研究员丁声俊认为，国务院此次推出全面放开粮食收购市场的决策十分及时和必要。随着国民经济市场化程度提高，粮食流通体制改革不断深入，农村税费改革全面实行，全面放开粮食收购市场的条件已经基本具备。

全面放开粮食收购市场，目的就是为了在国家宏观调控下，充分发挥市场机制在配置粮食资源中的基础性作用，实现粮食购销市场化和市场主体多元化，建立对种粮农民直接补贴的机制，深化国有粮食购销企业改革，以及加强粮食市场管理，维护粮食正常流通秩序，建立健全适应市场经济发展要求和符合国情的粮食流通体制，确保国家粮食安全。

专家提醒，粮改一定要按照有利于粮食生产、有利于种粮农民增收、有利于粮食市场稳定、有利于国家粮食安全的改革方向，全面规划，分步实施。

据悉，国务院为进一步加强粮食市场的监管，将赋予国家粮食行政管理部门更多的管理职责和权限，同时强调要发挥独资或参股的粮食企业的主渠道作用，各地还要积极引导农村合作经济组织发挥更大的作用。

《经济日报》2004年6月2日

粮食生产出现重要转机　农民增收为1997年以来最好

——我国农村经济出现关键性变化

今年以来，随着中央一号文件和一系列扶持粮食生产和增加农民收入政策的落实，上半年粮食生产出现重要转机，农民现金收入增速加快，农业和农村经济出现了关键性的变化。

一是粮食生产在较短时间内出现重要转机。国家统计局提供的数据表明，今年夏粮和早稻双增产，为实现全年粮食达到9100亿斤奠定了良好基础。夏粮总产扭转了连续4年下滑的局面，增长4.8%；早稻面积扭转了连续7年下滑的局面，预计比去年增加800万亩以上，总产将增加80多亿斤，增长13%以上；全年粮食播种面积扭转了连续5年下滑的局面。全年粮食播种面积预计比去年增加4000万亩左右，有望达到15亿亩。

二是农民现金收入增速加快。上半年农村居民人均现金收入1345元，同比增长16.1%，扣除价格因素，实际增长10.9%，同比加快8.4个百分点，是

1997年以来增收形势最好的一年，农民现金收入增幅首次超过城镇居民。国家统计局最近公布的数据显示，今年上半年由于粮食价格的大幅度上涨和粮食产量的增加，农民出售农产品得到的收入为人均589元，增长18.9%。农民工的收入增长较快，在本地务工农民的收入增长了27.5%，在外地务工农民的收入增长了15.3%。

三是农业和农村经济结构趋于优化，农业和农村经济明显升温，整体上呈现出全面增长的态势。优势农产品加速向优势产区集中，优质专用粮食比重进一步提高。市场看好的棉花、油料、水果等主要经济作物都呈增长态势；畜牧业生产克服了禽流感疫情的影响，继续保持稳定发展势头，预计上半年肉类产量可达3810万吨，同比增长3.3%；渔业生产稳步发展，养殖产品比重进一步提高，水产品出口增长较快；乡镇企业结构调整步伐加快，增加值和效益同步增长，1—5月份增加值增长12.9%，利润增长13.7%。

有关专家认为，上半年是我国农业发生历史性变化的重要阶段，也是中国农业发展史上一个具有划时代意义的关键时期。

《经济日报》2004年7月30日

明年粮价是升是落?

今年粮食喜获丰收，且又恰逢粮食购销市场全面放开，从国家粮食局和各地粮食购销市场等方面传来的消息表明，今年粮价总体是在高价位运行中趋稳。那么，今年的粮价对各方面影响有多大?明年的粮价是升还是落?

今年粮价：

农民得实惠，居民可接受

粮价从去年9月开始上调，价格一路攀升，到今年4月份达到最高点。

但进入5月份以后，随着夏粮和早稻的增产，加之周期性因素和其他政策性因素，粮价开始回落。“中国市场形势分析动态”课题组主要成员、国务院发展研究中心市场经济研究所赵怀勇分析，粮价回落的另一原因是由于国家实施调控政策，上半年粮食出口量全面下降，进口量大幅度增加，这对稳定国内粮食价格也起到了一定作用。

从今年起开始实行的粮食最低收购价政策，在保护农民种粮积极性的同时，给粮食总体价格水平的稳定提供了支撑。国家发改委价格监测中心新近出示的一份关于粮价的报告显示，目前的粮食价格同比平稳上涨。那么，粮价上涨对各方面有何影响?

赵怀勇说，粮价上涨，总体上说是件好事，对国家的宏观经济影响不是很大。因国内粮食尚未实现产销平衡，提高农民种粮积极性，保证粮食增产仍至关重要，而粮价上涨有利于增加农民收入和提高农民种粮积极性。

国家发改委副主任朱之鑫说，从以往经验看，一旦粮食价格上涨，将直接影响消费品价格。但如果粮食价格长期低迷，又会削弱农民种粮的积极性。这似乎是对绕不开的矛盾。而今年全国粮食主产区实行粮食直补，就有可能让粮食生产摆脱这种怪圈。

据分析，粮食的涨价幅度还在居民可接受的范围之内，“目前，城市居民恩格尔系数已经降低到37.7%，所以，粮价上涨对大部分城市居民的生活影响不大。”赵怀勇说，“对城镇低收入群体生活所产生的影响，需要通过提高城市居民最低生活保障水平来解决。”

专家认为，国家目前实行的还是以提高产量为主的政策。当产需达到基本平衡后，就应该通过调整粮食最低收购价等经济手段而非行政手段来调节价格，进而调节粮食的生产，防止价格大起大落。

明年行情：

平稳是主基调

据有关部门预计，今年全年的粮食产量将比去年增产500亿斤，达到

9100亿斤。然而，这仍与我国每年的粮食消费需求相差500—700亿斤，那么，在自产粮食仍旧不足的情况下，今后一段时间粮价又将是涨还是跌?

通过对当前粮食形势的分析，专家认为，目前粮食价格已经在较高价位运行，而供给较上年宽松，初步判断明年国内粮食市场行情总体以平稳为主基调，上半年小幅波动，下半年稳中略降，但降幅不会太大。

专家具体分析认为，依据主要有这几点:

首先，尽管今年我国夏、秋两季粮食均出现恢复性增产，使我国粮食当年产需缺口缩小，秋粮上市价格呈现跌势，但当年产需仍有缺口，且进口无法完全弥补，仍需要动用库存。

第二，中央出台的一系列扶持粮食生产政策明年不会有大的变动，粮食产量将继续增加。

第三，今年我国粮食进口量大幅增加，出口量减少。由于免收增值税政策，进口小麦成本降低，但进口小麦免税政策明年是否继续实施还未确定。明年玉米的出口配额也是未知数。明年粮食进出口政策对粮食走势将有重要影响。

第四，各级储备今年均有所增加，目前采购尚未完成，后期仍有一定需求。

第五，农民手中的粮食存量较往年增加。目前因对市场行情把握不准，农民普遍存在惜售心理，预计明年3、4月份售粮积极性会有所增加，届时对粮价会造成一定压力。

《经济日报》2004年12月14日

我国需加大木材进口吗?

来自市场的信息表明，随着我国经济发展和人口增长，国内市场对木材的需求量持续增长。2003 年是历史上对木材需求最多的一年，总需求量达 2.28 亿立方米。与此同时，我国又在加大对天然林的保护，并限制林木采伐。

那么，正在加快的森林建设速度，能跟得上市场消耗的速度吗？我国会加大进口量，来满足国内木材市场的需求吗？

护林并不等于禁采

国家林业局森林资源管理司司长肖兴威说，我国实施天然林保护工程，并不是对全国的天然林全面实施禁伐。根据国家的规划，天然林保护工程是分区域实施的，在长江上游、黄河上中游这些生态比较脆弱的地方实施商品性禁伐，在东北、内蒙古重点国有林区实施减产限伐，目前还在生产木材，其他地方天然林依法合理的采伐并没有受到限制。所以，国内的天然林资源依然向社会提供着木材。

人工林渐挑大梁

我国从 20 世纪 70 年代开始就组织开展速生丰产林的建设，目前已有一部分资源进入了成熟期，可采资源支撑着一部分社会对木材的需求。第六次全国森林资源清查表明，我国森林资源的消耗发生了可喜的转变，人工林资源向社会提供木材的份额越来越大。

肖兴威说，从这次清查看，天然林资源消耗量下降了 7 个百分点，人工林资源消耗量上升了 7 个百分点，这也充分说明了我国今后的木材需求来源主要依靠人工林。

无需加大进口

国家林业局副局长雷加富说，总的来看，目前我国木材总供给和总需求是基本平衡的。2002 年，总的供给量是 1.87 亿立方米，总消耗量是 1.83 亿立方米；2003 年总供给量是 2.24 亿立方米，总需求量是 2.28 亿立方米。近几年来，我国的木材自给率达到 85%以上的水平。

近几年的实践表明，我国木材市场的供需基本处于平稳状态，木材的市场价格也没有出现大起大落的不良局面。适量的木材进出口是正常的贸易行为。

以2003年为例，我国进口的原木将近2500万立方米，但出口的木材也达到2100万立方米。所以，我国国内木材市场的需求不可能也不会依靠周边国家的森林资源来保证。

总体上增量大于用量

未来木材市场供需状况能否保持长期平衡？雷加富认为对此可持比较乐观的态度：

一是我国现在每年消耗林木资源3.65亿立方米，但是，我国的林木蓄积生长量每年大约都在4.97亿立方米以上，有的年份要超过5亿立方米。每年森林净增长大约1.78亿立方米，消耗量只有生长量的70%左右。

二是到2010年，有近30亿立方米的近熟林的蓄积将进入成熟林可供利用。

三是我国从2001年已经启动的速生丰产用材林的建设工程，目前已完成了370万亩。

四是近几年来，国际木材市场进出口贸易都在2.5亿立方米左右，我们可以通过进口弥补国内木材需求的结构性缺口。

近日，海南省乐东县3700亩90多万株海防林被毁，使当地海防林带的海防功能被毁，生态环境遭到严重破坏。

《经济日报》2005年1月20日

蔬菜入口基本可放心

农业部对近期蔬菜中农药残留情况监测显示，我国农产品质量安全整体状况明显改善，我国农产品总体上是安全的。

农业部于去年底组织有关质检机构，对我国直辖市、省会城市、计划单列市和山东寿光市等37个城市蔬菜中农药残留情况，开展了第五次例行监测工作。监测结果按国际食品法典委员会（CAC）标准判定，农药残留平均合格率为97.5%。其中生产基地合格率为97.2%、批发市场为98.3%、农贸市场为97%、超市为97.7%。农药残留合格率排名前十位的城市依次为宁波、上海、兰州、北京、寿光、呼和浩特、银川、大连、长春和西宁。去年连续五次例行监测结果表明，随着“无公害食品行动计划”不断向纵深推进，蔬菜农药残留超标率继续呈下降趋势，今年第五次监测与去年同期相比平均下降6.5个百分点，即使排名最后的城市蔬菜农药残留合格率也均在90%以上。

据了解，去年以来，我国全面加强了对农产品的质量安全管理。一是加强对禁用农药、畜水产品中违禁药物销售和使用的管理，强化法律法规等制度建设，开展农业投入品专项检查、农资打假工作，整顿和规范农资市场秩序，农产品源头污染得到初步遏制。二是农产品质量安全例行监测工作向省级延伸，已有20多个省开展了农产品质量安全例行监测工作，农产品质量安全监控能力逐步提高。三是农业标准化进程加快。各地加大了农产品标准化示范区、示范县和示范农场的建设力度，有效地推进了农业标准化的实施。四是强化了农产品质量安全追溯管理工作，通过实行“场地挂钩”、IC卡智能化管理、“联户联保”等方式，加强了农产品质量安全市场准入管理。

农业部有关负责人说，从连续监测结果也可以看出，农产品质量安全整体水平在经过几年努力得到明显改善后，提高的速度明显趋缓，当前进一步提高的难度正逐步加大。特别是蔬菜生产中违规使用禁用农药的问题还没有得到根本解决，地区间工作开展不平衡，部分城市农药残留超标率呈小幅反弹，必须充分认识农产品质量安全工作的长期性和艰巨性。

目前，农业部要求各地农业行政主管部门，要全面贯彻落实《国务院关于进一步加强食品安全工作的决定》精神，按照《农业部关于进一步加强农产品质量安全管理工作的意见》要求，通过重点加快农产品标准化生产能力、农业投入品监管能力、农产品质量安全例行监测能力、农产品质量安全追溯能力和农产品质量安全技术创新能力建设，在更深层次、更高水平上推进“无公害食品行动计划”，全面提升农产品质量安全管理能力和水平。

《经济日报》2005 年 2 月 23 日

回眸与展望

一号文件带来金灿灿的丰收

内蒙古赤峰市敖汉旗喇嘛营村的农民刘永志今年特别高兴，去年的“一号文件”等中央惠农政策让他减负增收了，连卖粮食带卖猪，他全家收入 1 万多元，比前一年多收入 3000 多元。他把自家的 400 多斤猪肉和 40 只鸡送到了赤峰城里的姐姐家，这让姐姐激动得热泪盈眶。

其实，如此高兴的农民何止刘永志一家。2004 年，对于 9 亿中国农民来说，是一个金灿灿、沉甸甸的丰收之年。

地头的庄稼丰收了！肩头的负担减轻了！手头的收入增加了！岁末年初，父老乡亲们笑逐颜开，这是继 50 多年前的土地改革、20 多年前的联产承包之后，他们又一次笑得如此开心。

2004 年年初，我国改革开放以来关于“三农”问题的第六个中央“一号文件”——《中共中央国务院关于促进农民增加收入若干政策的意见》正式公布，成为这一年中国农业发生深刻变化的一个鼓舞人心的开端。

此后，一系列更直接、更有力、更有效的政策措施陆续出台，这些扶持粮食生产和农民增收的政策，力度之大、出台之快、实惠之多、惠及之众，均令人为之一振，且多属首创之举——

“第一次”对种粮农民实行普遍的直接补贴，全国共安排粮食直补资金116亿元；

“第一次”明确提出在全国范围取消农业税的目标，征收了21年的农业特产税宣告终结，千百年来农民种地必缴“皇粮国税”的历史由此改变；

“第一次”在全国范围内放开了粮食的购销和价格。主产区的粮食购销和价格当年即已全面放开，从而形成了粮食购销市场化和经营主体多元化的崭新格局；

“第一次”启动国家优质粮食产业工程规划，开始建设一批国家优质专用粮食生产基地；

“第一次”明确将部分土地出让金用于农业土地开发，规定市、县将不低于土地出让金平均纯收益15%的部分用于农业土地开发，开辟了新的农业资金来源；

“第一次”在全国范围内清理被拖欠的农民工工资和农村征地补偿金，并着手建立确保如期兑付的制度。

更令广大农民满意的是，这些政策不仅出台的力度大、效率高，而且落实速度快、质量高。

回顾2004年以来“三农”工作的发展轨迹，我们可以清晰地看到，“一号文件”等一系列惠农指导思想及方针、政策、措施的出台，构成了新时期我国农业政策体系的基本框架。这个政策体系的基本取向正是坚持了城乡经济社会统筹发展的方略，而它的基本目标是促进农民增收，这充分反映出我们党在农村工作基本思路上的三大转变。

首先，体现了坚持以人为本。党和政府强调促进粮食生产，但并没有采取任何强制农民生产粮食的做法，尊重农民的经济利益，尊重农民的经营自主权。

其次，体现了科学的发展观。农民的收入上不去，不仅影响农业、农村的发展，而且影响国内市场的扩大，最终制约整个国民经济的增长速度。因此，高度重视农民的收入增长问题，实际体现了全面、协调、可持续的科学发展观。

第三，体现了正确的政绩观。真正的政绩不仅仅在于ＧＤＰ的增长速度有多么高、搞了多少漂亮的工程，更在于这一切是否能够带动农民持续增加收入、不断提高物质和文化生活水平。

但刚把丰收硕果捧在手里的人们，欣喜之余还不无担忧：这样好的农业发展势头能够持续多久？

今年出台的“一号文件”给农民吃了一颗“定心丸”。

今年的“一号文件”强调坚持统筹城乡发展的方略，表明党和政府正将更多的惠农政策投向“三农”，解决“三农”问题的大环境正在发生深刻的变化。“一号文件”还深谋远虑地从9个方面列出26项重要政策措施，对今年以提高农业综合生产能力为着力点进一步加强农村工作，进行了全面规划和指导。这表明，2005年党的农村政策不仅保持了连续性，进一步规范和强化，而且重点也更加突出，集中指向提高农业综合生产能力。

回首来路，展望前景，我们坚信，只要广大干部与农民群众同呼吸、共命运，持之以恒地贯彻党的农村政策，坚持不懈地以身作则苦干实干，就一定能切实提高我国的农业综合生产能力，就一定能保持粮食生产能力的增长态势，就一定能够促进农民的持续增收。

《经济日报》2005年2月25日

棉农为何不愿种棉花

今年很多棉农都不愿意种棉花了，棉花面积由此将大幅下滑。为什么会出现这种情况呢？带着人们的疑问，记者采访了有关专家。

据专家分析，导致棉花生产趋冷的主要原因有：

一是受棉花市场和价格因素的影响。自去年 9 月初新棉上市以来，棉花收购价格由高走低，棉花市场先热后冷。籽棉收购价格从去年 9 月中旬的每公斤 4.6 元—4.8 元，降至 11 月初的 3.8 元—4 元，近日虽有所回升，但与棉农预期价格相距甚远。棉民种棉不划算，是价格导向调减了面积。

二是粮棉比价下降幅度大，直接影响到棉农的种棉积极性。据测算，2004 年度棉花价格大体在 10 元 / 公斤左右，粮棉比价在 1∶6.5—1∶7，不足正常年景 1∶8 的水平。植棉比较效益降低，与种粮相比，亩效益降低 200 多元。在国家种粮的优惠政策支持下，许多棉农选择了种粮。

三是生产资料价格居高不下。2004 年棉花生产资料价格有较大幅度上涨，平均比前两年上涨 30%左右。大大提高了棉花生产成本，减少了正常利润。

四是棉花生产基础薄弱。棉田基础设施老化，抗灾能力不强；棉田养分失衡，耕地质量差；病虫害发生面积大，危害程度加重。同时棉花生产集约化水平较低，棉花生产布局和品种、品质结构不尽合理，新技术、新成果的推广应用和生产规范化、标准化、产业化还未普及。

对此，专家提出有关政策建议：

一是建立棉花最低保护价制度。棉花流通体制改革以来，棉花收购价格受市场供求影响变化很大。不设定最低保护价，则永远跳不出“棉花少了—涨价—农民多种—棉花多了—降价—农民少种—棉花又少了”的怪圈，每一次棉花涨价的主要受益者并不是棉农，而棉花降价损失却只有农民承担。

二是建议国家增加国储棉数量，丰年收储，欠年抛售，利用宏观调控手段平抑市场价格，尽快扭转我国棉花在国际市场上“高价进口、低价出口”的被动局面，实现棉花生产的稳定和可持续发展。

三是建议尽快实行棉花良种补贴政策。近两年，国家先后对小麦、水稻、大豆、玉米实行了种子补贴，对稳定生产起到了积极的作用。为了彻底扭转长期以来制约棉花发展的品种“多、乱、杂”局面，促进区域化布局，规模化种植，实现高产优质，促进棉农增收，国家也应该出台棉种补贴政策。

四是建议继续加强国家对棉花优势产区的扶持。棉花优势区域是我国棉花生产稳定和可持续发展的基础，建议国家建立或恢复扶持发展棉花生产的有关政策，以项目的形式加强新品种引进和示范、优质高产高效技术示范、标准化生产补贴等方面的扶持。

《经济日报》2005 年 3 月 19 日

今年农交会　缘何这么火?

——第三届中国国际农产品交易会侧记

“每年开农交会我都来，每次都买够全家吃一年的干货回去。”家住北京西单的李妮明大妈拎着装满了山珍海味的布袋乐呵呵地对记者说。

“您为何一次要买这么多，是因为便宜吗？”记者问。

“其实在这里买不比外面便宜多少，但能保证买到的都是好东西，是绿色无公害的食品，不会是假冒伪劣的有毒有害食品，反正干货也放不坏。”李大妈还建议记者也一定要多买点。

一位来自湖北的采购商王先生对记者说：“听说农交会对参展产品提出了严格的准入条件，参展产品必须达到无公害农产品、绿色食品、有机农产品的标准，有 900 多家国内企业报名参展。最后，审核合格能进场参展的企业只有 600

多家，有这么高的‘安全门槛’，我们在这里签订采购合同心里比较有底。”

记者随机采访了多位拎着大包的消费者和几位采购商，大家的回答几乎都明确在一点上：农交会上的农产品质量安全令人放心。

难怪18日开幕的第三届中国国际农产品交易会吸引了众多的国内外企业家、经销商、采购商和大批消费者前来参观采购，今年的农交会格外红火。

记者翻看北京市农委正在现场进行的部分抽样调查表，结果也显示出消费者最关心的是农产品的质量安全，甚至超过对价格高低的关注。

就农交会透露出的社会各界对农产品质量安全强烈关注的信息，农业部副部长牛盾在农交会上表示，我国农产品总体上是安全的、放心的。截止到目前，我国已初步形成了无公害农产品、绿色食品、有机食品“三位一体、整体推进”的农产品认证格局。全国已有14088个农产品，16679个有规模的农产品产地通过无公害农产品认证；3044家企业的7219个产品获得绿色食品标识使用权；288家企业（基地）的843个产品获得有机农产品认证。

各级农业部门建立了农产品质量安全例行监测制度和信息发布制度。农业部对全国主要大中城市蔬菜产品、畜产品和水产品的例行监测工作连续开展了五年，已经成为推进农产品质量安全监管工作的重要手段。

从2004年开始，农业部开始定期向社会发布农产品农药残留、兽药残留等质量安全监测信息，扩大消费者知情权，充分发挥舆论监督和社会监督的作用。

据记者在农交会上了解，农业部今后将在农产品质量安全上狠下功夫，严把农产品市场准入关，在建立农产品质量安全全程追溯制度及市场准入制度方面进行更加积极的探索，逐步实现生产记录可存储、产品流向可追踪、储运信息可查询。同时，结合优势农产品生产基地建设，探索推广农产品生产档案登记制度。

可以肯定地说，全社会对农产品质量安全的关注是农交会如此红火的一个重要原因。

《经济日报》2005年10月20日

回顾与展望——2005 特别报道

全力推进建设新农村

2005 年，中央支农惠农政策力度进一步加大，农业和农村经济运行势头良好，以提高农业综合生产能力为重点，粮食总产量在去年大幅增长的基础上又有增产，农民收入继续保持较快增长。

成绩可圈可点

今年以来，农业和农村经济发展取得了可喜的成绩。

全年粮食产量预计在去年大幅增产的基础上又有所增加。夏粮、早稻获得较好收成，据统计，今年上半年，仅夏粮总产就达到 1 亿吨，增产 512 万吨。

农民现金收入较快增长。来自国家统计局最新抽样调查显示，今年前三季度中国农民现金收入人均 2450 元，扣除价格因素影响，实际增长 11.5%，增速与去年同期基本持平。农民全年人均纯收入实际增长有望保持去年的水平。

农业各行业运行良好。种植业结构调整稳步推进，渔业生产稳步发展，乡镇企业平稳运行，农业产业化健康发展，农业机械化步伐加快，农垦经济较快增长。畜牧业发展势头较好，目前正在全力防控禽流感，力争将损失减到最小。

农业科技推广与创新步伐加快。一大批先进适用技术、良种良法运用到粮食和农业生产各个领域。实施测土配方施肥技术面积 1.3 亿亩，每亩可节本增效 20 元。超级稻全年推广面积可达 6000 万亩。

农业综合生产能力建设顺利推进。国家进一步加大对农业的投入力度，启动了一批农业重点工程项目。优质粮食产业工程进展顺利，优势农产品产业带建设得到加强，“沃土工程”稳步推进，耕地质量建设得到加强。

农村卫生服务体系建设全面展开，新型农村合作医疗试点范围进一步扩大。此外，提高给农民的征地补偿，给农民建立社保；大力开展职业技能培训，切实保障进城农民合法权益，改善农业富余劳动力外出就业的环境；尽快解决拖欠农民工工资问题；改革粮食流通体制；继续加强农业和农村中小型基础设施建设；完善农村义务教育“以县为主”的管理体制；新增教育、卫生、文化等事业经费主要用于农村等政策措施得到进一步落实，城乡统筹迈出重大步伐。

可以说，农业发展的好势头正在得到继续保持，农业综合生产能力得到进一步加强，农村出现了多年少有的好形势，这一切都为明年农村各项事业发展奠定了良好的基础。

呈现“四大活力”

今年以来农业和农村经济取得的良好成绩，主要得益于党中央、国务院高度重视“三农”工作，进一步稳定和强化支农政策措施。

今年一号文件《中共中央国务院关于进一步加强农村工作提高农业综合生产能力若干政策的意见》，从 9 个方面列出 27 项重要政策措施，以提高农业综合生产能力为着力点，以促进农民增收为基本目标，对今年的农业生产、农民增收和加强农村工作，进行了全面规划和指导。各地区各部门积极行动，密切配合，广大基层干部和农民群众奋力拼搏，各级农业部门突出中心任务，狠抓各项工作落实。

有关专家将今年农业和农村工作的特点概括为四个“更加注重”，即更加注重用政策调动农民积极性，更加注重用深化改革激发农村发展活力，更加注重农村社会事业全面发展，更加注重提高农业综合生产能力。

正是这四个“更加注重”，使今年的“三农”工作展现出“四大活力”。

一是加大中央支农政策落实力度，增强了农民的生产活力。今年以来，中央出台一系列支农惠农的政策，税费改革继续深入开展，农业税免征步伐进一步加快。今年减免农业税预计受益农业人口8亿多人，可进一步减轻农民负担210亿元。同时，财政支农力度不断加大。

二是加快农业增长方式转变，展现出发展农业生产的科技活力。50个粮食主导品种的推广、20项主推技术的普及，使粮食生产科技含量有了较大提高，农业科技正在田间地头展现出丰富的魅力与活力。养殖方式转变步伐逐步加快。“阳光工程”培训人数上半年已近100万人，培训280万人的目标有望实现。

三是着力创新机制，不断增强工作活力。

近两年来，农业部门一直在探索新形势下如何与时俱进地创新工作机制和工作方式。从健全粮食生产联席会议制度、工作督导制度、领导联系点制度等机制，到确定100个农业科技入户试点县，落实10万个农业科技示范户，从各地纷纷扩大试点范围，整合资金投入到科技入户工程，到开展测土配方施肥春季行动，全面促进了粮食生产。

四是努力化解不利因素，不断强化农业部门的应对能力。“靠天吃饭”一直是中国农业面临的现实问题。针对今年春夏气候异常、自然灾害频繁和病虫害偏重发生的不利情况，各级农业部门采取了一系列的应急措施，帮助农民群众抗灾救灾，不仅减少了农民的损失，而且在化解各种不利因素的过程中，强化了各级农业部门的应对能力。

虽然今年农业和农村经济工作取得了重大进展，但必须清醒地看到，制约农业和农村经济发展的深层次矛盾尚未根本解决，目前农村工作还存在一些突出问题。比如，粮食继续增产、农民继续增收难度加大，农业基础仍然比较脆弱等。改变农村经济社会发展明显滞后的局面，仍然是全面建设小康社会进程中最艰巨的任务。

要有良好开局

在党的十六届五中全会通过的《中共中央关于制定国民经济和社会发展第十一个五年规划的建议》中，建设社会主义新农村是最引人注目的亮点之一。《建议》用“生产发展、生活宽裕、乡风文明、村容整洁、管理民主”20个字，为我们描绘出了一幅新农村的美好蓝图。

有专家说，建设社会主义新农村是我国现代化进程中的重大历史任务。新农村建设就是统筹城乡发展，以工补农、以城带乡的具体化，是实现农村全面小康的一个战略举措。

从《建议》对新农村描述的20个字里可以看出，新农村建设是一个系统工程，既有发展农村经济的内容，又有发展农村社会事业的内容；既有农村综合改革的内容，又有农村精神文明建设的内容。要完成这个系统工程，实现建设新农村的美好目标，“十一五”期间要突出抓好“六新”，即培植新优势、培育新农民、发育新组织、形成新机制、资源新配置、塑造新风貌。

刚刚结束的中央经济工作会议强调，社会主义新农村建设明年一定要有良好开局，应着重抓好四项工作，即稳定发展粮食生产，积极促进农民增收，加强农村基础设施和社会事业建设，全面推进农村综合改革。

《经济日报》2005年12月14日

木材总供给和总消费基本持平

针对外界有关我国木材和林产品供给是否短缺的疑问，国家林业局新闻发言人曹清尧今天在国务院新闻办举办的新闻发布会上说，目前我国木材总供给和总消费总体基本持平，我国完全有能力自己解决木材供应问题。

曹清尧说，从现阶段来看，我国确实存在一定数量的结构性木材缺口，其中主要是纸和纸浆，其次是阔叶树和大径级的原木和锯材，但是同时，我们也大量出口了其他的木质产品，而且2005年的贸易额中出口量已经大于进口量，我国主要林产品贸易首次实现贸易顺差30.64亿美元。我国木材的总消耗量和总需求量“十五”期间基本维持在3亿立方米左右，2005年全国木材产品总供给量为3.259亿立方米，总消费3.257亿立方米。近些年来我国大量进口和出口木材及林产品，是经济全球化发展的必然结果。

他介绍，从长远的角度考虑，我国完全有能力自己解决木材供应问题。一方面从第六次全国森林资源清查的结果来看，我国的森林资源总量中，中幼龄林已经占到了67.85%，木材后续的资源非常丰富。另一方面我国现在也在实施重点地区的速生丰产林基地建设工程，根据规划，到2015年完成这个工程以后，可以每年提供2亿立方米以上的木材。同时，我国还要从资金、税收、信贷等方面进一步支持森林经营和速生丰产林建设，培育好森林资源，提高我国森林的质量，提高木材的生产率。

据了解，新中国成立以来，我国累计生产了商品性的木材50多亿立方米，但与此同时，我国森林覆盖率从8.6%上升到目前的18.21%，人工林的保存率超过了8亿亩。“十五”期间，全国共完成造林面积4.66亿亩，预计到2020年，我国的森林覆盖率将达到23%以上。

国家林业局新闻发言人曹清尧15日说，我国4466个国有林场正在酝酿全面改革，其核心是将国有林场按生态公益型和商品型进行分类经营。

曹清尧15日在国务院新闻办举行的新闻发布会上说，林权制度是林业各项政策的核心，林权制度改革是释放林业生产力的重要源泉。林权制度改革包括国有林区林权制度改革、国有林场林权制度改革和集体林权制度改革。

6月16日，国家林业局已正式批复了黑龙江伊春国有林区改革方案，这标志着国有林区林权制度改革试点工作正式启动。试点的主要内容是，对浅山区林农交错、相对分散、零星分布、易于分户经营的部分国有商品林，由林业职工家庭承包经营；对大面积、集中连片的公益林和商品林，由伊春林业管理局依法加强经营管理。

曹清尧表示，集体林权制度改革主要是通过明晰产权、放活经营、减轻税费、规范流转、综合配套改革，建立起“产权归属明确、经营主体落实、责任划分明确、利益保障严格、流转顺畅规范、监督服务到位”的集体林业经营管理机制，确保广大农民对集体林地“明晰所有权，放活经营权，落实处置权，确保收益权”。

《经济日报》2006年8月16日

两会特稿·“十一五”开局这一年

“三农”工作步入新天地

——写在全国两会召开前夕

春回大地，万象更新。回首刚刚过去的2006年，农业、农村、农民这“三农”工作喜事连连，亿万农民笑逐颜开。

“十一五”开局之年，“三农”工作再次成为经济社会发展中的突出亮点，社会主义新农村建设谱写崭新篇章，“三农”工作的新理念、新突破、新成就，将浓墨重彩地载入史册。

喜事多、心气顺、劲头足
——“三农”成为经济社会发展突出亮点

盘点开局之年的“三农”工作，我们满怀喜悦——粮食生产连续3年稳定增产。全年粮食总产超过9800亿斤，单产再创历史新高。粮食总产、单产连续3年双增，为我国自改革开放以来的第二次。

农民收入连续3年较快增长。全年农民人均纯收入预计比上年增加332元，实际增长7.4%。农民收入增量连续3年超过300元。

农村经济结构调整取得重要进展。农林牧渔各业全面发展，主要经济作物和畜产品、水产品产量均创历史最高纪录。乡镇企业保持较快增长，质量和效益稳步提升。

农村改革继续深入推进。全面取消农业税，与农村税费改革前相比，减轻农民负担1250亿元，人均减负140元。农村综合改革稳步推进，粮食购销体制、农村信用社、国有农场管理体制等改革取得进展，集体林权制度改革进行了成功探索。

农村公共事业成为统筹发展新亮点。国家对农村教育、卫生、文化等投入大幅增加，西部地区全面实行农村义务教育“两免一补”，4880万西部农村学生享受了免除学杂费政策；新型农村合作医疗制度试点范围扩大、补助标准提高，截止到2006年年底，全国新型农村合作医疗试点县（市、区）已扩大到1400多个，覆盖面已超过50%；农村基础设施建设和生态建设明显加强，2006年直接用于改善农村生产生活条件的中央财政预算内基建投资和国债项目资金达300多亿元。

公共财政对农业农村的支持进一步加强。公共财政进一步向“三农”倾斜、公共设施进一步向“三农”延伸、公共服务进一步向“三农”覆盖。中央财政预算安排用于“三农”的支出达3397亿元，比2005年实际执行数增加422亿元，增长14.2%。

惠农政策含金量更高。国家出台了以“四取消”（取消农业税、屠宰税、牧业税、农业特产税）和“四补贴”（实行粮食直补、良种补贴、农机补贴、农资综合补贴）为主要内容的直接惠农政策，2006年粮食直补资金142亿元，良种补贴资金40.7亿元，农机补贴资金6亿元、农资综合补贴125亿元……

亿万农民对中央的支农惠农政策衷心拥护，心气顺、劲头足，党群干群关系进一步改善。正如一些全国人大代表、政协委员在接受采访时所说，农业呈现持续发展的良好态势，农村展现许多前所未有的喜人景象，既是经济社会发展的突出亮点，也为经济社会发展全局提供了重要支撑。

2006年，在自然灾害频发、上年基数较高、政策效应趋稳、贸易竞争加剧的情况下，我国农业发展比预想的要好，粮食产量比预计的要多，农民收入比预期的要高，实现了新农村建设的良好开局。

连续4年出台一号文件
——最强劲的力量源自好政策

全国人大代表陈章良认为，近几年农业农村形势持续向好，可以说是“三农”工作力度最大、农业农村发展最快、农民群众受益最多的时期之一。这是多种有利因素共同作用的结果，是多种推动力量同向合力的结果，其中广受拥护的政策是最核心的因素、最强劲的力量。

党的十六大以来，中央出台了一系列支农惠农政策。2004年中央1号文件以促进农民增收为主题，抓住了“三农”工作的核心问题；2005年中央1号文件以提高农业综合生产能力为主题，抓住了农业生产力发展的关键；

2006年中央1号文件以推进新农村建设为主题，抓住了农村全面建设小康社会的根本；而今年的中央1号文件则以发展现代农业为主题，抓住了新农村建设的首要问题。

不少全国人大代表、政协委员分析认为，连续出台的中央1号文件，进一步明确了中央加强“三农”工作的新理念、新部署、新举措，可以归纳为4个方面：

一是明确了新时期指导“三农”工作的战略思想。中央提出了把解决好“三农”问题作为全党工作重中之重的基本要求，明确了统筹城乡发展的基本方略，作出了我国总体上已到了以工促农、以城带乡发展阶段的基本判断，制定了工业反哺农业、城市支持农村和多予少取放活的方针，规划了建设社会主义新农村的基本任务。今年的中央1号文件进一步重申，要增强危机感，坚持解决好“三农”问题是全党工作重中之重的战略思想丝毫不能动摇，促进农业稳定发展、农民持续增收的重要任务丝毫不能放松，支农惠农的政策力度丝毫不能减弱，扎实推进新农村建设的各项工作丝毫不能松懈。

二是初步形成新时期支农惠农的政策体系。在保持政策连续性、稳定性的基础上，适应新时期农业农村发展的新要求，国家出台了以“四取消”和“四补贴”为主要内容的直接惠农政策，制定了对粮食主产县和财政困难县乡实行奖励补助的激励政策，实施了对重点粮食品种实行最低收购价的调控政策，强化了对农业农村基础设施建设的支持政策，建立了对农村社会事业发展的促进政策等。这些政策含金量高、推动力大、操作性强、受益面广，深受群众的欢迎。

三是开始建立新时期促进农村经济社会发展的长效机制。着眼现代化建设全局、立足加快农业农村发展，积极探索“三农”投入稳定增长的机制，逐步建立了购销市场化和经营主体多元化的农产品流通机制，形成了农民就地拓展与外出转移相结合的就业创业机制，完善了村民自治和乡镇政务公开的乡村治理机制，强化了防止农民负担反弹的监督管理机制等。这些机制的建设，为农业农村持续发展提供了有力保障。

四是着手构筑新时期统筹城乡发展的制度框架。根据促进城乡协调发展的要求，以加大农村财政投入为标志，开始向建立覆盖城乡的公共财政制度推进；以取消“农业四税”为标志，开始向基本实现城乡公平统一的税赋体制过渡；以实施农村义务教育“两免一补”为标志，开始向基本实现城乡同等的义务教育制度转变；以建立新型农村合作医疗制度为标志，开始向基本实现城乡平等的医疗服务制度方向迈进；以探索建立农民最低生活保障制度为标志，开始向基本实现覆盖城乡的社会保障制度方向努力；以全面保护农民工权益为标志，开始向基本实现城乡统一的劳动力市场和公平竞争的就业制度方向发展。这些制度的着手建设，标志着我们在破除城乡二元结构、统筹城乡发展方面迈出了坚实的步伐。

推进现代农业建设

——促进农业又好又快发展

好的形势来之不易，保持好的发展势头需要付出更加艰苦的努力。一些接受采访的全国人大代表、政协委员指出，当前农业农村确实出现了多年企盼、十分难得的好局面，同时也面临着许多突出矛盾和问题。总体上看，农业基础不牢、后劲不足的基本状况并没有改变，农业设施装备落后、主要靠天吃饭的基本格局并没有改变，农民就业门路不多、增收困难的基本局面并没有改变，城乡经济社会发展失衡、差距拉大的基本态势并没有改变，农业农村发展仍处于爬坡阶段，解决好“三农”问题仍然是长期而艰巨的任务。

还要看到，在粮食连续3年增产的起点上，继续实现粮食稳定发展的难度明显增加；在农民收入连续3年较快增长的基础上，继续实现农民持续增收的难度明显增加；在农业农村连年呈现好局面的背景下，继续巩固和发展农业农村好势头的难度明显增加。全国人大代表王乐义认为，特别是在农业农村形势好的时候，往往容易滋长盲目乐观的情绪，容易产生忽视农业的倾向，容易出现放松“三农”工作的问题，从而导致农业发展出现波折。

申纪兰是一至十届全国人大代表，在这位老代表的眼中，新农村建设是“前途光明、道路曲折、任务艰巨”。全国政协委员林毅夫说，在新形势下，“三农”工作任务十分繁重，既要发展生产力又要调整生产关系，既要解决面上突出问题又要触及深层次矛盾，目标与要求更高，责任与任务更重。因此，越是在农业农村形势好的时候，越要保持清醒头脑，越要增强忧患意识和危机感。

今年是扎实推进社会主义新农村建设的重要一年。全国政协委员刘永好认为，要实现发展现代农业总的目标，真正用现代物质条件装备农业，用现代科学技术改造农业，用现代产业体系提升农业，用现代经营形式推进农业，用现代发展理念引领农业，用培养新型农民发展农业，确实任重道远。全国人大代表、河南省委书记徐光春说，扎实推进社会主义新农村建设，必须把握好农村出现的新情况、新问题、新特点，有针对性地采取新措施。

代表和委员们还谈到，我国是一个农业大国，各地自然条件和经济文化状况差别很大，彻底改变广大农村落后的生产生活条件，实现生产方式和生活方式的现代化，决不是一朝一夕能完成的。我们要有紧迫感，但不能急于求成，必须树立长期奋斗的思想，积极推进现代农业建设，促进农业又好又快发展。

《经济日报》2007年3月1日

新时期乡镇企业具有五大新功能

——我国乡镇企业进入新一轮发展时期

在改革开放30年后的今天，纵观中国经济社会发展的成就，我们欣喜地看到，我国乡镇企业创造了许多辉煌，贡献了GDP增长的三分之一，转移了三分之一农民就业，成为我国农村经济和县域经济的重要支撑力量，也是城乡经济市场化改革和以工哺农的先导力量。目前，我国乡镇企业在经历了两轮超常规的发展跃升后，又迎来了新一轮的快速发展时期。

在发展中壮大

我国乡镇企业从1978年开始起步发展，在1984年至1988年期间，乡镇企业进入第一个发展高峰。在这5年中，国家政策支持乡镇企业进行全面放开和开放式发展，乡镇企业发展无论是数量还是质量都有了更大的提高。从业人员从5028万人增加到9545万人，增长89.8%；增加值从633亿元增加到1742亿元，增长175%；利润总额从188亿元增加到526亿元，增长179%；上交税金从90亿元增加到310亿元，增长244%。1987年乡镇企业产值首次超过农业产值。

在1992年至1996年这个阶段，乡镇企业处于全面改革与发展新阶段，在社会主义市场经济的大潮中进入了第二个发展高峰。乡镇企业从业人员从10581万人增加到13058万人，增长23.4%；增加值从4485亿元增加到12628亿元，增长183%；利润总额从1079亿元增加到4356亿元，增长303%；上交税金从494亿元增加到1436亿元，增长190%。

进入新世纪以来，我国乡镇企业不断发展壮大，日益走向成熟，在社会主义新农村建设和发展现代农业中发挥了重要作用。乡镇企业发展进入第三个高峰期，连续多年保持了两位数快速增长，主要指标发生了可喜变化：

一是经济总量跃升新平台。2007 年乡镇企业增加值 69620 亿元，增长 14.1%，高于"十五"年均增长 0.7 个百分点，比 1978 年增长了 324 倍，占 2007 年国内生产总值的 28.52%；2007 年乡镇企业出口商品交货值 30200 亿元，占全国出口总额的 34%。

二是经济效益取得新突破。2002 年以来，乡镇企业利润和税收的增长率每年都高于增加值增速，产销率达到 95%以上。2007 年全国乡镇企业实缴国家税金 7366 亿元，约占全国税收总额的 20%。

三是社会贡献创造新业绩。2001 年以来，乡镇企业每年新增农民就业 200 万—400 万人，目前从业人员总数突破 1.5 亿，占农村劳动力总数的 29.13%，比 1978 年的 9.23%提高了 19 个百分点。乡镇企业在农民增收中的存量和增量贡献一直在 34%以上。2007 年，在农产品价格因素对农民增收贡献加大的情况下，农民收入中乡镇企业的贡献依然达到 36.3%。2007 年乡镇企业支付职工工资达 13700 亿元，全国农民人均从乡镇企业获得收入 1420 元，比 1978 年的 10.74 元增加了 130 多倍。

同时，乡镇企业的发展，为农业生产积累了大量的资金。从 1978 年到 2007 年的 30 年间，乡镇企业用于支农、补农、建农的资金达 4012 亿元，显著改善了农业生产条件，增加了农业技术装备。

显现五大功能

新一轮的乡镇企业发展，不仅表现在总量、效益及贡献上，还表现在乡镇企业发展方式的转变上，有了五个明显的变化，或者说具备了五个新的功能：

一是与国民经济的协调性明显改善。一大批耗能高、污染大、效率低的小企业在调控中被关停，在竞争中被淘汰。全国规模以上乡镇企业个数的比重不到 1%，但其实力已占到工业增加值的 70%左右。全国乡镇企业年度投资达到2.6万亿元以上。由乡镇工业自办的科技研发、检测和质量机构达到2.6万个以上。

二是与“三农”的关联度明显增强。农产品加工业成为结构调整的重点和新的增长点。随着农业的多功能拓展，农村服务业发展迅猛。2007年，农产品加工业和第三产业增加值，分别占乡镇工业增加值和乡镇企业增加值的31.5%和22.2%，份额明显提升。乡镇企业支农补农资金200亿元，比“十五”年均提高40亿元以上。农村能人创业、回乡创业和外来投资者创业大量出现，全国乡镇企业新增个体工商户65万个，安排110多万人就业；农村能人和农民工回乡创办的小型乡镇企业85万家，农民工回乡创业人员累计达到500万人，累计安排3000万人就业。

三是产业集群发展明显增多。目前，全国乡镇企业有各类园区和产业集聚区5600余个，入园企业近百万家，园区实现增加值已占乡镇企业增加值近四分之一。经济园区化、园区产业化、产业集群化成为乡镇企业发展的新趋势。

四是产业转移和经贸合作明显扩大。为适应产业梯度转移的发展规律，乡镇企业率先开展了优势互补、互惠互利、合作双赢的东西合作。2007年中西部地区乡镇企业招商引资470亿元，累计创办东西合作企业20万个以上，建成各类示范区240个，累计安排农民就业2000多万人。

五是循环经济发展前景明显看好。把发展循环经济作为乡镇企业再次创业和崛起的切入点，展示了一种新的发展模式。涌现了一批节能降耗、清洁生产、循环利用的典型，提高了乡镇企业可持续发展的能力。

乡镇企业的这些新成就、新趋势，为今后的发展奠定了良好的基础。同时，也应清醒看到，乡镇企业发展还面临许多新的矛盾和困难。

当前，乡镇企业正处于加快发展方式转变的新阶段，根据市场变化和国家宏观调控政策导向，乡镇企业正在努力拓展新时期的新功能，努力发挥好“五个作用”，即发展现代农业的引领作用、建设新农村和小城镇的带动作用、促进农民就业增收的骨干作用、壮大县域经济的支撑作用和扩大农业对外开放的桥梁作用。在第三个发展高峰期，乡镇企业将以崭新的社会形象和强大的竞争力，实现又好又快的发展目标。

《经济日报》2008 年 6 月 18 日

经典中国 · 辉煌 30 年

农民收入持续增长

改革开放 30 年来，农民收入明显增加，农民生活水平发生历史性变化。

1978 年开始的农村改革，是中国农业发展的历史性转折点，不仅突破了传统体制的束缚，而且极大地促进了农民收入的增长。1978 年至 2007 年，农民年人均纯收入由 134 元增加到 4140 元，增加 4000 多元。农民收入的稳定增长，有力支撑了中国经济的快速增长和改革开放的顺利进行。据有关专家分析，改革开放后农民收入增长的历程按照增长趋势可分为六个阶段。

第一阶段为 1978 年至 1984 年，是农民收入高速增长阶段。1978 年底开始的农村改革，为农民收入增长带来了强大的动力，在短短的 6 年间，农民年人均纯收入由 133.57 元增加到 355.33 元，增长 2.66 倍，年均递增 17.71%。

第二阶段为 1985 年至 1990 年，是农民收入在波动中缓慢增长阶段。此阶段农民收入波动非常明显，农民年人均纯收入由 1985 年的 397.6 元增长到 1990 年的 686.31 元，扣除物价影响年均递增 2.97%。

第三阶段为 1991 年至 1996 年，是农民收入回升阶段。从 1991 年开始，尤其是 1992 年以后农村经济形势逐步好转，农民收入出现了强劲的回升趋势。1991 年农民收入比 1990 年增长了 2%，维持了上升态势。1992 年农民收入走出了低速徘徊的势头，增速达 5.9%。随后几年，农民收入继续稳步增长。

第四阶段为 1997 年至 2000 年，农民收入增长缓慢。1997 年农民收入实际增长 4.6%。1998 年增速为 4.3%，1999 年增速为 3.8%，2000 年收入增长速度为 2.1%。

第五阶段为 2001 年至 2003 年，是农民收入恢复性增长阶段。进入新世纪，农民收入实现了恢复性增长。2001 年农民人均纯收入为 2366.4 元，比上年增加 113 元，增长 5%，扣除价格上涨因素影响，实际增长 4.2%，扭转了增幅连续 4 年下滑的局面，实现了恢复性增长。

第六阶段为 2004 年至 2007 年，是农民收入稳定增长阶段。近年来，特别是党的十六大以来，农民收入呈现快速增长的态势。2004 年至 2007 年，农村居民人均纯收入增量实现了新中国成立以来首次连续 4 年超过 300 元；扣除价格因素，增幅实现了 1985 年以来首次连续 4 年超过 6%。

2007 年农民人均纯收入达到 4140 元，比上年实际增长 9.5%；2008 年上半年，农民人均现金收入 2528 元，同比实际增长 10.3%，预计全年农民人均纯收入将继续保持较快增长态势。

一是确立家庭承包经营制度。家庭联产承包责任制实现了生产制度的变迁，降低了管理成本，调动了农民的生产热情，极大地解放了长期受到压抑的农村生产力，促进了农民收入的高速增长。

二是放开农产品市场。1982 年，中央一号文件把统购统销纳入改革议程，从农产品流通领域着手开始了农村市场化改革进程；1985 年，中央决定，对粮食和棉花取消统购，改为合同订购，放开了猪、牛、羊、水果、水产品及蔬菜等农副产品，价格随行就市，实行市场调节。1999 年，放开了棉花市场和价格。2004 年全面放开了粮食市场和价格，实现粮食购销市场化和市场主体多元化。农产品价格的放开使农民从农业生产获得的收入明显增加。

三是大力发展乡镇企业。乡镇企业是继家庭联产承包之后我国农民的又一伟大创造，为农民收入的持续稳定增长作出了重要贡献。1978 年至 2006 年，来自乡镇企业的从业人员工资水平逐步提高，由人均每年 308 元增加到 8369 元，乡镇企业工资性收入占农民人均纯收入的比重由 8.2%提高到 34.6%。乡镇企业已成为支持农民收入增长的主要因素。

四是积极引导农村劳动力外出就业。自改革开放以来，农村劳动力的自由流动逐渐恢复并日益活跃。各地区、各有关部门按照统一部署，积极组织开展了农村劳动力转移就业培训等工作。2004年至2007年，仅“农村劳动力转移培训阳光工程”就培训农村劳动力1230万人，其中85%以上实现了转移就业。同时，不断加强对农民外出就业的服务，农民外出务工环境明显改善，农村劳动力转移就业规模不断扩大。2007年，农村外出就业劳动力达1.26亿人，乡镇企业从业人员为1.5亿人，扣除重复计算部分，农民工达到2.26亿人。外出务工收入已成为农民收入增长的重要源泉。

五是加大政策扶持力度。党中央、国务院近年来出台了一系列促进农民增收的政策措施，力度之大前所未有。2003—2007年，中央财政“三农”投入达1.6万亿元，年均增长17.8%；取消了农业税、牧业税、农业特产税和屠宰税；对农民实行直接补贴，2008年“四补贴”达到1028亿元。

六是深入推进农村改革。坚持农村基本经营制度不动摇，积极推进以乡镇机构、农村义务教育和县乡财政管理体制改革为主要内容的农村综合改革，并取得积极进展。努力建立促进农民持续增收的长效机制近年来，虽然农民收入保持了持续快速增长态势，但农民增收的基础仍比较薄弱，建立促进农民持续增收的长效机制，需要多方形成合力，也需经过长期的努力。

要建设现代农业，进一步挖掘农业内部增收潜力。以确保主要农产品基本供给为目标，重点抓好“米袋子”和“菜篮子”生产。稳定粮食播种面积，提高单产水平，促进种粮农民增产增收。落实国家关于生猪、油料、奶牛生产的各项扶持政策，切实搞好重大动植物疫病防控，促进“菜篮子”产品稳定发展。

要强化农业科技和服务体系，切实提高农业生产效益。加快农业科技创新体系建设，大力推进农业科技研发和应用。继续大力推动农业科技进村入户。

认真组织好新农村实用人才培训工程，加快农村人力资源开发。积极发展多元化农业服务组织，加快推进农业产业化经营，提高农业生产效益。

要加强和改善农产品市场调控，大力促进农民增收减支。继续完善主要粮食品种最低收购价政策，使种粮农民能够获得更多的利益。逐步理顺农产品价格，控制农资价格过快增长，努力稳定农业生产成本。

要加大对农业农村的投入力度，着力构建农民持续增收的长效机制。多渠道转移农民就业，努力增加农民的劳务收入。加强农村基础设施建设，不断优化农民增收的外部条件。

同时，要大力发展农村社会事业，为农民增收创造良好环境。

要继续深化农村改革，为农民增收减负提供体制保障。稳定和完善土地承包关系，健全土地承包经营权流转市场，增加农民的土地收益和财产性收入。加快推进农村综合改革，巩固税费改革成果，严防农民负担反弹。

《经济日报》2008 年 10 月 6 日

纪念改革开放 30 周年专题系列报道

伟大的变迁——乡村巨变

从 1978 年至今，我国改革开放已走过了 30 年的光辉历程。

经过这 30 年的发展，我国的综合国力大大增强，国际地位显著提高。我国经济总量快速增长，已跃居世界第四位。从 2004 年起，成为世界第三大贸易国。国家实力空前提升，社会事业飞速发展，人民生活显著改善，城乡面貌日新月异，对外开放不断扩大……

改革开放使中国发生了巨大的变化！

实践证明，改革开放是中国实现伟大振兴的关键抉择，是党在新时期带领人民进行的新的伟大革命，是对我们党和国家发展具有划时代意义的伟大事业。回首改革开放30年，以生动的事实展示伟大的成就，宣传成功的经验，必将进一步增强全国人民坚持改革开放的信心，从而为进一步推动科学发展、共建和谐以及全面建设小康社会营造良好舆论环境。

为深入反映我国有关行业及地区改革开放30周年的巨大变化，本报从即日起推出纪念改革开放30周年“伟大的变迁”专题系列报道，敬请关注。

30年前，安徽凤阳小岗村18位农民悄悄地签订了“包产到户”的“契约”，发轫于农村的改革，迅速以不可阻挡之势推向全国。

30年来，神州大地的广袤乡村经历了历史性的变革，发生了翻天覆地的变化，亿万农民迈进了新时代。确立以家庭承包经营为基础、统分结合的双层经营体制，全面放开农产品市场，取消农业税并对农民实行直接补贴，初步形成了适合我国国情和社会生产力发展要求的农村经济体制“30年农村改革发展最具突破意义的，是建立了农村基本经营制度。这是推动农村经济社会发展最重要的体制保障和最强大的动力来源。”国务院研究室党组成员黄守宏评价说。

回首农村改革30年来的历史，我们清楚地记得，当年打破人民公社的体制，实行家庭承包经营制度，赋予农民“生产自主权”，重新构造了农村经济的微观基础。据有关部门统计，截至2006年年底，全国农村实行家庭承包经营的耕地面积占农村集体所有耕地面积的94.6%，家庭承包经营农户数占农户总数的90.3%；农户家庭拥有的生产性固定资产规模达到19288亿元，已占到农村全部生产性固定资产的61.3%。

30年来，我国不断缩小农产品统派购范围直至全面放开粮食等主要农产品购销，培育农产品市场体系，赋予农民“经营自主权”。据测算，我国农业的市场化程度，1990年已达到60%，2000年达到80%，2005年粮食放开后即全面实现市场化。在2006年年底，我国已有年成交额亿元以上的农产品批发市场1497个，年批发成交金额7389亿元。

我国对农民实行“四减免”“四补贴”，建立健全国家对农业的支持保护力度。进入新世纪，特别是党的十六大以来，中央陆续出台了以“四取消”（取消农业税、屠宰税、牧业税、农业特产税）和“四补贴”（种粮直接补贴、良种补贴、农机具购置补贴、农业生产资料综合补贴）为主要内容的一系列强农惠农政策。“四减免”，农民每年得到的好处约1250亿元；“四补贴”，2004年为145亿元，到2008年已增加到1028亿元。由此，国民收入分配开始向“三农”倾斜，有利于城乡统筹发展的制度框架开始搭建。粮食生产不断跃上新台阶，农产品供应日益丰富，农民收入大幅增加，我国依靠自己力量稳定解决了13亿人口的吃饭问题改革开放30年来，我国粮食总产量先后跨上了7000亿斤、8000亿斤、9000亿斤和10000亿斤4个台阶，从6089亿斤增加到10032亿斤，增产3942亿斤，增长64.7%，年递增1.74%，比人口增速高0.6个百分点。目前，全国人均主要农产品占有量已远远超过世界平均水平。

众所周知，我们用占不到世界9%的耕地，养育了占世界近21%的人口。这不能不说是一个了不起的奇迹。

创造这一奇迹，主要建立在农业综合生产能力不断提高的基础上。农业结构不断优化，经济作物和养殖业快速发展，在农业中的比重不断提高。目前，我国农产品优质化率已达到70%，主要农产品生产集中度已达到50%。

30年来，农业“引进来”“走出去”稳步发展，国内农业与世界农业的关联度明显增强。2007年，农产品进出口总额达到775.7亿美元，比1980年增加659.7亿美元；农业外贸依存度（农产品进出口总额与农业增加值之比）为20.6%，提高3.2个百分点。改革开放以来，农业引进外资从无到有，截至2007年年底，农业领域累计设立外商投资企业1.7万家，实际吸收外商直接投资约280亿美元。

农民收入持续较快增长。1978年—2007年，农民人均纯收入从133.6元增加到4140.4元，增加4006.8元，增长2999%，年递增11.7%，扣除价格因素的影响，年递增7.1%。进入21世纪，特别是党的十六大以来，农民增收渠道更加多元化，初步扭转了粮食主产区农民收入增长比较缓慢的局面。乡镇企业异军突起，小城镇蓬勃发展，农村市场兴旺繁荣，农村劳动力大规模转移就业，亿万农民工成为产业工人重要组成部分，中国特色工业化、城镇化、农业现代化加快推进。30年农村改革发展的实践证明，我们通过发展非农产业和小城镇，引导农村劳动力转移就业，以工业化、城镇化带动农业现代化是促进农村发展，改善农民生活最重要的途径。

经过30年的发展，乡镇企业已成为发展农村经济的主体力量和推动国民经济的重要组成部分，“异军突起”的乡镇企业是我国农民的一大发明。到2007年，乡镇企业从业人员达到1.5亿人，占全国从业人员的19.5%，比1978年增加12174万人，对就业增长贡献了33个百分点；实现利润总额1.7万亿元，比1978年增加了1.69万亿元，年递增率高达19.6%。

城乡统一的劳动力市场逐步建立，农村劳动力就业结构发生重大变化，目前农业就业比重已下降到59.5%，比1978年的92.9%下降33.4个百分点。2007年，全国外出务工经商的农民工数量超过1.33亿人，已成为我国产业工人的重要组成部分。

改革开放以来，一大批以乡镇企业为经济支撑的小城镇迅速崛起，县域经济不断发展壮大。2007年，我国工业增加值达到107367亿元，其中乡村工业增加值47800亿元，占44.5%，差不多已有“半壁江山”；城镇化水平达到44.94%，比1978年提高27个百分点，年均提高0.93个百分点。农村社会事业加速发展，基础设施建设明显加强，广大农民的生产生活条件大为改善，亿万农民对未来更加充满信心。自改革开放以来，在农村经济建设取得显著成就的同时，农村的政治、文化和社会建设也获得了长足的进步，特别是近几年建设速度明显提速，许多方面成为“三农”乃至全局工作的突出亮点。

农村社会事业发展步伐明显加快。一是农村义务教育和职业教育取得突破性进展，农民文化素质和劳动技能显著提高。2007年，农村劳动力不识字或者识字很少的比例为6.6%，文盲率比1985年下降21.3个百分点；67%的农村劳动力达到了初中以上文化水平；真正意义免费义务教育得以实现，1.5亿农村中小学生的学杂费全部免除。已有1936个县实施了农村劳动力转移培训“阳光工程”。二是新型农村合作医疗制度建设取得突破性进展，农民医疗保障服务水平显著提高。截至2007年年底，新型农村合作医疗制度覆盖面已达到86%，全国有7.3亿农民从中受益，农民看病难的问题得到有效缓解，农民的医疗负担进一步减轻。三是农村社会保障体系建设取得突破性进展，农民生活稳定性显著提高。截至2008年3月底，全国都已建立农村最低生活保障制度，3551万农村人口纳入低保范围。

乡村基础设施建设力度明显加大。2003年以来的5年中，全国新建改建农村沥青水泥路约85万公里，是1949年—2002年53年总和的2.5倍；实施农村饮水解困和饮水安全工程，解决了9748万人的饮水困难和安全问题。同时，农村基层民主建设有序展开，农村法制建设加快推进。

农业丰则基础强，农民富则国家盛，农村稳则社会安。党的十七届三中全会再次将目光聚焦"三农"，就推进农村改革发展作出新的战略部署。展望未来，我们充满信心，在全面建设小康社会的新征程中，我国农业的基础地位必将更加巩固，广大农村的面貌必将发生更大变化，亿万农民的生活必将更加美好，建设繁荣、富裕、文明、和谐、民主的社会主义新农村的目标一定能够实现。

《经济日报》2008年11月20日

回眸2009　砥砺奋进 成果丰硕

农业农村好形势得到巩固和发展

日子一年更比一年强。2009年，张军清承包的土地得到了粮食直补和种子补贴，加上粮食收购价格上调，一年算下来，又是一个丰收年、增收年。

"国家强农惠农政策越来越多，我种粮的劲头越来越足。"张军清的话说出了广大农民的心声。

种粮大户张军清的2009年又是一个丰收年、增收年，这位河北省藁城市西关镇李家疃村农民承包了350亩地，一年中，玉米、小麦两茬收，赚了将近30万元。张军清说，"国家强农惠农政策越来越多，我种粮的劲头越来越足。”张军清说出了广大农民的心声，刚刚过去的2009年，是新世纪以来我国经济发展最为困难的一年，也是“三农”工作攻坚克难、砥砺奋进的一年。全国上下在党中央、国务院的坚强领导下，面对历史罕见国际金融危机的严重冲击，面对多年不遇自然灾害的重大考验，面对国内外农产品市场异常波动的不利影响，迎难而上，顽强拼搏，巩固和发展了农业农村好形势。全国粮食总产量预计10616亿斤，再创历史新高，连续6年增产，首次实现总产量连续3年超万亿斤。农民人均纯收入首次突破5000元大关，实际增幅6%以上。农村民生改善和基础设施建设取得重大进展，农村改革有了新突破，农村社会保持和谐稳定。

农林牧渔各业平稳发展农业部有关负责人表示，2009年实现粮食增产、农民增收的关键在于中央强农惠农政策的强劲推力。年初发布的中央一号文件《中共中央国务院关于2009年促进农业稳定发展农民持续增收的若干意见》，共提出了28项措施促进农业稳定发展与农民持续增收，其中包括进一步增加农业农村投入、较大幅度增加农业补贴、保持农产品价格合理水平、增强农村金融服务能力等重要举措。

目前中央财政已安排农业“四补贴”资金1230亿元，增长19.4%；安排农村沼气、优粮工程、标准粮田等农业投资200.5亿元。增加农业补贴进一步调动了地方和农民积极性，加大公共事业投入进一步改善了农村民生，实施促进消费措施进一步开拓了农村市场，农业农村政策效应得到充分发挥。

在自然灾害多发重发、农业生产制约因素增多的情况下，各地各部门及时采取强有力的应对举措，稳粮增收再上新台阶。农业部部长韩长赋在近日召开的全国农业工作会议上说，2009年全国极端天气多发频发，特大干旱历史罕见。面对北方冬麦区历史罕见的特大冬春连旱、东北及南方部分地区严重伏秋旱，农业部适时启动应急响应，加强工作督导，大力推进科学抗旱，发挥农机抗旱作用，夺取了抗旱减灾的重大胜利。

我们欣喜地看到，我国粮食综合生产能力迈上万亿斤新台阶，农林牧渔各业平稳发展，结构调整继续推进，现代农业建设取得新进展。2009年，在农民工年初大量返乡、农产品价格下行压力较大的态势下，各地各部门千方百计开辟增收渠道，使得农民收入保持较快增长。

国家大幅提高粮食最低收购价，适时实行主要农产品临时收储，先后启动小麦、稻谷最低收购价格执行预案。在2009年秋粮大量上市前，国务院常务会议决定继续提高小麦和稻谷最低收购价格，有效稳住了农产品价格。在粮食连续增产情况下，防止“卖粮难”成为确保丰收成果的关键。

同时，着力促进农民外出务工恢复，积极推动中西部地区就地就近就业，有效稳住了农民工就业总量。农业部门广泛开展农村劳动力培训，加强农民就业创业指导服务，积极促进农村劳动力转移就业。组织实施休闲农业示范县和示范企业创建。2009年农民外出务工规模恢复扩大，就地就近就业和返乡创业人数增加。

农民增收渠道更加多元化。农业部有关负责人说，目前农民工资性收入已占农民纯收入近40%，初步测算2009年种植业对农民人均增收贡献在100元以上，占农民增收份额超过30%。

在“三农”投入持续加大的形势下，农村民生改善和基础设施建设取得重大进展。农村低保标准和补助水平进一步提高，新型农村社会养老保险试点开始启动，对中等职业学校农村家庭经济困难和涉农专业学生免除学费政策开始实行，家电、汽车（摩托车）下乡全面实施。

据农业部有关负责人介绍，近年来，中央财政不断增加农机具购置补贴资金规模。2009年达到130亿元，比上年增加2.25倍。实施范围扩大到全国所有的农牧业县（场），补贴机具种类覆盖所有农牧渔业生产急需的农业机械。目前补贴资金已全部到位。

同时，农村危房改造和国有林区、垦区棚户区改造力度加大，农村水电路气建设加快，科教文卫事业稳步发展，扶贫开发取得新的成效。各地各部门在农村工作任务繁重的新形势下，坚定不移地继续推进体制机制创新，农村改革有了新的突破。

集体林权制度改革全面展开，确权发证面积大幅增加，配套改革加快推进，极大地调动了农民群众造林护林积极性，推动了农村社会生产力的又一次大解放。农民专业合作社快速发展，正式登记的数量比上年翻了一番，辐射带动能力明显增强。据农业部有关负责人介绍，2007年农民专业合作社有2.6万个，到2009年达到22万个。农村综合改革继续深化，农村义务教育债务化解步伐加快，村级组织运转经费保障机制开始建立。农村金融体制和供销合作社等改革稳步推进。

同时，各地积极化解各种不利因素，农村社会保持和谐稳定。广大农村扎实开展了深入学习实践科学发展观活动，农村党的建设全面推进，基层组织建设继续加强，基层治理机制得到健全，农村党群干群关系进一步密切。特别是针对农村出现的新情况、新问题，各地积极加强农村社会管理，创新工作方式，有力调节农村多种利益关系，有序引导农民合理诉求，有效化解农村矛盾纠纷，最大限度地减少农村不和谐因素，农村社会保持安定祥和。

刚刚结束的中央农村工作会议提出了今年农业农村工作的重点任务：毫不松懈抓好主要农产品生产供给，持之以恒增强农业发展支撑能力，千方百计促进农民多渠道就业，下大力气推进农村公共事业发展，坚定不移深化农村改革。这既是扩内需举措的新亮点，也是新形势下“三农”工作的新定位。我们相信，新的一年必将再创农业稳定发展、农民持续增收新佳绩。

《经济日报》2010年1月4日

回眸2009　砥砺奋进　成果丰硕

农民人均收入首次突破5000元

颗粒归仓，收入落袋。掰起手指一算，2009年又是一个增收年。据国家有关部门测算，2009年全国不仅实现了粮食连续6年增产，粮食总产量达到10616亿斤，而且农民收入继续较快增加，预计全年农民人均纯收入突破5000

元，实际增长6%以上，连续6年保持较高增幅。

农业部有关负责人在接受记者采访时说，2009年农民收入增长形势好于年初预期。据国家统计局提供的数据，2009年前三季度，农村居民人均现金收入4307元，实际增长9.2%。农民收入持续增长，为增加农村消费和扩大内需创造了重要条件。2009年1—11月，全国县及县以下社会消费品零售额达3.6万亿元，同比增长15.7%，增幅比县以上地区高0.6个百分点。

2009年农民增产增收的好成绩来之不易，最根本缘于中央坚持在应对国际金融危机中巩固和加强农业基础地位，继续巩固、完善和强化强农惠农政策。农业部有关负责人分析认为，2009年农民持续增收有五大关键因素：加大农业补贴力度；保持农产品价格合理水平；促进农村劳动力转移就业；加强农业农村基础设施建设；大力发展农村社会事业。

2009年种粮直补、农资综合补贴、农机购置补贴和良种补贴“四补贴”预算安排1230亿元，比上年增加19.4%。良种补贴范围和品种不断扩大，水稻、小麦、玉米、棉花良种补贴实现全覆盖，大豆良种补贴在东北地区和内蒙古对高油大豆全覆盖。2009年启动了马铃薯原种生产、肉牛和绵羊良种补贴。良种的大面积推广使用为增产发挥了重要作用。农机购置补贴大幅度增加，由2008年的40亿元增加到2009年的130亿元，实现了全国所有农牧业县（场）全覆盖。有力地推动了农机装备总量大幅增长、结构进一步优化，预计2009年全国农机总动力达到8.75亿千瓦，比上年增长6.4%；全国耕种收综合机械化水平可达48.8%，比上年提高约3个百分点。

农产品价格是影响农业生产和农民增收的关键因素。针对2009年农产品市场波动加剧的情况，国家大幅提高主要粮食品种最低收购价，小麦和水稻最低收购价分别比2008年增加了0.11元/斤、0.13元/斤。适时启动了玉米、大豆、油菜籽、猪肉、棉花、天然橡胶等临时收储。这些措施防止了农产品价格大起大落，促进了农业增产农民增收，对保增长发挥了积极作用。

为了应对国际金融危机对农村劳动力转移的影响，2009年初国务院下发了《关于做好当前经济形势下就业工作的通知》，提出了一系列促进农村劳动力转移就业的政策措施。积极扶持中小企业、乡镇企业、劳动密集型产业和服务业，引导灾后重建、农田水利等基础设施建设项目，尽量多招用因企业关停或减产裁员而失去工作的农民工。大力支持农民工返乡创业，在工商登记、财政税收、信息服务等方面创造良好环境。加大农村劳动力转移就业培训力度。2009 年农村劳动力转移就业“阳光工程”培训资金达 11 亿元，补助标准提高到 367 元，基本完成 300 万人的培训任务，培训就业率达到 85%。

2009 年国家在扩大内需中继续把“三农”作为重点，加大了对农业农村基础设施投入力度。从 2008 年第四季度到目前，中央先后安排的四批扩大内需投资中，农业项目投资 236.2 亿元，主要用于农村沼气、标准粮田、动植物疫病防控体系、农产品质检体系建设及国有垦区危房改造，对于加强农业基础、改善农民生产条件发挥了积极作用。此外，农村道路、安全饮水、电网改造等农村基础设施建设力度也不断加大，新农村建设取得积极进展。

新型农村合作医疗制度人均每年筹资标准已达到 100 元，其中财政补贴 80 元，参加人数达到 8.15 亿，基本实现了对农业人口的全覆盖。农村最低生活保障制度逐步健全，目前已有 4631 万农村人口纳入了低保，平均每人每月领取 60 元。新型农村社会养老保险试点开始启动，已在 330 个左右的县（市、区）开展试点，约占全国县级行政区的 10%，覆盖 60 周岁以上农业人口 1500 万左右。

农业部有关负责人说，2009 年中央的强农惠农政策力度不断加大，机制更加完善，有力地推动了农业稳定发展、农民持续增收、农村社会和谐，保持了农业农村发展的好势头。

《经济日报》2010 年 1 月 9 日

再识一粒米

“锄禾日当午，汗滴禾下土。谁知盘中餐，粒粒皆辛苦。”这首古诗世代相传，妇孺皆知，至今仍是教育孩子爱惜粮食的经典教材。人们对米司空见惯，但一粒米里蕴涵了多少价值，并不是每个人都十分清楚的。

（一）有人探究，稻米究竟是怎么种植出来的？是怎么成为人类的主要食粮的？

这个问题说起来话可长了，至少得从7000年前说起。

1973年，浙江余姚的农民在挖土时，无意中发现了河姆渡这个7000年前的原始村落遗址，消息震惊了世界。这个远古江南村落，当时的先民已经开始人工栽培水稻。

河姆渡遗址出土的稻谷和谷壳堆积层很厚，有人从稻谷堆积的厚度及面积推算，稻谷总量当在100吨左右，可解决数百人一年的口粮。其堆积之丰厚，数量之大，保存之完好，不仅堪称中国最丰富的史前稻谷遗存，就是在新石器时代遗址中也是极其罕见的。

这些水稻遗物，从稻秆、稻叶到稻谷壳皮，刚出土时颜色鲜黄，外形完好，个别地方还出土有稻谷与茎叶连在一起的稻穗。看到这些7000年前的金黄的稻谷，你会感觉“江南鱼米之乡”确实名不虚传。

据专家检测，栽培稻是从普通野生稻演化而来的，那么，它是怎样从野生稻变为栽培稻的呢？这肯定是一个漫长的过程。可以推测和想象，当时的人们在野外采集野果和野菜时，看到鸟雀飞来啄食那些成熟的野生稻谷，受到了启发，认识到那是一种可以吃的植物，于是就大批量地采集回去，用石头或木棒捣碎去壳，煮熟充饥。

很有可能是某一天，从外采集的野生稻谷，偶尔丢弃在住地附近低洼湿润的土地上，在阳光雨露滋润下，到第二年就发芽、抽穗，并结出谷物。先民们开始有意识地在低洼湿润的地方，播下野稻谷的种子，就这样逐渐掌握了水稻生长的规律，逐步地扩大播种面积，把附近沼泽地上的杂草放火烧掉，开辟成水稻田，种植稻谷。

根据史籍的记载，长江下游地区很早就成为我国水稻种植的中心地区。

民以食为天。水稻作为全球主要农作物，在世界上120个国家和地区广泛栽培种植，目前全世界有一半以上的人口以稻米为主食。但是直至目前，全球水稻平均亩产依然停留在200公斤左右。

（二）在中国这个人口大国里，吃饭是个天大的事。

前些年，美国经济学家布朗发出了“未来谁来养活中国”的疑问。对此，中国以粮食连年增产且迈上万亿斤台阶、单产不断创造历史新高的成就，自信地做出回答：依靠科技进步和国人的努力，中国人完全有能力养活自己，而且将为解决世界粮食问题作出贡献！

我国是世界上最大的大米生产国和消费国，全国65%以上的人口以大米为主食。大米的生产牵涉中国的粮食安全问题，具有极其重要的地位。

手中有粮，心里不慌。在我国这个历史悠久的农业大国里，作为第一产业的农业，特别是种植业一直具有举足轻重的地位和作用。新中国成立60年来，我国也曾经历了粮食短缺的严峻考验。在中国，解决吃饭这个天大的事极其不易，其中，粮食生产方式转变立了头功。

说到这里，我们不能不提到“杂交水稻之父”、中国工程院院士袁隆平。

在半个世纪的时间里，袁隆平带领他的科研队伍，锲而不舍地研究探索出杂交水稻新品种，大幅度提高了我国水稻产量，使我国拥有了解决粮食安全问题的关键技术，中国的杂交水稻因此被人们称为“东方魔稻”。

1976年，杂交水稻率先在湖南大面积推广，进而推向全国。据不完全统计，当年就推广208万亩，全部增产20%以上。按每亩增产60公斤计算，即增产12.48亿公斤。杂交水稻旋风在神州大地刮起，水稻生产方式在种子这个源头上发生了重要转变。

20 年后，即 1996 年，我国开始启动“超级稻育种计划”，由袁隆平院士提出并主持，列入国家“863”计划，得到国家支持和资助。

目前，这一计划已经完成了亩产 700 公斤的一期目标和亩产 800 公斤的二期目标，正在攻关亩产 900 公斤的三期目标。

今天，杂交水稻技术被世界粮农组织列为解决粮食短缺国家的首选技术，也成为我国对外交往中一个重要的援外项目。

转变发展方式、提高粮食生产能力，一直是我国政府高度重视的大事。新中国成立 60 年来，我国粮食综合生产能力逐年提高，人均粮食占有量逐年增加，2008 年全国人均粮食占有量 404 公斤，超过了世界平均水平，比 1949 年增加 195 公斤，增长近 1 倍。

60 年来，我国粮食产量的大幅度提高是在耕地和劳动力逐渐减少的情况下实现的。在这个过程中，粮食生产的发展方式发生了重要转变，科技进步在其中发挥了重要作用。据专家测算，“七五”时期我国农业科技进步贡献率为 27%，“十五”期末达到 48%。随着我国农业科技人员培育出一大批高产、优质、多抗杂交新品种，通过推广种子精选包衣、免耕栽培、地膜覆盖、旱作节水、测土配方施肥等实用增产技术，实现了良种良法配套，加速了生产用种的更新换代速度，提高了良种覆盖率和单位面积产量水平。

2009 年，我国农业又获得了大丰收，粮食总产达到 10616 亿斤，实现连续 6 年增产，单产创历史新高。

尽管我国粮食连年增产，但从长远来看，人口、资源、生态等因素为保障粮食安全提出很多挑战，在耕地有限而人口众多的中国，要解决粮食问题，关键要靠科技创新，同时，还要在粮食深加工和高效利用上下功夫。

（三）“有机大米”“银杏复合粉”“富硒大米”……一批批粮油深加工产品摆上百姓餐桌。有机大米在市场上卖到每公斤32元，

还供不应求呢！

随着我国经济快速发展，人们生活水平大幅提高，健康、营养、绿色无公害的深加工大米受到欢迎。但严格地说，这些大米仍属于“粗加工”范畴，真正的大米精深加工领域更加广阔，市场前景更加美好。

以“稻米深加工技术研究与开发”项目为例，这是国家“十五”重大科技专项，已通过专家组鉴定。应用这个科研成果，大米可做出营养丰富、米香浓郁的饮料；米糠可以做出米糠蛋白、米糠营养素和米糠营养纤维……可使稻谷加工增值数倍到数十倍。

“稻米深加工技术研究与开发”课题，由湖南金健米业股份有限公司、江南大学和中国农科院农产品加工研究所联合攻关。它在全国首次成功研究和开发了稻谷资源综合利用集成技术，其资源利用率将近100%。其在米糠挤压稳定化技术、米糠营养素清洁生产技术等方面取得重大突破，使米糠资源的利用更为全面和深入；其利用双酶法生产多孔淀粉技术、高纯度大米蛋白和大米淀粉分离技术、米乳饮料生产技术，使大米资源的利用更为精细；其米粉采用生物酶抗老化技术，解决了淀粉老化和回生的国际难题，使米粉能在一年内不变硬、不析水、不复生。这些研究成果都具有自主知识产权，大多达到国际同类研究领先水平。

这些科研成果大都已进入生产领域，开始取得良好的经济和社会效益。湖南金健米业股份有限公司等几家龙头企业运用这一科研成果，稻米深加工已达65万吨规模，年产值达31.5亿元，利税达5.3亿元，比初加工增值8倍以上。

目前，世界上经济发达国家粮油加工企业对谷物深加工利用已实现产业化。谷物还可将主产品及其副产品如碎米、米糠、米胚、稻壳、麸皮等进行再加工，制成新的产品，实现物尽其用。如利用碎米可制作多功能淀粉、淀粉基脂肪替代物，利用米糠可提取米糠油、米糠营养素、米糠营养纤维、功能性多肽，利用稻壳可以制备白碳黑、活性炭，生产多种美容化妆品。因此，稻谷主副产品是食品、化工、医药等工业的重要原料，有很大的开发潜力。

目前，美国和欧洲兴起了米淀粉研究开发的热潮。稻米中的主要成分是淀粉，应用现代生物技术可以将包括碎米、陈籼稻、早籼稻等的稻米转化为抗性淀粉、微孔淀粉、缓释淀粉、新脂肪替代物和低过敏性蛋白。

抗性淀粉和微孔淀粉的开发，是淀粉研究领域的崭新课题。应用抗性淀粉作为食物原、配料时，除提供多种健康功能外，且可作为低热量的食物添加剂。微孔淀粉是将天然淀粉经过酶解处理后，形成的一种蜂窝状多孔性淀粉载体。由于其表面具有很多伸向淀粉粒中心的小孔，因而具有良好的吸附性能，可用作功能性物质（如药剂、香料、色素、保健物质）的吸附载体，广泛应用于医药、化工和食品等工业。

米淀粉制取脂肪替代物生产工艺技术及淀粉基脂肪替代物功能改性技术，是应用生物技术把米淀粉转化为无油脂肪的高新技术。新脂肪替代物十分适合加工酸奶、部分替代奶油的乳制品。如比利时已将改性米淀粉正式用于无奶油奶酪、低脂肪冰淇淋、无脂肪人造奶油、沙司和凉拌菜调味料的生产，取得了可观的经济收益。

我国每年拥有由1500万新生婴儿和5000多万的糖尿病患者形成的食品消费群体，如及时地将大量稻米加以开发制成多功能淀粉、新脂肪替代物及低过敏性食品等产品，可使我国的相关科研紧跟国际前沿，市场前景也非常广阔。

大家普遍认为价值不高、农家更多地用来喂猪的米糠其实很有价值。开发米糠健康食品也十分引人关注。米糠约占稻谷重量的5%至5.5%，我国的米糠年产量达1000万吨以上，但大多数未被合理利用。

米糠的成分以糖类、油脂和蛋白质为主，还含有较多的灰分和维生素。米糠中的糖类物质经过稳定处理，可以成为一种膳食纤维源，制成米糠纤维、米糠多糖等产品。米糠中含有20%左右的油脂，用其加工精制而得的米糠油含有38%左右的亚油酸和42%左右的油酸，亚油酸和油酸比例为1∶1.1，用现代营养学的观点看，这一比例的油脂具有较高的营养价值。

此外，米糠中还富含植酸钙，而脱脂米糠又是生产植酸钙的理想原料，用植酸钙可以生产植酸和肌醇，广泛应用于医药、化工行业；另外，米糠中还可制取糠蜡，用于光泽剂、防水剂及水果保鲜剂的生产。

稻壳的深度开发利用也具有广阔市场前景。稻壳的深度开发应用领域相当广泛。它的初级产品不仅可作为食用菌的培养基料、用作能源发电、生产纤维板和糠醛等，而且深加工后还可生产出利于环保和健康的快餐盒、美容化妆品等诸多食品、化工用品。

稻壳含有丰富的木质素、戊聚糖和二氧化硅等成分，是制备白碳黑、活性炭和高模数硅酸钾的良好原料。以稻壳为原料生产的活性炭，不仅成本低，而且含杂少，特别适用于食品工业；稻壳中的硅在一定条件下燃烧，可以形成多孔性的无定型二氧化硅微粒，具有很大的吸收表面和活性，可作为多种载体或高级复合材料的原料。稻壳中还含有多种维生素、酶及食物纤维，对促进皮肤的新陈代谢有重要作用。

稻壳中还有许多未知的成分，具备很大的开发潜力，利用前景将十分广阔。

转变经济发展方式，从一粒米，我们还能想到一粒麦、一粒玉米、一粒豆子，还有许多粮食作物，无论在“增产增收”方面，还是在“物尽其用”方面，我们做了许多努力，但潜力依然巨大。未来，值得期待。

《经济日报》2010 年 3 月 2 日

提供更充足更多样更优质的农产品

做好农业农村经济工作意义重大

我们已经实现了主要农产品供给由长期短缺到总量平衡、丰年有余的历史性转变。保障“十二五”期间农产品有效供给，我们有能力，也有信心。

中央经济工作会议明确提出，2011 年经济工作的主要任务之一就是推进发展现代农业，确保农产品有效供给。对此，农业部部长韩长赋说，中央对巩固农业农村好形势、稳定粮食生产、保障农产品供应、增加农民收入提出了更高的要求。农业农村经济发展面临许多有利条件和积极因素，宏观经济回升向好的势头进一步明朗，中央强农惠农政策力度进一步加大，各地各部门重视农业、支持农业的氛围更加浓厚。但我们也要看到，今年工作面临的困难更多、起点更高、任务更重、难度更大。要充分认识今年形势的复杂性和艰巨性，采取更有针对性的措施，全力做好今年的工作。

韩长赋表示，我们已经实现了主要农产品供给由长期短缺到总量平衡、丰年有余的历史性转变。保障“十二五”期间农产品有效供给，我们有能力，也有信心。在“十二五”期间，我们将坚持把保障国家粮食安全作为首要任务，以提升综合生产能力为核心，实施粮食重大战略工程；大力推进农业科技进步，大规模开展粮棉油高产创建和“菜篮子”产品标准化创建；完善政策，保持农产品合理价格水平。

韩长赋说，要牢牢把握加快发展现代农业的重大任务，加快转变农业发展方式，推进现代农业和新农村建设迈出新步伐，为稳定价格总水平提供重要支撑，为经济社会发展全局作出新贡献。

韩长赋表示，发展生产保供给，就是要立足抗灾夺丰收，确保粮食产量稳定在1万亿斤以上，促进主要农产品总量和结构平衡，保障市场有效供给，促进物价总水平稳定；提高效益增收入，就是要促进农业增产增效，加快农村劳动力转移就业，继续促使农民收入有较快增长；提升能力促转变，就是要夯实农业发展基础，稳步提高农业综合生产能力；防范风险保安全，就是要坚持不懈强化农产品质量安全监管、重大动物疫病防控和市场风险防范；改革创新增活力，就是要继续深化农村改革，积极推进现代农业示范区建设，做好农村改革试验区工作，探索建立和完善调动地方和农民积极性的体制机制。

韩长赋强调，“十二五”期间农业农村经济发展要把握“一个重大任务”，加快发展现代农业，在工业化、城镇化深入发展中同步推进农业现代化；突出“一条主线”，加快转变农业发展方式，调整优化结构；围绕“两个目标”，把保障国家粮食安全作为首要目标，把促进农民持续较快增收作为中心目标；提高农业综合生产能力、抗风险能力和市场竞争能力“三个能力”；推进农业生产经营专业化、标准化、规模化、集约化“四化”；强化政策、科技、装备、人才、体制“五方面支撑”；加快发展现代农业，促进农业农村经济平稳健康发展。

多措并举落实强农惠农政策

我们要在“十一五”打下的坚实基础上，加快农业现代化和社会主义新农村建设，开创“十二五”农业农村经济发展新局面。

韩长赋说，为完成中央经济工作会议提出的推进发展现代农业，确保农产品有效供给的重大任务，今年要重点做好这几方面的工作：

要狠抓强农惠农政策落实，继续抓好已出台的政策和项目落实，继续推动强化生产大县奖励政策，继续推动落实国务院关于促进农机化发展的政策措施。

努力保持粮食生产稳定发展。要层层分解目标任务，确保粮食播种面积。进一步挖掘面积潜力、改善生产条件。大力推广防灾减灾、稳产增产、节本增效等关键技术，着力提高单产和品质。要积极整合资源，完善工作机制，大规模推进粮棉油糖高产创建。要对2011年的春季农业生产早谋划、早安排，加强农资调拨和储备，为夺取粮油生产好收成奠定基础。

稳定发展“菜篮子”产品生产。要大力实施新一轮“菜篮子”工程，制定蔬菜基地规划，完善扶持政策。加强技术指导，切实提高鲜活农产品产量和品质。加强产地批发市场建设，抓好产销衔接，强化农业会展促销，促进农超对接，配合落实好“绿色通道”政策，降低流通成本。

更加有效抓好农产品质量安全监管。坚持标本兼治，深化农产品质量安全专项整治，加强质量安全执法和监督，实施农产品质量安全风险评估，着力解决突出问题。大力推进农业标准化，加快农产品质量安全标准体系和追溯体系建设；强化农业品牌建设，以发展无公害农产品、绿色食品、有机农产品和地理标志农产品为抓手，积极开展“菜篮子”产品标准化生产创建活动。

特别是要重点加强农业基础设施建设。加快编制全国旱涝保收高标准农田建设总体规划和县级建设规划，尽快启动实施项目建设。大力发展旱作节水农业。同时，要加强重大动物疫病防控，抓好农业防灾减灾工作，继续强化农业科技和装备支撑。

韩长赋强调，必须做到强农惠农的思想认识只能增强不能削弱，强农惠农的政策力度只能加大不能减小。我们要在“十一五”打下的坚实基础上，坚定发展信心，增强忧患意识，保持清醒的头脑，加快农业现代化和社会主义新农村建设，开创“十二五”农业农村经济发展新局面。

《经济日报》2011 年 1 月 3 日

扎实推进新一轮“菜篮子”工程建设

近期部分地区个别品种蔬菜出现滞销卖难现象，价格持续下降，菜农遭受损失。有人担心，这是否会影响今后的蔬菜种植和供应呢?

记者在调查中发现，有的菜农遭受较大损失，可能影响其继续从事蔬菜种植的积极性，在下一茬生产安排中可能缩减蔬菜种植面积甚至暂时退出蔬菜种植行业。但个别菜农生产意向的调整难以改变今年蔬菜生产整体稳步发展的态势。近期受损的多为生产期短的叶菜，如果市场需求转旺，生产会很快恢复，满足消费需求。着眼今后，关键是要加强对蔬菜平稳运行的公共服务，避免上市量“忽多忽少”、价格“忽高忽低”的大幅度波动，统筹兼顾好生产、流通和消费各方面利益。

去年出台的新一轮“菜篮子”工程建设的决策将发挥至关重要的作用。《国务院办公厅关于统筹推进新一轮“菜篮子”工程建设的意见》的发布，标志着“菜篮子”工程建设步入了新阶段。这一阶段的工作重点是，针对城市化发展使得保障大中城市“菜篮子”产品供应的压力增大、生活水平提高使得“菜篮子”产品的质量安全更受关注、突发事件的频发使得政府风险管理能力亟待加强等新情况，着眼于从生产、流通、质量和政府调控等多环节入手，强调统筹推进“菜篮子”工程建设。

近年来，随着经济结构调整、利益格局调整和消费需求变化，“菜篮子”产业发展出现了一些新情况、新问题，突出表现在“菜篮子”产品的生产基础仍然不稳固，市场体系仍然不完善，促进“菜篮子”产业科学发展的体制机制仍然不健全，迫切需要在总结以往各个时期“菜篮子”工作经验的基础上，针对新形势下出现的新问题和新任务，进一步加强新时期“菜篮子”工程建设，推进“菜篮子”产业发展迈上新水平。

新一轮“菜篮子”工程的提出，立足当前和今后一个时期“菜篮子”产销面临的新情况、新问题，适应现代农业发展的新要求，实现了三个方面的新突破。

突出了统筹推进工程建设的思想。《意见》强调深入贯彻落实科学发展观，按照统筹推进的办法组织实施新一轮“菜篮子”工程。这主要包括：统筹销区与产区利益，要求在不放松优势产区生产的同时加强销区自给能力建设，密切产区与销区协作的利益关系，发挥好两方面的积极性，既考虑城市居民的消费需求，又关注农民持续增收；统筹市场调节与政府调控，要求在国家规划和宏观调控下，以地方为主开展“菜篮子”工程建设，在充分发挥市场机制作用的基础上，加大政府对“菜篮子”工程基础设施的投入力度；统筹生产发展和环境保护，要求积极推进生产方式转变，既重视生产能力的提高，又重视农业生态环境保护，建设资源节约型、环境友好型农业，实现“菜篮子”产品生产可持续发展；统筹能力建设和机制创新，要求注重要素集成和资源整合，在改造升级原有生产基地的基础上，重点规划建设一批高起点、高标准的新基地，稳定提高产量，确保质量，进一步建立风险控制、产销衔接和市场预警机制，增强科技支撑能力，提高“菜篮子”产品生产、流通的规模化、标准化和组织化程度，促进“菜篮子”长期稳定发展。

明确了大中城市郊区农业发展的功能定位。前些年，农业部制定发布了《全国优势农产品区域布局规划》和《全国特色农产品区域布局规划》，明确了广大的农区农业发展的功能定位，各种优势农产品产业带和特色农产品产业基地建设按规划向前推进。但大中城市郊区农业如何发展，其功能定位一直没有明确，影响郊区现代农业的发展。新一轮“菜篮子”工程，按照统筹工业化、城镇化和农业现代化建设的要求，明确了大中城市郊区农业发展的功能定位，要求与农区错位发展，在稳定粮食生产的基础上，高起点、高标准建设“菜篮子”生产、流通、加工、质量监管等基础设施，大力发展产业化经营，实现农业现代化与工业化、城镇化相协调。

突出了转变“菜篮子”产品生产方式。确保“菜篮子”产品质量安全，让广大消费者放心消费是新一轮“菜篮子”工程建设的重要任务，《意见》除要求继续推进检验检测体系、质量追溯体系等建设外，特别强调要转变生产发展方式，大力推行标准化生产，从源头夯实“菜篮子”产品质量安全的基础，加大品牌培育和认证力度，积极发展无公害农产品、绿色食品、有机食品。

《经济日报》2011年5月17日

如何选购安全优质品牌农产品

安全优质品牌农产品到底该如何选购？发展和认证情况到底怎样？农业部农产品质量安全监管局相关负责人介绍，安全优质品牌农产品是一个特定的概念，是指经官方注册的专门机构考核认证的、符合食品安全国家标准或行业标准的农产品。经过多年的探索和借鉴国际通行做法，农业部目前主推的安全优质品牌农产品包括4个品牌产品，即推行全程标准化生产的无公害农产品、绿色食品、有机农产品认证和农产品地理标志，也就是大家常说的

“三品一标”产品。

记者了解到，农业部门在农产品质量安全方面实施的是“两手抓”，一是抓执法监管，杜绝不合格、不安全产品上市，确保不发生重大农产品质量安全事件；二是积极推行标准化生产和全程控制，大力发展无公害农产品、绿色食品、有机农产品和地理标志农产品，满足人们对安全优质品牌农产品的消费需求。经过这些年的发展，获得“三品一标”认证的农产品已超过8万个，无公害农产品5.7万个，绿色食品1.7万个，农业系统认证的有机农产品近7000个，登记保护的地域特色地理标志农产品近600个。据统计，已通过认证登记的“三品一标”农产品已超过食用农产品商品量的三成。

消费者在选购农产品时，可以通过查看标志和相关认证证书来识别“三品一标”。我国对“三品一标”实施的是官方认证，4类产品都有各自独特的识别标志。按照相关法律法规规定，凡是通过“三品一标”认证的农产品，在包装上市时均应标注相应的质量安全标志和认证机构全称。“三品一标”中的绿色食品、有机农产品（食品），人们在选购农产品和食品时容易识别。无公害农产品和地理标志农产品则以鲜活农产品为主，大多数产品上市销售时没有包装，难以标注认证标志，但生产经营者应提供随产品附有的认证证书或认证说明。

“三品一标”农产品生产有哪些特点和保障措施？农业部农产品质量安全监管局相关方面的负责人解答说，“三品一标”农产品最主要的是推行标准化生产和全程质量控制。总体上看有三个突出的特点：一是生产时的规模大。认定的“三品一标”产地平均生产经营规模超过1000公顷，而且认定的地方50%实现连片种植管理、基地化生产，75％的认证单位依托基地带动农户，每个认证单位平均带动农户超过1200个。二是经营组织化程度高。“十一五”时期，各类农业产业化龙头企业和专业合作组织占“三品一标”认证单位总数的比例由25%上升到75%，其中获证国家级农业产业化龙头企业达到300多家，超过国家级农业产业化龙头企业总数的一半多。三是以“菜篮子”产品为主，结构不断优化。

为保证“三品一标”农产品质量安全水平和市场公信力，农业部门采取了严格的证后监管措施，对认证农产品实行年度例行监测、监督抽查、生产年检、标志督察和检打联动制度，设立了到期复查和淘汰退出机制，建立了质量安全追溯体系，较好地实现了上市认证农产品“生产有记录、流向可追踪、信息可查询”。最近几年的例行监测和监督抽检显示，“三品一标”产品质量安全合格率稳定保持在98%以上。

广大农民和其他农产品生产者对“三品一标”生产的积极性怎样？记者了解到，随着《农产品质量安全法》和《食品安全法》的颁布实施，生产出什么样的农产品才有人要、安全水平才能达标，已成为广大农产品生产者最关心的事。目前，“三品一标”已成为广大农产品生产者生产的最基本目标，其市场售价也较之同类非认证产品高出一定水平。据统计，2010年“三品一标”年销售额突破4000亿元，出口额接近40亿美元。

调查显示，“三品一标”农产品生产基地和企业，有效带动所对接生产基地农户人均年增收130元。另外，“三品一标”生产对农田、养殖场、林地、水域实施连续的环境监测评价和环保措施，有效保护了农业生态环境，促进了农业可持续发展。

《经济日报》2011年5月24日

物价上涨是否因粮而起

国家统计局公布的8月份统计数据引人关注：全国居民消费价格总水平（CPI）同比涨幅小幅回落，但统计数据表明，8月物价上涨的特点依然是食品类价格继续领涨。只是与前几个月相比，领跑速度有所放缓。

因此，有人认为食品价格是物价上涨的前台“推手”，而粮食价格则是推高食品价格的重要因素。于是有人提出疑问，为何我国粮食连年大丰收，农产品价格反而更高？物价上涨是否都是因粮而起呢？

在各种农产品中，粮食价格对食品价格的形成发挥着基础性作用。据研究，玉米价格每上涨10%，就会使猪肉价格上涨5.3%。大豆价格每上涨10%，猪肉价格就上涨7.8%。可以说，食品类价格是决定当前物价走势的关键因素，而粮食价格则是决定食品类价格的关键因素。

那么，是否可以通过严格控制，甚至强制降低粮食价格，从而抑制物价上涨呢？为何国家还在不断地提高粮食的最低收购价呢？提高粮食收购价格与稳定物价总水平是否存在矛盾？

先从供求关系的角度来看，如果粮食价格过低，农民种粮就没有积极性，粮食产量就会减少，供不应求粮食就会涨价。如果粮食因稀缺而涨价，则稳物价、控通胀的基础就缺失了。相对来说，粮食的刚性需求大，而市场调节的弹性较小，只有保障商品的充足供应，价格稳定才有坚实基础。粮食价格的形成有自身的规律性，粮价的适度波动是正常的，合理地提高粮食最低收购价格，有利于保护和调动种粮农民积极性，促进粮食生产稳定发展。只有生产发展了，粮食产量增加了，市场上可供应的粮食增多了，粮价稳定才有物质保障；粮价稳了，物价总水平稳定才有好基础。因此，合理提高粮食收购价格与稳定物价总水平不矛盾。

再从生产成本的角度来看，近年来，用于粮食生产的种子、化肥、农药、农用柴油等农资价格，以及机械作业费、用工成本等普遍上涨，使农民种粮成本大幅增加，农民种粮收益增幅实际不高。在无法降低粮食生产成本的情况下，适度提高粮食收购价格有利于农民增产增收。有专家认为，近几年粮食尤其是食品价格的大幅上涨，有助于种粮农民将更多的劳动力和资源投入到粮食生产上。事实上，可以把农产品和食品的价格上涨更多视为一种恢复性上涨，这种上涨本质是对长期以来资本边际报酬率过高、劳动和土地的边际报酬率过低的一种纠偏；同时也让价格信号在粮食生产中发挥更大的调节作用，引导人们把资源投到农业生产领域，这是市场经济环境下消除通胀压力的根本之道。

当然，粮食价格的上涨一定要保持在合理的区间。同时，为真正让农民受益，一定要采取综合措施，千方百计降低粮食生产、运输、加工、销售等各环节的成本，而且要特别警惕游资的炒作。从宏观和长期的角度来看，物价上涨确实不都是因粮而起。

《经济日报》2011 年 9 月 24 日

粮食连年增产　粮价为何还涨

俗话说“物以稀为贵”，但粮食丰收了，粮价为何还上涨?

大家关注到，在我国粮食总产量连续多年增产的同时，粮食价格保持了持续多年上涨曲线，与 2003 年相比，2010 年粮食生产价格（即农民销售粮食价格）累计上涨了 81.1%，粮食消费价格累计上涨了 76.8%。今年我国粮食有望实现连续第八年增产，但是粮食价格比去年仍呈上升趋势。为什么会出现粮食多年增产而粮价持续上涨的现象呢？我国的粮食产量与粮食价格之间到底是什么关系呢?

中国社科院农发所研究员李国祥认为，粮食涨价与增产并行的缘由确实值得探究。对改革开放以来的粮食产量与粮价之间关系的实证研究表明：通常在粮食产量没有显著波动的情况下，粮食产量对粮价的影响极不显著；只有在粮食产量出现明显波动的情况下，才会显著地冲击粮食市场，引起粮价的波动。自 2004 年以来，我国实施了一系列强农惠农政策，取消了农业税，不断增加粮食补贴，放开粮食收购市场，执行托市收购政策，粮食生产总体上保持稳定增产态势，年际间粮食总产量增产幅度变化相对较小，粮食连年增产没有带来粮价下跌的情形。

那么粮价持续上涨是什么因素导致的呢？从影响粮食价格的微观供给因素来看，成本推动是粮价上涨的最重要原因。随着经济发展，我国农业生产要素投入正在发生重大变化，不但优质种子和化学投入物不断增加，而且随着农村劳动力大量转移，农业机械替代劳动力，土地流转和规模化经营以及专业化生产替代分散小农户生产越来越普遍。近些年来，农业生产资料及其要素价格出现了明显上涨。从2003年到2009年，我国生产的稻谷、小麦和玉米三种粮食生产投入要素中，种子和化肥代表的可变投入物单位价格以及雇工工价和土地租金价格等上涨幅度较大，最低涨幅接近90%，最高涨幅约185%。而同期我国生产的稻谷、小麦和玉米三种粮食平均销售价格由1.1元/公斤上升到1.8元/公斤，仅上涨61.9%。粮食价格上涨幅度明显低于粮食生产中一些主要投入物及其要素价格的上涨幅度。

再从影响粮食价格的宏观经济因素来看，近年来货币流动性充裕，为粮价上涨提供了必要条件。货币供给虽然不是粮价上涨的充分条件，但是改革开放以来我国货币供给量增长和粮价波动关系的实证分析表明，在货币供给量急剧增长的极端情形下，往往会诱发滞后的粮价过快上涨。加之国家持续提高粮食托市价格，强化了粮食生产者、加工商和经营者对粮价上涨的预期。

我国粮食连年增产，虽然没有带来粮食价格绝对水平的稳定，但是避免了粮食价格剧烈波动和一些恶性粮食安全事件的出现，成效明显。近些年来我国粮食价格波动幅度明显地低于全球粮食价格波动幅度。即使是在国内市场，近些年来的粮食价格波动幅度也明显低于其他农产品价格波动幅度。可以设想，我国粮食生产如果没有连续多年丰收，近两年国内粮价将在成本上升、投机推动等因素作用下会出现更大幅度的上涨并且不可避免地随国际市场剧烈波动，对稳定我国物价总水平将构成更大的威胁。

在连年增产的情况下，粮价适度上涨、保持合理水平，对于稳定粮食生产、保障有效供给具有重大的现实意义，也是宏观调控政策的取向。如果人为地短期压抑粮价，恶化种粮比较效益，必然会挫伤农民种粮积极性，后果是出现严重的国内粮食产需缺口，造成粮价暴涨。

今后，为了更好地满足经济发展和居民生活水平提高对粮食消费的需要，减缓粮食成本上升最终转嫁给消费者，保护粮农合理收益，完善我国粮食政策至少要考虑三个方面：促进粮价合理上涨，让消费者在收入提高的同时负担一部分上升的成本；不断增加粮农补贴，稳定改善粮农比较效益；加快发展现代农业，大幅度提高粮食生产效率。

《经济日报》2011 年 11 月 1 日

能否“九连增” 首战看今春

“春分麦起身，一刻值千金。”随着天气的转暖，已陆续返青的冬小麦染绿了田野。从江南水乡到东北黑土地，从西南山区到华北平原，春季农业生产正如火如荼地进行着，今年农业生产第一仗已经全面打响。

生产高潮陆续展开

一年之计在于春。春季是越冬作物管理的重要时期，更是秋收作物安苗下种的关键季节；是一年当中农事大忙的时节，也是全年农业生产的紧要时节。春播粮食面积占全年的一半以上，抓好春耕生产对夏季粮油收成关系重大。抓好春季田间管理和春耕生产，是夺取全年粮食和农业丰收的基础和前提，也是国家管好通胀预期、保持经济平稳较快发展的关键举措。

统计数据显示，2011 年我国物价上涨较快，居民消费价格指数上涨 5.4%，多种因素推动的食品价格上涨对物价产生重要影响；同时，国际主要农产品价格仍在多年上涨的高位上运行，2011 年谷物价格指数已提高到 20 世纪 70 年代以来的最高水平。在国内外市场农产品价格上涨的情况下，如果我国粮食出现滑坡，农产品市场风险将急剧扩大，对稳定物价会带来更大压力。

尽管我国粮食总产量去年已达 11424 亿斤，实现了半个世纪以来首次连续 8 年增产，“但我国粮食供求紧平衡的格局仍然没有改变，粮食生产的基础仍然不牢固，在高基数上保持稳定发展的难度加大。今年要实现 4% 左右的物价调控目标，必须确保农业再夺丰收。”农业部部长韩长赋说，当前我国经济增长下行压力和物价上涨压力并存，粮食和农业生产是保增长、稳物价、安民心、增信心的基础产业，对于缓解“双压”具有不可替代的关键作用。韩长赋表示，农业部已确定，今年将千方百计确保全国粮食产量稳定在10500亿斤以上，而夺取全年粮食丰收的第一道考验就是夏粮能否丰收。

由此可见，能否保持稳产，进而实现“九连增”，抓好春耕生产、争取夏粮丰收是关键。只有首战告捷，才能为实现全年粮食生产目标奠定坚实基础。

机遇和挑战并存

据农业部种植业司司长叶贞琴介绍，今年春耕生产开局总体顺利，夏季粮油生产基础较好。由于去年秋冬播期间墒情好、播种质量高，技术措施落实到位，冬小麦和油菜长势是近几年较好的一年。

但今年春耕生产也面临一些不利因素，特别是气象灾害的影响仍比较突出，由于南方普遍低温寡照，北方冬麦区遭遇春旱，春耕作业有所推迟。

据中国气象局预测，今年春季我国大部地区降水偏少，气温回暖慢，气候条件差于上年；东北和西南南部旱情持续，东北地区发生严重春旱的可能性较大；预计华北、黄淮、江淮大部和华南中东部部分地区可能出现春旱，影响冬小麦返青和起身拔节；南方地区出现大范围持续低温阴雨寡照天气，对油菜生产不利，影响早稻播种育秧。另据国家防汛抗旱总指挥部办公室有关负责人介绍，去年冬季以来，东北、西南和华北的部分地区降水严重偏少，江河来水量下降，导致水利工程蓄水严重不足，目前全国耕地受旱面积约1800万亩。

抗干旱抗低温、保春耕保春管任务艰巨，农业生产资料等价格上涨也带来不利影响。各地反映，今年化肥等农资价格普遍上涨，将推动农业生产成本上涨。据全国农技推广中心对13个省的104个县调查结果显示，2月份几项主要农资的价格上涨幅度均在3%以上。而且随着气温逐渐回升，部分地区小麦病虫害较重，截至3月15日，全国累计发生小麦病虫害8030万亩。

虽然存在诸多不利因素，但粮食“八连增”的实践证明，“政策好”是抓好农业生产的法宝。今年中央进一步巩固完善强农惠农富农政策，出台了新世纪第九个关于农业的中央一号文件，即《关于加快推进农业科技创新持续增强农产品供给保障能力的若干意见》，不久前，温家宝总理在今年的政府工作报告中再次强调，要“促进农业稳定发展和农民持续增收”，并明确表示，今年中央财政用于“三农”的投入拟安排12287亿元，比上年增加1868亿元。国家不仅加大了农业补贴强度，而且为了支持春耕生产，中央财政还提前预拨粮食直补、农资综合补贴、良种补贴、农机具购置补贴、高产创建等补助资金1325亿元。国家还及早公布了小麦、水稻最低收购价，并且分别提高了收购价格。

这些政策和举措，向社会释放了中央继续重农支农的强烈信号，有力地保护和调动了地方政府重农抓粮、科技人员科技兴粮、农民群众务农种粮的积极性，预计今年全国粮食意向种植面积将比上年增加0.37%。

“人努力”成为关键因素

有了好政策，还需人努力，“人努力”是抓好农业生产的关键因素。从中央到地方，从基层干部到农民群众，一场春季农业生产的热潮正在掀起。

早在今年1月，为全力保障春耕化肥生产和流通，国家发展改革委等联合发出通知，要求做好2012年春耕化肥供应工作，还组织农业部、中石油和中石化等煤电油气运保障工作部际协调机制成员单位，就强化供需衔接、增加资源供应、提供便农惠农服务等相关工作进行了协调安排。

农历正月十五刚过，农业部的123名干部和农技人员就分成30个组深入各地农村，展开为期一个月的入户调查。其中一项重要任务就是开展春季农业生产技术服务，动员农民早下田、早管理，督促地方全力抓好春耕备耕。同时，全力抓好春播面积落实。春播粮食作物播种面积稳定在9.2亿亩以上、全年粮食播种面积稳定在16.58亿亩以上。为此，要通过大力推进科技进村入户，大规模开展粮棉油糖高产创建，集成推广先进实用技术，提高技术到位率，促进大面积均衡增产。农业部已在全国开展了“农业科技促进年”活动，广泛开展多种形式的科技服务，农业科技人员下乡入户，指导农民落实好各项农业技术。

各地积极落实强农惠农富农政策，及早部署春耕备耕工作，扎实开展农民冬季技术培训，切实加强春季农田水利建设，确保农资供应充足，农机具检修落实到位。湖南省将粮食生产奖励资金从3400万元增加到4000万元，新增部分重点用于对种粮大户奖励；河南省组织了1.3万多名农业科技人员，深入乡村开展技术服务。

农业、工商、公安、质检等部门联合开展农资打假专项整治行动，严厉打击制售假劣农资等违法行为，净化农资市场，让农民用上放心农资。针对春耕农时紧迫、劳动力紧缺的状况，农业部农机化管理司司长宗锦耀表示，将以拖拉机、耕整地机械、播种机械、插秧机械等为重点，引导农民积极选机购机，努力增加春耕备耕投入机具数量，充分发挥各类农机服务组织主力军作用，组织好农机跨区作业。针对今年的农情和苗情，各地正在细化实化春耕春管技术方案，因地、因墒、因苗、因时搞好肥水管理。

春华秋实，在创造了粮食“八连增”奇迹的土地上，人们正播种着新的希望！

《经济日报》2012年3月22日

秸秆到底怎么办

我国是粮食生产大国，又是秸秆生产大国。据统计，农作物的果实能量和秸秆能量在数量上大体相当。日前，在由国务院发展研究中心资源与环境政策研究所主办的我国“十二五”循环型农业发展暨农作物秸秆综合利用政策研讨会上，专家们达成共识：提高农作物秸秆的综合开发利用率。

前些日子持续的雾霾天气，引起大家对污染问题的高度关注。尽管秸秆焚烧不是引起雾霾的直接原因，但农作物秸秆焚烧引起农村面源污染的问题却是不争的事实。每年夏收和秋冬之际，总有大量的小麦、玉米等秸秆在田间焚烧，产生了大量浓重的烟雾，不仅成为农村环境保护的瓶颈问题，甚至成为殃及城市环境的罪魁祸首。

我国农业每年生产10000多亿斤粮食，生产14000多亿斤秸秆。如何处理成堆的秸秆，成为农民和地方干部头疼的大问题。这些看似“用处不大”但必须处理掉的“废弃物”，完全由农民来处理，就出现了大量焚烧的现象。怎么办?

目前很多发达国家通过科技创新，为农作物秸秆的综合开发利用找到了多种用途，除传统的将秸秆粉碎还田作有机肥料外，还可以生产秸秆饲料、秸秆汽化、秸秆发电、秸秆乙醇、秸秆建材等新产品。

我国也有不少地方积极探索，创造性地采用了许多好办法。如利用秸秆生产无甲醛系列秸板，广泛用作高档家具、高档包装、高档建筑材料等基材；鼓励农民扩大养殖规模，使秸秆成为牛羊的粗饲料；利用秸秆汽化原理和技术，在农村推行秸秆沼气工程；利用秸秆造纸等等。其中，秸秆造纸的利用率最高，但传统工艺产生的污染也最严重。据专家介绍，北京五星腾达新能源科技发展有限公司发明的“秸秆化机浆”造纸新工艺、新技术，能有效解决污染问题，已获国家专利，此技术广泛推广后可带来秸秆造纸的新技术革命，既能增加农民收入，还能保护生态环境。

当前，由于秸秆利用的技术还不完善，政策和资金投入不足，市场运作力度还很不够，秸秆综合利用的效率和效益有待提高。但秸秆综合开发的前景非常好，据专家测算：如果能转化我国每年秸秆的50%，将是一个巨大的新兴产业，可以吸纳大量农村劳动力，给农民带来可观的收入，可以把以往农业本已生产出来却又废弃的那一半收获捡回来。

《经济日报》2013年1月23日

绿色城镇化亟待推进

在推进新型城镇化建设的过程中，发现一些地区津津乐道的是有多少农民住进了新楼房，有多少宅基地被节省出来复垦，新建了多大面积的广场，新修了多少公里马路，但保留了多少古树，新增了多少绿化面积，却不在关注范围内，以至于人们看到的一些新型城镇只是由高楼、广场和公路组成，唯独缺少了养眼的绿色。

城镇化是我国现代化建设的历史任务，也是扩大内需的最大潜力所在。中央提出要积极稳妥推进城镇化，着力提高城镇化质量，其中，加强生态环境建设是提高质量的关键因素。那么，在新一轮的城镇化热潮中，如何将生态文明理念和实践贯穿其中?

有识之士呼吁，增加绿色生态产品供应是当务之急。随着经济迅猛发展，我国提供农产品、工业品、服务产品的能力迅速增强，但提供清新空气、清洁水源、舒适环境等这些绿色生态产品的能力却在减弱，这说明在人们生活水平提高后，追求身心健康和高质量生活的期待不相适应，满足不了人们对绿色生态产品不断增加的需求。

推进城镇化，是为了让更多的人享受现代文明，是为了提升人民的生活质量。一些地区推进城镇化的立足点不对，为了占地卖钱，不断扩大建成区面积，把应该保留的湿地、草地、湖泊变成了水泥板，导致干旱洪涝频发、四季气候失常，让人们很难享受到“春有花、夏有荫、秋有果、冬有雪”的自然美景。

特别需要警惕的是，不注重生态环境建设，一味地提高开发强度，不仅带来环境问题，也会带来资源安全问题，特别是水资源保障面临威胁。我国是严重缺水的国家，水资源时空分布不均，人均水资源占有量极为有限，缺水的原因是多方面的，我们自己把森林、湿地、湖泊等“水盆”搞得越来越小是缺水的原因之一。如果不控制开发强度，不从现在开始重视增强水的涵养能力、水的存储能力，我国未来的可持续发展将面临水资源危机的严峻挑战，现在西南等地区的连年干旱已经敲响了警钟。

生态环境恶化、资源安全面临威胁，这违背了我们推进城镇化的初衷，不是生态文明的进步而是退步，这样的城镇化我们宁可不要。

所以，推进城镇化，摆正立足点非常关键。要立足于人的城镇化，立足于改善居民的生活质量。不能为了提高城镇化率而城镇化，不能为了提高经济增长速度而城镇化，更不能依靠占地卖钱、扩大投资、增加产能、繁荣房地产来推进城镇化。

在推进城镇化的举措中，要尊重自然、顺应自然、保护自然，认识到生态是一个系统，山水田林与城市是同一个生命共同体。破坏了山，砍光了林，也就破坏了水，山就变成了秃山，水就变成了洪水，地就变成没有养分的不毛之地。因此，需要调整的重点之一就是要保护和扩大森林、湖泊、湿地面积。

各地在推进城镇化的过程中，要有点自律精神，控制开发强度，留下必要的生态空间，来净化追求GDP所产生的脏空气和脏水，让城市居民有养眼养肺的生态空间，让水资源和动植物有个栖身之地，要给自然留下更多修复空间，给农业留下更多良田，给子孙后代留下天蓝、地绿、水净的美好家园。

《经济日报》2013年5月23日

第九章

人物风采：

扎根泥土写春秋

扶贫路有多长　他就能走多远

——记河北张家口市扶贫办主任郭继祥

早就听说张家口市的扶贫办主任郭继祥是河北省的劳动模范，获得过很多荣誉。当记者见到这位扶贫主任的时候，却丝毫感觉不到他头上那些耀眼的光环，从他身上流露出的是和他的扶贫对象一样的农民本色——朴实憨厚和勤劳。

作为农民的儿子
他最看不得农民受苦

自从郭继祥参加工作以来，他总是与基层农民保持着千丝万缕的联系，尤其是当上张家口市的扶贫办主任之后，他便与扶贫事业结下了不解之缘。在郭继祥上任之初，张家口市有几十万人口处于贫困状态，贫困村多达257个。一种沉甸甸的责任感压在了他的心头上。在学习扶贫政策和查阅资料之后，郭继祥一头扎进贫困乡村开展实地调查。

1998年农历腊月的一天，他到蔚县南山区茶山调研，正赶上这个海拔2000多米的贫困村大雪纷飞，路滑得车进不了村。大家劝他换个路好走的村或是改天再来，但他硬是拄着木棍走了30多里。郭继祥的平易近人有口皆碑，农民们最熟悉的就是他那憨厚而富有亲和力的笑容。农民来访，他只要有时间就一定亲自接待。他还经常把自己舍不得抽的好烟给农民，有时还自己掏钱给农民当路费。无论是在老百姓的炕头上，还是在田间地头上，他总是推心置腹地和乡村干部、贫困农户交谈，了解农民需要什么，哪些项目扶贫面广、效果好。在众人眼中，郭继祥见不得穷人，见到穷人他就走不动了。

为了扶贫事业
他不怕跑断腿

郭继祥从“八七”扶贫攻坚计划中了解到，张家口市的贫困人口多分布在坝上的高寒区和坝下的深山区，生产、生活条件极为艰苦，是扶贫攻坚的“硬骨头”。老郭下定决心：一定要啃下这块“硬骨头”。扶贫攻坚，关键在干。

郭继祥快马加鞭，组织人员编制了十大工程项目建设实施规划、257个村解决温饱规划、扶贫到村到户规划，使全市贫困村村村有规划、户户有项目。经过几年的艰苦努力，在十大工程中，张家口市已有广播电视村村通、自然村通电工程基本完成，有50多万人口从中受益。

得知国家谋划制定新世纪前十年的扶贫开发规划，准备重新调整国家扶持重点县的信息后，老郭深感任务艰巨。白天，他更为频繁地深入调研；深夜，他辗转反侧不能入睡，琢磨着如何才能把张家口市的贫困状况让上级领导了解得更全面、细致。在做好充分的准备工作后，老郭带领扶贫办一班人一次又一次到省有关部门、国务院扶贫办汇报情况，并把有关领导请到张家口市考察，加深了他们对张家口市贫困状况的了解。功夫不负有心人，在国家新出台的扶贫计划中，张家口市原有的11个贫困县（区）全部被列为新阶段国家扶贫开发工作重点县（区），继续得到国家的扶持。

要走出返贫怪圈
他想出了好点子

2001年，当时的河北省领导给了张家口1000万元扶贫资金，要求尽快发展起以小尾寒羊为龙头的畜牧业来。当时，大家都很犯难：这么一点儿资金，只能买2万只小尾寒羊。如果就这么放给贫困户，肯定能解决一些家庭的温饱问题，但要形成一个产业，按照以往的惯例，绝不可能。

“必须得让这1000万元充分运转起来，循环使用！”经过深入的考察论证，张家口市扶贫办推出了“周转羊”项目——以羊代资，两年为一轮次，借五还六，收回的羊只再周转给新的贫困户，循环使用，滚动发展。两年的运转也证明，“周转羊”显示了强大的辐射力。

老郭算了这样一笔账：2001 年，张家口市引进优质小尾寒羊 2 万只发放到 6 个县 35 个乡镇 105 个村的 4003 个贫困户家庭。到 2003 年，完成了第一轮周转之后，农户手中新增了 10 万只羊，实现直接经济效益 2400 多万元，户均受益 6000 多元。将种羊收回之后，又放养给 8 个县的 3800 个贫困户。2003 年，张家口市又继续投入 1000 万元扶贫资金，购进 16109 只种羊，放养给了 10 个县的 3292 个贫困户，预计今年即可带动农户增收 954 万元。

《经济日报》2004 年 7 月 12 日，与李媛媛合作。

李集周　不信黄土不生金

他质朴中不时闪现的思想火花和敢为人先的创新精神，会让你不得不由衷地感叹：这人了不起！

李集周是一位地道的农民企业家，操着一口地道的北戴河乡音。虽然他身上已经罩上了许多道光环，作为北戴河集发农业综合开发股份有限公司董事长兼总经理的他，是全国劳动模范，省、区、市人大代表，秦皇岛市优秀共产党员等等，但初次见面，他身上那农民特有的质朴和坦诚仍然直逼你的第一感觉。可深入接触，他质朴中不时闪现的思想火花和敢为人先的创新精神，会让你不得不由衷地感叹：这人了不起！

他了不起的举动开始于 20 多年前。当时农村掀起了风起云涌的联产承包责任制大潮，河北秦皇岛市北戴河村九个生产队在大潮的席卷下解体了，刚刚分到土地的李集周在高兴之余，却辗转反侧。他发现在引进良种、机井灌溉、市场销售等方面，一家一户干不如大家合伙干更能降低生产成本，更能抵御市场风险，更能获得最大效益。“怎样才能在土地上搞出点名堂来，怎样才能让土地生金呢？”把土地联合起来经营是个办法！想明白后，他跑东家、去西家，苦口婆心地讲道理，终于感动了24户农民，他们决定联合起来种蔬菜，当时他们还不知道这就是规模经营。他们的经营规模是：刚分得的3辆马车、5间土房、76亩地。李集周说：挣钱平均分红，赔钱算我的。就这样，27岁的李集周牵头组建了合伙式生产联合体，即“集周蔬菜生产联合体”。

由于经营有方，到1989年，联合体固定资产从1.2万元增加到30万元，年收入由10万元增加到70万元，人均收入是“大锅饭”时期的10倍。此时的李集周成为乡亲们心中的“大能人”。

到了1989年，李集周又有一个了不起的举动：他决定搞“出资入股”，他说只有这样才能把个人利益和联合体的发展紧紧连在一起。于是，包括李集周在内的11户农民自愿出资入股，以特菜基地为主，搞起了包括养猪、建筑等在内的多种经营的民间股份制。

他第三个了不起的举动是，1993年成立北戴河集发实业总公司并实行内部股票制。管理人员收入方式由工资制转为工资加股票，年终分红。给管理人员发放部分现金并配发股票，让企业有更多的资金扩大生产。

随着企业的进一步发展，只上过小学的李集周却从实践中意识到，股份合作制越来越不适应企业发展，一是经过多年股权流动和积累之后，每个股东手中股票数额差距拉大，可差别只能体现在分红上，在决策管理上体现不出来。

二是所有权、经营权合二为一的家族式管理模式，不利于吸引优秀人才，增加了管理难度。在涉及企业实现大发展的关头，李集周顶住压力，毅然采取了第四个了不起的举动：决定由集发实业总公司和19名自然人共同投资组建“北戴河集发农业综合开发股份有限公司“，建立起产权多元、权责明晰的现代企业制度。在管理上“靠资本说话”，所有权与经营权逐步分离。公司针对不同岗位，不同人才实行年薪制、工资制、工资加股权等多种分配制度。为公司吸引了很多优秀人才，推动了企业进一步发展，企业规模迅速扩大。

李集周最近的一个了不起的举动是发展旅游产业。他这个建议提出后曾遭到了大多数股东的反对，包括他的亲大哥：“种菜种得好好的，搞什么旅游？”“在这前不着村，后不着店的地方搞旅游谁来？”“纯粹是把股东们的钱往水里扔！”而面对众多非议，李集周坚持认为集发公司搞农业旅游有优势，关键是搞出特色来。统一了思想后，集发生态农业观光园于2000年正式对外开放接待游客，第一年就带来了50多万元的收入，被国家旅游局评定为全国首家国家级AAAA生态农业景区，成为全国首批工农业旅游示范点。

懂得富而思进、不断谋求跨越的李集周超越了小富即安的小农意识，但从黄土地里走出来的李集周，仍带着对土地的那种眷恋和对农民兄弟那份情感，回报父老乡亲、带动农民共同致富是作为省级重点龙头企业的集发公司的发展理念。集发先后投资550万元，建起了省内最大的放心蔬菜配送中心，成立了集发农业专业技术协会，采用公司＋基地＋农户连市场的运作方式，带动周边近4000户农民发展无公害蔬菜和果品种植，一年为农民增收700多万元。集发公司还率先在北戴河开展了“村企共建文明生态村”活动，优先为农民免费传授新品种、新技术，优先为村里补助修建农业基础设施和公共设施的资金。集发公司由党支部牵头，全体党员响应，把每年的7月1日定为“献爱心活动日”。几年间，用基金会基金资助失学儿童123名；使24名大学生完成学业；还出资为1800多户农民安装有线电视、为村民订阅报纸；免费为农民举办知识讲座、发放农业技术资料；每年春节都慰问当地贫困户、下岗职工、残疾人。截至目前，已累计捐款捐物折合450多万元。

有群众真心实意地感谢李集周，称赞他做了件了不起的大好事，李集周总是憨厚地笑着说：“一个人致富不算是富，我是农民的儿子，一不图当官，二不图发财，我只图把企业搞好，对得起家乡父老。”

虽然集发公司已经成为拥有6000多万元固定资产、员工近5000人、实现产值过亿元的股份制企业，并获得了50多项省部级荣誉，但在李集周身上不仅看不到任何自喜、自满的样子。相反，总能听到他充满忧患和诚恳地说：“公司现在正在爬坡，下一步该怎么走，请各位专家给我支支招吧！”

《经济日报》2005年1月11日

时代先锋　熊猫专家的辩证法

——记中国保护大熊猫研究中心主任、国家林业局卧龙自然保护区管理局局长张和民

最近一段时间，憨态可掬的国宝大熊猫成了海峡两岸民众的热门话题，这源于祖国大陆将向台湾赠送一对大熊猫的消息。人们惦念和询问着，在哪儿找这对大熊猫？

这个问题有一个人可以清楚完整地回答，他就是中国保护大熊猫研究中心主任、国家林业局卧龙自然保护区管理局局长张和民。近日记者采访张和民时，他正忙着大熊猫选秀的亲子鉴定工作。

选择的辩证法：高与低

人生是选择的艺术，张和民的人生道路也面临过无数次选择，他的选择充满了辩证法，在人生的紧要关头，他总是做出在常人眼里“避高就低”的选择。

1989 年 10 月他获得了美国爱达荷大学野生动物与自然保护区管理专业硕士学位，国外一些科研机构极力挽留他，但想到大熊猫那可爱的模样，他于 1990 年毅然选择回国，开始了扎根基层、投身一线的生活。

做这样的选择，对张和民来说不是第一次。别人都知道野外作业条件艰苦，唯恐避之不及，他却在 1983 年从四川大学生物系动物专业毕业后，放弃了到条件相对较好的研究中心实验室的工作机会，主动请缨到艰苦的“五一棚”大熊猫野外生态观察站去驻站，一去就是四年。

功夫不负有心人，13 年的呕心沥血换来了他一个又一个事业高峰：从 1991 年到 2003 年，他解决了圈养熊猫难以“传宗接代”的世界性难题，使幼仔成活率高达 100%，并已从 2000 年到 2004 年保持了四年“不败”记录。对比 1980 年至 1990 年在外国专家帮助下，我国圈养大熊猫数的负增长，张和民的努力收到了回报：对比 20 世纪 80 年代美国华盛顿国家动物园大熊猫繁殖 4 胎 5 仔全部死亡，我国保护大熊猫研究中心运用张和民的研究成果，从 1991 年到 2004 年繁殖大熊猫 48 胎 72 仔，成活 59 仔已是“惊人”的进步。

在张和民和他团队的努力下，目前，中国保护大熊猫研究中心拥有世界最大的大熊猫圈养种群。

生活的辩证法：苦与甜

用“苦尽甘来”形容张和民的科研生涯再恰当不过了。20 世纪 90 年代前期，地处山区的卧龙自然保护区生活环境特别艰苦，刚回国的张和民受得了吗？张和民说，物质上的苦不算什么，最让他感到揪心的是科研条件差、科研人才大量流失和大熊猫人工繁殖科研工作难以取得进展。

张和民以敢为天下先的勇气，先找准了保护大熊猫的关键：培养并留住人才。为此，他建立了人才激励机制，按计划分批选送优秀人才出国深造，并解决了他们的后顾之忧。

强将手下无弱兵，至 20 世纪 90 年代中期，中国保护大熊猫研究中心已初步形成了自己的科研骨干队伍。此时，人工圈养大熊猫真正提上了日程，在张和民的字典里再也找不出“休息”二字。在大熊猫发情、产仔、育幼季节，他日夜坚守在大熊猫饲养场，家虽然很近却不常回，他妻子常说自己是“爱上一个不回家的人”。1984 年冬天，他与一位老同志在竹林中穿行了两天，突然发现了一只正在呻吟却不能动弹的大熊猫，他留守在大熊猫身旁，让老同志赶回 100 余里地以外的营地通知救助人员。他把自己随身携带的仅有的一点儿饼干和水全部喂给了大熊猫。15 个小时后，救护人员赶到，患病的大熊猫得救了，饥寒交迫的他却再也撑不住，病倒在现场。

类似的事情不胜枚举。“现在条件好多了，到成都坐车两三个小时就到了；和外界联系也方便，又有了互联网。对大熊猫保护工作的发展我更有信心了”，在物质上他很容易满足。

2003 年 7 月，在他的带领下，中国保护大熊猫研究中心启动了大熊猫野外放归前期研究，填补了国内外在大熊猫放归研究方面的空白，为圈养繁殖的大熊猫野外放归奠定了良好的基础。尤其让他感到欣慰的是，一批保护大熊猫的专业人才已经成长起来；党和政府对他的工作成果给予了充分的肯定和支持。

工作的辩证法：左与右

在张和民心灵的天平上，一头挂的是国家，一头挂的是群众。卧龙自然保护区是全国唯一的“政事功能合一”的保护区，生活着各族群众 4700 多人，为了保护大熊猫，当地的老百姓付出了很多努力。自 2002 年任管理局局长以来，张和民想方设法对他们予以补偿并带动群众致富。

要想富，先修路。在张和民的带领下，卧龙辖区内的公路完成了水泥路面改造，彻底改变了当年坐车“一摇三晃”的窘境。路通了，如何帮助山区群众真正走上致富路？张和民因地制宜，既保护自然资源又让当地百姓得到实惠。

卧龙地区不仅大熊猫等野生动植物资源保存完好，也保存下来大量的旅游资源。开展旅游业极大地改善了当地群众的生活，张和民为此立下了“汗马功劳”：保护天然林，他率先在国内推行承包责任制，此项制度使群众收入可达人均 180 元；退耕还林，他鼓励群众种植大熊猫食用竹，承诺以不低于保护价的价格收购。最终，全区农村人均收入在 2004 年达到了 2074 元，明显高于周边地区。在他的努力下，区内 100％的农户用上了电灯，区内中小学校的教学设施也得到了改善。

8 月 23 日晚，张和民在从成都赶回卧龙的路上对记者说，他理想中的大熊猫的状态是数量稳中有升，达到一种平衡状态，然后就把它们放归野外，再者就是让圈养的大熊猫能够满足科研、教育等需要。实现这些目标，大约还需要10年时间。他还有很多很多想法需要20年、30年乃至更长的时间来实现……

在卧龙崎岖的山路上，张和民带着他的大熊猫又开始了新的追梦之旅。

《经济日报》2005年8月25日，与张梦薇合作。

农产品加工业助推现代农业发展

30多年前，他带领职工励精图治、艰苦奋斗，把一个亏损的社办工厂扭亏为盈。现在，他领导的金丝猴集团资产达15亿元，员工有7000人，成为糖果行业的领军者、全国农产品加工行业的佼佼者。这位企业家就是豫东农民出身的全国人大代表、上海金丝猴集团有限公司董事长赵启三。

谈到农产品加工业的发展，在这个行业里摸爬滚打了多年的赵启三深有感触，他说，目前，我国农产品加工业总量快速增长，运行态势良好，是我国国民经济优先发展的一大支柱产业，也是发展最快的产业之一。实践证明，发展农产品加工业，可以延长农业产业链条，有利于提高农业综合效益和增加农民收入，是解决“三农”问题的钥匙，为现代农业的发展起到重要的助推作用。

从金丝猴集团的发展轨迹可以生动地看到我国农产品加工业发展的脉络。河南省沈丘县付井镇多年前是个偏僻贫穷的小镇，当时的乡办企业“付井电器厂”负债112万元，受命于危难之时担任厂长的赵启三，大胆地作出了转型生产食品的决定，自1979年挂上“沈丘县食品总厂”的牌子后，这里发生的变化令人刮目相看。“金丝猴集团有限公司就这样迈出了第一步，之后逐步发展起来的。”赵启三说。

回首20世纪80年代，赵启三主要是带领职工模仿生产大城市流行的食品，如月饼、点心、牛肉干、罐头等。在企业的发展过程中，赵启三看到了农产品加工的广阔前景，果断买下了上海食品工业研究所掌握的新型枕式奶糖的制作技术。不久，金丝猴奶糖上市销售，当年就实现销售额2000多万元。1996年，金丝猴集团成立时，年销售额突破2亿元。

但赵启三并不满足于企业的经营状况，在进行大量的市场调研和分析之后，2008年6月，金丝猴集团投资近7000万元开设了豆制品深加工项目，并在年底推出了“馋嘴猴”豆腐干，深受广大消费者喜爱。

如今，金丝猴集团有限公司横跨7省1市，拥有16家成员企业，产品囊括了糖果、巧克力、果奶、果冻、炼乳、饴糖、奶粉、方便面等众多系列，“金丝猴”已经成为知名品牌之一。

《经济日报》2011年3月28日

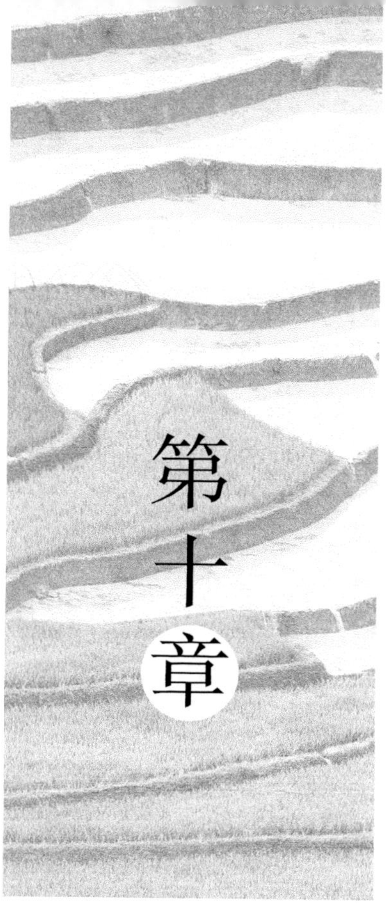

第十章

网络访谈：

各显风采话创业

在每年春天全国两会召开期间，经济日报和中国经济网均联合开设“两会代表委员面对面”在线访谈节目，围绕不同的主题访谈全国人大代表和政协委员。本人作为中国经济网特约主持人，在演播室专访了多位全国人大代表、全国政协委员。在此收录三期专访文字内容，以飨读者。

专访全国人大代表、杭州娃哈哈集团董事长兼总经理宗庆后

主持人：各位网友大家好！欢迎收看“中经在线访谈”。在今年的两会期间，我们推出“2010两会代表委员面对面”系列节目，我们将邀请多位全国两会代表、委员做客中国经济网，与网民进行在线交流，解读国家政策，解答百姓最关心的热点问题。

今天是我们“2010两会代表委员面对面”系列节目的第一期，来到我们演播室的嘉宾是全国人大代表、杭州娃哈哈集团董事长兼总经理宗庆后先生。宗庆后是全国著名的企业家，他于1987年创办娃哈哈集团，在他的带领下，娃哈哈集团经过20多年的奋斗，企业实现了“从小到大”的突变，快速步入规模经营轨道，一举跻身全国工业企业利税500强行列。

主持人：宗总，您好，欢迎您来到中国经济网做客！

宗庆后：支持人好，各位网友好！

主持人：宗庆后以其出色的业绩和人格魅力，先后获得“全国劳动模范”“五一劳动奖章”“全国优秀企业家”“中国经营大师”等多项荣誉称号，并光荣当选十届、十一届全国人大代表。他积极参政议政，至今共提交各类议案和建议近60件，充分发挥了人大代表的作用。

您是我们中经网的老朋友了，从昨天我们在网上挂出您今天要来做客的消息以后，很多网友在网上给您留言，也提出了一些问题。在我们今天的访

谈当中，我们也会穿插一些网友的问题请您回答。我们注意到，您每年的议案和建议都涉及很多关系到国计民生的热点、焦点问题。今年您的议案更侧重于哪些方面呢？

宗庆后：我今年的议案和建议主要侧重方面也是民生问题。现在我们国家扩大分配，在人民代表大会之前，中央组织部举办省级干部研讨班，我也认真学习了胡锦涛总书记和温家宝总理在研讨班上的讲话，中央已经把政策和方向定了。一个是经济结构的转变，一个是产业结构的调整，最终实现经济增长方式的转变。经济结构的转变和调整就是把出口、投资、扩大内需三者同步进行，主要是要扩大内需。扩大内需要解决分配问题。第二是解决一产、二产、三产的同步发展问题。重点要发展三产。应该说中央这个方向很英明，决策很正确。中央已经把方向指给我们，我们只在具体操作方面提一些意见和建议。

主持人：宗总，我注意到您 3 年来一直提出一条建议，关于进一步调整国民收入分配结构，以拉动内需、促进经济发展。很多网友想问您，为什么您几年来持续提出这个建议？特别是其中谈到通过发放一万亿消费券全面拉动消费。大家都觉得这是特别诱人的观点。但也有网友问这是否是被动促进消费的方式？您的观点是什么？

宗庆后：我认为我们国家改革开放 30 年以来，经济发展很快，主要是靠投资和出口拉动经济发展，实际上一直没解决分配问题。所以现在世界上发生经济危机以后，出口受阻以后，对实体经济的影响比较大。实际上现在说起来供大于求，而我觉得并不是供大于求，而是很多老百姓没有钱消费，所以就造成好像感觉供大于求。中国 13 亿人口的大市场，如果真正拉动内需，我觉得中国经济确实可以高速发展几十年，都没有什么太大问题。所以我认为要解决分配问题，中央也看到这个问题，也提出要解决一次分配的问题。

去年我们国家经济在上半年受到金融危机的影响比较大，上半年税收降低、GDP 增长速度也降低，下半年又恢复起来。中央主要采取的是家电补贴下乡、汽车补贴下乡、放松房贷政策，把汽车、家电和住房需求拉动起来，下半年的形势比较好，GDP 增长很快，全年增长 8.7%。上半年的税收也很紧张，税务局到处查税。到了下半年，税收很宽松，有的地方还把去年的税留到今年来收，就说明内需拉动了经济增长。但是，我感觉去年拉动家电、汽车行业，毕竟是耐用消费品，我感觉很快就会饱和。去年汽车卖了一千四五百万辆，今年可不可以卖到这个数字，我感觉有点问题。

主持人：如何实现良性循环是个问题。

宗庆后：再一个就是房产，因为房价比较高，实际上有很大一部分房子是投机炒房者买房，没有实现真正的消费，今年到底怎么增长？中央已经提出扩大分配、拉动内需。现在拉动内需，最大的是低收入群体消费，中等消费群体主要消费房产和汽车。把这两部分消费拉动起来的话，目前的政策速度太慢。我提出发放 1 万亿的消费券，使用的时候，30 块消费券带动 70 块人民币的消费，就是 100 块钱买东西，可以用 30 块钱消费券、70 块钱人民币，这样可以拉动 5 万多亿的消费，这个数字不得了。消费券发放下去以后，允许买各种东西。

主持人：包括允许我们买娃哈哈的系列产品。

宗庆后：当然也是一方面。低收入群体可能买的是生活必需品，也就是日用品。中等收入群体可能就会买房子、买汽车，这样把各行各业拉动起来，可以解决就业问题。现在很多中小企业贷款难，实际很多中小企业根本不要贷款，因为他们没有生意，工厂开不起来，还贷什么款、投什么资？如果生意好的话，就业也解决了。就业解决了，这部分人又增加收入，又增加消费。国家尽管拿出 1 万亿，实际上 5 万多亿的 GDP 增长出来以后，税收又把钱收回去，所以实际上不会有太大的问题。

主持人：您这个建议非常好，希望决策层可以听到您的建议，并且吸纳您的建议。

宗庆后：对，一下就可以拉动内需，这样比其他的政策来得更快。政府少投资，把这些钱用在这个方面，就可以解决这些问题。物价在上涨，消费券发放下去以后，物价肯定会涨起来，人民币就贬值。贬值的时候，财政拿出 1 万亿的消费券，再还的时候就不用 1 万亿。用这个方法，政府不会吃大亏，而且消费拉动起来，税费扩大，税收肯定会更多。

主持人：接着您刚才讲的话题，我们就要问一个跟企业员工增加收入有关的问题。也是您提出的，要降低企业税负，让企业增加员工的收入。有网友就问，增加员工收入就意味着增加企业的开支，这个提议是不是存在一定的矛盾？

宗庆后：这个应该是没矛盾的。我觉得企业是应该不断地给员工增加收入。以前是低成本竞争，我们都是廉价劳动力，分配问题没有解决。关键是很多企业、特别是中小企业，现在都是低成本竞争，利润也很薄，利润也就只有 3%-5%，因为他们没利润，就无法运转下去。国家在所得税方面，给中小企业让点利。比如在最低收入之上给员工增加工资部分，是不是可以以所得税 5% 的比例抵扣，就是国家拿出税收给员工增加工资。

主持人：这么一讲，很多网友就明白了，为什么增加企业员工的收入，而不会给企业增加负担了。民营企业在发展过程当中也经历了很多艰辛，您的议案中提到民营企业权益保护的法律体系还不够健全，您发现有哪些具体问题没有？

宗庆后：我还提出一个建议，现在中小企业不断创新，不断进行产品结构的调整，但是科研经费也投不起，改造经费也投不起，是不是可以鼓励他们技术改造，鼓励他们增加科研经费的投入，也可以在所得税的 5% 的比例之内抵扣。实际上在世界其他国家都在降税，鼓励经济的发展。现在降税要降到真正有效果，所以要增加员工收入，增加科研投入，增加技术改造费用，然后降税，这样可以真正起到作用，促进产业结构的调整。

因为一个人的财富多了以后，实际上他能吃多少？能用多少？多下的财富也是不断投资，不断创造就业，不断给国家创造税收，同时不断推动社会进步的。所以，我认为不能歧视民营企业，民营企业无非是机制比较活、激励比较高。我认为把思想观念转化以后，才能有利于民营企业的发展，实际也有利于整个经济的发展。

主持人：这是一个大家比较关注的敏感问题。

宗庆后：比如农村土地承包责任制，以前农民吃大锅饭的时候，饭都吃不饱，后来土地承包，什么都很丰富了。说明经济调动起来以后，国家才能发展。后来国家允许私有经济的发展，允许老百姓有私有财产，又调动了全社会发展经济的积极性，发展经济就可以创造财富。现在大家的思想观念认识有点不是太准确，认为国有企业是国家的，是整个社会的，民营企业好像是私人的，就有点歧视。实际上我认为允许私有财产、允许民营经济存在，实际是把民营经济的所有权给了老百姓，大家积极性比较高、责任心比较强。以前我们《宪法》规定全国的财富都是全国老百姓的，他们就没有责任心，也没有积极性。世界各国，没一个国家的国有企业是可以搞得很好的，所以我认为今后的发展方向还是民营企业为主。现在关键是要把思想进一步解放，民营企业刚开始的时候确实是不择手段赚钱。但是，发展到一定规模的时候，是会体现社会责任的。

主持人：为何讲民营企业刚开始的时候是不择手段赚钱的？

宗庆后：就是讲浙江温州一带的人到山西开煤矿。当时他们被招商引资过去以后开煤矿，我认为他们做得不对，买了矿的产权开个洞就挖煤。我认为开煤矿就要有开煤矿的样子，要把煤矿的安全做好，然后再做矿产企业。实际上现在山西再收回煤矿的时候，当初卖的时候价格比较高，收回来的时候价格比较便宜，我认为不太对。另外，在整合煤矿的时候，也不一定只有国有企业可以整合，民营企业也可以整合，只要达到规范要求，就都可以进行矿产投资。所以，我认为要解决民营企业的问题，关键还是要进一步解放思想。改革开放 30 年，我们国家经济发展这么快，我认为首先邓小平同志提出的“让一部分人先富起来”，让一部分地区先富起来，先富带后富，最后走向共同富裕，这样才能把社会资源积极调动起来。

主持人：我特别注意到刚才您谈到民营企业发展的一个问题的两个方面，一个就是您讲到企业要自律，特别您讲到在挖煤矿的时候，不能不按照生产规章规范进行。另一方面，国家要真正出台民营企业权益保护的法律法规，而且要进一步地完善和健全，推动民营企业更好发展。这可以使民营企业更快走向世界，成为世界性的大企业。还有一个问题，也是这些年您在两会中经常提出的问题，就是加快实施发展中小城镇，推动城镇化建设，缩小城乡差距。这一方面，您有哪些具体建议。

宗庆后：要真正实现农村剩余劳动力转移，还是应该发展县级市，也包括乡镇的发展。最近中央提出可以允许农村的剩余劳动力转移到中小城镇，我认为这个方向是对的。但是，农民转移到中小城镇干什么？他们如果没有工作，没有生活来源，怎么住得下去？我认为是不是应该动员工业下乡。发达国家的工业都在乡镇，没有在大城市，大城市一般是金融中心、政治中心、文化中心、营销中心、研发中心。中小城镇发展以后，农民就近在中小城镇就业，这里的生活成本跟农村差不多，就可以在城市里待得下去。另外，我认为一家一户有一个人在这里工作，一家子人就都可以搬过去。他搬过去的话，我给政府提一个建议，他可以把他的承包地交出来，交给政府以后，政府拿这个钱补贴给这个农民在中小城镇安家。他有了工作，有社保体系，又有了房子，就可以住下来，就安居乐业，真正实现农村劳动力转移。农村劳动力转移到县城以后，有了工作，第三产业就发展起来了。第三产业发展起来，可以更多解决农村劳动力转移问题。

我们这些年来的生产力大大发展，我小时候，当时六、七个农民养一个城市居民，他们生产的农产品除了满足自己的生活需要以外，只可以满足一个城市居民的需要。现在生产力发展，一个农民可以养六、七个城市居民，劳动力剩余了。每个国家在发展过程当中都有农村劳动力剩余的情况，都会出现农村劳动力转移的问题。这两年很多农村剩余劳动力都转向了城市，但是还不能实现真正的劳动力转移。大城市越搞越大，城市负担也很重，管理难度也就越来越大。

主持人：有网友问您，您对老百姓认为“村村像城市”这种民间说法，您有什么体会？

主持人：中国的城镇化道路，也有中国的特点。

宗庆后：现在他们还没意识到，发达国家的有钱人都住在乡下。市中心住的都是收入比较低的人。像美国的中心地区都住的是黑人，白人都住在周边的郊区。所以，我觉得必须要走这条路。

主持人：我们下乡采访的时候，经常能够看到一些小县城，包括一些经济比较发达地区的农村，面貌真是焕然一新，感觉到住在农村，空气也好，吃得也新鲜，确实生活条件比原来大有改善了。像您说的，现在大城市的压力确实很大。

宗庆后：对。浙江和广东的珠三角基本都实现了城镇化。只要有一个乡镇企业办得好，这个村的农民全富了。比如江苏的吴仁宝，村里有了工业之后，家家户户都有小轿车，家家户户都住别墅。我认为必须走这条路才行。

主持人：龙头企业的带动作用是非常大的。

宗庆后：第二，我认为大学生毕业以后，必须要到这些地方去当两三年教师，才能回来，回来以后给他优惠政策。在艰苦的环境下锻炼两三年，回来以后可以把工资提高一点，住房可以有一些优惠政策，动员大批大学毕业生下去，可以提高那边的教育质量。现在很多大学生，他们写的字比很多小学生都不如，

主持人：是不是他们给您打的报告，很多字您不认得？

宗庆后：我们去年也搞了支教活动，就是到贵州和四川当志愿者的，每个人补贴两万块钱到那边去支教一年。国家在贫困地区的支持很多，校舍都建好了，但没有老师愿意去。一方面大学生找不到工作，另一方面在偏僻的乡村又缺少教师、缺少师资。教育是整个民族素质提高的关键问题，如果教育不抓好，没有文化的人怎么建设现代化的国家？我这次提的建议就是加大贫困地区教师的补贴，让他们的收入比在大城市更高，他才愿意去。

主持人：有网友说您对教育一直特别关心和重视。您以前就曾经提出过要加大边远贫困地区教师补贴，提高贫困地区教育质量，大力宣扬中华文化，弘扬民族精神等等。今年您还提出比较有意思的建议，“加强学校教育中的书写训练”。您是怎么考虑这个问题的？

宗庆后：我认为中国文化、五千年历史丰富悠久，但再这么下去，中国的文化都没有了，中国字都不会写。因为我们小时候读书都要练字的，回家作业每天是写两张纸的字。现在大学生有电脑，方便了，打出来也漂亮。但是，自己不会写。再下去，中国人是不是连自己的文字都不会写了？

主持人：您这么一说，我觉得这个问题真的是非常重要。好像大家都会写字，能写到怎么样，能不能写好、写清楚是个问题，而且关键是要把中华民族的文化继承下来。

宗庆后：而且很多还写不出来，电脑是拼音的，真正让他自己写，这个字还不知道怎么写。

主持人：提笔忘字了。宗总，现在有很多网友在提问题，我们再看一下。这位网友的网名叫“猕猴桃”，他问您：“眼下金融危机似乎已经慢慢过去，我想知道这次的危机有没有使一些企业成长起来，在这次的金融危机中，娃哈哈又是怎样渡过这次危机，转危为安的？”

宗庆后：这次危机对我们没什么影响，而且是逆势上扬，前年和去年我们发展都很好。主要是几个原因。一方面，我们是内销市场。第二，我们做快速消费品。我们国家在这两年的经济危机当中，一点没有萧条的样子，到处都很繁华，饭馆里照样生意很好，超市、商场的生意也很好，外国人看到很眼红，这说明对我们的影响不是太大。这次金融危机影响最大的是我们的实体经济，给制造业带来一点影响。因为中国老百姓是会存款的，再来什么危机，也不会有什么太大问题。

我们这些年来在不断创新，技术装备水平也是世界一流的，我们建设了很好的市场网络，是中国最大的饮料企业，核心竞争力很强，应对危机的能力也比较强。去年人家不看好中国的经济，我们很看好。尽管有一点经济危机，我们还没有金融危机，可能买车的不买了，买房的不买了，但吃的喝的也不会少。大的不买了，小的东西多消费一点还有可能。我们去年投资了60多亿，又建设了很多生产线，去年增长也很好。

中央很担心大学生没有办法就业和农民工返乡问题，实际上农民工返乡，他还有土地，回去还是有饭吃。大学生是两代人养着的，独生子女，父母、爷爷、奶奶、外公、外婆，六个人养一个，也没有问题。

主持人：祝贺您，真是转危为安。我们再看一条网友的问题，有一位网友，他的网名是“座子”，他问您“您今年建议改革供地方式，进行二次房改，您认为今年的房价如何，两会之后，房价会不会有所下降呢？”

宗庆后：我认为房地产要健康稳定地成长，在政策上要进行调整。我们有三类群体，一个是低收入群体，第二是中等收入群体，第三是高收入群体。低收入群体，政府搞一些经济适用房，但是，低收入群体连经济适用房都买不起。我认为需要建设保障性住房，可以建廉租房。另外就是中等收入群体，就是工薪阶层，他们也买不起房。所以，我认为应该给这批人供应经济适用房。我认为供给的层次应该是低端有保障、中端买得起、高端有选择。

主持人：这就是您说的进行二次房改，建立“三三制”住房制度的概念？

宗庆后：对。首先要确定房子的标准，定房价，定土地价格。然后再定税率，定开发商的毛利，都确定以后，确定竞争方案。在额定的基础上，谁房子造得最好，谁房子定得最便宜，谁进行建设。以前是谁定的价格最高，谁得到土地。这次我还提出，如果买经济适用房，你收入提高了，要换房子可以，但是你的房子只能卖给可以享受经济适用房的群体，而且是原价卖掉。

主持人：现在炒房的人也比较多。特别是八零后的孩子们，现在压力很大。很多八零后的孩子都是喝着娃哈哈长大的，现在他们也到了婚嫁的年龄，可是他们的工资收入和要投入买房的资金相比，这差距太大了。

宗庆后：现在都是他们的父母亲在帮他们买房子。现在几代人省下来的钱可能也买不起房子。像在杭州买一套房子要两三百万。

主持人：杭州的房子是两三万块钱一平米。

宗庆后：房地产是国家的支柱产业，去年下半年 GDP 增长很大一部分是靠房产，包括税收的增长也是靠房产。不管是城市居民，还是农村居民，一辈子就是为一套房子，也是希望安居乐业。实际上我们的房价是太高了，太高的原因，一方面是地方政府搞土地财政，财政收入不能满足他的需要，因为土地是地方性收入。所以，房价炒得越高，土地卖得越高，财政收入越多。另外是房地产的暴利。第三，银行的贷款利息也很高。中央一再说压房价，一直压不下来。另外，中央也很为难，真正压下去，可能也有问题，因为银行坏账出来后，还是需要财政补贴。所以，一直没把房价压下来。

宗庆后：现在中等收入的群体，给他们一百平方米左右的房子比较合适一点，因为生了孩子以后，房子就不够用，肯定要把父母接过来看小孩子，肯定要第二次改善住房条件，这样还不如一次性解决比较好。五六十平方米，装修完以后，换房子也是浪费了。

主持人：您想问题还很周到。

宗庆后：问题想得周到一点，浪费就少了。

主持人：有道理。我们再看一下网上网友的提问。有一位网友的名字叫“问问”，他说：“看到您我好亲切啊，《食品安全法》已经实施一年多了，您作为人大代表，同时又是食品行业的企业老总，您有什么体会吗？”

宗庆后：我们国家在食品安全方面有进步，以前我们叫《食品卫生法》，现在变成《食品安全法》。食品卫生，以前是干净就可以了，现在提高到安全的角度了，整个国家提高了一个档次。食品安全方面的问题，也没有像媒体说得那么严重。因为大家比较关注的，媒体一炒作，好像感觉问题很严重。实际上，我们这些大企业都是世界一流的，包括我们现在的一些标准和要求比美国都严格。现在我们申请FDA，肯定是很容易就通过，因为我们已经做得很好。

食品安全管理上还是有点问题，《食品安全法》要求分段管理，没有解决多头管理、多头不负责任的问题。几个部门都可以管，有责任的时候，几个部门都推卸责任。所以国务院成立了食品安全委员会。同时，我认为还有很多地方增加企业负担。我举一个简单的例子，现在企业的产品必须有第三方检验合格证才能进入超市。企业本身都要生产合格的产品，检验合格才能出厂，为什么还委托第三方检验。如果到超市出现问题，这个责任是第三方负责，还是企业负责?

主持人：老百姓肯定会问，企业自己的产品，肯定自己说自己的好，有一个第三方作为客观公正的监管方不是更好吗?

宗庆后：以前美国的FDA都委托大企业检验，大企业的检测设备比较先进，检测水平比较高，专业性比较强，所以都委托大企业检验。像我们都是大企业，我们的检测设备肯定比他们强。而且我们现在也是国家认可的实验室，我们检测的产品全世界都可以接受。

主持人：我相信国家在这方面会逐渐完善和规范。发现您很关注国计民生的大问题。

宗庆后：我想，作为全国人大代表，要把全国老百姓想的东西向上面反映。我的公司办在全国各地，经常跑市场，所以全国各阶层的老百姓、各地方的情况接触得比较多。所以，我也把他们的想法，包括他们的要求，通过人代会向上面反映出来。我每年提出的建议和议案，都是反映老百姓的心声的。我作为全国人大代表，是站在全国人民的角度上说话。我所有的议案都没有说我个人或者我的企业。这些年来，我感觉我提的建议还是比较准的。我提了以后，大概过一两年，政府也开始实施。所以，我感觉也比较高兴，比较欣慰的。

主持人：还有很多网友提问，但是由于时间的关系，今天的访谈就到这里。非常感谢宗总接受我们的采访，您的很多见解非常独到深刻。希望您今后经常到中经网做客，祝愿您领导的娃哈哈集团更加兴旺发达。感谢大家收看本次节目，希望广大网友今后更多关注中国经济网。谢谢!

中国经济网 2010年3月2日

对话全国政协委员、新希望集团董事长刘永好

主持人：各位网友，各位读者，大家好，欢迎收看由经济日报和中国经济网联合主办的《对话》专栏报道。本期对话报道我们荣幸地邀请到了全国政协委员、全国政协经济委员会副主任、新希望集团董事长刘永好先生。刘董事长您好。

刘永好：您好。

主持人：欢迎您来到我们中经网演播室做客。刘永好创办的新希望集团是我国农业产业化国家级重点龙头企业，也是我国最大的饲料生产企业，已连续几年名列中国企业五百强排行榜。最为可贵的是，新希望集团在发展壮大的同时，还带动几百万农民兄弟，走上了致富的道路。刘永好先生曾先后荣获中国十佳民营企业家，中国改革风云人物，中国十大扶贫状元等称号，被誉为是一位具有世界影响力的中国企业领袖。刘董事长，您的创业实践是开始于我国改革开放全面起步的1982年吧?

刘永好：是。

主持人：是从农业养殖起步的，最早您是养鹌鹑?

刘永好：对。

主持人：您是当年中国的鹌鹑大王，后来又转行到农业饲料生产。

刘永好：我们养猪养鸡做饲料。

主持人：可以说是农村这片沃土成就了您的事业和您的精彩人生。您对三农问题一定有着自己深刻的理解和认识，我们有几个问题想请您谈一谈。

刘永好：好的。

主持人：首先我想问一下，十八大报告提出2020年要实现人均收入翻番，

这当然包括广大的农民兄弟了，您认为应该采取哪些有力的举措，来帮助农民兄弟实现收入翻番呢？

刘永好：是的，用不到十年的时间，收入要翻番，农村人口占到全国的差不多一半，农民的收入不翻番，城市整体收入翻不了番，而且农村经济还要发展，农民的收入增长还应该更快一些，而现在制约我们农村经济发展的很大的问题，就是规模化的问题。就拿种植业讲，我们种粮食，种蔬菜，种水果，他的规模有多大呢？因为我们国家农民多，土地少，每户只有几亩地，要在几亩地里实现很高的收入不够现实，因为也不可能通过大幅度的提价来实现翻番，所以说必须要走一种科技的或者是一个组织起来的形式，或者是农业转型这种方式。我们是从事农牧业的，就是说养猪、养鸡、养鸭、养鱼、养牛，我们就体会到，在这方面有非常大的文章可做。

这几年随着农村人口大量到城市，今年城市人口已经超过了农村人口，而且农村人口城市化的速度还在每年以差不多一千万的速度在递增，就是说城里有更多的人对肉蛋奶粮食蔬菜的需求越来越大了，市场化的需求越来越大了，因为人多了嘛，但是种植业和养殖业的人更少了，因为人要到城里面去，这就使得我们规模化成为现实，使我们的产业量化和现代农业的发展成为可能。拿我们畜牧业来讲，以前养猪，家家户户都养，养三头、五头，十来头猪就算多的了，养鸡养几十只鸡算是多的了，现在不是这样的，现在一只鸡的利润大概有一块钱左右，那么你养几十只鸡，几千只鸡意义都不大，因为外出务工一个月能够挣两千多块钱，那么你养两千只鸡，你要养几个月都没有太多的意思，所以必须要养上万只鸡，甚至十万只鸡，几十万只鸡，这就意味着规模化，而规模化的这种畜牧业，那跟传统的完全不一样了，他需要科学，他需要技术，他需要组织，他需要资金的支持，他需要企业化的运作，这些就是转型。

那么现在对我们来说，摆在面前最大的一个机遇和挑战就是，怎么样组织这些广大的农民朋友，帮助他们提供资金的支持，技术的支持和市场上下游产业的支持，使得他们能够规模化的生产，从而获得规模化的价值，这就是农村转型的必须，这也是保证农民收入翻番的一个基本点。

实际上根据我们的实践证明，我们农民朋友组织起来，进行这种规模化、产业化的发展以后，他们的规模可以扩大很多倍，同时他们的收益可以比到城里面打工的收入不低甚至还高，这就是农民收入的基本的保证。就是说通过组织起来，通过农村经济的转型，通过规模化、产业化，通过农业合作社或者是农业企业、龙头企业的带动下的一系列的转型的话，能够提高农民的收益，这是保证农民收入翻番的一个有效的保证。

主持人：您提到的这个我认为是一个系统性的工程，特别您提到农业转型，我认为在农业实现转型的过程当中，在发展现代农业的过程中，我们的农业龙头企业是在其中发挥了重要作用的。我想请您谈一谈，您认为在新时期，在这个转型过程中，农业龙头企业还会发挥哪些更加重要的作用？

刘永好：是的，拿畜牧业的养猪、养鸡来讲，农民朋友已经养了上千年了，这一千年来，几乎都是爷爷咋养我咋养，绝大多数都是以自己消费为主，少量的来卖给市场，但是这种模式不是市场经济。

主持人：最早很多农民是靠卖鸡蛋、卖鸡，换钱买油盐酱醋。

刘永好：对，那个时候叫做什么呢？养的是“年猪”，每年杀两头猪来过年，卖一头猪，留一头猪大概这样子，养的鸡是叫做“学鸡”，就是说小孩上学的时候卖一只鸡交学费，走乡串户的时候，送礼送几个鸡蛋大概是这样子，小农的格局。但是现在不是这样了，现在必须规模化，而这种规模化，当你养十万只鸡的时候，当你要投资上百万资金来搞养殖的时候，当你要面对巨大的这样的一个规模和这种生产的时候，你必须有技术，你这个技术要靠科学，那么就要靠有专业知识的人员来进行指导，这就要从种源、品种和从防疫，从组织化的程度，从金融和市场的服务等等这方面都需要一些支持，而这些支持的话，光靠农民是很难完成的，而龙头企业有这个能力，有这个条件，在龙头企业的示范和带动作用下，农民朋友可以向龙头企业这样，向他们学习，甚至建立联合体，我觉得这就有可能，这几年我一直在倡导，就是说国家认为三农问题非常重要，确实重要，而三农问题的核心是农民问题，怎么样从小农变为大农，怎么样从农民专业组织变为龙头企业，怎么样从龙头企业再跟农民和农业合作社结合，这就是个大的文章，这就是农村的转型，就是说要把农民变成龙头企业和农业合作经济组织的一员。这种变化就能够带动农民更多地增加收入，这就能让龙头企业的地位和作用得到提升，这也是农民得到收入的基本的保证，这就是所谓的“三农”变“五农”了，就是说农村、农业、农民变为农村农业农民农社和农企，而农社就是农业合作经济组织，是农业合作社。

主持人：您说到了国家非常重视农业产业化发展，重视农业龙头企业的作用，今年国务院颁发了一个十号文件，是关于大力扶持农业产业化龙头企业发展的，听说这个文件的出台您是促成者之一，请您谈谈这个情况。

刘永好：作为中国农业产业化的重点龙头企业，我们集团有七个国家级的龙头企业，还有数十个省一级龙头企业，全国大概有几百家国家级的农业产业化重点龙头企业，而这些国家级的、省一级的乃至县一级的龙头企业，在他们的带领下，已经帮助带动和推动了数千万的农民朋友参与到这个体系，而通过龙头企业的带动和促进，现在全国农产品的 1/3 或者是一半是由龙头企业带动的这些农户来提供的，由此可见，龙头企业在现代农业里面起到非常重要的作用。在过去这几年，我不断地在做调查、做研究，结合我们企业、我们的所见所闻和我们的调研，我们向国家、向政府多次提出这样的建议报告和提案，去年的时候，在一次重要的会议上，我就向总理和各个部委的一些领导提出过建议，希望国家尽早出台推动农业产业化龙头企业发展的一个政策和文件，来促成这种转型，来支持农民从小农变成大农，变成农业龙头企业。我的这个建议得到国家领导的重视和肯定，以后国务院专门指示由农业部牵头，七个部委组织文件起草班子做调研，经过了一年的努力，在今年的 3 月 8 号的时候，国务院关于支持农业产业化重点龙头企业的文件就是国务院国发十号文出台了，我非常高兴，这是对龙头企业的肯定，也是对广大从事农业产业的这些农民朋友和农业的肯定，而我也比较高兴的是，我们这些龙头企业的一些建议、一些想法得到国家的重视和推动。在前几天，中国农业产业化龙头企业协会正式成立了，农业部的一些同志和其他很多单位的同志们都担任了其中的重要职务，龙头企业有好多参与到这个体系来，很荣幸我也担任了中国农业产业化龙头企业协会的副会长。

主持人：祝贺您。

刘永好：谢谢。

主持人：您讲到这个问题非常重要，我们希望有更多的企业家能够积极地建言献策，希望有更多基层的声音能够被中央领导听到，建议能够被采纳。我了解到去年咱们新希望集团的销售额是800多个亿，作为农业领域最大的龙头企业，带动了数百万农民兄弟脱贫致富，您刚才还谈到了要打造全产业链，那么我想问一下，在新时期，我们新希望集团如何打造这个全产业链，确保我们的农产品质量安全？

刘永好：现在老百姓最关心的几个问题，第一、有充足的肉蛋奶产品的供给，去年猪肉的价格非常高，也拉动了CPI的上涨，有一段时间，CPI涨得特别厉害，算过去算过来，大家说，因为猪肉的贡献对CPI推动太大了，所以说我们作为养猪人，作为肉蛋奶的提供商，我们也感觉到很惭愧。

主持人：压力很大吧？

刘永好：压力确实很大，但是这个价格很高是多种原因造成的，他是周期性的波动等等原因造成的，我觉得也给我们从事养殖业、畜牧业的这些企业带来了新的机遇，所以说我们就加大了投资的规模，扩大了养殖，希望能够满足全国人民的需求，这是一方面。但另一方面，我们不但应该要有花色品种数量的满足，更重要的食品要安全，怎么样让老百姓吃上放心的、安全的肉蛋奶产品，这是我们的责任，所以说国家也出台了一系列关于食品安全的规则和条例，并由专门的机构来监管，那么作为我们的龙头企业，也感觉到责任重大，我们必须要敢于担当，在食品安全上多做文章。

怎样才能保证食品安全？这必须从源头来做起，就从原料的采购、饲料的生产、养殖的过程、药品的添加等等，以及屠宰、肉食品的加工流通等方面加以全方位掌控。那么拿我们的企业为例，我们有八万多名员工，是中国最大的肉蛋奶的提供商，我们生产了全中国最多的饲料，而食品安全很多来源于养殖业和饲料业，所以说我们自己感觉到责任非常的重大，所以说我们内部就制定了一系列的措施和办法，主要的负责人都管食品安全，就是说我们在内部制定考核指标的时候提出，我们的利润、销量是重要的考核指标，但是一旦食品不安全，出现问题，一切归零，所以说我们把食品安全作为最重要的要点，我们从源头抓起，方方面面抓起，在这方面添置了很多的检验设备，严格的控制生产的流程，严格的控制采购的流程，严格的控制药品的添加，严格的控制我们的整个生产的过程，我觉得这是我们最大的一个担当。所以说我们希望通过我们的努力，使中国的食品安全问题得到一个较好的解决，我们也呼吁更多的食品生产企业，参与到这个食品安全的行列里面来，来帮助解决食品安全问题，让我们老百姓真正吃得放心。

主持人：好，我觉得您讲的这个打造全产业链，一个是要在农产品供给的数量上能够保证供应，同时要在质量上确保农产品质量安全，其实这也是一个农业龙头企业要尽的社会责任。

刘永好：对，这个社会责任体现在三方面，第一，保证供应，包括提供更多的花色品种；第二，价格适当，不能够太高，也不能太低，太低了农民亏本，太高了老百姓受不了；第三，必须安全。这三方面的担当就是最大的社会责任，我觉得当我们把食品安全做好了，当我们的价格控制的相对比较好，当我们能够满足城市老百姓的需求的时候，我觉得这就是尽了最大的社会责任。当然了，这里面还有怎么样提高农民的收益，要把这几个问题都解决好。

主持人：我们希望新希望集团在承担社会责任方面能够更加大有作为。

刘永好：是，这方面我们做了好多应该做的事，但是我觉得还远没做够，还有很多工作要做。

主持人：现在各地很注重培养农业产业化的企业，但是培养这个农业龙头企业的过程当中会有很多问题，会有很多约束、制约，很多企业家都希望能够像您一样，从一千块钱起步，现在发展滚动到成为这么庞大的一个上市集团，您给我们农业企业指点一下迷津，就是我们在发展过程当中最需要着力的方面是什么，然后最需要规避的风险是什么？

刘永好：我们企业成立30年了，今年6月30号，我们搞了一个30周年庆，回想30年来，风风雨雨、沟沟坎坎，我们遇到了太多的困难和压力，好多时候，我们想停下来，不干了，甚至我们也想过，把我们的企业交给政府，交给国家，但是后面我们坚持下来了。困难再多，解决问题的办法总比困难还多，好在国家的政策逐步地在开放，那么随着我们规模的扩大，随着我们的影响力的提升，我们战胜困难的办法和措施也会更多一些。2006年的时候，我当选为CCTV的年度经济人物，当年的主题词是说我们是基业长青，20多年了，一直还不倒，我也当选为2010年的CCTV年度经济人物，当选的主题是麦田的守望者，坚持农业产业，就是说一个企业两次当选为CCTV的年度经济人物，在中国也不算太多。

主持人：我们在电视上看到您的风采了。

刘永好：我想之所以大家推荐我作为年度人物，最核心是什么呢？是我们的坚持不懈，我们的勤奋，我们的努力和我们的靠科学办事，这是一方面，另一方面是我们愿意承担社会责任。刚才讲到，全国有那么多的农民朋友，怎么样帮助他们走上发展的道路，怎么样帮助一些小的企业创业，或者能够做得更好，是我们应该承担的社会责任。当然了，我也是农村创业的一个辅导老师，我也帮助了一些小年轻人，帮助他们创业。但是现在创业跟我们当初不一样了，在20世纪80年代初的时候，国家还是计划经济体系，那个时候什么都供不应求，只要你有胆量，愿意去做、勤奋，肯定能赚钱，肯定能够生存，但是那个时候政策条件不如现在好。

主持人：听说您原来希望做音响，后来报告方案打上去以后是夭折了？

刘永好：1979年的时候，我们就曾经想开一个企业，想搞音响，搞半导体产品，我们和生产队合作，结果被公社书记说走资本主义道路，坚决地否定了。1982年的时候，我们想从农村开始，搞养鹌鹑吧，我们找到县委书记，县委书记说行啊，我支持你，我们就开始养鹌鹑，就这样开始创业的。但是，在1989年以后，有一段时间压力特别大，很多支持我们的人不来了，社会上有很多关于姓社姓资的讨论，那年全国很多个体户都倒台了，我们压力特别大，我们也曾经找过县委书记，我说干脆把我们的工厂交给政府算了，我们当一个开明绅士，结果我们书记还挺开明的，他说我们也没想过要你们的工厂，收你们的企业，你们不要多吱声，好好地干，我认为你们帮助农民做农业产业没有什么错，结果我们坚持下来了。当然了，小平同志南巡以后，形势发生根本的变化，我们大刀阔斧地前进，也就是说在这个过程中，有政策的风险，有经济的风险，有市场的风险，还有食品安全的风险和周期性波动的风险，这些困难和压力都特别大，怎样战胜这些困难呢？我觉得除了我们勤奋努力以外，还有一个好的心态，再困难的时候我们顶得住，再有成就的时候，我们不要太骄傲，同时我们要跟员工、合作伙伴和社会方方面面有一个共赢的格局。怎么样帮助农民，怎么样帮助我们的员工，怎么样能够有这个担当，我觉得有这样的一个良好的心态，也是最重要的。当然了，现在还要靠科学，就是说我们要做顺应时代发展潮流的事。我早就提出了，我们公司要顺潮流而动，略有超前，快半步，当我们快半步的时候，我们就能够领先，太快了，超一步的话有可能踩虚脚，可能倒下去，所以我们就一直坚守快半步，要超前，所以这方面靠什么，靠科学，靠判断。我们从养鹌鹑转产饲料，从做饲料到做肉蛋奶全产业链，从做产业链，到提出打造世界级农牧企业，以及我们走出中国国门，在全球做发展，一步一步我们这样走过来了，我觉得这些都是我们的一些体会和经验。

当然我也相信，中国农业产业的市场非常大，我们广大的农业创业者和龙头企业，他们还在不断的拼搏中，总之讲，我们农业产业市场很大，但是我们农民朋友的合作组织，或者农业企业相对还比较小，还有很长的路要走，还有相当的空间，我希望我们的这些农民朋友和农村的创业者都走得好。

主持人：您的这个创业的理念和您的心态，我认为都特别好，不仅仅是我们发展农业企业需要，我们干各种工作，干各种事业都需要。我想大家都知道，光彩事业这也是咱们新希望集团当年最早倡议的，也是您尽社会责任的一个重要的内容，这次十八大报告又提出来了，要深入推进新农村建设和扶贫开发，全面改善农村生产和生活条件。20多年前吧，您就联合其他民营企业，倡议搞了这个光彩事业，就是到中西部地区去建工厂，增加就业，发展地方经济，帮老百姓脱贫致富，那么我想再问一下，您现在是全国光彩事业促进会的副会长，那么今后继续推动这个光彩事业发展，您有什么新的思路和打算？

刘永好：1994年的时候，我们的企业发展已经有一定规模了，我也当选为全国工商联的副主席，而这一年，国家提出了"87扶贫攻坚计划"，当时我就想，我们这些民营企业家，怎么样发挥我们的优势，帮助这些老少边穷地区的农民朋友发展，后边我就提出一个建议，我找到10个民营企业家，在中央统战部和全国政协和工商联的支持下，我们就推动成立了光彩事业促进委员会，那么我们号召全国的民营企业家们，到西部去，到农村去，到贫困地区去，到老少边穷地区去，发挥我们自己的优势，我们的优势就是我们有资金，我们有组织能力，我们有市场的观念，到这些地方去，帮助农民发展，通过帮助这些贫困地区的农民和贫困地区的人民发展，才能增加他们的造血功能。我们率先行动，在当地投资，在当地招工，在当地培训，在当地创造价值和上交税收，在当地形成一个示范和带动的作用，来帮助当地的贫困地区的农民朋友逐步走向市场的道路、发展的道路和致富的道路。

这件事得到了国家各个部门的大力支持，近20年来，光彩事业也结出丰硕的成果，在全国各地不少的地方，光彩事业成为民营企业献爱心，民营企业做慈善的一个重要的环节和内容。全国的民营企业家们积极的响应，我们在工商联、在全国各地也成立了光彩事业的推动和促进委员会，我也有幸成了第一届光促会的副会长，但是现在有更多的年轻人参与到这个活动中，我很高兴当年我们倡导和推动的光彩扶贫事业已经成为燎原之势，有广大的农民朋友、中西部的这些农民朋友和贫困地区的人民，也通过光彩事业受益，也发展了。我自己也在中西部地区，包括西藏、贵州、四川、云南等省份投资超过36个亿，建了20来个光彩事业的扶贫工厂，我们通过这样的一些举动，这样的一些实际的行动，在我们企业自身发展的同时，也带动和帮助了当地经济的发展和当地贫困地区农民的发展，我觉得这件事特别光彩，这也是我觉得那么多年来，我们所做的最重要的、最值得做的事之一。

主持人：听说您还获得了全国光彩事业的金字奖章。

刘永好：是。

主持人：下次有机会我们要看一下金字奖章。那么想再请您谈一下，随着农村经济的发展，新型的经营主体不断涌现，十八大报告提出，要壮大集体经济实力，发展农民专业合作社和股份合作，您认为新时期的新型的经营主体主要是哪些力量？

刘永好：我在全国有400多家工厂，我们从事农业产业已经30年了，我们的工厂遍布了中国几乎所有的省市自治区，那么多年的实践，我们深刻地体会到，农业发展必须转型，怎么转，要从这种一家一户的小农变成有组织的、有规模的产业链体系的农业，这个转型就是现代农业发展的必由之路。

我比较早的就结合我们的调研和自己企业自身所走的路，我们就向国家、向方方面面提出建议，要帮助农民从一家一户的小农经济的发展变成有组织的、规模化的产业链式的发展。拿养殖业来讲，我们怎么样从养几十只鸡、几百只鸡到养几万只鸡、几十万只鸡、几百万只鸡，甚至在一个区域，养几千万只鸡、上亿只鸡。要养几千万只鸡、上亿只鸡必须组织起来，必须有龙头企业带动，必须有农民朋友广泛的参与，必须组建专业合作经济组织，叫养鸡合作社，在这方面我们尝试了大概六七年了，这六七年下来我们已经取得一定的经验。我们这些经验在推动的过程中，根本点就是要促进规模的发展，降低生产成本，然后，一定要较大地提高农民的收益，最后，一定要做到食品安全，就本着这三个点，我们做了好多事。比方说我们现在有8万多名员工，其中有将近2万名是大学毕业生，那么多年来，我们每年都招收上千计的大学毕业生，这些都是专业人员，我们招聘他们进来以后，通过培训，经过锻炼，让他们成为农业科技服务的重要的成员，我们有数以万计的农业科技人员服务在广大的农村，帮助农民合理的规划，规划养猪、养鸡、养鸭、养鱼，他们的间距应该怎么样，应该在哪里不污染环境，从防病治病的角度，从防疫的角度怎么样做好，第一，合理的规划；第二，培育良种。我们已经建成了中国最大的也是最好的良种繁育基地，良种猪繁育基地、鸡繁育基地、鸭繁育基地。另外我们生产非常多的饲料，我们今年生产的饲料产量有可能是世界第一，将近 2000 万吨。我们把这些优质的饲料帮助分发给我们的养殖户，让他们来进行科学的养殖，同时我们有自己的技术服务小分队帮助农民，帮助他们怎么样选育品种，怎么样防病治病，怎么样合理的规划，怎么样组织管理和生产，和怎么样组织市场化的服务，最后把这些产品通过屠宰加工成肉食品再推向市场。而做这些工作，实际上我们已经不单单是一个肉蛋奶的提供商，而是一个肉蛋奶产业链的组织者和服务商。所谓组织者就是我们组织种苗公司，组织技术服务公司，组织广大的农民建立合作经济组织，组织起来提供金融的服务，当我们提供这些技术服务、金融服务、市场服务等等服务以后，就和农民结成了这样的联合体，就是龙头企业、农民和合作经济的联合体。

我们制定了一系列的措施、办法，来推动这种转型，而在这里面，农业合作社起了非常积极的作用。农业合作社是由广大的农民朋友联合起来，再由龙头企业来积极参与，把农民的利益和龙头企业的作用结合起来，通过这种有组织的、有规划的、有技术的、有一系列服务的这种体系来推动农业产业的发展，形成一个现代化的农业服务体系。这样的话就能够实现规模发展、产业链的发展，就能够降低成本，就能够提高收益，就从一定程度上降低了食品安全方面所带来的风险，就能够更好的防病治病，我觉得这就是现代产业的体系和制度。我相信国家会大力的支持农业经济组织的发展，最近这几年，中央每年都在颁发涉农的一号文件。一号文件每年都有个主题，去年的主题跟今年的主题都不一样。

主持人：去年的主题是农业科技。

刘永好：对，农业科技，今年是加快发展现代农业，我想明年或许有可能是组织体系的变革，这是我的判断吧。农民怎么样组织起来，更多的组建专业合作经济组织，怎么样通过合作经济组织的组建来保证农民的利益和龙头企业的利益，保证食品的安全，保证农村经济的转型，我觉得这是一个非常大的文章。实际上那么多年来，我一直在建议，在鼓吹，在提倡，在写提案，希望国家在组织体系的变革这方面要做大文章，我相信明年或许到时候了，或许国家会重视这件事。

主持人：您说的这个问题，确实是很多读者、很多网民关注的问题，特别包括明年1号文件的主题是什么，有很多炒股的朋友都在问这个问题。

刘永好：但这只是我的猜测，因为我是从事这个行业的，不一定就是这样的。但是我估计农业合作经济组织和农业组织化的发展，或许是明年1号文件的主题内容，当然或许还有其他的，我觉得这个可能的权重更大一点。

主持人：而且我认为，换一个角度来说，这也是您提的一些发展现代农业的一个政策建议，您希望更加关注这个问题。

刘永好：是，因为这个组织结构的变革，关系到整个农村经济的发展，关系到农民收入的增长，关系到新的生产格局和生产方式，关系到农村经济的转型。

主持人：这个问题确实特别重要，让我们拭目以待，看明年中央1号文件的主题是什么。我还想再问一个问题，也是大家很关注的问题，您曾经担任过20年的政协委员，10年的政协常委，10年的工商联副主席，期间积极参政议政，为非公有制经济发展可以说是建言献策，做出了很大的贡献，我们想请您谈谈在这方面，您这么些年来，都有哪些实践？

刘永好：作为改革开放以后成长起来的非公有制企业，我们刚刚庆祝了我们集团30周年，30年来，我们从1000块起家，一步步走到今天这样的格局和规模，我们感恩这个时代，也感恩改革开放，所以说我们看见十八大以后，新一届的中央集体提出了要把改革作为主旋律，我特别兴奋，也特别高兴，我们是国家改革开放政策的受益者和参与者、推动者。

主持人：历史见证者。

刘永好：当然也是见证者，我可能是中国最早一批全国政协委员和全国工商联的领导班子成员之一，所以说我对国家对非公有制经济建设的逐步提升，非公有制经济发展的过程有非常深刻的体会。早年受政策的制约，非公有制经济发展比较慢，后面的非公有制经济发展越来越快，国家的政策越来越明朗，但是在发展的过程中，也不乏出现了种种这样那样的一些困难问题，有政策性的，有市场的，有方方面面的问题。其实，最大的波动还在于 1989 年以后，关于姓社姓资的争论，有一段时间弄得很紧张，非公有制经济的发展严重的受挫，以后小平的南巡讲话就叫做薄开乌云见晴天，民营经济得到高速的发展。

主持人：东方风来满眼春。

刘永好：对，我们深刻的体会到了，我到今天记忆还非常深，光明日报登的《东方风来满眼春》那个报道，我连续看了很多遍，就是那篇报道，我看的热泪盈眶，因为在这以前的一年，我差点把我的公司交给政府，因为实在是办不下去了。

主持人：实际上就想撂挑子不干了。

刘永好：对，就不想干了。但是邓小平的这个政策、改革开放的政策给了我们鼓励，也带来我们的高速成长，所以说新一届的班子又提出要继续坚持改革的方向，而且我们习主席一上任第一次出京就到了深圳，就到了改革的发源地，我觉得这也给我很大的鼓励，我觉得挺好的。另外我这 20 年来，作为政协委员，作为工商联的一员也做了相当的工作。我记得我做得比较好的一件事，就是关于光彩事业的倡导，第二件事就是关于非公三十六条的出台。我记得那年是 2004 年，我们全国政协经济委员会在考虑我们的工作调研的选题，当时我就提出，能否把非公经济的现状的调研和建议作为一个主要的选题，大家都觉得非常好，大家推荐我做小组的组长来牵头做这个工作，我欣然就接受了，但是后边我想不对，因为我自己就是非公人士，我自己做调研，自己说自己好，可能不太客观。

主持人：怕别人议论你王婆卖瓜。

刘永好：对，我觉得不够好，所以我就建议，是不是让厉以宁老师牵头，因为他是专家，他有非常高的水准和他对非公有制经济有相当的研究，而且他又是我们国家非常资深的经济学家。

主持人：泰斗级的人物。

刘永好：泰斗级的人物，所以说大家都觉得挺好，这样的话最后就决定，他做组长，我也做组长，我们带了大概是数十人的一个调研组，走访了好多个省，经过半年多的努力，我们写了一个关于非公有制经济的现状和建议的这样一个调研报告交给了国务院，没想到国家非常重视，接下来按照我们的一些建议，国务院就组成了这样的调研机构，经过了一年的努力，国务院关于鼓励支持推动非公有制经济的三十六条出台了，我们感到非常的高兴，国家的有关负责人还讲感谢政协的同志们，你们为非公三十六条的出台做出了积极的推动和促成的工作，我觉得这是我值得骄傲的一件事。

主持人：这确实是一件大事。

刘永好：另外还有一件事，就是去年在政协会上，我也提出了关于鼓励支持农业产业化龙头企业的发展，希望国家出台文件，结果今年的3月8号，国务院出台了这个文件，由于我们的努力，由于我们的提案，由于我们的建议，也促成了国务院文件的出台。我觉得这20年来，我们为民营经济的发展，为三农事业，为社会的扶贫事业，我们做了应该做的事，作为改革开放的参与者、实践者和推动者，我感觉到我这20年做了自己应该做的事，但是更重要的是我自身还是一个民营企业家，把自己的企业做好，这是最根本的，所以说在这次30周年庆的时候，我们有5000来个人参加了活动，我的女儿刘畅主持了30周年庆的活动，我们国内好多的民营企业家都来了，包括马云一大批好朋友都来了，而且全球也来了大概20多个大使、参赞和我们合作的这些伙伴，大家都非常的高兴，我们这个主题会叫做“感恩30年，有你有我有希望”，我们表达对时代的感恩，对我们国家的感恩，对我们合作伙伴的感恩，对员工的感恩，正因为有了这样的一些理由，我们的企业才成长，才壮大，才发展了，现在我们已经有8万多个员工了，正在向千亿的目标在奋进，那么我们成为农业领域的一个重要的企业，同时也成为中国改革开放以后成长起来的非公有制经济的一员，我们想我们自身的实践也在诠释着中国的改革开放，中国的繁荣昌盛和进步。这次十八大也谈到了建设美丽的国家。

主持人：美丽中国。

刘永好：美丽中国，我相信在我们的包括民营经济在内的、包括农业企业在内的这些企业的推动下，在广大的人民群众的积极支持推动参与下，我们的美丽中国一定能够实现。

主持人：您刚才讲到了咱们有一个感恩30年的大型纪念活动，好像我听说是您女儿刘畅积极在其中策划倡议。

刘永好：是，我们这次感恩30年的庆典活动是我女儿创意策划和主持搞的，效果非常好，我觉得好在这几点，第一，我们的干部、我们的员工，包括我的女儿，他们重温了这30年所走过的路，对我们公司的企业文化，对历史有一个认识；第二，通过这样的活动激发了我们的干部、员工和我们的合作者的信心；第三，也是一个感恩感谢方方面面给我们的一些支持帮助和推动，使我们对未来的发展就更有信心。另外，我们还要展望，展望我们这样的农业企业，在新的历史背景下，我们希望成为世界级的农牧企业，怎么样实现这个世界级的目标，这还有相当长的路要走，我们必须更加勤奋，更加努力，必须有我们自己的特色，走出一条中国特色的世界级农业企业的新的道路，当然我们也希望中国有一批世界级的农牧企业，因为我们有全球最大的市场和最快的增长速度，我们是蛮有信心的。

主持人：我们特别祝愿新希望集团一直发展下去，兴旺发达，成为常青树。我们很多股民也特别关心我们新希望集团，我想问一下，也是我们网民关注的，今年股市的波动对我们新希望集团的影响有多大？

刘永好：是，我们从事的是肉蛋奶的产业，我们是中国最大的肉蛋奶产业的生产商和提供商，农业产业特别是肉蛋奶周期波动比较大，他还有一个生物的风险就是疾病风险，他还有市场的风险，所以说这几年猪的价格有时高，有时低，像去年的话就非常高，去年9月份的时候，毛猪收购价格达到了24块一公斤，这是历史上最高的，从而也拉动了CPI的上涨，老百姓都说猪肉涨得吃不起了，我们感觉压力也很大。但是在政府的支持下，在市场的推动下，有很多人就投入到养猪行业里面去了，结果今年的猪又养得多了，今年猪肉的价格就节节下跌，今年相当长的时间毛猪收购价格都才14块左右一公斤，从去年的24块最高的时候，到今年的很长时间的14块左右，下降了十块。所以说今年养猪、养鸡、养鸭很多都处于亏损，最好的公司、做得最好的就是保本了，要赚钱很难。而我们还好，因为我们的规模比较大，我们的产业链也比较长，我们的销量还增长了，但是我们的销售值增长的幅度不够大，原来我们打算今年销售额过千亿的，由于猪价下跌，鸡价下跌比较多，我们可能没有迈过这个门槛，大概有900多亿吧，我们的利润也有较大的下跌，但是我们还是盈利的，效益还是可以的。但是跟我们的企业一样的很多的肉蛋奶企业，他们的利润都出现较大幅度的下跌，但这对市场也是个影响，可能一方面老百姓感觉到肉蛋奶的价格下跌了，高兴；但另一方面这些公司的收益减少了，股市也出现下跌，股市本来就出现大的下跌，所以在股市下跌和今年肉蛋奶的价格下跌引起的业绩下跌双重影响下，不少农牧企业的股价都有相应的下跌。但是我们还是蛮有信心的，这个周期的波动一定会过去的，有低的时候，也会有高的时候，但是我们希望波动不要太大，这样的话对老百姓有利，对企业有利，对股市也有利。

主持人：但是，我们一定要有信心，信心比黄金还重要。

刘永好：是。

主持人：再问最后一个问题，看您是否方便透露，新希望集团今后的经济增长点，重点要依靠哪一个板块的大力发展，然后将采取什么新的发展举措，您方便透露吧？

刘永好：我们制定新的五年规划，提出总的目标就是要打造世界级的农牧企业，把畜牧业就是肉蛋奶的生产、组织，作为我们最重要的环节。具体讲，就是说在国内，我们要大力发展生猪的养殖，我们现在正在全国布局，建立更多的养猪点，比方说在山东的夏津县，我们34万头猪的养殖基地现在正在积极地建设，就像这样的养殖基地，我们可能在全国要建好多个，我们现在正在不断的选点，在研究，在规划，要做到这个地方本身的污染要少，对周边的环境污染少，在这个地方能够得到较多的土地和环保的空间，在这个地方组织更多的农民进行现代化的、科学的养殖，减少生猪疾病来保证食品的安全。就像这样的一个点一个点一个点的选择，养猪产业的发展是我们的主题，我们希望经过几年不超过10年的努力，要达到1000万头猪这样的规模，这是第一。第二，我们已经是全球最大的肉鸭的养殖和生产商了，我们希望继续在肉鸭的养殖和生产这方面，在花色品种上、在成本上、在食品安全上，做得更好，另外我们也是中国最大的肉鸡的生产和供应商之一，我们也希望在肉鸡产业链上做得更好。我们已经在华北、在东北、在好多个省布局，在做肉鸡产业链的纵深的发展，我们也组建了熟食品的加工厂，我们希望从提供生鲜肉品逐步向熟品方面转，我们叫做“生转熟”，从我们提供肉品原料的供应商变成熟食品的供应商。另外，我们着力打造市场体系，我们在帮助农民建立更多的合作组织，建立更多的养殖体系，在这方面在做努力。就是说我们把我们的核心点还是放在农牧业上，为打造世界级的农牧企业在布局。我们在国内发展的同时，积极的拓展海外的业务，我们现在在海外已经有大约近20家企业了，包括在越南，在印度尼西亚，在菲律宾，在柬埔寨，在斯里兰卡，在孟加拉国，最近我们在埃及，在南非都在建设，我们接下来可能会在土耳其，在好多其他的一些国家积极的拓展，我们希望把海外发展作为我们主要的发展目标之一，就通过国内和国际的联动，来打造世界级的农牧企业，这就是我们未来10年的发展目标。

主持人：我们大家都期待和祝愿新希望集团早日实现伟大的目标、宏伟的目标。我们很多网友，我们经济日报广大读者，都很关注新希望集团的发展，请您给我们大家说两句话，最后结束的时候。

刘永好：中国人民的收入要翻番，必须要有农民的收入翻番，没有农民收入翻番，全国老百姓的收入翻番是不现实的。怎么样让农民的收入翻番呢？这就是说农村经济必须转型，这就叫从“小农”变为“大农”，变为农业合作经济组织的成员。就通过这种农业合作经济组织，通过龙头企业的发展，带动更多的农民朋友组织起来，走产业链的道路，走规模化发展的道路，走现代农业的道路，我相信这样我们农民的收入一定能够翻番的，我也相信我们全国人民的收入翻番一定能够实现，而美丽中国的建设也一定能够取得成就。

主持人：非常精彩，非常感谢。

刘永好：谢谢。

主持人：今天围绕着广大读者和广大网友关注的三农热点问题，以及非公有制经济发展问题，我们访谈了全国政协经济委员会副主任、新希望集团董事长刘永好先生。刘永好结合自己企业发展的经历，对如何加快解决三农问题，如何加快发展现代农业，以及如何促进农民增收，如何促进非公有制经济发展等问题提出了自己的想法和建议，希望这些真知灼见对关注三农事业发展，关注非公有制经济发展的人们起到有益的启发和重要的借鉴作用，今天的访谈圆满结束，谢谢大家！再见。

中国经济网 2013 年 3 月 5 日

对话全国人大代表、国家缓控释肥工程技术研究中心主任万连步，农业部全国农技推广服务中心土肥处处长李荣

主持人：各位观众大家好，欢迎收看中国经济网2013聚焦两会特别节目。今天我们荣幸地邀请到了两位嘉宾，一位是全国人大代表，国家缓控释肥工程技术研究中心主任、山东金正大生态工程股份有限公司董事长万连步先生，欢迎您。

万连步：大家好。

主持人：另外一位是农业部全国农技推广服务中心土肥处处长李荣先生，欢迎您。

李荣：朋友们好。

主持人：感谢两位嘉宾的到来。今天我们探讨的主题是“致力科技创新、强化为农服务”。大家都知道，近年来中央不断推出一系列强农、惠农、富农政策，在各级农业部门的努力下，在涉农企业的积极参与下，经过广大农民的辛勤劳动，我国粮食产量实现了九连增，粮食综合生产能力迈上了新台阶，这是十分可喜可贺的。但目前存在的问题例如耕地质量下降，因为滥施化肥造成面源污染等等也挺严重的，必须加以解决。

今年的中央一号文件和两会政府工作报告都对此做了重点强调。现在无论是政府主管部门、还是涉农企业，包括广大农民，对此都十分关注。那么，作为我们国家缓控释肥领域领军企业的领头人，万连步董事长能够光荣当选全国人大代表，也从一个侧面证明了肥料行业日益受到重视。听说您是第一次当选全国人大代表，首先向您表示热烈的祝贺，您有什么感受和我们分享一下吧。

万连步：好，谢谢。我是第一次当选人大代表，重在学习，积累经验，我将利用这次人代会难得的机会，包括把山东发展过程当中遇到的困难、问题和意见向大会汇报，积极地提出建议，同时认真领会大会的精神，尽可能多的掌握各地的工作经验和信息，便于以后更好地开展工作。

主持人：您的感受还是很深刻的，作为一名有社会责任的企业家，您一定会履行好人大代表的职责，万代表，您今年都带来了哪些议案？

万连步：我今年带来了 7 份建议，包括关于落实企业创新主体地位、提高自主创新的建议，关于加强耕地质量建设与立法的建议，以及关于推荐酸化土壤改良的建议等等。我来自农村，一直从事涉农行业，所以这次提的建议，大部分都是关于农业方面的。

主持人：您是涉农企业家，所以您特别关注农村农业农民，您的议案里有两个关于耕地质量的建议，您提这些建议的初衷是什么？

万连步：总理的报告中指出，生态环境关乎子孙后代和民族未来，要下决心解决好关系群众切身利益的大气、水、土壤等突出的环境污染问题，用实际行动让人民看到希望。大家平时只关注到大气污染，水资源污染，却忽视了关乎粮食安全、食品安全的土壤污染问题。目前我国耕地面积 18.62 亿亩，耕地数量减少的趋势也在增大，耕地承载的压力将进一步加大，耕地质量问题也日益凸显，区域性耕地质量退化的问题越来越严重，近 30 年由于施肥不合理，我国的土壤酸化日益严重。总体来讲，我国的耕地质量存在着土壤污染加剧的问题，土壤耕地质量问题确实到了应该引起我们高度重视的时候。

主持人：您提的建议确实非常重要，因为过去我们更多的是关注耕地的数量，要严守 18 亿亩耕地的红线，所以我们今后保持粮食持续稳定的增产，只靠扩大土地面积潜能恐怕是有限的，应该依靠耕地质量的提高，确保粮食增产增收。所以我想问一下李处长，对万总提出的“关于加强耕地质量建设与管理”“土壤酸化改良”的建议，您是怎么看的？请您具体介绍一下我国耕地质量管理和土壤酸化的情况？

李荣：万物土中生，耕地是我们赖以生存的宝贵的资源。我国耕地存在着严重的问题，集中起来主要是数量问题和质量问题。耕地数量下降是比较显见的，质量问题是一个隐性的问题，除了寸草不长的时候，否则就是依靠检测的手段也很难立即分辨出耕地质量到底出了什么问题，我国耕地可以说已经到了情况很严重的时候。万总作为全国人大代表，提出了一些建议，可以说这些建议是既高瞻远瞩，又切合实际，抓住了农产品质量安全的关键，也抓住了农业可持续发展的关键。他关心关注耕地，就是关心关注农业，关心关注粮食。土地是默默无言的，土地的病痛只有像万总这样的人士来呼喊，才能来改善耕地状况。总体来讲我们国家的耕地管理注重数量，轻视责任，重视用地，轻视养地，重视耕地的外在质量，轻视耕地的内在质量。耕地的水平普遍不高，养分失衡，土壤有机含量不高，土壤退化十分严重。

比如说我们国家的耕地包括园地。在 30 年中土壤酸碱度下降了 0.5 个单位以上，就是说耕地和园地的酸化增加了 2 到 3 倍，PH6.5 以下的耕地面积现在已经占到了 40% 以上，PH5.5 以下的耕地面积已经占到了 20%，PH4.5 以下的耕地面积占到了 2%。在江西他们那边种花生是不结果的，主要是土壤酸化，破坏了土壤当中的锰元素，又随着大水漫灌造成了锰元素的中毒，受土壤酸化的影响，虫病害加剧，重金属风险提高，土地利用率不高，要解决这些问题，必须采取切实有效的措施，提高耕地的产出率。

在耕地质量管理方面，国家涉及到的法律法规还是比较多的，但是没有一部完整的法律是可操作的，2008 年明确提出来耕地质量由农业部来负责，但是由于没有法律规定，也执行得不好。万总的建议非常重要，切中要害。

主持人：听到你们的建议和情况介绍，看来对于耕地质量的管理是刻不容缓了，我们媒体也要加强报道。万代表您刚才提到的议案中有一份是关于企业自主创新的，题目是“关于落实企业创新主体地位、提高企业自主创新积极性”。我们知道政府近一段时期出台了一系列指导政策，像《“十二五”发展规划纲要》、《中共中央国务院关于深化科技体制改革、加快国家创新体系建设的意见》以及《关于强化企业技术创新主体地位、全面提升企业创新能力的意见》等等，都在推进企业成为技术创新主体。据我了解，金正大在这方面做得很出色，已经两次荣获国家科技进步二等奖了。请万代表谈谈咱们金正大创新的思路和具体的做法？

万连步：谢谢。金正大公司地处山东省，在没有资源优势和资金优势的前提下，企业要想做大做强，唯有依靠科技创新、产品创新、服务创新才能走在行业的前列，掌握市场的主动权。

一直以来国内存在着大量的环境污染问题，而且市场上生产的同质化现象也很严重，金正大公司在成立之初就定位于新型肥料的研发与推广，自主创新产学研相结合，走出了创新道路。创新是金正大公司的灵魂，是我们追求的目标，在具体的实施过程中，有以下几点要做：一是围绕着新型肥料的基础研究，产业化技术研究和应用推广研究进行工作。二是建立持续稳定的科技创新体系。三是实施开放的全方位产学研应用合作，共建研发机构，共同开展人才培养。四是建立创新人才的激励培养机制。五是在企业内部形成鼓励创新、全员参与的氛围，鼓励全体员工时时创新、处处创新、人人创新。

经过多年的积累和发展，目前公司的缓控释肥技术已经达到国际领先水平。公司已经建成目前全球最大的缓控释肥生产基地，还建立了国家级缓控释肥工程技术研究中心，土肥资源高效利用等高端研发平台，承担了很多科研项目，起草和制定了6项行业标准及国家标准，先后两次获得了国家科技进步二等奖。以后我们将积极推动缓控释肥方面技术的研究和推广，对于推进行业的技术进步我们将做出积极努力。

主持人：万总谈得非常好，既有宏观的创新思路，又有具体的举措。虽然您从事的是传统产业，但您的目标是瞄准国际先进水平的，金正大已经形成了一种全员科技创新的氛围，这是很难得的。

李处长，听了万总的这个建议，您怎么看肥料企业的科技创新？

李荣：从市场这个角度来看，我国的氮肥、磷肥产能过剩，复合肥竞争非常激烈。肥料企业要生存和发展，必须要有几个方面的优势：一是资源优势，二是产品价格优势，三是产品质量优势，四是技术服务的优势。这几个优势归根结底是科技的优势，只有不断地开拓创新，资源优势才能持续，产品才能保持质优价廉。金正大公司作为缓控释肥行业的领头羊，一贯注重科技创新，公司在开发新产品、开发应用技术等方面不惜代价地投入，可以说金正大公司享受到了科技创新带来的丰厚的回报，尝到了科技创新的甜头。比如说金正大公司提出的技术，只有研发机器才能实现一次性施肥，从而实现多种施肥一次性操作才可以。公司从未减少科技创新的投入和力度，前不久我们召开的缓控释肥推广应用的会上面，他们专门邀请农业部的专家详细解读中央一号文件有关农民专业合作社的政策，粗看起来农民专业合作社与金正大公司的肥料竞销没有太大的关联。但是实际上他们已经关注到了新兴肥料推广将会随着农业经营主体的改善而发生根本性的变化，经营理念的创新将帮助企业及早地赢得商机，应该说金正大公司是创新的典范。

主持人：李处长给了非常高的评价。李处长从国家主管部门工作人员的角度，强调了肥料企业开展科技创新的必要性和重要作用，相信李处长的这番话也会给像万总公司这样致力于科技创新的肥料企业更多的信心。万总，在企业科技创新过程中，您感到最大的困难和挑战是什么？还需要政府给予哪些方面的支持和帮助？

万连步：在科技创新的过程中，我们觉得主要有几个方面的压力。一是高端人才的引进和培养不容易，二是参与国家重大科研机构研究的机会比较少，三是国家对企业创新的投入相对较小。为建立企业为主体、市场为导向、产学研相结合的创新体系，应该进一步强化企业在创新过程当中的作用，对于企业给予重点的支持，可以设立发展专项资金，每年给予一定的补贴。

主持人：希望您的这些建议能够被政府的决策部门采纳，从而推动行业得到更大的发展。我们注意到，在总理的政府工作报告中，提到我国农业基础薄弱，必须坚持把解决好三农问题作为全部工作的重中之重。专门指出了“要推广先进技术，增强农业综合生产能力。要采取有效措施，积极培育新型农民”。我听说万代表您在创业之前，曾做过多年的基层农业技术推广工作。您对总理的报告有什么体会？

万连步：我在基层做过多年的农业技术推广工作。

主持人：当时您工作的是什么单位？

万连步：当时是在县里的商业局，主要负责国产果茶技术工作，先后做了 15 年，对农业的情况比较了解。一般情况下，我们农民朋友很难主动的去获取和学习先进的农业技术，这是我的感受。

主持人：当时您是主动到村里去进行果茶的技术推广？

万连步：对，当时我每天的主要工作，就是到每一个村、每一个果茶基地去推广这个技术，现在看起来这些技术都是很普通的技术，但当时农民接受新技术、新理念的过程还是比较漫长的。

主持人：那个时候是不是找一间屋子，像教室一样，您在上面讲课？

万连步：这是一种方式，更多的是在田间地头给农民进行现场指导，两者相结合。

主持人：讲课内容包括果树怎么打杈呵。

万连步：我们需要花大力气去推广这些先进适用的农业技术，农民朋友守着祖辈留下的经验，是很难转变的，这是我们在推广当中普遍遇到的困难和问题。我们去给农民讲一些新的产品、新的技术，被农民误解，甚至挨骂，这样的情况也是时有发生。

主持人：有没有让您难忘的故事，给我们讲讲。

万连步：20 世纪 80 年代初，政府推广除草剂技术、杂交品种，现在看起来是最传统不过的技术，但当时推广的时候很难，农民完全可以用自己的种子再接着种，我们告诉他你自己的种子是不能再种的，他自己种的玉米到秋天一看那么小，才相信杂交玉米是自己可以用的，他这一年的损失挺大的。在推广除草剂的时候，它只能用在玉米地，用在别的地就把地伤掉了，他还哭哭闹闹。包括推广地膜覆盖技术的时候，政府是免费给他们的，我们白天给覆盖好，晚上他们就给掀掉了，这些情况在农村很多地方出现。但是这个过程现在看起来也是正常的，我们也能够理解，这是中国农民的素质决定的。现在我们理解了，所以我对总理的提法很有感触，也很赞同。

我也有一个感受，农村要想发展必须得干好两件事，推广好新技术、培养好新农民，这是必须的，为此要强化为农民服务是核心竞争要素。我们公司也要做高端肥料供应商，我们现在组织了 1000 多名人员的服务队伍，常年到全国各地进行技术培训、测土配方专门培训，在田间地头进行指导。应该说，农业社会化服务、农业技术的基础保障、靠服务占领市场已经成为了核心竞争要素。为此，我们和全国农技中心合作，在李处的支持下，在全国各地建立农化服务中心，加强对农民的培训和指导，让产品、技术、服务入村入户。

主持人：我认为咱们企业的科技创新和中央一号文件倡导的内容是非常吻合的。万总，您当年做农业技术推广工作一定十分辛苦，但可能也正是因为这段经历，才成就了您今天的事业。目前李处长的中心工作就是负责农业技术推广。那么我问一下李处长，对总理的政府工作报告中提到的“毫不放

松粮食生产，严守18亿亩耕地红线，重点推广先进技术，增强农业综合生产能力，保障粮食和重要农产品的有效供给，积极培训新型农民”等内容，您是怎么理解的？全国农业技术推广服务中心在2013年有哪些具体推广措施？

李荣：我觉得粮食安全关键在于粮食综合生产能力的提高，在耕地面积有限的情况下，要实现农产品的有效供给，只有依靠单位面积产量的提高，因此必须依靠先进实用的农业技术。我国粮食实现了九连增，在高产量的基础上再提高产量，确实不是一件非常容易的事情，我们农技中心积极贯彻中央一号文件精神，围绕“两个改进”和“两个努力确保”，还有“两个持续提高”的工作重心，充分发挥技术体系的优势，努力做好种植业的各项技术推广工作。

在科学试点方面，一是继续深化工作，在100个示范县、1000个示范乡和1万个示范村推进科学施肥，200家大型农业企业与100个县对接，引导省、市、县选择配方肥企业与相关的示范乡和村对接，重点推广推进配方肥的产业化。金正大公司作为去年全国100家农企合作配方肥的企业之一，今年已经申报成为全国的农技合作企业。二是通过绿肥的技术提高耕地质量，提高资源利用效率。三是积极推进新型肥料研发部门与金正大公司等肥料企业紧密的合作，广泛开展新型肥料实验示范和推广工作，提高科技的贡献率。

主持人：李处长您讲的这些措施都很具体。今年的中央一号文件和总理政府工作报告中，都提到了“要稳定耕地面积、转变农业生产经营方式，提高农户集约经营水平，发展新型农民合作组织”等，万总您觉得这对肥料行业有什么影响？对咱们企业的经营和技术推广服务有什么启发？

万连步：报告提出的工作重点是与中国农村近年来发生的变化密切相关的。因为粮食需求和耕地之间的矛盾，必须要稳定耕地的面积，近几年土地流转加速，农村土地减少等问题逐渐明显，集约化经营、生产高效生态环保的肥料将是未来的发展方向。肥料行业中有机遇，也有挑战，需要肥料企业加快产品结构的调整，尽快适应市场的要求。总理的报告让我深受启发，企业需要加快储备相关技术，高度重视新产品的开发和服务，要加快缓控释肥、水溶性肥料以及生物有机肥等新型肥料和配套施肥技术的开发，同时在销售和服务上注重与农村合作组织、家庭农场和种粮专业大户的密切合作，将优质肥料以及先进的技术送到农民手中，做好农化服务的最后一公里，为农民提供真正良好的服务，实现和企业发展的双赢。

主持人：也就是说在春天里金正大公司又迎来了新的机遇，我相信您的企业一定会大有作为的。据了解，刚刚结束的2013年全国缓控释肥推广工作会议上，全国农业技术推广服务中心与山东金正大公司签署了合作协议，请李处长简单介绍一下主要合作内容？合作的目的是什么？中心将采取哪些措施落实合作协议？

李荣：2008年我们中心与金正大公司签署了5年的合作协议，五年中企业发展十分迅速，缓控释肥料产销2万吨，试点示范扩大到全国24个省区，累积推广面积达到了1亿亩以上，经济效益、社会效益、生态效益十分显著。2013年3月5号我们与金正大公司又签署了新的合作协议，主要的合作内容有以下几点:

一是广泛开展实验示范，实验示范的肥料产品由单一的缓控释肥扩展到了配方肥料、水溶肥料、生物有机肥料等新兴肥料。二是广泛开展技术培训。要根据农民和推广人员的需求，开展科学技术培训，培训主要包括新兴肥料的使用、施肥机械操作和田间管理知识等。三是积极探索农化服务的新模式、新机制，积极贯彻国家关于推进农业科技服务整合资源建设乡村综合服务中心的战略精神，指导金正大公司在全国各地建设农化服务网络。四是组织专题研究，开展高端论坛示范现场活动，广泛开展宣传。我们合作主要的目的是加快肥料高新技术产品推广的速度，扩大高新技术产品应用面积，实现控量施肥、减量施肥的目的，为我国的肥料利用率作出贡献。

为了履行好这样的合作协议，我们将采取几项措施：一是确定专人负责与金正大公司进行联络，责任到人。二是及时的开展检查指导，确保实验示范要落到实处，发挥示范的效应。三是为企业提供肥情、土情的信息，有利于企业开发对路的新产品。四是指导企业建立配方肥的工业服务网络，广泛开展宣传培训，及时召开产品推介会，加快推广。

主持人：祝愿你们的合作取得圆满成功，也相信你们的合作一定会为广大农民带来更好的肥料产品和更优质的科技服务。好，感谢两位嘉宾的精彩论述，让广大观众分享了你们的感受和思想。再次感谢两位嘉宾作客我们的节目，感谢广大观众的收看和支持，请继续关注下期节目，再见。

中国经济网 2013年3月12日